中国近现代稀见史料丛刊 【第九辑】

张剑 徐雁平 彭国忠 主编

李准集

（清）李准 著

王国平 整理

本辑执行主编 彭国忠

凤凰出版社

图书在版编目（ＣＩＰ）数据

李准集 /（清）李准著 ; 王国平整理. -- 南京 : 凤凰出版社，2022.10
（中国近现代稀见史料丛刊. 第九辑）
ISBN 978-7-5506-3712-2

Ⅰ. ①李… Ⅱ. ①李… ②王… Ⅲ. ①中国文学－古典文学－作品综合集－清代 Ⅳ. ①I214.92

中国版本图书馆CIP数据核字 (2022) 第166655号

书　　　　名	李准集	
著　　　者	（清）李准 著　王国平 整理	
责 任 编 辑	陈晓清	
装 帧 设 计	姜　嵩	
出 版 发 行	凤凰出版社（原江苏古籍出版社）	
	发行部电话025-83223462	
出 版 社 地 址	江苏省南京市中央路165号，邮编:210009	
照　　　排	南京凯建文化发展有限公司	
印　　　刷	江苏凤凰通达印刷有限公司	
	江苏省南京市六合区冶山镇,邮编:211523	
开　　　本	880毫米×1230毫米　1/32	
印　　　张	15.875	
字　　　数	412千字	
版　　　次	2022年10月第1版	
印　　　次	2022年10月第1次印刷	
标 准 书 号	ISBN 978-7-5506-3712-2	
定　　　价	128.00元	

（本书凡印装错误可向承印厂调换,电话:025-57572508）

存史鑒今

袁行霈題

袁行霈先生題辭

「音实难知，知实难逢，逢其知音，千载其一乎！」（《文心雕龙·知音》）今读新编稀见史料丛刊，真有治学知音之感夫。

傅璇琮谨书

二〇一三年

傅璇琮先生题辞

殚精竭虑旁搜远绍

重新打造中华文史资

料库

王水照 二〇一三年一月

王水照先生题辞

李准

广东水师提督印 （上海博物馆藏）

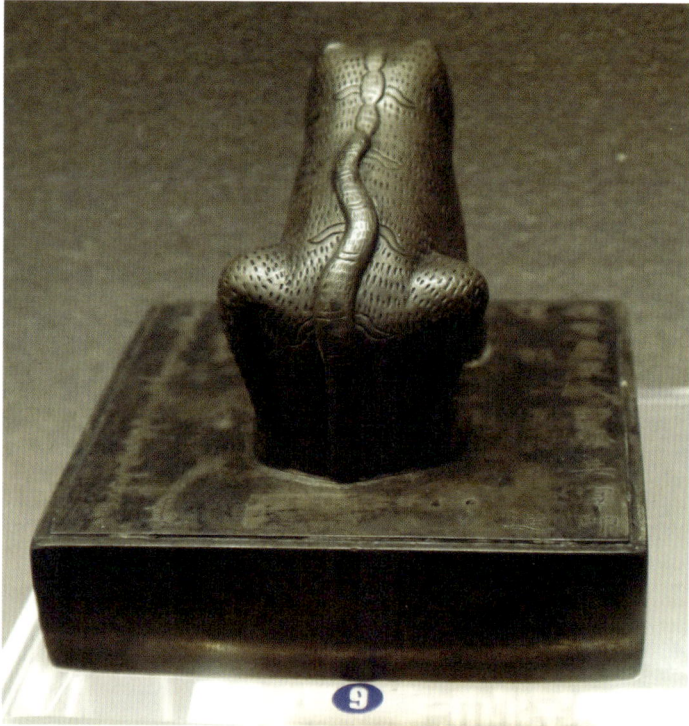

⑨

广东水师提督印（上海博物馆藏）

任盦自編年譜平邨自記丁卯夏五月

自编年谱

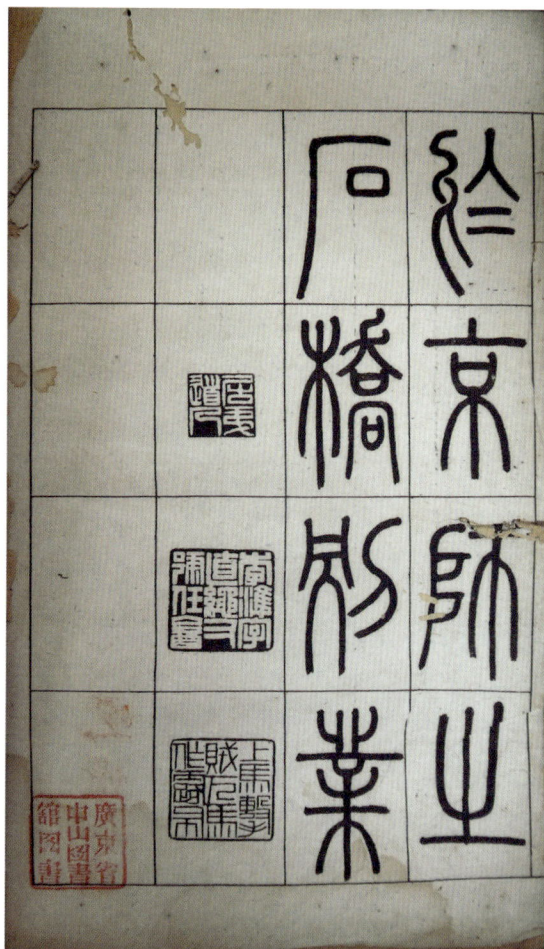

李准篆书及印章

自编年谱

《中国近现代稀见史料丛刊》总序

在世界所有的文明中,中华文明也许可说是"唯一从古代存留至今的文明"(罗素《中国问题》)。她绵延不绝、永葆生机的秘诀何在?袁行霈先生做过很好的总结:"和平、和谐、包容、开明、革新、开放,就是回顾中华文明史所得到的主要启示。凡是大体上处于这种状况的时候,文明就繁荣发展,而当与之背离的时候,文明就会减慢发展的速度甚至停滞不前。"(《中华文明的历史启示》,《北京大学学报》2007 年第 1 期)

但我们也要清醒看到,数千年的中华文明带给我们的并不全是积极遗产,其长时段积累而成的生活方式与价值观具有强大的稳定性,使她在应对挑战时所做的必要革新与转变,相比他者往往显得迟缓和沉重。即使是面对佛教这种柔性的文化进入,也是历经数百年之久才使之彻底完成中国化,成为中华文明的一部分;更不用说遭逢"数千年来未有之变局""数千年未有之强敌"(李鸿章《筹议海防折》),"数千年未有之巨劫奇变"(陈寅恪《王观堂先生挽词序》)的中国近现代。晚清至今虽历一百六十余年,但是,足以应对当今世界全方位挑战的新型中华文明还没能最终形成,变动和融合仍在进行。1998 年 6 月 17 日,美国三位前总统(布什、卡特、福特)和二十四位前国务卿、前财政部长、前国防部长、前国家安全顾问致信国会称:"中国注定要在 21 世纪中成为一个伟大的经济和政治强国。"(徐中约《中国近代史》上册第六版英文版序,香港中文大学 2002 年版)即便如此,我们也不能盲目乐观,认为中华文明已经转型成功,相反,中华文明今天面对的挑战更为复杂和严峻。新型的中华文明到底会怎样呈现,又怎样具体表现或作用于政治、经济、文化等层面,人们还在不断探索。这个问题,我们这一代恐怕无法给出答案。但我们坚信,在历史上曾经灿烂辉煌的中华文明必将凤凰浴火,涅槃重生。这既是数千年已经存在的中华文明发展史告诉我们的经验事实,也是所有为中国文化所化之人应有的信念和责任。

不过,对于近现代这一涉及当代中国合法性的重要历史阶段,我们了解得还过于粗线条。她所遗存下来的史料范围广阔,内容复杂,且有数量庞大且富有价值的稀见史料未被发掘和利用,这不仅会影响到我们对这段历史的全面了解和规律性认识,也会影响到今天中国新型文明和现代化建设对其的科学借鉴。有一则印度谚语如是说:"骑在树枝上锯树枝的时候,千万不要锯自己骑着的那一根。"那么,就让我们用自己的专业知识与能力,为承载和养育我们的中华文明做一点有益的事情——这是我们编纂这套《中国近现代稀见史料丛刊》的初衷。

书名中的"近现代",主要指1840—1949年这一时段,但上限并非以一标志性的事件一刀切割,可以适当向前延展,然与所指较为宽泛的包含整个清朝的"近代中国""晚期中华帝国"又有所区分。将近现代连为一体,并有意淡化起始的界限,是想表达一种历史的整体观。我们观看社会发展变革的波澜,当然要回看波澜如何生,风从何处来;也要看波澜如何扩散,或为涟漪,或为浪涛。个人的生活记录,与大历史相比,更多地显现出生活的连续。变局中的个体,经历的可能是渐变。《丛刊》期望通过整合多种稀见史料,以个体陈述的方式,从生活、文化、风习、人情等多个层面,重现具有连续性的近现代中国社会。

书名中的"稀见",只是相对而言。因为随着时代与科技的进步,越来越多的珍本秘籍经影印或数字化方式处理后,真身虽仍"稀见",化身却成为"可见"。但是,高昂的定价、难辨的字迹、未经标点的文本,仍使其处于专业研究的小众阅读状态。况且尚有大量未被影印或数字化的文献，或流传较少，或未被整合，也造成阅读和利用的不便。因此，《丛刊》侧重选择未被纳入电子数据库的文献，尤欢迎整理那些辨识困难、断句费力、衰合不易或是其他具有难度和挑战性的文献，也欢迎整理那些确有价值但被人们习见思维与眼光所遮蔽的文献，在我们看来，这些文献都可属于"稀见"。

书名中的"史料"，不局限于严格意义上的历史学范畴，举凡日记、书信、奏牍、笔记、诗文集、诗话、词话乃至序跋汇编等，只要是某方面能够反映时代政治、经济、文化特色以及人物生平、思想、性情的文献，都在考虑之列。我们的目的，是想以切实的工作，促进处于秘藏、边缘、零散等状态的史料转化为新型的文献，通过一辑、二辑、三辑……这样的累积性整理，自然地呈现出一种规模与气象，与其他已经整理出版的文献相互关联，形成一个丰茂的文献群，从而揭示在宏大的中国近现代叙事背后，还有很多未被打量过的局部、日常与细节；在主流周边或更远处，还有富于变化的细小溪流；甚至在主流中，还有漩涡，在边缘，还有静止之水。近现代中国是大变革、大痛苦的时代，身处变局中的个体接物处事的伸屈、所思所想的起落，借纸墨得以留存，这是一个时代的个人记录。此中有文学、文化、生活；也时有动乱、战争、革命。我们整理史料，是提供一种俯首细看的方式，或者一种贴近近现代社会和文化的文本。当然，对这些个人印记明显的史料，也要客观地看待其价值，需要与其他史料联系和比照阅读，减少因个人视角、立场或叙述体裁带来的偏差。

知识皆有其价值和魅力，知识分子也应具有价值关怀和理想追求。清人舒位诗云"名士十年无赖贼"（《金谷园故址》），我们警惕袖手空谈，傲慢指点江山；鲁迅先生诗云"我以我血荐轩辕"（《自题小像》），我们愿意埋头苦干，逐步趋近理想。我们没有奢望这套《丛刊》产生宏大的效果，只是盼望所做的一切，能融合于前贤时彦所做的贡献之中，共同为中华文明的成功转型，适当"缩短和减轻分娩的痛苦"（马克思《资本论》第一卷第一版序言）。

　　《丛刊》的编纂，得到了诸多前辈、时贤和出版社的大力扶植。袁行霈先生、傅璇琮先生、王水照先生题辞勖勉，周勋初先生来信鼓励，凤凰出版社姜小青总编辑赋予信任，刘跃进先生还慷慨同意将其列入"中华文学史史料学会"重大规划项目，学界其他友好也多有不同形式的帮助……这些，都增添了我们做好这套《丛刊》的信心。必须一提的是，《丛刊》原拟主编四人（张剑、张晖、徐雁平、彭国忠），每位主编负责一辑，周而复始，滚动发展，原计划由张晖负责第四辑，但他尚未正式投入工作即于 2013 年 3 月 15 日赍志而殁，令人抱恨终天，我们将以兢兢业业的工作表达对他的怀念。

　　《丛刊》的基本整理方式为简体横排和标点（鼓励必要的校释），以期更广泛地传播知识、更好地服务社会。希望我们的工作，得到更多朋友的理解和支持。

2013 年 4 月 15 日

整理说明

李准(1871—1936),字直绳,号任盦,四川邻水县人,清代最后一任广东水师提督。有关李准在历史上的作用和地位长期被忽略。

李准十七岁就跟随父亲李徵庸来到广东。李徵庸,进士出身,曾长期在广东为官,后任督办四川矿务商务大臣等职。在李准多次参加科举考试未果后,李徵庸为其捐得广西同知,以此进入仕途。此后,李准从受张之洞委派办理湖北赈捐开始,一路升迁,官至广东水师提督。

李准在广东任职期间,先后历经李鸿章、岑春煊、周馥、张人骏、袁树勋、张鸣岐等两广总督,交游群体甚为庞大。他本人及其相关资料对于研究清末广东政局、人物关系具有独特的史料意义。

十九世纪末到二十世纪初是中国社会变革最剧烈的年代,广东又首当其冲。李准掌握着两广地区最具战斗力和机动性的武装力量,一方面,李准清乡剿匪,保境安民;另一方面,李准也多次参与镇压革命党人在两广地区的起义,比如钦廉防城起义、黄花岗起义等。李准也因此遭遇两次暗杀,其中第二次,被革命党人林冠慈炸成重伤。

及至辛亥革命前,李准与胡汉民等建立联系,最终使广东和平光复。对于这些事件,李准留下了不少文字记录,为今天观察清末广东的革命活动提供了另一个视角。

在水师提督任上,李准还参与了西江捕权案、二辰丸案、巡视西沙群岛等海权事件。

进入民国后,李准寓居天津,曾一度奔走于各大军阀之间,但只得了一两个闲差。李准甚至几次前往东北拜见溥仪,意图有所作为,但终因"过于年迈,没任什么职务"。

政治失意后,李准以编剧本和写字自娱。李准晚年境况困顿,以卖字贴补家用。

李准生前比较注意留存和整理资料,并曾留下数量可观的笔记。但他去世后,这些资料散失严重,仅存的部分,散落在国内各个机构中。

此次经过多方搜集,将李准留存的文字尽可能整理校注。同时,该集中还收录了与李准相关的不少史料,特别是有关收回东沙岛和巡视西沙群岛两件中国近代海权史上的重大事件。通过这些史料,可以纠正以往诸多讹误和模糊之处。

本次整理的李准集,分上、下两编,共十四卷。其中上编一至六卷,主要为李准著述文字的整理校注;下编七至十四卷,主要是《李准巡海记》以及与之相关的内容辑录,另外还包括一些有关李准生平的文献。具体分为:

上编

卷一为《李准自编年谱》,为李准手书,原件由其后人捐藏外交部。

卷二为李准《六十自述》,铅印本,是一份未定稿。

卷三为《广东水师国防要塞图说》,李准主持编著,原件现藏广东省立中山图书馆。该书编著于清末收复东沙岛、巡视西沙群岛之后,是中国官方首次以现代经纬度对两处岛屿进行标注。

卷四为《光复粤垣记》,辛亥革命后李准编著,述其参与广州反正过程,是和胡汉民等人的通信记录。国家图书馆以及北京大学图书馆藏有1912年铅印本,中国人民大学图书馆藏香港循环日报馆印本。本卷后附冯自由撰写的《清将李准与辛亥广州光复》,其中可知李准编著的原因所在。同时还录有辛亥革命后李准在《申报》上刊发的《李直绳辨诬书》以及广东新军庚戌起义的相关文献。

卷五为李准轶文辑录,分为三种,一为《清末遗闻》;二为报刊杂志的辑轶;三为相关文献中收录的李准写的序言、题记。

《清末遗闻》原件藏南开大学图书馆,为行楷书写稿本,共收文章14篇,其中多篇题名出现在李准自编年谱中。

李准的报刊轶文辑录,目前共捡得13篇。题记、序言,目前搜集3篇。

卷六为李准记女伶金月梅母女事,有两种。一为藏于天津社会科学院图书馆的手稿本,另一为在当时天津《北洋画报》上连载本,本书一并收录。

下编

卷七为《李准巡海记》,主要依据《国闻周报》进行校录,并参考《大公报》等报道。文后附录有关《李准巡海记》和李准巡海的相关报道。

卷八为"清末外务部东沙岛档案"。原藏台湾"中央研究院"近代史所,共54件。此束档案虽非李准产生,但对于理清清末收回东沙岛的来龙去脉有着重要价值,故此次一并收录。

卷九为《西沙岛成案汇编》节录,文字均转录自《西沙岛东沙岛成案汇编》(陈天锡编著,1928年)。本书仅节录与李准和清末巡查西沙群岛的相关章节。此件可与《李准巡海记》对照阅看。

卷十为《东方杂志》相关报道,收录有关收复东沙岛、巡视西沙群岛、西江捕匪案、二辰丸案、李准被炸案等相关报道。

卷十一为"李准被参案"相关资料,收录李准被言官奏参,以及粤督查明复陈的奏折等。

卷十二为《清实录》中有关李准的档案辑录。

卷十三为相关人物文献,收录了张人骏、吴敬荣、陈庆年、王秉恩等人与李准以及东沙岛、西沙群岛有关的资料。

卷十四为李准生平及李准去世后时人的挽诗、挽文,均从当时的报刊和时人笔记中辑录。

以上资料,在校录过程中,力求尊重原作,并增加了相关注释。

其中,原稿正文确定误字者,以( )括出,后继以〔 〕括出改字;正文【 】为根据文意补足文字;〔 〕为对讹字、误字的校正;( )为李准文稿的小字加注;□为作者原稿空缺,或字迹难以辨识,文中均有脚注说明。个别古代用字,有现代的义项,照录不改。如第 5 页"吾本农家,向无顾用乳媪先例","顾"同"雇";"先大夫留京,主于崇文勤公之家"。"主"有寓居之意,同"住"。有些通假字,也不出注,如"然"通"燃"、"属"通"嘱"。有些同音同义字,也不出注,如"坐"同"座"、"谘"同"咨"、"带"同"戴"。关于补字,同类情况古文中有,就无须补。如第 10 页"四叔母游逝世于母家"。"游"后无须补"氏",见钱伯城、魏同贤、马樟根主编《全明文》第二册第 252 页《赵氏家法记》;第 22 页"武英大学士","殿"字无须补,见吕浩校点,郑利华审订《弇山堂别集》第 360 页。异体字、繁体字根据《通用规范汉字表》处理。

根据李准自编年谱及其友人的相关记载,尚有诸多资料未被挖掘出来。此外,鉴于李准以及当时广东的特殊地位,有关李准曾有大量报道,因篇幅所限此次未能纳入;在整理过程中,还陆续发现了数种有关李准的资料,待日后再为增订。由于学识所限,书中难免有不当、不确之处,望读者和各位方家在海涵的同时批评指正。

王国平

2021 年 3 月 3 日

目　录

上 编

卷一　李准自编年谱

李准自编年谱,从1927年开始着手修订。年谱记录的时间,从其出生到去世当年的1936年,跨度完整。

据李准八女李如璧介绍,自编年谱字迹较为潦草,因此李准当时请人用工楷另外誊抄了一册。

1988年3月,李如璧将年谱手迹原稿捐给外交部。本文即依照该稿本的影印件整理校注。

年谱对于研究清末广东政局、人物关系等具有一定的史料意义。

比如,李准在任内,亲历钦廉防城起义、广东新军起义、革命党暗杀以及辛亥广州光复等大事件,都是作为事件另一方当事人身份出现。

此外,李准在年谱中还记录了西江捕权案、二辰丸案、巡视西沙群岛等涉及海权的重要事件;还有关于清末广东水师的运行机制和改革过程、广东厘金改革、广东匪患与清乡的记载。

李准在年谱中还详细记录了三次受慈禧、光绪召见的对话。诸如此类,都是不可多得的第一手独家史料。

需要说明的是,李准年谱中存在夸大自身作用或参与程度的情况,个别还存在讹误。

从稿本本身来看,有大量重复段落删除情况。由此推测,李准编撰年谱时应有相关参考底稿。据李准幼子李相普介绍,李准曾留下一份日记,"1951年经我三姐同意将先父日记献给国家,有《人民日报》图书资料组到天津我三姐处取走"。

笔者曾委托《人民日报》图书资料部门的相关人员查询,但遗憾的是至今未能查到。

任盦自订年谱

准也不才,倏逾艾岁。遭时窃位,行止多愆。鲜功绩之可述,岂嘉懿之足称?顾历世既久,更事遂多。追忆生平,觊存陈述。客中有暇,泚笔叙之。自兹以往,随年续赓。匪云垂示方来,庶几自省愆疚,并俾后人,无所增饰云尔。

民国十六年岁在丁卯夏四月李准直绳甫自识

同治十年(1871)[①],辛未,一岁

二月初六日子时,生于四川邻水县东之太安乡太安里活水沟里第。

溯我李氏,系出陇西,原籍江南江宁府上元县。

明末有讳诣元公者,以江南拔贡生授四川邻水县教谕。明鼎革,遂垦业于邑东之太安乡太安里河堰坝,以族繁人众,遂呼为李家坝,是为我入川之始祖。

六传至我懋德公,讳天贵,于乾隆中叶迁居活水沟,耕读传家,经营实业,主持乡事,整理有法,为乡党州闾所矜式,是为准之高祖考,诰赠光禄大夫。姚氏张,诰赠一品太夫人。

生我传经公,讳清典,积学早逝,是为余之曾祖考,诰赠光禄大夫、建威将军。姚氏刘,青年守志,刺目为瞽,抚孤有成,享寿八旬。光绪初,经工科给事中赵树吉奏请旌表节孝,奉旨允准建坊,并给建坊银两,为建坊于本乡之新桥头,诰赠一品太夫人。

生二子,长舒绵公,讳逢春,孝友慈祥,和蔼可亲,为一乡之仰,是为余之祖考,诰封中宪大夫,屡赠光禄大夫、建威将军。姚氏张,诰封恭人,屡赠一品太夫人。

---

① 公元纪年为整理者所加,下同。

生四子,长讳佑弼,字泰交;次讳佑卿,字辅臣;次讳徵庸,字铁船,是为余之考。由光绪丁丑科进士,历官京、外官,至头品顶戴、三品卿衔、钦差督办四川矿务商务大臣,卒赠内阁学士衔。妣氏王,诰封一品夫人,屡封一品太夫人;季父讳佑哲,字吉士,积学早逝。

准生之年,先大夫年二十四,应礼部试北上;母年二十二。是夜,先王父舒绵公梦宋臣寇莱公来见,正皇遽间,即闻准产生,因名曰"继武",盖继武前贤之意也。稍长,即名曰"准",字志莱,别字直绳,号任盦,又号平叔。

准生之日,先曾王母刘闻声,许为英物。

吾母乳少,不足儿食。吾本农家,向无顾用乳媪先例。先母以米粉调糊,加糖少许,用三角布袋盛糊,代乳喂之。日夜按时与食,别无用人,辄自为之,恩勤备至。弥月即褓负于背,与姒娌同事操作,躬亲井臼。先大夫落第留京。准更幼稚,除自褓负外,实无他人可代之者。先四叔父佑哲公,偶于耕读之暇,辄抱之负之,然不能以为常也。

先王父于准,钟爱胜于他孙,恒负之,以便先慈之操作,常曰:"此无父之儿,我负之,为公引孙也。"

同治十一年(1872),壬申,二岁

先大夫留京,主于崇文勤公①之家。

准虽乏乳,吾母以米糊喂养,亦极肥壮。偶携准至活水坝外祖母王家。二舅母甘氏,同年生表弟子元,乳极多,因并育之,食其余乳以为常,而体更壮。

是年,已能行走,每早黎明,先母即抱至寝门外,自行至先王父之前,恒抱置怀。先王父日侍先曾王母食,恒以余羹饲准。盖先曾王母之羹,每日必先母亲自烹调者也。

---

① 完颜崇实(1820—1876),字子华,又字朴山,谥"文勤"。曾任成都将军,后擢刑部尚书、署盛京将军。

同治十二年(1873),癸酉,三岁

先大夫仍留京,馆于同年黄啸洲太史①之家。

先母以准渐长,能行、能言、能食饭,始不以米糊为儿食。然饕餮殊甚,好食肉,然农家不常有肉食供。先曾王母每食必有酒肉,故准仍饲其余也。

先曾王母常抱之于怀而不肯释,抚准之顶,与先王父言曰:"此子顶平额宽,声如洪钟,长大必贵胜于其父。吾闻苦节之后必有兴,能兴之,及于此子耶。"先王父曰:"须善教,勿令自废弃也。"

吾家偶有肉食,先母执不自食,概以饲准。然自此可免负儿操作之苦矣。

同治十三年(1874),甲戌,四岁

先大夫仍留京,应礼部试又不第,考取景山官学②汉教习。

准更肥壮,以饕餮之故,常患积食之疾。先母以饭或米炒燋,煮水食之,食积消而疾愈矣。

先母项上患癣疾,农家多不延医,按单方以鲜核桃之极嫩者,菜刀剖而为二,挤其油搽患处,起泡流水。先母正俯首拭患处,菜刀用毕置于方凳上,地本不平,凳故未稳。准赤足往前视疾,手扶方凳,菜刀落地,将准右足四五两趾削去大半,鲜血淋漓。先母急抱余至灶君前,于香炉内撮香灰一握,以手把伤处而血止,以布裹之,不旬日而伤愈矣。盖先母本精越人术,传于先外王父者也。偶有肚痛、牙痛之等,即以灯草渍油内,然火灸之,立愈。

先王父事亲之外兼督耕稼,常襁负准于背,头顶一书,持旱烟筒,牵牛往野外观稼,每于肩头教之识一二字。到野外坐树下观书,亦教之识字知解。

---

① 黄湘,字啸洲。时为翰林院编修。
② 清代内务府官学的一种,设立于康熙二十五年(1686),校址在景山北上门两侧官房,故名。

准坐地上玩石子，为蚂蚁噬及下阴，肿大如卵而泣。负回，先母以甘草梢、金银花煎水洗之而愈。

先王母每日扶杖往菜畦观诸媳耘菜。准常携竹编小提篮，牵先王母围裙后飘带，随行于畦边，见有南瓜所开不结子之空花，令摘之，归时已盈一筐，或煮或炒以饲准。准以为自摘之花，喜而食之，其味甚美，至今犹有余味也。

光绪元年（1875），乙亥，五岁

先大夫仍留京，充景山官学汉教习，报满以知县用。

二月十五日，先四叔父佑哲公，以日耕夜读，勤劳过甚，咯血逝世。临终，属先母为之抚其遗女莲香，并为立后。犹忆其生时，于春夏之交，携准至屋后坟山上，摘红花之苞，甘美可口，至今思之，犹如在目前也。

先母教子以严，每日除随先王父、先王母出外课农观稼外，从不许外行一步。如出大门，亦须禀白而行，且不许与诸兄弟嬉戏，盖恐群儿聚处多口舌之争，不便处置也。如口出一恶言，必责之，衣履不整洁，亦责之，从不稍假辞色。

一日，偶于过厅之门限上坐，从兄锡之从后扳之，仰跌于地，后脑坟起如鸡卵，痛极而泣，奔告之。先母曰："门限为人所出入之地，谁教汝坐门限上？宜有此跌。"决不责及锡之，反痛责准之不是。先王父母为之劝解，乃止。

是年，先王父以准既能识字，每日教以读《三字经》《百家姓》《千字文》之类。在家及在野外，必教之读，并为讲解字义，日以为常。已能成诵，夜间临睡，先母必令背诵一遍，始令就寝。

四月初六日，先曾王母、旌表节孝刘太夫人寿终于里第，寿八十有二，葬李家坝老宅之右。

光绪二年（1876），丙子，六岁

先大夫留京应礼部试，仍不第。随毛文达公①往河南办赈，于河工案保升直隶州知州。

是年元旦，准着新鞋，随群儿于门前田中玩冰。田塍上本先堆大石块，准着新鞋履之而过，不觉足为石穴所夹，鞋不得出，群儿皆笑而去。余无计欲号，又恐受责，人急智生，乃将鞋带解放，脱去新鞋，足乃得出。寻得一竹棍，以之撬石而鞋出。急着鞋，若无事然而归。

虽群儿已先告知先母，正欲来视，中途值准归，见足上鞋如故，问之，准实对不敢欺，盖谎言必受责也。

先母携之归，责准不应随群儿玩冰。跪不令起，为先王父所见，呼令起，曰："此儿有智，长大必有成就。今日为元旦，且宥之可也。"因举陶侃儿时石击水缸救小儿事喻之，先慈乃已。

今年，先王父教之读"四子书"，日可十数行，便读便讲，必尽得各字之解而后已，并教以作数字之对。

一日，先王父买书归，为订成薄本，以刀切书天地头，偶伤粗皮。准侍于旁，因出对曰"粗皮"，准对曰"精核"；又出"李白"二字，准对曰"陶朱"；又出"合掌"，对"分心"。

又一日，野外见有水鸭飞过，先王父出对曰"水鸭子"，准对"火鸡公"。似此之类极多，亦不复记之。每对，先王父必以小本录之，至今数十年，亦不知遗于何处矣。

有嫡堂叔名佑文者，长于准数岁。自塾中归，得唱本一卷以给准。准不知好歹，持以念之，乃《大舜耕田》也。正念至"大舜耕田。老生上，唱"，为先母所见，大怒，切责曰："小孩子初经识字即看唱本，长大尚堪问乎？"责打数十，长跪厨下灶君前，不令起。

先王父母齐劝解之，乃令起，犹必令誓不看闲书乃已。准非敢自矜聪慧，实不敢忘先人之教诲，以示后世之子孙而已。

---

① 毛昶熙（1817—1882），字旭初，谥"文达"。曾任兵部尚书。

是冬，先母偶于畦边，见有共高祖佑余公之子新永，挑黑炭息于路侧。问之，乃知其十岁即失怙恃无依，抚之如己子，意以为如无次子，将来即以继吾季父后也。

光绪三年(1877)，丁丑，七岁

先大夫拟以直隶州分发云南，如得官，便于禄养。

知交中，如李少轩、少东两太史，何云帆部郎①，咸劝再应会试，勿为高世之文，略仿近日墨卷为之，必获售。榜发，果中试，第二百八名贡士，钦点主事，签分刑部贵州司。

先王父母闻之，喜曰："吾母苦节数十年，恨不亲见吾子成进士也。"因寄书先大夫曰："吾虽老而弥健，尔第居京，勤所司，勿遽归也。"

准仍在家，受先王父训读，能做七八字之对。

吾家屋后有红豆树，门前有大紫荆树，其花甚繁。

一日，大风吹落红豆，满院皆是。忽大雨，紫荆花亦打落不少。先王父出对曰："风吹红豆树。"准对曰："雨打紫荆花。"时读《千家诗》，先王父以"一行白鹭上青天"，准对曰："几个乌鸦过小桥。"

先王父循循善诱，读书之外，并教以游戏之事。先王父好象棋，每对弈，准侍于侧，常教以象棋歌诀，曰："车行直路象行田，马走斜日炮翻山。卒子过河横顺走，士象不离老王边。"积之日久，居然能知行走之法。

一日，偶与先大伯父佑弼公对弈而胜，先大伯父曰："七岁小儿即能下棋，长大当称国手。"殊不知，今年将六旬，犹与七岁时无异，真小时了了，大未必佳也。

是年正月初旬，本场柑子铺开市。随族叔祖名桂元者赴场上看热闹，吾乡谓之赶场。族叔祖给制钱二十枚，携至文武宫庙前之卖糖

---

① 何兆熊(1845—1906)，字云帆。同治十三年(1874)进士，授礼部主事，后任总理衙门章京、掌印郎中、海关道道尹等职。

人者,一文钱即可一转,头指某处即得某式之糖,二十文可转二十次。所得有龙、有鱼、有瓜果、小人之类甚多,插于草制之腊饼子上,捧之而归,以白先母。

先母曰:"如何可得如许之糖人玩物?"准以实告之,先母接过腊饼置于案上,令准跪下,责之曰:"据尔所说,乃赌博之性,小孩子竟敢如此,长大何事不可为?"责打数十而止。先母教子之严也如此。余每受责不敢号,号则更责之,盖恐惊动两重老人也。伶今梦寝间,犹常受先母之责,惊泣而醒。常曰:"黄荆棍子出好人。如不教,将独儿不孝,独狗上灶也。"吾家后世之为母者当视此。

光绪四年(1878),戊寅,八岁

未进学堂从师,仍先王父教之读。

二月中旬,先王父偶沾微恙,竟至不起,十五日亥时卒于里第,享寿六十三岁,葬活水沟宅后。

呜呼!痛哉!准仰承先王父教育,数年来孜孜不倦,方能略解大意。不幸天不假年,遽归道山,而准亦失学,为不文之人矣。

先大夫闻先王父之丧,仓皇奔返故里。

准年八龄,尚未见过有父,"儿童相见不相识,笑问客从何处来",正为我而咏也。

先大夫守礼家居,与先母同事先王母,以孝闻。事亲之暇,兼课准及诸兄弟读。是年,读《诗经》,旁及《小学集注》《小儿语》《老学究语》《幼学琼林》《唐诗》等书。

是冬,先大夫于屋侧建五开间之屋为学堂,备来春设馆于此也。

是年二月初四日,四叔母游逝世于母家,抬回于门外搭棚治丧。

是年冬,准患牙痛,两腮尽肿。先大夫、先母同在厨房围炉坐大长板凳上,准枕先母腿上睡熟,先母以灯草渍桐油灯之油,着火灸两腮及耳后,痛极而号,然从此肿消而牙患愈矣。

光绪五年(1879),己卯,九岁

先大夫守礼家居,设馆授徒于屋侧,以教子弟。受业之人如黄俊

三、李北山、陈希孟、文纯甫、王炳照、李丙亭、喻家琼及族兄文伯、铸九、新运等,皆一时之秀。而准与堂兄新承、新标、新颖、新丰,嫡堂叔佑文及表兄甘大仁等皆年幼,则令黄俊三先生(名彝,县学生员)训读之。

一日,有表弟王二元在学堂窗外骂人,辱及俊三先生,准愤其不敬,奔告先母,曰:"二元老表骂及先生,夫先生分尊如父,岂可擅骂者哉?"先母令送表弟二元归。先大夫闻之,以孺子尚知尊师为喜。

先大夫教人素主宽大,不轻责人。一日,准于吾家走马楼上,缘傍楼口外之长单木梯而上,已及半,先大夫见之不惊,曰:"好好上,不要慌。"倚栏边,曰:"来,吾抱汝。"准得从容而上至栏边,先大夫抱于怀中,以掌打后股数下而止。一生受先大夫之责,只此一次。先大夫曰:"小孩上梯及半,危险已极,倘一惊骇跌下,将不堪设想矣。"

一日,先大、二伯父对弈争"车",各揪其发辫,扭结一团,不可开交。先王母以杖责之,仍不可解。先王母气极,跌坐椅上。准乃跪于两伯之前,为之泣请曰:"两伯息争,勿令祖母气愤填膺也。"先王母曰:"畜牲!年大若此,尚不及数龄之孺子,曷当羞死,尚有何颜立于人世哉?"先大夫闻信,自学堂归,为之跪地求解,准更泣不可仰。两伯始同释手,跪先王母之前而请罪焉,从此和好如初。

自准入学读书以来,每日五更,先母即令起床,提灯笼赴学堂读书,从无俟天明时起者。准自少至壮至老,皆不俟黎明即起者,实自幼习惯而成自然也。

八月十一日,先王母张太夫人寿终正寝,享寿六十有七,与先王父合窆。

先大夫于守礼讲学之暇,就乡间田园凿池养鱼、种桑养蚕,精究种植、畜牧等事。又察附近山间矿产、煤铁之属,积资开采,得舅祖张旭斋先生之资助,大获胜利,推广至于县属之蓝家沟、集福寺等处。令先兄绍基经理其事,整理有法,叹为难能,乃决定为之继吾季父之后,入祠告庙,命名曰"新承",学名"毅",字"绍基"。

是冬,准偶随绍基兄赴市柑子铺太白栈中之权治生号中闲玩,天晚不能独归，以市距吾家尚五里也。绍基在市经营商业，须事毕乃得归。准饥欲得食，绍基于太白栈中买猪肉四两，命幺司（各乡店中之火夫名曰"幺司傅"）作川汤及小炒及煎豆腐两味，同食便饭。及同归，先母问曰："如许夜深始归，将从何处得食，不苦饥乎？"准以实告知，先母怒曰："小孩子家，动辄就在街上打平伙（吾乡土话，以请数人合食酒饭曰"打平伙"），吃半斤四两，开奢靡之渐，长大尚堪问乎？"责令跪而打之。绍基亦跪请曰："非弟如此，乃儿之过也。"先母曰："尔有事不得归，饥当得食。尔弟无事，何不早归食饭？似此妄费钱财，非严责不足以儆将来。"鞭笞交下，绍基兄以身蔽之，曰："事诚在我，与弟无涉，母勿责弟，责儿可也。"先母乃止，令同起。

先大夫上年自京归，带有猫皮（印寿字花）小马褂，先母至是始制与准服，而随先母往苏家坪为四舅祖张旭斋拜寿（旭斋为先王母之兄，是时寿已七十余矣）。

光绪六年（1880），庚辰，十岁

先大夫仍守礼家居，专营实业。延李雨亭先生（名润泽，县学廪生）课准及同堂诸兄弟读。

是年，读四书朱注及《尚书》《仁在堂制义》《小题正鹄》，并先大夫自作制义、《七家试帖诗》，试作破承题。先大夫写《阴骘文》寸楷，令准影而写之，并教握管之法，究运腕、运背之力。稍得其法，为先大夫所称许，因曰："尽究运腕、运背之力，不究运指之力，恐不能作小楷。"日习之，终不能改。

先大夫以年来研求种植之法，大有所获，更欲就本地出产原料为乡人谋生计。吾乡多竹，绵亘百数十里皆竹山也。向来除器用外，皆作柴薪。先大夫惜之，以为既有此原料，不可不尽其用，乃聘造纸工人来乡，就学堂之旁设造纸厂。煤炭、石灰、碱水皆本山所出产，无待外求，算无遗策。竹头、木屑皆归有用，无一废人，无一弃物，获利甚厚。

光绪七年（1881），辛巳，十一岁

先大夫仍理实业于乡，延王炳照先生（平章，县学廪生）授读于家。

先生训读极严，功课益密，读《礼记》及《左氏春秋》，熟温朱注，做小讲。每日功课完毕出塾，先母仍督令在家温习旧书，不许与群儿嬉戏。

是年秋收之时，吾乡旧例，收禾于田，其遗穗多令小孩拾于田，以免烂入泥中。拾得之穗，积之可换饴糖，为小儿食。准请于母，亦欲随群儿提篮往拾遗穗，先母不许，曰："尔在家温书，吾即以钗易饴糖以饲尔，决不令尔随群儿出外拾遗穗也。"

光绪八年（1882），壬午，十二岁

先大夫仍理实业于乡。准仍从王先生读，治《左氏春秋》及《周易》、制义、试帖诗，时文已作半篇。

九月初十日，吾妹珍贞生，仍以育准之法，以米糊喂之。并为先绍基兄完婚于王氏（王氏是由其本生父母于幼时订婚，将来生有子，即以继其本房之后）。

光绪九年（1883），癸未，十三岁

先大夫主讲本邑邻山书院，聘李德荃先生授准读。先生专精《周易》，于他经不多注意。

准童年学浅，多不解所谓时文，仍作半篇，试帖诗乃学两韵或四韵而止。

先生课徒多宽，不似王先生之严厉。功课极松，无甚进步，先母以为忧，然李师已聘定一年，不能辞退，隐忍安之。

是冬，为先绍基兄订婚于南充龚艾臣先生之女为媳，如生子女，即以继吾季父之后也。

光绪十年（1884），甲申，十四岁

先大夫让山长一席于业师钟祥盦先生，回乡经营实业。使准出就外傅，从钟炳灵先生读于伍家山之翠竹山房，距吾家五六里，仅一山之隔。钟先生名□□，府学优廪生，与先大夫为同学，设馆授徒多年，颇著声誉。从兄锡之及其弟新造、表弟王国相（即二元）、姨表弟彭天保，亦同往读。

是年，文始成篇，试帖为六韵。先生于讲经之余，兼讲《阴骘文》《感应篇》《觉世经》《三圣经》，直讲之类于因果报应之说，言之确切，令人毛骨悚然。俾纯童年之心性，而不流于邪僻。朔望且率生徒入庙宣讲圣谕，偶为扶乩、飞鸾之事，真有"目不邪视，坐怀不乱"之慨。举步常看虫蚁，闲居不谈闺阃，学中咸奉为矩训，无敢或违。

准既入翠竹山房从钟先生，此乡间大书馆，同学大小约五六十人，分两三班教授，其幼者由其子益善茂才寿徽教之。

学中仅伙夫二人，运煤、挑水，往各家运米、运菜、作饭皆此二人为之。学生食饭，每数人为一起，每起各有双连之油盐罐，于饭熟之前，先提置于灶上依次陈列。及饭熟，伙夫敲梆，各学生自持碗来取饭及自作菜。其取饭之法，以米之多少分得饭之多寡，每米一筒得饭一斤，半筒者半斤，灶前悬秤以称之。炒菜亦依油盐罐之先后为序，无争执者，人虽多而炒菜者甚少，以读书不暇及此。每多现成之菜及咸菜之类，且有炒一次之菜而食至三五日者。如炒蚕豆一大碗，以水激，加盐拌之，虽三五日者食之而有余；又如嫩辣椒，整个的干锅炒熟之后，加油盐一大碗亦可食数日而不尽，盖椒多辣性，不易食也。亦常有除饭之外，而无一味之菜者，无所谓汤，仅茶水而已。其饭则五色杂陈，盖各人之米精粗不同，故颜色各异。录此以示乡间俭朴之风焉。

光绪十一年（1885），乙酉，十五岁

先大夫仍主讲邻山书院。准仍从钟先生读。

正月初八日，尚未入学堂。先母曰："何尚未进学堂？"准以"学中无人"对。母曰："有师在，不可自习乎？汝不读即当耕，三斤半的大锄，非尔所应持者乎？汝父初读时，祖母不常是言训尔父乎？尔父居京秩，亦薄官耳，尔慎勿以少爷自居而废读也。语云'家无读书子，官从何处来'，且吾家仅中人产，不耕不读将何所恃？"准闻之，汗淋淋下，即日赴学。

里人张豪仪倡乱于大竹之神禾场，扰及邻封州县者数百里。尚未

起事之先,外间人言啧啧,而地方官茫然莫闻。有曾在余家为缝工之张牛儿名富品者,为逆党供,奔走于邻、竹、广、岳之间,常过余家。先母诱而询之,竟得其起事日期、地点、攻城各计划以告。先大夫缄告邻封州县戒备之,及乱作而谋已早泄,致各鸟兽散,不匝月悉平之。①

吾乡避乱,多于险要山头筑寨,俨如城池。吾家对门有官斗寨,已得地而屋尚未建完,后山有顺天寨,亦然。惟距家四五里穿心硐,极为险要,在峭壁悬崖之中,于石缝中再加人工凿成,修建小屋于硐中,仅一路可通,且有后山之水由悬崖之中凿通一道,以引水至崖中,山下即为煤厂。

八月中旬,准随先大夫、先母率全家咸避于此山之石硐中,粮米衣物悉藏于此,家中仅留二人看守。居此硐中约两旬,乱定始归。

光绪十二年(1886),丙戌,十六岁

先大夫以服阕既久,且经营商业遭奸人之忌。地方官以先大夫"舍官不作而与民争利"为言,先大夫愤然将各矿厂生意,概分给亲族中之非官者,仅留附近住宅之纸厂及种植、畜牧等实业,令先绍基兄经理之。

二月,北上入都供职。二先伯携仆人曾芳清、范儒江、刘兴隆、张诚尧同行。临行,谕准曰:"吾本不欲仕进,在家谋实业发展,为吾乡开风气,为人民谋利益,兼课尔读,继吾书香。徒以风气未开,官吏反有责言,不得不抛弃家乡实业,以图仕进。将来稍有发展,仍不逾此志也。汝在家读,与尔兄善事尔母,听母之教,立志上进,以远大为期。吾家世代忠厚,孝友不替,他人之以精刻自许,自私自利,不讲内行,不恤人言,不愿汝曹效也。"

及到京,以离部过久,铨补无期,又不愿久留提牢厅之事。是冬,改官知县,在吏部投供候选。

准仍从钟先生读。先生之教,以敦品为第一义,讲学、课文其次

---

① 李准有《记张豪仪事》一文。

焉者也。恒每于朔望宣讲圣谕外,常为人家建醮诵经、拜忏郊天、祈福消灾,于生徒之学业多所荒废。同时学中人之闻风乐从者,百数十里中,何止百数十人?

是年,准学业无甚进步,而心觉惶惶然而自慁。虽早夜以孜孜求进不已,然终不慊于心,而莫知所以求学之方,深恐负吾父母之期望。

光绪十三年(1887),丁亥,十七岁

先大夫选授广东河源县知县。缄谕先为准娶妻于本城黄氏,以便先母挈同赴任,不然决不如是之早婚也。

吾妻黄氏,为国学生黄公笃(字汐门)之季女,与准未生之先,即指腹为婚者也。

结婚三日回门后,先母即令赴学,无事不许回家,尝曰:“吾不愿汝童年得子,尔父家信中不云:‘借曰未知,亦既抱子乎?’”准曰:“诺。”即日入学。有事回家,亦赴客房独宿。先母盖恐年幼早婚有害,其爱护童年幼儿至周且尽矣。准则情窦未开,不知夫妻之爱为何事,反以独宿为适意也。

正月初九日,无服族伯佑比生一幼子,弃之不育。为族叔佑山拾之归,言于先母曰:“佑比兄嫌子多,弃之不育,弟拾之归,亦无力养活,嫂何不育之,亦一功德事也。”先母曰:“我无小儿,育之亦可。”准与先绍基兄亦从旁赞成之,于是遂抚之。仍以育准及吾妹之法以米糊喂之,命名曰“新命”,后名“澂”,字“维周”。

是年值小试。吾乡距县城六十里,准辄欲逐队观场,从诸同学之后,请于先母,欲乘舆往。先母不许,曰:“不记尔父上府应郡试,三四百里尚步行,及得县案元,乃许乘舆。县城距此仅六十里耳,即不能步行乎?尔师及同学都步行,尔随之可也。如尔能得县案元,府试即许尔乘舆。但恐尔学力未至,无此希望耳。”准欣然从之。试毕,名列十三。值府试,乃为准婚娶之日,不果行。

八月,先母携准及妹莲香、珍贞,七弟新命,母舅王兰亭,大姑丈甘吉甫,业师黄俊三先生,仆人范儒江、张诚尧,仆妇周嫂,婢曰银莲,上下大小一行十一人，由广安州罗红渡沿渠河买舟东下。绕道而行，取其省费也，不然取道万县，乘舟东下，可省千里之途。

临行之日，四舅祖张旭斋先生，年近八旬，尚乘极快之马追送数十里而回。旭斋年近八旬，须发皓然，精神（镬）[矍]铄，所乘之马亦极雄壮，神骏之致。每上，马即人立，足甫踏镫，即开步快跑。旭斋不须人驭，跨马疾行，亦自忘其为八旬老人也。

临别，马上语准曰："尔到粤，如尔父问及我，尔即以我尚乘烈马送汝行至桂花桥而归告之（桂花桥属广安州，距吾家五十里），即知余之康健也。"

是役，由罗红渡顾小篷船，三日至重庆，换搭载货之柏木船舱面而下宜昌，搭招商局之"江宽"轮船直放上海。船上先由长发栈接客人，名金丽生者，奉先大夫之命来宜接候，一路照料而至上海。住长发栈两日，即搭怡和洋行"福山"轮船之底舱三等客位。遭大风浪，且有恶味逼人，船客皆呕吐狼藉，先母及莲香大妹吐之尤甚。母舅王兰亭曰："何不多费数十元，换坐头等大餐间，免人受苦。"先母不许，曰："待浪一平，人即安矣，何必多费此无谓之钱哉？"

常训准曰："州县为亲民之官，清廉为本，如多费一钱，河源为瘠苦之区，将欲尔父取之民哉？我之刻苦省费，盖欲尔父为廉吏，造福于子孙耳。"准闻而感悚。

及抵广州，先大夫已预派家丁川人谢兴，雇河头船来接（河头船之名，以新兴县之河头地方，人多操此业，故名。又名老隆船，以龙川县属之老隆亦有此种船也，略如川河排子船，盖专装官差之用也）。溯东江而上，九月中旬抵河源任所。

先大夫令从黄俊三先生读。公余之暇，仍亲为讲解、改文。每出门或下乡，辄于马上作制义一篇以教准。一月常作三五篇，授准熟读，并令读史，如《纲鉴易知录》，则令日抄二三页；又令究《说文解字》，亦日抄一二篇，日以为常。

常曰："此时不必一定如小孩须熟读背诵，但讲过之后令自抄写一过,日久自印入脑中而不觉也。"准之学作小篆自此始。

光绪十四年(1888),戊子,十八岁

仍在河源,读于署中。

六月,先大夫奉调乡试文闱帘差,一人独赴省,眷属仍留河源。

准以饕餮之故,食河邑所产鸡蛋卷过多,秋初,屙红白痢,日数十次,不能进食,谓之"禁口痢"。月余未愈,已枯瘦如柴矣。先母忧之,无以为计。有刑幕闽人刘崧生出单方治之,数日而愈。方以大橘饼一个,片切大半边,入红花五分于馅内,盛于大碗中,加查肉、陈茶叶各五钱于饼上,冲入开水大半碗,在饭面蒸透。初起者一二服即愈,重者三五服无不全愈,真神效方也。

冬初,先大夫调补首邑南海。缄谕准,奉母及眷属人等来省,寓小北之九如坊。

先大夫以首县终日应酬,不暇亲理民事,愿任外县。十二月,调署香山县知县,岁暮随侍先大夫乘船赴任。

光绪十五年(1889),己丑,十九岁

先大夫于元旦日履香山县任。

夏四月,命准入京读书,便应顺天乡试。

临行,先母谕准曰:"汝年今已十九矣,知识已开,今有远行,吾不能遥制,汝当上志上进,勿作狭邪游,败坏身体,以遗我忧。尔如违我言,独不念我二十年来之坚苦乎?吾仅生汝一子,今多病不能再育,倘有差错,吾将何恃?沪上为万恶之地,京师亦为繁华之区,尔当格外谨慎,幸勿涉足花丛。如有强之者,尔其念我坚苦,自然万念俱寂。"言时几为下泪,准则毛骨悚然,何敢一刻违先母之训哉!故此次北上,与黄俊三先生同行,自沪至京俱谨遵母教,不敢妄行一步。

到京,住城内钱粮胡同西口外大佛寺后身荣公府对门家少轩太史之家(少轩为云南籍,实遂州宜宾人,庚午、辛未联捷进士,翰林院编修,后官至直隶宣化府知府,与先大夫心性道义之交,能刻苦自好。主于其家者,便欲常得其教益也），并请泸州高尉然主政为改制义文（高，名树，字尉然①，乙亥举人，己丑进士，兵部主事，军机章京。历官台谏，外任奉天、锦州，奉天府知府）。南充何云帆部郎，亦常以制义文请改之（何，讳兆熊，字云帆，癸酉举人，甲戌进士，礼部主事，总理各国事务衙门章京，官至礼部郎中，记名海关道，与先大夫为契密）。

乡试后，落第归。

七月廿七日，长女生于香山县署，先大夫为之命名曰"菊荪"，以准归时正菊花盛开也。

是年，先大夫命从陶心云年丈学书，临北魏、隋碑兼及唐碑（陶，讳睿宣，丁卯副榜，丙子举人，与先大夫同年）。

光绪十六年（1890），庚寅，二十岁

先大夫仍任香山县。命受业于县绅、前四川川北道黄植庭先生门下（先生讳槐森，字植庭，戊午举人，壬戌进士，翰林院编修，官至广西巡抚，时丁忧在籍）。

六月，先大夫奉调署海阳县知县。随侍由香港、汕头赴任。

七月，先大夫命晋京。仍主于家少轩太史之家，对门即为宝文靖公之宅（文靖公名宝鋆，字佩蘅，满洲人，道光戊戌进士，军机大臣，官至武英大学士。为先大夫丁丑座师，致仕客居）。晋谒，命与其孙荫桓（字笛楼，甲午进士，翰林院编修，官至翰林院侍读学士）同读书于东园。

冬初归，始知先母自香山航海至任，感受暑热，足肿，口唇烂，大病几不起。虽以大凉之剂治之而愈，然从此元气大伤，不能如从前之健康矣。

海阳为潮州附郭首邑。潮郡业产水晶，制水晶之店极多，各式水晶图章极贱。一二毛即可得一方，如至一元及数元，便可得极精刊刻之大章。准素喜篆刻，每日于读书之暇，辄用钢钻刊晶章以为乐，因积至数百方之多。

---

① 一作"蔚然"。

先大夫以准学书北魏，多剑拔弩张之态，不合于应制，令专学唐碑。先本学柳诚悬，至是令临大、小欧，如皇甫碑、九成宫、道因法师碑等。每日仍抄《说文》，作小篆，兼读《史记》、前后《汉书》、《文选》及《皇朝经世文编》，以为常课。

汉军商梅生先生为先大夫门下（商，讳廷修，字梅生，己丑举人，壬辰进士，刑部主事，博学能文），时主于海阳署。先大夫延聘为金山书院掌教，专讲经古之学。先大夫命与之游，常得其教诲之益。

嘉应谢质我孝廉（义谦）①，亦先大夫门下士，亦住署中，与之讨论学书之法，颇得切磋之益。

是年，于学道因碑字体略有心得。

光绪十七年（1891），辛卯，二十一岁

先大夫仍任海阳县。

三月，奉命同黄俊三先生晋京读书，便应顺天乡试，仍主于家少轩太史之家。秋试仍不第，归。先大夫曰："皆汝学力未至，不咎主试无眼也。"

先母以己身多病，为广嗣续计，劝先大夫纳簉室。

是年秋，吾庶母杨太淑人来归。

冬十二月十九日，准次女生于海阳县署，先大夫命名曰"梅荪"。

冬十二月二十八日，绍基兄之妻龚氏嫂卒于家。

光绪十八年（1892），壬辰，二十二岁

三月，先大夫奉调署揭阳县知县，适先母病甚，扶病赴任。先大夫夫妻情重，不惜多费金钱，广延名医，购买参茸大补之剂。准侍奉无状，医药罔效。延至七月初四日，卒于任所。方病甚之际，电请先大伯父佑弻公来粤诊治，及同舅氏王兰亭八月初抵署，先母已先一月

---

① 谢义谦（1863—1932），字质我。李准在广东任职时，聘其为西席。辛亥革命时，与党人联络，促成李准反正。孙中山就任中华民国临时大总统后，为表彰其功绩，委任其为惠阳长官，辞而不受。

逝世,深以不及医治为恨。

先母年仅四十有三,临终之日已语不成声,频频视先大夫不转睛。先大夫为之泣曰:"夫人安心去,勿以儿女为念。"旋又注视准及两妹,准泣曰:"母勿虑,儿必能遵母平日遗训,刻苦自励,立志上进,以彰母德,并善事弟与妹也。"又转眼他视,欲言而不能出诸口。准曰:"母何视,非欲见二弟耶?"先母首颔之。急寻澂弟至,注视不已,准又禀曰:"弟才六岁,母非恐其失教养,不能成人乎?"先母点首者再。准曰:"儿必教之成人,不遗母忧。"先母始瞑目而逝。盖先母所不慊于心者,此弟也,因未得先大夫之同意而收养此子,如不成人,必遗口实,故临死不忘。然澂弟卒不肖,今且四十一岁,如不改悔成人,将何以对先母于地下哉? 皆准一人之过也。

自先母逝世后,逐日延僧尼诵经超度。盖先母生时,素迷信佛经,故不得不随俗超度,以顺亲心。

准因寝毡枕块之际,感受潮湿,亦大病,且两股生坐板疮,溃烂殆遍,经先大伯医治,内服归脾汤,以桐油、松香、班毛[①]、花椒、矾石等熬成膏,趁热倾考棚碾号石板上,去裤坐于膏上,痒止而粘连皮肉不得脱。先大伯两手拉之而起,痛极欲号,回视石上,脓血全沾于膏上,股上全现凹形,以药末敷之,数日而愈。

是年,学照相。从上海购照相器具、药料归。不问寒暑,暇辄为之。又兼学绘事,花卉虫鸟之属亦稍有研究(同乡李斗寅,名维枢,精绘事,因亦仿为之)。

光绪十九年(1893),癸巳,二十三岁

二月,奉先大夫命,扶先母柩归里安葬。挈妻氏黄夫人及两妹、一弟、两女与先大伯及舅氏王兰亭、龚艾臣姻长经上海、汉口、宜昌,均乘轮船。至此换民船上驶,用大排子船一只以载母柩及眷口,另用小五板一只,以运邹惠生之柩及同行之人(邹惠生为邹星应大令之兄,适

---

①　即"斑蝥"。

馆于揭署。逝世,就便运之回川)。

讵行至云阳县署之庙基子,因江水大涨,江中泡漩极大,上水之船极不易行。甫离岸而泡水一来,又打近岸石上,船身打坏丈余,幸在洄水沱中,因即浅于沙滩上。

虽满船皆水,以一边搁沙上,一边用长木杠子撑之,得以不沉。以大桅上之天缴拉柩,移于沙滩上,衣箱行李已未泡湿者,一律运上沙滩。而江水正涨,沙滩亦随即淹没,又搬山上之东岳庙内一宿。次日,始雇他船上驶,由万县起旱,经梁山、大竹回家。

七月,葬先母于柑子铺新厂碥本宅之右,坤山艮向。先大夫为撰墓门联曰:墓旁可万家,斯歌斯哭斯聚族;德配堪千古,此人此土此有财。

冬十月,先绍基兄续娶南充邹氏。

十二月,遣嫁季父之女莲香于广安王氏讳秩斋之次子,名天佑,字迪吉。

准守礼家居,于学书之暇,编吾李氏族谱,调查数月之久,仍未能详尽,姑留作底本,以俟异日之编辑耳。

是年四月初四日,吾妹淑贞生于揭阳县署,杨太淑人出也。

光绪二十年(1894),甲午,二十四岁

二月二十七日巳时,吾弟次武生于揭阳县署,乳名"揭生",派名"新潮",官名"涛"。

二月,携妻室及一弟、一妹、两女,由重庆买舟东下旋粤,三月中旬抵揭署。先大夫喜动眉宇,曰:"汝回川一年,而又添一妹一弟矣。"时淑妹方周岁,涛弟尚未弥月也。

先大夫以十年县令,心力交瘁,尤恐不能尽如民意。常存"一夫不获,时予之辜"之意。因上禀请交卸开缺,过班道员晋引,借此脱离苦海也。

交卸后,眷属住汕头之棉安街,清理交代。先大夫赴省,先主华宁里之鸿安栈,并令准入京读书,仍主与霞公府家少轩太史之家(少轩先简安徽凤阳府,丁降服忧,至是起服到京候简,旋简直隶宣化府知府)。

先大夫正待领咨晋引,奉吏部文行,以历任例有四参案,不准开缺。

准应秋试仍不第,九月回汕。先大夫令携眷口赴广州省城,寓华宁里梁家试馆。

十月二十七日,准三女生于省寓,先大夫命名曰"芝荪"。

光绪二十一年(1895),乙未,二十五岁

正月二十日,先大夫履南海本任。准仍读于署。

先大夫以准屡试不第,为捐同知,分诣广西,并令专讲经世之学,练习公牍文字。

黄植庭中丞①由广西藩司升云南巡抚,调准赴滇。以道远,先大夫不令往,为亲送至梧州而返。

是冬,准奉鄂督张文襄公②委办湖北赈捐。

十二月,先大夫交卸,居天平街西约。准则日夜考察各项捐例,实官虚衔、加级请封及三班分诣、捐离改诣、捐免保举、捐免试用各项,大小花样,分门别类,列表成书,石印数千本,散给揽捐之人,使人一目了然。先大夫阅之,喜曰:"不闻举国视此捐例繁杂,莫能言其究竟者,尔竟能条分缕晰,将新旧各事例录列为表,朗若列卷,使尽人皆知,尔一生之衣食将于是乎。赖尔能用心若此,吾无忧矣。"

光绪二十二年(1896),丙申,二十六岁

先大夫以忤粤督谭文勤③,奏参以通判降补,而开缺之愿遂矣。盖先大夫先本得有道员在任候选,此降补通判之所由来也。

二月,赴香港、汕头各处劝捐,以谋生计,而分先大夫之忧。先大

---

① 黄槐森(1829—1902),字作銮,号植庭、植亭。广东香山(今中山)人。时由广西布政使调任云南巡抚。

② 张之洞(1837—1909),字孝达,号香涛,谥"文襄"。时为湖广总督。

③ 谭钟麟(1822—1905),字文卿,谥"文勤"。时为两广总督。

夫素有德于广潮商民,闻准至,踊跃捐输,月余集款至十万有奇。电汇至鄂,文襄以为能,奏保以知府补用。奉朱批:著照所请。旋奉部议驳,文襄殊为歉然。

准又续捐数十万解鄂,文襄益旌其能,并电召先大夫赴鄂商办路矿等事。

文襄以准源源接济巨款,又专折奏保加考:"才具优长,志趣坚定,实心任事,历久不渝,请仍以知府留,仍留原省补用。"奉旨允准,奉部议仍补三班银两,始准归知府班补用。

冬初,先大夫挈庶母杨太淑人及妹淑贞、弟涛北上,眷属住天津法租界六号路二十三号。先大夫到京,寓丞相胡同,与绵竹杨叔峤中书①同居。赴吏投供候选,盖已先捐有"遇缺先"大花样也。

准所办赈捐捐册,每月底即造册邮寄津寓,连同京津所收之捐,汇成一起,就近请直隶总督代咨,限每月十三日以前到部,不误捐生在部换照之期,而捐更踊跃矣。津局并请泾县洪翰香观察助理其事(翰香名恩广,安徽人,直隶候补道,后至长芦盐运使)。家少东伯②时官津海关道(少东名岷琛,同治甲子举人,辛未进士,翰林院编修,后官至湖北布政使,护理湖广总督),先大夫得聚处于此,亦甚适意也。

是年四月二十七日,准长子桓生于粤垣之天平街,先大夫命名曰"相枚",字景武③。

---

① 杨锐(1857—1898),字叔峤。"戊戌六君子"之一。
② 应为李少东。李岷琛(1837—1913),字少东。
③ 李相枚(1896—1985),字景武,又名李桓,李准长子。同济大学工科毕业,赴德国柏林大学深造,获工科博士学位。曾任内政部北平警官高等学校事务长、总务长,南京警官高等学校代校长。著有《北平风土志》《航空警察学》《警察常识》《清末民初官场琐记》等。

光绪二十三年(1897),丁酉,二十七岁

二月,奉四川总督鹿文端公①委,兼办四川赈捐,派牛华溪盐大使李志素赍捐照委任状来粤;三月,奉直隶总督王文勤公②委,兼办顺直赈捐;四月,奉安徽巡抚王灼棠中丞③委,兼办安徽赈捐。与湖北赈捐统归直隶总督代咨,取其直捷,款则统筹分解。

秋间,江苏徐淮海水灾及山东黄河工赈告守,先后又奉两江总督刘忠诚公④、山东巡抚福少农中丞⑤委,劝办江苏徐淮海及山东黄河工赈捐。

各省纷纷委任,真有应接不暇之势。捐得之款,择其轻重缓急而分济之。

是秋,奉上谕:著盛宣怀⑥、李徵庸各筹垫五十万两,解交考查河工大臣李鸿章备用。先大夫电准由粤筹垫,如期电汇至津。派前广西太平思顺道何玉林观察(何,名昭然,字玉林,四川井研人,甲子举人,广西州县升太平思顺道,官至广西按察使,被议来京,借此谋开复也),解交山东河工李文忠行辕交纳。文忠据以奏闻,奉上谕:李徵庸、李准著先行传旨嘉奖。⑦

---

① 鹿传霖(1836—1910),字润万,又字滋(芝)轩,号迂叟,谥"文端"。时任四川总督。

② 王文韶(1830—1908),字夔石,又号退圃,谥"文勤"。时任直隶总督兼北洋大臣。

③ 王之春(1842—1906),字灼棠,一字爵棠,号椒生。曾历任山西巡抚、安徽巡抚、广西巡抚等职。光绪二十三年(1897)王之春任四川布政使,担任安徽巡抚的时间为光绪二十五年(1899),时任安徽巡抚应为邓华熙。

④ 刘坤一(1830—1902),字岘庄,谥"忠诚"。时任两江总督。

⑤ 福润,字少农。福润任山东巡抚的时间为光绪十七年至光绪二十年(1891—1894)。光绪二十三年,李秉衡和张汝梅先后任山东巡抚。

⑥ 盛宣怀(1844—1916),字杏荪,江苏常州人。时任督办铁路大臣。

⑦ 在李鸿章相关清档中,未查到关于此事的记载。

准既遵旨筹垫，解东交纳，奉旨嘉奖。盛京卿亦遵旨筹解，颇以准筹垫五十万两之速为奇能，缄电来往询筹垫迅速之法。准以"历年信用昭著，各票号分任其事"复之。然准从此渐知名于时，先大夫亦令晋引。乃将经手各省捐事清理有绪，备明春晋引，借省亲于津门焉。

是年六月，大先伯父佑弼公卒于家。

是年，因劝捐劳绩保加三品衔，并捐戴花翎。

是冬，三女芝荪殇于粤垣。

光绪二十四年（1898），戊戌，二十八岁

三月，由粤北上晋引，月中抵津。

先大夫适选山东沂州盐捕通判（向例降补人员，非补实不能过班，至此始捐离任过班道员）。先是张文襄、刘忠诚均有奏保送引，至是始并案引见，奉旨：著仍以道员用，并交军机处存记①。

准亦于四月引见，留连在京一月有余。先大夫本与乔孟萱部郎、杨叔峤中书同居于丞相胡同。准则住于芝麻街蜀中先贤祠，与胡敬敷主政、施鹤雏太史②、张庶谦、李义安大令同居，以先大夫寓中无余屋也。

准四月杪出京回粤，而政变事起，六君子同及于难。行刑之日，知交中无一肯往者。先大夫独哭杨叔峤、刘裴村③于菜市，为函其胝、备棺殓，且资送其眷属回川，时人颇称道之。

准于七月由西江梧州往桂林，到省寓西府巷沈果斋同守（绍祺）之家。同行有王伯严太守（克诚）、刘鲁麟大令（壬滨），均同引见出京，

---

① 李准自编年谱中所记上谕、谕旨、奉朱批等与原文略有差异，因此都不用引号。

② 施愚（1875—1930），字鹤雏，又作鹤初，四川涪陵人。光绪二十四年（1898）进士，时为翰林院编修。

③ 刘光第（1859—1898），字裴村，四川富顺人，"戊戌六君子"之一。

亦同寓沈宅。时广西巡抚为黄植庭中丞(槐森)，委充梧州通商提调。

八月至梧任事，与谭彤士太守同事(谭名国恩，广东新会人，丁卯举人，丙戌进士，工部主事，改官知府来桂)，极承其指导之益。准以经手各省捐事太繁，仍回东办事。适定兴鹿文端公来抚粤，极承青睐，留粤委充钱局提调，乃改诣广东。而桂抚黄中丞又委署梧州府知府，以改省不能赴任辞之。

钱局坐办为平湖薛梅溪直刺(薛名培榕，浙江平湖人，以知县解军火来粤，张文襄留粤办制造军械局及钱局，保升直隶州，充坐办已十余年，办事认真，有条不紊，年近六十矣。后以积劳在局病故，李文忠为奏请给恤，奉旨追赠太仆寺卿衔，恩恤其子孙十年)，湖北熊三峰太守方伯亦局中坐办，均极相契合。于梅溪则师事之，以其精细不苟，思虑周密，实心任事，足为师法者也。先大夫亦缄谕，当以梅溪为师。

到局后，考察局中利弊，时与梅溪商酌办理，尚无陨越之处。

是年，先大夫以捐助京师蜀学堂经费二万两，奉旨赏给头品顶戴。[1]

光绪二十五年(1899)，己亥，二十九岁

仍充钱局提调。条陈仿香港之铜元式改造三等铜元：甲，每五十枚换一元；乙，每百枚换一元；丙，每二百枚换一元。并造小制钱，略如五铢，质虽轻而极精，陵廓高而肉薄有眼，每千枚换一元，以辅银元、铜元之不足也。奉准照办。

后来各省均仿行之，以为有利可图也。而铜质既杂，程色[2]亦低，制造亦欠精良，流弊滋多，致不能如广东之二百枚、一百枚、五十枚换一元之价。今且换至三百余枚，而程色更杂，制造更劣，有裂、有

---

[1] 前经杨锐等人奏请，"记名道李准关心时务，慷输巨款，洵属好义急公，著赏给头品顶戴"。《中国近代学制史料》第一辑(下册)，华东师范大学出版社，1983年，第758页。

[2] 即"成色"。

缺及轻质者、伪造者，多掺杂其中，甚至有外来充斥者。不知粤局之铜元，非日本住友铜不用，九成紫铜，一成铅锡，熔铸成条，辗片后有烈①者、有蛇腹纹者，及冲铜饼后，察有缺边、沙眼、裂纹，一概均须重铸，故无各省之弊，而信用著于国中。入民国后，多不能如从前认真，与各省亦无轩轾也。

当时之银元局，除广东外，惟湖北最为良善。以其为华阳王雪岑廉访（雪岑名秉恩，四川华阳人，癸酉举人，为张文襄之门下士。广东及湖北银元局皆其创办，官至广东提法使）所创办，与广东为一，其他江南、北洋、奉天、安徽、四川主其事者，皆视为利薮，其弊有不可胜言者矣。无怪其程色之低，制造之劣也。

是年，奉委兼充海防善后局提调，与漳浦陈省三观察姻丈同事（陈，名望曾，台湾人，庚午举人，甲戌进士，内阁中书改广东知府，后官至广东劝业道）。省三谨慎细密，一丝不苟，先大夫亦缄谕当师事之。

善后局为筹饷财源之区，每年收支至二千余万，凡承商承赌之事，咸归局管理（如番滩、大小围姓、白鸽票、山票之类，每年不下千余万两。而从前之经手，莫不收受规费者。巴陵方柳乔太守恭惠，因此罢官，为制府谭文勤公奏劾者也）。

省三操守严谨，凡使商承饷之事，多主公开，无一丝之弊混。准得与共事后，虽有岑西林②之严（励）[厉]，亦不能指摘其一丝之弊，得以保全令名。准凡有应兴应革之事，多与省三商酌行之。

时谭文勤公去任，继之者为李文忠公；鹿文端公调江苏巡抚，继之者为汉军德静山中丞。谭去任，德兼署粤督。藩司为平远丁慎五方伯（丁，名体常，贵州平远人，为丁文诚公之长公子，由甘肃藩司调此，后官至广西巡抚），极承青睐。

准是年由鄂督张文襄以劝捐劳绩，保俟补缺，后以道员用。又由

---

①　即"裂"。

②　岑春煊（1861—1933），字云阶。广西西林人。曾任两广总督。

安徽巡抚王灼棠中丞奏保,以道员交军机处遇缺题奏。川督奎乐峰①制府、江督刘忠诚公(坤一)奏保,仍以道员交军机处存记,用以筹劝捐助赈之劳也。

先大夫奉旨开去道员,赏给三品卿衔,专充督办四川矿务商务大臣,准其专折奏事。请训出都,至上海考察商务,并与英商摩赓②订立合同,办四川矿务。缄谕准携同胞妹珍贞来沪,同回四川。准请假赴沪,随侍先大夫至鄂,张文襄招待住于纱局。晋谒文襄,奖励有嘉。

冬初,随先大夫上驶至宜昌而返,临行,谕以"要差可当,优差不可当。宁为红人,勿为私人",准奉命维谨,终身佩之而不敢或忘也。行至上海,李文忠亦请训出都赴粤履新。往行次晋谒,极赞筹垫巨款助黄河工赈之劳。

准先回粤销假,回钱局、善后局原差,仍兼办各省赈捐。

文忠到任,以商包厘金比官办犹短收至百余万(广东厘金向收二三百万两,上年刚子良相国③来粤筹饷,以官不可靠,改归商包,每年四百万两。以原任天津镇总兵黄和庭总戎金福承包。归商包,一年仅收一百余万两,至是乃议革商,改归官办,仍包四百万两),文忠毅然革商,改归官办,仍包四百万两。

藩司丁方伯不敢承,文忠下问于准,因举广东厘金积弊告之。文忠大悦,将即以厘金之事,令准总其成而收回官办焉,如收不足额,将任赔偿、参办之责。准因对曰:"倘事权归一,改订新章,不掣我肘,无上司及京师阔人之八行强我用人,收不足数,赔偿、参办可也。"乃奏派准为广东全省厘金局总办。准以资浅望轻,力小任重,请仍由藩司

---

① 奎俊(1843—1916),字乐峰,荣禄堂叔父。时任四川总督。
② 摩赓(Pritchard Morgan),英国著名矿商,1896年进入中国。
③ 刚毅(1837—1900),字子良。光绪二十五年(1899),赴南方各省督办税务,其间多有搜刮行为。

总其成,愿居提调之任,遇事禀承藩司办理,文忠允之。

到局任事,厘定新章,优给薪费,择操守廉洁之吏为各厂总办,雷(励)[厉]风行,一年增收至四百三十余万两。

广东东、西、北三江,本多盗,打单、勒收行水之事所在多有,商船来往每多阻滞,诚恐厘金因之短收,乃就原有内江小兵舰力加整顿,并拨善后局之小轮船归厘局差遣,又加造广福等小兵舰若干号,以为各江护商提饷之用,商旅得以畅行,厘金因之起色。一切详细办法详载《粤东从政录①·广东厘金沿革》项下,滋不备录。

准接厘局事后,电告先大夫以"文忠责以办厘局之事",先大夫虑准"资浅望轻,力小任重"为辞。文忠复电云"文郎明敏诚笃,果敢有为,必有成效,勿劳远虑"等语。至今思之,尤为感愧。

光绪二十六年(1900),庚子,三十岁

正月,纳妾张氏。

准以各江商船来往,虽有小兵舰为之保护,而匪徒常有在沿岸开枪射击商船之事发生,非严办匪乡不足以寒贼胆而收拔本塞源之效。

文忠又委营务处会办,调集防营,分投往办各江之匪乡。

又以广东原有水师扒船腐败无用,全行裁撤,另造湖南舢板三百余号,曰"惠安水军"三营,专以防东江也;曰"肇安水【军】"两营,专以防西江也;"韶安水军"三营,专以防北江也;曰"广安水军"两营,专以防省南港汊纷歧之地,以辅小兵舰之不足。其有水浅而兵轮不能畅行之处,则专恃此舢板矣(一切章制、办法均详载《任盦闻见录》中,不备录),小兵轮亦整饬一新。此准入水师,弃文就武之先声也。

是年,北方之拳祸起,各国联军入大沽,距天津。北京两宫乘舆西幸,朝命李文忠入京议和,继任者为秀水陶方之年丈(陶,名模,字方之,浙江秀水人,丁卯举人,戊辰进士,历官甘肃州县,渐升陕甘总督,调任两广

---

① 原写为"任盦闻见录",后涂改。

总督,后卒于任,谥"勤肃")。未到任以前,由德静山中丞①兼署。

李文忠入京之后,准总持广东财政权、兵权,责任綦重。而惠州三洲田及高州、钦廉等处之乱接踵而起,筹兵筹饷,日不暇给。

又以向来票号承汇京饷及赔款,勒索汇费、纹水至重,积习相沿,骤难更改。准毅然改革,不交票号,改由汇丰直接电汇,年可省费数十万金。每年十月初八日,为上海交赔款之期。九月下旬,以广东应解磅价未交,署督奉庆王及李文忠电饬如期解交,"如过期不交,于和局有碍,该督能当此重咎耶"之语,署督责令五库通筹,如期解沪。

各票号闻之,均以期迫难办,相率不接,盖欲借此以难准而败之也。准愤急,以将藩库、运库、关库、厘金局库、善后局库拨出现金三百万两,有纹银、有龙银,用大号兵船运至香港,交汇丰电汇。而汇丰必欲收其本行钞票,现金亦不允收。而时间逼促,实无法可以收买若干之钞票,无已,乃以现金押银行之银库而息借。四百余万元如期电汇上海交纳,未误期限。除交一月五厘利息外,仍省二十余万元(一切办理情形,详具《任盦闻见录》中,兹不载录②)。

当奉电办理此事之时,又得先大夫自成都来电,以病重催准"速归省亲,迟归即不得见"等语,故心急如焚。故赶速料理完竣,即请假回川省亲。

至上海,适有德商瑞记洋行之瑞生轮船径开四川,准喜其可速见先大夫也,附之行。至汉口,谒张文襄、王雪岑观察,均谓川河初次行轮船,不可恃。准以亲病在蜀,不能奋飞,何处遇险,仍可只身回川,并承文襄电饬宜昌镇傅弼臣总戎,多拨红船③,于险要滩口救护。

时陶方帅年丈亦在武昌,因谒见,极承奖饰,谓"如堂上病愈,可

① 德寿(? —1903),字静山,时任广东巡抚。
② 详见本书第 249 页。
③ 清代航行于长江上的救生红船。

速回粤了未完之事"。

及行至宜昌,已冬月初四日矣。初八黎明上驶,八时即抵崆岭峡,在滩下回水沱下锚,雇滩师许癞子为带水。滩上已有红船四号、炮船一艘,属其预备救人。及上滩,船上大副不听许癞子之言,致触二珠石①上。准遇红船救生,仅以身免(详见"崆岭遇险记"②,《任盦闻见录》中)。

即就红船上驶,次日抵归州,分电川、粤、汉、沪,报"平安上驶"。先大夫于未得此电之先,川督奎乐帅已先得别电,告知先大夫"不知准之生死",惊惧之余,病益增剧,神志几不清矣。及准行至夔州,已有夔州吴太守(佐)派员江鹤龄二尹赍送衣被、川资来巫山接候。邹荣春大令亦乘船送衣物来接,盖均奉川督及先大夫之电而来也。

冬月十五,遇调任直藩司周玉山③方伯于夔门舟中,询先大夫起居病状。由夔至万县,仍乘小红船而行,取其迅速,不计舒适与否也。到万,又有王大令(鸿钧)、张少堂二尹备夫马来接,均各奉督院及先大夫之电而来。呜呼!吾父病中尚思虑周密若此,爱子之心,无所不至矣。

冬月十九日,由万县陆行三日抵邻水原籍,乘夜拜扫先母之墓。次日黎明,至活水沟老宅后,拜扫先王父母之墓,并谒二先伯父母。二十三日,宿于广安戴市场妹倩王迪吉之家。二十四日,赶行至岳池县宿。二十五日,宿顺庆府城。二十六日,赶行至太和镇宿。二十六日④,赶行至赵家渡宿。二十七日午,已抵成都。盖日行常二三百里

---

①　崆岭峡处,以往滩险流急,礁石密布,有"二十四珠",其中"大珠"石梁,与邻近"二珠""三珠",号称"三石联珠"。均早已被爆破清除。

②　该文目前未见。

③　周馥(1837—1921),字玉山,号兰溪。时由四川布政使调任直隶藩司,负责"办理京畿教案"。

④　原文如此。

也。即见先大夫，惊喜之余，几不能成声，盖于未得"平安上驶"之电，受激刺过甚而心神益不宁矣。此皆不听文襄、雪岑之劝，故遭此险，而令我有疾之严亲益受惊恐，罪莫大焉。

先大夫谕准曰："尔幸生还，吾可无忧。惟两宫蒙尘西幸，余恨不良于行，不能奔赴行在计，惟有毁家报效，以酬万一。"乃倡捐二万两，合川省绅民凑成十万，派员解赴行在，蒙赏收备用，传谕嘉奖。

先大夫见准之后，病势渐轻。

十二月一日，为先大夫寿日，尚能坐而观剧，并为涛弟命字曰"次武"，以准名"继武"故也。

是月，准陕西巡抚岑云阶中丞（春煊）、山西巡抚锡清弼中丞（良）奏请，改派先大夫往南洋督办秦晋赈捐，奉旨允准。先大夫闻之，喜曰："吾能离四川往南洋，是出死入生也。"遂决计先往广东督办赈捐，并可就医，预备开春起行。

光绪二十七年（1901），辛丑，三十一岁

正月初五日，准五女①生于粤垣之天平街寓所，命名曰"蕙荪"。

二月初八日，先大夫由成都水道启程，准同绍基兄、涛弟随侍东下。十五日抵重庆，先二伯父佑卿公自家来渝相送。先大夫谕准以分润，长、次两房之款照拨。二先伯欣然而去，并谕绍基兄回家料理家事。

四月初八日，行抵广东省城，就天平街原有之局兼办秦晋捐赈。旋又准直隶总督、北洋大臣李文忠奏请，先大夫移驻上海，督办顺直善后赈捐。二月二十四日②，奉朱批：李徵庸现办秦晋赈捐，著即咨行该大臣兼办分解，钦此。因即兼办顺直善后赈捐，即归并粤局办理，统筹分解。先大夫虽在病，仍饬准尽力劝筹，先后劝集赈款三四百万两，分别解济。

先大夫心虽稍慰，而病势仍未稍减。准日侍汤药，遍延中西名医

① 原文如此，应为"四女"。
② 原文如此，应为四月二十四日。

诊治,时好时愈,未见痊可。

准回粤后,当道屡催回局任事,准以先大夫之病未愈为辞。藩司丁慎五方伯亲至寓所敦请,以厘金为准所担任包办四百万两之事,今既回粤,必当始终其事,俾完经手。不获已,当允专管厘局之事,其他善后、银元两局,则不暇兼顾。营务处与厘金局因办匪保商有连带关系,仍照常视事。

每日仍在家侍奉先大夫汤药,两局中公事送寓所披阅,局员随时来寓所请示办理。

准每夜于先大夫榻前地下铺席,和衣而卧。一转侧,一痰吐,均准亲为伺候。饭食亦准亲为进奉,便溺亦准亲为照料收拾。盖一经他人,先大夫心即不悦不安。故每日除侍亲之外,又须料理赈捐之事。虽各事分派有人,而每日收款常三五万至十余万不等,非亲为督率办理不可。而厘局之事,尤为责任所在,幸自接收官办以来,已满一年,竟能收至四百三十余万两,人皆以为得之意外,吾以为实在意中。盖甫经收回,一切章制尚多有未能完备者,厂员虽慎选廉洁之士,究属外行者多,偷漏之事诚所难免。虽严禁需索商民,究属信用未孚,未能人人据实报税。日久而信用昭著,商民知官不扰商,据实报税,收数更多。再能将各江盗贼肃清,商船畅行无阻,收数当更见畅旺,虽六七百万可至也。

至上年,因各票号汇解京饷、赔款索费过多,实皆与在官人员朋分。其反对,联行抵制,亦皆有人主之者。上年因期迫而收买港纸(即汇丰钞票,粤中呼为港纸)不及,改以现银押仓,息借汇丰之钞票,如期电汇交纳,虽耗一月之息,而过期(还磅价之期)纸价低水,陆续分期买入,所省实多,以抵一月之息,尚属有盈无绌。

上年临行即列折呈明,以后每年应解之京饷、赔款,各库收入先行提出备解,遇纸水低时即买入,见汇丰上海电单行市至七四五以上,即汇至上海,按日折息,到期乃交上海道,息仍归公。其未电汇之先款,仍发商生息。各库能否照办,吾不之问,善、厘两局必照办理,今年即将实行。藩库应解之款，均交余归厘局一并办理。

又如九龙、拱北两关税务司代收厘金、台炮经费，每月二三万至四五万不等，皆关平纹银，有纹水、纸水、大平，每百多十余两，向来仅收大平五钱，其余概归善后局之小委员朋分之。余深悉其弊，提归厘局自收，涓滴归公，年余以来，连生息各款不下二三十万金（详见《任盦闻见录》中，不备录）。

息上生息，年有加增，为数至巨，乃就厘局之破烂房屋者而平之，改建洋式大楼以为局所，其费亦不过数万金而已。即就其余款，为增设水师巡船及小兵舰，以护商船之来往。

余虽日夜侍亲疾，不敢或离，而于赈捐、厘局、营务等事，仍经营擘划不遗余力，成效昭著。惟先大夫病不见愈，心常惴惴。

十二月初旬，遣嫁胞妹贞珍于霍邱裴公（伯谦）①之第三子，名祖泽，字岱云。

十二月初三日，忽感外邪，牵动旧疾，真阳外越，气促神昏，病势更形危笃。延至十二月十二日，先大夫自知不起，召准于前，口授遗疏大意，命草。准含泪秉笔，遵先大夫口授而书之。书成，先大夫尚审视再三，以为可，已语不成声，泪淋淋下矣。十三日戌刻，卒于广东省城天平街差次，享年五十有四岁。

粤督陶勤肃公（模）②以遗疏上闻，奉旨追赠内阁学士衔，照侍郎出差积劳病故例，从优赐恤，谕赐祭葬。准侍奉无状，百身莫赎，谨遵先大夫遗命，不延僧道打斋诵经，棺殓殡葬不择吉日。乃东门外买地二十余亩，建筑义园庄房，殡先大夫之枢于此。后即捐作四川义庄，乡人如谢范九、邹受丞、李珍府、李命三诸君均有捐助款项，为添修庄

---

① 裴景福（1853—1930），字伯谦。先后补陆丰、番禺、潮阳、南海四县县令。光绪三十年（1904），遭参劾被收禁于番禺。光绪三十一年被议处谪戍新疆。宣统元年（1909），得恩赦。

② 陶模（1835—1902），字方之，谥"勤肃"。时任两广总督。

房、添买义地者。

是年，以劝捐出力，保加二品衔。

光绪二十八年（1902），壬寅，三十二岁

居丧守礼。二月，为先大夫出殡于东门外庄房寄殡。

于守礼之中，仍清理历年经手各省赈捐之事，备秋后扶柩回籍安葬。而丁慎五方伯以厘局之事正整理得手，营务亦渐改观，商承陶勤肃公令"夺情视事"。勤肃令广州府知府龚仙舟①太守、南海县裴伯谦大令传谕"夺情视事"。准以古有墨绖从戎之义，今非紧急军情，无夺情之礼为辞。龚、裴二公曰："综理营务亦与从戎之义不悖。"准仍未允。两公复传谕以"统巡各江水师兼统粤义军"。李燕伯太守（受彤）②病殁差次，勤肃之意令接是差，仍兼管厘局及营务处，以专责成而完经手。再三辞不获允，准百日后始出而任事。出巡各江，并于新会县属之猪头山岛中设行营，为清乡办公之所。粤义军不过一营，皆湘人，聊敷行营防守及卫队而已。

是年，将各江原有之旧式扒船腐败不堪者全数裁撤，而以新造之楚式舢板分防各江，官弁目兵全用楚人，照彭③、杨④长江水师章制管理之。内河外海大小兵舰约五六十艘，率皆腐败不堪，不遵水师

---

① 龚心湛（1871—1943），原名心瀛，号仙舟。时任广州知府。民国后，历任安徽省财政厅厅长、安徽省省长、财政部次长、代理内阁总理、内务总长兼交通总长等职。

② 李受彤，字燕伯（或作彦伯）。光绪十二年（1886），奉命随钦差鸿胪寺卿邓承修、道台王之春与法国勘界代表勘定中越国界。至光绪十九年（1893）双方签约，确立中越边界。2009年9月，李受彤书刻的第三号界碑在广西东兴市中越边境北仑河沿线出土，"光绪拾陆年贰月立 大清国钦州界 知州事李受彤书"等字样清晰可见。

③ 彭玉麟（1816—1890），字雪琴。参与创建长江水师，并定长江水师营制。

④ 杨岳斌（1822—1890），原名载福，字厚庵。曾任湘军水师统帅。

章程办理，贻笑外人。因向率皆以灶下厮养，滥竽充数，且有由贿而得者，无怪其然。准视事后，撤之换之，不遗余力。其外海船员，非海军水师毕业者不许用。内河之小船，亦须由水师出身乃准录用。船之坏者，分期陆续进坞修理，并添造新船，俾资巡缉以安地方而保商旅。

粤义军则扩充为两营，从新训练，调陆军毕业生如隆世储①、贺蕴珊②、孙士雄、汪永清、祝寿椿等为教练等官，以吴翰香茂才（宗禹）③为管带，作为游击之师。平时训练，何处有事即调往何处，以助防营之不及。

厘金收回官办第二年期满，收数至五百余万两。

是年，因捐助黄埔武备学堂经费二万元，陶方帅奏闻，奉旨赏头品顶戴（鄂省初开签彩票，月派销二百张，未销剩票得中头彩及傍票，即以是款捐之，故有是命）。

是年五月，陶方帅以病免，保荐人才，准奉旨交军机处存记。同案列保者有秦子质观察（名炳直，湖南湘潭人，乙亥举人，后官至广东陆路提督）、龚仙舟观察（名心湛，安徽合肥人，后官至云南按察使，民国历官各部总长）、裴伯谦观察（名景福，安徽霍邱人，己卯举人，丙戌进士，时官南海县令，在任候补道）、钱叔楚观察（名锡宝，浙江钱塘人，四川候补道）。

八月，陶方帅薨于任，继之者为德静山中丞（名寿，内务府汉军旗人）署任。

---

① 隆世储（1876—1918），曾任广东右路肇庆巡防营管带、肇庆巡防四营兼罗定二营统带（统领）。1914年6月6日晋授陆军中将。

② 贺蕴珊（？—1919），陆军学堂毕业后投入李准部，任三罗巡防营管带。1913年授陆军少将。1919年被时任桂军营长李宗仁捕杀。

③ 吴宗禹（1865—？），号翰香。根据四川雷波当地文献记载，光绪十三年（1887）中附生，后随李准从军。在广东期间，秘密加入同盟会。

　　是年,延番禺汪季新茂才(兆铭)①授弟、妹、儿女辈读。

　　陶勤肃选送子弟赴日本留学。季新、澂弟及胡展堂孝廉(衍鸿)②、沈次裳直刺③之子沈雁、谈司马之子多人,交吴稚辉④、钮惕生⑤两君带去。适蔡和甫公使(钧,江西人)不许各生学陆军,致澂弟亦随众闹公使馆,因此退学不归,多非为之事。几经托人促令归国而不可得。陷此弟于不肖,我之过也。

光绪二十九年(1903),癸卯,三十三岁

　　仍充统巡各江水师及营务处会办各差。

　　五月,粤汉铁路工程局总办杨星垣观察(名枢,广州驻防汉军旗人,后官至侍郎)简放驻日本公使,准兼充粤汉铁路工程局总办(粤汉铁路本与美商合兴公司合办,时以风气未开,地方绅民惑于风水之说,多每阻挠。历办其事者,以手无兵权,于弹压保护之事,仍须仰仗准为之助力。督办盛杏荪侍郎宣怀电商于粤中大吏,以准为总办,购地局则仍归张弼士京卿振勋⑥、郑陶斋观察官应⑦各分任其事。准于工程局设护路兵八旗,每旗百人,以能通英语、粤语

----

　　① 汪兆铭(1883—1944),字季新,笔名精卫。据《申报》1944年11月13日第2版刊载《汪精卫先生年谱》:光绪二十七年(1901),"先生十九岁……应番禺县试……置第一。……及府试,广州知府龚仙舟(心湛)将先生拔置第一。……广东水师提督李准,闻先生名,延为西席,课诸公子读。"

　　② 胡汉民(1879—1936),字展堂,国民党元老。

　　③ 沈琬庆(1869—1926),字次裳,沈葆桢第七子。娶林聪彝(林则徐次子)之第五女林步荀,两人育有一子,名字应为"沈纲"。

　　④ 吴稚晖(1865—1953),国民党元老。时留学日本高等师范学校。清政府实施"新政"后,从东京回到广东办学招生。光绪二十八年(1902),带领26名少年再赴日本留学,自己仍入高等师范。

　　⑤ 钮永建(1870—1965),字惕生,一作铁生,又字孝直,号天心,国民党元老。

　　⑥ 张振勋(1841—1916),字弼士,号肇燮。曾任粤汉铁路总办。创办张裕葡萄酿酒公司、广厦铁路公司、雷州垦牧公司等。

　　⑦ 郑观应(1842—1922),本名官应,字正翔,号陶斋。著有《盛世危言》。

及谙练世情者为管带官,便于开导乡民及指导工程师,使其知中国人民习惯、风俗,方不至滋事,而酿交涉之案。其时,路分两段,一为广三支路,已开工,将通车;一为粤汉干路,勘路已毕,正待开工。北江人民强悍,每有因风水之说,动辄纠众数千,仇杀外人之事,准均先派兵弹压。属工程师改线,往往舌敝唇焦,与美人总工程师葛礼争执不下,非令改线以从民意不可。久之,乡民知准能为民做主,往往有风水之说而动众者,经准亲往开导,再三比喻,卒能使乡民谅解。各乡绅士亦多略假名义,酌给夫马,使之一同开导,故又事半而功倍焉。及后,美人见准能开喻乡民,不生阻力,常有故意为难之事。真难乎其为当事者矣。乃会郑陶斋观察通电北京路矿总局、鄂督张文襄、督办盛杏荪侍郎,言:"此路与外人合办之无益有害,不如赎回自办,借挽利权。"文襄极然其说,奏请收回自办。此三十年事,今论及此事,姑录于此)。①

---

① 《盛宣怀实业函电稿》(台北"中央研究院"近代史研究所史料丛刊,2005 年)收录一组有关粤汉铁路电告,其中数封与李准记载有关,原稿均未标注年月。

盛宣怀致德寿、李兴锐:

"粤,德制台、李抚台:粤路开办,照合同应派两总办,一管购地,一管工程。前派陈道希贤因病销差,此席必需熟悉洋情洋语方能得力。杨道枢正派谙练,且本省道员,承上注下,并可辅张道之不足。张道亦不能久住粤,故此员颇关紧要。若不得人,易生枝节。用敢咨请即饬杨道迅速来沪一见,以便会同委派。公俯念大局,想亦必以为然。宜。效。一等,宙,十九。"

盛宣怀致李准、温宗尧:

"广州路局,李道、温道:管理局禀佛山云:西南之路拟初九开车,三水须迟十日,已核准。即希禀知两院,是日该道亲往料理,挂龙旗,出告示,须使商民皆知此路系国家之路。宜。庚。一等,明,初八。"

盛宣怀上张之洞、赵尔巽:

"武昌张宫保、长沙赵中丞:鄂沃电悉。辰常一路,并无所闻,京张亦未见比人来书。厉害所关,自当合力坚拒。粤汉已电梁使、康使分告美外部,中国认定合同第十七条专认美公司,不得转与他国人。而美公司禀复美外部,谓股票分售,美例不禁,权仍属美等语。该美商伍使所招,贪利售股,实所不料(原稿删:属可恨)。美国宪法不同,现派福开森赴美,与海约翰面商挽救之法。(注转下页)

三月,西林岑云阶尚书由川督调署【粤】督,督办广西军务。五月,率川军东下来粤(岑,名春煊,广西西林人,乙酉举人,为岑襄勤公之三公子)。到任即撤办李子香大令(名家焯,湖南长沙人,向以办缉捕得名)、南海县裴伯谦大令,雷厉风行,人皆栗栗危惧。及率队西上,准为照料军行,沿途日夜不息,调船拖运,至梧州而返。抵桂后,严劾桂抚王灼棠中丞、苏子熙提军(名元春,广西全州人,官广西提督多年)及司道多人。九月下旬回粤。

冬初,忽严札于准,责令一个月内,将历年扰害西江股匪区新一股全数荡平,并生擒首逆来献,不许一名漏网。其札略云"查区新一股,扰乱西江多年,该道身统重兵,竟不能遏其凶锋,录以纵盗殃民之咎,其又何辞?国家岁糜巨帑,非以其逍遥河上,徒事虚荣也。今勒限一个月,务将全股荡平,不许一名漏网,并生擒首逆来献。倘逾限不获,三尺俱在,断不能为该道宽也"等语。正如青天霹雳自天而降,准闻之汗淋淋下。统巡有稽查水陆营伍之责,并未直接统兵,亦无缉捕之责,且未亲领兵饷,"岁糜巨帑"与我何干?不责之直接统兵及有缉捕之责者及地方文武,而责之巡查之人,殆别有用意,将借此以摘其短也。

持札走告庄思缄①太守(名蕴宽,江苏武进人,乙丑举人,广东知府,为常备军帮统,抚署文案,为李勉林中丞所信任,在广西多年,与准交极契)。

思缄曰:"此君自作孽也,与人何尤?"

准曰:"何谓也?"

思缄曰:"君办厘金可也,何必矫情,立异复更新章,屏去向来之老办厘金者而不用,致结怨于人。此次西林东下,沿途之送君忤逆

<hr/>

(续上页注)目前湘各路暂停,因我责其违背,欲与废约,尚在相持。洋款造路,断非长策,必须通力筹款,次第收回,容徐图之。宜。多。一等,洪,三月初二。"

①　庄蕴宽(1866—1932),字思缄,号抱闳。时任梧州知府。辛亥革命后,曾出任江苏都督、审计院院长等职。

者,正不知若干起。西林之初到也,本欲置君于死地,与裴伯谦、李子香一例看待。及君照料军队西上,西林之意已解。今回东,又有人以君年来获得多为言者。西林问之藩司,丁方伯力言君办事之诚,能任劳怨,厘金收数骤增巨款。西林以正款既增,私款当亦不少,丁方伯力言:'如李某务得私款,公款何能骤增如此之巨?因其清廉自持,乃有此成效也。'西林仍不之信,将借此以难之,如办不到,征西军饷,君必解囊而后已。然此事仍君自招之,不能怪他人也。君充统巡,率由旧章,奉行故事可也,又何必今日撤此,明日换彼?任其废弛,坐领厚薪,非计之得乎?且常干涉捕务,欲清沿江盗匪,西林之责君,盖有由也。"

准答曰:"为包收厘金四①百万两起见,不得不更订新章,择人而用。为商务畅旺起见,不得不肃清盗匪,不然厘金之巨款何由能至?"

思缄曰:"君真傻子。包办四百万两,不过一句官话,如收不到,真要君赔偿乎?李文忠能长久在广东乎?而今安在哉?为今之计,当自向西林呈明并未统兵。营务处亦可调遣防营,重赏之下必有勇夫,有钱使得鬼推磨,区新虽狡,谅难免脱也。君自尽力做去,李勉帅尚可为君说句公道话也(勉帅,名兴锐,湖南人,时为广东巡抚)。"

次日,折陈于西林,乃知准并未直接统兵,乃拨何榆庭军门之靖军前后两营归统。准以他人之兵未经训练恐不能用,西林曰:"两营之薪饷、器械概拨归统,如何改编训练、用人,不为遥制。"

准辞出,乃访著名缉捕能名之李鹤琴参戎(名世桂,江苏人,生长于粤,为广协千把总十余年,今始捐升参将过班者也),为荐千总傅赞开(本粤中巨盗,李文忠招之投诚者)、潘斯铠(潘,字清渠,西樵人,与区新为邻乡)。二人及来见,傅则眇左一目而跛右一足,潘则眇右一目而跛左一足。

---

① 该字后划去重文大段:"之诚,厘金收数骤增巨款。西林以正款既增,私款当亦不少……准答曰:为包收厘金四。"

都司潘灼文亦率靖军前后两营至,潘亦有足疾者,但目不眇耳。当将两营改编,以潘灼文为两营督带,潘斯铠带一营,发新式枪械,正饷为四两二钱,每名给十元。线工、侦探均由潘、傅二人分任,另行给费,先各发二千元以为线费。

傅请于准曰:"区新于我有父子之情(区新本傅之义子,傅投诚而区仍为匪),姑先招之,不降则恩义断绝,缉之可也。"

及期不降,调集各营率兵分道围之,全数荡平,并生【擒】区新来省,赴督辕献首。西林委臬司程仪洛验明属实,犒赏各军三万元。

时李勉帅已调浙闽总督赴任,继之者为丰润张安圃尚书(名人骏,甲子举人,戊辰进士,由翰林历官台谏,外任司道,现由漕运总督调任,准极为其垂青),因言西林曰:"李道依期殄除巨股,当有以旌之。"乃会衔电奏,奉上谕:李准著交军机处存记,遇有道员缺出,请旨简放,并赏给"果勇巴图鲁"名号;潘灼文免补参将、游击,以副将仍归外海水师尽先补用,并给"锐勇巴图鲁"名号;傅赞开、潘斯铠均著免补守备、千总,以都司尽先补用;刘启璋、邓瑶光均著免补千总,以守备尽先补用。钦此。

李世桂为此事之首功,不予列保,反交南海县看管,勒缴征西军费五十万元(以其曾缉捕经费得利,故罚之,即赌饷之别名也)。乃知向之欲取偿于准者,今则偿于世桂矣。吁,西林之威,抑何可畏哉(此案详细情形详见《任盦闻见录》中《区新之役》一则)。

区新之役,准因粤义军改编两营,亦尚未成军,日夜焦思,穷极侦探,日不落枕、夜不安席者一月之久,一举而侥幸成功,实由天幸,非人力也。

此事甫歇,而西林之难题又至。以巨匪李北海一股扰乱于肇、阳、罗、高州等属,与广西股匪联为一气,官兵往剿,屡败于贼。西林令准往剿,所有原调该处之高州镇总兵莫善积及参将柯壬贵等七营,统归节制调遣。准请于西林不限期,尽力往办,成不居功,败不任过。西林曰:"有成败即有赏罚,好自为之,我自有权衡也。"

准栗栗危惧，奉命即行。以匪迹飘忽无常，每出没于东安之西山、阳春、罗定、云雾山等处，兵多则匿，兵少则拒。论地形则彼熟我生，故莫镇以五营之众，此击彼窜，疲于奔命，日久无功，摘顶记过，终莫如何。先电莫镇择隘而守之，勿为穷追，以劳我师。

冬初，率队抵肇庆新兴县属之天堂圩，莫镇及柯参将已先至。仍分兵守下山之隘口，匪来则击，匪去不追。不一月而食尽，下山掳食，匪众且有私逃者。

匪党中有李亚汉①者，本读书人，薄有资产，以族人李北海之故，地方官勒令交匪不得，亦列名匪籍，遂亦从北海为盗。至是与北海曰："李统巡统兵不追，又不能下山掳食，绝我生路，不如缴械投诚，尚有生还之望。如尔不从，将取尔首级以献李统巡也。"群匪均赞亚汉之说，乃浼在此山下教书之梁者江来营要恳。准电西林请示，允准而受降焉。计悍匪八十人，收编为先锋队，立功赎罪，其余散匪及胁从者千数百人，悉遣散为农。

独李亚汉不愿归先锋队充官长，自愿率十人为亲军队为目兵，带罪立功。盖深悉北海等将来必变，不肯一同受累，当允其请。其后北海果以不法遭诛。至亚汉，准则为之更名耀汉，与翟汪②、李新林、何庆、罗克家等十人则编入亲军营（即粤义军之改编也）。至民国则多为将领，耀汉、翟汪均为省长（此事详见《任盦闻见录》中《李北海之役》）。

----

①　李亚汉（1878—1942），曾在李北海旗下做土匪，后投诚李准，改名"耀汉"。辛亥时，为驻新兴巡防营管带，率军反正，并表示负责联络驻肇清军巡防营统领隆世储一致行动。隆世储率部分官兵参加广东早期北伐后，李耀汉接管所遗营勇，由此创建"肇军"。1917年，孙中山南下组织护法军政府，李被委任为广东省长，次年即被迫辞职。

②　翟汪（1877—1941），字浩庭。先随李北海为土匪，后投诚李准。1911年11月，随李耀汉起义。1916年1月，随李耀汉通电反袁。1918年，李耀汉被迫辞去广东省长之职后代理广东省长。1919年6月22日，通电辞职。

此事既终,西林以准能治兵,以中、东、西、北四路巡防营全拨归统领,镇将以下悉归节制,改充全省营务处总办。①

近年,香山东、西二海各沙田沙匪甚多,各立堂名,打单、勒收行水,明目张胆,以征收地丁钱粮为名正言顺,每亩勒收一元、数毛不等,稍迟交者,劫杀随之。地方官兵畏其凶锋,不敢与较,每多奉行故事,从未认真剿办,而匪党益肆行无忌矣。

有龙凤堂匪首林瓜四,尤为凶悍,器械精良,人数众多,每年早晚收行水至数十万之多。平时则匿迹港澳,为逋逃薮。早晚两造栽种收割时,始驾轮舟而来,大张旗鼓,官兵每为所败。西林忧之,又以此事属于准而剿办焉。准仍不限期,尽力为之为请。

是冬,收割将毕,率队而往,遇匪于浪网、大澳等沙,匪以向来官兵多奉行故事,一击即归。今我军迎头痛击,毙匪党无算,擒其渠林伯文、吴文伍等多人,然尚非林瓜四也。林瓜四势大先至,已收得行水,回港澳嫖赌,做阔佬去矣。我军亦伤亡数人。

冬末,沙上亦无匪,乃收队回省,以待来年之春耕也(沙匪事详见《任盦闻见录》中)。②

光绪三十年(1904),甲辰,三十四岁

仍充统巡各江水师,兼统中、东、西、北防营营务处总办,粤汉铁路工程局总办各差。

以事繁不暇兼顾厘局事,辞之。以其收回两年,办有成效,但能照新章办去,自无不长收之理。大府允准,准得专心巡缉。即年节亦未敢安居省寓,辄分路巡缉,兼办清乡之事。于猪头山行营之外,添设江浦行营于南海县属之江浦司、长洲行营于番禺县属之长洲、高塘

---

① 此文后划去重文大段:"粤汉铁路工程局与美商合兴公司合办,时风气未开。……此三十年事,今论及此事,姑录于此。"

② 此文后划去重文大段:"是年夏,陶勤肃选送子弟赴日本留学。……陷此弟于不肖,我之过也。"

行营于省北番禺县属之高塘圩,获匪就近于各行营审办,每逢早晚两造栽种及收割之时,则率队往香山之沙田击匪。

是年春夏之交,击沙匪于大澳沙,击毙匪徒无算。又击林刀沙及大小黄浦等沙,大破之。秋冬之交,又击匪于海洲、曹步、大小榄等沙。又击匪于顺德县属容奇、桂洲、黄连、陈村、东西马宁、龙山、龙江等处。东海沙匪已将肃清,而林瓜四终属漏网未获。屡击于斗门、干雾、荔枝山、广福沙、磨刀门、横门、金星门、坭埗门等处,终日四处追匪,常以不得一击为恨。盖匪徒至此始畏官兵,不肯轻与交锋。

下新宁之海晏、广海等处,土匪罗土四等扰害闾阎,又率兵往办。事竣,就地筹款设营汛以防之。阳江之匪势猍猖,又率队渡海往剿,悉平之。

身历行间,无一刻之闲,每日常四五更即起。足着草鞋,身先士卒,故兵虽不多,而乐为之用,所至克捷。

是年,编练粤义军为两营已成,更名曰"亲军营"。中、左两营以吴翰香大令为统带官,兼带中营;隆世储为左营管带;旋添募一营为右营,以祝寿椿为管带官。充游击之师,以补防营之不及。盖防营有应守地段,不能任意调往他处。粤中各处情形不同,言语各异,不能不因地制宜也。

是年,添造内河小兵舰十四艘,分巡各江,每艘均以"西"字冠之。又添造较大之内河小兵舰七艘,曰安南、安禺、安香、安新、安顺、安东、安太,均加足马力,能任拖带者,为各营拖带勇船之用。盖广属各水乡,陆军亦非乘船不可,防营则以船为营社焉。每出,一到应起坡之处,各兵每人一桡,驾长龙艇入小涌滘登陆,非如此则惟有望洋兴叹而已。①

屡请辞差,扶柩回籍安葬,均不获允。西林必欲将林瓜四擒获始

---

① 此文后划去重文一段:"三十年,甲辰,三十四岁……粤汉铁路工程局总办各差。"

允回籍葬亲，准则如坐针毡，去之惟恐不速。盖西林之威不可测，所办之事甚多，所统之防营亦众，万一有一事不协，岂参撤所能了事？故兢兢业业，或恐失之，除竭尽心力、敬慎将事之外，实无他法。

父柩未归葬，心常歉然。电促绍基兄来粤，拟先扶柩归，未到。

西林派员催。每当早晚两造种收之时，必率队逡巡于香山之东西二海，以得遇匪一击为幸。而匪迹飘忽，我东彼西，我西彼东，莫可踪迹。

夏六月十九，以声东击西之法，与林瓜四大股遇于西海之东围，击战至一昼夜，而东围四面皆水，围不得破。林逆且率师船来援，我军以兵舰开炮轰击于浅海滩中。匪船虽碎，潮退而尽为淤泥，亦莫能近。天晚，林逆已受重伤，匪党以船板滑泥上，匿海中之石峡内。夜间，东围内之匪党，除击毙外，余众乘黑夜昏不见人，溃围，乘小艇而逃，直奔大海。

黎明，海边防卫之兵见之，遥击而落水死伤无算，尚有十余艇脱逃。我军亦驾长龙艇追击至海上，大小兵舰追击至大小横琴岛（澳门对面，属香山县），忽有葡兵出而阻我，谓："此地为葡属地，华兵不应过界击匪。"我言："澳门仅壕境一隅为租借地，何得侵及横琴？"彼谓："葡国已派老更于此数十年矣，中国官吏向不过问（老更，即警察之别名也）。"我曰："尔侵我警察权，即当驱逐。"相持至半日之久，而匪党得从容逃至过路环岛。

乃收队归，上书西林，请与葡人划界，收回领土。西林电请外部，久不能决。

乃派香山都司李炎山及李耀汉、何庆、翟汪、余启福等驻澳，访查林瓜四踪迹，知其养伤过路环之维新昌杂货铺楼上。葡政府如出票拘拿，而路环警察多与匪通，得信即先使之藏他处，而仍不能缉获。乃多以金钱，先买通葡人之当事者，不使其警察知情，给票以与李炎山等，假扮葡兵，乘夜而至路环，先使线人余启福陪林逆烧烟，及林逆睡，乃出而告炎山等。林逆睡楼之窗及门均虚掩而未加链，李耀汉等缘树上楼入屋。林已惊觉，耀汉已执其两手，欲取手枪而不能。我兵已围其屋，天明将拘，以上兵舰。而路环之葡兵齐集，不许带走，必解澳门审明再为引渡。葡国又再向我开交涉谈判，彼谓"不应带兵在彼境拿人"，我则以彼"私侵我国属地"为词，卒至将林逆解澳门监禁。彼此互请律师辩护，交涉至数月之久，于次年二月始引渡焉。①

当林逆就擒之后，其党羽林瓜五等，冬十月尚以龙凤堂旗号向东西二海沙上打单。余督率吴宗禹等要击于三墩沙，击毙百余人，生擒三百余人，全股殄灭，无一漏网者。自此一击之后，沙上安靖多年，无打单、勒收行水之事。

乃就东海十六沙设护沙总局于顺德之大良，酌抽护沙经费、添募

---

① 当时媒体报道抓捕林瓜四过程为："本年李直绳前往围捕（林瓜四），被伤一足，来澳就医，寓于其侄所开之维新昌杂货店，并不带手足相随。有线人某者，侦知之，走报于李所部，邱统带于某夜四点钟协同洋兵驰往围捕。时林卧烟塌，突见洋差人入室，拱手就捆，其床上虽有短枪二枝，寂然不动。照例由葡官讯实，始能解省。"（《大陆》1904年第8期，第4页）

岑春煊向朝廷奏报时称："臣等复加悬重赏，并派分统省河兵轮邱志范、林乔椿等，面商澳官，将该酋拿获。"（《署两广总督岑春煊等奏剿办广州府属沙所堂众详细情形折》，《辛亥革命前十年间民变档案史料》下册，第451页。）

在澳门审讯林瓜四时，李准也在现场。媒体报道："照例由葡官讯实，始能解省。当葡官讯堂时，李统巡在座，林指之大骂，且谓：'尔之拿我，未必为地方起见，不过欲博取功名耳，人面欢心，本不合污我唇吻。'统巡叩其何以不降？林曰：'官与贼虽分两途，而其害民则一也。官既剥民，而不肯担任义务，视我辈收行水，而实力保护者，相去何啻天壤，吾常谓作官不如作贼之能卫人也，又安肯舍贼而为官？'统巡目笑之曰：'亦甚有道理，然掳人勒赎，则又何说？'林大笑曰：'此正官样文章也，试看官场之欲讹诈百姓钱财，非任意锁拿之，羁押之，加之以欠粮、欠饷、抗捐等名目，其财物安又肯出哉？今日被获，正如革官，官革可复升，贼死可复生，十八年又一好汉，后会正有期耳，何待多言。第此次被擒，心甚不服，因系用暗计，若明决一雌雄，则不知鹿死谁手。然我兄弟必能报仇，尔等小心可也。'侃侃而谈，神色自若，李道亦为之动容。"（《大陆》1904年第8期，第4页）

沙勇、添船置械,官任管理、绅任发饷,彼此互相钳制,不得有一丝之弊。盖官兵不能长驻沙上,官之卫民,不如民之自卫。然每遇耕种收割之时,余仍带兵往沙一巡,而匪徒从此不敢正视也。

年来疲于奔命,咯血、阿血之症时见,实劳困不堪言状矣。

十二月,上禀乞假扶柩回籍安葬。林瓜四已获,股匪尽平,西林无以难之。虽批准给咨,而仍以林瓜四尚未引渡为辞,致不克启行。

是年,直隶总督袁慰亭宫保①奏保人才,奉旨交军机处存记。②

是年夏间,托湘乡李笠茵大令(光襄)往日本,诱澂弟回国,以其惑于邪说,禁锢铁屋中。绍基兄以澂弟年已十八,如为其娶妻,或能收其野心。乃于冬月娶于洪氏,为海阳人,江苏候补道洪秉钧(字植臣)之女。届时余同绍基兄往汕头,在棉安街行结婚礼,即十年前在汕所住之屋也。

光绪三十一年(1905),乙巳,三十五岁

尽辞本兼各职,西林不允,准假三个月回籍葬亲,并会同张安圃中丞保奏送引。③

----

① 袁世凯(1859—1916),字慰亭,又作慰廷。时任直隶总督。

② 现能查到1903年袁世凯的奏保:"前二品衔遇缺即选道严信厚、存记遇缺题奏广东补用道李准、浙江候补道周传经、分省补用道张士衍,经前督臣李鸿章委曾顺直善后局赈捐,在江浙、南洋各埠设局筹办。该员等熟悉情形,所至声望交孚,劝导不遗余力,用能集成巨款,接济灾区,洵属有功大局,劳绩卓著。合无仰恳天恩,俯准将严信厚四员由臣给咨送部引见,量才擢用,出示逾格鸿施。谨附片具陈,伏乞圣鉴训示,谨奏。"(《光绪二十九年二月二十九日京报全录》,《申报》1903年4月8日,第14版)

③ 岑春煊、张人骏:《奏为广东补用道李准为监司中不可多得之员请咨赴部引见事》(光绪三十一年二月一日),折中写道:"近年粤省论治军之才,长于缉捕者,必于该员首屈一指。其平日取与不苟,而输财急公,独具血诚。迭次捐助学堂经费,为数其巨,迹其材略、志趣均为监司中不易多得之员,现据禀请给咨赴部引见。"(中国第一历史档案馆,档号04-01-12-0642-169。)

二月初六，正扶柩上广大轮船启行赴沪，而林瓜四亦于是日引渡解到。西林仍令准回监刑，将林瓜四凌迟处死，取其心肝以祭历年剿办沙匪阵亡各弁兵，西林且和酒以饮其心血焉。噫！何太忍也。准则心常惴惴焉。

上船之后，以为从此脱离虎口，无论如何必不再入此漩涡也。各差西林不肯妄任他人，分别派人代理，以冀准之归也。准则伤心已极，谁敢再入虎口？

二月十日抵沪。先赴宁，谒江督周玉山尚书（馥，本为父执，又属姻亲），历陈在粤苦况，谋脱离之计，而求救于玉帅焉。适江淮巡抚改江北提督，朝命南北洋会保继任之人。玉山示意于准，将电商北洋袁宫保保准为之，准曰：“不敢请尔，固所愿也。”旋沪，扶柩挈眷上驶。

二月下旬，抵汉口，过武昌，谒文襄于节署。极称在粤办事之能，筹济各省赈款之多，奖励有加，亦求设法脱离广东，以谋保全。文襄曰：“你有成绩在，纵极强横不讲理，亦当有几分公道也。勿过虑，好自为之。”辞别，上驶至宜昌，即买舟以排子船载柩上行，一路有绍基兄同为照料，故准得与当道相周旋。

三月中抵川，正拟安葬，复奉川督八百里滚单公文，准军机处电，奉谕旨：李准著迅速来京，预备召见。准不知所以，不及葬亲，奉命即行。行至南京，晋谒玉帅，始知已会北洋电保，准以从此可以脱离虎口也，惊喜欲狂，兼程由上海航海赴京。

四月十一日到京，住骡马市长发栈，照例先到吏部报到。四月十四日，由吏部带领引见。奉旨：著仍以道员发往广东补用。军机大臣面奉谕旨：本日引见之存记简放道李准，著于四月十五日预备召见。是日，两宫已幸颐和园，当即遄赴颐和园，借住于外务部公所。

十五日黎明，赴朝房，先见军机大臣庆王、王夒石相国（文韶）、瞿子玖尚书（鸿禨）、荣华卿中堂（庆）、鹿芝轩尚书（传霖），谒见后乃入仁寿宫，坐奏事处候叫起。有内务府大臣、前粤海关庄立峰（山）为之照料，又有增寿臣侍郎（崇）、济子寿侍郎（禄）同在。

约六钟,内侍传呼:"李准第一起入见。"即趋入仁寿殿。有内侍掀开大门之极重门帘,余侧身而入殿。不甚光明,往西看,不见两宫,往东看,则一大黑漆之柱阻吾眼帘,趋前望之,乃见两宫坐东朝西。缓趋而前,一条案,孝钦皇太后坐靠南之座,皇上则坐靠北之座,与太后相距不过三尺,别无一人。案前横列极厚之大拜垫五个,所谓军机垫也。先在靠南太后前下跪,先免冠,翎枝朝上置于垫上,口奏:"臣李某跪请皇太后圣安。"右手拾冠,带上起立,横行至北四步,跪皇上前,仍免冠,口奏:"臣某跪请皇上圣安。"再拾冠,带头上起立,横行至南四步,跪皇太后前,面向皇上,不免冠。

皇上先问曰:"尔从广东来?"

对曰:"臣从广东来。"

又问曰:"一路都好?"

又对曰:"一路都很好。"

问毕,即以面朝太后,而不再问矣。问时其声甚微,几不可闻。不过先由内务府御前大臣预为告知此二语,不然,则不知如何对答也。

皇太后声音清越,字字入耳,问曰:"你从广东来,一路都很好?"

对曰:"是从广东,一路很好。"

后曰:"你到京住那里?"

对曰:"长发栈。"

后曰:"不是在南城外么?"

对曰:"是的。"

后曰:"你到园子住那?"

对曰:"外务公所。"

后曰:"很近?"

对曰:"是。"

后曰:"你今年多大岁数?"

对【曰】:"三十五。"

【后曰】:"你在广东多少年了?"

对曰:"十八年了。"

问曰:"到广东多大岁数?"

对曰:"十七岁。"

问曰:"怎么十七岁就到广东?"

对曰:"随任去的。"

问曰:"你父亲是谁?"

对曰:"李徵庸,先在广东作知县,后蒙皇太后、皇上恩典,派充督办四川矿务商务大臣。"言至此,又免冠,一叩头于垫角上。

又问:"你父亲不是没有了吗?"

对曰:"臣父二十七年殁于广东差次,尚蒙皇太后、皇上天恩,谕赐祭葬,追赠内阁学士衔,照侍郎立功积劳病故例赐恤。"言至此,又免冠,一叩首。

又问:"你父亲多大年纪过去的?"

对曰:"五十四岁。"

问曰:"年纪很不大,怪可惜的。"

对曰:"臣父忧劳过甚,故过去得早。"

问曰:"你在广东办的事可是不少了。"

对曰:"是。"

问曰:"岑春煊、张人骏说你很得力。岑春煊老是闹病,你来的时候有见着他么?"

对曰:"见着,现在已经很好了。"

问曰:"他老是着急,凡事不是一天办得完的,做了一件再做一件。你瞧他罢,老是因着急闹出病来了。我是很惦记的,有你在那边帮着,他也可以省省心。"

对曰:"臣不过见事做事,认真去办,并无特别能力。"

后问曰:"能认真办事,就算能干。你此次由上海来,过天津,有见袁世凯没有?"

对曰:"没有。"

问曰:"你向来认识他么?"

对曰:"不认识。"

问曰:"袁世凯还保你咧。"

对曰:"不知道。"

后曰:"你有工夫到天津去见见袁世凯罢。"

对曰:"是。"

后曰:"我本来要叫你到江北去,岑春煊又有电奏来说,你还有经手未完事件,还是要你回去。"

对曰:"臣并无经【手】未完事件。"

问曰:"他说你的队伍别人统不了,非你回去不可。"

对曰:"臣在广东带兵在外多年,感受潮湿,两足已不良于行,能在北方,足疾方易痊愈。"

后曰:"你一个年青青的人,还怕什么病,有个好大夫医治也就好了。"

对曰:"内治外治、中医西医都医过了,总不见好。"

后曰:"你觉得怎么样呢?"

对曰:"足胫酸(涨)[胀]难受,不能睡觉。"

后曰:"你现跪着怎么样呢?"

对曰:"现在还好。"

后曰:"我瞧你也很乏了,你坐下歇歇罢。"乃松腰坐足上稍歇。

约四五分钟,后又问曰:"现在俄国波罗的海舰队快出来了,不知日本能抵得住么?"

对曰:"俄国舰队劳师袭远,日本以逸待劳,以臣观之,俄国必无胜理。"

后曰:"你很有见识。"

对曰:"臣下愚无知,还求皇太后教训。"

后曰:"咱们的海陆军很不行,总得认真训练,才可以抵抗外人。

近来各省常备军练得怎么样？我是很放心不下。"

对曰："除北洋六镇练得很好，南边的队伍只有张之洞所练的兵最好。"

后曰："我知道。广东的如何？"

对曰："常备军不过粗具规模，近来练得很认真。"

后曰："岑春煊很讲究练兵，你所统的怎么样？"

对曰："臣统的是防营，号称'续备军'，约六十余营，皆各有防地，仿佛是集合巡警似的，操练的很少。"

后曰："何以不操练？"

对曰："广东盗贼太多，此项军队散处各处，终日出勤，实无余暇来操练。"

后曰："那也难怪，以后总得想法抽调来操练操练才好。"

对曰："是。臣另统游击之师千余人，与防营性质不同，平时与新军一样的操练。外间有重大股匪，为防营所不能了者，臣亲率前往剿办。"

后曰："打林瓜四、区新都是这些兵吗？"

对曰："是的。"

后又问："你有弟兄几个？多少儿女？"

对曰："兄弟二人，弟才十二岁，在读书。"

后曰："你兄弟很小。"

对曰："是庶出的。一个儿子才十岁，两个女儿，大的十八岁，小的十六，都在读书。"

后曰："有读英文么？"

对曰："有读。"

后曰："读英文不同中文，须认一个字才算一个字，英文但知调音就可以拼成字，比中文容易多了。而且读过那一国文字，就可说那一国话，说话与文字是一气的。不同中国，文字是文字，说话是说话。"

对曰："是。"

后乃向皇上言曰:"你还有甚么话说么?"

皇上曰:"没有。你下去罢。"其音甚微,但见唇动而已。

召对几四刻,起立几不能行。侧行至大门边,而太厚之竹帘极重,力小者推之不动。准以右手推帘,右足先出,面仍向两宫而退,将竹帘轻轻放下而出,已汗流浃背矣。

第二起即刘永庆(字延年,河南人,项城之表弟,同日放江北提督者)。

退出,先至奏事处,谢庄、增、济三君之指导。饮茶一杯,赏四两。再出宫门,又有茶桌,又赏二两。又到军机处见王大臣,将召对之语约略言之,回外交所已八时矣。

段少沧部郎(书云)①、于晦若京卿(式枚)②问及召对之语,又约略言之。晦若曰:"你一道员,召对至三四刻钟,很少见。少顷即有恩命,当先道喜。"准曰:"恐仍脱不了广东,为可虑耳。"晦若曰:"勿忧。云阶皮气③虽不好,然究属因公,且既保荐于前,决不能故意与阁下为难。"准曰:"难言之矣。死生有命,富贵在天,听之可也。"

十时,奉上谕:本日召见存记简放道李准,著开去道员,记名以总兵用,署理广东水师提督。刘永庆赏给侍郎衔,署理江北提督。闻命之下,惶悚万分,以为又入虎口,岂望生还?

晦若为慰藉曰:"吾乡由文转武,惟岳威信公④;由武转文,惟杨

---

①　段书云(1856—?),字少沧。曾任军机章京,后任广东雷阳道台、广东提学使司、津浦铁路督办等职。民国时,任湖北省民政长、徐州商埠督办、国会议员等职。

②　于式枚(1853—1916),字晦若。充李鸿章幕僚多年。担任过清史馆副总裁、清史稿总阅等职。

③　即"脾气"。

④　岳钟琪(1686—1754),字东美,号容斋,谥"襄勤"。康熙五十年(1711),岳钟琪请求由文职改作武职,从四川松潘镇中军游击做起。雍正二年(1724)因抚定青海有功,封三等威信公。

忠武①,二公惟富贵寿考,福泽比郭汾阳②。君慎勿自馁,努力向前,勿作哀败气,好自为之,前程未可限量,岳、杨当复见耳。"③准曰:"叔遇我之厚,为此慰藉之言,不知侄此时已心如死灰,无一毫之生气耳。"少沧亦交相慰藉,尚烦其代办谢恩折,备次日谢恩也。

是日下午,又遍谒各军机大臣于私邸。④

十六日黎明,到朝房递谢恩折,入奏事处候起。七点叫起,仍在仁寿殿。先跪皇太后前,免冠,口奏:"【署】广东水师提督臣李准,叩谢皇太后天恩。"一叩头,带冠起,横行四五步,跪皇上前,跪下,免冠叩头,口奏:"署广东水师提督臣李准,叩谢皇上天恩。"带冠起,往南横行,跪皇太后前,面朝皇上。

后曰:"跪上来。"乃跪略上垫子边。

后曰:"跪垫子上。"乃跪于军机垫上之边,仍不敢跪正垫子上。

后曰:"本来袁世凯、周馥保你到江北,因岑春煊电奏一定要你回广东,你就去好好的帮帮岑春煊,就当是帮我一样。岑春煊忠心为

---

① 杨遇春(1760—1837),字时斋,谥"忠武"。民国时,绍兴人葛虚存编撰《清代名人轶事》,评价杨遇春:"成都杨忠武公遇春,嘉、道时名将也,以武举从征教匪起家,身经百战,无不克捷,官至提督,改文阶,为陕甘总督,晋封一等昭勇侯,予告,年逾八十而薨。"

② 指唐代名将郭子仪。

③ 胡思敬在掌故笔记《国闻备乘》卷二"用人不分界限"中,对此曾有评述:刘清由文臣起家,官至山东盐运使。临清盗起,自请以武职提兵杀贼,遂改总兵。张曜为布政使,言官劾其目不识丁,亦改总兵,当时诧为异数。自岑春煊荐道员李准为广东水师提督,袁世凯荐道员刘永庆为江北提督,徐绍桢、黄忠浩皆以道员擢总兵(徐擢苏松镇,黄擢右江镇),而文武之界破矣。

④ 《那桐日记》记载,(上海书店出版社,2020 年,第 512 页)光绪三十一年(1905)四月十八日:"广东署提督李准来拜,号直绳,四川人。李铁船京卿之子,丁卯丁丑乙酉年侄也。人精明果敢,洵奇材也。"四月廿六日:"答拜李提督准、陈京卿光弼、余荣清、沈锡荣。"(北京市档案馆编,新华出版社,2006 年,第 536 页、537 页)

国，我跟他分属君臣，情同母子。庚子那一年，不是岑春煊，咱们母子那里还有今天（言时面向皇上，皇上为之颔首）。就当我多养了他这们一个儿子罢了。你到广东去给他说，叫他不要那们性急，什么事要从从容容的办，不是一天办得完的。他若是把身子急坏了，那就了不得了。有甚么事，你帮着他办，他也可以少着点急。"

对曰："臣到广东，一切必事事禀承岑春煊，尽心竭力办事。"

后曰："那不就结了吗。你甚么时候出京呢？"

对曰："臣还要到天津去见袁世凯，回来就请训出京，月内准可到广东。"

后曰："你那一天去天津呢？"

对【曰】："想明天就去。"

后曰："早去早回。"

对曰："是。"

后曰："两广的将才有甚么人，你举你所知道的、结实可靠的人。"

对曰："陆荣廷很好。"

后曰："他是甚么官？"

对曰："是广西的参将。"

后曰："他怎么的好法？"

对曰："忠勇朴诚，能得士心。"

后曰："有这八个字就很好。"后向皇上命书之。皇上以白纸条用墨笔书"陆荣廷"三字以示之。

后曰："对不对？"

对曰："不错。"

后曰："那八个字也写上。"又见皇上书之以示准，对曰："不错。"皇上字学柳诚悬，极工整之致。

后又问曰："还有甚么人？"

对曰："吴祥达也很好。"

后曰："他是甚么官？"

对曰:"是记名总兵。"

后曰:"他是老军务出身罢?"

对曰:"是湘军出身。"

后曰:"他怎么好法?"

对曰:"诚朴耐劳,勇敢善战。"

后曰:"这八个字也很难得。"又命皇上书以示之,曰:"不错罢?"

对曰:"不错。"

后曰:"还有么?"

对曰:"不深知者,不敢妄对。"

后又向皇上曰:"你还有话问没有?"

皇上曰:"没有。"向准曰:"你下去罢。"即起立退出。约二刻钟。①

第二起即刘延年谢恩,第三起为徐固卿观察(绍桢)②。

正出宫门,内侍传呼:"在奏事处稍候,老佛爷赐福。"少顷,一穿五品文官补服之官,持皇太后御笔"福"字一方至奏事处,御前大臣令跪领。两大臣以"福"字在背一掠而过,曰:"一身是福。"内官传呼:"勿庸具折谢恩。"起立,手捧"福"字而出。谒军机大臣,将召对之语略述大概,回外务部公所休息。

少顷,赏神肉一方,重约十余斤。手捧盘上举,三跪而受之。仍是另一五品官送来,并谕"勿庸具折谢恩",赏银二十四两。当同晦若

----

① 对于接受两宫召见,当时媒体有报道:"李直绳观察准以道员而任广东水师提督,仕途中诚为罕见。其第一次召见,皇太后垂询粤省情形及水陆军事,李一一奏对。又问以通晓兵学与否,李以曾经阅历为对。其第二次召见,又面奏历年所办营务及水师情形,皇太后知其才,故决意任之。"(《李提督召见补述》,《申报》1905 年 6 月 3 日,第 9 版)

② 徐绍桢(1861—1936),字固卿。光绪二十八年(1902),受派前往日本考察军事。回国后,被任命为两江总督衙门兵备处总办,负责编练新军。辛亥革命时,曾率领江浙联军光复南京。

食之,犹温热而味甜。

及十二点,又有内官传呼:"老佛爷赏李准食物,菜八大件,饽饽、点心四大盘。"内官曰:"老佛【爷】刚在膳桌上撤下来的。"亦跪而受之,并传谕"勿庸具折谢恩",当又赏二十四两。徐固卿曰:"太少太少,非百金不可。"给四十两乃已。固卿是日亦奉旨记名以总兵用,于是趁热与晦若、固卿、少沧诸人同食。饽饽尚带回粤,分给家人,以荣君赐也。

当晚进城,仍住长发栈。

十七日,早车出京往津,住洪翰香观察家。

十八日,见项城,并请宴于督署。

十九日,回京。二十日,又往颐和园。

二十一日,请训,又蒙召对。

先跪安,不叩头。

皇上先问:"你去天津来?"

对曰:"是。"皇上即不再问。

后曰:"你到天津见袁世凯来吗?"

对曰:"是。"

后曰:"你马上就走吗?"

对曰:"预备三两天就动身,请皇太后训示。"

后曰:"我没有别的,还是前天所说的话,你去好好的帮助岑春煊,教他不要着急,有甚么事慢慢的办,不要把身子急坏了。况且他老是闹病,更是不好着急的。你见着他,你就说,我跟皇上都很好,只要他不闹病,我就乐了。你把我这一番话,跟前两回所说的,都对他说了。说我时刻都惦记着他咧。"

对曰:"臣必将皇太后、皇上一番的圣意传谕岑春煊就是。"

后曰:"我现也没有甚么说的,你就早点出京就是。"

对曰:"臣明天就出京,仍由天津、上海航海赴广东。"

后曰:"一路上如有人问起咱们娘儿俩,你都说很好。"

后向皇上曰:"你还有甚么话说?"

皇上曰:"没有。"向准曰:"你下去罢。"

乃向皇太后一叩头,奏曰:"叩辞皇太后。"不起身,转向皇上,一叩头,奏曰:"叩辞皇上。"乃起立退出。

仍赴奏事处少坐,又赴军机处拜辞王大臣,又将召对之语略述一遍,乃回外务部公所。忽内官传旨"赏给御书'长寿'字一方"。十二时,内官又传旨"赏给克食",乃饽饽四大盘、点心四大盘。两次又去四十八两。

二十二日,出京赴天津,与项城辞行。二十三日,乘轮赴沪。二十五日到沪,仍住长发栈。江督周玉帅已先派巡捕官郑洪年同许岑西观察来招待赴宁。二十六日往宁,玉帅率同城文武官来接,并跪请圣安,即往督署内西花园。次日,广东会馆开会欢迎。二十八日,回上海,即日搭广大轮船赴粤。

五月初一日抵香港①,省城文武官来接者问带有"圣安否",余以为"圣安"是有,不过不敢劳动宫保之大驾,俟见面再说罢,只得以"没有"对之。初二日抵省,西林尚派文武巡捕来接。当即入见,先叩谢其保荐之恩。正送茶入坐,余乃言皇太后尚有话吩咐。西林即向北下跪,余即将皇太后先后训谕各语言朗背一遍。毕,并言皇太后、皇上圣躬万安。西林向北一叩首,奏曰:"叩谢皇太后天恩。"起乃入坐,问及回川、在京情形,一一答之。

西林曰:"你怎么运动到袁世凯保你到江北去?"

对曰:"不知,向不认识项城。此次是皇太后说起才知道,他有保荐。召见之后,还是皇太后叫去天津见项城的,实在不曾运动。"

西林曰:"一个人要走一条路,不要走两条路。他会保你做提督,

---

① 香港媒体报道,李准为五月二十四日抵达香港,并在香港拜会港督,"旋即往澳门谒葡督,然后晋省履新"。(《李水提往澳》,《香港华字日报》1905年6月27日,第3页)

我不会保做提督吗？以后要拿定主意才好。"

对曰："不敢另有二心。"

西林曰："你见周玉山没有？"

对曰："见过,本是世交,又属姻亲。"

西林曰："怪【不】得,是他替你去运动的。"

对曰："不敢说运动二字,不过玉帅问起,准以年来在广东过于辛苦,感受潮湿,两足酸胀,夜不成寐,能换换水土或者可望痊愈。"

西林曰："你这话不是明明不愿意回广东吗？一个人既以身许国,生死尚且不顾,一点潮湿病就这样小题大做？"

对曰："不敢。当时也不过随便向玉帅说说罢。"

西林曰："你几时接印？"

对曰："请宫保明示。"

西林曰："明天就好。"

对曰："遵命。"

西林曰："明天再来道喜。"

兴辞而去,不觉汗淋淋下,比初次召对犹为吃苦,西林之可畏也如此。从此意见极深,遇事挑剔,反不如为候补道时之能办事。准则小心翼翼,格外恭谨,尤不得其欢心。谒见不肯顶门,拜会必先下司道官厅,及开门请,仍从宅门入,帖则用光名,公文则用咨呈,可谓至恭且敬矣。

五月初三,在省城靖海门外水师行台接印视事。数日,即赴虎门。先巡阅沙角、大角、威远各炮台,原统之水师、陆防营、兵舰,一仍其旧。但以现任官而兼统防营,裁去统费耳,仅每月领炮台及本身所统五营之统费,共二百五十两而已。每年廉奉不过二千余两,实不敷办公,隐忍赔垫而不敢言。向来提督之偏规,如赌规、娼规,每年亦不下数万元,则拨充学堂经费,归中军收存,听候拨用。水师各营供给概行裁去不收,以免各营官兵赔累。其向来掩耳盗铃,有名无实各旧事,一概更而新之。各营官兵概令回营,不许额派若干来提署供差

（各详细情另记《任盦闻见录》中）。

六月初一日，奉上谕：补授闽粤南澳镇总兵，仍署广东水【师】提督。又以沙匪肃清案内奉上谕：以提督记名简放。①

是月，粤抚张安帅以裁缺调任山西巡抚。准素承青睐，令将去任，不尽依依之念，且恐以后无主持公道者。四顾彷徨，莫知所措，惟有谨慎将事，尽心力而为之，祸福听之。

虽为提督，仍与为统巡时无异，常出巡各江，考查水陆营伍。又以朝廷锐意维新，分年裁减绿营官兵，改练新军。然每裁一次绿营，而地方空虚又添防营，是裁十万而添三十万，防营饷重而绿营饷轻也（防、绿之利弊损益，详见《任盦闻见录》中）。防营愈添愈多，至是全省已不下百营矣。准以添此不教之兵，反不如绿营之安分而有用。拟令每防营抽调官长、目兵之合格者若干名，带饷来虎门讲武堂，教以军事之学，速成回营，教练本营之兵。逐次分班调练，使各防营之中下级官长均受过军事教育，逐渐改良防营，为将来改练新军之预备。

就虎门城提署旁之十六营公所及裁缺两守备衙门，改建学堂、宿舍、操场。建筑之费，提各营公柜充之，约十万元。常年经费，以提督之偏规充之，不足者裁留防营之旷饷充之，有余仍解善后局。咨商督院允准，并咨练兵处、兵部立案。除各防营官弁、目兵之外，复挑绿营之候补实缺将官、都、守、千、把、外委、世职进学，并招考各属中学堂毕业及营中官弁子弟之合格者进学，期以二年毕业。每年仍挑选优等三十名送陆军考选，拨保定陆军速成学堂及送日士官学校。

是年冬，头班生进学，旋奉部咨改为虎门速成学堂，并设军乐学

① 李准记录时间有误，光绪三十一年七月十三（1905 年 8 月 13 日），上谕以广东南澳镇总兵萨镇冰为广东水师提督。候补道李准为南澳镇总兵官，仍署广东水师提督（《清实录》）。第二天，报纸也进行了报道（《电传上谕》，《申报》1905 年 8 月 14 日，第 1 版）。

堂,有乐队五十人。又以防营多不谙号令,又设号兵演习所于万寿宫,教号令兵二百余人,三个月毕业,分派赴各营补以号兵之额,使腐败之防营亦知号令。并未向公家请领分毫之经费,不过提各营之号兵口粮来学而已,其他各费皆准自垫之也。

其改建学堂各项工程,除木、石、油、漆匠外,皆令亲军各营兵士分班工作。余每日赤足着草履于烈日下,杂兵士中督率办理,凡做工者,均另加犒赏。余则面目晒黑,足背由红而黄而黑,至脱皮而仍不稍息。又以亲军各营回虎操练无营舍、操场,又于东校场改建新式营舍,官长、兵丁不许分驻,每一排之床位之次,即为排长之床;每三排之次,即为队官之室;四队之次,即为管带之室;统带办公室则居正中,正常不许官长离营另住。营舍之前即操场,每日学堂之学生同操则不敷用,乃又就小山间开辟而广之。又于营舍之旁,辟长六百米达①之打靶场。又以沙角炮台之操场宽广,可万人合操,乃从东校场辟马路,宽一丈二尺、长十五里,除中桥梁两处需购料匠人工作外,其余皆兵士为之,所费极少。凡遇野外演习,学生、兵士合操,多就沙角之要塞为之,台上炮兵亦令合操。又设要塞学堂于沙角,陆军要塞兵士除合操外,常彼此互相参考,以谋军事学之进步。自问苦心孤诣,力求整顿,不敢稍懈。

是冬,陆提李福兴开缺,奉命以准兼署。适惠州三多祝、白芒花一带有匪患。余率吴宗禹等亲军三营往剿,平之。拔李声振、洪兆麟②为防营管带官,以赏有功。

余腰际起泡发痒,谓之“蛇缠腰”,年余不治。夏间,于惠州城墙间眺,城砖翻出有字,因搬砖取视,汗出而腰更痒,满手皆灰,以手背

---

① 即“米”。

② 洪兆麟(1876—1925),字湘臣。时为广东防军永字营管带。辛亥革命时受陈炯明、邓铿策动,在惠州反正。民国时期官至粤军副总指挥兼第二军军长、潮梅护军使。1925 年 12 月 9 日,在乘船赴上海途中,遇刺身亡。

擦拭患处,立刻痒止。及取砖口灰若干,研细末以擦,三日而愈。

余左右以连年督兵在外,每于海坦、田边淤泥之中,毒热之水往往一旦陷于其中而不起,感受湿毒入于骨胫,以至两足胫酸(涨)[胀],夜不成眠,两年于兹。今冬,部下督司冯季宪(应琛)、周晓岚通守(维屏)劝余食三蛇胆而愈(各事均详记《粤东从政录》中)。

光绪三十二年(1906),丙午,三十六岁

仍任水师提督兼陆路提督。五月,水陆归并一缺,奉旨以萨镇冰补授,准仍署理水陆提督。

二月,虎门陆军速成学堂头班速成生刘雄才等毕业,发回各营。二次考选,二班学生刘治陆[①]等三百余人入学,又选特出优秀学生黄强[②]、王若周[③]、练炳璋、练炳琼、黄宫桂、黄宫柱、吴典[④]、何家瑞[⑤]、方

① 即刘志陆。刘志陆(1891—1942),虎门陆军速成学堂毕业后,进入广东陆军讲武堂,1910年加入同盟会。民国后,累升至旅长。1927年,晋升为陆军中将加上将衔。"八一三"事变后,积极参与抗战。

② 黄强(1888—1972),字莫京。虎门陆军速成学堂毕业后,进入保定陆军速成学堂。1910年,参加广州新军起义。民国"二次革命"失败,遭袁世凯通缉,亡命巴黎,经李石曾介绍入农业学校,继与陈庆云赴英习航空。1932年1月,任第十九路军参谋长;5月,《上海停战协议》签字,任中方代表之一。1933年"福建事变",被任命为漳厦警备司令兼任厦门市长。1941年,日军占越南后,派驻昆明,担任联络各方事务。1945年抗战胜利后,以行政院特派员身份随卢汉一同前往越南河内进行对日受降接受工作。1946年7月以陆军中将身份退役。1947年8月,担任高雄市市长。

③ 王若周(1888—1957),保定陆军速成学堂第一期步兵科毕业。辛亥革命时,曾任光复军团长,随陈其美、蒋介石等在上海发动起义。历任中华革命军东路讨逆军第二路司令、粤军第四支队副官长、参谋长、粤军第一师第二旅旅长等职。1925年2月,参加东征之役。1926年升任国民革命军独立第六师中将师长,参加北伐。后在南京兼两淮盐务缉私局局长。晚年寓居香港。

④ 吴典(1890—?),保定陆军速成学堂第一期骑兵科毕业。

⑤ 何家瑞(1889—1968),广东东莞人。据《东莞文人年表》(孟(注转下页)

贻松、陈榴观等三十人送陆军【部】考试,送保定军官速成肄业。以后每年选送三十名送部考试,均各得优等凭证。

本学堂教习以福建武备学堂毕业者为最多,如刘体乾①、张宗英、卢家徕、江某、曾某,其尤著者。

有省城新军一标督操官陈钊,为福建武备学堂毕业生,请假一星期来虎门会同学,并参观学堂。及来见,与谈军事,极中肯,崇实学,有本源,嘉之。令上堂与学生讲授军事之学,亦极为诸生所悦服,拟留其充兵学教官。钊曰:"极愿。但须请于本标标统崔祥奎(号子良,安徽人,北洋武备学堂毕业,后曾充本堂总办,调充云南陆军统制官,后官泰陵镇总兵②,出家为僧)及将弁学堂总办汪声玲(字肖岩,安徽人,举人,四川候补直隶州,民国后曾为福建巡按使,以精刻称)允许乃可。"当即缄达翟汪。

去后次日,忽得西林电称:"以陈钊为一标逃官,现在藏匿虎门,请即缉获派兵押解来省,交参谋处惩办。"余以陈钊此去必无生理,乃亲送至省交参谋处,总办为王雪岑观察(秉恩),会办为高子白观察(尔登)。余将陈钊请假准条,及余与翟汪缄稿抄录以呈西林,且声明"准假一星期,今才第四日,假期尚未满,不得谓之逃官。同为公家之学堂用人,亦不得谓之容留逃官"。西林大怒,必杀陈钊。

(续上页注)穗东主编,广东人民出版社,2015年),光绪三十二年(1906)入保定陆军速成学堂,与蒋介石同学。1917年,参与张勋复辟,后投奔民国政府,任护国军第一团副团长、粤军第一团团长等职。1924年被孙中山委任为鄂军总指挥。1926年任北伐军第五军第十五师师参谋长。抗战期间,支持抗日。

① 刘体乾(1880—1940),字健之,刘秉璋长子。另有资料显示,刘体乾毕业于江南武备学堂。辛亥革命后,历任苏州海关监督、金陵机器制造局总办。1926年参加北伐,任国民革命军第五路军总指挥部参谋处处长。1937年10月,暂代江西省政府主席。

② 应为"泰宁镇总兵"。

余力争之,王、高二君亦为邀恳,乃将毕业文凭追缴,发南海县监禁二十年,幸责军棍、插耳、游营之刑亦力求始免(是年,西林调田中玉来为协统,折呈请将陈钊发协部译书,西林允之。不数月,且仍发交虎门学堂充兵学教官,且以崔祥奎为学堂总办矣)。西林从此与余意见更深,月余未与见面。及在黄埔看水师鱼雷学堂及船坞始晤面而自认错。西林令交六百两以为洁净局经费,以顺其意,而怒始解(其事详记《粤东从政录·陈钊事》下①)。

李北海自上年余晋京之后,任其闲游,无人督令,捕匪屡有不法之事。经人告发,畏罪逃匿港澳,西林责令余交出惩办。余率李耀汉亲往澳港呼之归,西林立正军法。其先锋营改委李耀汉接带,至是耀汉调充西路防营管带,移驻肇、罗,就先锋原饷改编为先锋卫队,以贺蕴珊为管带官。

秋七月,以粤汉铁路风潮之故,西林调任云贵总督,以两江总督周玉山尚书继任为粤督。玉帅来,西林去,迎新送旧,亦理之常,而西林气小量狭,口多气愤之语,而意见愈深。及其逗留沪上,不肯赴任,又调四川,亦不行。余则问候之,使无月不至,赠送马匹、食物、水果、火腿、蛇胆酒之属,一月至少一二次,自以为可告无罪矣。及其入京为邮传部尚书,仍不能念情于余,则莫可如何矣。

玉帅到任,情形不熟,遇事咸咨询于余,余则知无不言、言无不尽。军事恒由余主之,故以在省之日为多。

是年,自筹款造内河坐船曰"龙骧",船身长一百二十余尺,吃水四尺,速率十二海里。船上设无线电、探海灯、电灯,仅于内河出巡之用。又置"电捷"等小电汽船多号,以为差遣之用。

设无线电学堂于长堤之增沙,延聘丹国人那森及布郎士为总教习。教无线电生八十人,分期毕业,以备各船及各要塞、海口之用。

---

① 该文目前未见。

又设要塞学堂于沙角,教要塞炮科,学生若干人,以为各要塞之用。

又于省城内天平街添购民房,及已停多年之其允当改建水师行台于省城,以为驻省办公之用,共费八万余元,皆自筹款,未取之于公家者也。

是年,玉帅以提督统兵无统费,议每月加给统费一千两,原有炮台及五营统费照旧。

光绪三十三年(1907),丁未,三十七岁

仍任水陆提督。

是年,西林入京补邮传部尚书,于晦若由广东提学使升邮传部侍郎。

夏四月,钦廉匪乱起。党人以连年起事均不得志省会及近省之地,至是专从安南运动土匪,借抗捐为名扰乱廉、钦各州县。廉钦道王雪岑观察请兵平乱。

六月,与福建接壤之黄冈厅城为党人余丑①等袭破,据之。余适以惠州有匪徒啸聚起事之信,巡行至惠,得玉帅电,知黄冈失守,廉钦告急。一面布置惠防,即日下驶回省,先平黄冈之乱。是夜,调集吴宗禹、隆世储、李耀汉、邓瑶光②、王有义等营分乘"伏波""探航"及商船"致远""广利"等号出发。另调郭人漳③之新练军林纬邦

---

① 余既成(1874—1912),又名余丑。原为黄冈三合会首领。1907年,与潮梅会党发动丁未黄冈起义。起义失败后,避往香港。辛亥革命后,回到潮汕地区,在训练队伍准备北伐时,因卫兵失慎,被枪击身亡。

② 邓瑶光(1886—1934),字昆山。广东将弁学堂毕业。历任顺德县都司、协台官,广州府巡防营管带。民国后,被授予陆军少将衔。1913年8月,任广东省警察厅长。1917年后投靠陈炯明。1928年筹办广东大来实业公司,任董事长。

③ 郭人漳(1863—1922),字荷生,郭松林次子。1907年任广东巡防营统领,受命镇压钦、廉二州起义。民国后,当选为众议院议员。

（即林虎）①等营往北海，以援廉钦。别调新军赵声②一标赴汕头援黄冈。而新军素少出发，一闻开拔，则诸多未备，不似我军之可以闻命即行也。次日抵汕头，惠潮道沈次端观察（传义）来迎，据称潮州镇黄和亭镇军（金福）已被困井洲不得出。当令吴宗禹率各军由澄海之樟林以援井洲，并令潮阳营游击赵月修率王有义等营以解饶平之围。我军既抵井洲，一战而匪溃逃，黄镇得出。同逼黄冈，匪弃城走福建之云霄、诏安等处，我军追击讨平之。

第三日，赵声始率一标至汕，而钦告急之电又至，乃令赵声率队就原船"广大"等号开往北海，会郭人漳之师用以平廉钦之乱。

吴宗禹等追击乱党于福建，乱平率师回汕。而惠州之乱起，博罗戒严，玉帅电令赴援，幸先调有赵定国、钟子才、姚洪阶等营赴惠，会洪兆麟、李声振等营。与匪众数千正相持间，余即令吴宗禹率各营仍用原船载赴归善属之澳头登岸，会洪兆麟等与匪战于淡水、三多祝等处。不数日，博罗、惠州之围解而乱平焉。

当克复黄冈，追击乱党到诏安、云霄之际，以地属邻省，电知闽督及玉帅。闽督得报即电奏朝廷，而玉帅因三易电稿尚未拍出，朝廷以玉帅年老开缺，以西林复任粤督。表面以为粤中又有军务，非西林不

① 林虎（1887—1960），字隐青，广西陆川人。1901年入江西武备学堂，1903年末毕业。后入广西郭人漳部任亲军第四营督操官。1906年改名林虎，并经黄兴介绍加入中国同盟会。1907年任钦州边防前路四营督带。1911年辛亥革命时率部到南京。1914年第一次世界大战爆发，与章士钊等组建欧事研究会。

② 赵声（1881—1911），字百先，号伯先。1903年2月，在日本与黄兴、何香凝等结识，同年夏回国，任南京两江师范教员和长沙实业学堂监督，积极宣传革命思想。1904年，袁世凯扩练北洋军，北上保定，任文书职。后入京，遇党人吴樾，共谋反清大计。后随郭人漳至广西任管带。1911年3月29日率部赶往广州参加起义未遂，5月18日，因病去世。

能办,实则庆邸[1]惧其在京捣乱,挤之使出也。玉帅电劾雪岑,西林委王铁珊观察(瑚)[2]署廉钦道、夏艺生大令(翙)署钦州、柴琴堂(维桐)太守署廉州府知府。奉上谕:李准著调署北海镇总兵,会同王瑚将廉钦善后事宜认真办理。广东水陆提督著秦炳直[3]署理,钦此。

降谪总镇,不知何事获咎,莫知所以。乃电江西催秦子质速来赴任。子质原由廉钦道升任江西皋司也。余不知获咎之由,电询晦若,乃知为西林面奏,以准"威权太重,骄蹇难制"。皇太后异之,以李某在粤很得力,且为西林前所保荐,以问西林,西林奏曰"本来很好,都给周馥纵坏了,必稍加裁抑,乃可玉成大器"等语,故有是命。[4] 余以为年来苦心孤诣,勤劳王事不遗余力,今反得此结果,灰心已极,将挂冠而去。及子质来,交卸提篆,检点行装,将尽室以行,决不再为此可畏之官。

---

① 即庆亲王奕劻(1838—1917),时任军机大臣。

② 王瑚(1864—1933),字铁珊。1902 年应川督岑春煊之请入川,协助平定匪患,1903 年升布政使。1907 年,任钦廉道。民国后,历任湖南民政长、肃政厅肃政使、京兆尹、江苏省省长、山东省省长等职。

③ 秦炳直,字子质,号习冠。光绪元年(1875)举人,时由江西按察使调署广东陆路提督。

④ 当时清廷正出现一次大的政局改组,史称"丁未政潮"。彼时岑春煊多次上折,参奏奕庆、袁世凯等人。李准由于和袁世凯、周馥一派过从甚密,因此被岑春煊一并写入:"现署广东水陆提督,本任南澳镇总兵李准,勇于任事,人颇有才,驾驭得直,原可添以为用。自周馥到粤,派令总统全省各军,惟其言是听,文武进退,悉以咨之。李准气质未纯,复鲜学问,因周馥假以事权,由是恃宠而骄,积骄生玩,且以喜怒为进退,驯至用人失当,捕务渐就废弛,盗贼总为生心。此次钦廉惠潮之事,李准亦未尝不尸其咎。臣既有所闻,不敢以保荐在先为之掩覆。拟请朝廷特加裁抑,将李准开去广东水陆提督署缺,调署北海镇总兵。"(岑春煊《奏为特参署广东水陆提督李准捕务渐就废弛请开去署缺调署北海镇总兵事》,光绪三十三年六月初七日,中国第一历史档案馆,录副奏片,档号 03-5978-013)

当西林未出京之先,电令交出逃官李世桂①、杨洪标,如交不出,责令交花红十万。李、杨二人本曾隶部下,自西林严逼款,罚其重款之后,早已逃匿安南。西林去后,虽回粤亦未当差,各在省、港经营商业,与余何干?勒令交出,不知其闻西林再来,早已仍回安南去矣。直蛮不讲理,谓之"蛮帅",谁曰不宜?

玉帅去后,藩司胡夔甫方伯护院(胡名湘林,己亥举人,丙子进士,丁丑殿试,由翰林外任知府,升任广东藩司,江西人)。当余未交卸之先,其先调往廉钦之队伍各将领闻余获咎降官,人皆栗栗危惧,不知死所,咸请假入北海之外国医院养病,兵士亦多怨望,且病者益多。

廉钦之乱再起,防城失守,宋大令全家殉难。东兴相继失陷,钦州被围,王瑚率济军两营守城,灵山县亦被围,仅吴福昌一营守城。廉州合浦戒严,连电告急。余正交卸来省,拟弃官入山。胡夔甫来求余出,以解廉钦之围,情词恳切,几欲下跪,亦不之允。

七月初四日,忽奉上谕:西林开缺养病,以张安圃尚书补授两广总督。夔甫急电告之。安帅急电来函②余往援钦廉,余奉命即行。先电在廉钦各军,振军以待。即日调集亲军各营,隆世储、汪云卿、马镛柱等及李耀汉、邓瑶光等营,以夏豹伯太守文炳统之(夏名文炳,字豹伯,广西人,原为广安水军统领兼长洲等炮台统领),以吴宗禹为秦子质留省,以代豹伯调集兵舰,并雇商轮即日出发,次日即抵北海。各将领如郭人漳、赵声及中下级官长均来见,余问曰:"尔等不俱病入医院乎?"对曰:"主帅获咎降谪,我等不知死所,不得不病耳。今闻主帅出,均同时病愈而听指挥也。"乃遣郭人漳率林纬邦等收复

---

① 李世桂,原为广州五仙门千总,后任广协左营都司。光绪二十六年(1900),两广总督李鸿章为解决财政困难,批准开放广州赌博业,委派李世桂主持该项事务。李世桂利用职权,操纵广州东堤一带的娼、赌和演艺界。后岑春煊继任粤督,整顿两广吏治,开始禁赌,将其革职,罚报效费10万。

② 该字模糊,疑为"函"。

防城、东兴等处;令赵声率彭大松、隆世储等,即日由廉州趋武利以援灵山;余自帅夏文炳、李耀汉等营趋合浦。次日,彭大松等与乱党战于武利,即解灵山之围;统带宋安枢①等追匪于隆屋、太平等处,克之。

余以廉钦两属本遭匪害,又先为郭人漳之兵骚扰,人民流离失所,畏郭如虎,且与宋安枢等为仇敌,故此次乃令郭率队往防城、东兴者,免三那等处之人民闻而生畏耳。不数日,据报防城、东兴相继收复,即电令防守该处,不许再到廉属,因其与赵声等亦如水火之不容也。

余乃先出示晓谕乌家、三那(曰那丽、那彭、那旺,谓之三那)等处之人民,声明"专为抚恤迭遭匪害及兵扰之百姓,应自出各安生业,官兵皆有纪律节制之师,力任剿匪,决不扰及良民"等语。派绿营制兵之老于营伍者分投往四乡晓谕,以安民心。其有逃匿于府城及北海等处之绅士,亦令各回各乡,开导其有曾经从匪、今能归农者,概置不究。分遣去后,余乃自率各军继进,夫役皆由廉州顾定,每日一元,先给三日之粮,以安其心(因郭、赵等先多强拉民夫,不给钱,不与食,行不动者非打即杀,故人民多逃匿)。

以夏文炳率绿营少数制兵先行(以制兵皆土著,熟悉本土情形,为人民所不畏惧),一路见秋稻成熟,倒于田中,无人收割,倘再多十日不收,即尽生芽。人民失收无食,势必全驱为匪不可,因令各处留兵保护收割。所过之处,满目荒凉,屋舍为墟。据称,皆郭人漳以开花炮轰击者。夏文炳精细仁慈,一路由制兵召出乡民,先给银元,令做饭或粥以供军食,如值一元者给以二元,值二元者给三元,以坚人民之信。人民贪

---

① 宋安枢(1854—1938),字星恒。光绪二十七年(1901),因功保任知府。光绪三十一年(1905),参与镇压孙中山、黄兴组织的钦州三那抗捐暴动。光绪三十三年(1907),接任廉防分统,参与镇压廉防起义。辛亥革命后,响应广西独立。

利,相率而出,于前途供食,每处均由夏文炳标出纸据,曰"某军某营于某处食饭或食粥,价已先付"等字样,故沿途兵民相安。

留邓瑶光营于乌家;李耀汉营于那丽;夏文炳则率兵四处策应,以召流亡孤匪,势为执任。

行四日,抵钦州,驻节于城外之镇龙楼,分遣队伍击匪于小董、大寺等处,匪多窜扰广西边界,乃电桂抚张坚白中丞,东西会剿西省。

广西提督丁衡山提军(名槐,云南人)①命普怀安等率兵八营来会师。

余亲率各军击乱党七八千人于太平墟(偏于广西,近宣化县)、那线、十五山等处,大破之。击毙、生擒无算,余党窜十万大山。以丁军仅二三百人,漫无纪律,徒损我军名誉,令回西省防守边界,以防匪窜西省。又率各军击窜匪于十万大山。以济军两营漫无纪律,亦令督带龙觐光②直刺由剥隘过上思回龙州。

各腹地之匪已清,人民亦多复业。乃又亲自游巡各州县乡圩、各市镇,与来时情形迥然不同,熙来攘往,心窃喜之。③

---

① 丁槐(1849—1935),字衡三。光绪九年(1883)中法战争中,曾与刘永福合攻被法军占领的宣光城。甲午之役中,随岑毓英办理台湾军务,随后又调驻守山东泰安。光绪三十年(1908)升广西提督。民国后,被授予陆军上将、奋威将军等衔。1915年,资助蔡锷倒袁军饷。1923年,被任命为两广慰问使。

② 龙觐光(1863—1917),字怡庭,龙济光之兄。光绪七年(1882)署理四川清神县令,后升会理知州。又随弟龙济光在广西追剿,因功升任广西新军邕龙标统领。民国时被授陆军中将加上将衔。1914年,代理广东省长兼广惠镇守使。后拥护袁世凯称帝,封一等男爵。1916年,在百色被陆荣廷扣押解职。

③ 李准曾收一封"伪函",其开首云"中华国民军南军都督黄和顺致书满洲广东北海总兵官李准公阁下",至其中大都招降之语,谓"满洲厌汉已至三百年。前时太平天国几已成功,因时有曾、左,故致破灭。今公之才具,岂足以望曾、左,极其所至,不过多鲍之流耳。然有曾、左,而后有多鲍,今之为曾、左者何人,公所受知者为岑春(萱)[煊],已开缺,继之者人极腐败,公能事(注转下页)

正办理得手之际,九月十四日,忽奉旨调余回省办理西江缉捕之事,以秦子质办理廉钦善后事宜,龚仙舟补廉钦道、郑朴孙①署钦州,均已先到任。

余在钦三月,回省见安帅,勉励有加。

西江以此数月之内屡出劫案,有枪毙外人之事,当事者不理,致各国屡有责言,各遣浅水兵舰入西江自由行动,人心皇皇。故安帅乃有电奏,请调余回省办西江缉捕之事。②

乃与英国水师提督马镇迪交涉,不许自由行动,妄行开炮,轰及乡镇,使人心惊惶。自任仍照旧章分段巡缉,且新造浅水新式兵舰四艘,分巡西江。未造成之先,租商轮代之。英人始允退兵,将西江捕权交回自行管理。

十二月,仍将水陆提督分而为二,奉旨:广东水师提督著萨镇冰补授,仍著李准署理,秦炳直著补授广东陆路提督(一切情形详见《粤东从政录》)

是年秋,虎门陆军速成学堂二班生毕业,招考三班生四百人入学。

自西江收回捕权以来,会商安帅,严禁军火进口,接济匪人。香港总督亦以西江获安允为严禁。十二月下旬,据驻港侦探报告:"九龙货舱所存之枪炮、子弹,全由日本邮船二辰丸运往日本,查为澳门

(续上页注)之乎"等语。案,黄和顺乃广西巨匪,前时所购捕未获者。《申报》1907 年 10 月 22 日,第 4 版。(注:文中黄和顺应为王和顺。1907 年丁未防城起义时,王和顺被任命为"中华国民军南军都督")

①　郑荣,字朴孙,一字朴生。工诗文、善书法,与郭人漳有交情。在钦州时,与齐白石相识,交往频繁,齐白石自称与郑"意气最合,新知惟有此人也"。

②　西江捕权事件:英国为了与法国争夺两广,把西江纳入其势力范围,借口英船在西江遭抢劫,以帮助清政府缉盗为名,于 1907 年 12 月 2 日从香港派舰队侵入西江,随意搜查华轮,骚扰沿岸城市、乡村。最终在广东各界的坚持下,英舰被迫于 1908 年 1 月 27 日退出西江。

商人谭某、尹某购买。"余以澳商何以买械运往日本,其中必有诡谋。乃令侦探随日本船侦查其在何处卸载,电告。十二月二十五日,据来电称:"军火未卸,由原船载赴澳门外之九洲洋卸载。趁明年元旦,中国官兵放假不办事,偷运至澳门,输入内地。"余乃密派吴荩臣游戎(敬荣)①、林瑞嘉游戎(国祥)②、王荫庄大令(仁棠)③、都司李炎山、守备罗凤标④等,率"宝璧""广亨""伏波""安香"等兵舰,于除夕驶至九洲洋山湾之鹅颈海面下碇,以候二辰丸之至焉(详见《粤东从政录·西江捕权》下)。

光绪三十四年(1908),戊申,三十八岁

正月,接水师提督印于省城之天平街水师行台。安帅为定每月办公费一千二百两,不支统费。

元旦黎明,日本邮船"二辰丸"果入口于九洲洋下碇,悬卸货旗,见其开仓悬杷杆备起货。少顷,澳门葡人以小火轮拖带舨艇多号来系于"二辰丸"之侧。

正待起货,吴敬荣率各员役登舟,诘问:"卸何种货?"船主持提单

---

①　吴敬荣,字健甫(李准所记"荩臣",或为吴敬荣另字)。同治十三年(1874),官派第三批留美幼童。回国后,在海军任职。1892年4月,调任广东水师"广甲"快船帮带大副。12月,升"广甲"管带。1894年9月17日,带舰参加甲午黄海海战。清末重建海军后,回广东水师。1909年,随广东水师提督李准巡视西沙群岛。民国成立后,任总统府侍从武官,海军中将衔。

②　林国祥(1851—1909),又名立熙,字瑞嘉。船政驾驶班第一届毕业生,后调任广东水师"广乙"舰管带。甲午海战时,参加了丰岛海战和威海卫保卫战,方伯谦被斩首后,继任"济远"舰管带。光绪二十二年(1896)夏,林国祥、程璧光等六人被派往英国监造订购"海天""海圻"号两艘巡洋舰。甲午战后新组建北洋海军,一度任统领。后回广东水师任职。1909年,随广东水师提督李准率舰南巡西沙群岛。

③　王仁棠,天津水师学堂第四届毕业生,民国时曾为海军部编译处编译委员。时为广东试用通判。

④　罗凤标,曾担任"广亨"轮管驾。

示之，乃军火，为违禁之品，不许卸。日船主以此葡属地，吴以"澳门为葡人租借地，无领海权，此九洲洋为珠江流域，有中国之拱北关在马骝洲可证。况拱北关有税务司，非税务司许可不得在此卸货。"船主无词。葡人几欲持强卸载，吴力驱之去。不一时，澳门又来葡兵多人，上船行强。经吴率各船官兵禁之，并谓船主曰："葡人持强，不讲公法，我将与之开仗，惟不能在贵国旗下开仗，请下贵国旗。"吴即强下日本国旗，而葡兵退矣。林瑞嘉亦同拱北关税务司裴式楷[①]来，亦以日船违法应拘留，船货充公。当将"二辰丸"开入虎门内之淡水河洋面寄碇，日船主交日本领官看管。起出毛瑟步枪六千枝、子弹六百万发，小炮六门、弹称是，没收入库。

安帅电外部交涉，日公使以余不应拘留其船，并要求惩办余及吴敬荣。安帅以去电力争，又以粤中各界之愤激，谋抵制日货[②]，日使乃稍让步，且索赔偿损失至数十万金。安帅仍不允，日使声言将与我国开仗，其海军"吾妻"等号且由台湾入粤矣。美国舰队亦由太平洋来中国，菲律滨之美国舰队亦同时开至闽粤洋面。几经交涉，仍由外务部尚书袁慰亭宫保（世凯）定议，以"我应下其国旗，军火收没，船货亦不充公，亦不索赔偿，但须将国旗降下悬回，敬炮二十一门"而已，非得有外助及民气之发扬，仍不易办到如此。

执行之日，余率各员亲至淡水河，各界人士往参观者数百人。日领事及日本商人、船员则至"二辰丸"船上升日本国旗，放礼炮二十一门。日人欢声雷动，我船之人多有痛哭失声者。然从此抵制日货之

① 裴式楷（Robert Edward Bredon，1846—1918），英国人，清末海关总税务司赫德妻弟。历任芝罘、宁波、广州、汉口、上海等海口税务司。1908 年赫德休假离职回国后，出任代理总税务司。
② 当时在大理院任职的孙宝瑄在当年四月六日的日记中写道："晚，至大理院。观报，有三事可记：一粤东人拒买日货，乃水师提督李准所为。"孙宝瑄《忘山庐日记》，上海古籍出版社，1983 年，第 1178 页。

风潮遍于中国矣（详见《粤东从政录》中）。①

三月，有湘人葛谦②及鄂人严国丰③等谋乱，运动新军及防营，事泄破获多人。于各军之领票布者，焚毁名册，概不追究，仅置葛谦、严国丰二人于法。

是年秋，德皇赠送冕旒宝星一座，当由张安帅电奏，奉旨:准其收受、佩带。

又以省会为三江总汇，航线要道船多如织，最易藏奸，乃于省城设水上警察厅。西至黄沙石围塘，南至南石头、车尾炮台④，东至琶洲中流砥柱，以海珠为总局办公之所。

上年在香港定造之内河兵舰四艘成，曰"江大""江清""江巩""江固"，速率十八海里，吃水四尺，机器、锅炉均双，故烟筒亦双，船上探海灯、无线电均设备完全。每船有七生的半⑤五十倍身长⑥自行开放

---

① 指二辰丸事件。1908 年 2 月 2 日，广东水师巡船及海关关轮在中国领海九洲洋面捕获日本军火走私船"二辰丸"。日本公使向清政府提出无条件释放"二辰丸"、中国收买"二辰丸"所载军火、赔偿损失、惩办有关人员等 5 项无理要求。粤各界反对清政府对日妥协，决定抵制日货，使日本对华商品输出大为下降。

② 葛谦（1885—1908），早年参加湘省光复会密谋革命，后留学日本。1908 年与邹鲁等人策划趁光绪与慈禧相继去世之机在广州起义，并散发"保亚票"以资联络，事泄被捕就义。

③ 严国丰（1882—1908），结识谭馥、葛谦等，加入"保亚会"，协助联络清军巡防营。1908 年 11 月，协助谭馥散发"保亚票"，不慎有一张票子被广东水师提督亲兵所获，被捕就义。

④ 应为"车歪炮台"，又称大黄滘口炮台，位于广州市南石头附近珠江中的沙洲上。

⑤ "生的"为厘米，有时也有"生的迈当"等写法，简称"生"，是清末描述火炮口径的常用单位，厘米德语"Zentimeter"的音译。"七生的半"即 7.5 厘米。

⑥ 五十倍身长，指炮身长为火炮口径的五十倍。

克虏伯极新式之退管炮一尊，马克心①机关枪四尊，四生的半克虏伯炮四尊，丹国式之鲁勒塞机关枪②六枝，步枪、手枪称是，与"广元""广亨""广利""广贞"，分八大段，出巡于西江各处，每段尚有小兵舰四五艘，有事以无线电通声气，上下一气，而西江从此安堵无虞矣。

又于各两江、海口建设无线电台，以备转电。西江则建于三水县属之马口，东江则建于东莞县属之威远炮台，香山县属之前山亦建一台，外海之徐闻、琼州亦各建一台，以通报焉。

又以内江外海商轮多洋旗，恃外人为护符，不受盘诘，常有匪徒假扮搭客于半路行劫，且骑此船，以劫彼船于无人之处，官兵无从保护。常有兵舰同行，见商船照常行驶，不知有被劫之事，驶于无人处弃船而逃，防不胜防。

初拟派兵上船保护，外人以国旗所关，不允我兵上船。各真正洋商之大船尚依指定码头搭客，防范尚易。为（力）［利］而冒挂洋旗之小商轮，只贪生意，不顾搭客之危险，沿江揽载，致匪人得以上船，肆行抢劫。及出事，则由各国领事出头索赔偿。其实损失在搭客，于冒挂洋旗小轮，固无伤也。欲使其就我范围而保旅客之安全，非死令全挂龙旗不可。

华商何以必挂龙旗？其原因有三：

一、理船厅属于税务司，遇华商之船赴验，任意刁难，打坏锅炉，限制士颠汽③，即以至新之船，至多不过一百二十磅，如洋商之船至少亦百五十磅，多则二百磅，似此则洋船行速而华船行缓。虽年以多金给外人而挂洋旗，然可多做生意，仍属有盈，况有事尚有外人出而能帮者哉。欲去其弊，当先从收回理船厅始。商之安帅，即日照会税

---

① 现一般译为"马克沁"。

② 从描述看，疑似丹麦当时研发生产的"麦德森"机枪。

③ 士颠，即蒸汽英文"Steam"音译。

务司,交回理船之权,派林国祥、刘义宽[1]、张斌元[2]、陈某分任其事,以其各皆专门之学于制造、船身、锅炉、机器、驾驶,均能考验不误。

二、厘金关卡华洋一律看待,不许留难。

三、官差照商给价,不许折扣。

一切办理就绪之后,余亲至轮船会宣布办法,限一个月内,凡华商各轮均改挂龙旗,各商欢然乐从,不旬日而各江之船桅遍挂黄龙旗矣。

各商既就我范围,乃于指定各江码头之处,派湘式舢版一二艘,检查搭客、军火,每处备拨艇一只,检查之后,再送上船,便接搭客登岸,其余之艇不载客上下。又于各商轮酌派目兵数名驻于船上,防匪且监视其不许在非指定码头搭客,曰"卫旅营"。又,各乡轮船拖渡亦极多,每渡设目兵十人以保护之。每于客之上船,必检查军火而保商旅。

又以靖海门外原有之水师十六营公所房地,易大南门外天子码头[3]长堤之新填地建设水师公所,旁设水师练营及无线电台。水师

---

① 刘义宽,船政学堂管轮班第二届毕业生,光绪十二年(1886)任广州黄埔鱼雷局提调,后在广东水师任职。辛亥革命期间,作为留守人员,设法保存移交了广州黄埔船坞及机器设备。1914年,任黄埔船坞局局长。

② 张斌元,字心如。船政学堂轮机班第四届毕业生。入北洋水师,任"来远"舰三管轮。甲午战争时,随"来远"舰参加黄海海战和威海卫保卫战。清末重建海军,曾任"宝璧"练船总管轮。1909年9月奉派收回日本商人强占之南海东沙岛,与魏瀚等人登岛勘测。1913年授海军轮机中校,1914年晋升海军轮机上校。1918年任福州海军学校校长。1922年晋授海军轮机少将。1933年列名国民政府海军部少将候补员。1935年第76期《海军公报》上有"准给故轮机少将候补员张斌元一次恤金"消息一则。

③ 即"天字码头",被称"广州第一码头"。名字来源有两种说法,一据乾隆年间《广州府志》记载,雍正七年(1729),布政使王士俊在天字码头建日近亭,供接官之用,官员卸任离广州时,也在此亭恭请圣安,然后下船启航返路。码头只供官员使用,所以称为天字码头。另说,依据《千字文》中"天地玄黄……"为顺序,即"天字"第一号码头。

练营召沿海之疍家子弟入营，教以船上之工作，如兵操、灯语、旗语、操船板、上桅、洗船、编绳索等事，全按船上之工作教练之，并教以浅近之英语。以水师学生孙承泗①为管带，陈景芗②为帮带，邱某为教习，六个月毕业。各船之三等水手缺出，即以此项练兵补之，陆续召补，不许各船管带私自召补不谙水师章制之人充补。

又购英国遭风搁③山边之五千吨、长三百余尺之邮船，改修为练船，名曰"广海"，以为运兵及练习水师人员之用。凡在黄埔水师学堂毕业之学生，均令上船练习风涛、沙线、船上炮位、探海灯、无线电，讲堂、操场、吊床设备完全（详见《粤东从政录·广海练船》下④）。

又出巡外海，至距汕头八十海里之洋面，有岛悬日本国旗，异之。以为此为广东领海，何得有日本国旗飘扬于岛上。及登岸察勘，沙滩上插一木牌，标曰"西泽岛"。船员吴荩臣游戎（敬荣）曰："此为东沙岛，西人呼之为'布那打士'，向属中国领土。"当执日本人西泽而问之，据云："已经营于此二三年矣，向以此地近彭湖，以为台湾属地，故认为日本之领土。"当与力争，不许再行采取磷质、玳瑁、海带之类，已采之货亦不许动。日人已建轻便铁道十余里，机器、厂屋若干座，亦派兵监视。回省请于安帅，电外部与日本人交涉。日公使索海图证

---

① 孙承泗，别号孝和，黄埔水师学堂驾驶第九届（1906）毕业生。清末李准巡视西沙时随队任测绘委员。民国后任广东海军练营营长，1913年带领广东海军"广海"练运舰、"广庚"炮舰投靠袁世凯，被授予海军上校。1918年护法运动时，曾任广东军政府海军部军务司员。抗战时，曾任汪伪政权的交通部广州航政局局长。

② 陈景芗，黄埔水师学堂驾驶第十一届（1909）毕业生，任广东水师练营帮带。民国后任广东海军练营副营长，后历任北京政府、南京政府海军部科长、处长、军学司司长（海军少将）。写有回忆文章《广东"广海"练运舰、"广庚"炮舰投袁世凯的回忆》。

③ 搁，即搁浅。

④ 该文目前未见。

据,必中国二百年以前之图乃可为凭。

王雪岑观察博览群书,以康熙间有高凉镇总兵陈伦炯著《海国闻见录》中有此岛之图,因送外部与日公使,证明为我国版土,交还中国,仍名为"东沙岛"。日使索建筑费二十五万元,我以彼"盗取岛中出产品二三年之久,所值实不止此数"以答之,卒未费一钱而收回焉(详见《粤东从政录》中)。

又以华侨回国无安全之地以居之,因商于安帅就附近省城之大沙头、二沙头购买,交华侨自行建筑,为华侨居留地,官任保护,商任筹款。准与寓外华侨商订,踊跃从事,认股至千万以上。后以安帅去任,继之者以为有利可图,收回官办定价,由华侨给领,而华侨大哗,以官无信用,以款资他人之利用焉(详见《粤东从政录》中)。

是年秋,正率队在新会县属之古井、崖门弹压械斗,奉安帅无线电称"广西大黄江兵变,统领张振德死之",属即驰往剿办。因率统领亲军各营、吴翰香太守(宗禹)往办。次早即抵梧州,上赴大黄江,即登陆追击变兵。事定回梧,而桂皋王铁珊廉访①(芝祥,直隶通州人,癸巳举人,历官广西州县多年)始至梧称谢至再。而桂抚张坚白以余"越境平乱,不先告知"为言,安帅以"广西本为总督兼辖省份,况大黄江距东省较近,不能坐【视】不理。李提督能不分畛域,闻乱即行,三日而乱平,方感之不暇,何及有责言",真别有肺肠也。

是年秋,绍基兄及从兄宝善同自川来,带长、次、四三房之孙来粤就读。长房孙曰"相杰",锡之兄之子也;次房孙曰"相亲",宝善兄之子也;四房孙曰"相鼎",绍基兄之子也。以诸侄尚可成材,恐川中穷乡僻壤,风气未开,无良师以教之,因于省城之行台中延岳州向蓬南、

---

① 王芝祥(1858—1930),字铁珊。清末曾任广西按察使、广西布政使等。辛亥广西独立后任副都督。袁世凯当政时期,王芝祥组织统一共和党与中国国民党合并,任国民党理事。后历任国民党理事、京兆尹、侨务局总裁、中华红十字会总会会长等职。

泸州李石父、金华陈澧清各先生及英人某德妇麦啡,分科教授弟、妹、儿女、子侄,俨然一学堂也。绍基兄并以调查族谱完备,余乃为之编成付印。明年印成,由绍基带回,分给族人。[1]

十月,美国海军舰队至厦门,朝廷派大员来厦招待。余率林国祥、吴敬荣、王仁棠等海军职员往与会,以尽东道之谊焉。

宣统元年(1909),己酉,三十九岁

仍任水师提督。

奉上谕:李准著补授广东水师提督。奉恩诏:荫长子桓为一品荫生。

是年,购附近东山、二沙头之间地二百余亩,为制皮革公司。制革以为军中之用,会同督练公所,官商合办,以知府沈宣谷太守(之乾)为总办。

又以川、云、贵三省人之宦粤及经商之人为数不少,向无团体结合,乃倡议建设"川云贵三省会馆",就余原置东门外沟石寮地十余亩为之。时藩司贵阳陈少石方伯[2]、华阳王雪岑、王湘岑观察[3]、云南龙子诚军门[4]、吴子和观察、李觐枫观察[5]、法政学堂监督麻哈夏用卿殿

---

① 本文后删去重文一段:"是冬,为澂弟娶于海阳…在汕所住之屋也。"

② 陈夔麟(1855—1928),字少石。陈夔龙之长兄,时任广东布政使。

③ 王秉必,号湘岑,为王秉恩(字雪岑)三弟。"百日维新"中的活跃人物,康有为《戊戌政变记》中有相关记载。光绪三十四年(1908),清政府改革官制,设巡警道,王秉必为广东巡警道署首任巡警道,曾选送一批学员前往日本警察学校学习,继在广州设立警察速成学堂、巡警预备营、高等巡警学堂、巡警教练所等机构,培养现代警察。

④ 龙济光(1868—1925),字子诚,一作紫宸。时任广西提督。

⑤ 李湛阳(?—1920),字觐枫。清末重庆商界领袖李耀庭次子,与岑春煊是兰交兄弟。曾任广东劝业道、广东巡警道、广东商务局及广东将弁学堂总办,新军统领,广东兵备处、禁烟局总办,四川巡防军统领等职。

撰①、夏叔卿②观察均极赞成之,各捐资存商号天顺祥经理,拟于会馆之外设三省中小学堂及行商货栈,绘图贴说。川滇省港商人亦按货抽费,集款至数万两,以待开工。及辛亥之改革,工未开而款亦为一般之流氓瓜分,地且不保,亦盗卖焉,其地以时价值十万元之普。

又自备电汽座船一艘,名曰"电安",长一百零八尺,吃水一尺半,速率每一小时行十五海里,二百匹马力,双机,电灯及探海灯、卧室、浴室、餐厅及执事人员室、中西厨房,设备完全。船上配马克心机关枪四门、礼炮两门,色色精美,远胜"龙骧"之上,共费约三万元,由香港庇利公司③承造。其餐房所用银器、铜器、瓷器、玻璃器,各种均定自英国,无不有余之名,以英文首一字母套合成一花押。改革后,胡汉民以一万五千元卖于广西陆干卿④都督焉。

---

① 夏同龢(1868—1925),字用卿。贵州麻哈(今麻江县)人。曾创办中国最早的法政学堂之一的广东法政学堂,并出任监督。民国后当选为中华民国第一届国会议员并被推选为宪法起草委员会六理事之一,参与起草《天坛宪法草案》,发起成立独立党派组织超然议员社。夏同龢与李准是姻亲,夏同龢之子夏旭初娶李准之长女李菊苏。在李准家族祖坟所在地四川邻水柑子镇桅子村,尚存李准祖父李逢春的神道碑。石碑阴文刻有"诰封光禄大夫讳逢春李公之神道",左下方刻有"赐进士及第翰林院修撰夏同龢敬题",同时还有"夏同龢印""戊戌状元"两方印。

② 夏同彝,字叔卿,夏同龢大哥。曾做过七品京官,后到广东。1911年任广东士敏土厂会办。

③ 庇利公司,1897年由爱尔兰人庇利(William Seybourne Bailey)在香港红磡附近创立,名为庇利船厂(Bailey's Shipyard)。1949年10月1日,中国航空公司买下庇利船厂作为飞机仓库。11月,"两航起义",12架飞机从香港飞到北京和天津。由于两航有美国人股份,美国民用运输航空公司要求法庭批准接管两航资产,1952年获得胜诉。1955年香港警方接管庇利船厂,按法庭判决交予美国斑马公司接收。此后,庇利船厂被拆卸,该地成为住宅区,如今尚有一条"庇利街",成为这段历史的见证。

④ 陆荣廷(1859—1928),字干卿。宣统三年(1911)授广西提(注转下页)

又以上年收回东沙岛之后，交劝业道管理，派员司在岛中采取磷质、玳瑁、海带之类，每月由"广海"练船送火食至岛，顺载采取物回省。且拟建无线电台于岛，以报风信，以未筹得而中止。

查广东之西尚有西沙十五岛，距香港约四百海里，距琼州之榆林港约一百二十海里，经吴敬荣、林国祥、王仁棠先会同粤海关船员往探，当会商安帅亲往探明，绘成海图，以便呈京师海陆军部、内阁立案。免又如东沙之覆辙，待有外人（站）[占]据始为交涉，为失计。安帅极然其说，当调集"伏波"①"琛航"②两旧兵舰分载前往。

同行有宁波李子川观察（哲濬）③、归安丁少苏太守（乃澄）④、霍邱裴岱云太守（祖泽）⑤、华阳王叔武太守（文焘）⑥、武进刘子怡大令⑦、番

（续上页注）督。辛亥革命时，被举为广西副都督，后任都督。此后又有反袁、迎孙等经历。1923 年失势后，通电下野。

①　伏波号，为船政建造的第四号舰，1870 年下水。在 1884 年中法马尾海战中受伤，被迫退出战场。战后，伏波舰被修复，一度用于台、彭防务，后调往广东水师，1909 年参加了对西沙群岛的巡阅，其中一岛以该舰命名为"伏波岛"。

②　琛航号，为船政建造的第十四号舰，1874 年下水。该舰本拟建成后调拨给轮船招商局充作客船使用，但 1874 年爆发日本侵台事件，琛航号留在船政舰队，承担闽台之间的运输任务。1884 年中法战争马江海战中，被法舰击沉。战后，被捞起修复，拨给广东水师。1909 年参与巡视西沙群岛，其中一岛命名为"琛航岛"。

③　李哲濬，字子川。时任广东候补道。后任江苏补用道、补江宁劝业道等职。在补江宁劝业道期间，曾参与筹办两江总督端方发起举办之南洋劝业会。民国后曾任吉林财政厅长。

④　丁乃澄，字少苏，由监生报捐州同知衔。时任广东补用知府。

⑤　裴祖泽，字岱云。时任广东补用知府，为李准妹夫。

⑥　王文焘，字君覆，也有资料写为"寿鲁"（李准记载其字为"叔武"），王秉恩之子。时为浙江候补知县。著有《椿荫宧初草》《盐铁论校记》《春秋左氏古经》等。

⑦　刘子怡，李准在《巡海记》中标注其为江苏阳湖人，并因此将（注转下页）

禺汪道元直刺(宗洙)①诸君，又有德人布斯域士、无线电工程司丹人那森同往。余带卫兵一排，以学生范连仲率之。木、石、铁、缝、漆匠若干人，小工百人，测绘生若干人，牲畜、食料极多，淡水、煤炭亦足敷一月之用。以林国祥任驾驶之责，吴敬荣、刘义【宽】二人分带两船，王仁棠赞助之。

三月杪起行，先至琼州海口，买土式小扒艇十只及添柴、米、鱼、菜之属。四月初一日，抵榆林港，添淡水，以天色不佳未能放洋。往距榆林港十余里之三丫港②观盐［田］，又往黎山内地观黎人居处、风俗，均另有记载于《粤东从政录》中。

在此候天色约六日，始放洋。察视各岛，与东沙情形相同，并无高山，不过海中之沙洲而已，大小不一，极大者亦不【过】三四十里，小者数里而已。每岛均命名刊字于珊瑚石上，建临时椰子树屋及桅杆于岛上，悬黄龙旗以为标记。

历二十日，始趁好天气径向香港驶归。沿海皆暗礁，危险万分，且"伏波""琛航"二船与余齐年，朽腐堪虑，若非林、吴二君之老于驾驶，精细详慎，则恐无生还之望矣。

回省后，将在各岛采取奇异之物、为世人所不经者若干，呈于安帅及分赠同僚以作纪念(详记《粤东从政录》中之《西沙岛》一则)。

回省后，以"伏波""琛航"二船朽坏，不堪驾驶，招商变价，以为水师公所建无线电台之用。

长堤水师公所亦全完竣工，"广海"练船亦工竣下水。会张安帅及司道同寅，同往淡水河、莲花山参观，试演四发新式快炮及各处无

(续上页注)西沙一岛命名为"阳湖岛"。雍正四年(1726)分置武进、阳湖为两县，1912年两县合并为武进县。

①　汪宗洙，字道源。民国期间曾任财政部公债处处长、江苏卷烟煤油税局局长、财政部苏浙皖区税局局长等职。

②　即三亚港。

线电工程。

夏六月，美国团男女宾百余人招待于水师公所，宾主尽欢而散。嗣后，每星期会司道同寅各官必宴集于此，迭为宾主，诗酒往还，致足乐也。

又于水师公所之练营三层楼上，设私立中小学堂，以教涛弟及侄辈及同寅中之子弟读。延中外教习，遵钦定学堂章程工课，加密注重中文。以涪州邹受丞先生、巴陵向蓬南先生为中文教习；英文、算学及各种科学，以英人某及巢锦栋、郭建宵等分任之。

虎门陆军速成学堂之二、三班生均先后毕业，分拨各营录用，奉陆军部令停办。

秋八月，张安圃尚书奉旨调补两江总督，湘潭袁海观制府（树勋）[1]督粤，未到任以前，以将军增瑞堂将军（祺）[2]兼署。安帅以在粤诸事顺手，不以调两江为喜，临行依依不舍，于准尤甚。

冬十月，海观莅任，盛气而来。要请余裁兵节饷，每年须裁五百万两。余以"统下水陆各军全数裁完，亦不能足五百万两之数"覆之，并力言广东情形与山东不同，不能一例办理，且将历年裁绿营、添防营及增设内河外海水师各节缕析详陈。而海观心中先有成见，有挟而来，余亦不必再为之赘言，直以直切了当之语咨覆，略云"贵部堂以节省经费为重，本提督亦不得不以（遗）［贻］误戎机为虑。如必锐意裁节，不顾地方，贵部堂大权在握，欲裁则尽裁之，又何必频频咨商于本提督？裁撤之后，地方有事，贵部堂负责乎？抑本提督负责乎"云云。咨去，不言裁兵，反令其乡人任福黎[3]，及某学究所称为江忠烈、

---

① 袁树勋（1847—1915），字海观。1909 年起任两广总督。

② 增祺（1851—1919），字瑞堂。时任广州将军，后兼署两广总督。

③ 任福黎（1872—1946），字寿国。曾东渡日本，入宏文学院。后任广西柳州巡防营统领。宣统元年（1909）底，负责在南宁编成新军（属第三十六镇）第一标。民国后任第一届民国政治会议议员，1917 年以后随熊希龄（注转下页）

罗忠节①第二者往衡、永、郴、桂等处,招募新兵八大营。是兵未裁而反招,饷未减而反增,其何居,明眼人自能辨之(其详细情形见《粤东从政录》之《袁海观遗事》中)。

是年,以顺德一带港汊分歧,密如珠丝,偏地皆桑,家家养蚕,机器缫丝厂多五六十家,每年出口之丝值四五千万,地方之富庶可想而知。遍地金钱,而盗贼益为猖獗,桑林深密最易藏奸,防不胜防。乃于顺德属内建筑碉楼,每相距十里一碉,高四丈,驻兵一棚于碉楼上,可以观察桑林内有无藏匪。何处有匪警,碉上之兵即可以互相遥击。俾匪无隐身之所,而地方获安,今年已试办数处。又以各乡之老更多不可靠,每以本乡之匪徒为之。本乡有失,即为更练是问,而更即匪,借此乡为藏身之所,且以绅衿为护符,以邻为壑,各乡如是,故此攻而彼保,此保而彼攻,积习相沿,匪患愈深,莫可究诘,余深悉其弊。

自上年已调查各乡之庙堂祠产及抽收亩捐各数,就其本有之的款为募防勇,以保地方,原有之械拨归应用,不足者,官任补充。足募一哨者,由官委任哨官;半哨者,由官委任哨长。合邻近数乡为一营而有管带,亦由官委任之。某乡有事,各乡助之。因其皆官任之,官长可联络一气,而不分彼此。饷由绅士发给,官不经手,兵由官统,不许调归官用。彼此互相钳制,则变无用为有用,仍本官之卫民,不如民之自卫之意以行之。

开办之初,各乡绅耆多有不愿裁去旧更练而与我为难者。余毅然行之,试办数乡,行之有效,各乡之明达绅衿亦陆续请授照办理。

(续上页注)救灾办赈。在乡期间,创办孔道学校。

① 江忠烈,即江忠源,谥"忠节"。曾官安徽巡抚。因在庐州三河镇与太平天国军作战时战死,追谥为"忠烈"。罗忠节,即罗泽南,湖南湘乡人,为湘军重要首领。

积有数营，仍设统带官兼统其众，即以向统防营之安勇将领统之，以顺从民意。因各乡之营哨各官皆安勇旧人也（安勇为郑心泉尚书绍忠①之旧部，能与民相安，不扰民，为人民所信服，故用之）。

再有数年，可将顺德全县办竣。碉楼亦可继续建筑，与之互相为用。

将见顺德之盗风尽灭，人民可以安堵无惊，而广东京官之官台谏者，不悉余苦心为民之意，听信乡绅之言而弹劾焉（各乡绅向于祖祠庙堂多有染指，从前械斗之案多从此起。自余建议献款募勇，官任督率，绅任发饷，不许稍侵蚀，而绅士不得私毫染指。无利可图，故以函告京官，言："更练行之已久，如一裁撤，此后失事，谁任赔偿？且恐兵归官统，保无调往他处之事？"言之有物，说之成理，无怪京官之信其言也）。奉旨查办，余以此事为粤人所不谅，亦心恢意懒，不加督责，听各乡自行变化而已。

又以清乡之积匪花红，每县多者十数万，少亦万、数千。从前方照轩军门（名耀，潮州人，前任水师提督，办清乡最多，而于有声于时者也）办清乡，于逃匪多缴花红（即赏格之别名），勒本族交纳存官，悬赏缉匪，犯到汛，实照发。各匪花红，多由其祖祠照缴，再由祠堂向本人追缴，故各匪之花红多由自缴。方提军时之花红数愈百数十万，东莞为数至巨。除方提军自提用外，其余者由明伦堂绅士黎家崧、王国经等以之置香山万顷沙田，产值数十万金。张文襄督粤时，且罚其缴三十万以为广雅书院、书局之用。东莞一县如此，其他亦可想见。当时之花红，除方提一半外，余发县存储，官绅同任管理，而不肖官绅于此染指，亏欠无存，获匪反无从提赏。

余到任后，查悉其弊，严追各县官绅，将此款之未亏欠及已亏欠而尚存若干，并新近追交花红，全数提存省城官银钱局生息。如获匪审实，按照匪名册饬官银钱局照发，交原拿匪之人，余不经手，其息亦

_____

① 郑绍忠（1834—1896），字心泉。光绪十七年（1891）出任广东水师提督，光绪二十二年卒于任上。

另存,以备获犯给无着花红之匪。

历年提存官银钱局者近百万,西林办新政强提十五万两,又南海县虞和甫大令(汝钧,福建人)亦以改良监狱之故,禀请借拨二万两。余以为此端一开,人人纷纷借拨,而余冒不(伟)[韪]之名。与官绅能强提而来者亦不难,为人借拨尽净,何以服各官绅之心?因咨西林,力争不允借拨。西林大怒,以为"余一总督而不能行使执权,以提官银钱之花红乎?"毅然提拨,不知照于余矣。余亦不敢再与之争,然西林之意见又多一层矣。及后,善后局亦借十五万,始终未经归还。及宣统三年改革,而此款仅存三十余万矣,余负此莫大之责任。提存如是之巨款,不过为保存的款取信于缉匪之人,藉以为缉盗安良之一法,而竟因此与西林生意见。

是年,粤省京官且有以弹章见劾者,谓余强提巨款以肥己者。及奉旨查办,乃知除西林强借外,余丝毫未动分文,即生息,亦为另款存储,以无着之花红,而余冤始大白。然从此余亦不敢负如此伟大之责任心矣,故余别号"任盦",盖凡事均负责任,无游移两可之事也。

是年秋七月,二伯父佑卿公卒于家,享寿六十有七。闻丧,设祭于水师行台,并为其孙相亲成服。

冬初,绍基旋里,沿路受风寒致病,明年正月初五日卒于家。

宣统二年(1910),庚戌,四十岁

仍任水师提督。

元旦日正黎明,正与同官在万寿宫朝贺,忽东郊外之陆军为党人运动,借新兵除夕刻图章为巡警干涉起事,将城外各警察署打毁,并击毙巡警多人,全城震动。

余闻报,即就原有在省之兵分守军械局、子弹库、藩库、官银钱局及增埗、石井之制造局。以无线【电】飞调出外巡防之亲军各营星夜回省,一面会海关①制军,出示开导,收抚变兵。令协统张哲

———

① 应为"观",即袁树勋。

培①领示回营安抚，又令陆军小学堂总办黄士龙②往燕塘新军营劝谕。变兵攻城益急，张哲培畏葸不敢出城，标统刘雨沛逃走，炮营管带齐某③不从，死之。黄士龙劝谕无效，当会将军增瑞堂暂为闭城固守，以待援兵。旗兵万不足，日夜守城，将军、都统亦日夜巡行。督练公所总参议吴仲言观察（锡永）④会教练处总办吴惠范（晋）⑤往北校【场】之一标演说，开导未变之兵。标统王余庆⑥强令马弁等将各兵之枪械拆卸，先运进城，故一标得以保全。

初二日，黄士龙又往抚谕，仍无效回城。东门城楼旗兵误以为变兵，开枪击伤，送军医院治疗，而事益不可挽回矣。是日，各处调回之兵已达三千人。

---

① 张哲培（1875—？），字季珊。日本陆军士官学校第二期步兵科毕业。回国后，在福建军中任职，后到广东军中任协统。辛亥革命后，返回福建，任福建陆军武备学堂监督等职。1917年被授予陆军少将军衔。1942年出任南京伪国民政府军事委员会参战武官公署中将参赞武官。

② 黄士龙（1880—1946），历任广东陆军速成学堂学兵营指挥，广东新军混成协第一标、第二标标统。1908年任广东黄埔陆军小学监督、总办。1910年，任广东新军第六镇参军。辛亥革命后，任广东都督府参都督，1912年任广东护军使，被北京政府授将军府将军。1913年任北京政府交通部次长。1914年任总统府高级顾问，中将衔。

③ 即齐汝汉，时任广东新军炮兵一营管带。

④ 吴锡永（1881—？），字仲言。光绪二十四年（1898）由浙江巡抚选派赴日，为我国军事科留日开端。毕业回国后，任南京第九镇（统制徐绍桢）第十八协协统等职，后受粤督德寿之邀，调充广东武备学堂教习等职。1910年因广东新军内部起义，处置不当，被降一级。辛亥革命后，退出军界，任财政部秘书、山东卷烟特税局局长等职。抗日战争爆发后投降日伪。

⑤ 吴晋，字惠范。日本陆军士官学校第三期炮兵科毕业。

⑥ 王余庆（1879—1919），字蓝甫。北洋陆军速成武备学堂第二期步兵科毕业。历任北洋陆军速成武备学堂步兵科学兵长、奉军连长、广东混成协步一标教练官、江南先锋队帮统、江西九江镇守使署一等参谋官等职。

初三黎明,选老兵之能应战者千人为敢死队,命吴翰香观察(宗禹)率童常标、朱廷栋、李世桂、刘启璋、李景濂、左永宽等沿东沙马路方行至牛王庙、猫儿岗,而变兵大队至,我军即登山顶以拒之。党人倪映典①、罗炽扬②等倡言革命,欲拥余为首。余下令击之,不三时而全数荡平。是役也,幸各乡之渡尚未开行,土匪无响应之者。

初四,佛山、乐从及从化、花县一带之土匪,本先受党人之运动,闻风而起。余令吴宗禹等分投讨平之(详纪《粤东从政录》中)。是事定,军咨府以新兵叛变为冤,及粤中京官奏参,派江督张安帅查办。安帅委汪嘉棠③、吴对④两观察来粤查办,以海观与余办理不当、吴锡永不能先事预防,吴宗禹不能约束部下,致营房被焚,均奉旨交部议处:海观与余同为革职留任,余则加恩宽免。吴锡永、吴宗禹均降二级调用,公罪不准销。军咨府人均日本留学生,志趣不同,无怪其然也。

海观以余不计前嫌,能维持大局,从此格外亲善,言听计从。常对余言曰:"我初自山东来,以为李军门为一只活老虎,必噬人者也,

---

① 倪映典(1885—1910),一名瑞,字炳章。安徽武备学堂毕业。后任新军第九镇炮兵队官,并加入同盟会,与赵声等进行革命活动。1909年广东革命党人准备起义,被委任为运动新军总主任。1910年2月因新军与警察局发生冲突,起义提前。2月12日,将新军炮一营管带齐汝汉击毙,率部攻城,遭李准阻击,饮弹牺牲(一说因受伤堕马被俘牺牲)。1912年被南京临时政府追赠为陆军上将。

② 罗炽扬(1880—1931),广东将弁学堂及武备学堂毕业。1906年加入同盟会。历任广东新军第六镇新兵营队长,广东陆军速成学校学兵营排长、教官。1911年广州黄花岗之役时参加统筹部工作。1912年任广东北伐军总司令部炮队指挥官,第二十二师炮兵团长。1913年任广东陆军第二师第四旅少将旅长。

③ 汪嘉棠,字叔芾。历任礼部主事、金陵洋务局总办、金陵制造局会办、全国厘金局总办、全国电政督办、财政部咨议等职。

④ 吴对,曾任两淮盐运使、国子监祭酒等职。

今乃知为救苦救难的观音菩萨。"可见海观之心矣。

以新从湘省募来之新兵四营,亦令交吴宗禹统领,编为左右前后新军四营。海观从此有离粤之意,称病不能行,再次给假。

四月,郡王衔贝勒载洵①会同萨鼎铭军门(镇冰)来粤,考察海军。余迎于香港,一同来省,在黄埔鱼雷局请圣安,及入省督练公所,休息数钟,匆匆即行,见"四江""广海""电安""龙骧"各舰之新美,赞不绝口,初不料广东能有如此。

九月,又出洋经过香港,余又往迎,知分统林瑞嘉游戎已于七月病故②,洵王、鼎铭各有赠恤,以其为海军耆宿也。

十月,桂抚张坚白中丞(鸣岐)③入京展觐过粤,余招待住于水师公所。及到京谋量移,适海观请开缺之奏到,奉旨谕允以张鸣岐补授粤督。

十二月初六日,坚白到任,以为忝属旧好,又兼姻娅,必能相得益彰。讵知在沪上已受西林严属,到粤必先从余下手,以余权重而总督无权也。西林之本意必欲置余于死地,不知何事开罪,至今莫解其

---

①　载洵(1885—1949),字仲泉。时为海军部大臣。

②　林国祥(1851—1908),号瑞嘉。广东水师"广乙"舰管带。1907年,林国祥任舰队左翼分统,前往南海诸岛勘察,历时近20天,发现并命名15个岛屿,刻石为记。关于林国祥去世日期,李准记忆有误。1909年10月15日(宣统元年九月初三日)香港《华字日报》刊发报道"林国祥已死",全文为:"分统左翼兵轮林国祥曾毕业于福建水师学堂,向充李水提行营中军,本年甫调左翼分统,昨在寓病故。所有左翼事务,暂归右翼刘分统兼办。"林国祥去世后,归葬广东新会老家,其墓碑上刻有"宣统元年重修"字样。此外,林家家族史亦流传其去世于宣统元年。由此可见香港《华字日报》的报道应该是准确的,即林国祥去世于1909年10月14日,宣统元年九月初二日,距离其巡视西沙结束后不到半年时间。

③　张鸣岐(1875—1945),字坚白。1910年升任两广总督,1911年4月兼署广州将军,拥护帝制,反对共和,大肆捕杀革命党人,指挥镇压黄花岗起义。

故。其在沪上也,问候之信无月不至,赠送之品年必数次,而竟莫得其欢心,诚无以自解。故坚白到任,即请夏用清①殿撰(名同龢,贵州麻哈州人,戊戌状元,与余为儿女姻亲,现为法政学堂监督)来关白,以后须将总督、提督权限划清,余应之曰:"我非好事者,不过历任制府均以军事权全以责之,故非揽权也。且有许多事本非向来提督所应有者,乃余为道员时所管,放提督后仍随带以去。今坚帅欲收回何权,即明白示知,无不照办。"用清以复坚白。于是,不但将为道员时随身带去权,一切收回属于总督。即从前应有之权亦全归总督,甚至委任一小轮之管带,亦须由总督委任,水上警察亦全归巡警道,提督不得过问。省城侦缉队本由余组织,亦拨总督兼管。省城内外且不许我亲军、新军各营驻扎。其言以为省城地面本属广州副将,以后即全归广协黄菊三②管理。余决不与争,一切照办。

明年正月起,出巡各江及办清乡外,即常驻虎门衙署。偶来省亦信宿即行,有事亦偶有三五日之留。专心于水师及海军之事,且赶将历年测绘内河、外海水道图办理完竣,送部了事。

自袁海观来,意见不合,即心灰意懒,不肯强为出头。今坚白又若此,只得放弃一切,得消闲时且消闲。

年来,公余之暇即学书,临唐碑房梁公颇有所得,道因碑间亦临之。每日必做小篆数百字,临石鼓及大篆又若干字,日以为常。非袁、张二君之来,何能有此清闲而学书哉? 至此不禁为之感后不置焉。

是年正月,绍基兄在籍逝世,年四十八。得电,适新军兵变,事定后,余于观音山之三元宫吊祭之,为相鼎成服。

是年春,遣嫁大女菊荪于夏用清之次子(名建寅,字旭初),并令桓

---

① 即"夏用卿"。
② 黄培松(1855—1925),字贤礼,号菊三。清光绪、宣统年间以琼州镇总兵记名提督驻广东。

儿随大女、旭初赴德国留学。

宣统三年(1911),辛亥,四十一岁

仍任水师提督。

自坚白到任之后,猜忌日深。余偶以有党人图谋起事之言,省城之机关殆满①,间接坚白进言。坚白冷笑曰:"李某以此恫吓我,岂能再将权交回哉。"从此知亦不肯言矣。

坚白以为余部下之得力人员,如邓瑶光、刘启璋等,皆沉沦于都、守、千、把,将欲以邓署顺德协副将、刘为新会营参将,以为破格录用即能买得其死心,将直接而用也。邓本千总,何能超擢至二品将官?而邓极欲得之,余不允,而邓则暗含不满于余。刘本为都司,自知不敢高跻而辞。种种手段,似此者极多,不能备述。

坚白欲得美名,或别有运动,励行禁赌。

三月初一日,开游行大会。

初八日,以外人于燕塘演放飞机,余同司道往观。是日,以新会、顺德、香山地方有事,夜间即乘"龙骧""电安""安太""江大"等轮,先往猪头山提勘盗犯。初十,正行至香山属之小黄埔,忽得无线电称:署将军孚朴孙(琦)②往燕塘观飞机,归途于东门外咨议局门口为党人温生才③暗杀。当即率队回省,因向坚白言:"党人谋粤之切,新军已为运动,请戒备之。"坚白故示镇静,不以为意,仍以余为恫喝之辞,不之信。

及三月廿七日,许岑西观察(丙榛)为调任云南提法使,沈子丰廉

---

①　即"怠慢"。

②　孚琦(1857—1911),字朴孙。时署广州将军。1911 年 4 月 8 日,在广州东门外燕塘观看飞行表演回城时,遭遇革命党人温生才持枪袭击,太阳穴、脑门、颈项、身部各中一枪,当场毙命。

③　温生才(1870—1911),字练生。1907 年加入中国同盟会。1911 年 4 月 8 日刺杀孚琦,离去途中被巡警逮捕。15 日被押赴刑场,遇害后葬于广州黄花岗。

访(名增桐,浙江人,由翰林院编修授广东提学使)①饯行于长堤照霞楼,余与司道诸人均在座。饭后,正纳凉于平台,向司道力言党人用种种诡计私运军火、炸弹、手枪入城,分藏各处机关,奈坚帅不信,仍以我恫喝之言,其如大局何? 正言间,忽督署电请营务处总办、署巡警道王雪岑观察(巡警道本为王湘岑,因雪岑开复,简直隶热河道,调广东高雷阳道,湘岑回避其兄,与广西巡警道刘永滇②对调,刘署琼崖道,故雪岑署巡警道也),即同广协黄菊三上院,并称:"有督练公所参议吴仲言、协统蒋百器③同在督院相候。"雪岑曰:"不知何事,半夜相召。"余曰:"即为方才所言之事。党人定四月初一日起事,此为蒋协统查出运动新军之证据,入告坚白,故急而邀请也。"雪岑曰:"君亦不可因坚帅之不信而袖手不理。今必见信,请速调贵部回省。"余曰:"请速入督署谋之,余当即以无线电飞调我军星夜回省救援,决不负气袖手,以误大局。"雪岑去后,立即回天子码头水师公所,发无线【电】飞调各军回省。及十二钟入城,至行台,雪岑来言:"果蒋百器、吴仲言以新军受党人运动,谋四月初一日举事,得其证据,以告坚白,坚白始惧而谋戒备。"余派向充侦探之马镛桂④随雪岑当晚导往司后街及水母湾,破获机关多处。

---

① 沈曾桐(1853—1921),字子封,沈曾植弟。光绪十二年进士,授翰林院编修,清朝末年曾任广东提学使。宣统元年,奏请在广雅书局旧址设立广东图书馆,拨款5万元兴建广东图书馆,是今天广东省立中山图书馆前身。去世后,其个人藏书由其子在北京开设的"赖古堂"书店陆续出售。

② 刘永滇(1878—1933),字滇生。曾任广西巡警道、琼崖兵备道。辛亥革命后,宣布独立,自称为琼崖临时都督。

③ 蒋尊簋(1882—1931),字百器。早年就读于杭州求是书院,1904年在日本陆军士官学校毕业,1905年先后加入光复会、中国同盟会。辛亥革命爆发后,历任广东省都督部军事部长、浙江都督、浙闽宣慰使、孙中山大本营代理参谋部长、军需总监等职。

④ 关于马镛桂资料有限。1912年,龙济光统治广州,派亲信"马镛桂"出任海丰县长,两人似为同一人。

廿八日,所调各军陆续回省,分扎观音山、龙王庙、天子码头各处。

廿九日,以新军右营将自三水河口归,于天平街水师行台对门租屋搭太平铺为该营驻所。午后出门,而新军右营已归,鹄立于街心,举枪行礼。余催赶将营舍备就,俾右营入住,并令各兵架枪休息,始往拜坚白,尚阳为暇逸之状,故示镇静。三点,余出城至水师公所,正行至大南门外桥上,见有身着白衣之青年学生多人乘舆入城,心疑而未加检查。及至公所,得邓瑶光自港来电,言"党人私运军火,多以头发包,退回时暗藏于内",并称"本日有多数党人乘永安早渡来省"。当即电知海关检查进口各轮船,一面升堂提勘顺德、新会解来审定人犯,心绪忙乱,犯人之供辞若何,亦不能入耳。四钟,入城回行台,而右营仍未入屋,各兵手持枪而背囊未卸。正作书以告坚白,适吴宗禹自西江黄江税厂归,坐于案侧,问何事电调来省,仍以党人行将起事,言次即闻炮声继续而响,翰香曰:"是制台出门罢?"余曰:"其声杂乱响,至八九决非制台出门,必党人已攻入督署。右营在门口,行装未卸,即速同令兄率兵往援。"翰香应声去。①

余登后楼,望见督署内白烟漫起,其走楼上有多数白衣人来往奔忙,炸弹、手枪之声若断若续。余下楼即电令观音山、龙王庙及天子码头船上之兵分投出队往捕。正出至大门指挥队伍,翰香手扶一身黑洋假夹小袄、带蓝色眼镜之人,向余曰:"大帅在此。"一兵士持枪怒目相向,坚白即跪余前,曰:"速救我。"余曰:"勿忧,速随我入上楼。"并叱退持枪之兵。坚白此时面如死灰,扶之登楼几不能举步。同上楼后,余又下楼以指挥军队。坚白亦随之下,坐门房案边之一椅上,与余言曰:"余顷书班房之楼上窗口垂系而下,幸得翰香拯救,惟

<hr/>

① 宣统三年三月二十九日(1911年4月27日)。史料记载,当天下午5时30分,黄兴率130余名敢死队员直扑两广总督署,发动了同盟会的第十次武装起义,史称"黄花岗起义"。

家父及眷属尚在署内,望设法救出,感谢万分。"时翰香之兄云亭①赤足,身着不洁之衣、腰束大带,盘辫于项,一手持铁笔,一手持手枪,抗声言曰:"交待给我,包救老大人出险也。"言毕,抢步而出,带数十兵于后墙街督署后墙,以铁笔击穿一洞,犹嫌不大,以腿踢之,墙为之崩,蜂踊而入。至上房,遇党人与战,击毙多人,寻得坚白之封翁及眷属并魏子京②夫妇而出。至行台,坚白谢之。其姜室乃初生子,未得,云亭又亲往,至天将明始寻得送来行台。

夜半,督署火起,余下令不许救火,仍【令】翰香、云亭率队分投以御乱党,终夜枪声不绝。幸吴总参议仲言同来行台,随时电告协统蒋百器,以城内击散乱党,善抚新军,勿令外出。幸先一日已暗将枪机卸下,新军终不敢动。司道各官及法政监督夏用卿,亦因是日之参事会未散,匿居关帝庙,亦令广州协黄菊三镇军往迎至行台暂避(菊三,名培松,福建人,光绪庚辰武状元,简授琼州镇总兵)。

各人均以不得天明为恨。因夜黑如漆,不便搜索也。及天明,除当场击毙外,已陆续拿获多人,及先一日所拿各人,随时枪决。闻变时,因先有审定盗犯秦大有等十八人,亦电令南海令池仲祐就地县署前斩决。搜索至四月初一日,已无多乱党踪迹。③

---

① 从后文可知,云亭,即吴卜高,时为四川补用守备。

② 魏子京,魏翰长子。1913年毕业于船政前学堂第四届制造班,曾留学法国。1917年任驻澳大利亚总领事。1931年7月7日,任驻秘鲁公使,1934年1月23日去职。在秘鲁任职期间,曾积极与秘鲁政府沟通,使其做出不承认伪满政府的承诺,并为全力护侨而积极奔走。

③ 起义参加者、李准川籍老乡但懋辛被俘,曾写回忆文章:"首先是李准出来见我,很客气,把应问的几句话问完,即问我是不是赵尧生的学生,我答不是。又问黄兴是不是打死了,我答没有一路,弄不清楚。他转身入内拿了一堆相片出来,叫我认有无黄的尸体,我看了照片说,面目模糊,加以此次黄先到广州,未曾见过面,还是分辨不出来。此时,参议官吴锡永和协统蒋尊簋及总办李湛阳都来了。李湛阳一来就说:'好同乡,你们干得好,把我的脚都振(注转下页)

大势已定，坚白于三十日谓余曰："你我似宜上船办事。"余力阻之曰："现在乱党已平，即有余孽，何难搜捕清楚。城内饷械所在，贵署虽焚，而我之机关犹在，如我辈弃城上船，则城必不保。我则城存与存，城亡与亡，必不弃城而上船，以便于逃走也。"坚白语塞，不能对。余曰："如以尊翁及眷属为忧，当上船送黄埔交魏京卿照料（魏名瀚，字季渚，福建人，船政制造学生，留英法多年，赏进士出【身】，四品京堂，充水师学堂总办，广九铁【路】总办，子京其哲嗣也）①。"坚白允行，即令魏子京及其幕友韩姓伴送而出。余仍与坚【白】居行台中，余室之床舍悉让坚白居之。

四月初一，坚白犹以上船为言。适香山协副将马德新、顺德协副将赵定国率兵来省入见，向坚白言曰："大帅为一省之主，须当镇静，大帅如无主而弃城上船，广东恐非我有，大帅必为叶名琛②之第二矣。"坚

（续上页注）跛了。'李准打趣他说：'那是你自己不小心，跑慢点就不会受伤的。'话犹未完，忽报大帅来了。张鸣岐一到，那些人肃立不动，随张只有一个保镖的人，青衣短装，背上交插着一对宝剑，很像唱京戏的开口跳。张向我说：'你们都是好人哟！'我不便对答，张又说一声大家请坐，就出去了。李准随即令副官找医生来与我医治伤口，刚刚把伤包好，忽听外面炸弹轰然一声，声震屋瓦，所有的人，跑得干干净净，以为革命党又来了。我一人独坐很久，李准才转来说是吴锡永把炸弹踩爆了。跟着命委员仍把我带回，并故意示好，要委员转达王道台，不可像其他犯人一样，另外住个地方，略为优待。端阳节后，董副科长来说，制台已下手谕：'如无应讯情节，著派员押送回籍，交地方官严加约束。'但是一时无人可派，就把我从卡房移住委员房间。直到王道台升了提法使，李湛阳接任巡警道，才于七月二日派一个管带送我回川。"（但懋辛《辛亥革命亲历所记》，《四川文史资料选辑》第 2 辑，1979 年，第 26—27 页。）

①　魏瀚（1850—1929），名植夫，字季潜。船政学堂第一届毕业生，中国第一代军舰制造专家，时在广东任职。

②　叶名琛（1807—1859），字昆臣。曾任两广总督，第二次鸦片战争中被俘至印度加尔各答。

白面为之赤。是日,西林岑云阶电坚白,属其趁此扰乱时机以杀李某,为斩草除根之计。其密电委员田文甫得电骇急,密告其幕友刘樵山以告坚白,坚白曰:"我之生命亦在人之掌握中,人不杀我已属万幸,安能杀人?"即将来电毁之。后十余年,文甫、樵山始为余言之也。

事既大定,四月初二日,坚白始迁入督练公所办公。佛山、乐从及花从①各县之土匪亦闻风而起,均由吴宗禹率队分路讨平之(一切详情均载《粤东从政录》中)。②

自此之后,以为坚白必能消除意见,同心合力,以谋国是,殊不知其疑惧更甚。电奏请调广西提督龙子诚军门率济军八营不及二千人来粤作其卫队,分布于观音山、莲塘街、德宣街、粤秀街,将督练公所包围,并以济军在省城内驻扎,广协各营扎城外。恐与我军冲突,调令出省城,乃全调至虎门及附省各要隘以训练之。余则于省城留卫

------

① "花从"疑为"花县"字误。

② 此文后删除一段文字:"奏入,奉旨,照抄报纸:赏穿黄马褂;吴宗禹以道员记名,奉旨遇缺简放,并赏给勤勇巴图鲁名号,赏加头品顶戴;吴卜高免补参、游、把、守,以副将留粤尽先补用,并赏给奋勇巴图鲁名号;王秉恩赏给振勇巴图鲁名号;黄培松赏给健勇巴图鲁名号。"据宣统三年四月初九日(1911年5月7日)上谕:"前据张鸣岐电奏,广东省城乱党潜图起事,三月二十九日,猝有匪徒多人轰击督署。旋据奏报,省中此股乱匪搜捕略尽,省外土匪又复乘机蜂起。当经谕令该督,督饬营队,相机剿捕,并准调广西防营协助。兹据电奏称,粤垣乱党一律肃清,人心大定,佛山、顺德股匪,均已击散,请将尤为出力员弁,先予破格奖励等语。此次广东变起仓猝,大局岌岌,幸赖将士用命,用能迅速扑灭,逆首就歼。在事各员,踊跃争先,自应量予奖励,以资激劝。广东水师提督李准,著赏穿黄马褂;署巡警道王秉恩,著赏给振勇巴图鲁名号;统领、广东补用道吴宗禹,著仍以道员记名简放,并赏给勤勇巴图鲁名号;署广州协副将、琼州镇总兵黄培松,著赏给头品顶戴,并赏给卓勇巴图鲁名号;四川补用守备吴卜高,著以参将留于广东外海水师尽先补用,并赏加副将衔;用示鼓励。现在广东伏莽尚多,仍著张鸣岐督饬营队严密设防,切实侦缉。俟龙济光统带抽调营队到粤后,再将防守事宜妥筹布置,以靖内奸而消隐患。"

队一营,分驻于水师公所、行台两处,且常来往各处,出巡各江,以示不干涉总督军事之权焉。

坚白欲夺余水师之权,以调海军部司长刘子颖来粤（名冠雄,福建人）①,为水师营务处,会同两分统李田②、何品璋③二人专办水师之事,常咨余之文略云:"现以刘冠雄为水师营务总办,凡遇调遣、指挥水师军舰,均由刘冠雄禀承本部堂及贵提处办理,本部堂与贵提督均无直接指挥之权。"其夺权之巧,实为意想不到之事,坚白之用心实令人难测。

党人经此失败之后,恨余尤甚,在港宣布余之死刑而暗杀焉。闰六月十九④,余从城外水【师】公所午后入城治事。行经双门底⑤陈李济⑥门外极繁盛之处,由人丛中以炸弹击我,余应手还枪,毙林冠慈⑦。及跃出藤舆,而炸弹始发,伤手腕及腰际。余不知,奔广中和

----

① 刘冠雄(1861—1927),字敦诚,号资颖。船政学堂驾驶班第四期毕业,后赴英国留学,曾任北洋水师靖远舰大副,参加甲午海战。时任广东水师营务处总办。

② 李田,船政学堂驾驶班一期毕业,与邓世昌等人为当时从香港招收的"外堂生"。时在广东水师任职。1912年,广东水师工业学堂改为广东海军学校,任校长。

③ 何品璋(1860—?),字质玉。船政学堂驾驶班第四期毕业,入北洋水师,任镇远舰帮带大副。甲午战争时,随镇远舰参加黄海海战及威海卫保卫战。时在广东水师任职。

④ 即1911年8月13日。

⑤ 双门底,位于老广州城中轴线,市井繁华,被称为"岭南第一街",现为"北京路"。

⑥ 即"陈李济药铺"。

⑦ 林冠慈(1883—1911),在香港结识香港支那暗杀团成员高剑父,并加入成为正式成员。1911年8月13日上午,革命党人得知广东水师提督李准将于当天午后由城外回水师提督衙门的消息后,立即通知暗杀团成员林冠慈准备动手。午后,李准入城,林冠慈拿出炸弹抛向李准所乘大轿,准备抛出第二枚炸弹时,被击中牺牲。

药店,正入门,而街心之炸弹又发。余伏门限内地下,以枪应之,忽对面有枪射来,正中余之左肘。其时街心地上之石板为炸弹炸(烈)[裂],地下自来水总管子亦炸(烈)[裂],水石泥土横飞天际,烟焰障天,对面不见人。而对面文玉堂书铺楼上似有人自高射击,弹掠余头而过。乃起而上天台,抚铁枝而上,直登屋顶于瓦面屋脊上,尚见有两人假充修电话线工人形状,踞电杆之横铁上持炸弹下视,作欲击状,不知余已登屋顶也。余持自来得手枪遥击之,二人下坠而炸弹发矣,响声极大,血肉横飞,肚肠挂电线上,盖此二人已为炸弹粉碎矣。其城厢内外兵队云集,枪声不止,余下令停放,奈济军不谙号令,仍不肯止,再三呼喊,始停放焉。

及由瓦面下至平台砖地上,见鲜血顺瓦沟流至砖地,凝结至数分厚矣。察看再三,始知手腕及腰际受伤颇重,以兵士之裹脚布及包头以裹之,而血仍不止。缘梯而下,点查随行之人,死伤二十有三,分别医埋。余仍步行,从双门【底】往北而行,沿街铺户均已关门。余一路仍呼各铺开门,照常营业。及行抵藩署,把门之兵士亦不识余,不知当时余作何状也。

入藩署,陈少石方伯迎入花厅,余即分电话告知坚白及巡警道李觐枫观察(名湛阳,云南人,天顺祥票号李耀亭[①]之次子也)、水师公所。电话打毕,而余所坐之黄色缎面小弹弓椅已染为大红之色矣,椅下之血亦凝结一大片焉。少石以高丽参一节使含口内,令舆送余回行台。余辞之,从财政公所出,由司后街、正南街步行而归。入行台上楼,犹跳跃而登。少间,坚白同胡引云观察及清乡总办江少泉太史等视余,余仍将遇险情形历历言之。及解伤与视,坚白天良发现,眉为之皱,几欲下泪。

至下午五时,始得美医生达保罗来为之割治,麻醉之后人事不知。及醒,始不能转侧而疲倦焉。自以为必不起,即待备后事。医生

---

　① 即"李耀庭"。

不许多说话,乃以贡川纸以图钉钉于图板上,空悬余身上,以笔书之,至四五张,医生以为太劳乏,不令写,乃止。①

次日,桓儿、涛自德国来电询问。日、美各国及京、津、沪、川均有电来询,广州各国领事均来看视,余均一一复之。

以后,每日换药一次,幸未发炎,日渐痊可。奏入,奉旨慰问:赏给人参四两及平安丹六瓶、回生第一仙丹六十个,并赏假一个月,安心调理,军事由张鸣岐暂行兼理。仍将医治情形按日电奏,用副朝廷系念该提督之意。旋电海军部派李鼎新②、施肇常赍送药物来粤,宣布朝廷德意,令人感奋。一月期满,伤仅小愈,电奏陈请开缺。奉旨:著再赏假二十日,安心调理,勿庸开缺。乃回虎门衙署医治。旋又奉旨:再赏人参四两。遣内官赍送来虎。③

----

①　当时有媒体报道《李准手谕》:一、该车衣店未必知情,不必牵累,左右邻之店铺更属无干,不必追究。若因此牵累,余心更觉不安。我如死,必增罪戾。一、余所避店铺甚好,应嘉勉之。一、当时受伤之护卫、兵士、轿夫,应速为医治,其出力御匪者,亦应酌加赏犒。一、东一区所获之陈匪,应究其同来是几人、何处人、何等人。已当场击毙者,有无误伤应查明。按,右手谕为李提亲笔书成,嘱幕友照办者,并已由幕友呈之张督矣。(香港《华字日报》,1911 年 8 月 16 日)

②　李鼎新(1862—1930),字成梅。船政学堂第四期驾驶班毕业,与刘冠雄同学。光绪七年(1881),为船政派出第二批留洋学生之一。回国后,入北洋舰队,任定远舰副管驾,后参加甲午海战,战后被革职。清末重建海军,被重新启用。1911 年 2 月,清政府成立海军部,署理海军部军法司司长。民国后,历任海军部参事、海军总司令、海军总长等职。

③　此段结束后,原件有眉批"录抄各报",但无具体内容。李准遇刺后,报纸多有报道,现摘录香港《华字日报》和《申报》的部分报道。
《李准病状》:二十日官场传闻爱众医院西医及冯应翰医生说,昨日李水提受了重伤,设法救治。当时用哥罗方蒙药,将李提左肋之下部炸弹余质取出,伤口约二英寸,用探针斜入,深五六英寸,取出铁片一枚。昨用药医后,惟自受伤始,其二十四钟内不得与客谈话。故欲知其症如何者,亦只向医生(注转下页)

(续上页注)研究,不敢惊扰李水提云。又一说,谓所伤左肋下部非右肋,脊骨有微伤,内医外敷亦颇有疗伤,闻伤口内有碎骨取出。据深于西医中人云,此碎铁□入内甚为零碎,颇不易出。惟医治得手,尚易就痊,然闻其热度已达九十八度。先是十九日受伤后,并不作痛,迨回至行台,其痛始发。现经西医调治,虽无大碍,然闻昨稍觉困倦而带火气,因医生禁止谈话,故少会客。惟李素性好动,凡有慰问者无不娓娓而谈。其瀛眷及当差人等,已由公所一律迁回行台矣。又闻,经达医生施治,将弹余质取出,长一寸、宽五分、厚八分寸之一,用棉花纱布裹扎伤口,越日诊视,仍无发热。(香港《华字日报》,1911 年 8 月 16 日)

《党人炸伤李提督》:粤省官民自广州将军孚琦被刺后,杯弓蛇影,惊魂未定,讵十九日水师提督李准忽又被人以炸弹轰伤。事出后,旅沪粤人即得消息,咸谓孚琦之事,李水提株求太甚,结怨已深。此次之变,固意中事,惟深望官场,勿再株连,免酿大患,则桑梓之福也。昨日,沪道刘观察亦接粤督张制军通电,报告实情电文照录如下:"各省制台、抚台,上海刘道台鉴:本日未刻水师提督李,由水师公所进城,行经大南门双门底地方,忽有炸弹自车衣店内掷出,将肩舆击碎并伤随从数人兵役,枪毙党匪一人,复由巡警拿获党匪陈敬岳一名,顷刻乱定。李军门右手、腰部均为炸弹所伤,经鸣岐亲往看视,尚不甚剧,地方并无扰乱用,特电闻。岐。效。印。"

文汇报载,十九日香港电云,本日广东有剪发者三人,于李提督经过双门底时抛掷炸弹。李提虽未受重伤,而护从二人已被轰死,旋有疑似革党者数人当场捕获,并传闻广州陆军一营有叛乱之说。(《申报》,1911 年 8 月 15 日)

《广东李水提遇险详志》:广东水师提督李准,于本月十九日在双门底被人用炸弹轰伤已见前报专电,兹将详情分别录左:

炸弹之发现

十九日午刻,李水提路过双门底下街,突有数人在怡兴车衣店门口冲出,向李提轿前抛掷炸弹,初抛不中,水提在舆中急用手枪回击,毙凶手一人,舆夫界轿飞走。随有人复抛一弹,伤前面轿夫二人之足及水提腰部之右,当抛第二弹时,水提跃出舆外,直入车衣店对门之某店,登楼上屋用长衫缚住腰部伤口,越过六七家然后跳下,奔入藩署用电话告知张督,后仍步行回至水提行台。

凶手之蓄意

当时有一凶手,窜至文明门,为东一区巡士拿获,先解督练公(注转下页)

（续上页注）所，供是陈敬岳，系嘉应州人，身中有炸弹二枚，曾在大吡叨明新学堂，三月底回粤，决意行刺李提。探得吴参议在韬美医院养病，李提恒往问候，因伪装病状，向该院就医，本拟乘机暗杀，因恐牵累医院不果。继闻李提往顺德清乡，遂扮乞丐跟踪旬余，又因李提不登岸，无从下手，故迟至今日行事，目的仍不得达，不能为温生才之第二，实为恨事，惟死亦无悔云云。

李提之伤势

当李提被炸时，怡兴附近书摊侧二人为流弹所毙，又伤卖生果之黄湘一人，旋由清乡总办之差官某在双门底发电话至海珠，由江总办电告张督，时城内各衙署尚未知也。江总办随带卫队二十余人，飞奔入城，先到水提行台。李水提方入门未久，江即发电话请爱众医院保罗医生医治，并分告博济医院将受伤轿夫、兵勇十余人抬往医治，复到督练公所随同张督再往水提行台慰问。张督便衣往返，只带幕友数人、卫军数人，时达医生已用蒙药将李水提腰部炸弹余质取出。据医生云，伤无大碍，李提逢客慰问，缕述当时情状，手舞足蹈、神志如常，若不觉其痛苦者。医生来，始禁制其二十四点钟内不得与客谈话，且用雪三百磅铺满室内，令李提在此养疴。是时，李提稍觉口渴，脑际亦不甚凝静，谅因流血过多与火气入胄之故，入夜精神始健，渴亦稍止。据达医生云，必无大碍，虽不止皮肤受患（患口约有一寸深），因调治尚早，故易奏效，大约一礼拜可以就痊。

省城之戒严

事出后，旗兵即登城驻守，以防再动。双门底附近各街间有闭栅者，大南门则仅掩一刻即复大开，但沿途皆站列巡勇，肩荷长枪，其张皇情状较孚将军被刺时为尤甚。是晚，即经政界议决，自二十早后，凡有火车、轮船、渡船开行，必一律严搜，以期索捕余党，若是则不免又有一番骚扰矣。

店主之被疑

事后，又由某营勇拿获卢颂明一名，即解南海县收押。据卢供称，新会人，家居云走巷，系双门底怡兴昌车衣店东家，适从城外闻得乱耗，走回店中，致被勇等捉拿，求恩明鉴。

营勇之误会

当时被伤者，除卫队亲军十余人舁往中法及博济医院调治及经毙命之小贩二人外，其过路妇人二名烧伤手部，经该会医生方捷三如法施治，幸（注转下页）

（续上页注）均得手。当时该会闻报，总务长麦吉甫即率同救伤队员十余人驰往救治，路经高第街宜安里口，有身穿蓝布军衣巡防营勇误指为革党，忽然开枪向后轰击，幸该处坊人极力喝止，云"此乃十字会善团，前往救伤者"，始不再放。

伤毙之人数

事发后，延至两点钟时，有用床板抬重伤卫队一人先行，又用轿抬受伤卫队七人继至，沿途血迹淋漓，均有兵勇保护出城，系抬往医院调治。又到两点三十分钟时，用床板抬一重伤者，穿茨莨梅纱衫，裤脚用毛巾绑扎伤口，用书作枕，面向下，沿途呻吟痛苦，此人似受伤甚重。前后派有三四十人护卫，第不知其何如人耳。顷间，又有轿抬伤死一人，穿便衣，赤足、露襟，谅是过路小民。旋入大南门，见一死者不知姓名，其尸放在第七十五号门牌黄陆胜店门前之左，年约三十余岁，身穿茨莨点梅纱衫裤，内穿线衫，脚着线袜、黑缎鞋，衣内有香烟一小包、铜元数枚，而该死者系放炸弹之匪，已由营勇将耳割去，由番禺县验明尸格，饬令仵作收殓。又一死者，见其尸放在黄陆胜店门前之右，查死者谈亚乐，年四十四岁，南海平洲人，向在黄陆胜店前之左摆卖书摊致被轰毙。该死者赤膊，下穿蓝布裤，家有父谈宗光年六十八岁，住仙湖街，经即抬往方便医院收殓，并留影以使尸亲认领。又有一受伤路人，在路傍呻吟，该处曾区官见之询问其姓名，据称罗桥，年六十岁，番禺人，在近圣里居住，本日适欲往双门底黄祥华店买如意油，车至育贤坊口就被枪弹打来致伤手背、脚眼等处。曾区官随即令巡警将该受伤人送往仓边巷赤十字会医治。又，陈李济附近有刻图章及过路二人，均被流弹所伤。

区官之禀报

西区区官禀报各宪云，窃本日午十二余钟，忽据值勤乙班三十五段二级巡警黄威，在广府署前商店假借电话报称，顷分驻所地段双门底下街，有放枪声，见路上行人纷纷走避，各店户亦均皆关闭店门，想必有异等语。区官接电后，登即督带巡官曹鹰猷、杨佐邦，巡长谢昌、杨明并休班巡警等前往查探。比至双门底下街，见有被枪伤毙死尸二人。探闻李水提宪坐轿入城，路经双门底怡兴车衣店门前，忽有二人轰放洋枪、炸弹轰伤李水提宪及护轿差官、亲兵、轿班等约数人，伤毙二人。区官当即会同两县，督率官长搜查临近各店户，一面将枪毙受伤之人分别安置。正在禀报间，旋据分驻所巡官禀称，是日十二点三十分钟时，据乙班巡长邓渭海率乙班六十段余丁罗清、六十段巡警戴树球驰报，（注转下页）

　　自余受炸之后，坚白惊惧更甚，日以联民党为事。署以内为幕宾者，有人为顾问者，又有人奏保陈景华①、汪兆铭交其差遣委用，并遣人送数千金往京，以遗汪精卫。余知之，亦只有洁身引退而已。并藉事奏参吴宗禹留营效力，将乘间以杀之，谋得党人之谅解，将从前击杀党人之事全委过余一人之身。

　　八月十九，假期又满，再电奏请开缺。奉旨：著再赏假半个月，安心调理，勿庸开缺。现在时事多艰，该提督务当以国事为重，倘伤势稍愈，当（力疾）［立即］销假，照常视事，勿再固辞。等因。闻命之下，感悚万分。

　　惟武汉之事已起，坚白更莫知所措，日谋与党人通声气。是时，陈景华已日在其侧，党人以杀余及翰香为条件。余部水陆各将领纷纷来言："张督不准再打革命党，各乡民军四起，亦不许打，违者以军法从事。"其命意可知矣。

　　余在此请假期间，一切重要军事均由坚白主持，例行公事亦由中

────────

（续上页注）巡至双门底下街，见水提宪由大南门入城行至广新堂书店门前，忽闻响一声，顷又炸弹二声，当即追前，该凶一有辫一无辫。二人奔走，一匪往东便育贤坊而走，已被东一区巡士截获。无辫凶党一人，水提亲军先锋卫队在双门底搜捕等语。巡官闻报，当即偕同三等巡官梁为璠督率巡长等驰往，分头查拿并查验起事地方。在双门底下街八十三号门牌怡兴车衣店前，见伤毙广新书店东之子谈阿乐一人，及不知姓名一人，受伤过路五人，水提宪差弁十余人，当经广府南番两县医官检验伤格并分头搜查左右邻居，并无违禁可疑之事。至伤毙不知姓名之人，身着黑绸衫、裤线衫、缎鞋面，颇凶悍，搜其身上尚无他物。合并声明。（《申报》，1911 年 8 月 19 日）

　　①　陈景华（1863—1913），字陆畦（一说陆逮），自署无恙生。走香港，转赴暹罗，充任报馆主笔，参加革命活动。1909 年夏返回香港，暗中为同盟会南方支部代收邮件，曾设法援救 1907 年谋炸李准未成而入狱的刘思复。广东光复后，出任警察厅长。1913 年二次革命失败后，被袁世凯密令广东都督龙济光杀害。

军杜天麟代拆代行,故邓瑶光竟以千总而署顺德协副将。在籍翰林院庶吉士、捐纳江苏试【用】道江少泉太史(孔殷,人呼之为江霞者,南海人),坚白以之为清乡总办,隐以(待)[代]余之职,与邓瑶光朋比为奸。而黄菊三亦隐与江霞竞争,日谋倾陷于余。余则早已视此官为敝屣,决不与此辈为伍。

武汉事起之后,坚白且电奏,保黎宋卿之忠纯,并请将汪精卫交其差遣委用。

九月初一,坚白电请余到省,面商要事。初二(力疾)[立即]至省。余左右力阻余行,谓此去必无幸理,人皆言坚白将徇党人之请加害于余。余不之信,以为有德于坚白,且受狙击,尚有余可观其见余受伤时下泪情形,决不能下此毒手。力辟众议而行,护卫队数十人咸请同往,各实弹以备非常。余乃手握两枪,及先锋卫队一队,以朱廷栋、吕钦广、高世昌、范连仲领之随往。到省,吴翰香来见,亦以坚白之意不善为言,余嘱其率兵严为之备。余先拜藩司陈少石、臬司王雪岑、运司蒋亦朴①诸公,约同至督院。余至督院,卫队同入,护卫廿人紧随余不离。余正入其花厅,翰香亦带数人而至,请见坚白。司道同在坐,一同入席吃饭。终席并无一语道及要事,每彷徨而左右顾,余颇惊疑而未明言,此殆沛公之鸿门宴也。

饭毕,问坚白曰:"无大要商量,余当辞,回虎门料理布防各事。"坚白曰:"无有。"余即辞出,率队而出大南门,而至天子码头上船,急驶回虎。后十余年,始得闻于坚白亲信云,是日实有不利于余之预备,及见余入,枪不离手,护卫至多亦不肯稍离,翰香亦同入晋见,又有司道在坐,且闻余之卫队及亲军均在大堂严阵以待,而不敢下手。噫!险矣。

回虎后,督饬亲军各营及工程营陈宏尊严防虎门一带,不许民军

---

① 蒋式芬(1851—1922),字挹浮、桂山、清篴,号毅圃、亦璞、莲溪等。时任两广盐运使。

一人入境。

　　初四日，将军凤山为党人炸死于距天子码头之仓边街，尸体不全。

　　坚白惊骇欲死，日谋独立。初八日，自治会、咨议局往要求，坚白允之。各机关通悬白旗，爆竹之声彻夜不止。下午，司道各官，如陈少石方伯、王雪岑廉访、秦有恒学使(树声)①、蒋亦朴都转(式芬)、陈省三劝业道(望曾)②同乘兵舰来虎。入余署中，余迎之楼口，问曰："何事一同惠临?"司道同曰："张鸣岐挂白旗独立，我辈先有'龙旗则守，白旗则走'之誓言，故来此仗君维持大局也。"雪岑、有恒、亦朴更哭不可仰，余亦不觉为之泪下，相与叹息者久之。及开饭，各人均食不下咽，终夜不眠，坐以待旦。及天明，省城水师两分统来无线电称："得汉口电，北军已得大智门，督院又令取消独立。今晨济军分投在各机关撤去白旗。"午间，水师两分统李田、何品璋、刘冠雄乘鱼雷艇来，亦已取消属实，请司道回省复职。今又派兵船送之回省，司道同曰："如再挂白旗，仍是一走告公。"电坚帅："勿再游移两可，首鼠两端，实大局之幸，地方之福也。"

　　九月初九，假期又满，电奏请开缺，奉旨：著再赏假十日，安心调理，勿庸开缺。

　　十三日，司道来电云："坚帅又欲独立。"余严电责问始已。

　　十七日，司道会同统制龙子诚军门来电，坚求余至省主持大计，余即备船往省。余部下官兵均以坚白无善意，请勿往，且有泣者。余调集各营官长、头目于体操场，演说至省决解大局之意，各营坚请随往以备非常，余答以："如有用尔等之时，再电调之，三数钟可至。此时暂【离】虎门，余至省三两日即归。"各始回营。

---

　　①　秦树声(1861—1926)，字宥横，一字晦鸣。时任广东提学使。

　　②　陈望曾(1853—1929)，字省三，号鲁村。光绪三十四年(1908)，署广东劝业道。宣统元年(1909)，升迁为按察使司。民国后，曾任广东实业厅厅长。

余乘"宝璧"①,仍带卫队一队,护卫、马弁二十余人往省,即驻船上未登岸。司道有二三人来言:"坚白又欲独立,且北方信息不通。传言京陷帝崩,人心惶惶,莫知所措。"就商于余作何主张。余以为"邻封各省既已相独立,广东亦独力难支。即以庚子拳匪之祸,长江之张、刘二督不尝不奉朝廷命令,为保境安民之举乎?及事定,张、刘反为大功。今如再不战不和,忽独立,忽取消,首鼠两端,刻下民军蜂起,地方糜烂,谁尸其究?请诸公即向坚帅言之,早为定局"等语。去后,刘冠雄、周礼亦来见,仍以前言告之,仍令速向坚帅进言"及早定局"。旋坚白以电话与余谈,余亦以"或战或和即刻定局,以免地方糜烂"为言。咨议局议员及学报各界、九善堂、七十二行、自治会来见,余仍以"维持公安,保全人民生命财产"为言,并各皆感泣。

午后,坚帅出示:"择期宣布独立。"各界来船会议,公推坚帅为都督,龙子诚统制为副,连夜刊刻关防。

是日,港中党人来电恫喝:"坚白当扣留,准候裁判。"坚白惧甚,不敢少留,作潜逃之计。夜半十时,尚与坚白亲说电话。十二时再通电,即非本人,问以何往,答云过龙统制处去。及以电话询龙,亦无应者。一时许,司道联袂而来,请派船送往香港,余均一一派送。独王雪岑住船中,至十九日早始去。

据报,坚白已同魏子京随英领事潜至沙面,由英兵轮送往香港,余犹未敢遽信。

十九日后,咨议局送印往督署,坚帅果已先出走。及送往龙子诚处,龙亦不受,但知哭泣而已。各界来商,乃请协统蒋百器(尊簋)出而暂行担任。要求于余,余以伤病之余,行动维艰,亦难肩此重任。乃议迎胡汉民、陈景华来主持其事。当派无线电总管黎凤翔及"江

---

①　宝璧号,广州黄埔船坞建造,隶属清末广东水师。后隶民国广东海军。

大"管带吴光宗①、嘉应举人谢义谦即日往港。胡汉民、陈景华、李君佩②、李纪堂③、李煜堂④诸人，于二十一日一同来省，过船话旧。胡、陈、李诸君均多年旧交，徒以迈年彼此各尽其职，致相隔膜也。

当推胡汉民为都督，陈景华主民政，为警察厅长。余与汉民约曰："此次不伤一兵，不折一矢而告成功，万勿招集民军以乱地方，不许擅【杀】一旗人。且余已先发枪械，令将旗营编为十营巡防，以保旗界。如民军有不法之事，当力击之，勿谓言之不预也。"汉民曰："各处军多由舍弟毅生⑤及朱执信（大符）⑥招集，如（黄）[王]和顺⑦、关仁甫⑧、陆

---

① 吴光宗（1872—1933），毕业于船政学堂第十二届驾驶科，曾管带多种舰船。辛亥革命后，任南京临时政府海军部一等参谋。1930年任国民政府海军部少将参事兼海军引水传习所所长、海军部海道测量局局长。

② 李文范（1884—1953），字君佩。1905年在东京加入同盟会。民国后，任广东海军军务处秘书及都督府参议。1948年任司法院副院长。

③ 李纪堂（1874—1943），香港富商李升之第三子。辛亥时，参与策划广东水师提督李准反正。民国后，历任广东军政府交通司司长、广东地方交通管理处长。1921年任大本营庶务局长。1923年，孙中山在广州重组大元帅府，任大本营兵工局筹备委员。1941年5月，任国民政府侨务委员会委员。

④ 李文奎（1851—1936），字煜堂。实业家、香港富商。辛亥广东光复后，被举为财政部长，在职只有6个月。

⑤ 胡毅生（1883—1957），字毅生，号隋斋，胡汉民堂弟。辛亥广东光复后，任广东军政府军务处长、海军司长。

⑥ 朱大符（1885—1920），字执信，广东番禺（今广州）人。1905年8月，被选为中国同盟会评议部议员兼书记。先后担任过《民报》《建设》等刊物编辑。1920年9月21日，在虎门被桂系军阀杀害。

⑦ 王和顺（1868—1934），字德馨。广西会党领袖。1905年加入中国同盟会。武昌起义爆发后，赴广东组建民军。

⑧ 关仁甫（1873—1958），洪门首领。1907年加入中国同盟会。1911年武昌起义爆发，率领民军在广州响应。

兰清①、李登同②、石锦泉③、周康、谭义等均有预约,不知能否阻止。姑先发通电及专信,各处阻之。诚恐先经发动,不能制止也。"汉民既就都督兼民政长之任,即以水师公所为都督驻所。次日,汉民之夫人及其妹亦到。每日,汉民到咨议局办事。余仍旧有名义辖制水陆各军,尽保境安民之责。

连日各路民军到省者络绎不绝,遇有民团及水陆军队收缴枪械不可以数计。余与汉民严禁而不能制止。

陈炯明④连结惠州之军队起义,与陆提秦子质军门(炳直)战,颇烈。余电子质、汉民,电竞存,双方停战,并派船,子质东下。

连日到省之民军达十万以上,于长堤一带及东校场、咨议局等处,多如猬集,叫嚣喧嚷,纷如乱丝,忽而此处失火,忽而彼处开枪。索饷、索伙食者不可以数计,一人每日伙食以一毛计之,亦非万余元不办,财政司李煜堂亦无法支持。自各官去后,我军之守藩库者,民军屡次争夺其地,均严行拒止。熊长卿⑤于汉民到省之日,即以汉高【祖】入关先收册籍为言。余当派谢义谦往藩库点收,全无现金,仅有官银钱局之钞票八箱,抬回"宝璧",有已作废者若干,一并发交财政司李煜堂领去,共计七百余万元。其各军之应领正饷者,由汉民亲

---

① 陆兰清(1876—1923),绿林出身。辛亥广东光复后与各路民军进入广州,维护社会治安。

② 李福林(1874—1952),字登同,1907年加入同盟会。1911年11月,奉朱执信令,率民军赴广州,任广东都督府警卫营长。民国时期曾任国民革命军第五军军长、广州市市长。后移居香港。

③ 石锦泉,时为民军统领之一。广州光复后,率军进城,但贪污军款,并持炸弹进入都督府逼饷,1912年被广东军政府处决。

④ 陈炯明(1878—1933),字竞存。广东军政府成立后,被推为副都督,不久后为代都督。

⑤ 熊长卿(1852—1937),晚清时做过标统,后加入同盟会,曾任孙中山的国策顾问及黄埔军校教官等职。

笔签字批发,再交财政司发往。旧纸币虽一律通用,然无现金,仍多不便。

次日,即有港商备饷六十余万元运解来省,必交余收,乃为之收存"宝璧"钱仓。而财政司应领若干,都督以印文来,如数交领。海关库亦无现款,据称坚帅于十八日提去四十余万两,以二十五万给济军,以五万给李东平参戎(名□□,云南人,时坚帅令其统三营以卫坚帅),各领五个月之饷,为数甚巨,我军则丝毫未发也。

亲军统领吴宗禹以三月二十九日之故,施怨于党人,不肯留而去,以冯馥斋、唐廷炯分统其众。

汉民本一书生,初经就职,漫无章法,紊乱就已极,而民军扰乱,种种怪现状,莫可究诘。而石锦泉且拥众以抢水师公所,都督仓皇而逃,其眷属且不知去向。及寻汉民归,余让之曰:"民军之不可用也。如此,今广兵不血刃,安用此民军为哉?今石锦泉不法如此,连都督府亦遭抢劫,罪不容诛,必将锦一股歼灭,以儆其余。"汉民唯唯称是。当即知会蒋百器率陆军堵截长堤及入城一路,余调"四江"之快炮,连日近亭堤、工局、水师公所,凡锦泉所盘踞之处一律击毁,以除此贼。但须都督传令,不然又言余打革命党也。如以此革命党,真革命党之羞。汉【民】犹欲令锦泉来请罪为言,余愤极曰:"革命如此,将来必无幸理。余当立即去香港,决不再预闻其事矣。"汉民乃允发令攻击。少顷,朱执信、胡毅生、陈景华均来见,言锦泉已知错,求缓办,余仍未允。调"四江"之炮将开,陆军亦到,正将下令攻击,汉民等乃再三为之哀恳,已延至次日,而锦泉之众已全逃入城内大佛寺。陆军亦收队归。

余气愤填膺,不愿预闻粤事,向汉民及自治会、咨议局辞职而去。汉民坐卧不离,守之不令去,曰:"君如去,我亦同去。"余曰:"君谋革命多年,今得成功,反言同去,万勿是理,非同我之宗旨不同也。今留此十日,不过与粤人感情素恔,有此一段香火缘,不忍人民之涂炭,亦与君有旧交,故为之维持大局耳。当君就任之日,曾先事声明,有'不合则去'之宣言。今违我初志,不能尽保境与安民之责,是余之过也。早知今日如此,悔不当初之不欢迎也。"汉民亦自引咎,当设法遣散民军。余曰:"招之易,遣之难。恐亦不能办到。"陈竞存亦自惠州来电,以解散民军为急务。余去志既坚,当时水陆各营将官均齐集船上,环跪余前,不令余去,继之以泣。余当面谕诸将曰:"余虽去粤,尔等当悉听胡都督之指挥,亦如事余时也。尔等但能为地方保公安,胡都督决不外视尔等,亦如余之待尔等也。"各将仍不肯起,必余再担任数日。无已,允之,各将始起。

汉民亦不肯去,陪余谈至深夜。余入室安寝,汉民搬一帆布椅睡于床前。晨兴,与汉民约,当改弦更张,定能就范。从今日起,请汉民入居督署,当设卫兵,非有(辉)[徽]章者不得擅入;办事则分科,亦须向来熟悉公事者为之。当同汪道元(名宗洙,番禹人,华伯之侄,景吾之子,精卫之侄)、莫伯泖诸人拟定简章,指定某办某事。仍以何品璋(字质玉,福建人,船政海军学生,时署中军副将,水师左翼分统)、潘镇藩[①]、马现章等为巡捕,以钱子才一营为卫队。午后,以洋号队送汉民入督署,乃渐有规模。

连日,余庶母、余妻妾均自港来视余,不愿余久留粤垣。余既决心去粤,而经手银钱之事必交代清楚,免去有后言。连日轮流分派卫队队官吕钦广排长、高世昌、吕连仲、杨云鹏、欧阳铭等带队押运港商寄仓之现金数十万及钞票,于旧大清银行财政司办公处交纳,每款均有李煜堂亲笔收条为凭。并督同经理此款之杨汝南(名怀远)与田子涵二人造册,俟余去后呈交汉民、煜堂两处,以完经手。

而号称民军之匪徒恨余最深,日夜恒持炸弹、手枪环余坐船而恐吓之。故余每到夜间即过别船住宿,"电安""龙骧""江大""广亨"无定所。夜即开出黄埔或琶洲海面定碇,黎明乃回省河,日以为常。

---

① 潘镇藩,曾任广东水师"安太"舰管带,随李准巡视西沙。

　　然日远一日,至十月初三日,余带同戈使哈①段树勋、何树清二人及护卫毛树基等四人,二鼓雾散过"江大"宿。仍令开出黄埔,再至莲花山,管带、闽人梁宝森知余将去粤,泣求曰:"军门去,我辈将何依?且胡都督留军门共济时艰,今军门去,我辈何以复都督之命乎?"余曰:"尔等事余久,见有如此漫无纪律之民军乎?正式军队反为所欺,将来宁有好现象哉?今既不能如余之初志而维持地方公安,是余之羞也,宁能再留此乎?今当与胡都督无线电明言之,使不汝咎也。"当即在船发无线电以告汉民,言"余不得已而去之苦衷,愿与竞存共谋补救之方"等语。②发电后,即令"江大"向澳门进发。天明过九洲洋,汉民复电,仍引咎挽留。余既到此,何肯再回。即至澳门登岸,入卢廉若之娱园③小住一夜。初五早,始搭汽船过港回西摩路之寓(家眷先于九月初间由虎门送之来港,租西摩路之两所以居之,月租二百五十元),家人见余之归,悲喜交集,以为重庆更生也。

　　当余未行之日,陆路提督秦子质军门自惠州东下,来船相见,唏

---

　　① 即"戈什哈",清代高级官员的侍从护卫,总督、巡抚、将军、都统、提督、总兵等官属下均设有此职。

　　② 离粤临行时,李准致函军政府,其文如下:"敬启者,昨上芜函,谅邀青览。所陈危险情状,弟虽不言,诸公当已见及。前日之所以不忍轻去者,以张督既已宣布独立,弟不能不与龙子澄军门维持治安,以免生灵涂炭。讵数日以来,凡足以痛哭流涕之事,层见迭出。揆之始愿,实不及此,即欲勉为其难,徐图补救,无如权力不及,徒唤奈何。若再坐误事机,恐即粉弟一人之身,亦无以谢全粤,再四思之,只有毅然舍去,不敢复留。惟愿粤东父老,外师泰西组织政党之法,以补助新建政府;内筹永久治安之方,以保卫性命财产。使民国之基,安于磐石,则弟身虽去粤,心亦安慰矣。临别赠言,依依不尽,知我谅我,是在明公。专此告别,敬颂公安。弟李准顿。"(中国史学会编《辛亥革命》,第7册,上海人民出版社、上海书店出版社,1957年,第235页。)

　　③ 娱园,现辟为卢廉若公园,为澳门三大名园之一,由澳门慈善家、教育家卢廉若斥资兴建。

嘘流泪者久之。据云,与陈炯明等革命军战,本甚得手,惟省城既独立,无处接济饷械,又不能似他人之向民间就地征发,自得余电后,知大势已去,无可如何,即双方停战,议定让城。临行尚以万元交余发饷:"今孑然一身,将归老于乡,无颜再出而问世矣,公好自为之。"余曰:"余以维持地方公安之故,不受何种之职,以旧有名义允担任十日。今民军遍地,生灵涂炭,大非初念所及,是余之罪也。一俟部署粗定,数日内亦即遄返香港,作世外人矣。"

余回香港之次日,汉民命陈景华来港要余回省。余曰:"地方糜烂若此,殊无面目见粤中父老。余所有水陆军队概交汉民,一俟竞存到省,苟能尽去民军,与民相安,尚有见面之日。君前官广西知县,具干练之名,能除暴安良,与民党增光。"景华曰:"我警察厅所用之人,皆公之旧人,无一绿林出身之人,稍假时日,必渐复次序也。"余曰:"现在龙子诚之济军约二千人尚驻西关,虽非纪律之师,较之民军胜万万倍,君当力任保全。自独立后,民军日多至十余万之众,粤人排外之心益盛。子诚屡欲求去,余亦派定有船送之回广西。济军多有家眷,至八百余房之多,行之不易。有由广三铁路去者,中途亦为民军截回,以致滞留粤中。君如能保全其众,必能感激用命。"景华曰:"诺,敢不如命。"自后,龙、陈之交谊益深,且结为盟兄弟矣。

陈炯明到省,以力除不法之民军为己任。逐周康,诛石锦泉,击黄和顺、关仁甫等于虎门各要塞。省会之地渐归平静,商民亦渐复业。

当初独立之数日间,民军之聚集省垣者,尽属盗贼,寻仇报复,今日击此明打彼,虽以都督之令,亦莫能禁止。有统带广九铁路巡防队三营之李声振,向称缉捕能手,与匪徒结怨甚深。一日,由长堤鹿角酒店出,为民军枪杀之。又如亲军营管带李景濂,为三月二十九之役生擒倪映典之人①,亦遭枪毙。军政府亦不惩办,以致寻仇之事日

---

① 李准记忆有误,时间应为宣统二年正月初三(1910年2月12日)。

多。向办盗匪各军多不安于其位,纷纷去职。人民之安宁既不能保,其困苦情形盖可想见。

余自回港之后,十月初六日,奉廷寄密谕"署理两广总督,会同梁鼎芬①规复粤省事宜。张鸣岐究竟逃往何处,是否潜匿租界,仰该督查明拿办""梁鼎芬著赏给三品卿衔,会同李准规复粤省事宜"等谕。默察大势已去,莫可挽回,与其涂炭生灵,以求一逞,仍于事无济,不如俯顺潮流之为得也。故始终秘而未宣,且亦不知梁鼎芬在何处,无从与商。

及南北共和告成,推袁世凯为临时大总统。十二月,即民国元年正月,命令授为"陆军中将"。

是月,买罗便臣道二十三、二十五两所之屋以为居室。从此埋头海岛作世外人,不再预闻外事矣,因自号曰"居夷道人",大有孔子欲居九夷之意焉。

是年,于省城内天平横街、九水坊之间簧桥②购四亩余,建住宅洋楼三大进,工未竣而改革起,遂停工,民军之敢死队亦占据之。

民国元年(1912),壬子,四十二岁

居香港罗便臣道廿三、廿五号。

正月,与马笏庭③合买汇丰银行,抵押韦敦善堂之海皮及德辅道万芳楼水池街乾秀里等产业共四十万。抵押汇丰三十万,周息六厘,自占八万,笏庭占二万,月收租二千余元,除纳息千余元外,尚余千余元以资家用。

―――――――――

① 梁鼎芬(1859—1919),字星海,一字心海,又字伯烈,号节庵等。光绪六年(1880)进士,授编修。历任知府、按察使、布政使,曾因弹劾李鸿章,名震朝野。

② 即现广州"洪桥街"。

③ 马笏庭,以贩卖鸦片起家。其子马小进,留学美国哥伦比亚大学期间加入同盟会,曾任大总统府秘书、大元帅府参事、广东督军府参事等职。

　　每日在家学书,究心金石文字,习以为常。晚间或至百步梯之景泉别墅,与二三友人谈心,或看竹为戏,以消永夜而已。

　　三月,桓儿及长女菊苏、夏婿旭初自德国归。菊苏已于去冬生子于柏林,即名之曰"柏林"。

　　五月,挈桓儿及夏婿,携妾张氏往青岛就学,经上海住江西路克利饭店。往拜西林,羞不与见。下旬,抵青岛,寓海边之亨利大饭店,遍访张安圃尚书、吕镜宇尚书①、徐菊人相国②、于晦若侍郎、吴蔚若尚书③。

　　周玉山大姻长玉帅,催速为八弟完婚。余以未奉庶母之命,且亦未选择吉期,诸事未备为辞。玉帅曰:"老姨太太可以电告之。至吉期,一则殊可不必选择。即以我而论,当捻匪大乱之时,岳家以匪将至,夜半背内人至余宅,推门委之而去,余即偕逃难于江淮间。至今夫妇齐眉,儿孙满堂,丁口过百人,初何尝择吉日哉?今当大乱之际,一切可以便宜从事。"当即定为六月廿四日为涛弟结婚之日。届时以于晦若、刘子琇、段少沧、许久香为介绍人,余同玉帅为两家主婚人,行结婚礼于亨利大饭店,中西人士参观者极多,夜间且行跳舞之礼(弟妇为玉帅之孙女,兹署浙江按察使讳学海之女,江西察使讳学铭、财政总长名学熙、徵君名学渊、湖北候【补】道名学辉④之侄女)⑤。

────────

　　①　吕海寰(1842—1927),字镜宇,山东掖县(今莱州)人。清末外交家、中国红十字会创始人,历任驻德国、荷兰两国公使,工部尚书、钦差商约大臣、兵部尚书、外部尚书、督办津浦铁路大臣等职。

　　②　徐世昌(1855—1939),字卜五,号菊人。进士出身,光绪三十一年(1905)任军机大臣。1918年10月,被选为民国大总统。1922年6月通电辞职,退隐天津租界。

　　③　吴郁生(1854—1940),字蔚若。进士出身,光绪三年(1877)授翰林。清末任邮传部尚书、军机大臣。晚年寓居青岛。

　　④　学海、学铭、学熙、学渊、学辉,皆周馥之子。

　　⑤　据生活·读书·新知三联书店原总编辑李昕在《清华园里的人生咏叹调——记我的父亲李相崇》一文写道:"1912年8月6日,在当时被(注转下页)

七月,涛弟夫妇与姜张氏同归港,留桓儿及夏婿于青岛,入德人所办之农林学堂。中旬抵港,再行祭祖庙见之礼。

八月十一,遣嫁三妹淑贞于漳浦陈氏(福建漳浦人,同治庚午举人,甲戌进士,广东劝业道即望曾字省三之子,名曾祺,字树阶)。

九月,置德辅道昭隆街之业,共十二万元。

十月,奉袁大总统电召入京,约陈省三姻丈一同赴沪。省三畏冷,至沪而返。由青岛胶济路北上,便携桓儿同去,夏婿则回港寓。

十一月杪抵京,先寓西河沿中西旅馆。及入见项城,命招待秦老胡同之招待所,与凤凰熊秉三总理(希龄)[1]同居。奉项城令,聘为高等军事顾问,月薪八百元。命入军事处办事,为参议,凡关广东一方面之事,归余主任,与唐执夫(在礼)[2]会商办理。请调龙子诚三军移驻梧州,保全其众,尚可为中央之用,项城从之。

十二月初八日,大女菊苏以产子致病而死于港寓,外孙则由余妻黄夫人抚养之。

民国二年(1913),癸丑,四十三岁

仍为公府顾问,迁居前门内之瑞金大楼。

正月,送桓儿回青岛进学堂,至天津而返。

(续上页注)称为'东亚第一馆'的青岛亨利王子大酒店,一场盛大的婚礼在此举行。新郎李涛、新娘周沅君,他们就是我的祖父和祖母。参加婚礼的来宾,多是辛亥后云集青岛的满清时期的达官贵人,规格极高,场面热闹。并非我的祖父祖母有多么出众,而是因为他们联姻的背景引人注目。我祖父李涛,是前清广东水师提督李准的胞弟,而我祖母,是前清两广总督周馥的孙女。提督的弟弟迎娶总督的孙女,捧场的人自然不会少。"

① 熊希龄(1870—1937),字秉三。北京政府第四任国务总理,也是第一任民选总理。

② 唐在礼(1880—1964),字挚夫、执夫。1898年被选派留日学习兵科。回国后历任北洋督练公所教练处参议、帮办、参谋处帮办、山东第五镇炮标标统、库伦兵备处总办等。

时南方二次革命之说繁兴，粤中尤盛。项城垂询及余，当先派陆军少将隆世储、王若周①及知事蔡国英、潘东垣分投回粤，联络新旧各军。及湖口事起，粤省亦相继独立。各军不从，陈炯明出走。不数日，而广东之事定。②

---

①　王若周(1888—1957)，原名昌廷，又名凤基。广东黄埔陆军小学第三期、南京陆军第四中学、保定陆军军官学校第一期步兵科毕业。历任中华革命军东路讨逆军第二路司令、粤军第四支队副官长、参谋长、总统府边防督办署谘议等职。曾参加东征、北伐。

②　为调停北京和广东方面，李准和胡汉民有来往电文：

李准致胡汉民请释疑电(1913年5月11日)

广州胡都督鉴：南北恶感迭起环生，争在党人，祸沦家国。比闻执事与湘、赣、皖各都督联电中央，对于宋案、借款二事，颇有凿枘。嗣阅大总统电复各节，词理甚明。保国爱民，公之素志。畴昔准随省君子后，光复粤垣，翼同享共和，免遭兵祸。迨民国底定，我公督粤，所持政见，仍以调和南北为主，历奉电函，夙所钦佩。此次与中央抵触，谅亦如项城原电，谓公僻处海疆，或有误会，一经剖白，应释嫌疑。当此国步飘摇，决裂恐难收拾，又况人心厌乱，胜算未必可期。公固达人，为国家策安全，为人民谋幸福，自有卓见，毋俟哓哓也。李准叩。真。

胡汉民复李准电(1913年5月)

李直绳先生鉴：汉密。真电悉。汉民频年奔走，主持革命，原为国利民福起见，此心可表天日。南北统一以后，无日不以敉平内乱、拱卫中央为主旨，与公密迩，当知鄙怀。苟为保持禄位，希望非常，当去年军队林立，何尝不可拥以自固。而必悉数遣散，复力持陆军减师之说者，诚欲挪出余款以饷中央，区区此心，实不求天下之见谅。迨宋案、借款二事适起于临时政府将终之际，汉民尊重法律，联合各省电争，以为袁公著开国懋勋，不可冒违宪之名，以悖约法。逸愿遂以借口谣诼繁兴，混称南省已筹兵备，以惑袁公，复假袁公之威以临南省。袁公不察，使直言不入，信以见疑，岂不足怪。总之，为袁公之盛德累，使不能推诚于宇内者，实二三金壬所致。汉民之忠告袁公，自谓仁至义尽。各党各报知谰言请勿轻信，有如广东独立之说，传之一年，谣言之是非，事可知矣。临电愤懑，不知所云。胡汉民叩。(《民初政争与二次革命》，上海人民出版社，1983年，第843—844页。)

先以龙子城为镇抚使，余力保之也。梁燕荪①反对，谓其力不足
定粤。余以为如其力不足，而粤新旧各军，如苏慎初②、张我权③、李
耀汉等皆能拥护中央，能为我用，况当尚有陆荣廷、夏文炳、龙觐光均
在西省统兵，仍可为之助。项城允准。余乃电肇阳罗镇守使李耀汉
（字子云，新兴人，绿林出身，为余所招抚、拔置者也），命李新林、翟汪等劫
"江大"等轮往梧州，迎龙子诚来粤。及至肇，而第一师长张我权（字
自操，梅州人，保定速成生）迫临时代理都督之苏慎初走（钦州人，保定速成
学堂毕业），而自为都督。时子诚已简为广东都督，逗留肇庆八日不敢
前进。余电令李耀汉率翟汪、贺蕴珊等军入省，并电张我权速自取
消，往迎子诚，我权复电遵办。盖我权本为旅长，余向项城力保新拔
师长，故余以祸福利害之语开导之，而我权乐从，让出观音山防地为
济军驻扎之所。济军来省，而陆军尚未尽搬，因此冲突。项城恐子诚
之力不足了之，面嘱余曰："我看君亲去不可。"余对曰："刻已分电李
耀汉、张我权、隆世储等速了此事。"项城仍必欲余亲往，于是有加上
将衔，授为广东宣慰使之命，颁发关防。正待启行，而李耀汉等之电
至，"已平静无事，子诚即可晋省"等语。当力辞使命，项城允之④。

---

① 梁士诒（1869—1933），字翼夫，号燕荪。光绪年间进士，授翰林院编
修。曾参与袁世凯胁迫清室退位的活动，为旧交通系首领。时为财政次长。
② 苏慎初（1882—1936），字子奇。1908年加入同盟会。民国后，历任循
军第三路司令、广东军政府第三军军长、广东民军第二师师长、陈炯明粤军总司
令部高等顾问等职。1912年10月授中将衔。
③ 张我权（1886—1925），字自操。黄埔陆军速成学堂第二期，任广东新
军左营校尉，随赵声、姚雨平等人在新军中进行反清活动。民国后，历任广东北
伐军步队第一标统带、第二师师长、广东省防军独立旅旅长等职。
④ 李准辞广东宣慰使呈大统文（1913年8月）如下：
窃准黯暗无能，备员顾问，辱蒙谦冲下逮，以准谙悉粤情，时以军事咨询，用
得贡其愚戆，稍效万一。
溯粤省自辛亥改革以后，胡汉民、陈炯明辈，党帜愈张，凶焰日（注转下页）

事定,奉命给二等文虎章,隆世储为高雷镇守使。

会以四川未定,又奉命为四川宣抚使,令龙子诚于广东旧部中选兵一旅,又调在鄂之北军伍祥桢一旅随之入川。忽得川中父老来电,以"川中年来苦于客军之纷扰,闻公率粤军及北军来,是于滇、黔、秦军之外,又多粤军、北军矣,公爱惜桑梓,当不出此"。四川都督胡文澜(名景伊,巴县人,日本士官生)亦来电,意与前电同一语气,"如只卫队一营来,当率队欢迎"等语。准以为如必带兵入川,诚又多一二枝客军,不带兵反为人所制,仍于(是)[事]无济,不如辞去,以免乡人之责难。乃具呈辞职,项城允之。

自是留寓京华,日以学书为事。以家藏书籍、碑帖、字画,改革时在粤垣多未带出,于是在京略为购置,寄回香港,交涛弟收拾,以其好学,性耽书史也。

夏间迁居于顺城街之化石桥,赁李莘吾之宅居焉,月仅百元,而屋甚多。以后院让夏用清殿撰居住,后且让前院与庄思缄居住,余率妾张氏则住花园。每日看书兼看碑帖之外,则作篆一二千字,日以为常,临汉碑亦数百字。

(续上页注)烈,自居功首,显抗中央,隐然割据一隅,以为南方根据地。幸蒙下采刍议,委派王若周、蔡国英、隆世储密赴广东联络军队,趋向中央。未几,赣宁事起,而陈炯明果以独立响应。使非军队携贰,翦其羽翼,黄兴诸逆趋赴合谋,大局实不堪问。迨陈炯明为陆军所逐,西江水陆各师亦迎济军东下,粤独立不半月而遂取消,其收效之速,实为意料所不及,未始非王若周等苦心筹画,先事布置之功。今龙济光已入省城,乱事已定,善后建设各事宜,是其专责。果能审慎筹维,与时因应,秩序可期完复,准似可免一行,拟请收回宣慰使成命,毋庸赴粤。

当此时局艰难,民生待治,敢不勉竭诚悃,仰报知遇。仍当留京宣力,借备驰驱。临呈不胜惶悚,待命之至。再,奉颁关防一颗,除缴军务处核销外,合并呈明。谨呈。批:据报已悉。应即照准。此批。(《民初政争与二次革命》,上海人民出版社,1983年,第750—751页。)

冬间，段芝泉①总长每日下午必邀至其宅看竹为戏，无日不至。而学书、读书之事，即不能如前此之多矣。

秋初，以一万五千两购天津英租界戈登路十八号洋楼一所，占地三亩九分，树木极多，而房屋极旧，工料亦极平常，屋亦不多，备港中一部分眷属迁来。秋初，玉帅自青岛来电，称桓儿病重。余遄赴青岛视之，数日而愈，归途而置此业也。

年底放年假，令桓儿回港省视其母。

是年十月二十一日，八弟长子生于港寓，旋殇。

民国三年（1914），甲寅，四十四岁

仍居京师，充公府高等顾问。

得八弟自港来书，以相杰、相鼎、相亲三侄在港读书，同患脚气症，医生云"须换天气"。令赴省就医，住九水坊尾篁桥新建尚未完工之宅医治。而相亲竟不治而死，乃电令相杰、相鼎来京。行至上海而足肿消，到京则病已若失。

二月，七弟妇洪氏殁于汕头母家，即葬于汕。

余则每日除读史外仍学书，日必作篆一二千字，临汉碑数百字，自黎明以达夜分，无一刻之辍业。

秋初，余妻黄夫人挈二女梅荪及外孙夏柏林自港来津，住戈登路十八号之宅，并定以次女许字夏婿。冬月，病死于津寓，寄殡萧寺中。至十一年，始由夏婿连大女之枢合葬于上海之某地焉。

是年，于学书之暇，偶至广德楼观奎德社②改良新剧，颇有感触。概自民国以来，道德沦亡，其不至于禽兽也，几希将欲藉戏曲为改良

---

① 段祺瑞（1865—1936），字芝泉。皖系军阀首领，曾四任总理，四任陆军总长，一任参谋总长，一任临时执政。

② 近代从事改良新戏的女子戏曲演出团体，又名奎德坤剧社。以编演新戏、移风易俗为宗旨。

社会之利器。与梁巨川①、林默卿②、尹徵甫③、韩补庵④诸人各编新剧,提倡旧道德,将藉伶人之口以唤醒国人。于是,余有《薄幸郎》《青梅》《荆花泪》《香妃恨》《秦晋配》诸作,咸注意于忠孝节义、五伦八德、报应循环之理,昭然若揭。而奎德社之班主杨韵甫亦能体会斯旨,教演各坤伶,善合剧情,表演真切,能得社会之欢迎。余亦无聊之极,借此以消永昼,而挽回末世之颓俗也。

十月二十日酉时,八弟次子相崇生于港寓。

民国四年(1915),乙卯,四十五岁

仍居京师,充公府高等军事顾问,住化石桥。

每日无所事事,除作书之外,仍多赴广德楼观所编改良新剧,以消永昼。

八月,八弟自港来。

九月,为桓儿娶于丹徒姚氏(前陆军部侍郎名锡光字石荃⑤之第五女,前山西协统、公府侍从武官、陆军中将名鸿法字兰荪⑥之胞妹),黄夫人亦自津来,主其事焉。

---

① 梁济(1858—1918),字巨川,一字孟匡,梁漱溟之父。光绪间举人,历官内阁中书、教养局总办委员、民政部主事、京师高等实业学堂斋务提调等。1918年9月27日,写《敬告世人书》,投积水潭而死。

② 应为"林墨青",近代天津教育家。

③ 尹桂,字徵甫,居津沽,晚清著名画家。

④ 韩补庵,名梯云,戏曲作家。长期追随近代天津教育家林墨青。民初,积极参加戏曲改良运动。

⑤ 姚锡光(1857—1921),字石荃。光绪戊子(1888)举人。1878年随何如璋出使日本,回国后历佐李鸿章、张之洞幕,累保道员,迁至兵部右侍郎。著有《东方兵事纪略》等。

⑥ 姚鸿法(1882—1947),字兰荪,姚锡光之子。早年入武昌农务学堂,后赴日本学习军事。回国后,任山西督练公所参谋处总办,不久任山西新军混成协协统,1910年任督练公所参谋处总参议。1912年任师长,后又任山西督军署高等顾问。1936年授中将衔。曾参加抗战。

十月，八弟回港。

是年，项城为帝之念起。六君子之筹安会人多加入，余独不敢预闻其事而避之若浼。项城深虑新旧军人之反对，乃混成模范团于参谋部后身，项城自为团长，以陈光远为团副（字秀峰，北洋武备毕业，历任统制、师长，后为江西督军、陆军上将，直隶武清人），以张怀芝（字子志，山东人，北洋武备毕业，历充统制、师长，天津镇总兵官，后山东督军、参谋总长、陆军上将）、丁槐（字衡三，云南人，前广西提督，奋威将军）、蔡锷（字松坡，湖南人）、张绍曾（字敬舆，直隶大城人，树威上将军）、吕公望（字戴之，浙江人，保定速成毕业，日本士官生，曾任浙江都督）、陆锦（字秀山，直隶天津人，日本士官生，历充统制、师长，敏威将军）等二十余人为副官，余亦在副官之列。凡闲散之有名军人，无不罗致之。每日各副官均到处画到，项城则不拘早晚，偶服团长之服亲来团阅操。盖借此羁縻各军人不离开北京以谋反对，且常有便衣侦探随时随地侦察各员之行动，人皆栗栗危惧而不敢私自宴集。

余以眷口住津，亦不敢无故回津。每早到团，食中饭，午后即约同陈秀峰、陆秀山、蔡松坡、张敬舆诸同事同至广德楼观剧，及在福兴居食晚饭，再观夜剧毕，回寓就寝，日以为常。即戏园之坐位亦永久定下，不移他处，各人轮流给费，以释项城之疑。余等举动，便衣侦探盖已随时报告项城。

松坡且于八埠眷一妓曰"小凤仙"，沉迷不返。松坡卒至因此得潜逃至滇，谋独立以抗洪宪。

民国五年（1916），丙辰，四十六岁

仍充公府高等军事顾问及混成模范团副官，仍居化石桥之宅。

蔡松坡倡反洪宪，独立于滇南。陆干卿上将军和之，独立于广西（干卿名荣廷，广西武鸣人，行伍出身，广西提督，宁武上将军），龙子诚上将军亦徇梁任公之请，独立于广州。项城忧之，嘱国务卿王聘卿上将军（士珍）商请余赴粤和解。余允之，而不受何种任命名义，以个人资格往港，实将藉脱离虎口也。故尽室以行，即家具亦转送与人，不作归计也。

四月下旬,挈妾张氏由津附太古洋行之"夔州"轮船直放香港。五月端午日抵香港,乃知项城已先一日逝世①,副总统黎宋卿(元洪)继任为大总统。

子诚使其兄怡庭将军来港晤商办法,余主张由子诚通电取消独立,大意略云"各省之相继独立者,以项城欲帝自为,破坏共和,反对洪宪之新纪元耳。今项城已逝,黄陂继任为大总统,重建共和,尚对何方而独立哉?慨自改革,以连年用兵,人民困苦,何堪再有战事?应即日取消独立,服从中央命令"等语,电稿拟定,怡庭携至省。子诚以西林正在肇庆为都司令②,不敢发。余乃令旧部中将赵月修将军、知事董再堃往福州,请李培之督军(厚基)代发。去后,果奉黎大总统电令嘉奖。

西林必欲去子诚,逼桂军攻之。仍由中央政府解决,调子诚琼崖矿务督办,以陆干卿为广东督军、朱庆澜为广东省长(朱,字子桥,山东人,清充四川陆军统制官)。张坚白本为广东巡按使,因与梁任公逼迫龙子诚独立,至是为西林所不容,而往住香港罗便臣道二十二号,拥姬为乐。

当余之初至港也,西林在肇庆以镇守使李耀汉之署为都司令部,闻信正食饭,而失箸于地。闻余奉项城密命来,将不利于己也,坐卧不宁,往梧州求干卿保护。而李子云不知内情,密派其叔李华秋来港谒余,是否须加害于西林?余曰:"并无此意。速归告尔侄勿轻举妄动。余之来港,盖借此脱离北京,非有他意也。"及后,西林去粤,亦不敢经过香港,搭船径赴上海。做贼人心虚,其西林之谓也。

六月,纳妾阎氏。

十月,以十五万元变德辅道昭隆街产业以还汇丰之揭款,仅留海

①　此处李准记忆有误。袁世凯于1916年6月6日(五月初七)逝世,这一年端午节为6月5日。

②　时岑春煊被举为护国军都司令,并与梁启超等在广东肇庆成立军务院。

傍中兴栈之铺业,月收租千二百元以作家用。

是年,于天津英租界广东路购地三亩余(是时,每亩价不过二千两),由桓儿、杰侄等经建一五楼五底之洋式楼房,十月落成。

十二月,黄夫人率子侄辈迁居于此。

四月初七日,八弟生女相仪于港寓。

民国六年(1917),丁巳,四十七岁

二月,与陆干卿上将军同北上,经津海线晋京。过津回广东路新屋察看,工程尚不坏,惟图样不慊于心,楼梯及浴室均不得其地。

数日晋京,住崇文门外南官园王若舟之宅。晋谒黄陂及段芝泉总理,奉命授为直威将军。

三月,又同干卿回津,盘旋数日。又从京津路南下至沪,寓泰安栈。电港令张、阎两妾携七侄相鼎来申,并迎胞妹珍贞于无锡。三月下旬,同干卿赴杭州游西湖,得观湖山之盛,心胸怀为之一开,至足乐也。

四月,派仆人何四送七侄相鼎回川,为其娶妻于大竹雷氏。

四月中旬,挈胞妹及两妾乘"新铭"由海道回津。

常来往于京津之间,日惟临池学书,不预闻他事也。①

---

① 这年五月张勋复辟后,李准曾给冯国璋等人去电:"南京冯副总统、南宁陆巡阅使,各省督军、省长、护军使,各镇守使,各报馆钧鉴。自晋阳兴甲,元首行权,海内人心方怀悔祸。逆贼张勋借调和政局为名,行推翻国体之事,□用冲人,窥伺神器,卓温之奸,今其发轫。准,民国分子,前清旧人,不忍使艰难缔造之共和怀于竖子,更不忍视安富尊荣之清帝陷于危机。闻变冲冠,仇不共戴,夫处今日,环海交通,民气大昌之世,万无返共和而为帝制而可久安长治之理。袁氏前车,可为殷鉴,何况清室本无利天下之心,高拱无为已经六载,而乃强狸服轺,破瓠为圆,忍令神州罹于板荡,勋不足诛,如国家何?诸公手造民国,功业灿然,对此神奸同怀义愤。现在勋兵盘踞京师,酖酒檿蒲,漫无纪律,元元涂炭,重足侧目。清室被胁,痛哭临朝,方困台城,待援尤急。万望整率貔貅,声罪致讨,奠安清室,巩固共和,胥在此举。炎黄有灵,实武凭之枕戈请命,临电旁皇。李准泣叩。江。"(《天津李准来电》,《申报》1917年7月8日,第3版)

六月,购法租界三十二号路地四亩三分,每亩二千三百七十五两。正画图购料开工,八月大水,至成灾,马路水深数尺。眷属全到京,分住于南官园王宅及化石桥夏宅。十月水退,始携眷回津。

十二月初十日,五女如碧生于天津英租界广东路本宅,阎妾出也。

是年秋,八弟次武纳妾卢氏。

十月二十日,八弟生子相璟,周氏出。

民国七年(1918),戊午,四十八岁

仍居津门。日惟学书,以消永昼,万事都不关心。售戈登路十八号之宅,得二万六千五百元。

三月,开工建筑法租界三十二号路之屋。自住洋楼两所,出租两楼两底屋九所。八月工竣,名之曰"泰安里",建筑之费八万余元。九月,迁入第十一号。又与在津寓公同人组织俱乐部于泰安里第十号。故每日除学书外,当夕阳西下,即与二三友人看竹于此焉。

十二月初十,六女如璧①,字静仪,乳名大毛,生于泰安里之宅,阎妾出也。

是冬,胞妹回无锡。

六月二十日,八弟次武四子相尹生于港寓,卢氏出。

民国八年(1919),己未,四十九岁

仍居津门。学书看竹,无事可记。

桓儿、杰侄等欲在京谋事,在前门内租一小屋而居。

秋后,移张妾至京与姚媳同居。

九月,八弟次武自香港来京,寓亦迁宣武门外南半截胡同十九号,自此常来往于京津之间。

二月,五女如碧殇,葬于浙江义园。

八月,荐坤伶金少梅入城【南】游艺园演剧。少梅聪敏秀美,为

---

① 根据后文显示,六女为"如瑾","如璧"为八女。

名伶金月梅之女,有乃母之风,余为之编新剧,教以歌舞。

是年,编《婴宁一笑缘》《玉琴缘》《画中缘》《醋海波》《义合缘》《棒打春桃》《文君当炉》《恩仇血》《拾金不昧》等剧。并为排演旧编之《香妃恨》《秦晋配》等剧,大为社会所欢迎,少梅之名誉鹊起。余喜能将我心所欲言者,藉伶人之口表而出之。余提倡旧道德,改良社会之念益炽,故亦乐此忘疲而不觉也。

十月,八弟次武回港。

是年,以三万四千元卖广东路之房地于陈柏生督军(树藩)[①]。

民国九年(1920),庚申,五十岁

仍居天津,常往来于京师。其公府高等军事顾问及直威将军,亦不过坐拥虚名而已。

四月十三日,七女如琇[②],字静娴,生于泰安里之宅,阎妾出也。

北京城南游园,正月初四,以人多拥挤,至厢楼塌下伤人停业,少梅亦因此辍演。七月以改建完工开幕,少梅又复登场。余于数月之内又编《吴越春秋》《骊姬祸》《嫌贫爱富》《金锁记》《妙峰山》《文姬归汉》《梅妃泪》《云娘纵虎记》《活捉王魁》《玉箫再世》等剧。而少梅仅演《嫌贫爱富》《活捉王魁》《妙峰山》及《骊姬祸》内"醉遣重耳"及"骊姬害太子申生"两本而已。

年来,以为人作书,如屏、如立轴、中堂、斗方、扇面,每苦不得恰如字数之文而书之,乃自选金石文字及上古文,或格言、成语,以字数之多寡编列成书,有抄写楷书之本,有专写【篆】书之本。商周以前用大篆,秦汉以后用小篆。自一字以至千数百字,每一数之内多则数十条,少亦一二条。如原金石文拓片者,仍照临写,有见即写,汇成为书。尚未定何名称,以后按年加增,尚无已时也。

---

① 陈树藩(1885—1949),字柏森,又字伯生。曾任陕西督军。

② 根据后文显示,"如琇"为十女或十一女。

民国十年(1921),辛酉,五十一岁

仍居天津,常来往于京津之间,无所事事。每日除作篆、作隶之外,无所事事。

日惟编新剧,教伶人演剧为乐。

有赠金少梅二律并序:

城隅搔首,静女其姝,空谷聆音,佳人绝代。引吭则清于雏凤,呈形而翩谷惊鸿。疑逢洛浦之仙,宜得周郎之顾。仆因怜沙嫩,吹教玉箫;为爱杜秋,曲裁金缕。晓风杨柳,低唱付之小红;落叶秋槐,雅奏宛然凝碧。闻歌子野,辄唤奈何;作赋文通,消魂真个。虽东篱采菊,闲情有似陶潜;然官阁吟梅,逸兴还如何逊。十里锦丝步障,访石崇金谷芳园;一双翡翠笔床,写徐陵玉台新咏。

舞衣歌扇女儿箱,金凤银鹅各擅场。

出水芙蕖争丽色,随风珠玉散余香。

新词唱和谁苏柳,旧院传呼此顿扬。

莫怪林逋老成癖,南枝生小冠群芳。

葳蕤春色要平分,调入天风响遏云。

丝竹中年陶谢传,绮筵今日醉司勋。

台前骏足能羁客,宫里蛾眉总妒君。

我有笠翁宗法在,灞陵休说故将军。

十二月初二日寅时,八女如琪①,字静婉,生于天津法租界泰安里十一号本宅,乳名三毛,阎姜出也。

是冬,为杰侄婚于王氏,丹徒王小云之孙女。

是年五月十七日,八弟次武五子相琦生于港,卢氏出也。

---

① 根据后文显示,八女为"如璧"。

民国十一年（1922），壬戌，五十二岁

仍居天津，常来往于京津之间。①

每日作篆、作隶之外，仍以编新剧发抒自己意见，藉挽末俗为事，如《毁名全节》《孝义传奇》《杀狗劝夫》《雌蝶悟》《煤山恨》《血指痕》《红拂记》《洛神》（又名《宓妃影》）诸作。

夏五月，八弟次武奉庶母杨太淑人及其子女诸人来寓泰安里，香港之业已全售去。

是冬，以川路公司股款事，乡人公推余组织股东维持会，以张金波上将军（名锡銮，前山西巡抚，奉上都督）、施鹤笙廉访（名纪云，癸未翰林，前湖北按察使）与余为会长，电吴子玉②巡使、鄂督萧衡山③将军及川路各董事，合力维持保存路款。而川人之痞棍在汉口者勾结军人，擅拘管【款】之人，强提路款以充军费。我虽大声疾呼，而欲瓜分路款之人，如总理、董事等悍然不顾，穷极计巧，必欲将路款耗尽而后已，各股东呼吁无效也。

是年，胞妹珍贞同庶母杨太淑人、八弟夫妇及妾自上海同来。

民国十二年（1923），癸亥，五十三岁

仍居天津。

正月，以川路股东维持会之故，乡人公推余偕议员廖劲伯④、刘鸿岷⑤，由京汉路往汉口解决保存路款事，驻汉一月，不【得】要领而归。

---

①　当年九月，李准被任命为直威将军。（《命令》，《申报》1922 年 11 月 2 日，第 3 版）

②　吴佩孚（1874—1939），字子玉。时为两湖巡阅使。

③　萧耀南（1875—1926），字珩珊、衡山。北京政府时期，历任第二十五师师长、湖北督军、两湖巡阅使、湖北省省长等职。

④　廖劲伯，第一届国会议员。辛亥革命之后，曾收藏过从宫中流出的《四川全图》。

⑤　刘鸿岷，清末曾任资政院议员。

上年,七侄相鼎不肖,吸食鸦片,勒限令戒烟,因病而死于家,遗一子。九侄相模,字树藩,自川来,察看尚属稳健,因令回川操理家务之事。

是夏,乡人公推代表川民,与顾巨六①、刘鸿岷同赴洛阳,谒吴子玉,卒争得以杨森督川而归。秋间,赴保定谒曹仲三②巡阅使,商陈粤省之事,承聘为直鲁豫巡阅使署高等军事顾问。

民国十三年(1924),甲子,五十四岁

仍居天津。

二月,与王子铭、陆秀山诸人赴洛阳,为吴子玉拜寿。三月回京。秋初,又赴洛阳商陈粤事。

七月二十八日酉时,次子相度生于津寓。

九月初,吴子玉率师来京,称"讨逆联军总司令",仍聘余为高等军事顾问。

二十三日,挈三侄相杰入京,有王子春上将军③及张山松之子、门人陶庵同行。十时至丰台车【站】,即不许前进。据车站人云:"永定门已关,不能入城。"询以因何事出此,有言是奉方之便衣队砍毁电线者,有言匪人毁路者,言人人殊,莫名真(象)[相]。余同子春诸人只得下车,向彰仪门或西直门而入,因步行。而附京张路之三等客车

① 顾鳌(1879—1956),字巨六。1905年赴日本明治大学留学。1912年,任北京总统府顾问。1913年4月8日,中华民国第一届国会举行开幕典礼,以筹备国会事务局委员身份宣布典礼开始。1913年11月26日,政治会议成立,任秘书长。1914年,任内务部筹备立法院事务局局长。1915年兼任国民会议事务局局长。袁世凯称帝失败后,遭通缉。1916年9月,张勋在徐州密谋复辟活动,顾鳌被聘为机要秘书。

② 曹锟(1862—1938),字仲珊,又作仲三。时为直鲁豫巡阅使。

③ 王占元(1861—1934),字子春。早年投身淮军刘铭传部,后隶毅军宋庆部,1895年选入袁世凯的北洋新军,此后一路高升。曾任湖北督军,以残暴贪鄙闻名。1913年,加陆军上将衔。1921年下野,寓居天津。

至彰仪外数里地下车，又步行至城门。见军队左肘挂红布，符号之上加白圆圈，书"真爱国，不扰民，誓死救国"等字样，知为冯焕章（玉祥）之兵，检查之后始放入城。一路街上寂无人行，人力车更无从得，仍步行而回南半截胡同之宅。乃查问真（象）[相]，及冯军所发布告传单，始知为对吴子玉倒戈助奉。

车既不通，无从回津。京师市面萧条，气象悲惨，欲归不得，决计仍全返津。因日夜收捡行李家具，不用之木器、粗重之物概寄存于米市胡同彭秀康①之宅。衣箱行李则分寄于东单麻线胡同吴仲言宅。余同杰侄、张妾则避居范子平胡同孙宅，所谓查太太者。设法回津。

十月初二日，乘汽车与蒋百里同归。沿途军队以枪相向，检查至再，始许放行。经十余处，始达杨村，为鲁军潘旅长鸿钧之队伍，正挖壕备战，检查尤严。及知系吴子玉处之人，乃派兵护送，畅行至津户新车站。晤子玉，似无甚办法，而前敌将士十余万人，全都弃之不顾，殊为可惜。无何，而奉军逼之逾近，冯军亦自北相逼而来。吴乃出走，由海道南下。

九月廿五日，少梅之母金月梅以急病死于其家。少梅以缄禀，要余回津为之料理后事。及其丧事完毕，乃会同丁振芝少将（宏荃）②及刘湘臣之封翁某，为之分其产而三之。月梅姘夫杨润田、少梅及其弟邵文璧各分现金一万四千元，屋产、股票、金珠首饰在外。余年来本不多预闻其事，今见其母已死，无人主持，始为之主其事焉。

是年，桓儿在粤洪兆麟处为参谋长及旅长。十月，派为善后会议代表入京。

————————

① 彭秀康，曾任国会议员，时为北京城南游艺园总经理。
② 丁宏荃，字振芝。曾任天津德国租界管理局局长，直隶全省警务处处长兼天津警察厅厅长等职。1924 年，授陆军少将。

是年夏，令相模回川操理家事。①

民国十四年（1925），乙丑，五十五岁

全住天津，不去北京。

正月二十日，少梅与程雪楼中丞之次子程仲藩似是而非结婚。少梅之家要余证婚，余有联以赠之，曰：

　　　　小雪落灯天，愿此日风怀便结束长安歌舞；

　　　　画梅喜神谱，忆旧时月色莫更教疏影横斜。

年来以所编之剧甚多，无心为之排演，故亦不再编，从此搁笔。

年来，捡拾旧闻而编《任盦闻见录》及《粤中从政录》②若干卷、《广东革命史》一卷。

又将此十余年来所见上古金石文字编写成书，按字典分部，名《古籀类编》，共十二卷，初稿已成。按日自为誊写，以便初学，且为自便翻阅起见，非敢出而问世也。其书虽按字典分部，有与《说文》相背而不合于字学者，仍详注明依《说文》分部之下而解释之。

二月初一，逊帝自京日使馆逃出，借日本租界张虎臣军门③之张园为驻所。余以旧主关系，日夕往朝而照料一切焉。

秋初，南洋华侨郭春秋姻长（桢祥）应参政之邀自港来（郭为福建同安人，渣华糖商，富逾万万，与陈省三为儿女姻亲），约同赴京，住六国饭店，与政府当局相周旋者一月。

七月二十六日，往曲阜祭孔子，而适南北之战兴，又闻孙馨远④

---

　　①　本年年谱页中有划掉眉批一段："是年，逊帝大婚，进献贡品，蒙赐御书'福''寿'字，锦泰青银饼一件。"溥仪大婚在1922年，应为抄录错页。

　　②　从李准年谱前文看，应为《粤东从政录》。

　　③　张彪（1860—1927），字虎臣。曾任湖北提督、陆军副都统。辛亥武昌起义时，率督署卫队与起义军顽抗。南北和议后卸职，在天津日租界筑"张园"，作寓公。

　　④　孙传芳（1885—1935），字馨远。直系后期最具实力的军阀。

自浙举兵入苏,鲁督张效坤①出兵御于徐州,春秋即乘车南归。春秋本欲筹办一极大之银行,曰"大道银行",欲握中国金融,不再操之外人,至今亦不能再提矣。

九月,派三侄相杰回川清理家事,夺相模之权,另择得力之人接管。

旧部洪兆麟败绩于潮汕,退入闽南,桓儿派为军事会议代表。兆麟丁艰,回湘奔丧,道经上海吴淞口公司船中,为党人船中侍役粤人韦姓暗杀,中三枪殒命。余命桓往湘,经理其丧事。冬初,桓儿顺道回川,驻渝三四月,以道阻而返。

冬月十二日,九女小五生于天津法租界泰安里。

是年,吴子玉再起视师,聘任为讨贼联军总司令部参赞,而南北之战祸又起。

是年夏,售法租界泰安里房产于周督军(荫人)②,得价十五万元,除还押款【五万】元,尚余十万元,购英租界墙子外五十八号,该地八亩八分,建自住大楼两所、出租楼房十三所。冬月,楼房竣工,名曰"泰华里"。

民国十五年(1926),丙寅,五十六岁

仍居天津。

三月,吴子玉率师至长辛店。余两次往访,陈粤事之不可收拾,宜注意在南,子玉骄而不纳。旋津,仍以学书、编书为事。

四月,九女小五殇。

五月,英租界自住屋竣工,中旬迁居。

六月,八弟之女相仪病死于津寓中。

---

① 张宗昌(1881—1932),字效坤。为奉系军阀头目之一,曾督鲁三年(1925—1928)。

② 周荫人(1885—1956),字樾恩。日本陆军士官学校毕业,回国加入北洋阵营,1926年被北伐军打败后下台。

七月,王雪岑廉访自沪上来谒逊帝,主于余家,纵谈大局及往事。十年契阔,至是始摅积素焉。八月十四,雪岑南归。十六日,余同王子春上将军南下至南京,应孙馨远将军之召也。十九日,附日轮至九江。二十一日,晤馨远于"江新"商轮中。旋即回宁,奉命为援粤海陆军招抚使,意欲招粤中旧部起而讨赤。因于沪公共租界北成都路东升里设一办事机关,旧部之闻信来归者极众,而苦于经费无着,不能进行。九月,留黄伯龄在沪接洽各事,余十月杪北旋。

十月二十四日,姚媳病殁于京寓,为殡于法源寺中。余于是日赴济南谒张效坤,亦商陈粤事,不得要领,承聘为军事参赞。冬月二十,随之南下,月杪仍同回济,事无结果,旋津。

十二月十二日,遣嫁四女蕙荪于曾衡三(湖北人,南开大学毕业,现为□□①洋行办事)。

十二月初十日,以大雪盈尺之故,从余家大门出,雪滑跌伤腰际,卧病几十日始愈。二十五日赴济南,面商要公,二十八日回津。

余素不好为诗。今秋九月在宁,客居无聊,偶至戏台观剧,见坤伶孟丽君技艺超群,为诗以扬之,诗云:

> 偶来白下客心孤,闲步歌台人若堵。
> 台柱共称孟丽君,色艺双佳冠侪伍。
> 掀帘一出坐客惊,光艳动人照眉宇。
> 玉貌花容步步娇,问年盈盈才十五。
> 婉转歌喉一串珠,娇声欲滴彻天府。
> 腰肢活泼胜惊鸿,袅娜身段歌且舞。
> 表句字字清而真,一一送入人耳鼓。
> 刀马娴熟艺绝伦,不但能文亦臻武。

---

① 原文此处为空。结合相关资料应为"瑞通洋行"。瑞通洋行,1925年秋在天津成立,在美国领事馆注册。曾衡三有回忆文章《一九二八年天津中美商人串通的大骗案》(《文史资料选辑》第 4 卷第 15 辑)。

乔扮男装若子都,潇洒风流亦媚妩。

有时改作武士装,英姿飒爽腰负弩。

或持大戟与长矛,力能扛鼎万人俯。

短打真刀兼真枪,矫捷如猿猛如虎。

刀光如雪剑光寒,直当绘入英雄谱。

我欣后起有人才,从前所见皆陈腐。

噫嘻乎!

技诚天授非由人,量珠当聘作台柱。

经登京沪各报,果为北京城南游园量珠聘去。

民国十六年(1927),丁卯,五十七岁

仍居天津英租界之泰华里。

正月初八日,往济南晤张效坤,面商要公。正月廿一日,又同赴南京。正月廿七日,赴上海,商办借款之事,功败垂成,良深浩叹。二月二十,上海之事变起。二十七日,始附日本邮船"大连丸",从青岛"大连"换"长平丸"而回天津。

三月初一,抵津。初五日,往济南,会商省长林稚芗(宪祖)①,初八回津。

三月下旬,又同唐执夫、蓝云屏②、方维新同赴蚌埠,住张铸青之家。二十八日,回至济南,晤林稚芗省长,即日回津。四月十五日,再赴济南,二十日回津。

入夏以来,追叙《先曾王母旌表节孝刘太夫人苦节记》及《先王父舒锦公行述》《先母王太夫人行述》《先兄绍基行述》,又编《先大夫阁学公年谱》,并撰各亡友事略,又书"女伶金月梅、金少梅母女事"。

---

①　林宪祖(1891—1980),字稚芗。1926年,被张宗昌保荐为山东省代省长。1928年,任山东省省长,创办山东大学。

②　蓝文锦,字云屏,号鲁山。光绪二十九年(1903)进士,授翰林院编修。民国后,任立法院委员。工书法,善诗文。

四月初,黄伯龄自沪上归。七弟亦自香港归。

三月,国民大饭店以福禄林开跳舞会,潘子欣①主张亦仿行之,而生意大佳,致遭人之忌,运动一班名流,如潘洁泉②、严范孙③、徐友梅④、华璧臣⑤、杨初甫、骆梧堂、黄深甫等十二人请禁之。以余为饭店中董事之一,屡来要余取消跳舞。余以饭店股东九十余人,我一人何能主之?因开股东大会解决之。及开会,仍以继续办理,因此惹动各报界之议论,对于各名流多讥讽之语。至数月之久,始风平浪静,得无事焉。周立之有诗讥之云:

> 跳舞依然还跳舞,名流从此是名流。
> 岂无雪藕调冰乐,大有干柴烈火忧。
> 裸体游行休打破,胁肩谄笑要拘留。
> 平头弁足虽为害,绿女红男得自由。

诗中名词皆名流原缄有也。

---

① 潘子欣(1876—1951)。据《天津政协》(2009年第3期)载,潘子欣是个非常奇特的人物,被北方人称为潘七爷,一生结交清皇室、北洋军阀、敌特汉奸、地痞流氓,三教九流,无所不交,人称"天津杜月笙",素有"南杜北潘"之说,但他又不入帮,也不收徒弟。他与著名的知识分子、爱国人士、国民党上层人物、外国领事、中共的地下工作领导人也多有交往。

② 潘守廉(1845—1939),字洁泉。光绪十五年(1889)进士,曾任河南南阳知县、邓州知府。

③ 严修(1860—1929),字范孙,号梦扶,出生于天津。曾出任贵州学政、学部左侍郎等职。民国后,与张伯苓一起创办南开系列学校。

④ 徐世光(?—1929),字友梅,号少卿,其兄为徐世昌。袁世凯任山东巡抚时,补为青州知府,旋即调任济南知府。1914年迁居天津租界。晚年致力慈善事业,曾任中国红十字会会长。

⑤ 华世奎(1863—1941),字启臣,号璧臣。天津著名书法家。

七月十九日,同黄伯龄往济南会张效坤。廿八回津。

廿九日,携三妾及七女晋京,寓打磨厂第一宾馆。八月初八日,同回津。

三侄相杰,七月廿五日自川回,带其妹洁芬来。杰侄四月即从川来,一路阻滞,在渝、在宜、万留连至月余之久,及由宜赴轮来沪,一路又受惊恐,且受暑热,抵沪即大病,不(醒)[省]人事。侄女以书来告,文笔甚清楚,大可嘉也。留沪住吴伯山家,延同乡徐敏丞①先生诊治得痊,月余始克到津也。讵到津,侄女、侄媳同患神经病,经中西医治疗渐轻耳。

八月十九,晋京晤张大元帅。

二十七日,又偕唐执夫、李凤山两将军乘其自挂车往济南晤张效坤、孙馨远两督。九月二十一日,回津。

十月初三,同陆干卿、田文甫、陆伯幹往济南晤效坤。初十,同回津。

十一月十九日,又往济南。十二月廿七日,回津。

十二月二十三日,阎妾生第十二女,名之曰"如莹"。

民国十七年(1928),戊辰,五十八岁

仍居天津。

元旦日,蒙上赐御书"大吉"春帖子。

桓儿在京充税务处办事员,月薪八十元。

旋南军北犯,张大元帅出走,归奉天,炸死于(黄)[皇]姑屯者。

政府败退,桓儿亦赋闲无事。

余仍以学书为事,日写《古籀类编》,并将搜集古文补遗于后。其向写之古今成语、格言、金石文字,暂定名曰《任盦临池誊稿》,已至千六百余页,仍嫌不足,当继续搜集写之,以便临池之用。

---

①　徐道恭,字敏丞。监生出身,曾在湖北巡警道卫生科任科长(补用知县),辛亥后在上海行医。

是冬,将五十八号泰华里余地二亩二分售与刘总长刘仁轩,每亩八千八百元,共得二万三千元,还首善堂一万元,余还零欠各债万余元。

八弟之子相琦又病而殇,八弟甚伤悼也。

民国十八年(1929),己巳,五十九岁

仍居天津英界之泰华里。仍以作书为常课,不预闻时事。

历年所书之《古籀类编》已成,分订六册,至此告一段落。《临池誊稿》亦分订十六册,先为一结,以后再续写也。

七月十六,三子相普①,字赵卿,生于泰华里三号本宅。

八月,请董再坤回川代理家事,表弟王国宇(字廷栋),亦令同归。自相杰将家事处分后,其管家之权交其胞弟相权管理,以为可以接济津用,殊相权不但不能接济,且数月不来一信,令人愤懑。自家子侄既均不可恃,乃延外人而理之,盖不得已也。

董回川后,夺相权之权,果陆续汇数千金来。

相杰于上年往南京访门人王若舟谋事。及到京,而若舟已交卸皖北淮北两盐运局之事,乃缄荐与江苏卷烟特税局汪道元局长(名宗洙,汪景吾孝廉之次子,华伯孝廉精卫之侄,向在余幕多年者),果委之为科员,月薪百元,聊可自顾。冬月告假回津,接其妹洁芬至无锡二侄妹家居住,并进医学堂习医。其媳仍留津,亦不常在家,多住于广东路李宅其亲姑之家。

十月,八弟生子相博,卢姜出也。

民国十九年(1930),庚午,六十岁

仍居故处。

二月,为余六十初度,各戚友咸醵金为寿。名女伶章遏云、新艳秋必欲送戏,只得勉洵其情。为宴客国民饭店,一日耗去千余金。虽

---

① 李相普,1949年2月随"重庆"舰起义,后参加中国人民海军。退役后,为大连船舶工业公司(集团)工程师、高级经济师。

为各戚友之赠,亦太过费矣。李子云省长且自港汇五百金来为寿,至可盛也。

七月,以外孙夏柏林及胞侄相崇①考入南开中学,相璟、相尹、六女如瑾、八女如璧、九女如璋均入天津公学,十女如琇、次子相度均入育仁小学。乃令教读李小舟夫妇及子女回川,家人何升夫妇亦令回川。腾出房屋,将三号归并四号同居,以节家用,每月可省一二百元。三号租金月得百八十元,盖不下四五百矣。

本年为奎德社编新剧《采茶奇缘》《四少奶的扇子》《荆树影》(又名《贞妇全骨肉》),并为之排演《棒打春桃》等剧,连廿余次,均为满坐;又改编粤剧《红玫瑰》为京剧;又改编粤剧《龙将军》为京剧,更名为《真假太子》,交荀慧生排演;又编《再生缘》至第八九本。

秋九月,教读李小舟携眷五口回川,家人何升亦携同行回川。余出四号地窖子各室,乃将住宅归并为一所,腾出三号出租,每月租金百八十元,次增至二百元。每月地捐、水火等费百余元,又多过二百元,是年而增进四百元矣,且茶水亦由六元而减至四元矣。

民国二十年(1931),辛未,六十一岁

仍居故处。日以作篆为事,并编新剧《再生缘》至十余本。

七月初二,侄相模即树藩自川来,再坤将以迎吾归也。

今年暑假后,外孙夏柏林在南开升高中二年班;崇侄以不及格留级一年班;六女湘仪在公学成绩甚优,升初中二年;相璟、相尹两侄均不及格,应留级,暑假补习英文、算学,另考新生,勉强入初中二年;如璧在高小二年,英文、算学欠四分,补考足分,升初中一年;如璋在国四及格,升高小一年;如琇在育【仁】国四及格,考公学入高小一年;相度以太小不用功,恐荒功课,在家读书。延同乡垫江谢生旅皆按学堂功课教以二三年级之课本,且加读经,俟明年再入学堂。是期共交

---

① 李相崇(1914—2012),李准胞弟李涛的长子。1946 年 8 月入清华大学任教,后任清华大学外文系主任。

学费三百余元,余力竭矣。倘再不好好读书,何以对吾乎?

桓儿于暑假奉部派赴日本考察警务。一月归,仍供职于北平高等警官学校校务主任。

八弟于国历九月一号奉委航政局视察员。

相杰仍为上海苏浙皖区烟酒特税局科员。其妹洁芬亦为该局之办事员,吾家女子入仕者自此女始。八月初二,与陈姓结婚于沪上。陈本在津海关当事者,上年所订,至此始结婚焉。

九月二十日,遣藩侄回川接理家事。十月初一,抵宜昌。初二日,附英国汽油船宜都上驶,行四日至丰都河面,船被焚,藩侄以身免。初六,至重庆。十四来禀,犹未归也。旋得自家来禀,大病月余。

冬十一月,八弟奉委充天津市政府第一科文书主任,月薪百六十元,八折仅得一百廿八元,仅足敷其自己本房中零用,殊难供给家用也。

民国二十一年(1932),壬申,六十二岁

正月十九日,三妾产一女,仍雇乳娘育之,命名曰"如瑜"①。

八弟夏间兼充秘书,月加薪卅元,仍不敷用。

暑假后,崇侄在南开留级一年,今及格矣,升初中三年级;外孙夏柏林高中二年及格,升班高中三。璟、尹两侄在公学亦及格,升初中二年;八女如璧,在初中一年及格,亦升二年;九女如璋,在高小一年升高二;十一女如琇,在高小一年,英、算不及格,留级;相度初入国四,因太小,自降国三。

五月,桓儿往上海、广东招考学生。两月回,兼青岛航政局查验所,嗣以不敷开支辞去。

秋间,北平同德社即奎德社旧人来津,出演于北洋。余亦为编

---

① 李如瑜(1932—1977),李准第十三女,1956 年毕业于中央音乐学院声乐系,女高音歌唱家。

剧,为之排演,如《悔婚》《采茶奇缘》《可怜的阿毛》等。

年来困处津门,欲归不得。而房产不易脱手,日用维艰,节衣缩食,亦难支持。家中款项亦难接济,发电催之亦不应。盖川中战事已开,不知何日才止。苦累吾民,真不堪命,言念及此,不知涕泗之何从也。

□月□日①,余妹婿裴岱云因病故于无锡,遗一子。

民国二十二年(1933),癸酉,六十三岁

仍居原处。日仍作篆、编剧。辛未新编连台《再生缘》至十三本,续成之共十四本。

正月十日,以妹婿下葬之故,余三妾阎氏赴申,为余妹襄理葬事。二月初六,阎妾归。

涛弟仍为市政府第一科总务主任。桓儿由南京高等警官学校教员调充北宁铁路政道委员会委员,月薪三百元。

川中仍不来一钱,穷困达于极点。树藩连信亦少寄,可恨以极。

民国二十三年(1934),甲戌,六十四岁

仍居原处,度穷苦生活。

庶母杨太淑人自香港归之。子侄、儿女等仍在原校。外孙柏林毕业南开高中,命赴上海统税局汪道元处为书记,入财政部税务学堂。

民国二十四年(1935),乙亥,六十五岁

仍居原处。

正月赴长春祝嘏,召见六次,赏旅费千元。

六月又赴长春,召见五次,赏千元,回津。

民国二十五年(1936),丙子,六十六岁

仍居原处。

---

① 原文为空。

正月又赴长春,召见五次①,住张仙涛②处。二月十五,回津。

三月十三日,遣嫁六女如瑾于江安傅沅叔③之第三子□□④,字志恒。

十一,入故都。十五日,回津。

---

① 李准多次到长春,但因年迈,并未获得一官半职。"溥仪在伪满洲国称帝后,又在日本侵略者的指使下。把前清王朝的一些臣宰,不断引来伪满任职,让溥仪的老师郑孝胥当伪满国务总理大臣。在前清曾做过总督的李准,也来到长春。因他过于年迈,没任什么职务。"(《建平县文史资料》第 1 辑,1989 年,第 31 页。)

② 张海鹏(1875—1951),字仙涛,绰号"张大麻子"。原在奉军,后在伪满任职。1951 年以汉奸罪被处决。

③ 傅增湘(1872—1949),字沅叔。光绪二十四年(1898)进士。民国时,曾任教育总长。

④ 此处原文为空。傅增湘第三子为傅定谟,先于傅增湘去世。

卷二　李准六十自述

李准六十自述为环筒页装,铅印本。

从时间上看,该件写于1930年。这一年李准庆六十大寿,在天津国民饭店大宴宾客,众多名伶前来献戏,当时天津媒体做了报道。

该自述版本,天津图书馆藏有一份,笔者手中也收藏一份。

自述全册用五言韵文写成,文中有双行小字加注,李准注明为"未定稿"。

从收藏本来看,上面有两种修改痕迹,一为红色铅印在内文修改,一为用毛笔将修订文字以眉批形式书写,似为李准亲笔。

六十自述,是李准自编年谱之外的另一种重要自传。

任盦六十自述
邻水李准直绳甫未定稿

忽忽六十春，百事无一成。全恃祖德厚，侥幸博微名。高祖懋德公，清望世所矜。刘氏曾祖母，孀居目失明。苦节六十年，绕膝有孙曾。吾祖舒锦公，终身孝于亲。先德阁学公，早岁步青云。自从通籍后，实业多经营。作令来岭表，遗爱今在民。自顾我生初，辛未岁仲春。我父在金台，公车正留京。吾母王夫人，无乳育米羹。每入厨操作，襁负儿在身。上有重堂养，并须侍晨昏。既作农家妇，畦间菜蔬耘。生长田间苦，儿时目所经。长方四五岁，祖教识字丁。吾祖出观稼，牵牛复负孙。肩头教之读，寒暑二三更。戊寅春二月，吾祖目长瞑。我父奔丧返，守礼在家门。孝事先王母，兼课我弟兄。次年上学读，母促起五更。从此成习惯，到老亦相仍。吾母家法峻，教子义非轻。衣履必整洁，妄言不出唇。偶从市上食，归必遭严惩。壬午重阳后，胞妹育珍贞。

吾父营实业，家业渐渐亨。丙戌春三月，离家赴北平。临行谆谆谕，勤学顺亲心。改官来粤峤，谕令先成婚。余年方十七，不解夫妇情。小试曾前列，学疏难采芹。随任到河邑（先大夫以丁丑成进士，以主事分刑部。丁艰回籍，经营实业者近十年。回京供职，资格限人，铨补无期，乃政官知县，以为亲民之官。光绪丙戌冬，部选广东河源县），吾父更劳形。次年遭水灾，救活数万人。

我于署中读，制义教我频（先大夫每下乡勘案，马上作时文，回署念之，令抄，早晚诵读，期余成名。屡试不售，负亲甚矣）。读经兼读史，并令钞说文。己丑赴香邑，夏初令入京（戊子冬调署香山县，己丑元旦赴任，旋调补首邑南海）。不许居衙署，肄业在成均。读书兼应试，方冀宴鹿鸣。秋后落第归，长女菊荪生。自从庚寅夏，量移海阳阄，航海赴汕埠，炎天暑日蒸。吾母病几殆，凉剂伤元神。从此失康健，常有疾相侵。连年入燕市，徒自困风尘。名既未能显，又阙侍慈亲。辛卯冬除月，次女梅荪生。壬辰仲春候,揭阳再役行。吾母抱病久,力疾同赴新。七月初四日,春晖忽西倾。今生未能报,不孝辱家乘。次年扶柩归,船破几遭沉。葬母宅之右,千古此佳城。甲午三月莫,返粤侍严亲。只此一年中,一妹一弟生。吾弟方弥月,吾妹未一龄(吾庶母杨太淑人,于辛卯冬来归先大夫,弟、妹皆其出也)。我父请开缺,过班觐紫宸(先大夫以捐赈得奖遇缺先选用道,又历保存记,遇缺提奏道、遇缺简放道,至是始请开缺,并案送引)。清理交代卷,亏累十万盈。东挪复西借,交代始得清。伤哉围姓毒,十载累亲贫(先大夫历任州县皆腴缺,徒以历年捐赈及卜榜花围姓,负累十余万,多由商号借贷,交代始得清结)。例有四参案,部议格不行(先大夫十年县令,例有四参之案,部中书吏见先大夫历任优缺,今以道员送引,援例讹诈,索贿万金,先大夫不之予,部议令仍赴本任)。乙未任南海,奔走晨至昏。年终得解任,闲居亦自欣。

　　吾父既罢官,奕碁任升沉(先大夫以赣直触粤督谭钟麟之怒,奏劾以通判降补,日与知交以弈棋为乐)。衣食将不继,端赖余支撑。吾年已廿六,家事免亲廑。丙申奉鄂委,捐赈救灾氓。捐例本未娴,日夜考察勤。一切繁难例,皆能有主名。列表人尽识,朗若列眉成(余欲推广捐输,无如南洋港油各商家多不谙捐例,乃将各项捐例详列一表,俾人一目了然,印成一折,千数百本,通行各埠。嗣后无论官商,无不详谙捐例者)。潮民感先德,应募筹巨金。济鄂赈十万,文襄称余能。奏保膺郡守,余独不敢膺(余先以同知分广西,自奉委总鄂赈,数月之间,集款十余万解济,鄂督张文襄专折奏①保,以知府补用)。归功先君子,都缘德在民。父应文襄召,入鄂为陈情。秋间赴津地,弟妹挈同行(先大夫入鄂,请将南洋捐册按月专送天津,由直隶总督代咨,取其迅速换照,以广招徕)。是年夏四月,生儿庆得麟。吾父官虽降,转喜能抱孙。连年筹灾赈,踊跃不可云。解款逾百万,前后无比伦。直皖川秦晋,淮济争委承。一一都分解,博得筹赈能。奉旨解巨款,五十万两金(光绪己亥,李文忠奉旨往河南、山东勘

_____

①　原为"奉",朱字修订。

估黄河①工程,奉旨命盛宣怀及余父子各筹垫五十万,交李鸿章备用。余遵旨筹垫,如数电汇天津,转解李文正工次应用。奉上谕,余父子均着先行传旨嘉奖。盛宣怀惊异,卒未如数垫解。然余从此天下闻名矣)。依限交合肥,嘉奖奉纶音。戊戌方晋引,借省亲至津。父选沂州倅,仍以道记名(先大夫既降调,迭经各督抚交章迭荐,非得缺不能复官,乃加遇缺先花祥,赴吏部投供候选,果选补山东沂州盐补通判、过班道员,并案引见。奉旨以道员交军机处存记,遇缺请旨简放)。

　　辞父回粤峤,分发到桂林。委权梧州守,辞职旋羊城。奉檄缉钱局,造币钱与银。更兼善后局,出纳数如鳞。己亥天子命,吾父晋京卿。奉命充督办,矿商务大臣。敦促就蜀道,送妹至春申。相随至鄂渚,纱局驻行津。文襄殷勤意,至契王雪澂(先大夫奉命为矿务商务大臣,准其专折奏事,挈眷至申,二胞妹本相随在粤,乃送至上海,一同回川。至鄂,张文襄迎住纺纱局,日与至契王雪澂观察讨论商矿事。文襄甚以家乡事难办为忧)。月余乃上驶,送行至江陵。

　　归棹旋岭表,文忠督粤临。委总粤厘务,官办重责成。年定四百万,咋舌惊同寅。差幸一年后,如数尚有增(广东厘金旧为官办,年收二百余万两。刚毅来粤整理厘务,谓官不可靠,归商人包办,年定四百万两。讵一年后仅收一百卅余万两。文忠督粤,革商收回官办,仍以四百万两为定额。藩司丁慎五方伯体常不敢承。文忠垂问于余,因力陈向来中饱太多,果能厘定新章,优给薪俸,蠲除积弊,慎选人才,必得如数,有增无减。文忠伟之,即奏派余总理其事。余仍让藩司为主体,丁方伯亦推心置腹,和衷共济。一年之后,共收四百三十余万两,同寅无不咋舌,称为奇事)。庚子拳匪乱,联军不敢撄。文忠入议和,中外议沸腾。电责解赔款,如期交关秤(文忠入京议和之后,各国赔款磅价多观望,未解交上海道,庆邸电署粤督德寿,令将"应解赔款四百余万两,必如期解到,否则于和局有碍,该督能当此重咎耶"等语。于是令善、厘两局,依期筹解,为期已迫,各票号以余向不与通,乃联行不汇,以"数巨收买港纸为难"为词。余乃将各库之纹银、毫洋,用兵舰运香港,交汇丰银行押仓息

---

① 原为"江",朱字修订。

借五百万,电汇上海道库,尚不逾十月初八限期。事后乃在港收买港纸,交汇丰银行结算,尚比各票号承汇便宜三十余万两云)。

吾父病在蜀,情急心如焚。乘轮就蜀道,触礁在崆岭。仅以身自免,吾父受虚惊(当奉电筹解之时,又得川电,吾父病重,急请假归省。当道以余掌全省财政权,非将赔款解清不许离省。幸筹办就绪,十月十一日乃赴沪。适有德商瑞记洋行之"瑞生"轮船直放重庆,余恨不能飞行回川,早见吾父,即乘此轮。四日至鄂,谒文襄及雪岑。文襄以川江初次行轮不可恃,令沿江红船保护。又四日而抵宜昌。冬月八日启碇,不数钟而抵崆岭险滩,触礁船沉,余仅以身免。川督得电,转告先大夫,骇极受惊,而疾更甚矣)。乘红船上驶,凄风苦雨淋。万县遵陆道,归家祭坟茔。冬月廿八日,得视我严亲。病乃血冲脑,参茸毒酿成。庸医施凉剂,病势日已深。自言事难办,徒自费苦辛。当道纵拳匪,几伤及外人。所聘各矿师,从西藏回申。殷忧正无措,忽闻圣驾惊。两宫蒙尘走,余病不能行。毁家纾国难,倡捐二万金。绅民凑十万,贡献表寸心。奉派赴南洋,舟行万里程。自愿离川省,就医赴南滇。

辛丑春二月,举家赋长征。四月抵羊石,医药费酌斟。余辞各局事,免公私交萦。专管厘金局,赈捐难自屏。日亲侍汤药,公牍私寓评。衣带不解者,十月有余零。榻前席地卧,动静必先闻。饮食余自进,便溺我自承。除月嫁吾妹,霍邱裴岱云。不日父病殂,遗疏奏王廷。恩旨赠阁学,御赐祭葬馨。抱恨终天日,罔极负深恩。义园寄殡后,守礼在门庭。厘务是专管,责成重权衡。勤肃传训谕,势必在夺情。

适当军事急,各江任统巡。仍管厘金局,兼统粤义军(余以整顿厘金之故,添设巡船,刷新水师,以防盗贼,以利商船通行。粤督陶方之年丈模,传谕整饬水师以保商民,仍管厘金局事,并兼统粤义军,夺情视事)。巡行各江后,厘金数更增。五百余万两,历年益有盈。整饬缉捕队,水陆一色新。清乡捕盗贼,保商并安民。粤汉办铁路,奉派总工程。借款权不属,美公司合兴。广三支路竣,干路费量评。乃与郑陶斋,合①电路大臣。收回国自办,权利不让人(粤汉铁路原与美国合兴公司借款兴办,大权概属之外人,办事诸多掣肘,乃会同购地局总办郑陶斋观②察官应,同电路矿大臣,请收回自办,由粤筹款,还之外人,仍余总办工程局,盖事系初办,风气未开,凡开导弹压,非熟悉粤情而有兵权者不能办,故路大臣委膺斯职)。经办赈捐局,数逾千万金。——都结束,无暇解此纷(余办赈捐,至此已七年矣,总计收数已逾千余万两。而路事、军事、财政事益繁重,日不暇给,乃将捐事结束停办,俾专心经营粤事)。

广西军事急,粤督简西林(以粤西军情紧急之故,朝廷特简西林岑云阶督办两广军务)。到任不加察,参劾概无凭。官吏栗栗惧,雷厉又风行。轻听复轻发,妄杀多冤情。军饷多不继,将寻我罪名。历查经办事,无一不澈清。借端区新匪,漏网十几春。限期一月获,逾期必严惩。既悬重赏后,妥购眼线真。依限率队往,一网尽遭擒。西林迫不已,会抚据实陈。蒙恩得简放,军机处记名。号膺巴图鲁,果勇人所称。接统巡防队,中东西北营。为数七十五,也算号知兵。自问实自惭,都缘相逼成。

既入武行道,整理不后人。水陆俱腐败,言之实可憎。必从新改造,始得具模型。李北海一股,扰乱东西邻。奉命往剿办,驻军在新兴。一月都消灭,干匪尽投诚。内有李耀汉,翟汪李新林,率队自拔出,此中实铮铮。海盗林瓜③四,沙上扰农民。为患十余稔,大府无法平。又责余往办,整顿水师营。甲辰春耕早,匪党结成群。动辄千数百,麕集沙田塍。立堂竖旗号,龙凤堂自称。打单收行水,缓交立杀人。官兵循例往,故事都如恒。因此更猖獗,年收百万金。业户共嗟叹,环跪吁请兵。及余率队往,抗拒利器精。大小数十战,十月方

---

① 原为"令",朱字修订。
② 原为"视",朱字修订。
③ 原为"爪",朱字修订。

肃清。群逆都授首,齐唱凯歌声。

乃请辞各职,归葬我先椿。绍基兄来粤,一同扶柩行。乙巳二月朔,长江畅行旌。旋里甫一日,朝命速晋京。复沿江东下,入朝谒至尊。时当四月望,请安在宫门。第一次召见,召对谒紫宸。霎时恩命下,提封岭表荣。先命署江北,西林强留人。此皆慈后语,一一告知闻。宣召至四次,请训出都门。过津且小驻,顺道谒项城。不日径沪上,江督派人迎。玉帅率官出,请安日近亭(既至沪上,江督周玉帅太姻丈派许岑西观察炳榛,及文巡捕郑大令洪年来迎。至南京,玉帅率官在日近亭跪请圣安,欢宴三日,乃旋申浦)。三日出申浦,遵海而南行。轮舶甫到港,省吏又出迎。到省谒岑督,谦逊不顶门。传谕慈后训,西林跪谢恩。入座语多讽,气焰真熏人。从此有意见,公私费调停。丰润张安圃,量移晋中丞。不尽依依念,难得公道人。只有勤尽职,以免祸患侵。

既然任水提,仍旧兼统巡。考察水陆队,去旧乃更新。部令通行到,裁减旧绿营。地方正多事,添防营保民。裁旧本十万,新添卅万增。防营百二十,概是不教兵(光绪末,部令裁减旧绿营,以练新军。绿营饷本微薄,如裁出正饷十万,则地方空虚,必添若干防营,以保地方,每年反增三四十万,防营由七八十,逐渐添至百二三十营,是欲减而反①增也)。

乃仿新军制,抽调训练成。更设讲武堂,官弁与目兵。多挑粤籍者,中学毕业生。五百生齐集,分班讲战争。速成一年可,正班三年分。每年选优秀,卅名送北京。保定毕业后,分别各从军。如是者三期,一千五百人。更有要塞科,防海炮垒凭。沙角设学校,实地练习成。水师为本分,设学黄埔滨。水鱼雷电器,般般考究匀。延聘专门者,造船厂重振。广海练船大,水师练习驯。容人过千数,运兵甚觉灵。更设无线电,于时始芽萌。添聘洋教习,丹国人那森。入学练习者,尽通英文人。一年毕业后,分别各出勤。更造有公所,水师办公

---

① 原为"返",朱字修订。

厅。傍设操练地,水师学兵营。枪炮兼造作,灯号旗语明。会操学生队,同与练船登。更造新军舰,大清巩固名。枪炮皆新式,无线电如林。速率多快捷,还有探海灯(无线电为军事所必要,除海口、徐闻、河口、虎门、崖门、沙角、黄埔、汕头各设电台外,省城水师公所设总台,各新式兵舰如"广海""江大""江清""江巩""江固""龙骧"均有无线电。以后屡经变乱,皆由信息灵通,调兵迅速之效)。巡行三江口,盗贼胆战惊。

西林调任去,玉帅棨①戟临(岑云帅以铁路风潮擅捕大绅黎国廉等,激动京外,绅民公愤,调任云贵总督,以江督周玉帅继任)。一切多倚任,敢不尽乃心。

其时东西路,民党运动勤。黄冈告失守,钦廉屡围城。正统军东去,西路警频闻。惠州匪猖獗,处处乱当平。追匪闽边后,回师到惠城。遣将援北海,次第扫妖氛。玉帅电奏迟,开缺简西林(玉帅抵任,一切多所咨询。余尽心筹画,以报知遇。时党人屡于省会举事,失败乃向省外边远之地发动。余先率队往东江、惠州巡缉,忽得玉帅电称与闽省接壤之黄冈厅失守。余闻警立即西下,当夜即调集亲军二千人,由兵舰并雇商轮载运,次日即抵汕头,率吴宗禹、隆世储、赵月修等营直趋黄冈。总兵黄金福困井洲,得援拔出,释同知谢某。厅城克复,乱党窜闽之云霄、诏安。吴宗禹越界追剿,余电闽督请派兵会剿。闽督松寿即电奏,先于玉帅,奉旨开缺,重简西林督粤。时西林在都任邮传尚书,日有陈奏,庆邸忌之,借此挤之使出也。余正由闽边回汕,而续调之赵声一标,已乘"广大"到汕。当令由原船开往北海,会同统领郭人漳解廉、钦之围。盖党人狡计百出,故于极东之黄冈起事,又于廉、钦极西边地扰乱,使我顾此失彼,以图一逞。黄冈事方毕,而惠州之乱起,围攻博罗县城,归善、三多祝②、白芒花等处啸聚数千之众。余得电,即令吴宗禹、隆世储等原队乘原船由海道直趋澳头登岸,会驻军洪兆麟之队与党人战于三多祝,大败之,乘胜追击至惠城。副将赵定国率姚洪阶、钟子材等营,解博罗之围。东路之乱已平,西路廉、钦各属已由廉钦道王雪岑观察,会郭人漳、赵声等营讨平)。余奉

---

① 原为"启",朱字修订。

② "祝"为朱字添加。

旨降调，北海镇总兵。会同廉钦道，善后办军情。电催秦署提，交替整归程（玉帅既开缺，西林亦迟迟不来，在京委王瑚署廉道，夏诩署钦州，柴维桐署廉州府，原任钦廉道王秉恩革职。余奉旨降署北海镇总兵，会同王瑚办理钦、廉善后事宜。广东水陆提督，以江西臬司秦炳直署理。余电催其速来，俾交卸后退归林下。实畏岑如虎狼、如蛇蝎也）。

廉钦乱再起，失守县防城。宋令全家殉，又告失东兴。余本不愿出，热中惹口鼙（余平定东西路军务，今复奉旨降调，西林之威益不可测，不知死所，决挂冠归去。钦、廉各将领以主帅获咎，各存疑惧，均告病不出，致党人由安南运动土匪起事。防城、东兴相继失守，钦州被围，王瑚以济军两营守城，灵山被围，以吴福昌一营守城。护督胡湘林要余出膺军事，余誓不出）。

忽闻岑开缺，丰润督粤声。急电余收拾，速进兵廉钦。调集亲军队，急切如火星。次日抵北海，诸将笑盈盈。分路援各属，次第都荡平（余正拟束装归去，忽奉朝旨，西林开缺，以丰润①张安圃尚书督粤，急电余速收拾廉、钦之乱。余与安帅感情素洽，且其平易近人，不予人以难堪。即日起而视事，并电钦、廉诸将领，并调集夏文炳、李耀汉、邓瑶光、隆世储等营，乘兵舰星夜赶赴北海，次日到埠。郭人漳、林虎、赵声、宋安枢等皆喜形于色，愿效死救援各属。当令郭人漳赴防城、东兴收复失地，令赵声率彭大松、隆世储、宋安枢等援灵山。余率夏文炳、李耀汉、邓瑶光抵廉州，由乌家三那三日抵钦州。王瑚闭城不出，余分遣各队，次第将各处荡平。郭营三日克复防城、东兴等失地）。

在此三月久，奉调御强秦。西江本多盗，上达至梧浔。近来屡出事，伤害及外人。各国多责备，军舰自由行（余自降调以来，不闻外事，继之者颇有更张，致西江屡出劫船之事，并伤害外人，各国责备不报，分派浅水兵舰自由出入，遇有匪之区，不分皂白，任意开炮轰击，人民大哗。各国与外部交涉，奉旨调余回省督办西江缉捕，以秦子质接办钦廉善后事宜）。乃与各国议，捕权我自承。分段派巡缉，违者以法绳。列国无异议，涣然如释冰。再回水提任，恩旨皆有因。

粤中本多盗，炮火利器精。因之禁入口，条约订于英。

---

① 原为"涧"，朱字修订。

戊申岁元旦,侦探报确音。奸人运军火,出口往横滨。预定元旦日,卸货在澳门。先派四兵舰,伏在海湾心。果见"二辰丸",下碇在零汀。旋见把杆起,卸货已现形。质问该船主,封关日不行。据言卸军火,海面属澳门。本系租借地,领海无明文。葡兵强卸载,岂畏彼鲸吞。乃会拱北关,押解日商轮,莲花山寄碇,日领出面争。万国公法定,船货充不存。先自起军火,步枪六千根。子弹数百万,开花炮六尊。从此交涉起,日公使出庭。外交部抗议,争惩首祸人。余同吴管带,逼令夺官勋。索赔数十万,立刻放船行。我方坚不允,彼将战祸临。舰队自日动,示威出台澎。更有美国在,舰出菲律宾。还有三舰队,远向太平伸。交涉始就范,不索赔偿金。升旗放船走,为时逾三旬。抵制日货起,民气益纵横(余自侦探确报,即派人随船往,日果未卸载而开回,计日将于元旦到九洲洋海面。当即派右翼分统林国祥,会王仁棠、"宝璧"管带吴敬荣、"广亨"管带罗凤标、"安香"管带李炎山等,于除夕驶往九洲洋鹅颈海湾隐藏。元旦晨,果见日商轮"二辰丸"入口,在九洲洋面寄碇。又见葡人以小轮拖带泊船,到此起货。吴敬荣先邀得拱北关税务司裴式凯同上该船质问船主,在此封关之日,欲卸何货?船主直言卸军火不讳,且谓此处属葡国海面,中国不能干涉。林、吴、王均称,澳门本系租借地,并无领海权。葡人强欲卸载,我方不允,势将用武。吴敬荣云:"我将与葡人开仗,不能在贵国旭日旗下打仗。"乃下日旗而升黄龙旗。葡人始退,乃将"二辰丸"驶行至虎门内之莲花山淡水河寄碇,将船主送交日本领事官看管,一面起卸军火。日公使向我外部抗议,必惩办此次首祸之人,斥夺余与吴管带之官勋。安帅以去就力争,日方要求不遂,声言宣战。舰队"吾妻"等号自台湾、澎湖出动示威,美舰队将菲律滨就近调至粤海外,并由太平洋调三大舰队来华,交涉始得就范,余率各船及绅商报界往莲花山升回日旗,敬炮廿一门,日人欢呼,我方痛哭至于失声)。

此案方终了,东沙岛案生。距汕八十程,海中有挨①仑(英语称海岛曰挨仑)。俗名称东沙,久无人往巡。遂为日占据,强将领海侵。更名西泽岛,旭日旗高升。机器厂屋建,轻便铁道成。我遂下彼旗,索

---

① 原为"换",朱字修订。

还我海瀛。日便称无主,版图素乏名。若欲交还我,旧图方为凭。二百年前案,有书有证盟。《海国①见闻录》②,古书早载明(清康熙间,高凉镇总兵陈伦炯著《海国见闻录》,有此岛名,并附有图,乃据此与之交涉)。据此与交涉,日方无词争。索偿廿五万,偿彼所经营。我索加倍数,偿我海产金。彼此都不偿,俾免枝节生。

又有西沙岛,距琼二百程。中有洲十四,版图无主名。余率两舰至,并带测绘生。各种匠人齐,小工百余人。牲畜多称是,籽种备耕耘。粮食多丰足,淡水惜如金。先至榆林港,天然好港形。惜乎局面小,不可多停轮。在此观天象,西南风好行。更观三亚港,产盐美不胜。再入黎人峒,人民尽狓猱③。不衣亦不履,生熟食不匀。齿颊黑如漆,周身毛森森。椰林广场下,跳舞结成婚。性情多质实,真乃上古民。畴昔剿黎匪,都缘被欺凌。方(挺)[铤]而走险,以图一逞能。传谕巡防队,不有剿匪名。启碇方出口,远见有山形。甲板查海图,此岛无先闻。此必沙鱼④见,绕避远一程。旋即见隐没,鼓浪直前行。次早到一岛,大约数里坪。此中无猛兽,海鸟结成群。大者与人齐,腥膻气难闻。恒多与人斗,木棍随手擎。大龟多如鲫,重者六百斤。捕之诚易易,照以牛眼灯。夜间闻水响,结队上沙尘。只须灯一照,缩头不动身。翻之腹朝上,任人宰割频。红白珊瑚树,漂泊海之滨。更有物如橘,紫色兼代⑤青。间以珍珠点,薄如纸一层。开花蔚蓝色,其味膻而腥。阅之似植物,质乃同石磷。似此珍异物,皆目所本经。小工掘逾丈,甘泉总难寻。又移至他岛,与此同情形。再寻至

---

①　原为"图",朱字修订。

②　应为《海国见闻录》。清代水师官员陈伦炯在雍正八年(1730)编撰的一部综合性海洋地理著作。

③　此句及以下几句,含有对少数民族的蔑称。

④　即鲨鱼。

⑤　应为"黛"。

三岛，大小可同论。且有鱼船二，捕玳瑁海参。此岛有淡水，即以甘泉名。再寻十一岛，大小不相伦。最大曰林肯，华里四十程。各岛多椰树，累若串珠形。高逾数十丈，采椰作点心。汁甘解热渴，各自以口承。岛中纵牲畜，令其自孳生。在此十余日，启碇必及晨。绝岛漂流记，几作鲁滨孙。海图测绘竟，汇缄送神京（余笔记中有《西沙群岛记》，恕不再注）。

　　粤海多港汊，密如（珠）[蛛]丝形。轮舶往来数，一千三百零。冒挂各国旗，自由任意行。偶然遇盗贼，领事出肩承。交涉从兹起，聚讼益纷纭。追源索祸始，海关理船厅。洋商船到验，加足气放行。华商船到验，锅炉先击抨。限制士颠汽，彼捷我不灵。更有厘关卡，留难常十分。洋商畅无阻，沿途揽载频。因此悬洋旗，乃可与竞争。下令厘关卡，一律任畅行。收回理船厅，华洋一例衡。亲赴船商会，晓谕各商民。限期一月内，国旗一色明。讵知不逾旬，满海黄龙旌。乃设保商队，更增卫旅营。非指定码头，不许搭客人。每船分派队，一律保安宁。

　　又有大沙头，附近在省城。四面皆环水，百顷地坚凝。与沙面对峙，天然好地形（附省之西，有似此之地曰沙面，为各国租借地）。华侨致富后，各存归国心。四乡多萑苻，每为盗所侵。轻则劫资财，重则掳其身。贪劣灭门令，敲诈巧计生。此地由官购，华侨自领承。筑堤开马路，一桥为通津。一切仿租界，官任保护人。华侨多欢悦，认股千万金。此皆安帅意，余手自经营。继者为有利，收回自建成。定价售华侨，百倍利事生。华侨闻大哗，以资资他人。

　　粤中本多盗，清乡数十春。逸匪具赏格，匪族自缴呈。为数逾百万，朋分者官绅。一一责提解，官局任保存。获匪审定谳，如数由局匀。无论何方面，不得动一文。各乡自招勇，名之曰老更。以邻国为壑，盗贼更充盈。此乡已如此，彼乡亦相仍。若获盗送案，攻保不相能。从此反多事，地方益纠纷。愈清匪愈众，永无一日宁。毅然裁更练，就款募成营。安勇人所信，不须自请缨。官弁由我任，饷糈绅发薪。守望多相助，统率专责成。官决不调用，力薄助官军。各乡照行后，果然见安宁。此乃民自卫，不恃官卫民。

宣统纪元后，水提乃即真。年来风潮甚，多唱改革声。朝廷虽立宪，民意总难平。莘莘向学子，革新中脑筋。海外诸亡命，运动注新军。是年除夕夜，借故与警争。元旦①群出动，捣毁警区门。军警出弹压，反抗若仇人。新军整队出，一齐来攻城。协标统出走，报告军变情。炮营齐管带，劝阻一命倾。乃会增军帅，旗兵任守城。一面守各库，兵工厂增营。飞调亲军队，无线电信灵。两日调回者，已达三千人。齐队出迎击，初三正黎明。军行牛王庙，叛军整队迎。为首倪映典，四人跪地平。余本不愿战，意欲其请成。亦派四人往，劝其速回营。彼即呼同胞，非为冲突情。今日齐举义，反清尽复明。愿拥余为主，各省必响应。廿分钟答复，逾限我无情。余亦不之理，但听彼骄横。霎闻散开号，枪弹如雨零。乃下令还击，崩山倒海声。映典冲战线，立被我生擒。我军追击后，缴械五千根。时当新年际，各乡不知情。及至初四后，土匪闻风临。遣军四出击，一一都讨平。及后军咨府，谓为仇新军。余与袁海观，交部议处分。袁革职去任，余叨宽免恩。从此军心散，何敢击党人。

次年逢辛亥，滔天势已成。暗杀乘风起，孚琦先成仁（新军之变，粤督袁树勋去任，将军增祺亦告归，都统孚琦署将军，张鸣岐授粤督，厉行新政，革命风潮，愈酿愈烈。三月初十，孚琦往燕塘看飞机，归途为温生才狙击殒命）。三月廿九日，党人集羊城。群起攻督署②，余先已有闻。走告张坚白，怎奈不见听。只得先调队，冀将城保存。党人果发动，迎击都现成。坚白缒墙出，逃入行署门。并救其眷属，一一都得生。连日多巷战，被杀二百人。击毙亦逾百，七十二烈魂。党人恨入骨，宣布余死

---

① 原为"早"，朱字修订。
② 原为"暑"，朱字修订。

刑。闰六月十九，要击于双门。炸伤余腰际，肋骨折三根。犹能跃屋①顶，击杀放弹人（自三月廿九变后，党人恨余刺骨，主计暗杀，林冠慈、陈敬岳等于闰六月十九，乘余由水师公所入城，于双门底人丛中放弹炸余）。养伤一月后，腰屈不能伸，一再请开缺，卧病回虎门。从此一切事，坚白总其成。潜与党妥协，我亦不问闻。

九月初二日，邀余到省城。扶病即遄往，伪言无一诚。即日回虎署，旋炸凤禹门（九月初二，坚白电邀余至省，余令卫队统领吴宗禹严为戒备，及余至省见司道，均劝余谨慎出入。晤坚白，并无要事相商，仅邀同司道一饭②而别。初四日，将军凤山到粤，甫登岸，即被炸死于仓前街，余独幸而免）。及至初八夜，司道诣我营。据言竖白旗，张督极赞成。黎明得省电，取消独立旌。行为何首鼠，因克大智门（及初八黄昏，司道如陈夔麟、王秉恩、秦树声、蒋式芬、陈望曾同来虎门，询知为省城已竖白旗，同人早有"龙旗则守，白旗则走"之誓言，今来与公商大计，共生死也。相向对泣，坐以待旦，及黎明后，两分统来电称，已将各处白旗扯去，取消独立。盖因得电，冯国璋在汉口已攻克大智门。司道欣然色喜，余派舰送之回省。两分统李田、何品璋、刘冠雄亦来请示报告省中情状云）。司道旋省后，坚白反覆心。十三又独立，电责又不承。及至十七日，各官电请行。余乃允至省，解决大事情。电话询张督，闪灼其辞云。十八出告示，择期独立行。自治各议会，公推都督人。首推张坚白，副为龙子诚。十九送印往，坚白逃无形。子诚惟有泣，余病难担承。公推蒋伯器，都督暂摄行。余督水陆队，维持公安平。各省均独立，议迎胡汉民。余旋引疾去，香江隐蓬门。虽奉清廷谕，会同梁鼎芬。规复粤省事③，总督两广荣。不闻家国事，日维学书文（十④月初六，奉廷寄署两广总督，会同梁鼎芬规复粤省事宜，梁鼎芬赏给三品卿衔，会同李准规复事宜。余以大局已定，徒滋纷扰，反令生民涂炭，不报）。

---

① 原为"尾"，朱字修订。
② 原为"叙"，朱字修订。
③ 原为"后"，朱字修订。
④ 原为"九"，朱字修订。

壬子冬北上，乃看共和成。公府充顾问，匡救其恶行（壬子冬，应项城之召赴京，聘充公府高等军事顾问）。洪宪帝制见，借故离都门（项城有帝制之心，余借回粤解散民军为名，回港避之，小住一年，次年回京）。香江一年住，丁巳旋燕京。黄陂为总统，授我为将军。直威贯字号，亦徒有其名。往来京津间，编剧晓世人。提倡旧道德，改良社会心。日作大小篆，钟鼎彝器临。古籀汇成编，集字万有零。分书十二卷，便于初入门。临池有誊稿，依字数编成。集之廿余载，敝帚还自珍。取自便翻阅，不敢出示人。《任盦闻见录》，十册自保存。①

守我固穷节，保我岁寒心。天壤虽然大，何处可容身？举世尽狂易，天翻地覆倾。仅此廿年中，民困已难伸。若徒再扰攘，同胞尽绝尘。追思前朝事，吾泪已沾襟。只此十余载，七女二男生。教养尽吾责，难期尽成人。作此长歌曲，聊表身所经。命名曰《自述》，敢希没世名。

---

① 十册《任盦闻见录》目前仅见部分散佚文章。

卷三　广东水师国防要塞图说

　　原件现藏广东省立中山图书馆,为石印,线装,该本为目前仅见。书中前半部分有墨笔点校痕迹,推测有可能为李准亲笔所为。

　　书中显示《图说》编印于宣统二年冬月,即1910年12月。李准在自编年谱中,该年有记:"专心于水师及海军之事,且赶将历年测绘内河、外海水道图办理完竣,送部了事。"从《图说》序言和年谱中记载来看,李准实测粤省水道,曾有图"二十有七",但目前仅见图说,未见图。

　　《图说》成书于收复东沙岛、巡视西沙群岛之后,是中国官方首次以现代经纬度对两处岛屿进行标注。李准测量的数据与现代精确测量数据极为接近,《图说》载东沙岛在东经116°43′14″、北纬20°42′3″,西沙群岛在东经111°14′—112°45′、北纬15°46′—17°17′5″之间。

序

中原大势，尽于岭南，历代战争，被兵独后，粤虽海国，盖形势犹重于陆矣。东晋之末，刘裕命孙处、沈田子自海道袭番禺，此为粤海用兵之始。有明中叶，倭患孔棘，缘海驿骚然，重在浙闽而粤防犹缓。

我朝道光季年，以烟禁与英龃龉，适西人火轮有成，兵事不竞，划界香港。而葡人亦以前明租濠镜之后，窟穴澳门。粤防之险遂与西人共之，其形势乃重在海。

古今变迁之故，虽圣哲有不能前知者欤。余菲材弱植，忝绾军符，素昧宋人洴澼之方，谬膺横海伏波之选，春冰虎尾，夙用兢兢。

去年军咨处檄行来粤，调查海防要塞。余乃命材武之士分道探测，幕下之宾分门编纂，逾时累月，始底于成。复取粤省旧图与西人新图互相参校，经今实测，详备为多，为图二十有七，用以上闻，借资考镜。凡险隘之远近、港湾之大小、沙线之浅深、营垒之废置、阴阳潮汐之变、江海内外之别，旷分鳞列，烂然异观。术以用新而益精，事以后起而易胜，抑亦其势然也。

今者天吴肆虐，洞我门庭，云变飙驰，衡觊难测。朝廷建设海军，专署习流尤亟。余既以详图贡部，芟繁汰琐，别为是书，筹海图编，敢追昔作，朝夕循省，如履波涛。岂曰老马识途之能？庶免井龟语海之诮云尔。

宣统二年季冬月广东水师提督李准

广东沿海总图说

广东带海为疆，西起钦州防城县，东讫南澳厅属地界，袤延二千三百余里。而琼州一府，悬在海外，回环几及二千里。各国自南洋入中华者，粤省首当其冲。内为沿海各省之门户，外接香港英人、澳门葡人、越南法人三国之邻境，兵轮商舶，往来如线。故论中华御侮之全局，尤以粤省海防为先务。

按广东全势,以四路总挈为大纲,以各口分列为细目。

中路曰广州省防。东出香港,西连澳门,界乎其中则九龙寨、汲水门、大屿山在焉,是为省防以外之海路。外起虎门,内达牛山、长洲,一由南支之沙路以抵南石头、白鹅潭;一由北支之鱼珠以抵中流沙、大沙头,均会于省河,是为省防前路。西自蕉门、横门,以达观音沙、潭洲等处;又西自磨刀、虎跳、崖门,以达西海、甘竹滩、五斗等处,均会于南石头,以入省河,是为省防旁路。由鱼珠登岸,西上至省城小北门,又折而西,以达泥城制造局,入东门之陆路则有燕塘,达北门之水路则有增步,是为省防后路。皆中路最要之各口也。

东路曰潮防。其口门为汕头。东北曰南澳,接壤福建;西为碣石,又西为神泉、甲子、三洲、范和港。此东路之要口也。

西路曰廉防。其海岸为北海市,又钦州口曰龙门,又西抵越南极边之岛曰白龙尾;其陆路为东兴;北海以东雷州之海岸曰海安,在水中者曰东山墟;高州之海岸曰水东;阳江之海岛曰海陵。此西路之要口也。

南过海曰琼防。其海岸为海口所。东至文昌口曰青蓝港;南至陵水曰桐栖港,至崖州曰榆林港、大蛋港;西至儋州曰洋浦港。四面际海,皆属琼郡,此海南一路之要口也。

论设守之难易,广州之虎门最为宽深,其旁又有横门可以绕出八塘尾,有磨刀门可以旁突西江,非有炮台、水雷、兵轮三者不足言固。琼岛孤悬,地利未开,久为强邻所觊觎。榆林港内宽口狭,置台较易,我之战舰可资停泊。廉之北海,沙面平衍,不能仅恃炮台,尤须以较大车炮驰骤截击。潮州、汕头口门紧狭,外有表角之险,若于放鸡山量增炮台,更足自守。

故广州省防最急,琼次之,廉次之,潮又次之。广府安,则腹心强;琼州完,则门庭固;廉潮密,则肘腋纾。无事则开门而通商,有事则设险以却敌。粤防大端略具于此。

南澳至香港图说详见分图

香港至海陵山图说详见分图

海陵山至白龙尾图说

海陵山至阳江州五十余里，西至高州之水东、雷州之海安、廉州之北海市、钦州之龙门；又西极边之岛曰白龙尾。皆西路海防之要口。

惟白龙山麓斗入海中，形势辽阔，当中越分界之地，最关紧要。该处设有白龙、银坑、龙珍、龙骧四炮台，分配洋炮五尊，足以自固。

广东六门水道图说

广东中路水道有六门，曰：虎门、蕉门、横门、磨刀门、虎跳门、崖门。极冲要曰虎门，余则次冲，设防皆不容缓。特形势有险易，水道有广狭，潮汐有深浅，与轮船大小入口难易之不同，而设防配备因之有等差。

虎门、蕉门、横门为东三门，系广东省城第一重门户。蕉门属广州府香山县，归水师提标右营管辖。近今淤塞水浅，其西北有深水沥，河道宽深，由此入口可绕出大虎山后，历八塘尾入狮子洋，通行中小轮船，以达省城，为虎门外间道，宜加防守。

蕉门旧设炮台四处，沙淤港塞，并废无用。驻防有缉捕兵轮"东海""雷震"二号，及广州协营兼带中路巡防队一营。

横门据省城水道一百五十里，属广州府香山县，归香山协左营管辖。口门洋面宽约六里，河道至窄处二百八十丈，水深十二尺至十五尺，大潮高约六尺余。内通西、北两江，顺德、香山等处。河道在东三门中最偏西南，洋面平衍，无险可扼，惟口门水浅，非遇潮涨，大船难入，设防较易。当横州海内驶之路，旧有两炮台；通顺德内河之路，旧有五炮台,并废。驻防有缉捕兵轮"广贞""雷兑"二号,暨香山协营兼带中路巡防队一营。

虎门属广州东莞县,归水师提标中营管辖,西北距省城水道一百一十余里。西距蕉门十五里,西南距横门四十里,内通西、北、东三江。洋面一千余丈,深四丈至十丈不等,航路最为宽深,头等大轮船可到,最关紧要。沙角、大角各炮台设防于前,威远、上下横档各炮台扼要于后。虎门寨驻水师提督一员,中军参将、守备各一员;沙角驻新军一营;虎门寨驻工程队一营、水提亲军一营。盖东三门为广州第一重门户,虎门又为东三门最要关键也。

磨刀门北距省城一百六十余里,属广州府香山县,归香山协左营管辖。西距虎跳门、南距澳门各五十余里。洋面宽一千零五十丈,水深七尺余,大潮高约六尺,海口宽深,为西三门之最。内通西、北两江,中等轮船入口,遁西江正流可行至肇庆,以达梧州;又可由仰船冈、甘竹滩等处支河以达省城,且密迩澳门,河道分歧,尤宜防范。口门两山狭束,尚易设守,旧炮台设门外磨刀角、大托山,卑小无用,今已废。驻防有缉捕兵轮"克虏""安香"二号,暨香山协兼带中路巡防队一营。

虎跳门北偏东距省城一百九十里,东岸属广州府香山县,西岸属广州府新会县,归香山协右营管辖。口门洋面宽二里有奇,西近炮台处水深丈余,大潮高六尺。通西、北两江,惟沙浅礁多,大轮难行,中小轮船可以进口。炮台旧设门内东西山麓,形制卑小无用,今已废。驻防有缉捕兵轮"广元"一号,新会营兼带中路巡防队一营。

崖门北偏东距省城一百九十里,距虎跳门二十里,属广州府新会县,归新会参右营管辖。口门洋面宽三里有奇,深约九尺,大潮高六尺。内为熊海,上承江门支河,可达西、北两江,河道通行深远,为省河渡船出海之间道,中等轮船可以进口。门内东、西山麓两旧炮台,均卑小无用,今已废。驻防有缉捕兵轮"东彝""安新"二号,暨新会营兼带中路巡防队一营。

此六门险要配备情形也。

南澳图说

南澳孤悬海中，周回三百余里，为闽粤两省分界。西略偏南，距省城一千零七十里；西偏南，距汕头海道九十余里。内分四澳，曰"青澳"、曰"云澳"，隶福建，海面极浅，潮退时见沙，礁石极多。曰"隆澳"、曰"深澳"，隶广东，水深一丈左右，礁石横亘数里。西南一带沙屿错列，屏蔽汕头，亦潮防门户。

现驻防南澳镇总兵一员、守备一员、千总二员、把总二员、外委千总一员。

汕头埠图说

汕头西距省城海道九百余里，北偏西距潮州府城九十里。潮退时水深二丈至四丈不等。内通东港，可达潮州府城，为闽粤两省界中一大市埠，商贾辐辏。口门两山对峙，险隘天成。其外尤多礁沙，船路极窄，大轮船可到。北岸设有崎碌炮台，配洋炮三尊；南岸设有苏安炮台，配洋炮四尊，足以自固。另驻防澄海营千总一员。

神泉、甲子图说

神泉口西偏北距省城八百五十里，北距潮州府属惠来县十余里，南距甲子港海道六十里，附近东岸有神泉所城。港口潮退时水深二尺左右，口门浅狭，群礁林立。大轮可到，只能泊在港外七八里，中小轮船均不进口，防务可缓。现驻防有巡防队三队。

甲子口西略偏北距省城八百余里，西偏北距惠州府属陆丰县城七十里，东北距神泉港海道六十里，附城西岸有甲子所城。港口潮退时水深六七尺左右，口门深而狭，礁石浮沉海中，凡五十余处，易于设守。大轮船可到，泊港外数里，中小轮船均不能进口。现驻防有巡防队三队。

碣石湾图说

碣石湾西略偏北距离省城七百余里,北距陆丰县城十余里,东距甲子所城五十余里,附近东面有碣石卫城。湾内潮退时仅深二尺左右。西南面沙礁极多,湾外船路浅狭,非遇潮长,中小轮船亦难驶入;其西遮浪表、汕尾口等处群山环拱,海湾均可避风,形势较为吃重,大小轮船均不能到,可泊湾外三十余里。

现驻防碣石镇总兵一员、游击一员。

三洲水道图说

三洲湾西略偏北距省城六百余里,北偏西距海丰县城五十里,西距平海海道五十里。该湾南面无所屏蔽,北段多浅湾;西北通归善县属大洲。港口有东虎、西虎二岛,水深一丈一尺至三丈余尺不等,沿海盐田甚多,轮船由西虎入港内可避风,惟船路极窄,防务可缓。

三门至范和港图说

三门西略偏北距省城六百余里,东偏北距平海五十余里,西偏北距大鹏所四十余里,北偏东距范和港九十余里。当东北风时,沱泞之北有水深六七丈者,在尖峰之东可以停泊。

范和港口门自蹊跻角至碧甲角,计海道宽二十余里,其湾澳在碧甲角。东北二十余里则有巽寮港、蹊跻角;在西偏北十余里则有大鹏港,四十余里则有墩头港;距范和港之西十余里,则有霞涌港。中小轮船均可驶入,其余岛屿虽多,不成为湾澳。现范和港口之稔山,驻防有左路巡防队一哨。

广东虎门至龙穴图说

虎门属广州府东莞县,归水师提标中营管辖。西北距省城水道一百一十里,东北距虎门寨城及太平墟陆路十余里。大虎山北海面一千八百五十丈，至深处六丈；其南海面宽约一千零四十丈，水深处五丈有奇。小潮高二尺余，大潮高五尺余，海面辽阔。船行经东西两道沙线，纡回沙角外，正南有舢板洲、龙穴各岛，且海心有暗礁，轮船过此须驶近岸。东北岸设有沙角、威远等炮台；西南岸设有大角、蒲洲等炮台；海心设有上、下横档等炮台。各炮台联络扼守，最关紧要，为粤省头重门户。

附近虎门寨城驻防有缉捕兵轮"安平""雷兑"二号。又沙角驻新军一营，虎门寨驻工程队一营。

广东莲华山①至虎门图说

莲华山在狮子洋之西，下游以虎门为捍卫，洋面宽深，兵轮可行，为入省河必由之道。由蕉门深水沥入口，绕出大虎山后，历八塘尾以入省河，悉汇于此，宜加防守。

驻防有缉捕兵轮"雷坎""安济"二号，暨中路巡防队一营。

广东黄埔至莲华山属说②

黄埔至莲华山，其中至冲要曰长洲，在黄埔之尾，介珠江南北二支合流之中，与沙路、鱼珠隔岸相望。由狮子洋入省河者，必取道于此，是为粤省二重门户。河面宽二百七十余丈，水深三十尺至四十尺不等，大潮高六尺有奇，极大轮船可到。炮台林立，船坞、水雷各局悉在其间。属广州府番禺县，归水师提标中营管辖。两岸有沙路、鱼珠、牛山等炮台，均扼险要。牛山在下游北岸，为长洲、鱼珠、沙路等台前面屏蔽。牛山下曰乌涌，道路四达，昔英人入粤，由乌涌登岸。南循猎德河滨，北抵燕塘山麓，直至省城东门，尤为水陆通衢，宜加防守。

---

① 即莲花山，位于今广东省广州市番禺区，是珠江口狮子洋西岸的制高点。

② 应为"图说"。

驻防有缉捕兵轮"广亨""西山""同济"三号,暨广安水军后营中路巡防队一营。

广东省河至黄埔图说

广东省河曰珠江,分为二流,下游合流于黄埔之长洲,距省城四十里。南流险要曰南石头;北流险要曰中流沙,沙在北流江心,东距长洲等炮台二十余里,沙面宽二百四十尺,至深处十八尺有奇,大潮高六尺,中等轮船可到。属广州府番禺县,归水师提标右营管辖。驻防有缉捕兵轮"安禺""广乾"二号,暨广安水军后营中路巡防队一营。

南石头在南流江心,属广州府南海县。东岸归水师提标右营管辖,西岸归顺德协营管辖,距省城十里。河面宽一百六十丈,深十六尺,大潮高约六尺余,大轮船可到。又南通顺德、香山等处,为虎门、横门、崖门、磨刀门、虎跳门、蕉门诸河入省之总汇地。驻防有缉捕兵轮"西兴""报捷"二号,暨广安水军前营中路巡防队一营。

广东西江古劳至鸡冠石图说

广东三水之间,北江、西江并汇,分为二派。北派流入珠江,与东江合由虎门曲转入海。南派经古劳汇诸支流,东南由横门、崖门等处入海。

古劳上溯西江,中小轮船可至肇庆,以达梧州。肇庆两岸峰峦叠起,高低不一,石质皆粗涩云母,其形逼肖鸡冠,沿河宽一百三十余丈。古劳至鸡冠石驻防有缉捕兵轮"江清""江固""雷巽""雷乾"等共十余号,分段巡查,以清河面。西路巡防队七、八、九、十等营分防陆路、水陆,声息想通,互资策应。

光绪三十二年,因廉、钦乱事,西江一带劫案迭出。英人借口保护商务,径遣兵轮驶入内河,侵夺西江捕权。嗣因添设快轮分段派员督率巡缉,英人始允将兵轮退出,收回西江捕权,此近事也。

广东西江鸡冠石至梧州图说

西江由鸡冠石以上，江心最多礁石，驾驶尤难至。

德庆州城，商务兴盛，帆樯如林。水之宽深不等，与肇庆一带同由德庆至梧州入广西界，为华洋通商巨埠，轮船可至，诚两粤之要隘。

设防有缉捕兵轮"江巩""广利""雷艮""雷中"等共八号，并西江巡防队七、八、九、十等营分段巡缉。

榆林港图说

榆林港东北距省城海道一千三百余里，西偏北距崖州城八十余里。口门外海面宽二百余丈，中泓深水处约宽五十余丈，深二丈七八尺至三丈一二尺不等。两旁有沙，水深止数尺，东南海中有暗礁。

琼南水土毒恶，此地独佳，往来轮船多于此取水。海岸曰榆林角，群山曲抱，口门甚窄，口内极宽深，可泊大兵轮十余号、中小轮船二十余号，应于两旁筑台扼守。其内可为船澳，以备有事时为兵船停泊之用。

琅琊湾图说

琅琊湾东北距省城海道一千二百余里，北距陵水县城六十里，西偏南距崖州榆林港一百里。湾内水深二十余尺不等，内外均有暗礁，沙线纵横，潜隐难辨，非得土人带水，轮船不能深入三亚港。

三亚港图说

三亚港又名临川港，距省城海道一千三百余里，西偏北距崖州城一百六十里，北偏东距榆林港六十里。港口水深一丈余至二丈八尺不等。原设有跑台，今圮。

琼州海口图说

海口东北距省城海道一千里有奇，南距琼州府城十二里，西南距盐灶港四里，东北距牛始港三里，东北距白沙头八里。港口十里外水深四十余尺，六里外水深十余尺，近港口处尤浅，潮退时露出泥滩数里，有礁石。

琼郡孤悬海外，当南洋各岛之冲，有事应援不接，防守为难，幸海口浅滩甚阔，大船均止于十里之外，中小轮船均难入口。距海口五里之秀英山设有炮台，配大洋炮五尊。现驻防有海口参将一员、守备一员、千总一员、把总一员。

东沙岛图说

东沙岛孤悬海外，经东一百一十六度四十三分十四秒，纬西^①二十度四十二分三秒。东西长约七里，南北宽约三里，岛面出水高逾三丈，潮水涨落约五尺。居香港之东南，相距约六百里。岛产磷质极富，遍地皆是，掘土一二尺即见其质，厚约三尺至六尺不等，十余年当采取不尽。此外，尚有龟壳、螺壳、海草、鸟毛等甚多。

日本人西泽自光绪三十三年，曾带工人四百名专事采取玳瑁、鸟毛、螺壳、海草、磷质等物，获利甚厚。

宣统元年，我国将此岛设法收回，现拟招来华商承办岛务，官为保护维持，以重海权。

西沙岛图说

西沙岛在琼州陵水县榆林港之东南，星罗棋布，延袤直自纬北一十五度四十六分至纬北一十七度一十七分五秒，横自经东一百一十一度一十四分至经东一百一十二度四十五分，共岛十五处，分为西七

---

① 应为"纬北"，即"北纬"。

岛、东八岛，水深一十三拓至二十拓①不等，岛产磷质雀粪极多。

宣统元年，张前部堂派员查勘，现拟招来华商承办岛务，官为保护维持，以重领土而保利权。

广东中路沙角各炮形势险要详细图说

沙角、大角、蒲洲为前路，威远为中路。由水平面测量各台距离及台位与山之高度暨各台所居地位，纵横一百九十二方里。凡外海轮船由香港、澳门入内河者，皆取道于此，是为粤省头重门户。

威远有上下横档、二沙东西相向建设台垒，正当轮船来路并资扼守。溯查昔年省城有警，英法各国均由虎门入此路，最关紧要。

广东中路威远各炮台形势险要详细图说

广州口海岸前路要塞分为上三台、下三台。

下三台，沙角、大角、蒲洲是也；上三台即威远、上下横档是也，踞沙角等台之上游，故称上三台，其形势实相联络。自香港入口后，由沙角、蒲洲而威远、而下横档、而上横档，星罗棋布，层层设防，航路愈狭，炮台愈近，天然山势控制要隘。

今就上三台形势言之。威远在北岸，山高约一百五十密达，全部面积约十方里，俯瞰海洋、陆点各处，目所能见即炮力所能及，足以控守上下横档，保固无失。上横档在威远对海之西北，相距约三里余。山形长圆，高约四十密达，面积约一方里半。下横档在威远对海之正西，相距约三里，北距上横档里余。山形圆耸，高约五十密达，面积约一方里半。两台位置为海中砥柱，甚合要击炮台之用，虽地势较低，对于敌弹不免有掩护不周之虑，而东面有威远台临其上，相距不远，足以实行保护。西面海中，沙线、浅滩、暗礁为之障碍，航路不便。其南沙方面之后，虽有大川通航，而两横档西台炮力足以及之，且下游

---

① 拓，海图常用单位，一拓＝6英尺＝1.8288米。

蒲洲炮台扼吭而守,则上下横档虽处海心,绝无四面受敌之患。此威远三台形势险要之大概也。

广东中路长洲各炮台形势险要详细图说

黄埔之尾曰长洲,面积约十二方里,大小山约十余座,高由十余密达至四十密达不等。内海至此中分为二,长洲介南北两支之中,与沙路、鱼珠隔岸相望。由狮子洋入省河者,必取道于此,是为粤省第二重门户。临水筑台于轮船来路,可以迎头截击三方来攻,最扼冲要。

沙路当珠江南支之尾,距长洲约三里余,面积约二方里,山高五十密达。水道宽深,较鱼珠河行驶尤便。

鱼珠当珠江北支之尾,距长洲约五里,面积二方里,【山】高约四十密达。为从前洋人登陆之熟路。

牛山在珠江下流北岸,正接四沙尾,距长洲约九里,面积约二方里,山高约四十密达。当狮子洋内驶之路,为长洲、鱼珠前面屏蔽,形势扼要,道路四达,可以屯军兼顾水陆。

由水平面测量各台相距及台位与山之高度暨四台所居地位,纵横五十七方里,海道形如井字。四台之中,惟长洲居中央,四面环水;鱼珠则通西、北两江,并近接九广铁路,扼陆路之要冲,屏蔽全粤;牛山距九广铁路亦仅七里。如遇浅水兵舰由横门越大虎门之背,则牛山、沙路为前敌,而长洲、鱼珠为助援。

粤省中路险要全恃乎此。

广东东路崎碌、苏安各炮台形势险要详细图说

崎碌、苏安两台在汕头马屿海口,外接重洋,内蔽潮郡,两山对峙,险隘天成。其外尤多礁沙,船路极窄,倍觉险要。为闽粤两界中一大市埠,商贾辐辏,南北洋入粤道必经此,该台炮位实扼其要,实为广东东路之门户也。

广东西路白龙尾炮台形势险要详细图说

白龙尾在粤东边境,东北距钦州水道二百三十余里,东北距防城县八十余里,西距东兴五十余里,与越南交界,对岸即越南老鼠山、青梅岭、大镇诸岛,海盗出没无常。内则毗连粤西十万大山,实为钦州门户。

炮台四座,以银坑为首冲,白龙为次冲,龙珍、龙骧又次之,皆控扼越南。环顾外洋、内港,四台联属,互为应援。

广东南路秀英各炮台形势险要详细图说

秀英炮台设在海口水英村地方,该处地高滨海,四围港汊虽多,均系浪巨沙浅。惟琼郡孤悬(理)[海]外,相隔省城海道一千里有奇。当南洋各岛之冲,西至越南海防及新加坡,南至新旧金山等埠。其对海口之北岸约八十里,系高、廉、雷各府属之。广州湾为法人租界,有事应援不接,防守为难,幸海口浅滩甚阔,中式轮船均不能入,而大船则止于十里之外。

查咸丰八年,天津立约,琼州始增通商口岸。光绪元年,于海口设立市埠,故凡轮船往来,尤以海口为必由之要津。

凭险设守,极关紧要。该台就山凿垒,分设炮位五处。由水平面测量各炮位与山之高度约三十六密达,均属明台,能四面射击。而炮台之背面为耕牛山,随时添驻重兵,以顾后路而资扼守,亦防御所不可少者也。

卷四　光复粤垣记

辛亥革命之前，广东是革命党人最为活跃的地区。当时李准掌握着广东最重要的武装力量，多次参与镇压革命党人在广东的举事、起义活动，如 1907 年黄冈起义和钦廉起义，1910 年的新军起义，1911 年的黄花岗起义等。李准也因此遭到革命党人的仇视，先后遭遇两次暗杀。

辛亥革命前后，李准与胡汉民一方取得联系，广东和平光复。

本卷中，《光复粤垣记》为李准编著，述其参与广州反正过程，是和胡汉民等人的通信记录，在李准自编年谱中也有相关记述。国家图书馆以及北京大学图书馆藏有 1912 年铅印本，中国人民大学图书馆藏香港《循环日报》馆印本，两者文字相同。

在李准自编年谱 1925 年中提到，捡拾旧闻而编《广东革命史》一卷。《光复粤垣记》疑与该书存在关联。

本卷后附冯自由撰写的《清将李准与辛亥广州光复》，其中可知李准编著《光复粤垣记》的原因所在。同时还录有同一时期李准在《申报》上刊发的"李直绳辨诬书"，该文献此前较少为研究者注意。

另附 1910 年广东新军起义与李准有关资料。

宣统二年正月（1910 年 2 月），驻扎广州燕塘的新军在同盟会领导下举行起义，史称庚戌起义。孙中山将其列为同盟会组织的十次起义中的第九次。

这次起义爆发后的第二个月，刘悲庵即在《砭群丛报》第六册刊登专题《广东新军叛变始末》，其中收录纪略、文牍、报告、供词等诸多原始文献。另外新军军人李孝介也以亲历者身份编撰《粤东军变记》,可视为对《砭群丛报》的部分内容进行修订和补充。

关于庚戌起义,李准在自编年谱以及后文笔记中有所记述,本次辑录起义时期由李准直接产生的相关文献资料。

光复广东始末记

前清失政,革命起义于武昌,东南相率响应。清廷念大势已失,因逊位,而五大民族之共和民国遂以成立,猗欤盛矣。

中山倡义,项城善成。黎、黄、胡、汪诸公,或首举义旗,冲锋陷阵;或赞襄和议,去旧布新。大义忠诚,直壮宇宙而振山河,不亦伟哉!

溯粤垣之光复也,时准任前清广东水师提督。先于辛亥三月廿九日,党人仓猝起事,败于准部。然食禄忠事,无可议也。虽遭狙击,不变初衷。厥后武汉起义,准默察天心,俯窥人事,知民心思汉,大势所趋,非人力所能维持。纵报私恩,徒伤公义,无裨于国,贻祸生灵。利害相权,宜审轻重,于是应乎天而顺乎人,立意反正广东,藉消兵祸。

但当时部署情状,局外恐未尽知,谨记其实,贡诸海内。

准自反正之念发生,因囿于职守,莫由与党人通诚。党人谢良牧①等冀准内援,因与胡汉民商,使李柏存②因谢质我通信于准,约与连合。

九月初四日,准遇谢质我于虎门,谢以党人属意告,许之。准既输诚革命,遂忠告粤督张鸣岐,晓以时机、责以大义,张竟不谅,忌准益甚,旋伪布独立,粤人知其诈。

---

① 谢良牧(1884—1931),1905 年中国同盟会成立后,当选为会计部部长,地位与黄兴比肩。辛亥革命后,任第一届国会议员、拱卫军司令;后任广东省政务厅厅长、中国国民党临时中央执行委员会候补委员,参与筹备中国国民党的改组工作。1925 年孙中山逝世后,退出政界。

② 李缘庆(1881—1961),字柏存。早期同盟会成员、侨领。民国期间,历任广东都督府教育司科长,广东遂溪、文昌、新兴、连平等县县长,广东省参议会一、二、三届省议员等职。

准乃遣胞弟次武赴港,往谒韦宝珊君①,因识李杞堂君②而通诚意。次武还告,准修书致机关部,交次武复之港。见南方支部长胡汉民暨谢良牧等于韦宝珊家,达准力图反正原因,为粤民生命财产计。

胡、谢等密授机宜,并覆准书。次武受盟后,专轮回省。

时汉民在港候信,往还磋商。事甫就绪,准复用关防亲为密约,授次武及黎凤翔③、谢质我为代表,抵港与胡、谢诸君商议独立条件。一面派周子文、陈了明等往说龙济光,动以至诚,使知一启兵祸,殃及生灵。龙遂感动,愿表同情。

准复遣水师营务处刘冠雄君往见张督,告以准决意反正,劝其勿恋虚荣,贻害地方。张仍犹豫,欲窥各省成败,不肯早决。准以龙既归心,新军均表同情,遂传谕所部水陆各军、沿海炮台,由吴宗禹、吴占高④督饬各营队约期同举义旗,各部悉受命令,其时兵舰已先期调集省河候命。

布置妥洽,电约机关部,定期十九日反正,不从者讨之。其时民军已光复香山、新安等县,陈竞存君在惠与秦提抟战甚剧,准屡次函电并专轮赴惠,劝秦提止战。时商会举张鸣岐为都督,而侨商函电交责,张知不容于众,遂于十八夜潜逃。迨十九晨,准即下令各炮台、军舰一律升国民军旗⑤,并电邀胡汉民君暨党众上省,举胡汉民为都督。

---

① 韦廷俊(1849—1921),字宝珊。香港开埠后第二位华人爵士。辛亥革命中担任李准及胡汉民之间的保证人,具有一定声望。

② 即李纪堂。

③ 时为李准的无线电总管。

④ 即"吴卜高"。

⑤ 当年九月十八日,"李准饬宝和定制民国新旗七十面(据郭孝成撰《中国革命纪事本末》)"(转引自《民国丘仓海先生逢甲年谱》,台湾"商务印书馆",1981年,第215页)。

　　十九夜,汉民偕同志谢良牧、李君佩等上省,准率部欢迎。相见后,胡欲将准反正事实宣布,准力辞之。盖前事尽职于清廷,今日效忠于民国,皆应尽之责,何敢言功。今大局已定,时过境迁,论粤事者,或有不察,抑扬毁誉,多失其真。用敢纪其始末,以质天下。

民国元年十一月二十三日

邻水李准记

胡汉民君在南京宣布反正时情形①

　　粤东省城九月反正,以李直绳君之功为最,粤中同志多知之,在港同志则有韦宝珊、李杞堂兄弟、杜医生、姚雨平②、朱执信、胡毅生、谢良牧、李君佩,俱与闻其事。

　　先是李直绳君受党人林、陈③两君所刺伤,则手书致张鸣岐,戒勿害陈君,勿兴党狱。以后关于党事嫌疑者,直绳俱不问,然无由与党通也。

　　武昌首义,各省继之。张鸣岐伪布独立,粤人知其诈。至九月初旬,直绳君使人访党人机关于港。谢良牧君知之,作书致其幕友谢质我。质我来言,直绳君有意反正,特无缘与党人通诚,良牧以告汉民。汉民未敢遽信,则作书致直绳君,正告之以大义,略谓:"吾党与子为敌,非敌个人,敌助满洲政府之有势力人耳。君能翻然改图,舍昔日之助满政府者而助民国,则去敌而为友,党人当知此义。"谢质我于是上省。

　　适张鸣岐忌直绳君甚,已裁其节制中路巡防营兵权,复使收去前、中路炮台撞针。直绳既决心,而恐为张鸣岐所弄,再使其八弟亲

---

① 冯自由在《革命逸史》中收录该文,正文开篇有"广东各界公鉴"一句。
② 姚雨平(1882—1974),原名士云,法名妙云。曾参与策划黄花岗起义。
③ 即刺杀李准的林冠慈和陈敬岳。

奉书至韦宝珊君所。宝珊君以语李杞堂,杞堂取其书示汉民,则对香港中国同盟会总机关约以虎门反正之书也。汉民察其书,为直绳亲笔,遂付杞堂以答书,许以如能践约,党人当保全直绳君及所部之名誉、财产。即于十七晚,见其弟于韦宝珊所。先使宝珊君乔梓及李弟受盟,续开谈判,约以新安民军取虎门。直绳则尽献虎门要塞内所有军实,而让民军占领。李八弟无疑词,即于翌晨雇专轮报直绳君,汉民在港亦待李之归报。

翌日,直绳君再用关防亲为密约授黎凤翔及其弟,言"当尽力民国,力之所到不止虎门一隅,可直取省城,张鸣岐不足虑"云云。旋又得李准飞电,定期十九反正,言兵舰已集省河,所部亦已悉受命令。是日,已闻张鸣岐之属,亦定期十九宣布独立。汉民仍虑急切,李准之力,不足制张鸣岐。而其时民军已光复香山、新安。其在惠州者,则陈竞存君已进与秦炳直搏战甚剧。广属各路民军,则大半由朱执信、胡毅生约期发动,余者均争发难。

汉民因电戒直绳审势而动,若张鸣岐不可猝制,子则宜先退黄埔或虎门,待民军之合力。惟直绳君知张鸣岐易制,先约龙统制子诚君秘密谈判,龙君亦表同情。直绳乃由电话威胁张鸣岐,使从速反正。张鸣岐问之龙子诚君,子诚表示无可反对民军之理由。

张鸣岐熟视久之,知无能为,因再宣布十九独立。此一日内之计划,由直绳君于十八夜重派其弟来港告知者。张鸣岐虽受胁迫,及勉徇舆论,其宣布犹言择日竖旗,意怀观望。至十九晨,直绳君果下令各炮台、军舰一律升民国军旗,严兵以待。张鸣岐乃辞都督之任,潜逃到港。

直绳君以电速邀汉民上省,咨议局及各界亦取消张鸣岐督粤之议,而举汉民为都督。汉民以十九夜轮偕数同志上省,直绳尽列所部,首先欢迎。既与相见,汉民即欲宣布直绳君反正之事实,直绳力辞,谓非为一人之功,若遽专其名,将有不安于心者,汉民颔之。盖心服其让,且能为大局计也。然虽未正式宣布,而广属民军统领陆兰清①、李福林②、谭义、陆领③、邓江等，则皆经告语。独有少数民军，犹未知各种事实，扬言将以暗杀对待，且有诱致其部下者，如是数日。直绳君白其事，汉民亲往慰之，舟中共话达旦。直绳君欲辞职而行，汉民以为军政府新创，当共支艰难，不可以最少人之意见，而有所迁避。直绳君乃呜咽言曰："吾知君真能推诚相待，吾尚欲为粤效力，更企有所借手，还救我桑梓蜀人。区区本怀，此时不能家喻而户晓，我一身何足惜，特徒死无益，且于粤亦必致有扰攘，我所以求去。异日民国用我，我犹不敢辞也。"因约非至真有危险不可留，则决不去。

及汉民由咨议局迁至督署，直绳君走书辞行。急往止之，而直绳君已往港矣。闻此两日，谣言益多，竟有挟弹傍舟相寻者，直绳君故不能不去。去时犹切谕所部，严奉都督府命令。

其后满政府谕授梁鼎芬三品卿衔，使与直绳窥粤。直绳即使韦宝珊相告，问所以应之者。谓如伪许之，或可得款增军火。然恐益为天下所疑，则将拒之。

汉民言："清廷已窘，此不过以空言相抵，即许之亦无所获，徒增口实。"直绳于是力却之。

直绳君虽离粤，是非尚未大白，汉民屡致书慰问，日请其意，欲为宣布，直绳君犹不忍居功。

中山先生舟行过港，仅半日，汉民在港亦未逗留。今度得电，知

---

①　陆兰清（1876—1923），早年投身绿林，后加入同盟会。后在同盟会南方支部长胡汉民领导下组织民军。广东独立后与各路民军进入广州，经过整训编入国民革命军。

②　李福林（1874—1952），字登同。早年投身绿林，1907 年结识孙中山，加入同盟会。1911 年 11 月，奉朱执信指令，率民军进入广州，任广东都督府警卫营长。

③　陆领（1889—1940），绿林出身，1909 年加入同盟会。辛亥革命后，率民军起义。

直绳君已允将其事实宣布,故谨出前后约书于此。非以慰直绳也,事之真相,不可不明,隐善没功,何以昭民国大信于天下?直绳君谦让于始,当日固有所保全。汉民以直绳君有大功犹且不居,若必急遽言之,人且疑汉民之自炫,避此小嫌,久久缄默,使直绳君之心迹行事,尚未昭示于人,汉民之过也。

有所纪述,虽仅大略,然敢矢言无半字虚美。同志韦宝珊、李杞堂兄弟、杜医生、姚雨平、朱执信、胡毅生、谢良牧、李君佩俱可为证。省中人亦共见直绳君十九日首先树旗、剃发①之事。

与夫直绳君十七日之约书,尚存韦宝珊处,将来民国信史,所必采也。

汉民识

谢良牧、陈炯明致谢质我书

质我先生大鉴:

良牧自违侍从,感慕良深,炯明亦闻声相思,非一日夕,恨以嫌疑,不获通问。近者文网已解,而事有与吾粤关系至大者,不容默尔而息,即先生亦未必无意于是也。

素闻先生与某提有杯酒之谊,敢因执事为某提一言。某提固党人夙昔所切齿者,以为于粤省清吏中最有抵抗力,故三月二十九之役后,则有乡人某某君挟弹狙击之事。某提不死,继此乃不闻何所关涉于党事。良牧等虽不信某提有悔祸之心,然党议则未尝不稍稍原之。

---

① 关于李准剃发,当时有报载:胡都督现以粤城防务戒严,特坚请龙统制、李水提照旧统辖新军、桂军巡防城内。昨已送印二颗,交龙、李两提收受,并由胡都督出示安民,略谓如有假冒新军、桂军滋扰军民,即行执法严惩,以保治安。闻李水提接印后,即将发辫剪去云[《李准剪辫》,《顺天时报》,宣统三年十月廿二日(1911年12月12日)]。

又从侦访者所报告,则某督[1]阴贼狡滑,行恶嫁祸,使人集矢于某提,而自图其利,前此舆情,多为之蒙。以种种事实证之,其言良不妄。夫食禄而勤其事,当弦之箭,不择而发。

前此衮衮者,皆是党众之含愤,岂为个人之感情,亦以翦彼族之羽翼,而锄其抵抗之势力而已。

观于鄂军之起义,初推张彪,彪不肯应,而黎元洪应之。黎犹张之部下也,使彪见机,何必不为黎氏。而彪乃至身败名裂,死丧无所。从违之间,相去天壤,为彼族之将领者,可以鉴矣。

今者南北之民军,并起湘鄂,据彼腹心,而山、陕监其头脑。满洲之亡,将在旦夕。虽欲用土皇哈美第二[2]之故智,求缓天下之义兵,然发言罪己,犹谓保万世一系之皇位,则示人以弱,复挑人之怒,而无所挽回。威权已坠于地,为之臣者纵极效忠,亦何所救。以今时之人心公论,即有愿为余阙者,亦徒得大愚之谥耳。然某提至此,尚复徘徊,其必谓与党人之恶感不释,惧不相容,故从违罔决。

第以良牧、炯明思之,某提固大有洗涤立功之路。何者?民党势力所备,与所素不忘者粤也。其不遽发,则以南北之进行,已足制彼政府之命。以现在形势,粤可不急,而维桑与梓,比户逃亡,一夜数惊,斯甚不愿糜烂而得之。抑且知为吾民之障碍者,不过一二自谓尝受满洲深恩之辈。诛此数人,则粤事可不血刃而定。

闻某督对人言,与城存亡,亦可谓过于自负者。自保不暇,凤山即其前车。惟某督色厉内任[3],又反复叵信,其所与接者皆然。良牧、炯明敢为预言于此,他日见民军逼粤,诈取某提而迎降者,必某督

---

① 指时任两广总督张鸣岐。

② 指奥斯曼帝国君主阿卜杜勒·哈米德二世。1876 年继位,宣布实行君主立宪制,然而仅仅过了两年就开始实行独裁统治。1908 年爆发革命,哈米德二世被迫宣布恢复 1876 年宪法,再次召开议会。1909 年,哈米德二世被废黜。

③ 应为"荏"。

也。急则相求,缓则相倾,某提想早试其技。为某提计,当先发难制之。某督非有若何之信用于粤,近虽极诪张为幻,亦不过数无赖绅商和之。彼专恃桂军,而桂军实与东兵不相能。使某提约束部下,一鼓可以袭城;其次据守要塞,升义旗,发令水陆,使之集攻,专声责某督之罪。二策行其一,皆可令某督授首,百粤景从,如是则为民国立大功勋。某提之名位,当不在黎元洪下。前兹与党人之恶感,亦涣然冰释。其道至正,其势至顺,某提何惑而不出此耶?

良牧、炯明非有爱于某提,而爱我桑梓,不欲多流血而定,至转祸为福,为某提计,则更无愈此者。今某督方且效赵尔丰之故智,若某提又必欲步张彪之后尘,则事势至于不容已时。用力多寡,非所再计,良牧等亦可告无过于乡人矣。

区区之意,非楮墨所尽,惟执事鉴之。

九月十三日

谢良牧等来书

直绳足下:

今者满洲政府已亡,中华各省,大都已告光复,惟两粤尚悬而未定。仆等不愿桑梓糜烂,知足下亦必不愿为已亡之满清,效无益之死,故敢进一言,释足下之疑虑。若足下能即反正,取粤省之抗拒民军,若张鸣岐、龙济光之属而诛之,断绝清政府,服从民国,则足下与两粤俱安。前兹国民对于足下之恶感,俱可涣然冰释,足下值此时会,当审明哲保身之义。须知豪杰作事,贵于见识,荣辱生死只在转机一发之间。仆等更不必为劫持之言,惟足下善自择之。粗举数事,为约如左,且企鉴行:

一、以兵据省城,杀张鸣岐、龙济光、江孔殷、李世桂等以谢粤人。

二、树国民军旗,通告各国领事。

三、约束旗满人,不使生反抗力。

四、布告全粤以举兵反正事,布告文中须表明断绝清政府关系,服从民国新政府命令,并誓守民族、民权、民生三大主义。

五、召集各界欢迎民党,同时推出兵职各权,听众选举任事人员,组织机关。

南方军事部特派员谢良牧等具

九月十四日

胡汉民来书

李准君鉴:

兹得来翰,具审一是。往者之事,即民前遣某君致书所云:"当弦之箭也。"吾党之仇视君,亦不为个人感情,愤助房者而图剪其羽翼耳。今君翻然改图,愿为民国之友,则畴昔之恶感,自然冰释。

昨日某君,因某君到港,亦有所言,其时民尚未肯深信,故所要约以必取某督、某某为断。今谂君意既确,则尽君之能力,为民国军协助,交付军队武器,即为同情之实证。民等何必深求。

谨附上正式凭证一纸,企即鉴行。

汉民谨肃

九月十七日

正式凭证

今由李准君约协助国民军,将虎门所有要塞地带内军队及武器悉数交纳。既实行此约,即为国民军之友,所有李准君及其所部军人、军属、名誉、财产,概由国民军保护。

交此为证。

中国同盟会南方支部部长胡汉民

天运辛亥九月十七日

致次武书

八弟如见：

自弟去后，即将北京消息，既已发难，则广东亦宜速行宣布独立，否则人心惶惶，土匪乘隙而起，则地方糜烂矣。

兄昨夜语弟告机关部者，本欲在虎门候民军至则竖旗。惟北京既发难，事不容缓，故今晨乘"宝璧"来省，即为说服龙提起见。

盖张鸣岐所恃以与国民军为敌者惟桂军，若龙提来归，张无兵力，粤事不劳而定；若龙提反对，则势必启兵祸，和平独立之希望，必不能达，有负兄所愿矣。是以谋定后动，一做即成。如轻举妄动，以失机宜，地方仍不免于糜烂，非至计也。

吴宗禹兄弟及其部下所统各管带，俱已说好，莫不服从欢悦，其驻水师公所中营一营、佛山三营，已由兄传令。如真军政府派人文明举动来，即预备欢迎，如土匪假军政府名义而为野蛮举动者，为保护地方安宁秩序起见，仍不得不拒之。

昨夜匆忙，虽曾致书军政府，惟所商各事尚有未周之处，且今日时势较昨夜又变。今特派黎凤翔、谢质我来与吾弟面商，作为兄之代表，与支部长商议条件，签字为据，即回省。兄现在省城筹划各事，总以说服龙提为不二之宗。若龙提既赞成，其余各事，可迎刃而解，旗营亦易了之。现在水陆军人已经开导，各人莫不额手相庆，两分统亦赞成。兄则俟军政府派人来接洽后，仍来港居住。如各人必欲挽留我，当此新政府成立需人之时，本不当舍身而去，惟伤病之后，精神、才力或有不逮，恐不能当此重任。为大局计，为个人计，仍以辞职赴港调理为宜。若不维持粤省独立而去，是负个人责任，即使人不责我，我亦无以自安。今既将部下水陆各军一齐反正，初志已遂，即令去粤，自谓无负国民矣。

顷闻香山城已光复，民军即于明日来省，张鸣岐特派"江巩"往花埭口防堵。该管带来请示，兄已令其不可打，即此可知我之用意也。

余俟续布,胞兄准白。

辛亥年九月十七日约书一

广东水师提督李准率部下亲军各营,统带吴宗禹、吴占高,今特派代表全权与李涛(即次武)、黎凤翔,到港与中华国民军南方支部长密商水陆各军反正各条件,应如何协同办理之处,即由黎、李两代表承认后,当率所部照行密约不爽。

此据。

辛亥九月十七日　李准亲笔

约书第二次交谢君质我赍交港机关部

今欲为保全粤省地方人民生命财产起见,愿率部下水陆各军全行反正以救国民。如国民军定期以文明举动来省,当率部欢迎。俟军政府举定有人,即将兵权交出与军政府。惟准伤病之后,精神、才力恐有不逮,难以胜任,今率所部反正,即算尽国民之责任矣。

辛亥年九月十七日　李准亲笔

来往电报

吴毓卿转次武:果。顷乘"宝璧"来省。驻船,不上岸。俟晤商龙提、司道后,即回虎,仍不上岸。准。洽。未。

吴毓卿转次武:果。张督出示即宣告独立,定期竖旗。我已令所部水陆各军反正,归顺军政府,即可卸肩来港。速同黎往晤支部长议定条件,签字为据,速回省。准。巧。未。

吴毓卿转次武:张、龙及各司道均逃匿,省城已树国民军旗,商民欢声雷动。惟部勇太少,现调营回省镇压,保持地方安宁秩序,即请机关部派各人来省接理各部事宜。准。效。

吴毓卿转次武:前电计达。顷晤黎,极感。张及各司道均逃匿,龙尚驻城内。已嘱龙维持城内秩序,城外经准派吴弹压,军民均极悦服安谧。所部已剪发。请机关部迅派人来省接洽。准。效。申。

吴毓卿转次武：蒋尊簋已代理都督，有示宣布，即转机关部。准。效。酉。

事后来往各电

致南京胡汉民电

前上书已承宣布。及闻台从莅港迎中山先生，亟欲一晤借表衷曲，大旆赴申，莫由得达。

本欲来沪与乡人筹划救川之策，顷接沪缄，称尚有挟从前公仇欲谋报复者，何尚不谅准之苦衷耶。

知我惟公，望即将粤中光复情形切实宣布，俾同志咸知准誓不复为清廷效用，不至拒绝于人寰也，并望代达中山、克强、精卫、雪楼①、秩庸②、钦甫③诸公为盼。

电复。准。青。

胡汉民复电

香港李直绳先生鉴：

来电悉。公之伟力与苦衷，民具知之，徒以公让功不居，故在粤未发表，致公不安于粤。民已为中山、克强、精卫、秩庸、钦甫诸先生详告。今得电，知谣诼尚有，当即宣布前事，以正舆论。其存宝珊君处之约，可由公发表，天下事有公是非，可以勿虑。

四川祸难未解，为国为乡，公不可辞其责任，即请来沪共商。中

---

① 程德全(1860—1930)，字纯如，号雪楼。江苏巡抚，辛亥革命中反正，任江苏都督、南京临时政府内务总长等职。

② 伍廷芳(1842—1922)，字文爵，又名伍才，号秩庸。辛亥革命后，任中华民国军政府外交总长，主持南北议和。南京临时政府成立后，出任司法总长。

③ 温宗尧(1876—1947)，字钦甫。1911年11月，任南北议和南方参赞，协助伍廷芳工作。1938年投敌附逆，1940年任汪伪政府司法院长，抗战胜利后被判处无期徒刑。

山、克强、精卫,俱盼公来相见也。

专复。

汉民

黄克强来电

香港李直绳先生鉴:

粤省光复,公树伟功,从前公仇,一概消释。望勿再为虏廷所惑。

黄兴

上大总统电

袁大总统钧鉴:

窃维国无法不足以自立,人无法不足以图存。准以粤东反正之员,迭承民国诸公所推许,引身海外,与世无争,不料横逆之来,殊出意外。夫罪莫大于夷族,未闻累及部僚;祸莫大于丧身,未闻辱及宗祖。今准旧部黄作霖回渝,诬以曾充审判,囚禁未释。准则庐墓为墟,宗族失所,川粤财产,丧失殆尽。粤赖胡都督、陈军统力任保护,幸免余灾。川复有人提议,查家产、捕亲属,不绝不快。准如有罪,罪在个人,僚属何辜,先人何怨,情法兼绝,天地同悲。

若执上年三月二十九日之事,凤嫌未泯,新律应诛,抑知共和民国,并无复仇之文。若必逞个人意见,快一己恩仇,而加准以罪,则汉阳一战,冯、段诸公又当如何? 况粤垣反正,准念人心思汉,首率军队,先树义旗,胡都督实同其事。旋承黄克强电,谓"粤省光复,准树伟功,从前公仇,一概消释"。准窃喜粤垣幸免兵祸,稍赎前愆。岂意共同反正之人,亦罹覆家之祸。虽苟全性命,寄处遐方,回顾松楸,伤心蜀道,更虑各省有无知之辈,肆意诛求,情何堪此? 虽准旧部多经资遣回籍,只以忧谗畏祸,欲归不得,流落异地者比比皆是。其待准部如此,待准又如此,则凡类于准与甚于准者可知。纵不虑志士灰心,独不顾民国失信耶?

若以准曾为满清效力,即属民国有罪之人,则请将从前布告取消,另宣罪状。凡曾与满清效力及与民国有公仇者,俱应并究,以示大公,则准当亲赴法庭起诉,听候裁判。若民国无复仇之律,凡准旧日僚属,请免株连。苟不决其是非,复不任其保护,则准将不死于法律,而屈于强权。生不甘心,死难瞑目,临颖悲痛,不知所云。伏祈宣示,以释重困。

　　李准叩。真①。

（其余函电尚多,日久遗失未能备录。）

附录(一)　李直绳辨诬书②

李准致陈都督书云

竞存都督麾下(上略):

　　准为清吏时,三月二十九之役③已结怨于军政府。及光复后,民军之至省垣者日众,其一二无知者,日以炸弹相恫吓,复有悬高价以离间我军心者,防营溃散,不可收拾。准身居险地,几不自保,虽欲再尽力于我同胞,实势所不能为矣。思之再三,不得已惟有舍粤人而来香港。但冀谣言稍静,粤民知我之心,即返粤垣,与粤人共谋建立民国,以与列强争雄于东亚。

　　以准身虽去粤,心实以粤事为念。不图来港后,陈夔龙④复有电

---

①　即1911年12月1日。

②　本文刊载于《申报》1912年1月6日,第2版。

③　指1911年4月27日的黄花岗之役。

④　陈夔龙(1857—1948),又名陈夔鳞,字筱石。宣统元年(1909)调任直隶总督、北洋大臣。

保之事,清廷遂命准会同梁鼎芬叛粤。准不应命,曾有电致陈伪督,已登诸报章。准能为民国效力而不能禁他人反对民国也,乃粤人不察,遂以疑准,加以乡人刘绍基复以借贷不遂,故造谣谓准为保皇党,欲借正大之名以行其私,而谣言日甚,群疑愈深,准几为民国所不复容之人。呜呼! 不亦诬乎。

至陈敬岳一事,准于受伤时即缄告张鸣岐免其一死,斯事已登之报章。准已不杀之于前,岂于将反正时复处之于死地? 前后不符,事可明矣。且准受伤后,即回虎门调养,又在假期内,早已不与闻政事,乃民贼张鸣岐密谕李世桂使其杀之而不告准。推其意,故欲使民军仇准,则准虽反正,亦将无容身之所,故于鄂省起义后即杀陈敬岳。

准在虎门,实未闻其事,张之独行独断,不令准与闻者,凡事皆然,又岂独陈敬岳一事哉。呜呼,事若不白,粤人疑我日甚,准将何以立于世耶? 既为民国之人,复不容于民军,准虽被汉奸之名以死犹不足惜,恐未反正之清吏闻之,虽欲反正而恐身不能保,是逼其为汉奸以终身。则共和政治之成立,不牺牲数百万生民不可得矣。

明公以为如何?

准于本月朔曾有书致胡展堂翁,已而又闻胡翁北行,书曾达否,至今未知。兹特将信稿抄呈,请代为宣布陈敬岳事,亦请代为表白,使准他日犹可为民国一分子之力,不致被嫌疑以终身,则感激之深,非言所能尽矣。

此请勋安。

李准顿

清将李准与辛亥广州光复[①]
冯自由

在清季光宣间,凡革命党人,莫不认清将李准为公敌,亟欲除去

---

① 本文转录自《革命逸史》第四集,中华书局,1981年,第233—234页。

之而后快。然准于辛亥九月广州光复一役,亦尝知机反正,树有相当劳绩,此则党人多未知之也。

准字直绳,四川人,父名徵庸,字铁船,曾任南海县令。准自幼随父宦游到粤,对于粤省风土人情,具有相当熟悉。初补道员,一帆风顺,位至总兵,兼全省水师提督。以羊垣南堤天字码头为行辕,高架无线电台,声势赫赫。会其时革命党人图粤甚急,清廷恐惧,更使兼巡防营,负缉捕之责。革命党历年举事,如壬寅(1902)除夕洪全福广州之役,丁未(1907)四月潮州黄冈之役,及五、六月钦廉之役,庚戌(1910)新正新军之役,辛亥(1911)三月黄花岗之役,准皆督兵攻杀,惟恐不力,故党人恨之刺骨。刘思复、陈敬岳、林冠慈诸志士,先后向之谋刺不成,准亦渐知戒惧。及辛亥八月武昌革命军起,各省纷纷响应。准知清祚告终,思缓和革命党人之仇视,时向党人暗送秋波。继探悉其幕友谢质我及港绅韦宝珊与党人颇多结识,遂托其密向香港党人机关表示输诚好意。谢质我以告谢良牧,韦宝珊亦以告李纪堂。时胡汉民任同盟会南方支部长,得谢、李等报告,大喜。乃亲致书准,深相嘉勉,并许以确实保全生命财产。准得书,复使其八弟持书赴港,愿先献虎门要塞,为进见礼。自是信使往还,规划略定,准乃集中舰队于省河,胁逼粤督张鸣岐反正。复约统制龙济光参加义举,龙从之,时张鸣岐尚意怀观望,至十九日晨,准下令军舰炮台改悬民国国旗。鸣岐知大势已去,始仓皇离粤。胡汉民在港得准电,遂于十九晚搭轮赴省就都督职,准乃尽列所部以欢迎之。

粤局既定,同盟会直隶之广属各民军统领,如陆领、李福林、陆兰清、谭义、邓江等,已由汉民、朱执信等,告以准之反正经过,使勿念旧恶,陆等均无异辞。惟他属之民军统领,仍多宣言必为死友复仇,且有运动准部下伺机暗杀者。准知冤仇难解,遂留书汉民,悄然赴港。汉民虽欲止之,已不及矣。事后,汉民乃将准于是役率先反正之事实始末,详细公布,以释众疑。

附录(二) 广东新军庚戌(1910)起义相关资料

水师提督军门示①

谕尔标营众兵,各宜归营缴械,尔等各有妻子,切勿自遗祸害。现派弁目开导,务须听我告戒。缴械即可免死,本提一力担代。尔等如系回籍,特派兵轮送载。如愿留营当兵,服从长官管带。本提言出必行,尔等生路所在。倘仍执迷不悟,立即剿办不贷。此示于初二夜送至标营,一营、二营管带胡兆琼、于如周接进张贴。

水师提督告示②

为出示晓谕事:照得此次新军标营溃变,胁从者甚多,既非出自本心,何忍悉置重典。现在除惩首要外,胁从罔治,咸予维新。所有逃官弁目兵人等,应即就近赴地方文武善堂投到,听候送省,以凭给资遣送回籍。毋庸疑惧。合行示谕。为此示仰左逃官弁目人等,一体遵照毋违。特示。

水师提督告示③

为晓谕事:照得新军溃变,节经本军门调集大兵,分别剿抚,所有乱兵业已当场轰击,擒获正法,其余被胁各兵,不愿从匪,亦准投诚缴械,带回听候讯明,分别遣散,地方一律静谧,人心亦已安定,为此示谕商民

---

① 《砭群丛报》第六册,宣统二年(1910)二月上旬,《广东新军叛变本末》文牍,第2页。

②③ 《砭群丛报》第六册,宣统二年(1910)二月上旬,《广东新军叛变本末》文牍,第3页。

人等，一体知悉，尔等务宜各安本业，毋感浮言，是为至要，切切。特示。

水师提督咨报总督文①

为咨报事：窃照此次标兵之变，虽事起仓卒，而祸机已伏于前。上年冬间，缉获匪首卢子卿，有革党勾通新军，欲图起事之供。十二月中旬，惠州秦提督来电，亦称探报革党欲于年内在省举事。经贵部堂函嘱密防，本提督亦闻新军有分散同盟会票，及革党南方支部运动军队章程等事。当以省城巡防营太少，商请贵部堂调回亲军中营及巡防新军副中营回省，以资镇慑。去腊三十日，新军第二标兵，不穿号衣，在城内与铺户口角，不服巡警干涉，两相冲突。本年正月初一日，纠众进城报复，拆毁警局，伤毙巡兵。本提督闻报率队前往弹压，旋即解散。初二日，新军协、标统，恐各兵再往滋事，不许出营。二、三标皆遵守号令，惟一标及炮、工、辎各营有革党头目倪映典、黄洪昆、王占魁等欲乘机起事，煽动一标兵皆抗不听令，携枪出营，并纠合炮、工、辎各营同时变乱。打毁协司令部，抢去枪弹银钱，复率队抢夺讲武堂快枪子码，逼胁二、三标，幸未同变。标协统力不能制，经贵部堂出示派员劝谕，各兵抗不归营，复派队分扎燕塘至东门一带要隘，意甚叵测。当经将军、都统派旗兵上城守护，一面由本提督督饬在省防营严行戒备。并晤督练公所吴参议，谈及前标统黄士龙颇为标兵所信服，商请贵部堂派令出城招抚，乃沿路收回散兵百数十人，城外乱兵忽向城放枪，城上旗兵还枪，复误伤黄士龙。纷扰之际，彼此误会，招抚之事，遂致中阻。本提督复以一标兵多籍隶高州，于初三日选派防营籍隶彼处之勇丁梁恩胜、梁昌、李子才等十余人，并派前署苍梧县庄令炎、毛直牧秉科，各持手谕大令，分投前往，晓以利害，喻以祸福。该叛党不特抵抗不受抚，且又将管带齐汝汉戕毙。狂悖至此，诚如贵部堂来示，不得不用兵镇

---

① 《砭群丛报》第六册，宣统二年（1910）二月上旬，《广东新军叛变本末》文牍，第7—13页。

压。时本提督先已电调附近防营来省,陆续赶到,遂会商贵部堂派饬亲军统领吴道宗禹,督管带亲军中营帮带李景濂、先锋卫队管带童常标,队官朱廷栋,巡防队新军右营管带太永宽、副中营管带李得铭、亲军左营管带薛治和、中路巡防队第十六营管带都司刘启璋等,会同协统张哲培,率队出城堵截。行至牛王庙附近,倪映典等已列队前,数约二千人。当经吴道相度地势,妥为布置,仍派人前往,谕令缴械归诚,免其一死。倪映典等反劝我军,以今日非为巡警寻衅,乃中国革命军出世之日,各宜合力维持,共图大事。维时吴道尚令我军严阵以待,并不开枪。迨倪映典等分三路攻扑,枪伤我军,始挥队迎战,用退管炮轰击,歼毙数十人,阵斩骑马头目五人,有倪映典在内,生擒黄洪昆等四十余人,夺获快枪四百余杆,缴械投降者亦数百人。其余纷纷弃械逃窜,复遗火延烧一标营房。时后路统带汪有容、隆世储,帮统谢桂秋、管带邓瑶兄①等亦率队齐到,步步为营,于初三日下午六时进扎燕塘之协司令部,查悉我军受伤三十余人。同日,复有新军数百人,屯集石牌村、广九铁路一带,意在乘间扑城。番禺县周令单骑往抚,不从。后见大队溃败,始行逃散。我军复分路搜缉,次日于白云山、瘦狗岭等处,拿获已入革党头目之新军司务长王占魁及余党二百余人,夺回快枪二百余枝,及指挥刀、雨衣各项。一面出示招抚逃亡,许以免罪。遗失枪枝由乡人拾得缴回者,亦给银奖励。计各处收回枪二千余枝。逃回各兵亦由督练公所收留,赍遣回籍。省城各处安堵如常。此一役也,两日之间,一战敷平,皆仰赖朝廷威福,贵部堂筹画精详,与夫将士用命,故办理如此迅速。尤幸督练公所先几觉察,预将各标子弹、枪机陆续收回,所存无多。且自同盟会票发现之后,已将形迹可疑之官弁目兵等数十人概行斥革。复轮班放假,不按星期,使其难于聚议。革党知事机已露,谋变愈急。适此次兵警交斗,以为有隙可乘,即煽动全标同时变乱。实则约会之期未到,即所称外处响应接济,亦未能来。本提

---

①　应为邓瑶光。

督意在招抚,原不欲示以兵威。不料始终顽抗,反先开枪攻扑我军,事机所逼,不得已而有此一举。

今者大局已定,地方安靖如常。而还念此辈征兵均属良家子弟,岂尽肯甘心从逆?只以革党倪映典等乘机鼓动,为其所惑,遂至执迷不悟。其罪固不可逭,其愚亦实可矜。且迭讯逃回标兵,金供倪映典击毙齐管带,即率同党发紧急号令,逼令各兵出队,仓卒之间,不能不听等语。可知同谋煽乱者,不过十之二三,此外多属无知受愚被胁。贵部堂洞悉下情,一切皆从宽大,良深钦佩。本提督仰承指示,幸免愤事,实无功可言。所有前敌各营兵士,业经贵部堂优予犒赏,其余在事文武各员弁,据称此次为保全地方治安,出于万不获已,岂可与剿捕盗迹一例论功,断不敢仰邀奖叙。察其词意,颇为真切。用并陈明,仰祈鉴核。

拟应将此次新军变乱办理情形备文咨报。为此咨请贵部堂察核施行。

须至咨者。—咨督院。

各善团因刑讯新军事谒李水提之略志①

营务处近常开秘密刑讯及督练公所纷传新军官长审讯,各善团闻之,深恐军界怀疑又多误会。代表李戒欺等,特往见李水提及营务处总办,询及此事,力请维持,以免再滋疑问。李水提言,司务长薛仰仁,系传来我处面讯,并未交营务处。因薛与杨凤歧系密友(杨即与薛同队之排长),闻杨有函询薛查军界近况,故传薛嘱其往韶邀杨回省耳。郑言新军善后事,上峰已定方针,决不株连云。惟李水提复以革党在外,实有诸举动为言。代表力言,革党运动,此种谣言,年中已成习套。总之革党另一问题,新军皆良家子弟,为新军前途计,务当令军人安心为最要,座中均极以为然。

---

① 《粤东军变记》,宣统二年(1910)夏月,第97页。

各善团代表面谒李提维持新军大局①

各善团代表徐树棠、李戒欺、陈惠普等联谒李水提,时吴统领宗禹、汪君莘伯均在座。李提再述当日情形,力言此事皆该协统标等办理不善之过。新军皆良家子弟,军警、防营、旗兵谊属一家。闹出此事,我为治安起见,不得已而剿。方深抱歉,断不敢请奖,以明心迹。各代表备述为回籍新军保全名誉来意,并力言兵法攻心。今既资送回籍,仍交地方官责成保人管束三年,多此虚文,徒令回籍者一生蒙耻,甚非慰藉军人之本意。又言各新军多称练习有年,将届毕业,今竟废弃。深愿回营学生退队回家,得存名誉。并言各兵多有去腊告假外出者,此等尤为无辜。似宜一律招集回营,俾易收效。李提、吴、汪均赞成,嘱条议分呈督院核办。言次,李提并言,抢去新军营房各物,系高州旧营勇及清远调回之勇所为,若辈全无教育,往往乱抢人物,现已查办云。

① 《广粹旬报》第 21 期,1910 年 2 月。

卷五 李准文章辑轶

　　根据李准自编年谱和自述可知,李准生前曾留下册数可观的笔记类文集《粤东从政录》和《任盦闻见录》,但两种笔记目前均未见全本。

　　本卷收录的内容包含三部分,一为《清末遗闻》,一为李准当时在报刊上刊登的文章。二者文章类型一致。另有一组为辑录李准所写的序言、题记。

　　《清末遗闻》原件藏南开大学图书馆,为行楷书写稿本,用"天津佩文斋"宣纸。原稿本未署作者,黄山学院张振国教授(时在南开大学读博士)于2010年在图书馆阅读后,首先考证出作者为李准。

　　该稿本原无题名,"清末遗闻"应系图书馆收录时根据稿本内容定名。据张振国介绍,稿本首页左边框外有"面交修正付刊"字样,正文内容有改动痕迹。由此可见,该本是准备付印的稿本。

　　1927年第168期《三日画报》刊登李准好友梅花馆主郑子褒的文章,文中称,李准"所著《任盦见闻录(应为《任盦闻见录》)》及《粤东从政录》二集,现已杀青,不久即将行世"。

　　《清末遗闻》共收文章14篇,其中多篇题名出现在李准自编年谱中。推测《清末遗闻》或为李准当时准备出版的《粤东从政录》中的一集。

　　李准的报刊轶文辑录,目前共捡得14篇,其中《炮打公使馆》一文与《清末遗闻》稿本中《张子志奉命打使馆》文字相同。根据当时刊登的信息,这些文章分别刊登在《粤东从政录》或《任盦闻见录》栏题之下。但《纪李北海之役》一文于1926年4月2日和4月

3 日分两天在《申报》连载，栏目为"粤东从政录"，《沪大附中季刊》1926 年第 1 期亦载有此文，题为《李北海之役》，栏目为"任盦闻见录"。

李准在六十自述中写有"《任盦闻见录》，十册自保存"。李准去世后，天津《北洋画报》刊登的一首挽诗中有"公尝出所著笔记二十余册示余兄弟，中多晚清朝野轶闻，足资参考"之句，说明目前辑录的文章不及李准笔记原稿的十之一二。

（一）清末遗闻

袁海观制军遗事

　　湘潭袁海观制军（树勋），宣统元年继张安圃尚书为两广总督。履新之日，余以同寅往贺焉，余与之有一面之缘（光绪二十四年，余与其同以知府引见，遇于朝房，及其任上海道时，偶过沪，亦尝拜往）。此次来粤，观其辞色倨傲，言中有物，知其有所挟而来，亦隐忍安之。

　　到任不旬日，即锐意减政，且欲裁军费至五百万之巨，就商于余曰："广东水陆新旧军队之多，诚骇人听闻。计巡防队百营，内河、外海大小兵舰八十余艘，内河水师湘式炮船又三百余号，旗绿各营尚不在内，此外省所无者。"因极言山东、江南等省如何繁要，尚不及粤之半数。

　　余曰："广东非他省可比，一切情形多有出人意表者。公初至不悉粤情，无怪其然，多考查数月，便知余言不谬也。"

　　海观曰："余意已决，无待考查。"

　　余曰："公大权在握，欲裁竟裁，其如地方何？余不能负责也。"

　　海观问曰："此项水陆军队是从何年加增者？"

　　余曰："近数年来陆续加增。"

　　海观曰："因何故加增？"

　　余曰："因朝廷锐行新政，裁旧练新所致。"

　　海观曰："锐行新政，非善政乎？"

　　余曰："诚善政也，但此过度时代，除陈易新须顾全地方耳，今为公详言增加之由。昔日绿营制兵，诚腐败应裁，然绿营亦自有长处可取。绿营分防各汛地，设官自提镇以下副、参、游、都、守、千、把、外额，各有防地，多者兵额数百，少者十数名，其饷极微，步战兵一名月饷不过九钱六分，加以兵米合计亦不满一两四钱，以粤中米珠薪桂必不能足一月之食。然制兵尽皆土著，各有执业，轮值供役。休间日或以耕种,或以商贾小贩,谋其衣食,且有绅富子弟谋充一制兵为异日之出路者。故制兵从无哗变闹事之举,以其尽皆土著,有连环保结,且有家有室,非同防勇之尽皆外来不知根底、无业游民可比。以制兵守地方,为民间防奸缉宄,诚胜防勇万倍。民间视绿营官兵为地方长官,虽以一千、把、外委极微之官,无不尊之曰老总,兵丁亦称之为老将。乡间细微盗窃之事,诉之于汛地,即可就地了之;涉于民事,即会县佐了解之,大事化为小事,小事化为无事,非制营之能,实数百年之习惯然也。若防勇则不然,派防一汛,至少非一棚人不可,人地不相习,言语不相通(广东言语极复杂,一县之人且有不能互通言语者),其办事隔阂,势使然也。且乡民不以之为官,直畏之如虎,势必至无事变为有事,小事变为大事,械斗仇杀之案屡出不穷,地方从此多事,烦兵力之处多矣。一旦有事,地方文武请兵查办,派出之兵能守纪律不扰害间阎者,十不见一,民间之受害至为惨酷。余虽武人,然天良尚在,何忍吾民之受其荼毒也?余在粤垂三十年,悉知此中情形,朝廷屡次责令裁绿营制兵,余皆会同历任督抚请缓。近数年来已分期逐渐裁减,各汛地先有十名八名者,今只有二三名。先尚留官,今则官亦酌裁。官既裁,则兵无所附,而汛地空虚,乡民惶惶,势不得不派防营以填防之,所派至少须得一棚。从前之汛地,一官数兵,每年需饷不过百余金,今以一棚之防勇年饷且将千金,是裁去百金而加增千金矣,且不如制兵之能了事,或因此反多事焉。故余凡派某汛之防勇,悉以被裁之制兵补其额。其有执业之人,常有不愿当者,然一棚之中,有三五名制兵在内,较胜于全属外来防勇多矣。民间以无向来之汛地官,多不信仰,故各棚头目及哨官、哨长多以被裁之千总、外额充之为地方也。区区一片苦心,当为公所见谅。综计近数年,裁去制营官兵饷项,每年不及八十万,而加增防营之饷多至二三百万矣。"

海观曰:"朝廷裁兵之举,原为除陈易新,编练陆军计,公于裁绿营后,增加防营,不与朝廷之旨相背乎?"

余曰:"非不知也。孟子有言,民为贵,社稷次之,为保人民之安宁也。且欲逐渐改良,使全省之防营,既可为集合警察,不数年可尽变为新练之陆军。余初到任时,即具此心,故创设陆军速成学堂随营讲武堂于虎门。其学生则先挑各路防营官长中之青年识字者,头目兵丁合格者亦挑入之;次为绿营之中下级官长;又次之为死难功勋之后裔、世袭、归标学习者;再次则考选各中学之合格者。每班约共得五百余人,分别入堂,遵照陆军部练兵处训练章程,教以新操。数年来,已陆续毕业三班,分派各营练习。其原为各营官长者,仍回营供职,其成效已略著矣。"

海观曰:"项款若干,将何自出?"

余曰:"开办之费十余万,经常费年六七万两,皆未取之于公家,亦非取之于民。提督每年娼赌渔盐各规,年且数万,余虽不才,懔先君之教,不肯以此肮脏钱污我清白之身也,故令由中军收存,拨作学堂经费,不足者由各营旷饷提足之,有余仍解善后局库。"

海观曰:"君官水师,请为我言水师。"

余曰:"广东水师分为三类,曰'绿营水师',向属于水师提督者,分外海、内河两种。外海者,即向称为红单船,全借风力行驶,其船长约十余丈,笨拙异常。咸丰间,洪杨之乱,尝调数十只入江南,曾著功勋,如吴全美①、李扬升②、赖世璜③三提督尤著者也。"

海观曰:"此船与绿营制兵亦能出征打仗乎?"

余曰:"国初之绿营未尝无用,承平后,分防各地,兵饷遂减之

---

①　吴全美(1820—1884),字碧山。光绪六年(1880),任广东水师提督。

②　李扬升,字春台。光绪四年(1878),任南澳镇总兵。

③　此处有误。赖世璜(1889—1927),字肇周,为国民革命军将领,参加过辛亥革命、二次革命、护国战争、护法战争、第一次粤桂战争、第二次粤桂战争、北伐战争,官至国民革命军第十四军军长。推测应为赖世璜族亲赖恩爵。赖恩爵(1795—1848),字简廷,曾参加中英穿鼻洋海战、官涌海战,道光二十三年(1843),任广东水师提督。

至微,故只能轮班值役,犹如新练陆军之退伍兵也,如遇征调,则加出征之饷,且重于防营焉。至于红单船,今以轮船盛行,兵舰悉效英美,已归于天然淘汰之列。近年来,已裁之无一存者;又曰'内河水师',其船亦长六七丈,粤呼之为扒船,使浆、使橹亦兼使风,亦笨拙腐败不堪,除敲锣放炮,唱名接官之外,无一用处。余于未任提督时,在统巡任内,已裁之无遗。又曰'新式兵舰',亦分外海、内河。外海创于张文襄督粤时,前有'广甲''广乙''庚'①'丙'等艘,中日之战调至北洋,船员如邓壮节(世昌)②、林国祥③、吴敬荣④、程璧光⑤、程奎光⑥、谭学衡⑦、黎元洪⑧等,皆有名于时者也。战败后,仅余'广金''广玉''镇涛''安澜'数艘。今之'伏波''深航'二艘皆自福建调来,与余齐年(二船同治年末下水),亦太迟缓,不堪一用。'宝璧'一号为周玉帅督粤时借于北洋,亦只能作接送官差之用。惟'广海'一艘,载重五千吨,长三百八十英尺,速率十二海里,是张安帅督粤时,余与之会商购置,以为练船者。船中无线电、探海灯、讲堂、寝室、操场、仪器、图书、快炮、机关枪无一不备,凡在黄浦⑨水师学堂毕业者,即令上此船,练习风涛、沙线、驾驶、战斗诸法,为创立海军之基础。一曰内河浅水兵舰,吃水深者,至多不过六七尺,大小约八十艘,大者长约百四十英尺,小者亦长三十余英尺。其最新式而得用者,厥为'江大''江

---

① 即"广庚"轮,船政所造,1889年下水,编入广东水师,用于缉私和捕盗。
② 邓世昌未在广东水师任职,甲午海战时为北洋海军"致远"舰管带。
③ 林国祥,甲午时为"广乙"舰管带。
④ 吴敬荣,甲午时为"广甲"舰管带。
⑤ 程璧光,甲午时为"广丙"舰管带。
⑥ 程奎光,程璧光四弟,在广东水师任职,未北上参加甲午海战。
⑦ 谭学衡,时在北洋海军"济远"舰任职,参加甲午海战。清末曾任海军大臣,民国时曾任海军总长。
⑧ 黎元洪,时在"广甲"舰担任管轮,随舰参加甲午海战。
⑨ 即"黄埔"。

清''江巩''江固'四艘,长为四十英尺,吃水深五尺,速率每小时约十五海里,有探海灯、无线电,七生的半五十倍身长之新式机关退管快炮及各式机关枪,亦张安帅督粤时为收回西江捕权,商同余增置者也。余如'龙骧''电安'亦为新式,为余之内河座驾,余出私囊所置者也。他如'广元''广亨''广利''广贞',亦属完好新式者,乃张文襄造于黄浦船坞者,近已行驶迟缓。又如'安南''安禺''安顺''安新''安香''安东''安太',曰'七安',为岑西林督粤时余所请造之新式船,身长七十余英尺。又曰'西字号'十四艘,长六十余英尺,亦马力足而行驶快捷者。昔之腐旧不堪行驶者,多以裁去,今所存者分防于东、西、北三江。西江居其七八,东、北江之下游水较深处,亦派小兵舰巡缉。广州至广西之梧州约八九百里划分八大段,以大、清、巩、固、元、亨、利、贞八艘舰各领一大段,每一大段又分四小段,每一小段有小兵舰一艘,轮流上下梭巡,计用船四十艘,其余则分派于省南港汊分歧之地,以保护中外商船之往来。数年来,西江无事,商民安业,外人无责言者,以此也。内河又有湘式舢板三百余号,曰'广安水军'两营,每营哨船三十二艘,分防广属之港汊内;曰'惠安水军'三营,分防东江自新塘至老隆五百余里;曰'韶安水军'三营,分防北江;曰'肇安水军'两营,分防西江。一切悉照彭、杨创设水师于长江时之制。每一军有统带,一营舢板三十二只,有管带;每营分左右领哨,其领哨之船稍大于舢板;每船有舱长,领水兵十二名。凡管理、晒油诸法,悉如彭(玉麟)、杨(乐斌)旧法。其船无论何时查验,皆黄如金、明如镜,船底船面一尘不染,枪炮悉用新式。分防各江平静之地,三五里一艘,繁要多匪之地,亦汛两三艘,上下段联络一气,有警则鸣炮,以召上下段同声相应,贼鲜有得逞者。统带有坐驾,又大于领哨、管带,设有护兵、书记,其船有舱、有房,为办公也。统带无事不许登岸,领哨船终日上下开行,督察各段舢板之勤惰。余每月必出巡于东、西、北三江及省南一带三五次不等,不敢稍有疏懈也。此皆十余年之苦心经营,始得除旧易新,大改旧观,商民得安,堵外人无责言,赖之者将十年矣。如言裁撤，只需一纸文书便可，但恐河道不清，惹出外交问题，其所失更巨耳。昔外人夺我西江捕权，余与张安帅几费经营交涉，外人自由行动之兵舰，始退出西江，还我捕权。前事不远，可为殷鉴，望海翁详察焉。"

海观曰："容我再思之。"

及余回行署，仍得来咨，请余自行裁减，其语气直以为各营多有缺额蚀饷等事，悉如他省之五六成队伍，余则归统帅中饱，可以任意裁减者。不知余之统兵，向不管饷，全由各统带自赴善后局请领。余不时派员分赴各营点验，余亦常自往点查，有缺额及不报旷饷者，无不正以军法，人无不畏死，孰敢犯者。敢言我所辖军队，绝无此弊。当将此情，据实咨覆，且云："本提督以地方民命为重，不敢妄行裁节，以见好于人，致启将来重大交涉。若于本人经济问题，不裁于我无益，全裁于我无损。盖统辖各军，并无统费也。粤东之军队，非山东、江南五六成队伍之可以任意缺额蚀饷也。贵部堂以财政困难为忧，本提督不能不以贻误戎机为虑。如不顾地方，必欲大加裁节，贵部堂大权在握，但须一纸文书通行全省裁之可也，又何必咨商于本提督？本提督如允为裁节，将来地方有事，贵部堂负责乎？抑本提督负责乎？故不敢随声附和，以见好于贵部堂也。如本提督今日允裁，将来地方有事，或贵部堂在任稍久，渐悉广东情形非江南、山东之比，勿怪本提督之不言也。"

咨去。袁从此不言裁兵，而意见深矣。其后，海观不但不裁，反令其同乡，向所称为江忠源、胡林翼第二之周某、任某在衡、永、郴、桂一带招募湘勇八营来粤，谓之新练军。是未裁兵，而反增兵也。

余亦不过问，但时常出巡内河、外海或赴各州县督饬防营清乡办匪，尽我责任，不常在省垣矣。

宣统二年元旦，东关外燕塘陆军受党人运动哗变，日夜攻城，危在旦夕。海观惶惧万分，无以为计，就商于余，且为之泣，跪余前。余掖之起曰："勿忧，此公事也，必不以前事为嫌。速返署镇定处之，免为属下笑也。"

余商将军增瑞堂(祺)①,派旗兵万人守城,分发无线电,飞调省外之兵。初二日,陆续回省者达三千人以上,除防护饷械各局所外,挑选老兵之能战者约千人,初三早与变兵六七千人战于猫儿岗、牛王庙,斩其渠魁倪映典等多人,不半日而乱定(其详记《提乾元事》②中)。

海观欣喜欲狂,见余又拜之曰:"你真是一个救苦救难的观音菩萨。"

从此,前嫌尽释,交称莫逆焉。

海观曰:"余在山东,即耳闻公之大名,以为如虎如狼,噬人者也。人言两广总督如一品教官,一切须听提台之指挥,我之来粤,即驾起势来,与公对垒。此次之变,以为公必袖手旁观,要我好看,殊公竟不以前事为嫌,慨然以平乱自任,此五日夜中,知公目不交睫矣。连日余与增将军均在辕门讨口令,真听指挥也,亦甘心听公之指挥。谁谓公噬人者,乃活菩萨耳。兹将余之出身、履历为公言之。余苦人也,读书无多,在乡党为人服力役,后随人至江南,在某厘金局当护兵,月饷二两四钱,除伙食外尚有余钱。后得提升司事,月得七八两,勉敷用费,三节常打饥荒。旋提升小委员,月薪二三十两,则月月打饥荒矣。后升大委员,不特月月打饥荒,一年之后且亏累甚巨。迨历任铜山、山阳、阳湖等县,才得伸皮,盖沉沦下位二十年。自戊戌以试用知府分江西,不数年而升上海道,我家算有碗饭吃了。不数年而顺天府尹、民政部侍郎、山东巡抚、两广总督,一帆风顺,诚为初念所不及。余当来粤时,泽公③以广东军饷太重,属余裁节,余允其年可裁五百

---

① 增祺(1851—1919),字瑞堂。时任广州将军。

② 该文目前未见。

③ 载泽(1868—1929),字荫坪。1905年,为五大臣之一,出洋考察宪政。历任度支部尚书、督办盐政大臣、度支大臣。

万两,故到任即与公商酌此事。余初以为公之军队亦如山东、江南之军,与杨金龙^①等耳。今调查至半年之久,乃知公之所言及咨文云之,概非虚语,惟咨文未免负气,损刻鄙人矣。"

余曰:"此来彼往,不得已耳。"

海观曰:"此所谓即以其人之道还治其人之身,我自招之,与人何尤。"

余两人遂交如水乳焉。

此次之乱,平定极速,本无可议者,而海观徒以见好报馆,出示通衢,以"新军本良家子弟,受人煽惑,一旦死亡,解散可惜"为言^②,遂授报馆以柄。

初八日起,各报论调大变往日之主张,有为新军呼冤惨者,于是都中军谘府、陆军部派员来粤查办。御使番禺陈香轮侍郎(广桂)亦奏称,恐有冤滥,请查办之。皆以海观之告示为口实。

朝廷派江督张安帅查办,安帅派汪嘉棠、吴對两观察来粤查办。两员到粤,以为我军无故击散新军,我军无死伤者。及调查乃知,新军为党人倪映典等运动而变,其协统、标统等多逃匿,而管带之不从而死者有人,对敌时,我军亦伤亡三十余人。

汪、吴二员提问余之伤兵时,吴再三审视曰:"这伤真耶?"各弁兵曰:"枪炮打入腹内尚有假耶?"我军官弁闻之无不愤极。

查办后,以新军变乱是真,而我军不应焚其兵房为罪,不知兵房亦新军自烧者。

---

①　杨金龙(1844—1906),字镜岩。1900 年,调任南京,为两江总督刘坤一"倚为长城"。

②　两广总督札行善后草章中有写:为委办事,照得新军征兵,多系良家子弟。因误于一念之迷,以致相率叛变。自应就地惩办,以儆其余。惟既已穷蹙无归,愿受招抚遣散,亦宜网开一面,法外施仁。庶几感朝廷浩荡之恩,知得保首领以归,革面洗心,化为良善。此亦招降善后应有之义。(《砭群丛报》第六册,宣统二年(1910)二月上旬,《广东新军叛变本末》文牍,第 33 页。)

奏入，以海观与余办理失当，海观革职，余革职留任，奉旨加恩宽免。我军统领吴道宗禹及督练公所总参议吴道锡永均降二级调用，公罪不准抵消。自是我军人心解体，再有变乱几难运用矣。

海观交卸后，旅居沪上。改革后，余至沪，常相过从焉。民四，卒于海上。

记黄冈、廉钦之乱

光绪三十三年，秋浦周玉山尚书督粤，军事计划概属之余，余亦以地方自任，不敢自贪安逸，整军经武，不遗余力，恐负玉公之知也。

年来，党人图粤甚亟，屡于省垣谋变，均先经破获，迄不得逞。党人知不利于省会，屡向省外边界，如钦廉、惠潮等处谋乱。钦廉距省尤远，在二千里之外，与安南接壤。党人潜匿于安南者，屡勾结内地土匪乘机窃发。余总握全省水陆军政，自不能不兼筹并顾。惠州尤为向来匪党啸聚之所，故常亲往巡阅。

四月初旬，余率浅水兵舰巡东江，至惠州，正分派管带洪兆麟、李声振等击三多祝、白芒花等处之匪，忽得玉帅急电云："贼陷黄冈直隶厅，潮州镇总兵黄金福困井洲，飞电求救。请速回省救援。"等语。

此事余本先有所闻，党人计划用声东击西之法，使我首尾不能相顾。黄冈处广东之极东，与福建毗连；钦州处广东之极西，相距三千余里。今黄冈有事，其意必不在黄冈而在钦廉，惠州亦将响应而起。如空省会之兵，而往救极东、极西之急，而省垣亦将有应之者。即电复玉帅，抽调某某军先平黄冈之乱，并备调副将赵定国，守备钟子材、姚洪阶等营备援惠州；道员郭人漳率林炜邦①、李耀汉等营赴钦州。一面就近督洪兆麟等营，防三多祝、白芒花、淡水等处之匪。余即日遄返省垣，调集队伍出发，用兵舰并顾商轮载兵。余先率吴宗禹、隆世储、丁子勤、邓瑶光、王有义等营，由海道行，次日即抵汕头。惠潮

---

① 应为林纬邦，即林虎。

嘉道沈次端观察（传义）已候于汕，言："党人余丑等二三千人猛扑黄冈，城遂失守，同知谢某被执，总兵黄金福率兵往援，困井洲。不速救，匪得志，更难制也。"

我军立刻登岸，即日由澄海、樟林一路，先援井洲，并令潮阳游击赵月修率一营为后援。我军次晨抵井洲，贼见我大军至，一战即纷纷溃败。吴道等追击至黄冈，贼已弃城逃，释同知于囚。又追贼至福建诏安、云霄等处而止，吴道飞报到汕，而后队所调赵声一标亦由商轮"广大""广利"两号载到。

潮乱已定，忽得钦廉道王雪岑观察（秉恩）急电云："匪万数攻钦州，围防城、廉州，灵山戒严，求速救援。"玉帅亦电同前情。

余即命赵声就原船载往北海，会同郭人漳之军相机剿办。忽惠州又来电告急："匪众数千，劫东江舢板，围攻博罗城。"幸先备有赵定国、钟子材、姚洪阶等营，即日由轮拖上，而解博罗之围矣。吴道亦由福建从黄冈回汕头。即令隆世储等营由"伏波""琛航"两兵舰，载往澳头登岸，督同洪兆麟等军击淡水、三多祝等处之贼。惠潮之事大定，而廉钦之事亟矣。党人咸从安南乘机勾引内地土匪起事，幸此次赵、郭两军赶到，而乱始小定。

钦州三那之人，借抗捐为名起事，党人从而乘之。玉帅以王雪岑观察办理失当，奏参落职。朝廷又以黄冈失守之事，玉帅电奏稍迟于闽督，开缺，仍以岑西林督粤。其实皆枢臣庆邸诸人，借此以挤西林出外也（时西林为邮传部尚书，颇碍庆邸之眼）。

西林未出京，即委王瑚署廉钦道，夏翙署钦州直隶州，并电令余交出参将李世桂、杨洪标二人，听候惩办。雷厉风行，令人难堪。

查李世桂，本粤中有名缉捕能手，徒以承办广缉捕经费（即番摊赌饷）声名颇大。西林初到任时，责令余限一月尽平股匪区新，生擒首逆。余即用李世桂之谋，依限破获，上其首功。西林不但不赏其功，反将世桂下南海狱，罚其报效征西军饷五十万。世桂尽其所有房产、生意、现金、股票，凑集亦不足三十万。窥西林之意，即缴足五十万，仍恐难免,故逃而之安南。

　　杨洪标本为潮州人,向为水师【提】标千总,带扒船一号,驻扎沙面(粤垣之租界曰沙面)栅口,保护租界外人,颇为得力。杨本教会中人,于交涉之案,颇为尽力。余以道员统辖各路巡防队时,委杨为第八营管带,其驻扎多在西关繁盛之地,娼赌最盛之所也,以此颇为得利。又与法人合作"播宝""哈德安"等轮渡生意,亦大获利,捐升副将,声势颇为煊赫,与李世桂相等。

　　西林初到,亦想取财于彼。洪标借魏神父及法领事之庇而走安南。

　　西林离粤后,李、杨二人均自安南归,余亦未敢再用。洪标亦即返安南,经营商业。世桂乃鸠集股本若干万,作建筑房产公司,于东堤天字码头一带马路,概建洋式三四层楼房,建大沙头妓艇于岸,又建广舞台、新剧场及东园游艺场,锐意兴办实业,岂非计之善者。闻西林再来,即又逃而之安南矣。

　　西林不察,以为余之庇李、杨也,电令交出。余力陈并未再用该二员,且匿迹安南,为法国属地,无从交出。西林电令罚交花红十万元,以为缉拿李、杨之用。

　　余何幸而罚缴十万元,坚不承认。去电后,西林面奏孝钦后,以余功高权重,骄蹇难制,请略加裁抑,以为玉成大器之地为言,奉旨降署北海镇总兵,会同王瑚办理钦廉善后事宜,秦炳直署理广东水陆提督。

　　玉帅奉旨开缺后,即交卸离粤,以藩司胡葵甫(方伯)护院。余即催秦子质速来接篆,将从此脱离宦海,避居海外,作世外人矣。

　　西林之气焰,抑何可畏哉!

戊戌政变刘杨二君事略

　　刘裴村主政(光第),蜀之富顺县人,光绪壬午举于乡。丰润张安圃尚书时以翰林为四川考官,极称其贤,丙戌成进士,用主事分刑部,照常供职,无分外之营求,素讲笃行之学,与人落落难和,寡交游,重然诺,尚气节。

先居京之南横街小屋,安贫乐道,人争誉之。后迁于南西门外某菜园,种菜自给。安帅为广东藩司时,曾一度至岭南独游罗浮而归。同乡之人,除蒋达宣司马与其乡会同年见面外,仅谒安帅一次。为京官几十年,虽不以显赫闻,然其清风亮节颇为士夫所重。

杨叔峤中翰(锐),蜀之绵竹县人也,为杨听夷(广文)①之介弟。光绪乙酉举于乡,数会试不第,考取内阁中书,学博才宏,于书无所不读,慨时事之日非,言论每多激烈。张文襄督粤、督鄂均延至幕中,未保一官,未某一差,其气节可想见也。

叔峤本四川尊经书院之高才生,为张文襄之得意门生。自得中书后,即离鄂至京供职,与先大夫极相契合,日与华阳乔茂萱部郎(树枏)讲求新政,同寓于丞相胡同伏魔寺门口路西之宅。余戊戌晋引,亦先住此,后以人多迁居芝麻街之蜀中先贤祠。

余尝侍先大夫之侧,聆听其与先大夫、茂萱、裴村之言论,为之钦佩者久之。

朝廷自中日战败,德宗景皇帝亲政后,锐意推新,诏各疆吏荐举贤才,于是如鄂督张文襄、湘抚陈右铭中丞、江督刘忠诚尚书、张文达(百熙)等交章迭荐,立擢刘光第、杨锐、谭嗣同、林旭为四军机,均赏四品卿衔,每日进宫讨论新政。

刘、杨二君以为恩出自上,竭尽智能,以酬主知,并不受康梁之援引。叔峤或尚相识,至裴村则素未谋面。忽奉孝钦皇太后懿旨,以其为康梁之党,与林墩谷中书(旭)、谭太守(嗣同)、康君广仁、杨侍御(深秀)同弃于市。天乎,冤哉!

其时,人心疑惧,莫知所从。先大夫与叔峤同居,被拿之日,适已回津,及闻被拿之信,立即遄返京师,为之料理狱中之事,方下车即闻已自狱中提出,由宣武门至菜市口。叔峤曰:"不一审讯乎?"少时行

---

①　杨聪(1854—1898),字听彝,杨锐长兄。著名学者、教育家。

刑,叔峤曰:"胡里胡涂的死,真不瞑目!"行刑之时,叔峤项血上冲丈余,市人以为异事。裴村从容就义。

先大夫趋至市,见已身首异处,哭不可仰。为二君收尸、棺殓,暂寄萧寺中,并于津海关道家少东方伯(岷琛)①同出资,令其家属扶榇回川。

当先大夫之闻信至京也,亲友中咸劝勿自投罗网,先大夫曰:"朋友有难,袖手旁观,吾不为也。"及趋至菜市,而六君子已被戮,先大夫哭于尸侧。当事者查问姓名而去,人咸为先大夫危。先大夫不顾也,仍为之经理其丧。除刘、杨当天收尸外,其余四君子无人敢来探视,闻二三日后始有人为之收殓焉。

先大夫旋被命为四川矿务商务大臣,居成都。光绪廿六年,叔峤之子犹来省拜谢先大夫,曰:"先君冤惨以死,年伯不畏党祸,料理身后之事,家母感不去心。今奉母命,来叩谢大德。年来奉母家居,饮泣而已。"

先大夫曰:"速归侍尔母,勿过悲痛,会当有昭雪时也。"

叔峤长身玉立、仪容修美,光明磊落,言辞慷慨,究心经世之学者二十年。知交中咸以为如得大用,必可尽其所学,为宗族交游光宠,今竟与裴村含冤而死,能不痛哉?吾书至此,不觉泪淋淋下矣。

刘永福事略

钦州刘渊亭总戎(永福),广西之博白县人也,世居广东之钦州,法越之战,赫赫有名之黑旗刘翼也。其在安南时,与巴头梁等(即梁秀春)啸聚山林。当中法战争时,不时纠众袭击法人。大队来则匿山间,大队去则又出为患,法人苦之。越南国王以之为三宣总督。

镇南关之战,固冯萃亭(子材)、苏子熙(元春)两宫保及王方伯(德榜)之战功,而渊亭阴为之助,力亦不少。中法和议成,张文襄督粤,召之来归,奏入赏总兵官,授闽粤南澳镇总兵。

光绪十五年与方照轩提军(耀)^①同奉旨召见。当时朝野上下,莫不知有黑旗刘翼也。到京后,各大老争欲见之,以为异人也。

孝钦垂帘召见,见其身长如不羁之鹤,面削嘴尖如鹰,称之曰:"刘永福如活雷公,无怪法人之惧彼也。"赏赉甚厚,回粤履任。

甲午中日之战,又率福军三千人渡台湾,以助台抚唐薇卿^②中丞,号曰"刘大将军",台湾兵事悉主之。和议定,割台湾,唐中丞会渊亭背朝旨抗日本不交割,国号"永清",言永戴圣清之意。

中丞为大伯理玺天德,渊亭为兵马大元帅、大将军,俞恪士主政(明震)^③为礼部尚书,其余之官尚多,余不能记之矣。其国旗为黄地蓝虎^④,以清为龙,自居于虎也。

李伯行侍郎(经方)奉命为交割台湾大臣,会日兵往台,渊亭不能御而逃。适阳湖洪荫之(述祖)^⑤为其幕下客,为之画策,扮作商船之炭夫烧火人,匿轮船火舱内,日人屡搜不得,乃潜渡香港。唐中丞亦扮作妇人而逃至上海。张文襄时督两江,接济饷械无算,中丞皆用其子之名,存之外国银行,后其子死,中丞亦不能取而用之,外人得其利焉。

渊亭回粤后,闲居钦州年余,又奉召出募福军八营,驻扎于东关

---

① 方耀(1834—1891),又名方辉、方照轩。以剿太平军发迹,官至广东水师提督。
② 唐景崧(1841—1903),字维卿(又作薇卿)。1894年署理台湾巡抚。1895年清廷割弃台湾,台湾军民成立民主国,推为大总统。日军进入台北后,内渡。
③ 俞明震(1860—1918),字恪士,又字启东。光绪戊子(1888)举人,甲午战争爆发后,担任台湾布政使,后与邱逢甲等组织台湾守军抗日,兵败内渡厦门。
④ 应为"蓝地黄虎"旗。
⑤ 洪述祖(1855—1919),字荫之。一般认为,他是宋教仁案主凶之一。

外之北校场、东校场一带,不见其有如何训练,只每日令各兵士打靶。余适充银元局提调,每日晨必至局,常听钢板叮当之声,且常有飞子掠我头而过者,惊极即趋入局焉。局中亦常有子飞入,其训练之法盖可见矣。

其实渊亭一狂妄无知之莽男子,贪鄙庸劣之妄人也。将不知兵,兵无纪律,直不知战术战法为何物,故一与正当之队伍战,无不奔逃如鸟兽散也。

当事者徒慕其当年虚名,予以兵事。其虚糜饷项尤小,其见笑于外人者甚大。因其驻兵东郊,常有外国人往观,且照其军队图形,以示外人,其参差错落、杂乱无章、猴狗成群、形如乞丐之形势,无不传为笑柄。

常调其军往西樵弹压械斗,则奸淫掳掠甚于盗贼。余适主善后、营务两局事,上陈当事者,解散其军。渊亭新授碣石镇总兵,令其带两小营往,其余则尽遣散也。年余而并此两小营,亦裁之。渊亭亦开缺回省,住东关外沙河之刘家祠。

人皆知渊亭之徒有其名也。

李文忠督粤时,先驻广雅书局。自早至晚,必见渊亭着行装候于走道之间,以要文忠。文忠早知其无能也,亦明白谕之,不能再用。渊亭年已七十余,犹日上条陈于文忠,言能御外人之坚甲利兵,绘图帖说,力求李文忠之用。文忠一笑置之:"日日候此,大为厌烦。"文忠乃传谕巡捕官,曰:"不许刘永福再来扰局。"而渊亭始不来。从此后,回钦州原籍居住。然每值更易督抚之时,亦必常来省请谒,冀再用也。

三十三年,余督军至钦州,住城外之镇龙楼。渊亭时来请谒,条陈办匪诸法,大率为匪人解免者。余曰:"阁下少庇匪,则非匪自少。府上所存之枪械少与匪人,则匪更不如此猖獗也。且阁下以七十余之老翁,少多事可保首领以殁,不然将为公危也。"

一日其娶媳,来求放炮,余允之,且往贺焉,榜其门曰"三宣堂"

（言其曾为安南三宣总督也）。其出迎，有中西犬数十头环绕之。其来谒余时，不过三五头，今则不知加若干倍矣。

其在军时，养之尤多。东校场营盘有一猴坟甚大，是其在营中所豢养之猴死而葬此者，粤中妇女，且有具香烛而往拜之，以求山票、花会、围姓①者。余入其室，见豢猴仍不少。与之谈，其语言无味，面目可憎，老而务得之形状仍无稍异。

余回省后，渊亭仍因旧部吴凤典②（为其襟丈）之家事，带"三宣堂"之护勇数十名，荷枪往上思厅吴凤典之家，擅拘其侄及家属人等，吴族控于上思厅之官。蔡其铭为冯子材之旧部，知渊亭退闲已久，何来卫兵以假冒官兵，擅行拿人、抄枪等重情，电禀督抚请办。桂抚张坚白电令拿获，就地正法，督批令拿获解办。

蔡先奉抚电，即会营将，数十护兵全数拿获，遵电立正军法。渊亭逃归，告于督办钦廉善后事秦子质提军，以其带勇赴上思先请过子质之示也，枪亦借自秦军。子质为之达于督院，以鸣真冤。蔡其铭拿问解省。

与吴凤典之家产业数年不得结。改革后，闻其始卒于钦州，年已八十余矣。

潘伟如③中丞事略

吴县潘伟如中丞（霨），精于岐黄而不以医名者也。补直隶卢沟桥巡检，所驻之地有城有监狱，近畿要犯羁押于此者为多。中丞见各囚犯镣梏郎当，污秽满室，染病者多。且有因脚镣伤足径者，心焉悯之，日为洗涤医治，且去其镣梏，令下河洗澡，如是屡矣。

一日，再令囚犯往浴，各犯乘间而逃。兵差追捕，获回不少，亦有

---

① 当时广东一带流行的赌博方式。

② 吴凤典（1840—1906），又名泰，字雅楼，曾为黑旗军将领。

③ 潘霨（1826—1894），字伟如、蔚如，辑著有《韡园医书六种》。

不愿逃恐累狱官而自回者。惟有极重要之犯某逃至天津,为他处拿获。解案该犯到堂,直供是卢沟桥潘老爷所获,问官曰:"明之在天津拿获,何以言是潘某拿获?"犯曰:"潘老爷待我优厚,常为囚犯医病,今因纵浴逃罪,连累狱官,天良难昧,故必供是潘老爷拿获,以轻潘老爷之罪也。"

总督、司、道、府以下,皆知中丞之名,仅以记过了事。

满人桂良,为直隶总督,调充督辕文巡捕官。公既善医,于是凡署中人之有病者,无不经公之诊治,活人甚多。桂良有女,爱如掌珠,停经三年,医药罔效,四处就医。署中仆婢,言于桂公曰:"本辕文巡捕官潘某,良医也,曷命诊之。"

桂公曰:"良医在眼前,岂待外求。"因命公诊治。公曰:"尚非不治之症。"于是开方拾药。

桂公见公书学董文敏,益器重之。服药三帖,而女公子之经通矣。

会恭忠亲王之福晋病重,桂良以公荐,亦一药而愈,公之医名大著矣。恭王无以为报,以其官太小,无从栽培也,桂良为之过班知县。

值穆宗毅皇帝病重,诏求良医,恭王、桂良均以公进。入内诊视,乃梅毒攻心,不治之症。御医先不敢言梅毒,概以天花治之,以致如此。姑以清血解毒凉药进,与从前御医所用温补之品大异。

孝钦太后问:"可治否?"

公曰:"病已垂危,今晚亥子之交,能过尚有可为,不然无救矣。"

在廷诸臣及御医无不咋舌为公危,以其敢断生死,设有不验,杀身之祸立至矣。公于诊服后,御医即示意于公,以向用温补,勿变前方。而公不悟,概反前方,且直言从前医药之误,亦为人所不敢言。各御医皆慄慄危惧。

是夜亥刻,穆宗宾天。御医获咎者多人,而公之医名更显矣。委署天津县,旋补是缺,升杨村通判、昌平州知州,简授天津府知府,升山东登莱青道,转山东盐运使、山东按察使,调江西按察使、湖北布政使,擢湖北巡抚,丁艰回籍。起复,简贵州巡抚,在任十余年,勤求治理,黔民戴之。

光绪十九年,以老告归林下。卒于姑苏原籍,年七十九。

此其独子子欣大令为余述之也。

骆文忠①

骆文忠公(秉章),粤之花县人也,由词林升卿贰,外任湖南巡抚十年,拔识将帅,如胡文忠、左文襄、曾文正辈,无一而非公玉成之也。中兴功臣,当推为第一。非有公而胡、曾、左诸人不能成大功,建继业也。

咸同间,滇匪蓝大顺、蓝二顺、李永和、谢国模、周跛子(即周绍湧)诸逆扰乱四川,地方糜烂,人民受其荼毒者,数年之久。

朝廷眷念西陲,特简公督办四川军务,率领湘楚各军入川,识拔英贤,如杨庆伯中丞(重雅)②、唐泽波提军(友耕)③,先平滇匪之乱,复生擒石大开④于金沙江。滇粤各匪一律肃清,使川民得重见天日,感公之盛德,妇孺一致。

在川数年,以诚接物,官民无有歉者。随任并无眷属,仅有两仆,其简朴殆如寒素焉。其病笃之日,同寅中如将军崇文勤公(实)、提军唐泽波同往视疾。入寝室,见其帐为蓝夏布所制,既旧且破,殆二十年不易之物也。所带眼镜已无足矣,尚以蓝线系小铜钱挂于两耳。其行囊,仅有竹笭一具,存纹银八十两而已。

薨于节署,时年七十有六。

发丧之日,川民如丧考妣,哭声震天地,家家挂白,人人带孝,无论城乡,全省一致,诸葛武侯后之一人而已。

---

① 骆秉章(1793—1866),字吁门,号儒斋,谥"文忠"。湘军重要将领。咸丰十一年(1861)任四川总督。
② 杨重雅(?—1879),江西德兴人,本名元白,字庆伯。曾任四川按察使。
③ 唐友耕(1839—1882),字泽波,1863年6月,于大渡河擒获石达开。
④ 即"石达开"。

开吊之日,绅民领袖为伍崧生太史(肇龄)。将军崇文勤公谓伍曰:"今非国丧,何以人人带孝,家家挂白,殊为不合。"

伍曰:"川民困于匪乱者久矣,骆公能使出水火而登衽席,平定后又为休养生息者几年。今皆得温饱者,骆公之赐也。我川民之感戴骆公心悦诚服,不能相强也。昔者诸葛武侯卒后,有此盛况,故至今川民无论老少,多以白布缠头,谓之诸葛孝。骆公乃武侯后之一人而已。"

将军曰:"究非国丧,不应如此。"

伍曰:"如将军百年后,决无一人为将军挂孝者。"

将军语塞。伍大哭而去。谁谓至诚不能感人也哉?

张子志①奉命打使馆②

庚子拳匪之变,其势汹汹,举国骚然。端、刚误国之罪,至今思之尤为痛心。

项城在山东巡抚任内,严办拳匪,奉旨调炮队入京,派张子志上将带炮队两营来京,晋谒刚子良相国,请示打何处。

刚曰:"东交民巷公使馆。"子志唯唯,从违莫决。乃走谒荣文忠公(禄),请示办法。

文忠曰:"东交民巷,据宫中甚近,炮声皇太后是听得见的,你酌量办去罢。"

子志会文忠之意,只要单听炮声就易办了。乃置炮于城头,乘昏夜以无弹空炮向公使馆射击。炮声隆隆,通夜不绝,而公使馆无恙也。

---

① 张怀芝(1862—1934),字子志。曾任北洋常备军左镇步一协协统,1912年兼帮办山东防务大臣。

② 本文在《金刚钻月刊》(1933年,第1卷,第4期)曾有刊载,栏题为"任盦见闻录",应为"任盦闻见录"之误,署名"李直绳将军著"。文字与《清末遗闻》稿本相同。

倘非子志之精细,而能体会荣文忠公之言,则各公使馆皆成齑粉矣。后来之结果,不知如何,虽有十李文忠,恐亦难善其后矣。

谁谓子志粗鲁无文哉? 张三猫子,诚可人也。

陈景华事略

陈六葵大令(景华),广东香山县人,光绪戊子举于乡,豪侠任气,不羁才也,两上春闱不第,纳资以知县分广西,补贵县知县。

广西向多盗,贵县尤为盗贼出没之区。六葵到任,将所有羁押未办之犯、已来认供者,全行骈诛,谓之洗监。自募亲兵数十名,自置新式快枪,会防营周历各乡办匪,无分首从,概杀无赦。并整顿团防,编联保甲,有匿匪不报及从匪通匪者,亦杀无赦,雷厉风行,匪皆敛踪。他处之匪,有入境者,虽不行劫,亦难幸免。故夜不闭户,路不拾遗,称盛治焉。

督抚屡旌其能,六葵亦自负焉。

光绪廿九年,西林岑云阶尚书督粤,督办广西军务,以朱晓岚观察(荣藻)署广西藩司。朱在东,有人荐投诚之著匪陆乾为眼线往广西辑匪,以其向随侍赞开①,在浔、梧一带久,能知匪踪也。

陆乾既奉有西林之谕往西,趾高气扬,以为奉制台之委任,不妨往贵县,陈景华虽狠,亦不敢如何我也。及入境,果为所获解来。陆乾恃有督委,语侵六葵,并出示委札。六葵不阅,曰:"我只知尔为著匪应杀,不知其他。既到了我境内,即无生理。"出手枪当堂枪毙。

以枪杀著匪闻于上,西林大怒,立即撤任,交桂平县看管,奏革其职,并正以军法。

六葵知难幸免,密命人于梧州雇轮船,在浔州河面等候,备逃遁焉。其将逃之夜,犹与桂平县令及幕中人宴饮,三鼓始入房,伪为安寝。其房在花厅之旁,待人静后,六葵开门潜出天井,搭桌加茶几上

---

① 即傅赞开,曾为广东大盗,后归降李准。

屋而遁。出署,给资守城门者,纵之去。守城之人,平时无论何人,但求有钱即可开城,此其生财之路,亦不辨其为六葵也。

出城上船,直开驶下行,过梧不停。至广东之悦城,搭梧州、香港来往之外国船而往香港,旋匿澳门,后往星架坡①、暹罗,为报馆主笔,主张革命。何以不在梧州停轮而上外国船,而在悦城搭船? 以梧州为军警毕集之地,识之者多,且既逃出,西林知之必有电饬前途截缉。不如悦城偏僻,既不通电【报】,又无认识之人,既上外国船,即无人能上船缉人矣。

六葵既遁,次日过午,房门未启,守之者以为其酣睡也,自门缝窥知,犹见其双履在床下,更不疑其有他。午后二时,自门外呼之不应,县令以为六葵或染重病,急破门入其室,揭帐视之,早已鸿飞冥冥不知去几千里矣。县令惊惧欲死,即飞报西林。西林大怒,撤县令任,交后任监禁,奏参出口。

六葵既亡命为党人,流寓暹罗数年。宣统二年,始潜回港,与胡汉民谋革命之事。

宣统三年,粤督张坚白制府(鸣歧)且以江少荃太史(孔殷)之介绍奏保其才,赦免前罪,交坚白差遣委用,得充粤督之顾问。九月,革命告成,胡汉民为都督,六葵为警察厅长,整饬警政,颇有条理,仿效西人巡警办法,亦有成效。除迷信,毁淫祀,凡庙宇庵堂一律改为学堂,僧尼概还俗。粤俗向来之迎神赛会、打醮者一律禁绝,风气为之一变。又取缔棺材铺,凡有死人而买棺材者,须报区,交费若干。各棺材店相率罢市几一月,六葵以非油盐柴米日用之品,不恤。致名伶郑君可死后,不能为殓而盐腌、冰冻至半月之久,不能安葬。其他之不能葬者,亦不在少数。"六葵求治太急,不恤人",言多类此。

然自民国以来,粤中官吏办事之才,当推六葵。

龙子诚率济军二千人在粤,党人非去之不可,六葵力予以维持保

---

① 即"新加坡"。

全,龙陈交欢,人尽知之。

民二,二次革命,陈竞存走,中央政府以子城为广东都督。党人尽去,独六葵不去,以为有德于龙也。有人告密于项城,言六葵于党人通声气。项城密电子城,留心察看。八月中秋,设宴于督署,请六葵及南韶镇守使陈鸿初(仲宾,嘉应人,曾任广西州县多年,署柳州府,颇有声)、政务厅长胡引之观察(铭槃)为赏中秋之会。酒半,子诚下楼,令差官上楼,请六葵、鸿初二人下楼说话。行至屋内,自后枪毙。

六葵杀人多矣,冤死者不少,宜有是报,然不应死于子城之手,以其素有恩于子城,且为同盟兄弟,而竟忍心出此,不亦太狠手?

易实甫^①观察遗事

龙阳易实甫先生(顺鼎),光绪乙亥举人,其尊人笏山方伯(佩绅),向参湘军戎幕。当发逆倡乱时,先生仅数岁,为贼掳去,献于天王。以其能识字、作对,天王极爱之,抚之为子,戴紫金冠、服蟒袍,俨然太子、世子也。

发逆败,为官军所得,自言为湖南龙阳人易佩绅之子。时笏山方伯已授河南臬司,官军送归,父子重逢,喜可知也。

随任读书,过目不忘,自幼有神童之称。十四岁,即举于乡,善为诗词。

光绪戊寅,先大夫读礼家居,适笏山方伯升四川藩司,先生随任来川,尝至顺庆、邻水,与先大夫唱和之作极多。余幼时常收存之,乱后亦不知落遗何处矣。

先生本为张文襄之门人,在幕中多年,不过陪文襄打诗钟而已,于政事殊无关也。

————————

① 易顺鼎(1858—1920),字实甫、仲实,一字中硕,号哭庵等。光绪元年(1875)中举人,师事张之洞。辛亥革命后寓居上海。袁世凯称帝时,出任代理印铸局局长。自称"三十余年内,初为神童,为才子,继为酒人,为游侠"。

　　光绪二十九年，为文襄之援引，得简广西右江道。履任不久，适西林岑云阶尚书为粤督，以"名士话柄"四字，奏参革职。先生以被参冤抑，在都察院呈控，奉旨交粤督张安帅(人骏)查办，开复原官，再简云南临安开广道。滇督李仲帅(经义)知为名士也，不敢承教，密请于朝，与广东廉钦道龚仙舟观察(心湛)对调。到粤后，安帅亦以廉钦边要，恐不胜任，以郭葆生观察(人漳)署其缺。葆生本为边防对汛大员，以先生署广肇罗道。到任之后，日以咏吟为事，于地方政事，殊不经意，常与江宁藩司樊樊山方伯(增祥)打电报作诗钟，互为唱和。

　　余与王雪澂观察常劝其于地方政事，多为留心，先生于是将署中日行照例公牍，按日排印成书，分赠同寅，人多以为笑柄。余亦尝劝之曰："何不省此印刷纸张之费，为异日之用？"

　　在省时，常与于晦若侍郎(式枚)、邱仙根主政(逢甲)、沈子丰廉访(曾桐)、蒋亦朴都转(式芬)、周立之观察(学渊)、江少泉太史(孔殷)、盛季莹太守(景璿)、汪莘伯孝廉(兆铨)诸人，为诗钟之会。每会余与王雪岑廉访多在座。余为监试，雪岑常为主试者。先生与仙根之作，佳咏自属不少，而鄙俚不堪之句，堪为捧腹者亦多。余尚记得"露华"二字之诗钟曰："闹出露水夫妻案，难倒华民政县司。"其他似此者尚多，余不能记之矣。

　　先生晚年，随口为之，如童谣山歌、油腔滑调者，亦不知若干也。

　　改革时，正署高雷阳道，携花琴夫人而逃至香港(其夫人为上海名妓花翠琴，先生宠之为花琴夫人)，日在景泉别墅牌馆看竹，无场不负，不数月而现金罄矣。盛季莹尚为其代放数千金，索之不与，先生哀之，泪为之下。季莹乃与之半，始得移居沪上。

　　壬子，余至沪，往访之。居小屋中，一仆一婢，供使令而已。

　　癸丑来京谋事，得印铸局参事，袁伯逵为局长，且得为帮办，从此又有生机焉。在京住校场四条，每日必到广德楼观剧，定座中间第二排池座之第一位，日夜以为常，如是者年余，盖其专捧秦腔花旦之鲜灵芝也。灵芝一出，必大张其口曰："好！"日必有诗登报，以誉灵芝，署号曰"哭庵樊山",亦偶一至曰:"易神童强我作诗,以誉灵芝,特来一瞻艳色耳。"故樊山①亦有诗誉灵芝者。独顺德罗瘿公,不以灵芝为然,语中多讽,先生亦莫之禁也。

灵芝虽不识字,常闻大小各报登载哭庵之诗,以为哭庵必小白脸也,私语其同班者曰:"报上天天说的哭庵,听说是坐在二排,必是梳光光头之少年。"殊不知此少年乃香山之唐少泉,日与先生同坐一排椅上,亦捧灵芝者。故灵芝每一出台,必报以青眼,先生以为有意于己也,乐不可支。

一日,余以灵芝误认之言告之,先生大怒曰:"一年来之心血,为灵芝耗尽,至今尚不知我为哭庵也,真冤极了。"余曰:"月里嫦娥爱少年,无怪其然,我辈老大,当自量也。会当烦人转告灵芝,知君为哭庵,不再错认,幸勿怒,仍往捧之,佳景在后。"

先生曰:"务乞达到我年来之诚意,勿冤煞人也。君所捧之人,亦当赠以诗歌,以酬其劳。"余漫应之。

自此以后,先生不与唐少泉同坐。每至戏园,必先刮脸、傅粉,光其头,白其面,以白出风之斗篷为标记。先生年六旬,尚未留须,不自以为老,风流自赏。对于男女伶人之名旦,无不有诗,如咏梅兰芳之《万古愁》,叙其三十年前,与其祖"胖巧玲"如何交深,直将与梅兰芳攀世交矣;如咏朱幼芬之诗,亦叙及乃父霞芬之交谊。其他男伶,如白牡丹、尚小云、贾璧云、金灵芝、九阵风、朱桂芳、老十三旦,亦各有诗。女伶如金月梅、小香水、金玉兰、小荣福、小菊芬、金月兰、刘喜奎、刘菊仙、小玉喜、小翠喜、杜云红、张小仙、小素梅、沈飘香、马素珍、于紫云、于紫霞、金刚钻亦皆有诗,但不如灵芝之多耳。

金玉兰病死之后,先生尝由扬州人许养田介绍,抚尸一哭,有诗

① 樊增祥(1846—1931),字嘉父,号云门,一号樊山,别署天琴老人。光绪进士,曾任陕西布政使、护理两江总督。为"同光派"重要诗人,诗作艳俗,有"樊美人"之称,又擅骈文。

有联,并代养田作一联,极雅切,盖养田为玉兰之义父也。

灵芝自得人指点后,乃知"哭庵"为一老人,然感其情,每出台仍报以青眼,但不如唐少泉与仁丹之多耳(仁丹为潘君立之,常与少泉同坐)。

灵芝留意此二人,因立之须及相貌绝似日本人之仁丹广告,灵芝即以仁丹呼之。立之知其然也,其戏评之署名曰"仁丹"。

灵芝之意既属少泉、仁丹二人,而先生之意,仍不少懈,捧之愈力。

一日,灵芝因与其打鼓者五月仙之子有暗昧不明事,为其夫丁剑云(名灵芝草,唱秦腔花旦)所觉,捽其发,拉地下打之,次日即不肯上园唱戏。经同班之刘菊仙再三安慰,劝之赴园。是日,与刘合演《翠屏山》《代杀山》,在后台扮戏时,即哭不能止,经菊仙为之上妆,始勉强出台,尚先垫一戏,观剧者与哭庵皆知有事。

上场念,满怀心腹事都在不言中,即不能成声,盈盈欲哭矣,勉强敷衍两场,即不再出,由菊仙接演后本。前后台之人,纷乱进出不已。先生急往探之,乃知其事。

菊仙草草演毕,入场卸妆,不见灵芝手上之金戒指,问其何往,灵芝曰:"我已吞入腹中。"菊仙大惊,告于管事,急扶灵芝同坐马车送往美国妇婴医院医治。

一班捧灵芝者,惊惶欲死,纷纷往医院看视。医生不令其入门,电话问之亦不答。先生尤为关切,当夜及次早,来余宅探听消息,因余识菊仙,而可得其确耗也。

次日,先生约捧鲜者十余人,宴于大栅栏之大观园蕃菜馆,共谋救济之方。有人谓:"灵芝本为剑云之小姨,强逼为妻,在奉天有案,有前为奉天审判所之某法官,曾判此案。"顷,某法官亦邀到,言:"当时控剑云者,为灵芝姐夫东方亮,今在天桥唱戏,其二姐在此居住。"亦招致之,属其控剑云虐待其妹状。本区警察果拘剑云到案,留于警察署。先生奔走不惶,四处托人,必令为之断离,灵芝乃得脱离火坑也。剑云以五百元与其姐夫,拘留一星期,事乃得息。

当时报纸盛载其事,称捧鲜者曰"尝鲜团",先生为党中魁焉。

灵芝在医院一日夜,医生以药油服之,连泄数十次,均无戒指,将粪化验,亦无金质。医生必令泻出,以水枪注射药油于粪门以求之。灵芝辛苦万状,始自言并未吞金戒指,不过借死恐嚇其夫也。医生乃不再求。

灵芝密告菊仙之养娘刘媼,曰:"戒指在后台尿桶内斗,于无人时拾归,勿令吾夫知,将再责我也。"

余知其情,以告先生。先生目皆尽裂,痛惜不止。

灵芝既出院,休息三日,仍出演于广德楼。是日,"尝鲜团"到者极多,掀帘而欢声若雷。灵芝对于先生,亦默表一(翻)[番]感情之意,然仍多注意于唐少泉。剑云知其然也。一日,阴雇数人,同坐少泉一排观剧,寻隙于少泉打架,少泉势孤受伤颇重。警察入拘打架之人,已纷纷散去。少泉知其为剑云之主使也,言于区署,又拘剑云入警署,押留一星期,罚款释出。从此少泉、仁丹不再入广德观剧矣。

先生仍迷之不已,求见一面而不得,密与园中看坐者商,能使之见面,给资若干。久之,回报曰:"其夫看之太严,见面不能,以信往来可也。"

先生又商于余,求为设法,曰:"灵芝真可怜,其夫月仅给其四元作零用,我今欲一月助以二十元,曷为我代达诚意。"

余曰:"我非月下老人,不能为君拉皮条也,既有看坐人可通消息,何须别求。"

自后,广德辍演三月,迁文明茶园,余亦足迹少至。先生之于灵芝,仍不少懈其捧。

民七,灵芝全班移天津大新舞台,先生以多病,不能再如从前自由矣。是年,先生年六十,花琴夫人年四十。樊山有"哭庵花琴夫人百岁诗",先生亦自为百岁诗以记之。先生尝自言,其前生初为王子晋,转生为张梦晋,再转张船山,三转而为先生,并言其花琴夫人,即崔莹转世,数百年之后,仍成佳偶,其然岂其然乎。

先生之夫人,尝居湖南本籍。其子家钺在京读书,与先生同居。对于其父之捧灵芝,殊不谓然,尝见诸辞色间。其子亦能文,十四五时,见其有仿出师表而作刘菊仙出京表,颇有趣。及长,为学堂教员,又为某报馆主笔。迎其母来京,居于西城,先生月与四十元,其夫人与子颇有不满之意。

民八,先生卒于京师,其枕底搜出灵芝复缄,述月赠二十元之惠。

先生卒,其子不为之穿孝,亦不肯出名具讣,以告亲友。其六弟由甫[①],乃以先生生前所作"呜呼易顺鼎"谐文一篇,印报一张,分致亲友,亦由其弟顺豫出名。

其子尝称为"讨父团团长",且著书而言家庭革命之事,亦千古奇闻也。

余编《画中缘》新剧,即张梦晋、崔莹、崔英之事,先生阅之欣然笑曰:"君能成全张、崔之姻缘,我家之崔莹、崔英,亦感君之惠也。金少梅何时出演是剧,余当力疾往观也。"盖先生又以崔莹为其夫人,崔英为如夫人,花翠琴也。

及少梅出演此剧于北京城南游艺场,而先生已于先一日作古人矣。

民九冬,少梅再演是剧,其弟犹甫往观,为之欷歔者久之。

先生卒后,有人戏为灵芝代挽云:"灵芝不灵,百草难医才子命;哭庵谁哭,一生只惹美人怜。"传闻为樊山之作,不知确否。

十姊妹

粤中顺德一带,"十姊妹"之风最盛。以女子十人拜为姊妹,大小不等,有年纪已及笄,而与三五岁之女孩而拜姊妹者。自拜姊妹之后,不许一人先嫁,须待最幼者遣嫁之后,然后才得与丈夫交媾。

长者先嫁,其九人各持针线将长者衣裤相连,密密缝之,盖不使

---

① 易顺豫,字由甫,易顺鼎六弟。

于男子交也。过门后,新妇拜堂、谒翁姑如常礼,但此两夜决不肯男人交。第三日归宁,从此不复返矣,粤中谓之归宁不反。以后每年三十晚,必归夫家一夜,通夜坐灶下执炊爨之事,黎明拜见翁姑之后,仍归娘家。娶此女者,无异鳏夫,女家恐其不堪独宿,及嗣续计者,许其纳妾生子,买妾之费,且由女家任之。待至十数年,待最幼者遣嫁,而长者始回夫家,已儿女成行,亦不以之为大妇矣,鲜有夫妇合好者。

李仲约侍郎（文田）之夫人,即十姊妹之最长者。侍郎得第之后,另纳妾生子。及归,侍郎仍待之以冢妇之礼,但不与之同室耳。夫人从此长斋绣佛,三十余年未尝下楼。侍郎居京师,夫人亦留粤未去,夫妇之道苦矣。

香山小榄何榆庭军门之姐,亦十姊妹之一,年六十余仍住娘家,盖夫家已不认之为正室,故终身不嫁云。

鲍忠壮[①]遗事

奉节鲍忠壮公（超）,为中兴之名将,亦吾乡之伟人也。其生平战功、事实载在国史,无庸赘述。今将出身及人所不及知者,记之。

公少年本一落泊无依之人也,短小精干,目不识丁,尝在奉节县差头余完[②]家为白役,即无名之小差也。余妇极白皙,而爱公之精干,与苟合焉。差头侦知,将置二人于死地。公乘夜偕妇潜逃,顺流而至宜昌,寄居于某铁铺之家,认某铁匠之母为干娘。长此坐食,铁匠亦为之生厌。

欲另谋生计,又苦无资本,日坐愁城。无何而发寒热之疾,日久不起,负债累累,以妇为质。病愈投湘军水师营当兵,积功保至副将,始赎妇归,是为大爵夫人,后又纳其内侄女为二爵夫人,两不相见,即

---

① 鲍超（1828—1886）,初字春亭,后改春霆。湘军将领。历官浙江提督、湖南提督。中法战争爆发,率部驻防云南白马关外备战。

② 后文写为"余顽"。

夔府爵府亦分为两府而别居焉。

公每出战，夫人必乘马与俱出，尝与公各领一军，自为战焉。咸丰某年，以孤军深入陷于袁州，贼数万围之不得出。公寓书于曾文正求援救，其幕宾何伯卿观察正拟缮写禀缄，公急曰："此何时也，尚扭扭捏捏揑作工楷乎？"速出一纸，代书一大"鲍"字于上，以拳握笔打无数墨点于鲍字四面，令差官快快送去。

曾宫保大营，曾幕宾阅之不解，文正曰："鲍黑子被困矣（鲍面黑，军中多呼曰'鲍黑子'）。"发兵救之，而围解。

县差余顽，公亦为之保至总兵衔副将。一日，为公周甲之辰，余往祝焉，拜帖写"同妻弟余顽顿首拜"，乃某刻薄鬼使坏教之也。公见大怒，将杀之，经众劝阻，杖以军棍八十而逐出焉。

光绪十年，中法之战，公犹率旧部曲出关，未交锋而和议成，班师回，驻军榆关。后回籍，惑于左道，求长生不死之方。方士烧丹以进，致其速死。卒之日，年仅六十有五，予谥"忠壮"。其长子祖龄，赏道员；次子祖思，赏主事。

合肥刘仲良制军（秉璋）督川，挟从前在军中曾受辱骂之嫌，罗织其罪，查抄其家，人多冤之，咸不直仲良之所为。

其子祖龄，服阙袭爵授浙江金衢严道。祖龄庸阘无知，识见鄙陋，真望之不似人君也。大吏多以其为勋臣之后，而优遇之。庚子拳匪之乱，祖龄亦附和其说，在浙纵民戕害教士、外人。和议定，惩办祸首，流死于外。

祖恩于甲午中日之战，犹请赴前敌，奉特旨发交刘坤一差遣。和议成，在兵部供职。

祖龄死后，爵应其子世袭，而祖恩强袭之，乡人多不以为然，在京亦终日昏昏醉梦间而已。改革后，流落京师，不得归，往夔府馆致，不能下坑，乡人黄伯僧中将（桢祥）为之醵金送归焉。

徐次舟①观察遗事

乌程徐次舟观察（赓陛）为苏抚徐中丞（有壬）之侄也，少有干才，笔锋犀利。年弱冠即以通判需次福建，旋回避其兄，改广东。年亦不过廿六七，已于思于思，下腮须已满胸矣，人称之曰"徐大胡子"。

先署陆丰县，严刑峻罚，民多畏之。其判段之案，神出鬼没，人几疑为包公再生矣。

有审竹栅门一案，人多有传之者。陆丰产姜极多，有姜行包收各乡种出之姜，运销于省会者也。一日，行主报失去生姜万数千斤，求官追贼，徐往勘焉。见野外搭大棚厂，以竹栅为门，问守者曰："此门关乎？"曰："关，且加锁焉。"徐曰："然则此栅门不能辞其责矣。"呼役将栅门锁之而去。一时县中争传其事为笑柄。

徐回署后，挂牌定期某日坐大堂审竹栅门。及期，观者何止万余人。提竹栅门过堂，问之不语，事主又再三哀求追赔，徐再四鞭打竹栅门。堂下观者群哄笑之，徐佯怒曰："本县为失主追赃，尔等观者狂笑何为？本县纵坐堂到天明，亦必鞭打竹栅门吐实而后已。"群更嗤笑之以鼻。

无何而黄昏矣。观者欲归，头门已闭，久站腹饥，进退维谷，求开门防归。徐曰："事主失万斤之姜，今日观者以万人计，尔等能每人赔姜一斤，即纵之归。"

其时，每斤不过七八文，众唯唯，乃各书姓名住址，将来好令事主按门叩谢也。限即日交姜，逾限者有罪。

开门纵之出，少顷，陆续交姜，大堂派人接收，每交一姜，须令将从何处买来书明。两小时，其姜如山积。检查卖姜处所，多在城内某家。徐即签差拘某至，询之："向不业此，何来如此多姜？"某语塞不能

①　徐赓陛，字次舟。著有《不自慊斋漫存》一书，收录其任遂溪、海康（雷州）、陆丰、南海等县知县时的公文案牍等。

对。穷治之,乃吐实为姜行之守者自盗,而寄顿于城内某家,以图陆续(消)[销]售。一旦官下令赔姜,顷刻而需姜至万余斤,故高抬市价,不两时而尽售其货。故人多服其神断云。

又有父占其媳,返送其子忤逆不孝者。其子到堂,俯首不言,饮泣而已。徐疑之,廉得其情,拘其父到堂,而活埋于野。僧人犯事到案者,无不活埋之。

及调首邑南海县,甫下车,即有民妇求释其子者。

徐捡奏,乃西关长寿寺之庙祝梁贵,为豪绅梁京兆尹(肇煌)送案请办者。事因京兆家妇女入庙烧香,为一班无赖调笑,本与庙祝无干,无辜羁押一年,遂批释之。梁宅闻之,遣报递禀,请严办,不令轻释。徐怒批其禀,大意以“妇女入庙烧香,大干例禁,缙绅之家知法犯法,已属非是,况尔家妇女治家诲谣,致造无赖调笑,于庙祝梁贵何干。杜前县甘为豪门鹰犬,将梁贵羁押一年,已属无辜受累,本县惟恐释之不速”等语。后竟因此得罪,为言官弹劾,其在陆丰任内活埋人犯为不合,撤任查办。

时当十月,冬漕未收,赔累至七八万之多,交代不清,革职查抄,最可异者,其行装马褂有二百余件之多。罢官后,害居粤垣,穷困无聊。

光绪十四年,先大夫由河源调补南海署香山县,邀之至署,月送百金为清客焉。

香山县在宋时为香山塞,塞官陈文龙殁后葬于署后之小山。自设县治以来,小山即圈于署内,每当清明上坟之时,陈姓子孙上坟,旧例县署开门放之入署,上山拜扫。光绪十五年,署后有书班建房,略铲山脚之地为屋基。陈姓子孙以为侵占坟地,纠众拆毁。会营弹压,乃散其众。陈姓亦具呈到署,先大夫批大意以“香山改设县治,历千数百年,后山本在署中,陈姓祖坟不令迁葬,且许其子孙入署祭扫,已属格外从宽,今竟于祭扫之际,纠众拆毁民房,殊为不合”云云。次舟适在旁,见之曰:“太和平了。”遂提笔改其批曰:“大宋距今数百年矣,赵姓子孙且无中原片土,况尔陈民一塞官乎。"其笔墨之锋利类如此。

先大夫极爱其才,将以万金为之捐复原官。

庚寅春,劝之北上,由日升昌先汇去三千金,讵知其在上海,已将三千金挥霍于花红场中,罄尽矣。

其在粤住簧桂新街,先大夫每到省,必主其家。一日,先大夫衙参归,见次舟仰卧于皮马坂上叹气曰:"要死人,要死人。"先大夫问曰:"谁要死。"次舟曰:"我要给一般婆妈债逼死了。你看许多婆妈,登门索债,真不要活人了。"先大夫曰:"有若干债?"次舟曰:"三百金就救了我的命了。"先大夫曰:"你这命,仅值三百金吗?勿急,将救尔命也。"遂呼仆人蒋忠,向阜生银号取三百两送之。次舟曰:"公真生死人而肉白骨者。"饭后,先大夫又出门拜客。傍晚归,见客厅陈列蒔花至数十盆之多。先大夫曰:"何人送如此多之花?"次舟曰:"我这个倒煤旦,谁还送我的花,我自己买的。"先大夫曰:"若干钱?"次舟曰:"二三十元耳。"先大夫曰:"你方才说无钱,怎么就有钱买花?"次舟曰:"你早间给我三百两,还了二百多两的债,还剩有数十斤,除买花外,全买了菜。今晚添了许多的菜,将与君谋一醉饱也。"先大夫曰:"明天如何过?"次舟曰:"明天再另打算。"先大夫曰:"子真优哉,何不思之甚也?"次舟曰:"你这三百金,也养活不得我一辈子,有一天过一天罢了。"

庚寅,北上天津,谒李文忠于北洋节署,适张朗斋中丞勤果公①抚东,向文忠要人。文忠以次舟荐之到山东为抚署总文案,旋以河工案开复原官,并免缴捐复银两。

十七年,辛卯,晋京引见,住于东城报房胡同之法华寺。余居钱粮胡同西口外家少轩太史之家,相去不远,日相过从。

渠以初到京,粤中当差,人多生疏不合用,嘱余为之荐人,并索能干车夫。余为之荐本京人黄姓为仆,高二为车夫。不三日,以三百金

---

① 张曜(1832—1891),字朗斋,号亮臣。曾任河南布政使,治理黄河。

买大鞍车,以二百金买骡子,又以百余金买马二匹焉。每日见皮货铺、荷包铺送货者,络绎不绝。其房中宋锦荷包如山积,余讶其太多,次舟曰:"太好,难得之物也。"渠每日坐车东南西北奔走不停,日必在万福居或福兴居、广和居叫相公,动辄十余人。夜间尚令高二在西城砖塔胡同寻私门子,兴致极好。

不一月,正引见后,得东抚张勤果公来电,以病重令速归。急捡行装开销,各铺之账已达三千金以上,携来之款不敷尚巨,就商于余。余以公车在京,亦无钱在手,劝令将买物退还若干。仅敷开销,而川资分文俱无,向余借二百金予之,曰:"我另还你,勿令尔父知,将谓我哄小孩子的钱用也。"其挥霍妄用类如此。

回东,张勤果逝世,遗折保福少农方伯润为东抚。福德之,保直隶州、署黄县、署临清州,亦亏累不堪。

张文襄署两江,奏调来江为幕府。张见其白髯满胸,称之曰:"老先生。"以为其年必在六旬以上,询之才四十余岁。文襄曰:"徐胡子甚诈。"旋委上海筹防局总办,挥霍如昔。而其戚某又为之买金磅等事,又亏累至数十万之巨。闲居沪上,极困难。

光绪二十二年,先大夫赴文襄之召往鄂,道出申江,往访之。见其贫病,赠之三百金,嘱之曰:"此钱只好拿来吃饭、过日子,慎勿再妄用也。"次舟唯唯。

先大夫到鄂后,不旬日,陈养园观察自申来,曰:"本早到了,为徐次舟留饮花酒,四五日不得去。"及先大夫回申,责之,次舟曰:"天下无饿死之人,得过且过便了。"及后事了,以道员需次江南。

二十五年冬,李文忠奉命督粤,调之同来,为督署文案,其年已五十有一。

余以知府需次在粤,文忠极称之曰"能",迭委重要之差。尝致电先大夫曰:"文郎明敏果敢,办事才也。"次舟揄揭之力为多。

次舟一日谓余曰:"此次来粤,坐广利轮船,有一件事,极僵不可言。"余问之曰:"何事?"次舟曰:"十年前,余由粤赴沪,坐广利船,其买办李英存招待极周。有一老者约五六十岁,尚未留须,后闻其英存之叔号菊泉者,周旋余犹至,每称余'老伯',余亦安然受之。抵申之日,菊泉问曰'老伯高寿?'余以为既安受人老伯之称,必当长于彼一二十岁才受之无愧,乃答曰'七十二'。菊泉曰'老伯壮实得很,养得真好'。余唯唯不与辩。今又十年,仍坐广利,菊泉见面,大为周旋,谓余曰'老伯还这好的精神,今年八十二了罢'。余曰'不过七十八岁,没有那么大'。菊泉惊曰'何以十年不见,还小了四岁?'余曰'我们苦命,到老还要在外奔波,说大了没有人要,就没有饭吃'。"恕笑。

梁节庵遗事

番禺梁星海太史(鼎芬),后改号"节庵",少年得第,常上书于院学士,参李文忠十可杀,调多激烈。下部议,降五级调用,为太常寺司乐,年仅廿七。

章某某罢官之年,老泉发奋之日。回籍后,张文襄颇优礼之,每与之谈,无不中肯。凡文襄所欲言者,节庵皆能言之。文襄以节庵学博才宏,益相尊重。殊不知,其密探文襄近日常看何种书史,节庵亦熟读何种书史,故能对答如流也。文襄聘为广雅书院掌教。

文襄移节两湖,李勤恪公来督粤,势不能留,亦随之去鄂,主讲两湖书院。

其忠君爱国之忧,常现于面。

光绪末叶,文襄奏保简授武昌府知府,旋升道员,授臬司。孝钦、德宗宾天,得电嚎啕痛哭,家人环集,问以何事,节庵曰:"龙驭上宾呀!"仍哭不止,妇女辈莫名其妙,再三探之,乃知两宫宾天也。

后因事开缺回籍,寓其榨粉街老宅,不与政界来往。而陈少石方伯,王雪澂、沈子丰两廉访,蒋亦朴都转与余均与之旧交,李湘文主政(启隆)、江少泉太史、盛季莹太守时约会集于城东感旧园及河南之杨议郎祠、花棣之杏林庄或游石围塘、荔枝湾彭园食荔枝,复为金山石门之游,每月必宴集一二次也。

节庵能画,常画一单绢纨扇遗我,书作瘦金体,画一人骑马行原野中,题曰"其人勇且英"。江少泉仿其书颇似。

辛亥闰六月十九日,余被炸弹伤,几死。节庵同李湘文、汪莘伯孝廉来行署视余,握手泣曰:"公为国,勿自馁也。"湘文曰:"节庵不入衙署,今为公破例矣。"

及九月国变,忽有人报曰:"榨粉街梁宅挂白。"余惊问:"何人之丧?"人曰:"梁鼎芬以身殉国。"讵遣人往视之,并无棺木,但有灵位,书"大清原任湖北按察使梁鼎芬之灵位",盖节庵自书也。问其家人:"是否死难?"答曰:"主人本预备死难,灵牌均自书写,今早忽他适,大约上白云山去矣。"

十月初六日,余已退居香港,忽奉廷寄曰:"李某著署理两广总督,会同梁鼎芬规复粤省事宜","梁鼎芬著赏给三品卿衔,会同李某规复粤省事宜"等旨。节庵于国变后,踪迹何处,无从查考。余以国体已定,大势已去,莫可挽回,亦不欲多此一举,致生灵涂炭也。

民国二年,隆裕皇太后驾崩,节庵忽来京叩谒梓宫。及奉安于梁格庄并哭送于陵寝,清廷命为守陵大臣,赏头品顶戴。其忠君爱国之意,常形之于笔墨间也。

民十年,卒于陵次,谥曰"文忠"。

端　砚

肇庆属之羚羊峡口曰"端溪",在今之后沥厘厂对面,其石可作砚,极能下墨。宋之以来,多于河边取石为之,然多半石皮少完整无痕者。其有痕者,宝砚多锡以嘉名,其有石疵者,名之曰"鹳鸰眼",其实皆非完善之石也。

清乾隆间,办贡砚,曾开采一次,掘两洞焉,曰"大西洞"、曰"水龟洞",其完整者多贡于宫廷,其带皮之不成器者,多弃于溪边。广、肇两属之业此者,多于溪边拾之雕琢成章,锡以种种嘉名,无不利市三倍。此后,两洞即为水淹没,不能取石。

光绪十九年,李勤恪公(翰章)督粤,以次年为孝钦后六旬万寿,备办贡砚,发官款数千金,用抽水机将两洞之水抽干,取石作砚。后厘厂总办启佐之①通守(寿)实董其事,并集同寅集资二十股,每股一百两,于采贡砚之后,趁水干采之于洞底,得石数万斤,较乾隆及先采贡砚尤为全美,所谓猪肝色、焦叶白、牛毛纹、雨过天青、冰纹,种种色色无不俱备,但无"鹳鹆眼"耳,乃知其为皮面之坯石无用者。

启佑之藏砚极多、大,有可为方桌面者,有三镶公事桌者,每作紫色如猪肝云。

(二)李准报刊轶文②

广东厘金之沿革③

前清初无厘金,有之自洪杨乱起。天下骚然,各省增兵平乱。咸丰间,先创设于两湖、江、皖等省,各省相继而设。原为筹兵饷也,各疆吏以此为权宜之举,一俟军务平定,即行撤销。相沿至今六七十年,仍不能撤,且因而增加局卡者有之,重重剥削商民。果能涓滴归公,犹可言也,其实大半归于吏胥之中饱,其弊有不可胜言者。各省皆然,而广东尤甚。广东之西、北、东④三江及省南、沿海一带,大小厘金关卡三十余处:西江之三水、何口、后沥、都城;北江之芦苞、韶东、韶西;东江之石龙、新塘、菜兰、白沙;省南之陈村、佛山、江门;沿海之九龙、拱北、水东、北海、廉城、海口,其最著者。其他如黄江税厂,专收木簰之税,尚不在内;省河尚有土丝、豆厘、补抽等厂。皆张

---

① 后文写作"佑之"。
② 本组文字均从当时报刊中辑得。
③ 原文刊载《沪大附中季刊》1926 年第 1 期,署名"李直绳"。
④ 原文为"西、北三江"根据上下文应为"西、北、东三江"。

文襄督粤时，以中法之战筹饷增设。以筹办海防之故，加增虎门、长洲、海口、白龙尾(属钦州，近安南)、崎菉①(属汕头)等要塞炮台，又于厘金之外，加收台炮经费。补抽即重抽之别名，是由港澳进口船之货而重抽者也。

　　加收台炮经费，亦本暂时之举，亦重抽也，至今数十年，仍未停止。更有各行之坐厘，向由各行包收，直隶于总局，不设局厂。粤中凡买卖生意，其开货单加盖一章曰"部堂挂号"，台炮经费、坐厘，即在其中，每年统计至多有收至三百万两者。光绪中叶，渐收渐少，至二百数十万，非尽厘金短绌也，实员司之中饱居其大半焉。

　　余在粤久，悉知官场之人，以办厘厂为最优之差，虽海关道不异也。各厂厘金委员曰"总办"、曰"会办"、曰"办事官"、曰"司事"、曰"巡栏"(即巡丁捍子手也)。其得厘厂总办也，非督抚之要人，即阔人之八行，非挟有军机大臣之荐缄，鲜有得厘差者。即司道之红人，亦只能得一不关轻重之小厂。其有一种厘棍，向以办厘金得名，称之曰"老手"，曰"在行"，可以包收长数，大吏为收数关系，亦不得不用。其实若辈，别无能耐，专门讲应酬，连结督抚、司道之要人。总局、提调、坐办，亦打通一气，除分送干修之外(大厂一月以一二千计)，终日在省请客。一席动至数十金，此犹冠冕堂皇之客也(凡老当厘差者，厨役必好，饮馔必精)，共设宴于谷部(粤中妓艇泊处)，花天酒地，一夜辄耗去百余金。试问此钱亦总办取之于家乎，仍取之于厘金耳。且总办终日在省应酬，少于到厂，不过信任几个办事官、司事，任其刻薄商民，得银瓜分而已，厘金之短绌不计也。于是拉长补短，冒充长收，以蒙骗大吏。其拉长之法，是厘金本短收不够比较，应当撤差，乃将二月征收之数都报在正月，而正月之厘金，于比较有长；三月又拉出二月，有拉至五六十日者，皆助长也。局中之提调、坐办、比较委员非不知其

---

　　①　今作"崎碌"，崎碌炮台位于广东省汕头市金平区，2013 年被列为全国重点文物保护单位。

弊，以均受外厂之贿赂相率蒙蔽为之助长。一年有长，照章调优或留差。而拉空之一二月从何填补，于是诳报收数，假填原厘票，总局之管库委员，以欠作收。俟到他厂，又挪他厂之收数，以填还之。倘有事故，厘差中断，而收数忽骤短巨万，拉空日子为之也。纵参其官革其职，岂能偿此巨万之金乎。况若辈手段灵敏，平日交结局员，非拜把即结亲，一旦有事，有不为之左右袒手，乃得逍遥事外。且或以奥援有人，而更得他厘差焉。

如苏人朱某、邹某，甘人徐某，其最著者也，朋比为奸，盘踞厘金若干年。欲不短收，其可得乎。至办事官、司事，尤为厘金之蠹。办事官以佐杂充之，虽由局委，实亦各总办之私人密陈请委者；司事则概由总办延致，流品更杂。故凡一总办委下，荐办事官及司事者，名条以千数计，岂能遍延之乎，择其有势力者延之，其余多送干修。众人皆视此厘厂为莫大之利薮也。

一司事如到厂，派充查验，一年照章捐从九巡检到省；再得任一年之办事官，即照章捐通判、知县，过班到省，驾轻就熟；又谋为总办，一二年又过班知府，班次既崇，又称老手，当不完之厘差。然无论如何，决不过班道员，以道员即不能当厘差也。厘金总局，以藩司领衔委任，至府厅州县而止。当时粤中道班，常无候补之人，而府厅州县官厅，则人多于鲫，以有厘差可图。其由厘厂司员过班者，实居多数，至各厂巡拦，尤如狼似虎。凡一总办到差，照章纳费从千数百金至数千金不等，视厂之大小为定。总办既得其规，尚能责其不舞弊、不剥削商民乎？势必不能。

至光绪二十三四年后，厘金年复一年，短收至巨。时朝廷正锐意维新，整理财政，钦派刚子良相国赴江苏、广东等省查办。到粤后，子良知官办厘金之弊，如上所述，乃有商包之举。原任天津镇总兵黄和亭总戎（金福，潮州人），子良昔官惠潮道，与之悉深信之，令包办厘金，每年四百万两。商办更无章法，一年仅收一百七十余万两。

李文忠奉命督粤，以商办为不善，仍收回官办，革除从前积弊，仍须包收四百万两。藩司丁慎五方伯（体常）不敢承，文忠以余果敢有为，能任劳怨，欲以此事委任之，因询于余曰："你能包收每年四百万两乎？"

余对曰："以广东商务论，繁盛甲于他省，倘办理认真，果能剔除向来之积弊……"如上所述，以告文忠。

文忠曰："尔能知其弊而收革之，则得得矣。"

余因请于文忠曰："今欲为增收厘金起见，非全行改章不可。从前厘厂员司之薪太薄，不足以养其廉，总办月薪三十二两、办事官月薪十八两、司事月薪七两二钱，试问此微薄之薪，能敷总办一席之费乎？是明逼之舞弊也。总办欲舞一万之弊，其厘金正额当短收三万，其员司、巡栏当倍之也；如总办欲得二万，正额当短收六万。今欲法其弊，当先厚其薪，使足以养其廉，各海关之税务司之西人，不尽皆厚薪乎，有见海关短收者哉？非西人皆贤，而中国人皆不肖也。自后总办自四百两递减至一百二十两、办事官由一百两递减至三十六两、司事自五十两递减至三十两、巡拦自五十元递减至二十元，以厂之大小，比较多寡为等差。裁去会办、总办委员，须由余拣选操守廉洁之人，其向来老办厘金之人，一概弃之不用，以共习染太深，难于改革也。如阔人之八行，及督抚司道强迫用人，则不敢承认，非以其人尽不肖也，以其有所挟而来，倘不遵局章办事，总其事难所应付。厘金之短绌，可立而待也。"

文忠曰："然则汝将用何等之人乎？"

余对曰："非欲用私人也，欲选近数科分发来粤之即用知县，及素崇节俭之廉吏耳。一般即用知县，多半寒士出身，一月数十金，即已志得意满，今一月而有数百金之厚薪，不更喜出望外乎。且其未沾染厘厂恶习，差不从运动而来，责令常川驻厂办事，无事不许回省，如回省不经总局核准离厂者，立即撤差，在省宴客者亦同罪。员司皆有定额，不许多用一人，局派委者半，厂员请委者半。其员司由何人推荐，须令其本人出具盖印保结，员司舞弊，惟原荐人是问。"

文忠曰:"其如一般新进士不谙厘务何?"

余对曰:"人非生而知之者,但能不要钱,乘公办事,何事不可为。如以向办厘金之人为熟悉,是仍教之舞弊,且视余年幼资浅,或故违我之令也。"

文忠曰:"一切照你办法,倘收不足四百万,须要你赔偿。"

余对曰:"今更新章,用人行政,不掣我肘,认赔可也。"

亲友知交中咸以余为少年,冒昧承认此重大之事,倘或办理不到,虽倾家不足偿也。

余到局视事后,其坐办为甘肃人徐东崖直刺(僬声),盘踞厘局已久,老于厘务,而舞弊最甚者也。从前外厂之总办,非亲即友,即非亲友,亦趋承恐后,月致修脯多少不等,冀其从中照料,斡旋其事。官虽直州,职仅坐办,其气焰之大直驾提调而上。余初判局,督饬各员,更定章程,锐意改革,自晨至暮,无片刻之闲。东崖嗤之以鼻,以余为多事。余隐忍之而不言,仍虚与委蛇,且常以不谙厘务而请教之。

东崖曰:"勿多事,可将就即将就些。太要好,将来亦未必能讨好,不如同流合污,顺向来之潮流,既免招怨受谤,又可从中得利,何必徒自苦也。"

余曰:"如不更张,四百万之数,何能致,能负赔偿之责乎?"

东崖曰:"此官话耳,能收三百万已属万幸。倘不足数,真要君赔乎?一年之后,李中堂又不知到何处去矣,何虑之深也。"

余曰:"我负责而来,必欲仿海关税司办法,试行一年,如无效,再行旧章可也。一切仍望助我进行。"东崖唯唯。

其时局员,如姚伯怀大令(绍书)皆借库款捐官到省,得差缺之后,始还库款,其他似此者甚多。东崖视公款如私有,任意挪用,多类此。余明知之,而不即言。文案蒋龄九大令(庆颐)、陆枚五大令(继昌),管库刘子宽通守(裕洪)皆旧人。余到局后,委杨秋潭大令为文案,即用知县邹受丞大令(增祜)为比较委员。适刘子宽病故,须委人接管,余以此事必得办事认真、操守可信,固执不可通融之人继之,方能免拉比较者之以公作收,及局员之挪借、擅挪公款、放私债等事,乃以即用知县刘问之大令(能)为管库委员。东崖知问之不可干以私也,惧甚,请缓接事,待其料理清楚,再行交代。余亦明知东崖,先经私挪库款十余万,放债未经收回,属其赶速清理。

又十余日,问之乃肯接事,点查库款,尚短二三万,为东崖之挪用及私借与人者。其先私放之债,揭单写东崖堂名,到期者,提现金归库,其未到期者以揭单存。库尚有金珠首饰等项,亦抵押若干金,而存库者,皆东崖为之也。是日,邀集藩司丁方伯到库监视,东崖面无人色,不置一词,总求保全,可陆续追收归款。方伯待人厚,且以鹿芝轩相国之故,而优容之(东崖为鹿之戚)。从此东崖之气焰低落三丈矣。

各局自改章以来,收数比前加增。惟改章之后,每年支出之款,加增三十余万。两长收之数,不知能及此数否,心常惴惴。而东崖从此于余之计划,多有赞同者。

各江之厘卡既设,各江盗贼狓猖,商贩之受害者多,厘金亦大受影响。乃造广福等内河小兵舰十余艘,分巡东、西、北三江,巡河保商并提各厂之饷。按日报解,实收实解,不许拉日子助长,且可免款存外厂,为匪垂涎被劫及厂员挪用,是一举而数善备矣。仍恐厘局之兵舰不敷巡缉,又会同善后局、营务处,加派兵舰巡缉。余本为善后局提调,又兼营务处者,秦子质太守又有统巡之组织,余亦极赞成之。巡缉既周,商船之被抢者遂少,厘金亦因之畅旺,收数加增,何止一倍。一年既满,连坐厘、台炮经费,共收四百三十余万两。人以为意料所不及者,吾以为实在意中。倘再加整顿,任用悉得其人,虽六百万可致也。

此一年中,虽云雷厉风行,整顿不遗余力,而各员之不谙厘务者,自不免有走漏之虞,然其不致公然作弊。涓滴归公,比向来故仍长倍蓰。其有素谙厘务之员,类多能洁己奉公,改其旧染之污,所谓鄙夫廉,懦夫有立志也。各厂员中,以即用知县谢范九大令(质)收数为最长,余以其短于才,委以石龙厘厂。石龙,小厂也,比较向仅一万二千余两,而范九收至四万九千余两,长收几至五倍,诚骇人听闻者也。于是为之调萁兰,以其比较为四万余两,次年范九竟收至九万九千余两。又调九万余比较之白沙,竟收至十五万余两。其他如许少卿大令(莹章)、邹仲宾司马(元赞)亦长收至巨。省河补抽厘厂,陈省三太守(望曾)尤为各外厂之冠。初余之定章,厚给薪俸,每年加增至三十余万两。省三素厚我深,以为虑曰:"开支多至三十余万,长收之数,能有此乎?"故省三接办补抽之后,仍照旧开支薪俸,办事则照新章,一年而长收至十万余两之多,除照章给领花红外,仍不肯补领加薪。次年乃减领一半之薪,月二百两,其廉介谨饬有如此者。

定章:凡长收之数,比原定比较数目长收之数不及一成,以一半为花红,总办得其半,员司匀分一半;长逾二成者,以一成为花红;长逾三四成或长至一两倍者,花红至多不得过二成;短收半成者记过、一成者撤差、三成以上参革治罪;两届长收,禀保优奖,或保优缺以调剂之。赏罚分明,人皆争自濯磨。次年遂增收至五百余万两,补抽厂由二十余万而加至四十余万,河口由十余万而增至三十余万。此一年中向之不谙厘务者,亦略知门径,其老于厘务之人亦各不相下。以长收有花红可分,较舞弊之钱以心安理得,况两年来捐除应酬、奢靡之风、干修之费,所省实多,囊自充盈矣,真公私交利也。

余于接办厘务之数月后,曾请假三月赴川省亲,总局事由坐办禀承藩司主之。及余奉先大夫来粤,日侍汤药,本不欲再当厘务、善后、银元、营务等局差,故回粤仍未销假回局供差。而厘务为余一手经办,又不肯坐视不理,故于厘务之公事,虽不看,而每日仍关心此事。局员中亦日来报告之。

一日,见报端厘局牌示:准四德堂商人以四万八千两而包办棉花纱、台炮经费。余闻之,不胜骇异,以为我正收回商包,何以又将此项又归商包。且棉花纱为进口大宗,仍仅以四万八千两包办,必有弊混,立传局员到寓询之。据称,是徐坐办主张包办,以四德堂为本行承办,可免为洋商啡哕等包揽。经由补抽厂陈总办查明,每年仅收二万八千余两,今以四万八千两包办,是尚多二万也。余问曰:"四德堂仅包补抽一厂棉花纱经费乎?抑连各厂之棉花纱经费而全包乎?"局员拮舌不敢对。调全卷来阅,而总书以徐坐办带回公馆对。余大疑之,立遣员往徐寓追索全卷。无何,而徐亲来,出卷与余观,乃并各厂之棉花纱经费而全包之。

余诘问徐东崖曰:"各厂之棉花纱,经费岂仅此四万八千乎?"

东崖曰:"补抽为最大之厂,亦只收二万余两。经陈省三查明,禀复有案,凡进口之花纱,都在省河,经过补抽厂,再分运各处,即不能再抽。"

余曰:"有不经补抽而由港澳直运内地者,即无经费乎?"

东崖曰:"亦有之,但多为洋商啡咬等包揽,各厂亦不敢过问,故以包办为合算。"

余曰:"其然岂其然乎?余将查之九、拱两关代收之数矣。"

东崖面赤语塞,力求余通融办理。余曰:"即撤销牌示,决不包商。"东崖退。

余立即将牌示撤销,一面电致九、拱两关税务司,查明每年代收棉花纱、台炮经费若干,并行知石龙、江门、河口、后沥、水东、海口等厂,查明历年收数。次日即得两关税司复电:每年代收此项经费,至三十余万两之多,按月解交,督院有案。各厂亦连日查报到省,多寡不等,合计每年总在四十万以上。而东崖丧心痛狂,受商人五万之贿,而卖此四十余万之经费。即日销假到局,同藩司丁方伯晋谒陶方帅,力陈此中弊混情形。立撤东崖之差,听候参办。后以丁衡甫观察(宝铨)放惠潮道,自京来,为传鹿文端之语,得署海阳县。西林督粤,仍录其劣绩,奉参革职,永不叙用焉。

九、拱两关代收台炮经费,每月解交督院,发善后局收。而此项经费应归厘局,善后局作收厘局解拨之款,一纸公文了之。此款每月约二万余两,有时多至四万余两者,是税务司之支票,在香港汇丰银行支取。向章每月收得此支票,必派一委员往港提取此款,非陈鲁僧即席聘侯,每次开支以五十元。而收之关平纹银合香港纸盈余在一成以上,而委员仅报大平五钱,而关平比库平大五钱,库平又比善后局之九九五平大五钱,是一百两共大平一两。今报五钱,是吞去五钱也,四万两共侵蚀二百两。纹银加水,每百两须八九两,汇丰钞票比广东豪羊①又须加水每百五六元或七八元不等,共得加水几二成,是每月隐送四五千至七八千不等。余既悉此弊,力争将此款提回本局自取,而善后局员尤力争,须以此款在港买铜煤生银之用,免另购港纸,其实皆各小委员之唯一大宗收入也。余提此款后,其盈余年三四万两,另款存储,作外销另用,三年而存至十余万两。又每年解上海道赔款克萨磅价②,厘局摊八十万,向由善后局归总,交各票号汇兑。而票号除加一纹水外,须加汇费三五两不等。港纸水按市价照补,是一百两须另加汇费、纹水、纸水十七八两。厘局之八十万,须豪洋九十余万两,合关库、藩库、运库、善后局库,共解赔款四百万两,其汇费、纹水当五六十万两。余历年承办各省赈捐,收数在千万以上,亦多解交上海道作赔款者,乃余自行由汇丰买汇单逐电上海,交规元。以规元加九两六钱,即为库平纹银。香港汇丰之电汇,是以银元计,港元每元作七一七五。上海交纳规元,每元多至七四七五,至小亦有七三零,是港洋一元。在上海多交二三分不等,是每元不须汇费,且找回二三分,一两则余四五分焉。加以纸水及九两六钱,较之票号汇兑所省甚多。

　　庚子李文忠入京议和,电饬赔款磅价,须按期解交,免误和局。余因力主自行由汇丰电汇,可节省三十万之汇费。十月初八之限期已届,各库所存多是毫洋,而汇丰非其本行钞票不收。以现金买钞票,三五日在省垣买六七百万元,万办不到。票号亦相率罢市,不汇。

---

　　① 即"毫洋",当时广东、广西等地区通行的本位货币。

　　② 甲午战争后,清政府为偿还《马关条约》赔款,于1895年6月第一次赔款时,向伦敦克萨银行贷借100万英镑,借款期20年,称为"克萨镑款"。

同寅者多责备余之好事，以为多费，是公家之款，于我何干，至此咸欲看我之坍台也。余适得川电，先大夫病重，令余归省。余心急如焚，而此事又无人接手。遂收集各库之现今①四百余万两，用"伏波"兵舰运往香港，交汇丰押舱，以善后局名议押借四百万，六厘周息，一月归还。即日电汇上海，交纳未误十月初八之期。所省之数二十余万两，除去一月之息二万两，仍省二十余万两。

当余运四百余万来港时，纸水大涨，每百元补六七元，如非押仓之办法，则吃亏颇大。后数日，纸水大为低落，每百元补水二元余。不三日，而此四百余万两之现金，全变为港纸，而还汇丰之借款焉。

余办完此事之后，回省交代清楚。各库按照历年解款办法，交余汇解，有余者，均分别交还，而请假回川省亲矣。

及明年二月回粤，有人向当道言余办此事，公家吃亏十余万者。余气愤填膺，目眦尽裂，乃将各库历年应解之款，连汇费、纹水共去若干，此次共支出毫洋若干，一比自明，各始无词。其实皆各票号串通善后局小委员陈、席二人造谣生事，挟不予取九、拱两关之解款。汇丰支票之嫌，夺其生财之路，颠倒是非、混乱黑白，非撤参此二员，决不入局当差。小人之难逢也，至于如此。

自辛丑起，厘局应解赔款，先行提出于港纸，极低之时，陆续买入于汇丰。汇单极贱之时，电汇上海。先存银行，折息归公，到期，再交上海道。既不误期，又省汇费、纸水，且可得此数月之息，亦归另款存储簿内。两三年来，连九、拱两关盈余，不下三十万两，且又发商生息，益加增焉。余乃于厘局之西偏隙地，建大洋楼两座，为办公之所。其原有旧屋，亦令修葺一新，并置极华美之家具，穷奢极欲，而耗此余款仍不及十万。此皆不损于公，而取之于各人中饱，另款存储之中也。此宗款项，如粗不经意，即归于无何有之乡，其有重大于此者，岂可忽焉不察，厘金正供其最要者也。

---

① 应为"现金"。

第三年,收数亦将六百万两,后余以督师剿匪之故,不暇及此。厘局之事,从此不闻不问。率由旧章,亦不至再有短绌矣。及后蒋龄九太守(庆颐)、蒋达宣司马(茂璧)当河口厂多年,余妹倩裴袋云太守,亦当补抽厂,其收数均历年加增云。

区新之役[①]

粤中患盗,愈富庶愈繁盛之地,盗益多,盗之利器愈精。如广州之顺德、香山、新会、南海、番禺、东莞、新宁、增城、三水等县,皆富庶之区,而盗贼最盛者也。顺德与南海之西樵相毗连,尤为各县之冠。其他如清远、花县、从化、龙门,与番禺之北相毗连者,皆贫瘠而交通不便之地,则盗益少而器械亦不精。

西樵一带,有大盗焉,曰"区新",绰号赤勒新,南海区村人也,党羽众多,器械精良,为患广、肇两属及西江、省南一带者将十年。先有渠魁,曰"傅赞开",为区新义父,其人疏财仗义,颇有豪侠风,匪徒归之者甚众。西江一带之木簰,自西至东皆归其保护,实按价勒收行水为保险费也。

李文忠督粤时,由香山绅士刘问刍观察(学询)介绍投诚,其同来归者有李矢公昭、陆乾、陆显,皆著名巨盗,而区新背傅赞开之旨,仍纠党扰乱于西江一带,傅赞开莫之禁也。西江木簰,仍归赞开保护,正大光明,插傅字旗号,区新但不扰其木簰而已。区新之声势既大,而地方文武有缉捕之责者,亦莫之奈何。

广东京官有上言者,奉廷寄令速殄灭此股巨匪。适西林岑云阶尚书,由四川移节来粤率师平两粤之乱,声势煊赫。到任之初,雷厉风行,由东至西,先劾去桂抚王灼棠中丞(之春)、提督苏子熙宫保(元春),两粤之文武官吏,莫不慄慄危惧。光绪二十九年十月,自西回

---

①　原文刊载于《沪大附中季刊》1926 年第 1 期,栏目"任盦闻见录",署名"李直绳"。

东,忽严扎于余,略云"查区新一股,扰乱于广、肇两属及西江一带,为害几及十年。该道身统重兵,竟任其横行,不能遏其凶锋,律以纵盗殃民之咎,其何能辞。国家岁縻巨帑,非以其逍遥河上,徒事虚荣也。今勒限一月,务将全股荡平,并生擒首逆来献,不许有一名漏网。倘逾限不获,三尺具在,断不能为该道宽也"等语。如青天霹雳,自天而下,汗流浃背矣。余本未统兵,何言身统重兵;并未领饷,岁縻巨帑,与我何干。统巡职任稽查,谓之纵盗殃民,其如地方文武有缉捕之责者何。愤极将挂冠而去。年来任劳任怨,苦心孤诣,尽心为公,反得如此结果,不能不令人灰心也。左右咸以余正青年,非挂冠之时,交相劝勉。

余怒极,持公事走对门庄思缄家。适思缄在寓,掷西林之札与阅,曰:"天下有此无情无理之事乎? 真蛮帅也(西林横行无人理,人多呼为蛮帅)。"

思缄阅毕,谓余曰:"此君自取之也,与人何尤。"

余曰:"与君交好多年,岂尚不知余乎,而为是言也。"

思缄曰:"我真知君,方能为此言。"

余曰:"请言其故。"

思缄曰:"君少年好事,劳怨不辞,误君之事多矣。天下事,任劳则可,任怨则不可,怨毒之于人甚于哉,君当三复斯言也。君历年整顿厘务,更改新章,革除旧人,虽云长收甚巨,实为业怨之府。西林此次,由川东下,沿途之送君忤逆者,不知若干起。君办厘务可也,何以又要整顿水师兼充统巡矣。率由旧章,奉行故事可也,又何必干涉捕务。今日撤此,明日换彼,任其废弛,坐领厚薪,非计之得乎。众人皆醉,何苦独醒,君偏欲矫情立异,自取罪戾。西林之初下车也,本欲置君于死地,将与裴伯谦、李子香一例看待,旋以西征事急,姑置而未办。及君随西林赴广西,一路照料军队,得遄行无阻,西林之意,本已稍解。然仍憎君之多赀也,欲借事媒孽其短,以取君之财。此皆君平日任事过勇,不恤人言,致遭无数之人(赞)〔谮〕诉也。今西林以区新之事责君,君勿忧勿气,我且为君贺也。"

余曰:"祸且不测,何贺之足云乎?"

思缄曰:"盗憎主人,以其慢藏也。若能倾资财,以招致好身手,多买眼线,探其踪迹,重赏之下,必有勇夫,谁不为君出力,一鼓而擒可也。事成之后,不但不能为君祸,且将迫于公议而荐君矣,故为君贺。此御盗之善法也,君自图之。"

余曰:"其如我未亲统自练之军何?"

思缄曰:"此则恐西林尚未之知,君自行具折陈明,能拨何军归君统率更善。不然,君本为营务处,无论何军,均可调遣,有钱何事不可为乎。勿气馁,一致进行,免误限期。勉帅(粤巡李兴锐也)尚可为君说几句公道话也。"

余曰:"谨受教。"与辞而出。

次日晋谒西林,陈明并未统兵亦未领过一饷。

西林诧曰:"君未统兵乎? 向以为统巡,即统领水陆各军也。今既如此,即拨何军门之靖军前后两营归君接统。"

余曰:"非自练者,何能得用?"

西林曰:"接统后,另行更换得力之人,吾不汝制也。"

余曰:"但恐期限太迫,改编训练,殊来不及,职道不惜重赏,尽心竭力办去,成不受赏,败不受过。"

西林曰:"只管办去,到时我自有道理。"

余辞出后,往谒李勉帅,勉帅慰勉者再。事已至此,只得力疾进行。往访素称缉捕能手之李世种①(字鹤琴,江苏人,生长于粤,官千总十余年,捐升参将者也),与商捕治区新之法焉。世桂荐千总潘斯铠(字清渠,南海西樵人)、傅赞开二人。以斯铠为西樵人,与区比邻,其乡人能随时侦查区新踪迹。赞开先本盗魁,区新为其党徒也。能借用此二人必能收得人之效,余亦不暇择,即召此二人来。斯铠眇左一目,而

---

① 应为"李世桂"。

跛一足,赞开则眇右一目,皆言不出众,貌不惊人,赞开更讷之然,不能出诸口。都司潘灼文,率前后两营至,亦有足疾者,并邀鹤琴留饭于余宅。余于赞开,尤优礼焉。赞开言于众曰:"李大人如此待我,死都抵。敢不竭力以报李大人者,非人也。"余曰:"如君侠义,真绿林中之豪杰也。"

当与潘灼文商,改编两营,全换新式器械。灼文为督带,其原饷正兵为四两二分者概加为十元,线工侦探者在外,实开实报,不限制数目;赞开专司侦缉,兼一哨之官;世桂为参谋。先发二万元,交各人分投进行。

广州协副将黄菊三协戎(培松,闽人)言于余曰:"傅赞开自投诚以来,不拿一匪,不办一事,专以护送木簰为事。今责其拿区新,是犹石投水也。"旋以此言以问赞开,赞开曰:"(设)[投]诚以来,无人能用,我将为何人效死力哉? 只安分守己,押护木簰,尽我天职,保我一般兄弟,不再为匪足矣。大人知我信我,得一知己,死且无恨,敢不如大人之命,而生致区新乎? 新之于我,有父子之谊,先劝其来归,不听则捕之可也。"

余日夜筹备,穷于侦察,日不安席,夜不安枕者两旬余。以西樵区村一带,本为广州协副将管辖地,仍督饬该副将及所属汛地同谋合作。请于西林,以潘灼文署广州协左营大井头都司,以潘斯铠署隆庆汛把总,傅赞开署佛山彩阳堂千总。布置既定,冬月初四,即率队往顺德属之黄连河面候香。顺德协将赵(完)[定]国、齐山副将施光庭、新会营参将马德新,各率师来会。当同世桂与诸将议进兵之策,以马德新一路从西海岗头进;施光庭一路由九江河清进;佛山都司高厚慈、傅赞开、潘斯铠由隆庆进;赵定国一路由江浦进;余自率潘灼文一路由杜滘进。约定黎明同围区村,不许擅入民居,免遭骚扰之嫌,违令者斩。初五黎明,各路官弁,齐集于区村前之五世祠,据报均无区新踪迹。侦探者报告,谓昨夜三更区新尚设宴于五世祠。我军四鼓,已齐集于村外,区村虽大,决不致逃匿如是之速(区(新)[村]约二万户），余下令由官长按户搜查。该村绅士、在簿翰林区大原、区大典两太史，均称区新并未回乡。潘斯铠、傅赞开坚称昨晚确在本村。由卯至午，搜查已遍，实无区新踪迹。傅赞开云："附于区村之旁有陆村，素为窝匪之地，区新必匿于此。"余下令再围陆村。该村后山，先有军队围守，尚未收队。余亲督潘灼文、潘斯铠、傅赞开等进围陆村。灼文正行至村外塘边经过，匪众已开枪击我，连伤二兵。赞开从右方包过，各军逼近匪窠。三面仰攻，其守后山之军，自上下击，匪众据塞死战，久不得破。有哨长刘九皋者率数兵以铁笔拜门（此粤语也，以长逾五六尺之铁尺锐一头以撞门，谓之拜门），塞门破，匪自内冲出，九皋受重伤，二兵洞胸死。开战一小时，匪势不支，死亡甚众，区新已受重伤。赞开识其为区新也，拖一小屋内监视，再与余匪战。除区标、区湛等多人击毙外，生擒区新等十七人。

余先悬赏生擒区新者，赏二万元。此时之生擒者，不知谁为区新，人皆不之识也。生擒之犯，争功不已，扰攘逾一小时。最后赞开抬一受重伤、手足皆六指之犯来献也，此真区新也，各军又争如故。余下令曰："股匪尽平，无论谁擒得区新，一例有功，不必争也。每路之军，先赏千元，余俟回省，照数分赏。"

下令发号归队。官长兵丁全集于村外，分队鹄立点名，与进村之数相符。乃传区姓绅耆眼同搜检，各弁兵有无骚扰夹背情事，各绅耆皆曰："此次真玉石分明，秋毫无犯，为从来所未有。"或曰："神圣不可侵犯之军队，何必令绅耆眼同检查，以轻视他军人也。"余曰："否否。西林之威不可测，区新既擒，或将借他事而加罪焉。如不眼同检查，军队去后，或以骚扰失物上控，杀身之祸立致矣，何功之足云乎？非自轻视我军也，实不得已耳。且亦非如此，不能均束各军，能无扰民之事，余心乃安。"往者何榆亭军门（长清，香山人，水师提督）、刘渊亭镇军（永福）亦曾团区新于区村，乡民数千，环绕不令去，报失物者千数家，如西林在粤，得安然无事乎？

检查既毕，率队押解匪众回省。乘舆入城，遇庄思缄于大南门，问曰："区新如何？"余曰："已生擒矣。"思缄曰："前言如何，为君贺矣。"（李勉师调浙闽督，思缄随之赴闽，继勉师之后为粤抚者乃张安帅。）

入城先到督辕报捷谒西林。西林问曰："真区新乎？"余曰："区新手足六指，何能假也，当派枭可往验，果真区新，摄影为证。因受伤过重，到省已绝气故也。"西林曰："他之逼君，不能成此大功，地方不能去此一巨害也。将电奏奖君之功，犒赏各军三万元。"

旋趋抚院谒安帅，安帅曰："余初至粤，深为君危。今能依限破获，将与云帅请朝廷，旌君之功。"余曰："非敢邀功，但求免祸足矣。"安帅曰："公道自在人心，君勿忧也。"余趋出。

以三万元全数犒赏各军，上出力各员之功于两院，计试用参将李世桂，试用游击潘灼文，千总傅赞开、潘斯铠为首功；千总刘启璋、邓瑶光次之；其余员弁，各升赏有差。

旋奉上谕，余仍以道员请旨简放，给予果勇巴图鲁名号；潘灼文免补（参游将击）［参将游击］，以副将尽先补用，并给予锐勇巴图鲁名号；傅赞开、潘斯铠免补守备、千总，以都司尽先补用；刘启璋、邓瑶光免补千总，以守备尽先补用，钦此。

李世桂，不但未赏其功，反发交南海县看管，勒缴征（南）［西］军费五十万元，以其曾包办缉捕经费也（即番滩赌饷），是从前欲取偿于余者，今将取偿于世桂矣。

一日，西林设宴于督署，召集此次出力各将士，而饮之以酒。宴毕谓余曰："此次区新之役，成君之大名，将再冀君立奇功也，君其勿辞。"余曰："职道力所能为者，无不尽力为之，决不畏难，何事请宫保言之。"西林曰："李北海一股，扰乱于肇、阳、罗及高州等处者若干年，地方文武不能遏其凶锋。前命高州镇总兵莫善积率喜字五营往勒，不但不能得手，反屡败于贼。今已将莫镇摘顶记过，勒限剿平。非君亲往，虽杀莫镇，亦不能平李北海之匪焰也。"余曰："但求勿限期，尽力办去。"西林曰："诺。好自为之，勿自馁也。"余趋出，即分遣赞开、斯铠诸人，先往侦查匪迹。其详细情形，另记于后。

纪李北海之役①

李直绳军门，名准，别署斗山山人，四川邻水人。长文学，精韬略，官至两广水师提督②，兼广东陆军提督。光复后，解甲归田，袁项城总统，慕其为人，封为直威将军。晚年隐居沪上，著文自娱，听歌为乐，金少梅、碧云霞、任绛仙诸坤伶，得其提携，因以成名。所著《粤东从政录》一篇，纪当时政略，至详且尽，洵足以补正史之不备也。兹特录登本报，傥亦为阅者诸君所乐许乎。

梅花馆主敬识

粤中多盗，甲于他省。而粤中之盗，各处情形尤不相同。李北海者，肇庆府之新兴人也，其父为李亚汉（即李耀汉）祖父之养子。北海既长，不务正业，日与盗匪为伍，久之遂成大道。党羽既众，群奉之为首，扰乱于肇、阳、罗、高州等属，与广西群盗通声气，势益张。

光绪二十五六年间，大府派知县王松山大令（崧）会营办肇属清乡，勒李族交北海，李族无正经绅耆可问。时李亚汉年仅弱冠，读书未成，家本小康，遂以亚汉为北海之亲属，勒令交匪，亚汉以北海之父为其祖养子所出，不承。官吏局绅，遂诬亚汉为匪，与北海同悬红购缉。亚汉不得已而入北海之党，称绿林豪侠矣。余既奉西林之命，带队往缉，镇将以下，悉归节制。查悉其情，密属傅赞开通信于亚汉，谓

---

① 原载《申报》，1926 年 4 月 2 日第 17 版和 4 月 3 日第 11 版分两天连载。栏目为"粤东从政录"，署名"李直绳著"，"郑子褒录"。郑子褒，即梅花馆主，时为上海著名戏曲剧评家，李准多篇文章皆由其录后投报。此外，《沪大附中季刊》1926 年第 1 期上亦载有此文，无梅花馆主案文，题目为《李北海之役》，署名"李直绳"，栏目为"任盒闻见录"。两文仅个别字句有差。本文系核对两文校录而成。

② 应为"广东水师提督"。

如能悔罪投诚,擒北海来献,当尽赦其罪,而还其家产焉。

北海之扰乱于肇、阳、罗等属也,其众不过千余,莫厚臣镇军(善积)以五营之众,屡为败者,何以故？盖贼众飘忽无常,出没于云雾山、西山等处,其山绵互数百里,在肇、阳、罗三属之交,兵多则避,少则出与敌。莫镇合队追击,疲于奔命,贼每乘其疲而击之,故屡次失利,而匪焰愈张。

余有鉴于此,电令莫镇不许追击,分队于隘口,设险拒守,匪来则击,匪去不追,以逸待劳,俟大军既集,出奇兵击之。布置既定,余率潘灼文、潘斯铠、邓瑶光、刘启璋、关国雄、黄廷润、高厚慈、吕镇凯等营溯西江而上,会肇庆府多与三太守(龄)及水师前营参将柯月波参戎(壬贵),由新兴江口而达新兴县。

县宰邹受丞大令(增祜)迎于江干,因与偕行至天堂墟,上至河头(北海、亚汉即天堂墟之朱所村人)。河头营都司旗人续芳来迎,询其匪踪,据云匪踪飘忽,兵来则去,兵去又出,汛地兵单,莫可如何,今大兵至,将尽退入山矣。余问:"此山上有村落否?"续曰:"无有,仅少数之居民而已。"余问曰:"山中有粮食乎?"续曰:"不多,不能敷匪众十日之食也。"故匪匿山中至多不过十日,必下山行劫采取粮食。

莫镇军亦先自阳春之黄泥湾来迎,跪地不起,求余援救,曰:"带兵数十年,无如此匪之难办者,数月无功,反遭损失,宫保威不可测,我无死所矣。"

余扶之起,曰:"匪踪飘忽,若追击之,徒劳我师,况于地利,则彼熟我生,疲于奔命无益也。前有电,令分队设险拒守,有照办否?"

莫曰:"均已遵电照办矣。"余曰:"此匪非坚壁清野之法不能制其死。"命仍以各军分队设险俱守,以逸待劳为正当办法。

果不出十日,匪众屡次冲围突出,各隘口守兵击之,不得逞。匪无从得食,亚汉要于北海曰:"以尔之故,使我亦列名匪册,籍没家产,今大兵云集,各守要隘,不入我之套中,吾技穷矣。与其束手待擒,莫若率众归降,庶有生还之望。"

北海曰："恐李统巡不纳,将奈何?"亚汉曰："李统巡本非武人,岑宫保威迫其平区新,今乘剿平区新之后,率队而来,用坚壁清野之法以困我众,其识见高出寻常武人多矣。吾知其非嗜杀人者,吾辈投之,必能见纳。有在本山教读者曰'梁者江',央其诣营通诚款,如蒙见纳,率众下山,缴械投诚可也。如不相容,再拼命为最后之决斗,死生不计也。"各匪皆以亚汉之言为然。

次早,梁者江果来营门,由潘灼文、傅赞开二人详询其情以告于余,余又面询:"是否诚意?"梁曰:"亚汉本不愿为匪,徒以已列名匪册,(挺)[铤]而走险耳。今闻大人之来,真心来归,愿为大人效死力也。"余问曰:"有众几何? 枪械若干?"者江曰:"老匪不过七八十人,其附从者,多时千余人,少时数百人,今以困围之故,私自逃散者已不少。枪械极杂,亦不过数百枝。"余令其开具匪名,定期缴械纳降。

八十人编为先锋队,以李北海领之,余众解散归农。亚汉请于余曰:"不愿为哨官长,愿领十人为兵卒,随侍大人以自效也。"

余察看亚汉,年不过二十余,气象英武,谈吐间颇有读书人气味,允之,因更名曰"耀汉"。自选李新林(耀汉之叔也)、翟汪、何庆、罗克家等十人,编为卫队之兵,凡遇剿匪,即与李北海等为先锋,使之立功自赎。

纳降既毕,率队回省,西林勉慰有加,又责以剿办沙匪林瓜四等股。余仍曰:"不限期,尽力为之,不惮劳也。"西林从此信任渐专,以中、西、东、北四路巡防队,内河、外海水师全拨归统,着手进行剿办沙匪林瓜四之事。

另记于后:北海投诚后,立功本已不少,旋以不守营规,置于法。耀汉、翟汪、新林等随余二十年,积功至统将。民六以来,耀汉、翟汪先后为广东省长,耀汉且兼督军。新林后更名华秋,尤有血性肝胆,民十以来,因抗南方非法政府之故而死,惜哉!

记张豪仪事①

张豪仪,蜀大竹神禾场人,少孤,与兄豪凤奉母居于乡,时年皆未冠。有张家尊者,其伯也,以富豪闻,家丁何么麻子,恃势鱼肉乡里,家尊知而勿禁。元旦日,豪凤来贺,以纤介之事与何忤,何捆其颊,号泣以归,母子三人视为奇辱,顾势弱,无可奈何,则相啜泣。豪仪尤不能堪,誓必报。

年长应试,皆获售,兄以文,而弟以武,乡党称焉。于是置酒张筵,宴宗族宾客,平日交游皆往贺,惟家尊奚奴,则叱名而呼之。豪仪怒,他日遇诸途,划刃于其腹,奴死。豪仪自首于官,家尊讼其兄豪凤与谋,吏纳其贿,谳定,兄弟皆论死,远近闻者,悉为不平。及解秋审,县中少年聚众要于途而劫焉,而其兄旋复见擒。豪仪复与众劫之,官兵杀豪凤,豪仪亦旋被执,囚于按察司狱中,人皆谓豪仪且死矣。其党有詹五者,杀人自首,亦系司监。于是豪仪置酒飨囚徒及狱吏、禁卒等,明日狱吏来求二人,则于昨宵载食榼中出矣。廉访如山惊惧不知所为,则纵火焚狱,而以张豪仪、詹五已死上闻。豪仪既出,义声动远近,邻水、广安、大竹三县慕而从者数万人,称孝义会,屡劫囹圄,脱其母及亲故之厄,所为不奸淫,不鱼肉乡里。人莫不悲其遇而惜其志,以故屡得脱。声势既张,御史奏劾,总督丁文诚葆桢、臬司如山皆以罪获遣,然豪仪卒不可得。豪仪恃众,寝有异志,光绪乙酉谋大举,尅期重阳。先大夫时守礼家居,遗书诚之曰:"子以孝义号召一时,顾不轨于正,逞一朝之念,忘其身以及其亲,是焉得为孝乎?今鲍爵帅将与法人战,驻节夔门,招募戎士,欲立名于世者,肩摩踵接而从之,子如往,吾当先容,以子之才,奋身逢时,成就固不可量。近来,桂涵、

---

　　① 原文载《申报》1926 年 6 月 27 日第 17 版,栏题为"任盦闻见录",署名为"斗山山人著 梅花馆主录"。《沪大附中季刊》1926 年第 1 期上亦载有此文,在《李北海之役》后。本文系核对两文校录而成。

罗思举,皆起草泽,致身将帅,知名大用,子之所知也。曷幡然改图乎?"不应。先大夫廉知其将发也,致书邻水、广安、大竹三县令,告以警备。及期,患果作,三县皆有备,不可攻。而豪仪申令束众,所遇秋毫无犯,众无所得,则相继散去,豪仪遁入华(银)[崟]山以免。于是丁文诚照会先大夫练乡团以卫闾阎,豪仪怨先大夫甚,谋报复。一日,先大夫赴高家坝点验团练,其党张成述刺先大夫于舆中,伤足。凶人亦旋得,囚之囹圄,终其身已。而豪仪遁入贵州,不知所终,其余党至今犹有存者,然奸淫焚掠,靡所不至,是乃向者豪仪之所羞也。

论曰:余读太史公游侠传,未尝不废书而叹也。今观张豪仪之行,其犹有朱家、郭解之遗风欤。嗟夫!豪暴欺凌,官吏戢法,有勇力者岂甘屈服。吾闻豪仪之起兵也,标其帜曰"官贪民反",则其所以铤而走险者,盖有由然,虽不轨于正,而其志其遇,良可矜惜矣。为民上者,其亦知张豪仪之所以致此乎。

徐小云尚书之趣语①

浙人徐小云尚书(用仪),由举人出身,内阁中书,考军机章京,提主事,升员外郎、中京堂侍郎、尚书。十余年一帆风顺,人所羡慕,而小云犹以不中进士为恨。其为总理内阁事务大臣时,值顺直各省又奏请开实官捐,谓总办章京何云帆②部郎曰:"又开捐了,如果能捐进士,我倾家也捐一个。"云帆曰:"章京这个进士,情愿便宜卖。"相与笑谑久之。

小云后以拳匪之变,与立豫甫尚书(山)、袁爽秋侍郎(旭)同为刚、

---

① 以下九篇原刊载《金刚钻月刊》(1933年第1卷第4期),栏题为"任盦见闻录",应为"任盦闻见录"字误,同时还有小栏题"笔记",署名"李直绳将军著"。原载共十篇小文,其中第八篇《炮打公使馆》,与《清末遗闻》稿本中《张子志奉命打使馆》文字相同,本处不再重录。

② 何兆熊(1845—1906),字云帆。曾任总理衙门章京。

端等矫旨斩于菜市，国人冤之。

黄陂三杰

黎宋卿大总统（元洪），湖北黄陂人也。伶界大王谭叫天（培鑫）亦黄陂人也。八埠中妓女小亚凤，艳帜高张，王孙公子趋之若鹜，妓女中最红者，亦黄陂人。时人称之曰"黄陂三杰"。

穆宗出天花

同治朝，王太史庆祺，以右春坊右庶子而为宏德殿行走，固俨然帝师也，乃诱穆宗微行，作邪辟游，戏园、妓馆及相公下处，所在皆有穆宗之足迹焉。宣淫无度，致染梅毒，疮发于顶，太医院不敢以梅毒治。孝钦追问何疾，御医只言出天花，遂按天花治之，以致不起，而龙驭上宾。时人有联嘲之曰："宏德殿，广德楼，惯唱曲儿抄曲本；署春坊，进春药，可怜天子出天花。"王太史素以风流自命，能唱各种戏曲，大为穆宗所喜，其诱之冶游也，常进春药以媚之，故其毒发尤不可治云。

郑光禄之官话

香山郑玉轩京卿（藻如）由津海关道内擢京堂，补光禄寺卿，外任出使英国大臣，光绪中告归。

适先大夫宰香山，常宴于其家。一日，正吃烧鸭，京卿呼其仆，作不规则之京话，曰："拿屁股来。"在座之人无不失笑。京卿乃补一句，曰："鸭子的。"

关忠节公守虎门

淮安关忠节公（天培），即施公案之关小西也，道光末年为广东水师提督。英人犯广州，公率水师御之，力战于沙角阵亡，其马为英人所得，不食而死。奏入，予谥"忠节"，于虎门建立专祠，与关帝庙平列,亦为其马立像于门。公像面赤,左颧上有大黑痣一。春秋二祭,余必亲往行礼,又对其马前三揖,钦其忠义也。

规矩方员之至也

李命三大令(滋然)向以博学自命,常对人言,能默写四书五经,一字不讹。

先大夫曰:"请即默'规矩方员之至也'一章。"命三提笔即书"规矩方圆"四字。先大夫曰:"放下,不要写了。"命三曰:"何故?"先大夫曰:"方员之员字,有外框么?"

命三恍然,自是不敢自夸自能矣。

唐子安刺史之趣语

桂林唐子安刺史(镜沅),乃唐薇卿中丞之族兄也,老气横秋,不可一世。以知州需次粤垣,住太平街,与余对门而居。自书其门联曰:"老骥千里,桂林一枝。"其气概盖可想见也。

一日,藩司丁慎五方伯传见,问曰:"今有和平县吕令道象,以和平水土不佳,因有老亲,求他调,不愿去,今拟以此缺委兄去署。"子安曰:"吕令以水土不好不去,难道卑职就不怕水土不好吗?"方伯曰:"他有老亲。"子安曰:"吕令的老亲比卑职还小十岁咧。吕令有老亲,卑职的儿子没有老亲了吗? 且卑职尚有本班,如轮委到班,那没有法子。"方伯曰:"不必着急,不去便罢。"后卒轮委崖州知州,亦未就而告归,盖其年已七十余矣。

某岁终,粤例向有穷员度岁银发给,令各同乡官查明即发。广西为吴子寅太守(尚恭)与子安二人主之。有于晦若族弟式格,本以川人,而捐纳一从九者,因晦若为广西籍,亦报名广西。子安不允给,式格与之嚷曰:"我是有来路的。"子安曰:"你有来路,恐怕没有去路。"其憨直多类此。

杨虞裳京卿

华阳杨虞裳京卿（宜治），由同治丁卯科举入内阁中书，考取总理各国事务衙门章京，提宗人府起居注主事，刑部员外郎、郎中，转京堂，亦一帆风顺也，乡人荣之。其题光禄寺之日，在朝房候起（凡引见及谢恩之人，必在朝房候起。如召见者，由内监传旨，曰："叫某起"，故谓之候起）。同乡中人，如何云帆部郎、凌东甫主政皆进士出身，同在朝房照料。

云帆谓之曰："今天还想中进士乎？"

虞裳曰："我今生是无望了，待来生罢，且等我儿子来中进士罢。"云帆、东甫为之哑然无语。

优贡副榜好出身

钱塘钱叔楚侍卫（锡宝），由优贡朝考，以知县用，旋中副榜，分发广西，历任容县、苍梧等县，政声卓著，大为上游所器重，过班知府，分广东。

陶方之尚书督粤时，为入幕之宾，余与之交称莫逆焉。尝自称其出身之好，余曰："非进士出身。"叔楚曰："进士出身，亦不如我。若遇左文襄之恶进士，则我非进士也。如上司喜正途也，我也算正途优贡朝考，可以得官，非如副榜之不能得官也。优贡而中副榜，有两科同年可认，有许多照应也，又有两科主试官老师可认。"

臧办事大臣，辛亥改革，经无数艰险，始由星加坡回港，旋移居于湘潭。近年为衣食计，来京谋事，亦不得志，年已六十有三，无复当年英武气概矣，然其豪迈之气，仍不稍减也。

（三）题记、序言

《邻水李氏懋熙堂族谱》①序

吾族入川以来，二百余年，子姓繁衍，而谱牒缺如，或有数典忘祖之惧。

先祖舒锦公于同治十年，始就族祖占魁公所撮录者，更咨访族老之旧闻，理而董之为族谱，藏于家。越二十余年，准读旧谱，见族人生齿存殁多寡多与曩异，因就增益之。先京卿公为之序，迄今又十七年矣。

今年从兄毅自家中来，相就商榷，复取旧谱重订之。用太史公旁行斜上之例，编次世系，较然明白矣。

夫族谱之作，眉山苏氏而外，国朝河间纪氏昀、南海朱氏次琦所修者，其体例尤为翔密。今吾谱仅具世系，不能用纪、朱二家之说。其生卒年月、葬地附载谱中，以备稽考，示子孙而已。

从兄将以秋末归里。编撰既定，乃仿聚珍版法，排印数百本，携归里中，以遗族人。俾读之者，深维木本水源之义，而油然生其敬宗收族之心，此则从兄与准深所冀幸者也。

　　　　　大清宣统元年岁在己酉八月第十世孙新字派准谨序

《古籀类编》②序

余幼好学书，塾师每令抄《说文》，积久略知门径。及长，好摹印章。

---

① 《邻水李氏懋熙堂族谱》为李准族谱，宣统元年（1909）铅印本，在其自编年谱中有记。河北大学图书馆等机构有藏。

② 《古籀类编》是李准编写的一部字书，共十二卷，收录一万余字，于1929年农历三月编竣。

光绪庚寅,侍先大夫阁学公于海阳,潮郡产水晶印章,价廉易得。于是日夜不休,治成印章数百方,多仿秦汉,间亦摹完白山人体,为小篆印。顺德李仲约太夫子、会稽陶心云年丈、汉军商梅生主政,见而称为古朴飞舞,自是益肆力于小篆。常临峄山碑、会稽刻石、碣石颂,并得邓完白、张皋文、吴山子诸名贤之真迹而习之,稍有心得,略知用笔之法。

光绪乙未年,奉先大夫命赴都应试,道经沪上,往谒吴窭斋①年丈于苏,为书屏联甚多,并教以学书之法。因见先生书宗古籀,精妙绝伦,心向往之,自是兼习古籀、大篆、石鼓。戊戌以后,身入仕途,案牍益繁,日晨不遑,作书之课遂疏,然仍日数百字未尝辍也。

庚辛以还,治军粤中,有暇辄与幕僚纵读金石。而长沙郑朴孙观察亦在幕中,互相研究,兴味益增。

改革后,旅居京师,优游多暇。于是每日自黎明至于日暮,耽于学书,不忍暂舍。武进庄思缄院长常叹,学书之勤,无过余者。

在京搜罗钟鼎拓片及名贤墨迹,临摹尤多,乃益醉心于钟鼎文字矣。顾仍大小篆并行不(背)[悖],求书者踵相接,日不暇给。常为人书屏联,每以字数之多寡不能适如格数为恨,及寻得适用之文而体非大篆,乃搜罗古篆,先录一稿。古篆所无之字,不得已仍以小篆代之,而用大篆笔法,俾为一律。惟临时搜集,遍捡群书,旷时而不便,因叹窭斋年丈之《说文古籀补》仅三千五百余字,实不敷用,颇欲补其不足。于是,集一切拓片及古籀,补原有之字,并阮文达公《积古录》,吴子苾侍郎之《捃古录》,两罍轩金文《恒轩吉金录》、《陶斋吉金录》、《攀古搂款识》,刘幼丹《奇觚室吉金文述》、《古文审》,陈盉斋《吉金录》诸书,逐字摹写,另编成书,按字典分部,复以笔画之多寡为先后,俾便检阅。然字典分部常有与《说文》相背者,则先于本字之下只录一字,

---

① 吴大澂(1835—1902),字止敬,又字清卿,号恒轩,晚号窭斋。金石学家。

而详注此字《说文》从某，当入某部，余详某部，似此两部互见，俾学者既知古人造字之本意，而又省检查之繁难。积之数年，已蓑然成帙。

及居津门，复与上虞罗叔言部郎相遇，从先生考订金文，海内推为第一，承借以所藏拓片为补其缺。而近年发见之龟甲殷墟文字亦均一一摹入，仍恐字数过少，乃搜及《博古图》《考古图》《啸堂集古录》，薛尚功之《钟鼎款识》，清代之《西清古鉴》《西清续鉴》《宁寿鉴古》诸书，其传写失真及模糊不全者，仍屏弃不录。

积成之后，分为十二卷，连重文共计约一万余字，分订六册，名曰《古籀类编》，要皆为检阅之用，非如昔贤金石诸书注重音训考订，及辨别义理、发明，旨趣之区，自知鄙陋，不敢出以示人。然为精力所萃，颇用敝帚自珍，因记其大略如右，至其遗漏之字，则掇入续编。

倘荷大雅君子指其疵谬，实尤为倒屣也。

己巳[①]孟夏　邻水李准序

《愙斋缩写石鼓文》序言[②]

尝考石鼓文字年深，缺画已见韩歌，自宋以来诸家记载所见，多寡不一。升庵谓得唐拓七百二字，退翁、竹垞已辨其伪；欧阳氏所记四百六十五字，其时存者较多；薛氏以后，日见其少；今则磨灭愈甚，徒叹瘢胝而已。

范氏天一阁所藏北宋拓本，世称完善，然亦止四百六十二字。仪征阮氏重刻于杭州，盛祭酒[③]复摹阮本，刻于国学韩祠，出黄士陵、尹彭寿手。颇为精审此本，乃愙翁手临阮刻者，残缺处后采他说补正之，较原本多数字，尤出盛本之上。翁于抚粤时，得端石十余方，属湘

---

①　即 1929 年。

②　此文为李准为吴大澂《愙斋缩写石鼓文》一书写的跋。本文据天津古籍出版社影印本(1987)转录。

③　指时任国子监祭酒盛昱。

人乐炳元所镌,置广雅书局,迭经世变,石已无存。余在粤时,曾得初拓本,临摹寂久,每以自随。

　　窗翁考订古籀,实过前贤,海内仰止。此书为公生平致精之作,外间流传极少,殊可宝贵。因付京华印书局重为上石,字较原本略为展大,后此鼓字日缺,得此印本必与阮刻同珍也。

乙丑浴佛日^①邻水李准识

---

　　①　即 1925 年 4 月 30 日(四月初八)。

卷六　记女伶金月梅母女事

该文共有两个版本流传。

一为天津社会科学院图书馆藏件,《近代史资料》总第 75 号(1989 年 11 月)曾点校刊登。整理者在文章前言中介绍,《记女伶金月梅母女事》又名《坤伶金月梅小传(金少梅附)》,作者署名斗山山人,据书内页所贴便笺云即李直绳。但整理者当时不清楚李准的身份,称:"直绳号准,生平不详。仅从书中所记,略可推知作者可能是往来于各戏班的编剧,而在金月梅戏班时间尤长。"

据上述材料介绍,该件为稿本,正楷书写。原封面有隶书书写的书名,可判定出自作者手笔。题下有"丁卯之月记于海上"字样,知此书成于丁卯年(1927)。

据书后附言,此书原藏于天津北城仰古斋主人段君处,后辗转流传。本次依据《近代史资料》进行转录。

另一版本为当时流行于天津的《北洋画报》上的连载篇目,在1929 年的 7 月 27 日、8 月 1 日、8 月 3 日、8 月 6 日、8 月 10 日、8 月 13 日、8 月 15 日、8 月 22 日、8 月 24 日、8 月 27 日分 10 期连载,题目为《金月梅传(女少梅附)》,署名"斗山山人"。全文字数远少于稿本,文字也与稿本相差较大,但内容主旨一致,本次一并校录。

(一) 记女伶金月梅母女事

二三十年前,在沪上享鼎鼎大名坤伶名角金月梅[1],人多不尽知其身世,妄为说辞。余聆其自述之言,为之记。

月梅本邵姓,安徽合肥人。父某为淮军部曲,积功至将领,需次山西。月梅生于晋,旋与提督黄士林移师旅顺口,备海防。又若干年,其父于旅顺设肆,兼为商,以谋什一。光绪甲午中日之战,丧师失地,旅顺首蒙其难。月梅时年十七,入塾读书有年,闻警不知所措,其父以商业所在不肯遽舍去。及日兵将登岸,铺货交店伴看守,己则收拾所有,挈妻女及一婢月香乘渔船出亡,风涛狂浪之中,惊骇欲死,两日夜始抵烟台。喘息甫定,轮至上海,寓法租界中之两楼两底,屋月租二十四元。积其所有,盖尚有七八千元之资产。中日和议既定,其父关心旅顺商业,复往清理之,乃知日兵攻击时,不特铺货付之一炬,即看守铺伙亦及于难。及闻店东再来,其家属咸来索抚恤。其铺中未收之账,不得收;欠人之债,反为人控追索偿。居旅顺几一年,耗去五六千元,现金已罄,无余存矣。

回沪,夫妻相对而泣牛衣,殊无救穷之方。省衣节食之外,复将

---

[1] 金月梅(1878—1924),清末民初京剧演员。戏剧家洪深在《从中国的新戏说到话剧》一文中曾评论金月梅的表演艺术:"与新舞台差不多是同时,在天津一个极有演戏天才的女伶叫金月梅。她初到天津打炮,连唱了一百天戏,没有一出是雷同的,哄动了骇坏了天津的观众,她有这样的 Repertoire 仍能不自满足,更演出了许多描写家庭社会(而以她为中心)的'新戏'。……她还尽量的废除了北剧念白的腔调,改用清楚流利的京音,差不多同平常说话一样……而在表达感情方面,她更竭力的写实与模仿。可谓她的'新戏',不但是社会化,而且竟是天津社会化,那观众有时竟不觉得是看戏,而似与他们所素来认识的人晤对一堂,无怪乎格外的亲切有味,而原来的戏剧远离人生的观念,无形中悉已忘却,这就是她的贡献了。"

楼下之屋分租一绣行头者为绣货庄，得租十六元。仅住楼上，占租八元而已。复领该绣货店之物，在楼上代为刺绣，母女二人连婢女月香三人日夜勤苦，除线价外可得工资六七角。其时海上物价极平，每日尚觉有余，不忧乏食矣。

其父郁郁居此，殊不乐也，乃捡其值钱之物，典质得百余金，扬长而去，声言将往北方谋军界上之活动也。

去一年无信，月梅仍操故业，尚不忧缺乏。其邻居为一教戏之家，与之一壁之隔，声息都闻。日闻其教师督责女子，学度昆曲之声，夏楚兼施，呼号屡闻。其教师所教之词，月梅于刺绣之时已闻之，念而烂熟于胸中矣。一日随其母往楼下绣号中交货，与邻居女掌班金姓者相值。其母询之，谓之曰："尔家之徒，何蠢若是？几句词曲，日日教之，犹不能上口！小女听隔壁戏已烂熟于胸中矣。"手指月梅曰："即此是也。"月梅又为之颔首致意曰："词虽能记，但尚未上笛，不知能成腔否？"掌班言："能记词，习腔甚易。"当即唤乌师来吹笛试之。少选，乌师至，先审其词不误，乃教之行腔；及上笛而节奏悉合，乌师大异之。盖仅会此半出《凤凰山》也。自此乌师日日来教之，月梅亦于刺绣之余，留心练习。女掌班奖藉殷殷，属意于月梅，以为奇货可居也。

一日，谓其母曰："小姑娘天生丽质，歌喉婉转，说白又极爽脆响亮，如以之登台献技，必将压倒一切，为坤伶中之明星也。"其母曰："仅会半出《凤凰山》，如何可以出台？且无行头，亦不解扮戏之化妆。"掌班曰："无妨，行头我自有，且有人能代扮戏作极美之化妆，小姑娘当美如天上嫦娥矣。改日当来接小姑娘，到桂仙茶园一试，必当哄动沪上。"

次日，果见《申报》登本园特邀清客串演《凤凰山》。晚饭后，金掌班亲以马车来接。月梅母女及婢月香偕往。有为之傅粉者，有为之抹胭脂者、上头者、带首饰者。月梅镜中自视，嫣然一笑，颇呈自得之色。后台中人，群皆鼓掌称羡。及带凤冠，穿宫装，又羞涩不前，其母及掌班强之,乃就范。扮毕面墙而坐,不敢以色相示人。及戏码已到,唤其出台,坚不肯行。众强扶之,至上场门帘内,仍不肯出。宫女二人力挟之出,及掀帘,月梅惊骇欲死,以袖掩面,宫女作和声代唱,挟至台口。两宫女强拉其袖使下,色相甫露,台下彩声雷动,咸惊以为天仙下界也。月梅此时心摇摇如悬旌,七上八下,不知身在何处。两宫女挟之转坐下。细声叫之表白——两宫女不能代也,月梅此时心始稍定,逼于无奈。词亦想上心来,张口念白,字字清真响脆明亮。台下又彩声四起,其魔力之大可知。月梅胆亦稍壮,以为如此便博如许彩声,倘能依词而歌一阕,更不知几许彩声矣。乃起而歌,更动观者之听,欢声震耳。及次场出,即不需宫女扶掖,身段台步亦均自然合法,唱念更比头场合节。台下赞美之声愈众。戏毕归,班主送以三十元。月梅母子喜形于色曰:“如此草草两场,便值三十元,倘再多学,从此献身舞台,衣食不愁矣!”

次日,班主又来邀请再演。月梅曰:“我仅会此半出《凤凰山》,今日无戏可唱,奈何?”班主曰:“仍演《凤凰山》。”月梅曰:“是乌呼可?”班主曰:“昨日之戏,已哄动沪上,咸欲一瞻颜色,即再演《凤凰山》亦无妨。且园中已标出有人特烦清客串,再演《凤凰山》矣。”月梅曰:“是真有人特烦乎?”班主曰:“真。怡和洋行之买办某特烦者,至少当送四十元。”月梅母子喜极而往,于未出台之先,在帘内窥之,观坐比昨日不止一倍。及出台而一致喝彩,月梅心愈喜,而镇定。此曲既终,果得四十元之赠金,母子之喜更可知矣。及第三日,班主又来邀出台。月梅曰:“今日万不能再唱《凤凰山》,如何可出台? 勿丢人也。”班主曰:“今日又为瑞记洋行买办某特烦,专欲一听《凤凰山》。”月梅坚执不可,曰:“待我再学会他戏,出台未晚。”班主曰:“人家并非一定要听小姑娘之戏,实欲一瞻颜色耳,万无固辞。以后学成出演,不愁无人捧也。”月梅始允之。是夜观客愈多,且加座焉。及出台,彩声一如昨日,戏毕又得四十元之赠金。是三次共得赠金一百十元,除开销场面梳头棹十元外,尚得百元。

　　于是月以贰元延一乌师，为之吹笛教戏。三月学得昆戏三出，又延他师教梆子戏、皮黄剧数出，仍未敢公然出台。无何，其父归，夜卧床上，吸大烟。其母坐于对面，月梅侍立于榻前。其父曰："我去一年，你母女如何过活？"其母曰："仍恃刺绣为生。"其父曰："恐不止此，尚有他项生活罢。"其母惊而骂之曰："你这老东西，真老糊涂了！我们三口人，不恃十指刺绣为生，难道尚倚门卖笑乎？"其父曰："虽非倚门卖笑，其丢人现眼，殆有甚焉！"其母愤而再詈："你癫了，何为此不经之言！"其父曰："我倒未癫，你母女太对我不起，我一生无缺德事，何以生尔玷辱门风之人！"其母曰："何为玷辱门风？须明言之。"其父曰："你要我明言，今天就直说了罢。你纵令尔女，在茶园演戏三日，非丢人之事乎？"月梅极口分辩不承曰："随隔壁金老板到后台去看戏是有的，并未自己出台唱戏。"其父拍灯盘大骂曰："孽畜！此千百人众目击之事，尚可狡赖乎？"月梅跪地大哭，认罪求恕。其母与之对詈曰："是唱了戏，也不算丢人。谁教你老而无能，不能养活妻子。你又久出不归，我母女二人以刺绣为生，不冻馁而死，已属万幸。"因将听隔壁戏，及试演三日得百元，及现正学他戏之事，详告之，曰："你能养活我母女三人，谁愿受此苦而现眼耶？"其父语塞，不能对。月梅益痛哭于地而不能仰。其父曰："谁叫我老而无能，不能养活妻子，致令亲生女唱戏，是我之过也。尔以后唱戏只管唱，但从此以后，不许再姓我这邵字，我亦将披发入山修行去矣。"月梅益放声哭，其母拉之起曰："不要哭，任你老子去出家。他不管我们母女，也不会饿死。"强拉之起，出外间坐。其父亦觉自伤，泪淋淋下。旋起床捡点箱中旧衣冠及刀剑之属，共收捡两箱，余物任抛于外。月梅母女亦以泪洗面，终夜不能成睡。黎明，其父呼随从扛两箱下楼，属送某栈，已则出门竟去。临行顾月梅曰："生死任你，从此不复回矣！"月梅哭执其袖，不令去，其父拂袖而出，登人力车去。月梅追至马路中，攀留不得，哭倒于地。其母仍负气，拉月梅起曰："你这种老子还要来则甚？随我进屋，难道我母子离了他就不要活人了吗？"

月梅随母入室后,从此专心致志学戏,共得十余出,并无资本制行头。其母将首饰衣物之可值钱者,典得贰百余元,金掌班又借三百元,略制行头若干。依班主之姓,曰"金月梅",包银三百元,如唱红了,再加。班主为之遍贴海报,大书特书曰"金月梅即清客串"。登台之日,人山人海,几无插足处,捧之者众矣。一月而大红。当时有名士郑苏堪孝胥、周立之徵君学渊均甚昵之。次月,包银即为七百元。不一年内,增到千余元矣。当时坤角之身价,无有高于月梅者矣。

一日,有人见其父作道士装束,常啜茗于栅北某茶楼,以告月梅。月梅闻之喜,将往寻之。其母曰:"何来野道士,偶似尔父,即欲认之为父耶!"月梅曰:"今我以卖艺得多资,父闻之必喜。父去非言将披发入山,焉知非我享大名,来沪一观究竟耶?"必欲往寻。果是,即掖之归;否,即作罢可也。当携婢女月香同往,果然正在啜茗。月梅呼曰:"爸爸!"哭倒于地。拉其衣角曰:"我们现在家况甚好,务请你归,母亲在家相候,决不再与父赌气也!"其父初仰面而不理,曰:"何来小女子,错认道人为父?"及闻月梅之言及哭泣之哀,乃以手拉之起曰:"尔今已享大名,从此衣食不愁,要我这无用的老子何为?"月梅曰:"将供养你老人家吃碗安乐茶饭,以终余年而已。"其父曰:"尔既得所,我一出家人亦不须尔供养。尔归告你母,许尔卖艺,不许尔卖身;如有相当人家,与人为妻为妾都可,万勿堕落烟花,为吾祖宗羞,即全我之脸面也。"坚不肯归。月梅再三劝之不从,乃命人回家,请其母来。其母虽常与其父对詈,然究竟夫妻久别,情自难忘,乃亦随之来。月梅见其母来,先奔迎之,私谓母曰:"父真出家不肯归,盖恐母以为口实,又将与之吵闹。今请母万勿再詈父,挽之归家再说。"其母颔首者再。及见面欢笑若生平,无一怨怼语。父心窃喜,与之随归。询之,乃知其在金焦某寺出家,闻人言海上鼎鼎大名之金月梅即其女,故一来沪,探其究竟。及来沪观之,果其女也,所以尚未肯去者,盖欲密察月梅行动,有无失身之举。今归,知尚未失身,亦欣然色喜。

居月余未出门一步。

一日,谓其母曰:"我已为世外人,本不入尘世,徒以放心尔母女不下,故来一游。今来此月余,尚无不规则行为,余心安矣。从此当云游天下名山大川,终老于金焦乎。"月梅坚留不听,为之备千金,作云游之资。临行,谓月梅曰:"卖艺不可长,日久色衰,即不能号召观客。如有相当士人,当早适人,虽为妾媵无害也。"及父去,月梅颇属意于郑苏堪——盖慕其风流名士也。苏堪为之命名曰"双清馆主"——盖取梅月双清之意也。有苏堪书刊墨盒等物,余尚见之。周立之亦极情殷报效,终以其狂荡不羁,不甚属意。后立之五旬初度,苏堪有诗赠立之曰:"立之好书兼好读,读破万卷惟有诗。诗人得句若神助,余事谈艺尤恢奇。少年风流往不返,梦中莫话双清馆。收拾平生用世心,放浪名山未为晚。"——数十年后尚流露于诗词间,可见当时之意兴矣。

岁辛丑,竟与苏堪成了眷属,作苏堪之外室焉。其父旋亦卒于金焦,月梅为之营斋营奠,寄殡于苏。迨苏堪奉西林岑云阶之命,率武健军往广西平乱,旋赏四品京堂,为督办广西边防大臣,不能携之去,又不能与大妇同居,乃于烟台购屋数椽,移月梅母女于烟台居之。及广西乱平,苏堪于龙州筑屋,将为藏娇之所,四围遍种梅花,命之曰"梅亭",大有唐明【皇】宠梅妃之意。乃屡遣人往迎,其母均以道远,须涉重洋为辞,不欲赴。苏堪复遣其弟来迎,亦托故不去。苏堪思念萦切,此年余以来,贻月梅书及诗笺,殆不可以数计,其念梅之苦,盖可见矣。先是,月梅于来烟后甲辰之某月日生一女,名之曰"娟",即今之金少梅也。月梅自以为亲生,且言确为苏堪之种,而苏堪不认也。

光绪三十一年,乃奏请开缺北还以就之。是年除夕,苏堪乘轮至烟台,天已晚,值大雪,乃雪夜访梅于里中,相见欢笑如旧,藉摅年余之积愫。小住半月,坚欲携月梅至沪,得长欢聚。且云今宦囊有十五万,不忧贫乏,并在南阳里之后春晖里置小公馆,如归沪,决不与太太同居。月梅慨允,其母仍迟疑不决,苏堪乃先归。三月初,乃派人来接其来沪住春晖里,与大公馆正前后街。苏堪仍多宿于大公馆,每早九钟,即来月梅处叙话。苏堪善谈,月梅亦善谈,并教月梅读书习字,且学为小诗。苏堪亦常于月梅处作书,积之久,已盈筐——后多为其后夫人李长善聚而焚之。苏堪每午必在月梅处中饭,饭后乃出街,于同乡友朋处闲谈,或为诗钟之会。晚饭后,仍来月梅处谈至十一时,乃回大公馆宿。如晚饭后九时不来,至十一时始来,是夜即宿于此,次早起即归大宅。日以为常,相安无事。

　　值年底,苏堪早九钟不至,及十时始至,入室不发一言。及午亦不食,问之多不答,或以他词支吾,执笔信手而书,多作“空”字。月梅异之,不知所以,再三诘问仍不答,以为别有心事也,不再问。忽匆出门去,至夜九钟不归。至十一时半,其夫人派家人来问:“老爷在此否?”月梅对曰:“今夜未来,大约在总会,或王公馆打诗钟未归也。”其夫人侦骑四出,仍不得苏堪踪迹。十二时有半,其夫人又派人来查询,仍以未来对。一时许,夫人亲率仆婢来,坚称老爷必在此,月梅力辩其无。太太大怒,以为月梅藏匿苏堪不令出也,督率来人,搜索床下柜橱,无不搜到,仍不得见。太太怒不可遏,必向月梅要人,月梅除哭泣之外,无他法焉。至二时,其夫人始去,归行犹詈月梅曰:“如明日不得老爷,当要你小命!”月梅母女相对而泣,至天明双目尽肿矣。其母乃怼月梅曰:“当初我原说不该来,今果如此,只有仍回烟台之一法。”是日饭亦未吃。午后,正无以为计之际,忽见苏堪摇摇而来。月梅见之,惊喜若狂,问:“此一日半,走何处去? 几令我母子要急杀也。不见我双目尽肿乎!”苏堪曰:“我正为你母子放心不下,始归来。不然我即披发入山,作世外人矣。”月梅曰:“昨日见你,默不一言,即知你有心事,究不知因为何事而出此。”因将昨夜其夫人搜索情状详告之。苏堪曰:“昨早因老九章开一货账单约三百余元,太太查非公馆取货之账,因问于余。余细阅,乃小公馆之账,以实告之。太太即与我纠缠,吵闹不休,谓‘非三百元一月,一包在内乎,何又有九章开来之账?’”苏堪曰:“想是九章送错之过,钱自当仍归小公馆付。太太扰嚷闹不休，余负气走来，本欲与尔言，因恐言之反增烦恼。自思余辛苦半生，今竟以家庭之故，致增烦恼，不如舍去家室，作世外人之为愈也。午后即步行而出，任其所之。至黄埔滩码头，见江宽泊码头，其买办施君与余善，姑上船与之谈。上船之后纵谈过久，不知何时，船已开行，及觉而已不及矣。我本欲作世外人，不如借此登金焦出家，其非计之得乎。又想匆匆而出，一切均未安置，必再回来将各事料理停当，再出家未晚矣。乃于船到镇江时即登岸，仍搭下水船回上海，今甫从船上步归也。"

　　正言至此，而大公馆太太已遣发多人追踪而至，言昨晚说："老爷未来，今何在此，嚷成一片。"苏堪无已，乃同归于大公馆。

　　月梅之母曰："似此真不可居矣！"月梅仍恋苏堪之多情，不肯去。其母负气，竟先回烟台。临行，谓月梅曰："我先归，将各事料理妥当，你随后归来可也。"月梅终犹豫不决。苏堪偶来，亦多叹息之声。月梅曰："以妾之故，而使君终日烦恼，时闻诟谇之声，妾心何安？不如去妾，君尚有家庭之乐。"苏堪曰："以家庭之故，使卿母女分离，卿亦日在愁苦之中，我心良不忍，不如卿随母同住烟台，月仍给家用三百元，另加意用，年四百元，共先给四千元，为一年之用度。余仍俟有机会时，来烟台与卿欢聚，其非计之得乎！"月梅曰："善。"敛衽而谢。如是者又两月余，四千元之年金，终不可得——盖苏堪之现金均在夫人手中，无计可得，又不敢与之明言而索取现金焉。月梅焦极，无以为计，乘苏堪有他处之行，月梅私往镇江唱戏数日，得数百元之包银，以为川资。及苏堪归，谎言曰："妾已向他处借得数百金之川资，可以先发回烟台，君之年金四千，随后寄来未晚也。"苏堪曰："诺。当如卿所言。"乃遣仆二人送月梅航海赴烟，临别依依，相对无言。苏堪曰："我负卿矣。"月梅心如刀割，泪淋淋下，苏堪之伤感更可知矣。临行，以月梅手抱少梅之照片，以蓝墨笔题诗于照片之背曰："人生聚散亦常理，海波茫茫情曷已？三月桃花歇浦红，有人怕过春晖里。"分袂之后，船已开行，月梅犹痴立于甲板上，扶栏而望。苏堪亦痴立于岸旁，彼此遥望。船行既远,各不相见,月梅仍不肯进仓,频频向来处瞻望,久之始入仓而卧。

苏堪在岸上,至望不见船桅之影乃归寓。日日为诗,无非念梅之作。自是每日必有一信及诗笺,以贻月梅。月梅既抵烟台,日思苏堪不已,每闻海面有上海船到必问有无来信,及见信,而四千元之年金仍未提及,甚为焦灼。其母曰:"勿念。郑郎四千元之年金,殆谎你之言。郑素惧内,渠现金悉在夫人之手,如何可得四千元之巨金而与汝乎?"月梅曰:"勿虑。郑郎信人也,必不谎我,稍缓时日,必寄到矣。今虽未得见现金,得读郑郎之诗,胜于现金多矣。"母曰:"如今男子薄幸者多,安知郑郎非以诗谎尔之计乎?"月梅曰:"母故俟之,郑郎必践言,而遗我多金,方知郑郎之多情也。"如是又坐候月余,海上来船不下百数艘,每船必有苏堪之信,而附以小诗,月梅读之,益增伤感。

其母且当詈其情痴,曰:"我已为你寻得多情人也!"月梅曰:"无论何人,均不能如郑郎之多情,至死不再嫁也!"母曰:"郑郎金不至,衣食何恃?岂吸北风乎!今有我之义子李长山者,年不过三十,身强力壮,貌亦甚都,唱武生,月可得千余元之包银,且无妻,而以汝为正室,不胜于郑郎万万乎。"月梅曰:"我家本非微贱,徒以家遭多难,而为女优。母独不记父之遗言,必欲女择士人而嫁之,虽为妾媵无害也。郑郎为当今之名士,文彩风流,一时无两。岂可背父之遗言,而负郑郎之多情乎!况李伶为优人,多无德行,如从之必利儿之色,以奇货居之,而难献身舞台。再过数年,儿年事已长,色衰则爱弛,李纵不我弃,亦难得顾曲周郎之欢迎,不将与草木同朽哉!当仍俟郑郎也。"母怒曰:"不长进的丫头!我为你终身有靠,你反执迷若此!若不趁你之姿色,早为适人,倘再数年,你年更长。而郑郎失信于尔,我将随尔而乞丐乎?抑仍操故业乎?或至倚门卖笑乎?"月梅怒曰:"母何出是言?果郑郎失信于我,儿操故业未晚也。况日有诗寄我,必非失信者乎。母姑俟之。"母曰:"待郑郎失信,再操故业,不如早从李郎,夫妇同登舞台,每月至少当得包银三千元。三年后数万金可操券而得也,不胜于从郑郎万万哉!吾意已决,尔毋固执,如再违命,有死而已,当捉尔阴司去矣。"月梅无奈,故漫应之曰:"当俟诸异日。"母曰:"勿尔,今为吉日良辰,即为尔与李郎行合卺礼。"月梅曰:"母之乱命,儿不敢从!"母曰:"我之命为乱命,将以何人之命为非乱命乎?逆女,我将与尔拼命也。"月梅进入内室,闭门而泣,其母夺门入,哭声骂声嚷成一片。邻居闻声相将而至,劝慰者再,咸以顺从母意为是。月梅无已允之,曰:"必与李长山约法三章:一为正妻,二不许纳妾,三有钱由我掌管。"其母当呼李来告之,一一承诺,即以邻人为媒,择吉成礼,而为夫妇焉。

而苏堪之诗常至,月梅复信亦实告之。苏堪不之信,来缄云:"知我思卿苦,故为是言,以绝我望也。"月梅又复缄,且言:"某日已与李长山成婚,行将随之往奉天,同献身舞台,以谋衣食矣。"苏堪得缄,将信将疑,以缄中有"谋衣食"一语,必因缺用,故为是言以激之也,乃设计张罗四千元,汇烟台。月梅得金,怨其母曰:"今若何?郑郎果以年金寄来也。"母曰:"还之可也。"月梅以覆水难收,悲不自胜,不得已,作书以实告苏堪,婉辞年金,且言:"为母命所迫,实非得已,今悔恨已晚,愿来生仍侍巾帚也。"苏堪得书,心仍不死,乃买舟自赴烟询之,知其已赴津门,转赴奉天献技。又追踪至津赴奉省探询,仍无月梅献身舞台之海报,又折回至天津。时泗州杨文敬公士骧为直隶总督、北洋大臣,往拜之,文敬公为设筵演剧,以欢迎之。

月梅先随李长山来津,本欲赴奉,以津沽舞台坚留其帮忙数天再去。是日堂会,适为是班,月梅因不知苏堪来津,苏堪亦不知月梅仍在津演剧,及月梅一掀帘,即见苏堪坐于正座中,苏堪亦见月梅,彼此俱不自安。苏堪藉故逃席去,月梅亦不俟剧终而逃匿焉。苏堪始信月梅之嫁李,而真再献舞台,从此不相闻问,竟忘情于月梅矣。以后音信不通。

月梅以既从李操故业,非设法谋叫坐之方,不足以得巨资。乃谋以本戏,为叫坐之不二法门。京津向来演旧剧,多断章取义,而为小出之戏，除内行之懂戏者知其原委，听其腔调，外行人多莫名其妙，徒凑热闹耳。本戏者何？乃择小说书情节较好而耐人寻味之事，编织为戏，自始至终，一一演出，如看小说。而加以精练之唱工做派，内外行之妇孺皆喜看之，坐客必可常满，以外行多于内行故也。

月梅本识字，于聊斋、宣讲拾遗、今古奇观、三国演义等书，已烂熟于胸中。于津门自为老板，顾定脚色，议定包银，将说部中事编为本戏。先打提纲，召集各角色，口讲指画，为各角色说戏。先分布场幕，再配角色，各授以当讲之词，当做之过场。有能唱者即于有机会时唱之，不能唱者随口对答，走完各场了事，故不计角色之优劣，而悉用之。先张海报曰某日开演某某新剧，及开演之日，果然满坐，几无容足之处。数日即演一本，月余即有若干之新本戏，轮流出现于舞台，观客之多殊为向来所无，获利亦不可以胜计。当时本戏殊少，耳目一新，自具号召能力也。即以今日京、津、沪、汉而论，亦莫不恃新本戏为叫坐之妙法焉。海上更愈出愈奇，专恃布景魔术，以灯惑人之耳目，于剧情更离奇变幻，莫可究诘。京、津且尤而效之，大可悲也。

当时月梅所排演之新戏，如全本《红鸾禧》《带棒打》《卖油郎独占花魁》《杜十娘怒沉百宝箱》《乔太守错点鸳鸯谱》《宋金郎团圆破毡笠》《二县令》《孝女藏儿》《节义传奇》《阴谋遭遣》《刘元普双生贵子》《荷花三娘子》《荆花泪》《黑籍冤魂》《宇宙疯[锋]》《马前泼水》等剧，皆传诵一时者也。

民国元二年，余在津亦常往观之。其实剧殊不佳，不过将前后情节表演无遗，三四句中即可跑完四五十场，并无准词，任各随口乱道。其好角尚能体会剧中情节，表演如绘，其不相干之角，直不知为何事，乱跑凑数而已。至月梅则以做派、说白见长，直谓之说戏可也。如《棒打》《杜十娘》其说白之清脆响亮，字字入人耳鼓，殊非他人所能及。然往往有言之过长而离经者，殊多费词，始先收至本题，而听者殊不厌其烦。如《杜十娘》一剧，其在船头骂弃妻小生之词，引前人故事成语极为冗长，至四刻钟而未毕，能使听者不倦，盖亦难能也。

少梅已七八岁,常随之至后台,颇得其母之遗传。惟其演《孝女藏儿》,即以少梅抱之出台,尚能唱四句散板也。月梅竭尽能力,日排新本戏,层出不穷,获利颇丰。其后夫李长山日豪于赌,俾昼作夜,常一夜负千数百金,辄向月梅索之,勿敢或吝。有时金尽,不能以巨款给之,每日亦非二十元不足供其挥霍,盖不仅赌实亦兼嫖。月梅以遇人不淑,辄自伤之,常怨怼其母,谓不如随苏堤之蕴藉风流之为得所。长山闻之怒甚,至将平日积存苏堤之诗缄、字迹亦付之一炬,甚至连苏堤之像片亦毁之无遗。月梅惧之,亦无如何也,隐泣而已。及后以园中顾定之角,以年久包银屡加,而开销益大,不特无余,且一年而亏折至二三万元,平日之积储已荡然矣。月梅亦因气成病,李长山乃应大连某园之聘,自往献技,不久即死于大连。月梅得信遄往,始知长山以赌输之故,负欠人几贰万元,须月梅认偿,乃许运柩回津。月梅无奈允之,署券而还。及还津,非仍理故业不可,仍不敢自作班主,而受雇于人,月得千五百之包银,年余始将负欠清还,又稍有积蓄焉。

月梅先写[收]一张姓之子为徒,名曰张玉亭,延师教以文武老生,嗓音极佳。十二三艺成,大红。沪上某园月以千元之包银延之,订合同两年,先收洋五千元。月梅亲送之去,令其本生父某在沪照料,月加给百元,以给其父,原订合同本五十元也。月梅自返津,仍充某园之台柱。讵不数月,沪上某园来书云玉亭失踪,索退包银。月梅大骇,往沪上踪迹之,侦骑四出,竟不知其下落,盖其父引之潜逃者也。

月余无耗,忽有人自南京来者云,玉亭于冯都督寿辰时,出演于督署中。月梅又往寻之,亦不得其门而入,侦知为军乐队长李宝枢士奎匿之不令出也。愤极回津,诉于素识之侦探杨润田。润田挺身自任,非得回张玉亭而后已。控之于警厅杨以德,呈都督赵秉钧,咨江苏都督索之。宝枢知不可匿,乃纵之去,而嗓已倒,无人顾之矣。除退沪园包银之外,尚给玉亭父之银若干,始得了事焉。

因思身旁无人,恐为人欺,欲得一强有力者为作护符,于是有警厅之侦缉队长丁振之宏荃,以杨德发字润田者荐之,为其照料一切。润田年少于月梅者数岁,孔武有力,纠纠之气固健者也。月梅自得其助,且羡其雄伟,即与之通,且直云嫁杨。而润田本先有妻有子女,月梅又不甘居妾媵,乃为平妻而另居焉。直润田嫁月梅耳。润田自专为月梅之护法,且嫁月梅,不能再为警厅之侦探,其家用恒恃月梅供给之。

泊民五【年】六月,月梅亦以年逾四旬,色衰不能恃顾客之欢,缀演家居,积其所有,于奥租界东天仙后寿安街置地二亩余,建一四楼四底之洋楼自居焉,于楼后建出租平房两所,共费万余元,节俭过活。润田亦不妄费一钱,并延师与少梅读。

其时月梅之母已先逝世,乃于烟台托刘子琇观察之封翁让山地一片,以为葬亲之所,月梅仍按时价给值,乃将其父之柩运烟,与母合葬焉。烟台之屋交梁四坝头为之经租,岁时作祭扫之资,月梅仍偶出演于津门之剧场中。

少梅年十四五,本在塾读书,其母教他徒戏时,窃学得一二出。一日潜随月梅之徒小金仙、小银仙在城中舞台票一出《双吊孝》之梆子剧焉,月梅不知也,仍令附学于天津巡警道苏人顾观察之家,与顾家女公子同塾焉。少梅每欲学戏,月梅辄不许曰:“我本士族女,徒以献身舞台之故,致不得结果。汝今亦欲效之耶?勿尔。再迟三两年,将为尔论婚士族也。丁大爷之子培南,不与尔同庚乎?上年避水在吾家同居,尔两小无猜,与相识者。吾与丁太太早有婚姻之约。”少梅曰:“母为女优,而女得与士族论婚为正室,未之前闻也。如为人妾媵,不如学戏得名,再择人而事,且可多得金钱,为母养老费,非计之得乎?况母无子,如我得成名,招门纳婿,不胜于有子哉?”月梅亦然其说,乃延素业青衣之李妙兰为师,而教以青衣剧。妙兰督责过严,少梅不胜其楚,常逃学焉——自幼娇惯,无怪其然。无已,再延时小福之徒江顺仙为师。顺仙和平,遇事迁就,不肯稍拂少梅之意,欲学则学,欲止则止。不一年学成青衣戏五六出,乃雇用场面,延琴师杜云甫,日排演于家。

是年,少梅为十七岁,正月随其母出演于法租界新新舞台,母女
迭为压轴,亦无甚发展。及安徽督军倪丹忱寿日,延京津名优演剧,
月梅母女亦与焉。少梅拜丹忱之子少忱为义父,所谓倪八爷者也。
少梅得赏颇优而归。有人邀赴张家口演剧,亦无大发展,惟察哈尔都
统王子铭将军颇赏识之。不久旋归。

五六月盛夏,张园剧场,小杨月楼演《凤仪亭》吕布戏貂故事,黎
宋卿总统适在坐,以月楼之吕布极佳,惜貂婵①不得其人耳。时以鲍
顺义之妻小银仙为之,黄陂谓张虎臣军门,如得好貂婵,此剧便称完
美矣。时月梅母女正坐张宅包厢旁,闻之答曰:“是何难哉?”并言须
如何始合貂婵身分。黄陂曰:“不如金老板取此角,庶乎其可。”月梅
曰:“我老矣,不能博顾客欢,不如我女少梅。他平日熟读《三国演
义》,素服貂婵为女中人杰,如其取貂婵必能形容貂婵身分,而博观客
之欢心焉。”黄陂及虎臣与余,均极赞成,而怂恿之。少梅一旁娇声
曰:“我都不会,乌乎可?”月梅曰:“我为你念词,说过场、作派,两三日
即会。有何难哉?”乃定第四日再演《虎牢关》,以少梅为貂婵。届时
黄陂与余同往观焉,少梅果扮貂婵出台矣,扮相之秀美,身段之活泼,
唱工之幽扬,说白之清脆,殊为全剧之冠。黄陂赞不绝口,不知手之
舞之,足之蹈之也。且云美国议员团行将归国过津,余必宴之,宴毕
同来观少梅之《凤仪亭》及其他剧也。并将剧中情节译作英文,印成
中英合璧之说明书。

是日,包厢全为黎宅所包,布置一新。饭后中西人士莅止,不下
一二百人,厢为之满。少梅先演《贵妃醉酒》,扮相作派,腰工唱口,均
到好处。其下即为小杨月楼之《虎牢关》、《斩华雄》出台矣。及《貂婵
焚香告天》《王允窃听》一段尤为切合身分。至临镜梳妆,镜中见吕布
来,故作悲苦之态,情非得已之容,以激吕布之怒各节,尤为描写尽

①　即“貂婵”。

至,当时真以为貂婵重见于今日矣。中西人士擎节称妙者不绝于耳,黄陂尤笑不可仰。从此少梅之大名震京津间矣。及黄陂夫人、如夫人寿日,又约少梅献艺于黎宅,为演《葬花》《拜月》《花鼓》《戏凤》《醉酒》等剧,获赏甚厚。

时北京城南游艺园闻名,其经理彭秀康带该园唱青衣之福芝芳来,于张园票《女起解》一剧,借观少梅之剧。秀康倾折万分,与之订约三个月,从八月初十起,在游艺园演唱,月俸八百元以为包银,管住不管吃,管接不管送——此游园定章也。及八月初,月梅、杨润田挈少梅及小银仙、教师江顺仙、场面跟包人等入京。三天打炮戏,居然哄动京师,坐为之满。盖游园之大戏场,素不肯以重赏邀名角,今以八百元之包银聘少梅,实破题儿第一遭耳,非尽少梅真有号召之能力也。余以为长此以往,非迎合社会人之心理,不编古妆、时妆全本新戏,不能长有叫坐之力。乃与月梅商应编应排之剧,如古装兼时装之《香妃恨》、时妆之《秦晋配》,均为社会所欢迎者。乃以商定有单片之《秦晋配》,先分给各角念之,因此剧为奎德社之鲜灵芝等业经排演之作也。少梅曰:“如今之剧,非古妆不可。聊斋之婴宁,憨痴憨笑,大有意思。曷为我编此剧,排演登台,我憨笑如痴,必能博老太爷一笑也。”余应曰诺。即日出京回津,两日夜编成,名之曰《一笑缘》,计二十有四场,亦算一小本戏也。命族侄麟书写正,分摘单片,三日后带至京。先与月梅看,称曰:“可。”少梅狂喜,必欲先演此剧,将《秦晋配》留后唱也。余允之。少梅取婴宁及饰鬼母之李伯涛等,均日夜演习,月梅、顺仙为之说身段过场,不三日而出演矣。盖不仅坐为之满,即途亦为之塞矣。继续而演《秦晋配》,其女扮男装一场,唱小嗓小生,大有德珺如、朱素云之慨焉。继而再演《香妃恨》,尤为各剧之冠,非一星期前预定包厢不得入坐,常因争坐而闹事。故该园于星期六、星期日不敢演此剧,恒于星期一、二、三连演三日,盖非如此,包厢分布不开也。清室王公贝勒亦多来观,从此少梅之名震都下矣。大小各报,无日不有揄扬之词,名人之诗歌,连篇累牍,盖不可以数计焉。

余亦有小诗四章以纪之：城隅搔首，静女其姝，空谷聆音，佳人绝代。引吭则清于雏凤，呈形而翩谷惊鸿。疑逢洛浦之仙，宜得周郎之顾。仆因怜沙嫩，吹教玉箫；为爱杜秋，曲裁金缕。晓风杨柳，低唱付之小红；落叶秋槐，雅奏宛然凝碧。闻歌子野，辄唤奈何；作赋文通，消魂真箇。虽东篱采菊，闲情有似陶潜；然官阁吟梅，逸兴还如何逊。十里锦丝步障，访石崇金谷芳园；一双翡翠笔床，写徐陵玉台新咏。舞衣歌扇女儿箱，金凤银鹅各擅场。出水芙蕖争丽色，随风珠玉散余香。新词唱和谁苏柳，旧院传呼此顿扬。莫怪林逋老成癖，南枝生小冠群芳。葳蕤春色要平分，调入天风响遏云。丝竹中年陶谢传，绮筵今日醉司勋。台前骏足能羁客，宫里蛾眉总妒君。我有笠翁宗法在，灞陵休说故将军。

其余不能备录。①

同时游艺场有新世界与游园相竞争，无叫坐之力，亏折颇巨，以为少梅仅恃《香妃恨》一剧，为有叫坐力也。思有以败之，托人说于摄政王曰："游园文明戏演乾隆下江南，及大戏场演《香妃恨》等，未免诬

---

① 关于李准与金少梅关系，四川《新新新闻》（1935 年 10 月 2 日）曾刊发一篇题为《李准与金少梅事》的文章，全文照录：

清末广东水师提督李准，字直绳，蜀之邻水人。

当粤督张鸣岐大捕革命党人时，黄花岗诸烈士之被击，准与有力。初时，准优礼之，思尽得党中秘密。某烈士欲呕吐，准至为亲持痰盂，而卒主杀之，其狡猾类如此。

民国十年以前，金月梅已老（月梅即郑孝胥弃妾），其女少梅崭露头角，俨然髦儿领班。时北京政府欲李怀柔粤中旧部，除为上将军。

李居都中嗜歌，甚赏少梅，为编剧本。少梅名益躁，准欲纳之篦室而未可。继知其子景武亦喜少梅，准效买赦口吻曰："自古嫦娥爱少年，贱婢权我长戴碧巾耶？"遂与绝。

准后居沪上，经营国民饭店，后捧女伶章遏云。

能作篆书，近来与《大公报》登广告鬻书助赈，附庸风雅之林云。

蔑先皇。且扮孝圣宪皇后者直呼高宗之御名，为大不敬，可令内务府缄告警察厅示禁之。"不一月，果有示禁之谕下，从此《香妃恨》不得再演矣。余又为之排《义合缘》《醉遣重耳》《活捉王魁》《文君当炉》《嫌贫爱富》《姗姬祸》《吴越春秋》等剧，其叫坐之力，仍不少差，其包银已增千元矣。

　　民九岁庚申正月初四日戏，游园观客过多，数逾万人，致将楼上包厢挤倒压下，观客燕三小姐当场毙命，立时停演。游园被封，谓其工程不坚，责令全拆另建，且捉副经理彭逊初拘留于警察厅。彭秀康则潜逃赴津回粤，并为燕三小姐丧葬之事费巨万焉。游园建造修理之费约七八万，连意外之损失不下十余万元。游园向来春夏秋多获利，一交冬令，此三月中必赔一二万。自少梅献技以来，不特未赔钱，且有盈余二万焉。乃自停业以来损失过大，除将盈余赔垫外，尚亏欠五六万元。七月工竣，二十日又烦少梅登台演剧，仍具叫坐之魔力。

　　此停演期间，少梅曾应潘馨航总长之命，赴济宁州演剧。盖馨航之封翁洁泉先生极赏识少梅之剧者，捧之尤笃。同至济宁，有于紫云、于紫仙、李伯涛、梁化侬、高玉仙、李凤连诸人，均为平日同演之配本戏者也，故到济仍能演其固有之本戏。除堂会外，尚在外间之戏园演唱多日。归途至济南，又出演于济南舞台中。潘洁老先遣鲁丰纱厂之经理川人程仲藩为之照料，揄扬于济南之人士，故捧之者益多，大获名誉而归，然从此与程仲藩相识，将与之结不解缘，然碍于月梅，尚不敢明目张胆也。

　　回京在真光演半月，中和园演月余，及七月仍入游园，再演各剧，不能如前此勤苦好学矣。余仍为之竭尽能力，以编排各新剧，如《棒打春桃》《妙峰山》《玉箫再世》《毁名全节》《孝义传奇》《宓妃影》《吴越春秋》《全本金锁记》《全本玉堂春》《血指痕》《云娘》《玉琴缘》《薄幸郎》《纵虎计》《唐明皇》《煤山恨》《梅妃泪》《明妃怨》《文姬归汉》等剧，仅多演出《妙峰山》《棒打春桃》一二剧而已。以其人大心变，且志得意满，以为其艺已臻绝顶，不肯如前此之向学也，然包银增至千贰百元。

民十三，直奉战争事起，逼近京畿，少梅惧而出京。应上海乾坤大剧场之聘，包银月三千元，盖其时沪上耳少梅之名甚大，报纸鼓吹之力为多，戏封之曰"文艳亲王"。日本人辻听花且为之作《少梅集》以扬之，大世界黄楚九乃肯出大包银以聘之也。此次至沪，未带配角，仅高玉仙、李凤连二人。其他角色，剧场邀角之人则云，无论何角，异常齐备，不必带，致多费金钱。月梅以惜费为得计，故不多带一人。

及抵沪，少梅不肯拜客，及有报界、票界往访者，亦拒而不见一班人。有当场喝倒彩者。名士□南湖□之往求，李征五且言：是由余□而得名，征五之言①……各皆看李五爷之面子，不特不加反对，且从而捧之，比前三晚大为改观。于是乃渐应酬，如粤人简□南陈□□□尝□□□其家。余得梅缄，感征五之情，乃通缄而表谢忱。②

……先演普通旧剧，尚能敷衍，殆欲排新剧，非有二百元不能开排。此二百元，园主既不肯出，月梅更是视钱如命之人，亦不肯出。几费调停，始勉强敷衍排出数出，如《文君当炉》《一笑缘》《活捉王魁》《香妃恨》。其他之人头多、时间久者，仍不能排。园中本有一花旦喜彩凤向唱梆子，后兼唱皮黄，在该园最久，平时恃之为台柱者。如排稍长之新剧，占时间必多，太早，喜伶不肯登台；如以之唱大轴，又嫌太晚，大戏之后，诚恐台下开闸为坍台，又不愿加入本剧中。种种刁难无法制止，仅演两月，即辍演回津，又出演于新明大戏院，与麒麟童、王佩秋、王灵珠等甚相得。轮流各排新剧，月余亦仅能排出四五出，以余之剧，必念准词，始允登台，不许信口乱道，上场出下场进为了事。且余之剧，多非戏班中普通之词，各角多以为拗口，其实念熟

① 原注"此后数十字不清"。
② 原注"本段为后来所加，写于天头，字迹潦草，部分字迹难以辨认"。

后一样流利顺口。男伶以为他本事不可及，不肯熟念本子，出场多对答不上。词既不熟，做派亦无，尚能望戏之生色乎？坤伶多年幼女子，脑筋不杂，只要有人尽心教导，不加威吓，比男伶听说，如一加威吓，则又哭而不念矣。诱掖奖劝之功，全施于坤伶矣。故少梅之在游园，得排出如许大本新戏。以游园之配角皆开包银者，少于更换，各人皆专心学戏，以冀积久长包银。非如外间戏园，开现份，坐不好尚须打厘。别园如日加数铜元，即顾而之他。如本剧中有此角，一时即不能演；如走多数角，已熟之本剧，即将作废。盖缺一角，如词少者，尚可临时口授一角以补之；如词多者，则非数日不为功。一角对答不上，全剧为之减色，故主张非全熟不能唱。

少梅专恃精唱工之新剧，为叫坐之魔力，惜乎后来疏懒，而嗜好渐多，不特配角难得尽念准词之人，即其本人亦以唱大本戏为苦，每多随众敷衍，以旧戏塞责，名誉大不如前矣。且在新明大戏院，与男伶合演，同流合污，其弊有不可胜言者。余与月梅言之，月梅亦欲仍入京。适北京中和园梁得贵来邀，十二月入京，多邀其旧日配戏之角，尚具叫座魔力。余督排新戏亦有一二出，惟月梅母女染于沪上之流行病，必以变戏法之布景种种魔术，恃为叫坐不二法门，于唱做念三者略焉不讲。余殊不谓然。此十二年事。

唱至五月初，游园以碧云霞须赴天津张园演唱三月，邀少梅以补其缺。五月初二日登台，坐为之满，不减当年。惟从前之本剧，仍未能一一演唱。因配角他去，其师傅亦无心再觅他人，免多劳神，亦由少梅之懒于学新剧也。合同既满，仍出演中和园，其叫座已不如前数年之大。十三年正二月，尚可敷衍。夏初，上海共舞台以月俸二千四百元，为之订半年合同。此次不但未带配角，仅高玉仙一人，即场面亦未全带，以月梅省钱故也。到沪后，每日随该舞台所排变戏法布景之《朱洪武出世》，随队追遂而已，无所表见。少梅以为不必劳心劳力为得计，然从此声名一落千丈。后勉强排出较小本戏一二本，如《一笑缘》《活捉王魁》，以为敷衍场面之计。演唱三月，园主黄金荣亦有违言。月梅以其日日唱朱洪武之本戏,致少梅原有之本戏既不能唱,即辍演回津。

　　然此次在沪,几酿出一血统之交涉案。该舞台原有花旦名肖湘云,本为该舞台之台挂。自少梅到该舞台,湘云事之谨,常呼曰姐姐或亲姐姐。少梅以为大家姐妹称呼,亦事之常,不以为怪。以后日渐亲昵,少梅扮戏,为之上妆,为之穿衣裙,或斟茶与饮。如渠先扮好戏,必走过少梅之前曰"好不好?"少梅曰好即喜。如先出台,一进下场门,亦必奔少梅之前而亲近之,少梅亦甚爱之。月梅偶至后台,亦称之曰娘。月梅曰:"你两人如此要好,拜过亲姐妹?"湘云曰:"我【俩】早就是亲姐妹了。"月梅曰:"你们什么时候拜过了,我都不知道。"少梅亦笑应之。一日少梅正扮戏,湘云一旁问曰:"姐姐,你还想亲娘不想?"少梅曰:"这么一会不见,有何可想之有?"湘云曰:"姐姐你真心狠!"少梅曰:"有什么心狠不心狠? 这话太怪了。"湘云之养母即碧云霞之母,谢玉山之妻,一旁向湘云曰:"你看你姐姐之眉眼,真似你亲娘,连说话神气都象极了。"少梅曰:"为什么我会象妹妹的娘?他娘在那里? 来比罢!"湘云之养娘曰:"他娘早死了。"少梅曰:"死了还说什么!"养娘曰:"姑娘我不说,你怕还不知道,你与湘云为同母所生,湘云之母即你母也。我与你母为亲姐妹,我父为唱老生之龙长胜。我嫁谢玉山,尔母为妹,嫁赵德虎之子,名连仲,唱武生者。其初出台时,尔现在之母尚借其数百元以作行头。尔母生尔姊妹二人即去世,尔已数岁。尔父常出外唱戏,小孩不便照料,即以尔交外公抚养,湘云交我抚养。后来外公在烟台唱戏,即将尔交尔现在的娘抚养。今幸尔姊妹都成名角,尔母如生存,不知如何欢悦也!"少梅曰:"我不知道许多,莫向我说!"又曰:"我为尔之姨母,知之甚详,尔年幼自然不知。归问尔娘,必详告你也。"并问:"你母待你好否? 不虐待你么?"少梅曰:"勿多言,我不爱听也。"戏毕归告其母,母怒曰:"你实为我亲生,郑苏堪种子。且尔从数月后,年年都有小照,可以为证。"因将幼时像片若干张与之阅。少梅曰:"娘自与交涉。"月梅于次日往后台,寻湘云之姨母开谈判,谓龙长胜携一女孩来已六七岁,少梅仅三岁,为不相符,并持像片为证,彼此争执不休。赵连仲亦自镇江归,亦不敢自认少梅为其亲生女,与其姨母同,"但求少梅所得,并无所求,今已成名,我亦不能令其归宗"。后得其园主及后台中人之调停了解,始得息事。当时沪上各报悉载其事,然肖湘云仍事少梅甚周。

月梅以在该舞台随波逐流,且恐赵连仲认女之事而生出纠葛,不俟合同期满即辞回津家居,无班可搭。

及少梅于次年嫁程仲藩,湘云亦先嫁姚慕□,闻少梅嫁程喜甚,派其母舅龙裕麟来津赠送衣料、首饰、物品,约值千数百元,以赠少梅,由碧云霞转交。其缄云:其现在生娩,俟百日后即来津与少梅认亲姐妹。少梅不□认,以问于余。余曰:"湘云比你嫁得好,且有多金。□不可认之,何况人以好意幺,亦不宜过于拒绝也。"龙住长发栈,久候不得回信,而云霞又应青岛之聘离津,临行来告于余,请余属少梅认之,故龙日来余宅候信。少梅意本稍动,辛以碍于仲藩而止。龙住月余无结果而回沪报告于湘云焉。闻仍不死心,常念少梅焉。[①]

月梅向本多病,旋发旋愈。至九月二十二日,余至其家,尚见其无恙。二十三日因事赴京,值冯玉祥倒戈据京师,京津路断,欲归不得。二十八日得少梅哀告云,其母已于二十五日逝世,促余回津,为之料理身后之事。麟书亦有书来。余于十月初二日,藉比国使馆之庇护乘汽车归,先往新车站面吴子玉将军后,顺往少梅家,麟书亦在。月梅已入殓,营斋营奠,忙成一片。询其致病之由,据少梅称:二十四日晚饭后,尚欲同往新新看电影,着便裙衫,手提银包,同出行于院中。将及大门,忽称头晕腹痛,不好过,折归即痛不可止。晕过数次,自知不起,以电速余,不在津,乃电麟,书至,程仲藩适在津,以鲁丰之办事处迁于天津,闻信亦相将至金宅为帮忙。月梅昏迷时,少梅即将其母腰间所带之银行存折、钱夹及锁匙解下,与玉仙同匿之。二十五

---

① 原注"本段为后来所加,写于天头,字迹潦草"。

日月梅死,少梅哭倒于地,仲藩搂抱怀中,月梅之姘夫杨润田大不悦,以为不成样子,出言喝之,仲藩始扶之坐而释手焉。自是仲藩始得明目张胆,亲近芳泽矣。

自月梅故后,少梅日恐杨润田之夺其所有也,将其母珠翠等物私藏怀中,暗交倪少忱之妾,所称为干娘者为之收藏,而又遗失一二件于地为人拾去。忽又将其自有之首饰、珍贵之品、房契、存折等,盛两三铁匣,而匿于倪宅。忽又不放心,而移藏于余家。不旬日,又陆续取出,不知如何始得为稳。其忙乱无知,盖可见矣。车通后,其向奉为干娘之查太太亦来津为之照料一切焉。查为北京盐商查慕周之篷室,本与月梅为姐妹,先年在沪为妓时与之结识者。少梅去京唱戏,即拜其为干娘,常来往于其家。凡遇仲藩来京,少梅欲与谈密话,多借查宅电话为之,以月梅夫妇防之严也。后又以查太太之故,而与回教中人马少云——马福祥之子也——结不解缘。查与月梅商以万金嫁之,先给二千元,为少梅买衣物、首饰之费,又另私给少梅五千元,由查代存某银号。少梅亦利少云之多金,以少云为纠纠之回族,心中终不愿,且知其已有姬妾四五人,然心中固未尝一日忘情于程仲藩也。少梅与仲藩两情相悦,亦以多年,大有非仲藩不嫁之意。月梅知其然也,提出极苛条件以难之。仲藩以世家大族,万难允从,然与少梅仍两心相印也。至与少云之结合,实为其母与查太太主之,殊非少梅所愿。及月梅死,少云尚来津,于少梅之丧宅续旧欢焉。余虽知之而莫之禁也,润田几至气死。及月梅出殡之后,少梅坚请欲与润田分析,不受其干涉,邀请丁振芝、刘湘臣之封翁——年七十余,为月梅之干父也——与余为之分家。

月梅在生时,因无子,买人初生一二岁之子抚之为子,乳名小绪,派名曰邵文璧,欲以继邵氏之香烟者也,已十三岁。乃与丁、刘尽其所有之现金及马会股票万元,共得五万余元。其坐宅出租之屋亦值二三万元,金珠首饰、国民饭店股票五千元,北京马会股票千元尚不在内。乃以现金,除此次办丧事化用三千余元,又提出将来运母柩赴烟台与月梅父母合葬之费四千元外,析而三之。润田分得现金四千元,天津华商赛马会股票一万元、出租平房两所连地值七八千元外,尚有东局子之洼地五十亩亦归润田,婢女秋菊亦归之。少梅别字邵韵琴,与其弟邵文璧,共分得现金贰万八千元,连葬费四千、丧费三千元,为三万五千元;外有马少云所给五千元及另给贰千元,又国民饭店股票五千元、北京万国赛马会股票一千元,是共为四万八千元矣。珠翠首饰、钻戒、钻环尚值万余元,仍不在内。分家后,润田自回其家。少梅仍恐碍于杨,多不自由,乃密与仲藩私迁于法界仁和里十一号,月租一百三十五元之洋楼而居焉。余与润田均不知也。

　　无何,而马少云迫查太太说,将娶少梅过门。马本为旅长,奉调赴甘凉,故急急欲了此事。查太太来津寻少梅而问之,少梅已与程订婚约,海誓山盟,万难更改。曰:"马本回族,习惯固自不同,且其纠纠之气,无一些温柔气,我殊不愿。"查曰:"你已受人金,而与之双栖双宿亦不止一次,且尔母亲许,何可翻悔?"少梅曰:"与马之结合,皆干娘同我娘强逼而成,非我本意。况民国婚姻,须得自由,不能相强。本无龙凤婚帖,有何凭证? 如相强,惟有延律师控于法庭。已成之婚尚可离异,况未成乎! 如谓已得其五千元,试问我如此身分,得任马少云一武夫奸宿若干次,此五千元是否可以相抵? 当初原议,亦说是在北京,今远调甘凉,万不能与之远徙。干娘其善为我辞,必不能相从也。"查曰:"少云有马弁随来,你与言之。"少梅不肯,必欲查为之说,并允给马弁千元,回京为之解说。查乃向马弁照少梅之言与之谈,并以千元为酬,马弁欣然喜,回京报告少云。及查回京,亦婉辞之。少云以开拔在即,其父又事败,亦不坚执成见,竟允之。

　　少梅乃于十四年正月二十日,与仲藩正式结婚,要余为证婚人,以查太太为主婚人。是日,向捧少梅之潘洁泉封翁及倪少忱夫妇亦未到,因其本不以适仲藩为然也。先一日,少梅同查太太在惠中饭店一宿,次日乘扎花汽车迎之至新屋。仲藩早已同少梅久住是屋。正午为结婚吉时,不俟届时,仲藩先向程氏祖先堂下行礼。少梅扮作新嫁娘，与仲藩行礼之后，向上行礼，乃向仲藩三鞠躬。及余至，而行礼已毕，并无他客，仅鲁丰纱厂在津之办事人三四、聚兴城银行经理谢庆云而已。草草了事，似此尚谓非纳妾，其谁信之。少梅迷于仲藩，亦不计订婚时之条件也。余观此情形，直骗少梅之无知也，早知其不能得好结局。余有联赠之曰："小雪落灯天，愿此日风怀，便结束长安歌舞；画梅喜神谱，忆旧时月色，莫更教疏影横斜。"

自少梅与仲藩结婚后，标其门曰"程寓"。少梅、玉仙当笑曰："仲藩除带了一张狼皮褥子来之外，直无一物为仲藩者，非少梅嫁仲藩，实仲藩嫁少梅耳。"自后凡仲藩之浑身上下，无不为之一新。少梅自无其母及假父杨润田之管束，肆行无忌，阔绰妄用，无异有百万之家。每日坐汽车出街听戏、看电影、吃大菜，广交游。见物买物，心爱即买，不问价之廉否，买回有用与否，随意购置，挥金如土，不之吝惜。仲藩亦乐得资其浪用。

本约不与仲藩正室同居，不见面。一日值其妻三十初度，仲藩挈同少梅往济南为之称觞，并献不赀之寿礼。仲藩夫人亦待之极优，少梅终以名分上不慊于怀而归。自此与仲藩日困于芙蓉城中，仲藩终以其弟小绪、妹玉仙同居为慊，少梅会其意，令其弟入学堂住宿。一二月后，仲藩常有与少梅口角争执之事，甚至夜半在床，双足乱蹬，诈死诈活，种种丑态。少梅无法，给以数百元，又可欢笑数日。金尽又如前状，再献以金钱乃喜。此盖少梅、玉仙亲白余言之也。玉仙知之，气极而病，头面尽肿，住东亚医院几三月，形消气尽，不成人矣。常言及少梅之错嫁而泣，谓犹不待色衰爱弛，金尽则情断矣。及入法国医院，更不可为，少梅于法租界忠恕里另租一处房居之，延德医伯瑞尔诊治之。少梅躬侍汤药，如事其母焉。无何，病死。临终尚在玉仙身上小袄内取出少梅之存折及钻戒、珠环之类，为之厚殓，并给其弟高文寿及表兄程德福及葬费共三千元之谱，医药之费尚不在内。且先以婢如意妻其弟，赔送将千元。其待玉仙不可谓不厚矣。玉仙死后，少梅即失灵魂，不能自主。

　　先是山东有战事，济南人心惊惶，仲藩之妻妾避乱来津，自与少梅同居。少梅以暂时局面，亦不敢拒，且仲藩夫人待之甚有礼，多以姊妹称之。上年冬，于少梅与仲藩结婚之前曾一度来津，访少梅而与言之曰："二爷与妹真前世缘，我亦极爱汝，如嫁二爷，彼此姐妹一样，无大小之分。我在济南不能来津，汝同二爷居此，不仍与一夫一妻一样？有汝在，也免得二爷出外赌钱挟妓，我亦放心。"话甜似蜜，少梅唯唯而已。盖其时少梅心醉仲藩，一切都不计也。此次来津同居，见面仍甜言蜜语，从无牾触之事，而仲藩渐拿出大家规矩来，不许自由，且屡戒屡用。少梅以我用我自己的钱与你何干，仲藩且禁其单独出街，与人来往。从此时生龃龉，少梅屡有烦言，谓似此须供给仲藩全家用度，势将不了，且原议不同居，今又久住不去，而以礼法拘我，实受不了——皆门面语也。其所争盖不在此，大有不可终日之势，甚将其首饰箱两三支，寄存聚兴诚银行，而银行存款亦只七八千元。国民饭店股票五千元，亦由仲藩以八折四千元卖于吴季玉，而用之罄尽矣。少梅常与仲藩争吵，每次必令其弟小绪来请余去为之分解，劝之至再。仲藩夫妇均极有礼，其夫人尤为曲体人情，谓："少梅嫌我在此不便，我已另租屋于英租界，不日迁居。千万不可再闹离婚，给人家看笑话。"余亦再三开导，少梅无语，诘之再三，曰："非离不可。"谓即将搬出住旅馆，不能一刻留。余妹适裴岱云者，素与少梅稔，闻信来视，亦同为解劝。少梅曰："今万不能留，纵不到旅馆，亦必到姑太处暂住。"仲藩夫妇亦极以为然，谓再过几天能知觉悟，再回未晚。乃同舍妹至余家，与舍妹同居。仲藩亦时来看之，彼此忽涕忽笑，不知仍作……①

　　一日午后，仲藩夫人劝少梅归，且云："我已搬出去了，可回去与二爷同居。"少梅起未梳洗，并为之代为梳洗，亲爱若真姊妹，称之曰"韵琴妹妹"。余家中人闻之，无不道其贤，而责少梅之不合也。少梅

---

　　①　原注"此处语句未完，疑似有脱漏"。

无已，允于次日归。次早仲藩来面余，且催速与同归。尚谓余曰："少梅乱用，几个钱将用完了。我今两个公馆实担任过重。"请余嘱少梅，勿再妄用。此次每月仅所助其家用百元，余须由其自理也。余以此言告之，少梅曰："但求他不用我钱便足矣，不望其帮助也。"是日先同归于法界树德里后之宅。仲藩两头来往，住宿无定所。少梅常私出，不知去处，人多窃议之者。仲藩常向余曰："少梅近来颇眷眷于丁培南，并小桂元弟李某亦常有来往，且丁培南亦常坐汽车候于后门。"并云常有打电话寻少梅者，仲藩自接，一闻男人声音，即不答而去，情节大有可疑，真不可救药矣。仲藩既有所闻，当然有诘责之言，少梅不服，又相争闹，而投向于余，求离。余何能为之下决断语？问于仲藩，仲藩曰："少梅之为人，是女人之坏习气均已沾染十足，有如问坏品，即学如问坏品，但不好赌耳。合之终无好结局，我不甘戴绿头巾。但愿其另寻一夫一妻之能受其支配者，得同偕到老，勿闹笑语，不致堕落足矣。我程仲藩断不能受其支配，而仰其鼻息也。"余曰："有志哉程仲藩也！"

　　仲藩既有此言，少梅及闻之而喜，与仲藩分析之：凡少梅自置家俱、物品，悉携之出；唯汽车一辆由仲藩拿去，但须补回贰千五百元耳；其余为仲藩花去及代还债者，一概不问。仲藩允之，立开贰千五百元之支票交少梅，从此即算离异。其租屋月有一百三十元，仲藩自理，俟少梅另租得有屋再迁。余亦有事往京，未之过问。及数月归，闻余妹云："少梅已迁天丰舞台对面天祥里米铺楼上，闻由小桂元之弟为之代租，并照料迁居之事亦为小桂元之弟。其家俱等物则完全存地窖子内。"余常遣丫头往监视之，防多不相干之人出入于其家。余恐其堕落下流，令带其弟于地窖子内暂住。

　　少梅坚欲登报声明，与仲藩离异之由，并以离后仲藩给其一信为之证。

　　乃为登一广告，曰："少梅以先母见背，孑然无依，今春委身于程君仲藩。本相期以白首，岂意过门以后，事与愿违，程君对我当日订婚所提条件均未能履行,家庭之间亦复有种种难言之隐。迫不得已向程君要求解决办法,经双方说妥,于本月一日与程君仲藩正式脱离关系。从此东莺西燕,各自分飞,养静独居,藉资忏悔。在少梅自伤薄命,夫后何尤,自信无负于程君,亦不必怨程君之负我。诚恐外人不察,不知少梅与仲藩离异之由,特为登报声明,以表个人来去分明之意而已。海内君子,其有怜少梅之遇而悲其事之非得已之者,幸垂鉴之。"等语。京、津、沪、汉各报,都展转登载。

少梅闲住既久,思欲仍操故业,乃延琴师高姓为之吊嗓。又由高转荐向唱小生教花旦戏之马少山为之说戏。然非天黑不起,辄夜不眠。少山除说戏之外,并为之烧烟,同横陈于榻上,殊不欲观。又有小桂元常来约少梅作老班,在大罗天演戏。少梅私借四千元与之,且制万数千元之行头,非向来之行头铺承办,乃大纶绸缎庄为之定绣极精之货,均极昂贵之物,殊不经济。月梅生时,少梅之行头多为其自己亲手日夜赶制,初未尝经行头铺之手,致多费金钱。今少梅反是,非多费金钱不可,不知钱不易赚,所存之钱皆其母历年勤苦节俭居积而来。少梅与仲藩反目,时常向余曰:"幸而我还有能耐,可以挣得回,不然都在仲藩处花完了,后来如何过得?"余曰:"你之能耐、名誉恐难恢复,且年已长,谁来捧你?"少梅曰:"老太爷不要瞧不起人!"余曰:"姑看你之能耐如何? 如再入游园,或尚有旧时熟人捧之。如在他处,余不敢必其必红。"少梅乃求余仍荐游园。于是与彭秀康商订合同四个月,包银仍每月千贰百元,先用六百元本,拟五月登台。适北京有战事,游园亦停止营业多日。游园为少梅租定房屋,行头场面亦先至京,因车不通而止。少梅受小桂元、马少山之包围,藉故不去北京,在大罗天演唱。其时已先搬出地窖子,而移居于日租界之某里中,与马少山又结不解之缘。

旋以京津车通,秀康必欲少梅履行合同,到京登台。少梅坚不欲行,必先在大罗天演一半月再来。秀康允之,乃将行头搬回,出演于大罗天矣。第一日演《醉酒》,几不能完场,大失从前工架,名誉扫地矣。连演多日，其固有之本戏，一本都未能演，不过随波逐流，陪孟小冬配戏而已。其初欲唱戏时，余主张仍令其师江顺仙为之说戏，以杨润田为之照料各事。少梅以顺仙太旧，润田好管闲事，不得自由，不愿。讵其所用之排戏者，率多识字无多，除排口授之俗戏外，于余所编各新剧不能卒读，何能排演？致少梅之长处，亦无可表见，尚望有叫坐之能力哉。即旧戏中之讲唱工、做工者，亦不能唱，以未用工之故也。秀康见其如此成绩，亦愿取消合同，少梅乃还其六百元，及三个月房租百五十元。大罗天演月余，亦为神仙世界之故，禁止演剧，因而辍演。

余偶于大罗天观剧，见马少山为少梅配小生，服精美之行头，且带少梅手表、钻戒等物。配戏时，情形显然，观客哗然。余乃条谕马少山，限三日与少梅脱离关系，勒令出境。次日，少梅来求余宥，余怒曰："尔不成器，要姘人亦姘一上等人。何故离了程仲藩，而姘马少山？真贱骨头，无人格矣。速去！以后余亦不问尔事，将看你作流娼，入卑田院而后已。"少梅大哭而归。从此余不复问少梅之踪迹矣。马少山从此匿迹不知何往。少梅常往来京津之间，与查太太有所勾当，且闻已将特别二区之屋，以四千元押于查太太。大纶之行头价尚欠四千元，聚兴诚存款亦不名一钱。

余八月中秋后，同王子春上将军赴南京。九月中至沪上，阅《晶报》云：少梅为马少山骗来上海，将其所有席卷而逃。少梅情急，已悬梁自缢而死。林屋山人且有联挽之。余正嘉其尚知羞耻肯死，有志节，讵忽由天津转来一缄，是少梅自上海法界西成里一百八十五号寄津者。内云"八月中赴京回津，有上海某舞台来聘，故带其弟小绪来沪，居西成里。小绪在津，本有病，到沪更甚，先延西医治之无效，后入某医院，于八月底病故"云云。余乃知其住处，遣人问之，是否已死。及人归，乃云少梅未死，尚高卧未起，与淫伶马少山仍同居。死者其弟邵文璧，已葬于沪上矣，余尚缄致《晶报》，深以少梅不死为恨。该报曾揭余缄，登之报端。及十月初回津入京，于车上遇所谓查太太者，言先阅报，言少梅死耗，及来津探之，实未死。且缄有信来言即北旋京，故回京候少梅也。自京旋，杨润田亦来言，小绪死得不明，恐因少梅将小绪分得之资产全已耗尽故置之死地，可怜此十三龄小孩耳。并出马少山在沪与少梅结婚请帖示我，为之恨恨者久之。

十月下旬，少梅果自沪归来见余，询以与马少山结婚，乃坚不承认。余亦不深究之。谓将入京，与查干娘同居也。及十二月初，余入京，少梅闻之又来见余，称已与梁得贵订合同，出演于华乐园，望余捧之。余曰："余不暇及此。"又要余托李宝枢（津浦铁路副局长，亦少梅之义父）、汪侠公、辻听花诸人。余曰："你非不识此三人，自寻之可也。"少梅曰，明日欲请此三人吃饭，求余一到。余曰："我明日即回津，必不能到。"后闻李宝枢、汪侠公云，是日亦未到，各皆愤其不要好，自作贱耳。及今正在济南，晤梁得贵，始知乃少梅自作老板，并非梁成班，年前唱几日即封箱，今正尚可敷衍，久必站不住也。

综观少梅之为人，聪敏识字，幼年时有其母约束，尚能自爱。扮相秀丽，娇小玲珑，嗓音清脆，珠圆玉润，工唱反调、平调、元板、二簧、西皮，殊无黄腔走板不入调之处，实为当时坤伶所不及。月梅常曰："我唱戏数十年，总算有名红角；及见少梅学戏，方知从前皆黄腔走板不入调也。"余曰："何至是？"月梅曰："我在上海学戏，就唱红了，故于板眼不太多考究，但求多两个花腔，即能博台下之彩声。"如今上海来之坤角，多犯此病，男角亦然，所谓外江派也。少梅是在京学戏，故能按正规为之。身段、台步亦均有法，兼多唱新戏，于唱、做、念三者仍认真考究，故能为有名红角，声震京外。泊乎两度自上海归来，沾染恶习甚深，不似当年之循规蹈矩，精究艺术时可比。女子一过二十以上，又经演剧时之经过，且又男女混杂其间，其不同流合污者鲜矣。少梅随其母到京时，年不过十六七，其母管甚严，少梅极听说。在家学戏，上园唱戏之外，从不外出。其义父陈定中夫妇常于深夜戏毕之后，尚欲携之赴北京饭店看跳舞，余力阻不许。夜行多露，人之多言，亦可畏也。不过欲保全其人格，不以寻常之坤伶视之，故十九、二十以前尚无秽迹。自后人大心变,其母管束甚严,尚不致十分放肆;其母故后,遂下流至于如此,真负余数年维持教育之苦心,将来尚不知流落到何等境界!向之爱梅诸君,其亦同余之咎心乎!

(二) 金月梅传(女少梅附)

月梅,皖之合肥人。

父邵某,本淮军部曲,积官至将领。宦于晋,生月梅,幼即颖秀。

其父旋随提督黄士林,移防旅顺,挈妻女家焉。并以积资设肆,以谋什一之利。

岁甲午,中日战起,旅顺首蒙其难,其父恋资,不肯早去。事亟,始携妻女及一婢,乘渔船仓皇出避,两昼夜抵烟台,附轮至沪,侨寓法租界,所携囊金尚数千。

比和议成,其父复至旅顺,则所业已成灰烬,守铺之伙,皆罹难。家属闻铺主至,争索抚恤,债权人亦踵至,控诉牵继,羁滞经岁,贷出之款,杳无可追,携资亦罄,垂橐而归。

夫妇作牛衣之泣。月梅时年十七,娴诵读,工针黹,婉变得人意,时强笑以解之。与母及婢勤刺绣,博□角资,以供菽水。

父郁郁不能安居,乃典衣他出。

其毗邻金姓妪,以教歌伶为生,日延教师课诸养女,月梅隔墙聆之,词句了了能辨,偶一效之,似能成声。

一日,其母挈女至门前,适当与金妪相遇,笑谓之曰:“汝家诸妮子,已熟几许曲?”金妪曰:“诸妮子蠢煞,一曲教数日,犹不能上口也。”母曰:“吾女隔墙遥听,似已有所得矣。”

金妪令教师审其所记,词句无误,乃教之行腔,试以笛,节奏悉合,教师大异之。悉心指导,两日即成《凤凰山》一剧。

逾日,金妪来,劝以客串登桂仙园团。强而后可,初颇扭怩,比妆成,月梅对镜自视,不觉嫣然。掀帘出台,彩声雷动,月梅此时,心摇摇如悬旌,不知身在何所。坐定,说白清脆,台下彩声又起。月梅胆益壮,声益宏,一阕告终,听者皆为色授魂与。

班主赠以三十元,母女欣然归。

次日班主来请再演,月梅曰:"侬只熟此一曲,能再登台耶?"班主曰:"仍演《凤凰山》,怡和洋行所特烦也。"

至园,从帘缝偷窥座客,倍于昨日,月梅心窃喜。比出台,彩声益众。归时,班主赠以四十元,又坚订第三日之约,谓系瑞记洋行所烦也。

自是,月以二元延教师,日夕指授。三阅月,成昆剧三,梆子、皮黄各数折。

未几,其父归,曰:"我去几一载,汝母女何以为生?"母曰:"赖十指耳。"其父曰:"恐不尽然。"母惊而骂之曰:"岂倚门卖笑,令汝戴绿头巾乎?"父曰:"虽非倚门,亦近于是矣。汝纵女登台演剧,众目共睹,尚可讳饰乎?"

月梅伏地涕泣自承。父愤怒不已,母亦怒曰:"汝无力养家,赖女演剧,三日得百金,免冻馁,汝若有以瞻妻孥,宁至是乎?"父语塞,徐曰:"我老而无能,致亲生女为伶,尚何言哉!惟此后不许再姓我之姓,我亦从此披发入山矣。"

拂衣而行,月梅哭揽其袖,留之不得。

于是母女始决意以演剧为生,母以所依金姬之姓为姓。初只包银三百元,甫一月,骤增一倍,不一年即已增至千元矣。

闽侯郑苏堪(孝胥)及合肥周立之(学渊)两名士,均激赏之。

后其父潜归,常啜茗于某茶楼,见者以告,月梅往视,果其父也,哭而请曰:"儿以演剧,积资渐丰,足供甘旨,请归而安享。"

父初佯为不理,及见其哭之痛而词之切,乃喟然曰:"鬻艺不鬻身,亦未尝不可,但宜早自择耦,果为士族,即妾媵亦无不可,惟不可沦入烟花,为门户羞耳!我已入山闻道,无待汝之供养矣。"

月梅又邀其母至,膝行固请,父乃归。月余,谓其母曰:"我以不放心汝母女,故一归视。今审察月余,尚无不规则之行动,我心安矣。从此当云游名山大川,汝母女好自为之,勿我念也。"

月梅知不可留,乃备千金以作游资。

父去,月梅思父言,见苏堪文采风流,超出侪辈,遂属意焉。苏堪为之命名曰"双清馆主",盖取梅月双清之意也。

苏堪为制镇纸、墨盒等物,余犹见之。

立之亦眷眷于月梅,月梅以其放诞,不甚注意也。后立之五旬初度,苏堪赠诗曰:"立之好书并好读,读破万卷斯有诗。诗人得句若神助,余事谈艺尤恢奇。少年风流往不返,梦中莫话双清馆。收拾平生用世心,放浪名山未为晚。"廿余年后,犹流露于词句吟咏间,则当时两人之意兴可想见矣!

岁辛丑,月梅遂归苏堪,为营别馆以居之。逾年,苏堪奉命以四品京堂,为督办广西边防,是时粤西逆乱正剧,既不敢携以之官,又不能无大妇同居,乃于烟台购屋数椽,移月梅母女居。月梅于甲辰在烟台生一女,名之曰"娟",即少梅也。

苏堪于龙州筑屋,遍种梅花,名之曰"梅亭",如唐玄宗之宠梅妃,意将以为藏娇所也。及遣人往迎,月梅之母以道远为辞,不愿往。而苏堪之诗函,月必数寄,其忆梅之苦,爱梅之深,可见矣。

乙巳,苏堪陈请开缺北还,除夕抵烟台。薄暮大雪,披新氅以访之,相聚甚欢,为留半月。自云官囊已余十余万,不患贫矣,已与沪上南阳里后之春晖里营精室,不与大妇同居也。

苏堪先归沪,三月乃遣人迎月梅母女至。

惟苏堪之正夫人妒甚。苏堪每晨九钟至,与月梅喁喁竟日,或教以读书、习字、吟诗,并自作书,积久盈箧。惟至漏三下,必归宿,留宿之日甚罕,盖所以息大妇之争,其调停之心亦良苦矣。

一日值岁暮,苏堪九钟不至,十钟半始至,至则不发一言。进午餐,亦不食,问之多不答,或以他词支吾。执笔信手而书,多作"空"字。月梅异之,再三诘问,仍不答,忽忽出门去。比夜十一钟,其正夫人遣人来觅苏堪，月梅对以"今夜未来"，其夫人使骑四出。十二钟半，又遣人来，仍不得苏堪踪迹。一时许，夫人亲率仆妇来，坚称苏堪必在是，令仆婢遍处搜索，不得，乃悻悻然谓月梅曰："如明日仍不归，将索汝命。"月梅母女竟夕对泣。其母怼曰："我当日本不愿来，今果如此，惟仍回烟台之一法耳。"

次日午后，苏堪忽至，月梅见之，惊喜欲狂，诘之曰："此一日半，汝何往？几陷我母女于死地矣，不见双目尽肿乎？"苏堪曰："我正为汝母女始归来，不然，已作世外人矣。"诘其故，则以"九章绸肆，误以春晖里之账单，送至南阳里，起此风波。自念辛苦半生，欲求愉乐，而转增烦恼，不若脱离家庭之为念。信步至黄浦滩，登江宽轮，与客纵谈，不觉开船，意即由此入金焦访道，未始不佳。继念汝母女必因是受困难，故仍附下水船归。"

语未竟，而正夫人之使骑又至，苏堪无已，乃偕之去。月梅之母曰："是真不可居矣。"月梅犹恋恋不忍，其母负气自赴烟台。

比苏堪至，月梅谓之曰："以妾之故，而使君家室勃谿，不如去妾，君或可得家庭之乐也。"苏堪亦曰："以家庭之故，而致汝母女分离，汝亦日在愁苦之中，我心亦良不忍，不若汝暂随母居烟台，月仍以三百元供菽水。先携四千元，备一岁之用，余当伺间来烟台相聚也。"月梅曰："善。"议既定，而所许之四千元，经两月，竟不可得。盖其财权，已在正夫人掌握中，苏堪无术攫取也。

月梅思母切，而又不忍迫苏堪，乃乘苏堪他适，潜赴镇江演剧数日，得数百元。迨苏堪归，月梅绐之曰："妾于姊妹行中，假得数百元作川资，拟先赴烟台，君之年款，随后汇寄可也。"

苏堪乃遣仆人送之烟台，船唇话别，相对凄楚。苏堪以蓝色笔题月梅抱其女娟照片之背面曰："人生聚散亦常理，海波茫茫情曷已。三月桃花歇浦红，有人怕过春晖里。"解缆后，月梅犹于甲板上扶栏泣望，泪涔涔下，苏堪亦痴立岸旁，盖其夫妾之缘，至此尽矣，亦痴男怨女所不及料也。

苏堪归寓,日日为诗,无非忆悔之作,每日必作一笺寄梅。月梅抵烟台,亦忆苏堪不置,惟所允之岁费四千元,杳不至,其母日以是相聒。

月梅曰:"日读郑郎之诗,胜于金钱多矣。"母曰:"男子薄幸者多,安知非以诗诳汝乎? 盍另觅恋人?"

又月余而金仍不至,母益迫之,月梅誓不背郑。其母曰:"郑郎金不至,衣食何出? 我有养子李长山者,年不过三十,身强貌郁,工武生,月可得包银千元,且无妻,将以汝为正室,不胜于郑郎万万乎?"

月梅曰:"我家本非微贱,母独不记父之遗言,必欲女择士人而嫁之,郑郎今之名士,位列卿贰,岂李优所可同日而语乎? 且李优之所以欲娶儿者,不过利儿之色,欲居为奇货以致富耳! 若再数年,儿年事已长,颜色渐衰,顾曲者未必如前,李优亦将弃我矣,不如生待周郎也。"

母怒,以死要之,月梅不能拒,姑漫应之曰:"请俟诸异日。"母曰:"行将断炊,尚何所俟? 今适吉日,即为尔与李郎合卺可也。"

月梅含泪入室,闭户而哭,其母夺门入,怒骂之。邻妇闻声,即以顺从母意为劝。月梅不得已而允之,曰:"女与李长山约法三章,一为正妻,二不许纳妾,三财权归我。"其母当呼李来告之,一一承诺。即以邻人为媒,择吉成礼。而月梅之身,遂为李长山所有。

苏堪诗笺,仍月数至,月梅复函实告之,苏堪不之信,致书曰:"卿知我思卿苦,故作是语,以绝我望耶?"月梅又复函,言已于某日与李长山成婚,将随之往奉天,同献身舞台,以谋衣食。苏堪得函,疑信参半,以函中有"谋衣食"一语,知必因困乏而为是语以激之也,乃急筹四千元汇烟台。月梅得金,怨其母曰:"郑郎果以金来矣,将若何?"母曰:"还之可也。"

月梅以覆水难收,悲不自胜,不得已作书以实告,婉辞年金,且告之悔,愿来生再侍中栉也。苏堪得书,仍不之信,乃买舟赴烟台,至则知已赴津门,将由津至奉,又追踪至津至奉,探寻均无踪迹,折回至津。适泗洲杨文敬公督直,郑与有旧,往谒之。翌日文敬公张筵演剧款客,苏堪与焉。

月梅为津班约往同演,初不知座有苏堪也。启帘出台,互视惊愕,彼此均不自安,苏堪藉故不终席而出,月梅亦不俟剧终而遁焉。苏堪于是始绝望,不复通音问。

月梅亦从此专心为伶,谋所以动人者,乃择小说如《今古奇观》《聊斋》之类,择其情节佳者,倩文人为之编演,如《鸿鸾禧》《宋金郎》《百宝箱》《鸳鸯谱》《孝女藏儿》《节义传奇》《双生贵子》等类,每演一本,约需数小时,观者咸喜事之本末,得观其竟。月梅又能体会剧情,摹写尽致,故剧目一悬,座必为满,以是获资甚丰。

其后夫李长山,日豪于赌,常一夜负千数百金,辄取偿于月梅,不敢抗也。

月梅以李之粗暴,远不逮郑之温存,时抱遇人不淑之戚,渐且露于齿颊。长山怒,举苏堪所赠诗函、字迹,一炬而焚之。月梅不能救,惟暗自饮泣而已。

长山以月梅资罄,自应大连某园之请。未几,殁于大连。月梅往归其榇,且为之清偿债款,殆亦夙世之孽缘也。

长山既死,月梅仍以演剧为生,蓄一张姓子为徒,名曰"张玉亭",年甫十二三,名即大噪,为沪上某园月出千元延之去。未几,为军乐队长李某所匿。月梅辗转托当道之有力者,力索之,始得出,而玉亭已以倒嗓不能再登台,以是耗资无算。

月梅鉴于无所依傍,将为人欺,于是有侦探队长丁某,荐一杨润田者,为之照料一切。润田少于月梅数岁,武健过人,月梅悦之,遂与之通。润田本有妻及子女,皆仰给于月梅。泊丙辰、丁巳间,月梅年逾四旬,恐色衰不能博顾客欢,乃置产于津而家焉。

其时月梅之母,已先逝,其父先故于焦山,乃迎其榇与母合葬于烟台,并置产以为祭扫之费。

少梅渐长,愿世其业,月梅悉心教之,名冠京津。

又数年，为民国十三年，夏历甲子九月二十五日，卒于津。先一日，尚拟观电影，濒行而病，一宿而逝，其亦生有自来欤？

少梅，月梅女也，幼名娟，又承邵姓，名韵琴。其母谓系苏堪所生，而苏堪否认之。幼即韶秀敏慧，其母以其出自清门，不愿令袭伶业，而少梅酷好之。年甫十四，潜随其母之徒小金仙等，登台演《双吊孝》。母知而戒之曰："将为尔论婚士族，毋习伶也。"少梅曰："安有士族，而肯与伶女结婚乎？与其妾媵，不若为伶，择人而后嫁。"母亦谓然，乃延师课之。

会黄陂、黎宋卿总统偕余在张虎臣军门园中，观小杨月楼演《连环计》剧，以饰貂蝉者不惬意，顾谓月梅曰："若得汝去貂蝉，当有可观。"月梅曰："我老矣，安能博顾客欢？令吾女少梅习之，或差胜也。"余及黎、张皆赞成而怂恿之。

越数日，少梅登台，声情容态，摹拟尽致，与小杨月楼，俨如双璧，坐客皆谓如亲观《凤仪亭》情状矣，由是名震京津。未几遂应北京城南游艺园之聘，每月包银八百元，为女伶鲜有之身价也。

余为编聊斋婴宁故事，名曰《一笑缘》，少梅能曲传其憨痴之神，坐为之满。更为编《香妃恨》《秦晋配》《义合缘》《醋海波》《玉箫缘》《画中缘》《文君当炉》《醉遣重耳》诸剧。每一出台，坐客无不倾倒。包银遽增至千二百元。一时耆宿，争为诗歌以奖掖之。余亦曾以短篇相赠云："舞衣歌扇女儿箱，金凤银鹅各擅场。出水芙蕖争丽色，随风珠玉散余香。新词唱和谁苏柳，旧院传呼此遁扬。莫怪林逋老成癖，南枝生小冠群芳。葳蕤春色要平分，调入天风响遏云。丝竹中年陶谢傅，绮筵今日醉司勋。台前骏足能羁客，宫里蛾眉总妒君。我有笠翁宗法在，灞陵休说故将军。"盖纪实也。

游艺园每至冬令，游客极少，向以赔累为苦。自聘少梅后，不独坐客不减，且钱腊迎春，转倍于平日。因是忌者设法倾陷，谓《香妃恨》一阕，描摹宫禁太过，取缔禁演。又因坐客拥挤，看楼塌陷，致将燕三小姐压死，辍演者数月。

　　少梅又为潘洁泉封翁邀赴济南,齐鲁之士,亦咸称之。逾年,又应沪渎乾坤大剧场之聘,包银月三千元。好事者戏号之曰"文艳亲王"。日本人辻听花,为刊少梅集以扬之。而少梅不免志得意满,时露娇态,赏音者亦寖稀矣。迨其母病故,遂与程雪楼中丞之子仲藩相恋爱。盖其母在时,防之严。仲藩、少梅相识于京都,仅赖少梅之寄母查太太者为之媒介,藉电话以通情好。至是假慰问之义,得偎抱而亲芳泽焉。数月后,少梅遂嫁之。

　　先又有马少云者,马镇守使福祥之子也,亦由查太太为之撮合。马多金而性蠢暴,少梅厌之,故舍马而适程。

　　余为证婚,赠以联云:小雪落灯天,愿此日风怀,便结束长安歌舞;画梅喜神谱,忆旧时月色,莫更教疏影横斜。此联本寓规于颂,不意竟成语谶,盖嫁不一年而离异矣。原因固半在少梅之娇纵,而程之娶之,不独为色,亦别有图,非纯出于爱也。

　　少梅既与程离,于是日与教戏之马少山、优人小桂元等相狎昵。再出登台,声誉顿减,囊金亦垂尽。

　　有传言其在沪自尽者,余方为之幸。乃未久而少梅归,始知死者其继弟邵文璧,非少梅也。循此以终,恐不免堕涸之悲矣!

　　其随母在沪时,有潇湘云者,事之甚谨,谓与之为同母姊妹,父名赵连仲,母死而鬻于月梅。其姨母为谢玉山之妻,出而证之。月梅怒呵之曰:"少梅实我所生,苏堪之种也。"出少梅生甫数月至髫龄之像片十余张以为辨,继涉讼,邀连仲至,亦不敢认为己女,事乃寝。

　　外史氏曰:月梅之于苏堪,犹不失词客名姝之恋。观其船唇惜别时,令人增无限情戚,乃一制于大妇,一迫于阿母,竟致乖离,殆天命也!若少梅者,又逊其母多矣,其非苏堪之种耶?抑果苏堪之种耶?必有能辨之者。

　　(编者按:此稿为斗山山人旧撰,故于少梅近年事不详,后当倩山人续述之)

下　编

卷七　李准巡海记

　　李准巡海记包含两部分,东沙岛记和西沙群岛记。

　　其中西沙群岛记最早刊发于 1932 年 5 月 29 日天津《益世报》第一版,题为《西沙群岛》,但未引起广泛关注。

　　第二年,发生法占我南海岛屿事件,《大公报》在 1933 年 8 月 10 日和 11 日连续两天刊载《李准巡海记》,内容与《西沙群岛》一致。

　　《大公报》刊发后,《申报》《中央周报》《大中国周报》《晶报》《国民外交杂志》《国际现象画报》等众多媒体予以转载。

　　上述《巡海记》的起始之句均为"东沙岛之案交涉既终",这意味着《巡海记》原有东沙岛案部分。

　　1933 年 8 月 21 日,天津出版的《国闻周报》第十卷第三十三期上刊登《李准巡海记》,比《大公报》文增加了东沙岛部分。这是目前见到的《李准巡海记》全貌。

　　《大公报》在编者按中提到"李直绳先生亲来本社,与记者谈此事",文中最后写道:"据谓此笔记前曾登报,然少人注意,今当海疆多事,此记之价值乃显,爰为刊露,以谂读者。""此笔记前曾登报"应指天津《益世报》刊载一事。

　　《国闻周报》刊载时沿用该按语,仅最后一段不同:"今当海疆多事,此记之价值乃显。《大公报》近曾刊露李氏笔记之一部分,兹并关于东沙岛者一并刊露之,洵珍贵史料也。"

　　这是《李准巡海记》的流传情况。

　　至于该记文字,李准在《益世报》文章前曾写有按语:"十余年前,曾追记西沙群岛情形,较为翔言。今将原稿刊之报端,俾留心吾国之领海权者有所考证焉。"

从时间上看,追记原稿应写于 1920 年代初或之前,早于自编年谱的写作时间。李准在年谱中记录,在其笔记《粤东从政录》中有《西沙岛》一则,关于收回东沙岛一事《粤东从政录》中也有记载。

《粤东从政录》今仅见零散篇章,李准曾将其中数篇投书媒体刊布,《李准巡海记》应是其中之一。

李准在按语中还说:"惟当时原记文牍,及测绘海图、各种照片,辛亥之变已散失无存。"

在《大公报》的编者按中,李准也对记者表示有《巡海记事》一册,此外并有测绘之图,在辛亥革命时遗失。并表示"惟海陆军部及军机处尚有存案可稽也"。

当时外交部看到《大公报》的报道后,曾专门向海军部发去咨函,询问巡视西沙的档案是否有存。可惜的是,海军部"调阅旧卷,并无该项报告"。

因为该文是巡海十余年后的追记,个别细节(比如巡视西沙时间、参与人员等)存在讹误,可与本书收录的其他文献相互校阅。

本卷中,《李准巡海记》主要依据《国闻周报》进行校录,同时参考了《大公报》等报道。文后附录有关《李准巡海记》和李准巡海的相关报道文字。

近因法占南海九岛，引起国际纠纷①，据日前南京电讯，粤省电中央，认九岛为我最南领土，前清时曾派广东水师提督李准至该岛调查，并鸣炮升旗云。李直绳先生亲来本社，与记者谈此事。谓彼于清光绪三十三年四月间（西历一九〇七年五月间）②，奉两广总督张人骏之命，巡阅南海，发现十四个岛③，各为勒石命名，悬旗纪念。缘是年春，李氏先巡海至东沙岛，见悬有日旗，经交涉收回，因思中国领海中恐尚有荒弃之地，乃更有南巡之举。有"巡海记事"一册，此外并有测绘之图，在辛亥革命时遗失，惟海陆军部及军机处尚有存案可稽也。据李氏之"巡海记事"，是年四月初四日（西历五月十五日）乘"伏波""琛航"两舰自琼州启碇。因避风，十一日（西历五月二十二日）始自榆林港放洋，翌午抵珊瑚岛，命名为伏波岛。继续巡行，共发见十四岛，各为勒石命名。二十三日回航。

李氏自谓其地或即法国所占者，然以海程计之，大抵为西沙群岛。李氏笔记明言其地"西人名之曰怕拉洗尔埃伦"，自系 Paracel Is. 之译音。笔记且有"林肯岛"之名，经李氏易为"丰润岛"，林肯岛固西沙群岛之一。李氏此记虽不能证法所占者即我领土，然西沙群岛固我之疆域无疑也。

今当海疆多事，此记之价值乃显。《大公报》近曾刊露李氏笔记

---

① 法占南海九小岛事件：1933 年 7 月 25 日法国政府在其公报中宣布占领中国南海六处（7 个）珊瑚岛。由于当时中国媒体和政府未能准确掌握相关信息，一度认为法国侵占的是西沙群岛的 9 个岛屿。虽然后来调查清楚被非法侵占岛屿的位置、名称、数量，但"法占九小岛事件"的说法延续至今。事发后，中国政府向法国政府提出抗议，与此同时，广东、江苏、上海、福建、浙江等地民众纷纷举行集会，并致电法国政府表示抗议。

② 李准记忆有误，应为宣统元年（1909）。

③ 根据《巡海记》文中统计以及两广总督张人骏奏折等资料，应为 15 岛。

之一部分,兹并关于东沙岛者一并刊露之,洵珍贵史料也。[1]

一、东沙岛

中国向不以领海为重,故于海面之岛屿,数千年来并无海图,任外人之侵占而不知也。粤之东有东沙岛焉,距香港一百二十海里,距汕头八十海里,在澎湖、南澳之间,向无居人。闽粤之渔户常有至其地者,航海之船,往往遭风漂没于此,渔人多有得其资财者,故粤谚有曰"要发财,往东沙"。

光绪三十三年春,余乘"伏波"舰巡洋至其地,远望有旭日之旗高飘,不胜惊讶,以为此吾国之领海,何来日本之国旗,即下令定碇,乘舢板登岸。是有木牌竖于岸曰"西泽岛",乃进而执西泽[2],询以何时侵占此岛。西泽曰:"已二年余矣。"余曰:"此乃我国之领海,何得私占?"西泽曰:"此乃无主之岛,以其距台湾不远,以为属之台湾,不知为广东属地也。"问其经营何种事业?曰:"取岛上之鸟粪,以为磷质及肥料,并采取海带、玳瑁等物。"余巡阅一周,长约十余里,宽约三四里,有工厂三座,办公室一座,并有制淡水机器,轻便铁道十余里,海面有小汽船一艘。据云共已费二十余万元。

余一面派人监视,不许再行采取各物,存货亦不许运去,乃回省商之张安帅(按即两广总督张人骏,字安圃),与日人交涉,交还此岛。

外部索海图为证,而航海所用海图为外人测绘,名此岛曰"布那打士(按即 Pratas)",不足为证。遍查中国旧有舆图各书及粤省通志,

---

①　《国闻周报》转载几乎沿用了原《大公报》按语。仅最后一段不同,《大公报》文为"据谓此笔记前曾登报,然少人注意,今当海疆多事,此记之价值乃显,爰为刊露,以谂读者"。

②　日本商人西泽吉次,1901 年因商船遇风暴偏离航道,漂到东沙岛,发现了岛上磷质矿砂。后将东沙岛改名为"西泽岛",企图长期霸占。本书有的资料也将其写为"西泽吉治"。

皆无此岛名。王雪岑观察①博览群书，谓余曰："乾隆间有高凉总兵陈伦炯著《海国闻见录》，有此岛之名。"即据此图与日人交涉，乃交还此岛。

日公使以西泽经营此岛费去在数十万，其工厂、房屋、机器、铁道、汽船索补偿其二十余万元，我以彼盗取此岛之磷质肥料、海带、玳瑁等物为抵偿品而交还焉。

其岛桑树极多，其铁道枕木多以本岛之桑木为之。交还后由劝业道经营，仍留管事及工人在彼，采取各项出产品。每月余派"广海"舰送火食至岛，运各物回省。改革后，党人只知占地盘，谋权利，遂不以此岛为意。留岛之人绝粮而死，可哀也。我虽不杀岛人，岛人由我而死，余滋愧内疚于心矣。后由国民政府于此岛建无线电台，以报风讯，上海包工人亦以久无运粮食，接济工人食料，亦绝粮而死。涉讼经年，索抚恤其家属。今已设无线电，可通信息，不致再绝粮也。

二、西沙岛

东沙岛之案交涉既终，因思粤中海岛之类于东沙者必不少。

左翼分统林君国祥，老于航海者也，言于余曰："距琼州榆林港迤西约二百海里有群岛焉，西人名之曰怕拉洗尔挨伦（按即 Paracel Is.），距香港约四百海里，凡从新加坡东行来港者，必经此线。但该处暗礁极多，行船者多远避之。"余极欲探其究竟，收入海图，作中国之领土。因请于安帅（按即张人骏），而探此绝岛。安帅极然余说。同寅中之好事者，亦欲同往一观焉。

乃以航海探险之事属之林君国祥，乘"伏波""琛航"两舰。林君曰："此二船太老，行驶迟缓，倘天色好，可保无虞，如遇大风，殊多危

险。"余以急欲一行,故亦所不计。因偕林君下船,考验船上之锅炉、机器,应修理者修理之。凡桅帆缆索,无不检查。其铁链之在舱底者,概行拉出船面,林君节节以锤敲之,其声有坏者,立以白粉条画之为记,概用极粗之铅线扎之,防其断也。备食米数百担,其他牛、羊、猪、鸡等牲畜,罐头、食器、汽水称是。各色稻、粱、麦、豆种子各若干。淡水舱满储淡水,炭舱满储烟煤。除船员外,雇小工百名,木石缝工、油漆匠若干,备木材桅杆国旗之属又若干。盖将觅此群岛为殖民地也。

余带卫队一排,以排长范连仲领之。吴君敬荣为"伏波"管带,刘君义宽为"琛航"管带。余乘"伏波",以林君为航海之主,悉听其指挥,王君仁棠随行参赞。同行者于李子川观察(晢浚)、王叔武太守(文焘)①、丁少苏太守(乃澄)、裴岱云太守(祖泽)、汪道元大令(宗珠②)、邵水香太尹(思源)、刘子仪大令,德人无线电工程师布朗士,礼和洋行二主布斯域士。

三十三年四月初二日启行,初三日抵琼州之海口,采买鱼菜,添盛淡水。道府来迎,应酬一日夜。初四日下午起碇,沿琼岛南行,初五日入崖州属之榆林港。清风徐来,余于甲板上观之,见此港山环水绕,形势极佳,而水深至二三十尺。入口不三里,下锚,四围皆山,不见水口,诚避风良港也。惜局面太小,不能多容军舰,有七八艘已不足以回旋。港内水波不兴,上下天光,一碧万顷,以为正可直驶西沙矣。国祥曰:"天气不可恃。须看天文,有三五天之西南风,乃可放洋,且亦须于此添盛淡水。"少顷,偕各员登岸,每人各持木棍一根,备倚之行,且可以御禽兽,此国祥之言也。余以为御兽可也,禽岂能为人害乎?国祥曰:"西沙岛多大鸟,不惧人,且与人斗,非此不足御之。"

---

① 王叔武,王秉恩之子。
② 应为"宗洙"。

　　上岸后，沿平原而入山凹，一路遍地皆椰子树，结实累累，大可逾抱，高约百数十尺，其直如棕，叶长大似蕉，但分裂而不相连属。其时天正炎热，行人苦渴，以枪向椰树击之，其实纷纷下坠，人拾一枚。其有为弹穿者，汁流出，即以口承之，味甘而滑，解渴圣品也。步行约六七里，有居人焉，披发赤足，无衣，以布围盖下身，其黑如漆，前后心及两肘、两腿毛茸茸然，两耳贯以铁环，大如饭碗之口。老少可辨，男女殊难认也。其所住室，以椰子树为之，高不及丈，宽约一二丈，横梁门柱，皆椰树也。上盖及壁，都以椰叶编作人字形之厚箔为之。有门无窗，屋内之地，亦铺以椰席，厚可数寸。无桌几、床帐，饭食起居，咸于此焉。余以手镜为之照像，各憙憙笑不已。又与同人行至一处，有男女多人，于野外草地上跳舞。有老者壮者于旁，敲锣吹笛及击瓦器，跳舞者女子居多，间亦有男子与偕，皆青年也。其齿白，而口吐红色之沫。询之，乃含槟榔使之然也。此男女跳舞者，如两情相合，即携手相归而为夫妇矣。其语不可辨，国祥能懂一二，盖黎山之生黎也。旋亦觅得一能谙汉语之熟黎作舌人。据云，山中马鹿极多，以其大如马，可以代步，故以马鹿呼之。余极欲猎，苦无猎犬，熟黎曰："可以黎人代之。"余即令此熟黎觅数人来带路，并驱马鹿。生黎手持一棍，举动如飞，其山中之木桩，尖如刀锥，履之过，如履平地。余率卫兵多人追随于后，乏极傍石而坐，稍事休息。正打火吸雪加烟，群鹿自林奔出，大若牛马，余持枪击之，殪其一，倒地而起者再，卫兵捉之。其角大如碗，长约三尺，余开三四叉。倒地时跌损一角，血淋淋出，一卫兵以口承而吮之。嗣以五六人用大木杠抬之回船，权之重四百斤，去皮分食其肉，茸则悬之船面，以风吹之，以为可以保存也，三两日后，生蛆腐烂，臭不可近，弃之大海中矣。

　　一日雨后，余正在船面高处坐而纳凉，忽见一黑色之物自海面向余船而来，昂首水面，嘴锐而长。余问曰："此何物也？"国祥曰："此鳄鱼也。韩文公在潮作文驱之者，即此是也。"语时鳄鱼已及船边，攀梯而上，余命梯口卫兵击之以枪，而卫兵反退后数武，不敢击。余速下夺枪击之，鳄鱼下坠，白腹朝天，距船已四五丈矣。即令水手放舢板往捞，水手以挠挑之，长约丈余，重不可起，恐其未死，不敢下手。再击二枪，反沉水底而不见踪迹矣。

连日风色不佳，夜间月光四围起晕，必主有风，不能放洋。国祥于此购买柴薪无数，船面堆如山积，备缺煤时之用也。又购黎人椰席数百张，为建屋做墙壁、上盖、铺地之用也。

第四日约集同人往三丫港观盐田，去此约二十里，以藤椅贯以竹作杆代步，雇黎人抬之，议定每人小洋二毛。黎人力极大，行甚速，惟不善抬，一路殊多危险，不一时而至其地矣。其盐田界两山中，绵亘十余里，皆盐田也。其水咸头极重，一日即可成盐，两三日成者亦有之。然较之他处盐田则不可多见矣。其价极贱，每石不过二三百钱，故香港、澳门一带之私盐，皆由此运往焉。沿途树林内多红绿色之鹦鹉，大小不等，白色者较大而少，又多小猴，飞行绝迹，擒之不易。回榆林港后，抬轿之黎人，每人给以银二毛，不肯受，以其求益也。增之至四毛，不受如故。询之，乃知其议价时以为每一乘轿两人共二毛，今多与二毛，故不受。其朴野如此，真上古之民哉！有黎人以大竹笼抬大蚺蛇一条来卖，给以银二元，令抬去；又抬薏米酒若干坛来，每坛给以银一元，其色黑而味甜；又有此间之回民，操北方语者，将石蟹、飞蛇来卖，其石蟹鲜有完好者，磨醋可治疮毒，飞蛇可以催生，人争购之；又有一种椰珠，如鱼目，闻系数百年之椰壳内实结成，岱云购得之。其回民相传为马伏波征交趾时遗留于此者，至今人不多，然仍操北方之音，与粤人异。

国祥云："天色已好，可放洋矣。"

四月十一日下午四钟启碇，出口，风平浪静。七钟，忽见前面似一山形，若隐若见，国祥曰："此处向无山，必鲸鱼也，当绕道避之。"余以千里镜窥之，见一黑影，横亘于水面，不甚高，同人争欲一睹为快，无何渐渐沉下矣。船仍按经纬度直行，国祥、敬荣经夜不睡，行于甲板上，监视舵工，其桅杆顶尚有一人持望远镜观察前面之岛，不敢一毫懈也。国祥曰:"以船之速率及海程计之,此时应可见最近之岛,今不见,必有误。"以天文测之,差一度几秒,危险万分,此为本船马力不足,为大流冲下之过,宜仔细,此处暗礁极多,稍不慎,则全船齑粉矣。

少顷,桅顶人报告,已见黑影,然在上游。国祥、敬荣乃心定而直驶向该岛。十一点二十分下碇,锚链几为之尽。其处水清,日光之下,可见海底,多红白珊瑚,大如松柏之树。有一种白色带鱼,长约丈余,穿插围绕于珊瑚树内,旋转不已。

饭后,余率诸人乘舢板登岸。国祥请余勿坐舢板,宜乘大号扒艇平底者,乃可登岸。余从之,果至最近岸之浅滩内,乘舢板者果不得入。此项扒艇,国祥于海口购七八只之多,余初以为无用,今乃知为得用也。余仍持木棍,离扒艇,践石堆超越以过。此石跳彼石,相距有远有近,有高有低,扒艇不能前,非此不能登彼岸也。余正站圆形之大石上欲再跳,而相距稍远,恐坠水中,迟回者再,而所立之石动矣。余以为力重为之也,而此石已起行而前,余惊惧欲仆者屡矣。石行较近彼石,乃跳过焉。余惊问:"石何能行?"国祥、敬荣同曰:"此石乃海内大蛤也。"其壳已生绿苔,不知若干年矣。又见一鱼,其色黑而杂以红黄。国祥曰:"此小鲸鱼也,亦长七八尺。潮水退不能出,困于此浅水滩耳。"余以棍拨之,头上一孔,喷出之水,高可一丈。余急登岸,见沙地上红色蟹极多,与他蟹异,爪长而多,其行甚速。以棍击之,即逃入一螺壳中而不见。拾壳起,见其爪拳屈于壳内,了无痕迹。每蟹必有一壳,大不逾二寸。有一蟹之壳,先为人拾起,致无所归,即(拳)[蜷]伏于沙上,如死者然。余以竹筐拾归者数百枚,分赠亲友,名之曰"寄生蟹"。工人持铲锄上岸,在各处掘地及泉,而求淡水。掘十余处,至二三丈,均不可得,其实非岛,乃一沙洲耳,西人亦谓之挨伦。

此岛长不过六七里,行不数钟,即环游一周矣。岛上无大树,有一种似草非草、似木非木之植物,高约丈余,大可合抱,枝叶横张。避此林中,真清凉世界也。其地上沙土作深黑色,数千百年之雀粪积成之也。岛中无猛兽虫蛇,而禽鸟极多,多作灰黑色,大者昂头高与人齐,长嘴,见人不惧,以棍击之,有飞有不飞,其大者恒与人斗,不自卫,将啄人目。遥见大群之鸟,约千余百只,集沙滩上。余击以鸟枪者三,均不见飞,以为未中。遣兵往视之,已击倒三十余鸟,卫兵逐之始群飞去。盖不知枪之利害,人为何物也。

其椰树及石上多德人刻画之字,皆西历一千八百余年所书。德人布朗士以笔抄其文记之。其石亦非沙石,乃无数珊瑚虫结成者,因名之曰"珊瑚石"。又至一处,有石室一所,宽广八九尺,四围以珊瑚石砌成,上盖以极大蛤壳两片为之,余于此而休息焉。石上亦有刀划德文,盖千八百五十年所书也。均有照片,改革后不知失于何处矣。余督工刻字珊瑚石上曰:大清光绪三十三年广东水师提督李某巡阅至此。勒石命名"伏波岛",以余乘"伏波"先至此地,故以名之。又命木匠将制成木架,建木屋于岛,以椰席盖之为壁,铺地,皆椰席也。竖高五丈余之白色桅杆于屋侧,挂黄龙之国旗焉。此地从此即为中国之领土矣。

夜宿岛中,黄昏后听水中晢晢有声,国祥曰:"此海中大龟将上岸下蛋也,从此不忧乏食矣。"率众各将牛眼打灯反光怀内,候于河上,月下见大龟鱼贯而上,为数不可胜计。群以灯照之,龟即缩颈不动,水手以木棍插入龟腹之下,力掀之,即仰卧沙上,约二十只。国祥曰:"可矣,足敷吾辈数百人三日之粮矣。"国祥又引水手,持竹箩,在树下拨开积沙,有龟蛋无数,其色浅红,而圆大如拳,壳软而不硬,拾两大箩筐。归后,烫以开水,撕开一口,吸而食之,其味厥美。国祥曰:"雀蛋更多,但不能如龟蛋之可口。"黎明率同人于树下拾各种雀蛋,大小不等,有如鸡鸭卵,有大如饭碗长六七寸者,均作淡绿色。其极大者,有黑点无数,剖之多腥。而此极大之卵,如鸵鸟之蛋,壳坚如石,了不可破,后携至省垣,在大新街嘱刻象牙之匠人,开天窗,镌山水人物形,作陈列品。其仰卧之大龟,长约一丈,宽亦六七尺,各水手工人以刀斧从事去壳,宰割其肉,各分一脔,色红如牛肉,其裙边厚二寸,每龟得二三十斤,其全数重量盖四五百斤也。尚留八只,不许宰割,即以生者抬于舢板或扒艇上,运之上船,以起重架起之,始得上。八龟已将官舱前面隙地占满,致水手工人无休息食饭处,众即于龟腹上围坐而食,且于此斗牌焉。夜间余怜其仰卧,令人返仆之,夜深人静,群龟鸣如鸭,乒乓之声极厉,致同人不得睡,仍令水手反之仰卧,始无声焉。午后率同人回船,留牲畜之种,山羊、水牛雌雄各数头于岛。布朗士对之泣曰:"可怜此牛羊将渴而死。"以其无淡水也。

正午开行,约三十里又至一处,两面皆岛,海底有沙,可以寄碇,非如伏波岛之尽珊瑚石,难于寄碇也。且岸边有沙,舢板、扒艇皆可登岸,又率同人偕上。其林木雀鸟,一切与前岛同。工人之掘井者,少顷来报曰:"已得淡水,食之甚甘。"掘地不过丈余耳。余尝之,果甚甘美,即以此名曰"甘泉岛"。勒石、竖桅、挂旗为纪念焉。此岛约十余里,宽约六七里,余行两三小时,尚未能一周也。在沙滩上拾得一物,其状如金瓜,大如蜜橘,其色为青莲,其分瓣处,间以珍珠白点,似石非石,质轻而中空,上面有蒂,如罂粟壳之状,下空一孔,甚为美观,不知为何物也。敬荣曰:"此动物而兼植物,有生者当寻与军门一看。"其他尚有种种色色、千奇百怪之物,为内地所未见者。有一石杯,盛之凉水,不漏而易干,盛热水,则发腥臭之味,手摩之直如石制,然其质软,物本圆者,可以为方,可以为椭圆形。其红白珊瑚遍地皆是,其红者大逾一寸,然质粗而少纹。白者更多,余曾拾得一大者,百数十枚结于一块,如一山形,以玻璃匣盛之,后与石瓜、石杯,同陈列于江南劝业会中。阅此岛毕,亦放牲畜于上。

又过对岸之岛,较小于甘泉岛,纵横不过八里耳。其珊瑚比前更多,因名之曰"珊瑚岛",亦勒石悬旗为纪念。

下午回船开行,约二十海里又至一岛。定碇后,乘舢板上岸,海内带草极多,长不知若干丈,开小白花。舢板之浆桡,亦为之阻滞,不得进行。见一石,上有物圆如金瓜,其蒂上开紫色之花,如蝴蝶状。余曰:"此必昨日海岸拾得石瓜之生者。"即泊船近之,余亲手抚其根,长约四五寸,似为石质而长于石上者,力拔之始下,而根断矣。有白浆自根下流出,其腥异常,如蟹爪之肉,其花甚硬,亦似石质,然鲜艳无比,究不知其为动物、植物也。拾回数日,其花自凋落,壳内之浆亦流尽,而为空壳,并与前拾之瓜,一并呈于安帅,送江南劝业会矣。上岸阅视一周,情形与各岛粗同,名之曰"琛航岛",勒石竖旗。回航。是夜即下碇于此。

第三日黎明又开行,约十余海里而至一岛。登岸后见有渔船一艘于此,取玳瑁大龟蓄养于海边浅水处,以小树枝插水内围之,而不能去。余询其渔人为何处人。据言为文昌陵水之人,年年均到此处,趁天清气朗,乘好风,即来此取玳瑁、海参、海带以归。余询以尔船能盛淡水、粮食若干,敢冒此险乎?渔人曰:"我等四五人,食物有限,水亦不能多带,食则龟肉、龟蛋、雀蛋、雀肉、鱼、虾之属,饮则此岛多椰子树,不致渴死。"余告以前方有甘泉之岛,如往彼处,不忧无淡水也。余视其船内,以石灰腌大乌参及刺参一舱,皆甚小者。余问以海边之大乌参,有大逾一丈几尺者,何不腌之?渔人曰:"内地不消此大者。"因引余视海边之浅水内有一大乌参,长丈余,色黑如死猪然。余以棍挑之,其肉如腐者,脱去一块,皮虽甚黑,而肉极白,但无血耳。不少动,以为其死也。一工人以十字锹锄之,又脱一大块,而此参乃稍行而前,真凉血动物也。岛上情形与各岛相同,游览既周,名之曰"邻水岛",勒石竖旗。

而往他岛,均皆命名勒石,有名曰"霍丘岛"者,以余妹倩裴岱云太守为霍邱人也;有名"归安岛"者,以丁少苏太守为归安人也;有名"乌程岛"者,以沈季文大令为乌程人也;有名曰"宁波岛"者,以李子川观察为宁波人也;有名为"新会岛"者,以林瑞嘉分统国祥为新会人也;有名为"华阳岛"者,以王叔武为华阳人也;有名曰"阳湖岛"者,以刘子怡大令为阳湖人也;有名为"休宁岛"者,以吴荩臣[1]游戎敬荣为

---

[1]　《大公报》中为"吴尽臣",李准年谱、《益世报》、《国闻周报》为"吴荩臣"。

休宁人也;有名为"番禺岛"者,以汪道元大令为番禺人也。

尚有一岛距离较远,约六十余海里,其岛长二三十里,向名曰"林肯",改名为"丰润岛",以安帅主持大事也。

以天色骤变,不敢再为留连,恐煤完水尽,风起不得归也。四月二十三日鼓浪而行,历四十八小时而抵香港,次日即回省,盖出门已将一月矣。将经过情形一一为安帅述之,安帅惊喜欲狂,以为从此我之海图,又增入此西沙十四岛也。所拾得之奇异各物,陈列于厅肆中。同寅中及士绅争来面询,余口讲指划,疲于奔命。所历各岛,皆令海军测绘生绘之成图,呈于海陆军部及军机处存案。此次之探险,以极旧行不过十海里之船,数百人之生命,付于林瑞嘉之手,实乃天幸,非尽人力可致也。

附　录

查勘西沙岛委员返省[①]

粤督前委李水提及道员李哲濬,督同委员数十人,乘"伏波""琛航"等兵轮查勘西沙群岛,现已竣事,于廿三日抵港。闻李水提、李道乘"伏波"轮,绕道澳门回省,"琛航"则载港商韦荣康、李惠霖、蔡季梧、通判王仁棠、盐务委员及测绘员数人,于廿三日到港。闻西沙各岛甚为平坦,其至高者不过数十尺,水面多石,岛上树木叠茂,水土颇热,海产有珊瑚、石花甚多,珠蚌亦有生产,惟获得者俱无珍珠。该岛之最大者为林文岛,现改名为魔壳岛,系用吴敬荣之名以命名云。

---

① 《申报》1909 年 6 月 16 日(宣统元年四月二十九日),第 11 版。

西沙群岛①

五月二十五日,《益世报》载广东琼崖及西沙群岛,作者与粤海情形颇为留心,而言之成理,余深为钦佩。然尚有未尽确实者,与余于光绪三十二、三年亲历各岛情形略有不同。十余年前,曾追记西沙群岛情形,较为翔言。今将原稿刊之报端,俾留心吾国之领海权者,有所考证焉。惟当时原记文牍,及测绘海图、各种照片,辛亥之变已散失无存,为可惜耳。

任盦老人李准谨曰

专载:介绍法占九岛之形势及纪载于国人②

法占粤海九岛,粤方已请中央据理交涉,闻中央方调查材料,吾国人民更多不了了者,兹将他报所登地图及文字介绍于全国父老,借以唤起大家注意。此外,如有调查文件寄交本杂志社,必设法登出,并择优酌给赠品,以为留心边防者之一助。

记者民十寓居广东,见《七十二行商报》登载西沙群岛之调查一文,于岛中形势产物,记载颇详,今已不能全记,仅记岛上鸟粪厚至十余寸,往往有日本船至其地窃取,以为制磷之用。当时调查,似为省政府所派遣,或尚有案可稽也。(寓公识)

---

① 天津《益世报》1932年5月29日,第1版。本文署名"李准",此仅录李准所写的按语部分,正文内容参见《李准巡海记》之"西沙岛"部分。
② 《国民外交杂志》第二卷第五期,1933年8月24日,第95页。《国民外交杂志》转载天津《大公报》的《李准巡海记》,并加有前言和编后,现校录这两部分内容。

李准巡海记①

自法国宣言占领南海九小岛后，日本即首先向法国提出抗议，谓此岛为日本首先发现。然此九小岛之真正主人，实为我中华民国，乃反默然无言，斯亦奇已。此九小岛者确为吾国西沙群岛之一部，于前清光绪末年收入我国版图，当日广东水师提督李准曾亲巡其地，鸣炮升旗，勒石命名，并测绘地图，作《巡海记事》。李氏本人现尚健在，此事发后曾亲至天津《大公报》社，说明奉命巡海情形，将当年所作《巡海记事》交《大公报》发表，并谓所测绘地图，曾经递存陆海军部，尚有档案可稽云云。按此九小岛，自前清以来即为吾国琼属渔民寄泊之所。护法期中，曾有粤人何某②向广东省署呈请开采磷矿，饬由崖县给予呈肯执照，未几撤销。十七年间，广东省中山大学曾一度拟自行筹资开采，卒无成议。时中山大学极重视此群岛，尝派矿学专门教授前往调查，于十八年间印行西沙群岛调查报告一册，记其事甚详。又十九年间上海神州国光社出版之《海南岛志》，亦曾根据南区善后公署调查员之报告，特著附录。盖此九小岛确为吾国领土，史实俱在，因缘甚长，不容抹煞，兹将《李准巡海记》一文转载于此，俾国人共明其来历，督促政府保此海疆！语云："履霜之屦，寒于坚冰；未雨之鸟，戚于飘摇。"愿国人无以烟涛迷茫而忽之也。

---

① 《国际现象报》第二卷第九期，1933年9月，第554页。正文为转载《大公报》文字，另写有按语以及配发摄于当时的西沙岛屿、风物照片五幅。

② 即何瑞年。1921年3月，何瑞年向北京政府内政部呈文请求批准设立"琼崖西沙群岛实业有限公司"，并由该公司集资承领西沙群岛大小岛屿15处，开办垦殖与渔业。据《三亚市志》记载，这个公司实际是日本人勾结何瑞年成立，企图实施对海南岛的经济渗透和扩张侵略，掠夺西沙群岛资源，但最终在当地爱国志士的声讨中完败。

社评:粤南九岛与西沙群岛①

　　法国宣布先占粤南九岛以后,首先引起日本之抗议,纷扰多日,近且自知先占权不易争,乃进而谋效尤之计,欲将绝对属于中国之西沙群岛强行占领,此真无理之极者也。顾此案利害关系最大、最切之中国,则以中央、地方平日缺乏调查准备之故,问题发生以来,对外反迄无所表示,此尤足憾也。关于九岛之位置,据法方披露,与中国西沙群岛之经纬度殊不相符,惟据前清光绪三十三年曾赴西沙群岛一带勘查之李直绳先生昨日向本报记者谈称,法国所占各岛中,似有彼往年查勘所及鸣炮竖桅之区,惜乎遭际丧乱,详图遗失,遂难考证。但当时既经呈报海陆两部及军机处有案,则此时调阅旧卷,当可得其真相,作交涉之根据。

　　吾人虽认法占九岛与西沙群岛未必符合,而于李君之查勘纪录,则以为此际刊布,颇足供公私各方面之参考,且至少可证明西沙群岛之领土权完全在于中国,丝毫不容日人诡辩,其于护持国权不无裨益,初不因该件曾见报载而失其参考价值也。

　　查自此案发生,中外各方,咸无详报,兹据法国最初发表兹事之报纸纪载,颇值注意。据法报略称:“在安南与菲律滨群岛间,有一群之珊瑚礁、覆沙暗礁错杂其间。航行者视为危险区域,不敢轻近,惟其处亦有草木繁生之地,琼崖之中国人,有住居珊瑚礁环绕之区从事渔业者。据一八六七年法国水路调查船‘莱芙尔满’号船员所制精图,此类海岛有长至十英里之地方,如用为水上飞机、潜水艇、小舰艇等暂时休息避难之所,并无不可。故此等岛屿,主权一经确立,则战争之际,对于法国海底电线之安全,殊足与以威胁,法政府于此乃决定对此等群岛开始行动。一九三三年四月六日报告舰‘亚斯脱洛拉

---

① 《大公报》,1933 年 8 月 10 日,第 2 版。

卜'号及'亚列尔特'号复与调查舰'达勒逊'号访丹伯特岛①,揭法国国旗。当时岛中住有华人三名,椰子之树,至极繁茂,海龟之属,多数栖息。四月七日'亚斯脱洛拉卜'号又占领安布哇岛②。其地一无住人,只有白腹海鸟成群而栖,鸟性奇驯,见人不畏。由此沿东北行,即到盐田广漠之地萨尔岛③,更进则为椰树覆阴之依秋伯岛④。其地亦无居人,惟似曾有人住过,盖既有树叶搭盖之屋,复有奉祀神人之像,景物殊神秘也。该舰复向北部洛依塔⑤、西杜⑥、多几尔⑦等岛揭挂法旗,各该岛情形,大率相同,地萨尔与多几尔两岛,有由琼州渡来之华人居住,每年有小艇载食品来岛供华人食用,而将龟肉及龟蛋转运以去。"

以上为法报所纪,试与李君所纪伏波岛等处情形对照观之,诚多类似也。

夫法国宣布先占九岛,明明声言仅为消极作用,以中法交谊之笃,中国果有正当确据,明示归属,则一经交涉,当可收回,借曰无之,则法国有其先占之权利,亦不容日本嫉视,强欲仿行。

惟此际成为问题者,仍在中央、地方主管官署之不能尽职,如海军部何以不查档案,粤省府何以未定办法?盖果为我有,应举实证,果非我有,毋取强争。自本案揭破,吾人甚注意粤省公私表示,乃翻阅最近港、粤报纸,仍不外察省问题、党政纠纷,满幅内争新闻,对此案从无详确可信之调查报告。由此益证国人浮而不实、虚矫疏阔之习,任经国难,一无进步。

———————

① 即今中国南沙群岛之南威岛。
② 即今之纳土纳群岛。
③ 即今中国南沙群岛之郑和群礁。
④ 即今中国南沙群岛之太平岛。
⑤ 即今中国南沙群岛之南钥岛。
⑥ 即今中国南沙群岛之中业岛。
⑦ 即今中国南沙群岛之双子群礁。

吾人近甚感觉日本殆将有事于华南,迭有申说,非同杞忧。今西沙群岛,显为日本觊觎之目标,林肯岛即为李准命名之丰润岛,日人竟公言在其企图占领之列。海陆主权,南北同危,此际犹不能团结一致,则国民真不知死所矣!

法占九小岛外部继续调查[①]

【南京】法占九小岛事,外部以法外部答复之岛名及经纬度分,只有七小岛,并非九小岛,并照其经纬度计算,距西沙群岛有三百余海里,合华里约一千七百余里。究竟真相如何,李准巡海记中所记过于含糊,未足据为参考。除调阅以前案卷外,已咨粤省府,详查见复,再作研究。又,外部为使国人明了我国南海各岛名称、方位起见,已准备将西沙群岛及其他附近岛屿之名称、纬度,整理公布。(二十日专电)

海军部咨第五四八五号[②]

案准贵部欧字第一四六三四号咨开:

关于西沙群岛事,八月十日天津《大公报》社评:"距前清光绪三十三年,曾赴西沙群岛一带勘查之李直绳先生,昨向本报记者谈称,'法国所占各岛中,似有彼往年查勘所及鸣炮竖桅之区,希遭际丧乱,详图遗失,遂难考证。但当时既经呈报海陆两部及军机处有案,则此时调阅旧卷,当可得其真相,作交涉之根据'云云。"查李准呈报查勘西沙岛情形,本部无案可稽。如贵部存有该项报告,即希抄寄一份,以便参考等因。

查海军部成立于中华民国元年,前清光绪三十三年,为陆军部海军处,调阅旧卷,并无该项报告。其关于西沙群岛中之茂林岛 Woody

---

① 《申报》1933 年 8 月 21 日,第 3 版。
② 《海军公报》1933 年第 51 期。

Island 事件,仅有中华民国十五年八月二十四日国务院公函海军部,
知照国务会议决议,交外交部与日公使交涉,转饬日人不得在该岛经
营各业一案。

咨准前因,相应咨复,即祈查照为荷。

此咨外交部

海军部长陈绍宽
中华民国二十二年八月十七日

中国哥伦布李直绳先生①

对于法占西沙群岛的感想,我是这样的:自己不能保卫自己的领
土,而有待于别人来帮忙保卫(其实是保卫安南),有点自尊心的国民,
即使不惭怍也不好快意了罢。自然,在这时候,我们更不希望法之于
西沙群岛,也如英之于阿比西尼亚:开始是义形于色的来了,终于怕
狠,牺牲了被侵略者的一面。阴乾大吉,走开了事。

我所要写的是西沙群岛的哥伦布——发现人李直绳先生(准),
及其三年前所谈的关于西沙群岛。

苎蔴也似的头,柑皮也似的脸,晓钟也似的嗓子,七十几岁的"李
军门"又在以官味十足的川腔在和我发议论。他老是和我卖老,他好
像又有点疑心我不大尊重他,他在说明他并不没落,而且"民国以来
的海军太不行了,我们那时候……",底下当然又是一套,好像中国在
甲午之战是大捷的一样,如他所说。

这些我不去管他,我所注意的是,中国版图不以暴力扩充者只有
这西沙群岛。而在清末国土日蹙之时,他能不血刃而为国拓增领土,
总是可纪念的一个。于是我也就不讨厌他老是要居我的两辈老长
辈:"白芜的父亲是我的学生,他的母亲也是我看她长大的。哈哈,他
也这末大了,哈哈……"由他去。

---

① 《抗战青年》第一卷第六期,1938 年 8 月 1 日,第 14 页,作者白芜。

他说:"关于西沙群岛的风土,有我所写的《巡海记》记得很详,但我可以补充一些。西沙群岛,约距琼州榆林港二百多海里,最初有德国人在一千七百多年到过,第二个就是我了。这一群岛,距香港也不过二百海里,从新加坡到香港必经此线,但因为暗礁太多,到岛边大抵都翻了船,又缺乏淡水,不大有用,那时急于赚钱不急于军事布置的洋人便放弃了。洋人是称它为拍拉洗尔岛的(Pa.a.c.s),我去的时候是光绪三十三年四月,坐了'伏波''琛航'两只老军舰,一共冒险发现了十四个岛,托天之福,若有神功,幸未触礁,为中国版图添了一些领土。当时插上了黄龙国旗,勒石命名,以'伏波''琛航'两舰之名名两岛,以安帅(按即两广总督张安圃,名人骏,河北丰润人)的籍贯名一岛(李是四川邻水人),以同船各位籍贯分名各岛,故又有霍邱、归安、乌程、宁波、新会、华阳、阳湖、休宁、番禺九岛,另一岛是因为别岛都只有咸水,独它有淡水,故名为'甘泉',合起来是十四个岛。"(笔者因为国人知道岛数的人都不多,岛名知者更少,中国人应详知中国地名,特翻出手记来不惮烦记之如上)

"内中以丰润岛最大,长约三十里,一向航海家是称之为林肯岛的,这岛与西沙群岛距离六十海里,昂然如群龙之首,各岛除海产及鸟兽之外都无人迹,但出产皆极丰,有千百年的鸟粪,有磷矿,有大椰森林。"

……

自然,在军事上的国际上的西沙群岛的地位,李先生是说不出所以然来的。

李先生的履历似乎应该记载一下,他做过光宣两朝的水师提督,他曾经审讯过七十二烈士,他也曾(悚)[肃]然起敬的为一个被鞫烈士捧唾盂承血唾,他和郑孝胥、金月梅斗过三角恋爱。他喜欢捧女伶,把川戏《活捉王魁》改编过平黄。他晚年在天津隐居,好为人写并不高明的铁线篆。他好骂人,一直到前年死前还在骂中国人,中国人的不长进。他时时流露着羡慕马伏波,意思是如果国府的海军部长归他做,便能一下子打退日本,虽然他连"主力舰""战舰"是一物两物也分不出的。

西沙群岛与李准①

敌侵安南后,有若干之企图,自敌报之记载中可略窥其梗概。最近敌报忽连篇累牍,大谈其西沙群岛。此本我有,属于海南岛之陵水县。数年前,法人忽宣布占领之,对于此岛之主权谁属,认为无法判明。

我国之地理学家,当时多为文驳之。《大公报》时犹在津出版,废清广东水师提督李准亦居津,遂出其旧作"巡海口"送请《大公报》刊载,述其巡视该岛树帜而返之经过甚详,可确定此岛之我属。法人始终不允交出。未几,抗战发生,海南岛失陷,法人遂宣称在该岛为必要布置,不意今日乃成为倭寇之口中食也。

李准此记,颇自夸其功绩,尚不甚戾事实,惟其人素为革命之敌。民元以前,党人屡谋击杀之,史坚如烈士且以杀李不成而遇害。② 鼎革后,李氏蛰居天津,恃房产为活,忽以武人而好文事,遂称"书家",为商人写市招甚多。将死之前数年,投机失败,境况甚窘,携两老姜居陋巷中。欲以书法易米,日辄夹雨伞,着旧胶鞋,遍访市上各书肆,托代兜揽生意,且向张人骏后人告贷,张氏后人拒之。

晚景凄涩至此,然始终不走关外,平心言之,尚不失为晚节之士也。

---

① 《读书通讯》1940 年 16 期,第 6 页,作者戴锡。
② 史坚如(1879—1900),1899 年加入兴中会。1900 年惠州起义爆发,史坚如在广州响应,策划暗杀两广总督德寿失败后就义。

关于西沙群岛,希望大家提供材料证明确为我国领土①

编辑先生:贵报二十九日刊载西沙岛交涉事件,事关国土主权,谨就鄙人当时所能记忆者,略述一二以供参考。

在光绪末年,张人骏任两广总督,温宗尧任督署洋务文案,李准任水师提督。比时,鄙人充提署先锋卫队排长。

光绪三十三年冬(年月记忆不甚清楚),日本突由台湾方面开来兵舰一艘、商轮"二辰丸"一艘,满载军火及日民,图占领我东、西沙岛,当地番黎人群起反对。日舰开炮轰击,张人骏派李准乘舰前往交涉。结果,日舰向我方道歉了事,日船"二辰丸"及兵舰旋即退去。

当将出事及交涉经过呈报清廷总理衙门。

事后李准复奉令往该岛巡视勘察,并饬海防总办刘冠雄在该岛设立旗台,派水师驻守。

于此证明,东、西沙岛属于我国领土,则毫无疑义。

迨辛亥革命,李准首先反正,使广东全省兵不血刃而光复矣。李准派"宝璧"兵舰至港,迎胡汉民先生回粤任都督,由胡电呈临时大总统孙中山先生,报告李准光复广东功绩,当蒙授以陆军中将。

李将军加入革命党,系在辛亥年六月间,由胡清瑞(展堂先生之兄)、黎凤翔二氏介绍,由其弟李涛代表到港签誓,此事经过,革命老前辈谅多知之。

关于当时李将军对东、西沙岛交涉经过详情,前充上海统税局长汪宗洙知之较详。汪现侨居澳门,当时参与其事者或仍有人。希尽量贡献政府,为对法交涉之根据。

提仁辅谨启

一月三十日

于南京中央饭店二三二号

---

① 《大公报》香港版,1947 年 2 月 2 日,第 3 版。

卷八　中日东沙岛主权交涉案

　　此束档案原藏台湾"中央研究院"近代史所,清档02(外务部全宗)—10(边防界务系列)—001(中日东沙岛交涉卷),为晚清外务部关于东沙岛专档,时间起自光绪三十三年九月至宣统元年十二月(1907年10月—1910年1月),档案共54件,附件图片8张,馆藏档号自02-10-001-01-001至02-10-001-01-054。原档均为抄档。

　　本束档案为清外务部与各方来往电文,以及外务部说帖一份。该档可与《西沙岛东沙岛成案汇编》(陈天锡编著)相互对照查看。

　　《汇编》收录了交涉卷中的绝大多数电文,但顺序有所不同,部分电文的个别文字有异。《汇编》还收录了两广总督、两江总督等相关疆臣之间的来往电报。

　　此外,在中国第一历史档案馆保存的端方档案中,存有清外务部、端方、张人骏、萨镇冰等调查日人占据东沙岛的往来电函,其中部分已经收入《汇编》,但绝大部分还未被发掘利用。

　　此束外务部档案,可以解决不少关于东沙岛交涉的问题以及李准回忆的讹误。

　　比如,谁最先得知日人占据东沙岛。

　　此前有两种说法,一是李准发现说,一是端方访闻说。近来,学者张建斌又提出海军南洋巡阅访闻说。

　　李准发现说,源于《李准巡海记》的记录:"光绪三十三年春,余乘'伏波'舰巡洋至其地,远望有旭日之旗高飘。"

　　端方访闻说,源于《汇编》一书。该书编著者陈天锡在序言中写道:"清光绪三十三年,日本商人西泽吉次占据东沙岛事,为两江总督南洋大臣端方访闻,报告于外务部。"

　　同时该书在录入外务部发给张人骏电文有一句:"午访闻港澳附近,与美属小吕宋岛连界之间,有中国管辖之荒岛一区……"

　　这是东沙岛交涉案的第一封电报的第一句话,因"午访闻"三字,后来研究者多以端方字"午桥",认为是"端方访闻"。

　　而此束外务部档案该电文前并无"午"字。另外,张建斌也指出,外务部发两广总督函电,仅以"午"字开头,不合规范,应为"午帅"或"制台"才符合电报行文。由此可见,"午"字应为《汇编》录入时的衍字。

　　张建斌的海军南洋巡阅访闻说,见其《端方与东沙岛交涉——兼补〈西沙岛东沙岛成案汇编〉之不足》[①]一文。

　　从此束外务部档案可知,最先得知日人占据东沙岛消息的是外务部,而外务部是从报纸上看到这一消息的。

　　档案中,有一份外务部的说帖,对此有详细说明。

　　此外,该束档案附录的八幅照片非常珍贵,此前也较少为研究者所注意。此组照片同时收录在台湾"档案管理局",与之归为同一档号的还有一张"清末前往接收东沙岛之官员"照片。

　　照片上有三人,中间一人着军服,另外两人着常服。对于三人具体身份的信息,档案未记载。从相关照片对比看,中间一人似林国祥,左侧似吴敬荣,右侧一人疑似王仁棠。可见,虽然没有李准直接参与收回东沙岛的档案支持,但广东水师是确确实实地参与了。

---

　　①　《中国边疆史地研究》第 27 卷第 2 期,2017 年 6 月。

一、光绪三十三年九月初五日发两广总督①电发 见荒岛事(1907 年 10 月 11 日)

访闻港澳附近②与美属小吕宋群岛连界之间,有中国管辖之荒岛一区,正当北纬线十四度四十二分二秒、东经线一百十六度四十二分十四秒,离香港一百零八米。该岛周围三十七八里,因岛之一端有大小暗礁起伏海中约六十里,华人畏难苟安,人迹罕到,故毒蛇猛兽亦多。近被台湾基隆日本商西泽吉次纠合百二十人,于六月三十日午后乘"四国丸"轮船驶向该岛。七月初二日登岸,建筑宿舍,竖立七十尺长竿,高悬日旗,并树十五尺木标,详记发现该岛之历史,名为"西泽岛",礁名为"西泽礁",西泽遂据为己有。该岛磷矿极多,树木亦复茂盛,有高四五十尺者,鳞介、贝壳甚多,网采颇易,温度与台湾相仿佛。西泽已采取水陆各种装运至台,现在第二次运船将到。凡闽粤人之老于航海及深明舆地学者,皆知该岛为我属地等情。

中国沿海岛屿,尊处应有图籍可稽。该岛旧系何名,有无人民居住,日商西泽竖旗、建屋、装运货物是否确有其事? 希按照电开纬度迅饬详晰查明,以凭核办。即电复。外务部。

二、光绪三十三年九月初九日收两广总督电查考 发现海岛似非粤省辖境请电南洋派轮往查由 (1907 年 10 月 15 日)

洪。日本人西泽发见海岛一事,据洋务委员会同税司按钧电所

---

①　时任两广总督为张人骏。

②　陈天锡《西沙岛东沙岛成案汇编》(1928 年)一书中("东沙岛成案汇编",第 4 页)抄录此封电报时曾有衍字,为"午访闻港澳附近",因为多了"午"字,导致后世在解读这封电报时,多认为是端方(字午桥)首先发现日人占据东沙岛。

开经纬各节细加查考,该岛距琼州海口炮台四百八十六英海里零九十四分①,以华里伸算,已在一千四百余里之外,遍考舆图,似非粤省辖境。闻该处风浪最大,粤省无大兵轮,难往查探。可否请钧部转电南洋,酌派大轮往查。乞卓夺。人骏。庚。

三、光绪三十三年九月初十日发南洋大臣②电访 闻港澳附近与美属小吕宋群岛连界间有中国 荒岛一区尊处有无大轮可派查探并电复由 (1907年10月16日)

访闻港澳附近与美属小吕宋群岛连界之间,有中国管辖之荒岛一区,正当北纬线十四度四十二分二秒、东经线一百十六度四十二分十四秒,离香港一百零八米。该岛周围三十七八里,因岛之一端有大小暗礁起伏海中约六十里,华人畏难苟安,人迹罕到,故毒蛇猛兽亦多。近被台湾基隆日本商西泽吉次纠合百二十人,于六月三十日午后乘"四国丸"轮船驶向该岛。七月初二日登岸,建筑宿舍,竖立七十尺长竿,高悬日旗,并树十五尺木标,详记发见该岛之历史,名为"西泽岛",暗礁名为"西泽礁",西泽遂据为己有。该岛磷矿极多,树木亦复茂盛,有高四五十尺者,鳞介,贝壳甚多,网采颇易,温度与台湾相仿佛。西泽已采取水陆各种装运至台,现在第二次运船将到。凡闽粤人之老于航海及深明与舆地学者,皆知该岛为我属地等情。

---

① 从下封发南洋大臣电报看,该电抄件此处有缺漏,应为"该岛距琼州海口炮台四百八十六英海里零七十八分,距香港四百七十六英海里零九十四分"。另据《西沙岛东沙岛成案汇编》中"东沙岛成案汇编",此电文字与致南洋大臣电文内容相同。

② 时南洋大臣为端方。

此事电准粤督复称,该岛距琼州海口炮台四百八十六英海里零七十八分,距香港四百七十六英海里零九十四分,该处风浪最大,粤省无大兵轮,难往查探,请电南洋酌派大轮往查等语。尊处有无大轮可派,希迅即妥酌办理,并电复。外。蒸。

四、光绪三十三年九月十四日收两江总督电日踞荒岛事可嘱杨侍郎往查并镜清兵轮亦能前往请酌由(1907 年 10 月 20 日)

洪。蒸电悉。查中国官私各地图,皆以广东琼州府所属崖州北纬十八度为最南之界。日人现踞之岛,在北纬十四度间,中国地图未见有缋至此度者。以英海部一千八百八十六年所刊海图考之,按此经纬线之处并无岛焉,惟稍偏东北有小礁一处,出水三尺,在北纬线十五度十分、东经线一百十七度四十分,与此亦不相符,是必英国刊图时尚未发现此岛,而近年方觅得者。中外地图皆未见有此岛,无从证其为何国属地,其地尚在小吕宋以南,距中国海岸千里之遥,其为中国属地之据,各图皆无从考核。

今日人已树国旗,若欲与之交涉,非先自考出确切凭据无从着手。钧电云,凡闽粤之老于航海及深明舆地学者皆知该岛为我属地,自系该闻此事者所言。拟请钧部令其设法向闽粤航海家及舆地学家,将此项凭据访求明确,购觅发下,即由此间选派通晓舆地、谙悉交涉之员乘坐兵轮前往该处相机酌办。

至南北洋兵轮以"海圻"为较大,现派送杨侍郎赴南洋群岛,约十五六日放洋。此外"镜清"兵轮,询之该管驾亦尚能到该处海面,已电商萨提督酌定备用。杨侍郎所行海道距该处数百里,若电致杨侍郎嘱其绕道前往一看,亦尚就便。惟尚未觅得确据,恐杨侍郎亦无从办理。应否电杨侍郎之处,乞钧酌。

又,钧电内有云"离香港一百零八米",与上文经纬度不合,恐有误字。香港东南一百七十英海里有碧列他岛[①],北纬线二十度四十二分、东经线一百十六度四十三分,沙质无泥,西有一港口,每上半年中国渔船可在此避风。经纬度既不合,与人迹罕到之说亦不合,想非是也。方。元。

五、光绪三十四年八月二十三日收两广总督张人骏电香港东南葡拉他士岛拟请端午帅派员探明标志由（1908 年 9 月 18 日）

据洋务委员转接广州英领函称,中国海内距香港东南一百七十英里,有一小岛或群小岛,名蒲拉他士。该岛并无居民,显系无所统属之地。但每年之中,间有中国渔船驶到该岛。英政府前曾提议,应否于该岛建立灯塔,后以不能决断该岛应属于何国、应由何人设灯,遂作罢议。现奉本国外部谕饬,将该岛情形及属于何国详细查复等因。函请确查案卷,该岛是否中国属岛,政府有无宣布明文等情。转禀前来,查上年九月,曾奉大部电查日本人西泽站踞海岛一事,嗣接午帅九月艳电,据驻宁日本领事称,该岛实在台湾之西南,香港之东南,距香港一百七十余英海里。即《新译中国江海险要图说》内之蒲拉他士岛,又名蒲冕他士岛,上年两江派员所绘海图亦有此岛等因。经电商午帅,派员往探在案。英领现函明知系我属地,竟称欲在该岛设灯,似系意存尝试。应否由钧部布告英、日两使,声明蒲拉他士岛系中国属岛,一面请午帅派员前往探明,酌立标志,以杜外人觊觎。乞卓裁示复。骏。个。

---

① 碧列他岛,也译作蒲拉他士岛,为当时广东广雅书局翻译出版之英国《新译中国江海险要图志》一书对东沙岛的称呼。

六、光绪三十四年八月二十六日发两广总督电西
　　泽事(1908 年 9 月 21 日)

个电悉。该岛自上年九月，探有日商西泽纠人建房、竖旗等情，即已内外电商，觅查证据。嗣准江督复电亦称，其地距中国千里而遥，是否中国属地非先自考出确切凭据无从着手，俟查确后派轮前往酌办等语。江省因查无确据，船亦未派，并不知西泽在该岛究竟如何施设。此次英领复来函询，仍应分饬详查。现尊处既电商午帅派员往探，一俟探明，电部酌核办理。此时未便先行布告英、日两使。外。宥。

七、光绪三十四年八月二十七日发南洋大臣电日
　　商发见荒岛事请派员按照上年九月电开纬度
　　查复由（1908 年 9 月 22 日）

日商西泽发见荒岛事，上年九月准尊处元电，俟查确再派轮前往酌办等因。兹准粤督电称，英领亦来函询，明知系我属地，竟欲设立灯塔，竟图尝试，可否由部先告英日两使，声明岛属中国，并请南洋派员往探、立标等语。当复以地未查明，未便先告英日两使。惟粤督既认为中属，自因该岛与中国海线相近，应由尊处派员往探，按照上年电开纬度是否确在我海线之内，并西泽在该岛究竟如何施设，一并转饬详查，分晰电复，以凭核办。外。

八、光绪三十四年九月十三日发南洋大臣、两广总
　　督电葡拉他士岛告英领是中国土地一面派船
　　往查办理较有头绪由(1908 年 10 月 7 日)

蒲拉他士岛事，午帅感电悉。该岛既系我地，如无端向人声明，先自示弱。英领既来询问，应由粤据查出图志告以是中国土地。应

否安设灯塔,俟派船前往查明再复云云。一面派船往查,如船到彼查得日人设置,再据以照诘日使,办理较有头绪。除电粤督、南洋外,希查照。外。

九、光绪三十四年九月十五日说帖筹议东沙办法由（1908 年 10 月 9 日）

上年九月,时报载有日人西泽发见荒岛一事,当据报内所详经纬度线电商粤督,转饬查明核办。嗣准复电,以该岛距琼州海口炮台四百八十六英海里,合华里一千四百余里外,疑非粤省辖境,请电南洋酌派大轮往查。旋即电准南洋大臣复称,其地是否中国所属,非先自考出确据,无从着手。俟查确后,再行派轮各等语。江省因查无确据,船亦未派,不知该岛究为何属,亦不知西泽究竟如何施设。

因循一年①八月二十三日粤督来电称,英领函称应否于该岛设立灯塔,明知系我属地,意存尝试,应由部布告英、日两使,声明岛属中国,一面电南洋派员往探、立标云云。当以地未查明,未便先行布告复粤督,仍电南洋按照上年电开纬度是否在我海线之内,并查西泽在该岛情形,分晰详复。八月二十九日准电复,亦以由部照会英、日两使,或晤商后看其如何答复再定办法等因。

查该岛即《江海险要图说》内之蒲拉他士岛,又称碧列他岛,音异而地同。以报载之时计之,是西泽在该岛纠人建屋,极力经营,业经一年有余,乃江粤两省始终并未派船一查。忽于上月合称,由部先行布告英、日两使,无论部中与英、日两馆于此事全不接洽,无凭办理,且如粤督来电,既有系我属地之说,尤不应无端向人声明,先自示弱。

---

① 即光绪三十四年。

现拟电粤督,既系英领有函询及,应由该省直接与该领办理,如有交涉之处,再行内外电商妥办。兹将部中与粤江两省往来电报共八件抄呈钧览。应如何办理之处,伏希酌核。

十、光绪三十四年九月十五日收两广总督张人骏 电葡拉他士岛已函复英领系中国土地粤无大 轮请由午帅派轮由(1908 年 10 月 9 日)

大部十三日电祗悉。蒲拉他士岛事,先已由粤函复英领,声明该岛系中国土地,英领并无异言。惟派轮往查一节,粤无大轮可往,拟请由午帅酌派兵轮前往查明酌办。人骏。盐。

十一、光绪三十四年九月十六日收两江总督端方 电已电萨军门俟接待美舰事毕酌派大轮前 往该岛查勘由 (1908 年 10 月 10 日)

钧部十三日电、盐电均悉。已电萨军门,俟接待美舰队事毕,酌派大轮前往该岛查勘。方。咸。

十二、宣统元年二月十一日收两广总督电查明蒲 拉他士岛确归粤辖由(1909 年 3 月 2 日)

蒲拉他士岛,上年因考订未确,经电钧部转电南洋派轮往查在案。近细加查访,该岛粤人呼为东沙,居汕头正南,距汕头约一百五十英海里,确归粤辖。现拟由粤派员乘海关巡船,偕同南洋所派飞鹰兵轮前往,以便详细查勘。谨电闻。骏。蒸。

十三、宣统元年二月二十一日收两江总督、两广总督电蒲拉他十岛系中国辖境现查日人有占据实情请力争由（1909 年 3 月 12 日）

蒲拉士岛，准上年九月间奉电饬令派船往查，时正接待美舰，未能抽拨。兹由方面属萨提督饬派"飞鹰"兵轮，于本月初十日晚由香港开往蒲岛。查将该处日人百余名，此外台湾人甚多，于去年八月来蒲岛盖屋居住，升日商旗，并立木杆曰"明治四十年八月立"，已设有铁路、德律风①、小火轮马头②，以备取运海产。该处旧有天后庙已被彼灭迹，船弁操英语，问话均不解，仅借闽语粗询大略。该舰于十二日回港等情，由该管带分报前来。

查蒲岛，粤人呼为东沙，居汕头正南，相距约一百五十英海里，确归粤辖。沿海居民类能言之，且有图志可据。现经派舰实地查勘，该日商已在该岛修盖房屋，并已建设铁路、电话、马头等项，是其私占有据。若不设法争回，则各国必援均沾之例，争思攘占，所关匪细。拟请钧部迅与日使交涉，饬将该国商民一律撤回，由我派员收管，另筹布置，以伸主权，无任祷企。

再，人骏本已派定海关巡舰前往勘测，因修理未竣，故未与飞鹰同往。除再由人骏遴派谙习日语人员乘海关巡舰前往复加查询详情，容再电达外，并闻。方、人骏，仝南。哿。

---

① 英文"Telephone"音译。
② 即"码头"。

十四、宣统元年二月二十四日收两广总督电蒲拉他士岛一案应令日人撤回乞示遵由（1909年3月15日）

顷据查明，蒲拉士即东沙岛情形，由香港轮行十六点钟可到，岛之东西沙碛因抱作半月形，产玳瑁、多磷质，日人自丁未秋到该处经营。岛南有木码头，岛上设小铁轨、德律风、吸水管等物。初水咸不可饮，经已安有制淡水机厂，近系凿池蓄雨水为用，该厂已废。日本式房屋约二三十座，皆草率程工者。日人竖旗并立木椿一柱，书"明治四十年八月"，背面书"西泽岛"字样。办公所一区，事务人名浅沼彦之哑，暨两医生员弁等。与之问答，据称，系受台湾西泽吉次委任在此经商，并非公司，系个人生理，亦未知日政府曾否与闻。惟去年夏，台督曾派官吏六人至此。现在计有日本男女大小一百零一人，又由台招来工人三十三名住此。日本商轮约每月一至或二三至不等，并不识此岛应属何国等语。

又查，"香港华字报载有十九日印登日人在惠州插旗传闻一段，谓'敝国人百余名在惠州东沙地方插旗，并驱逐土人渔船，敝领事查无此'等情事，亦未知此说何来，烦为更正。香港日本领事署上"一节，可见该岛日人只系经商私往，政府或未闻知。其驱逐渔船，已据渔民具控有案。证以两次往查情形，该日商西泽频年所为殊属不合，自须商令撤回。应否由钧部与日使交涉，或先由粤向日领询问，俟复答后再作计较。均候钧酌示办。人骏。漾。

十五、宣统元年二月二十四日①发两广总督电日人在该岛布置事由尊处询明日领再核办并转江督由(1909 年 3 月 15 日)

哿、漾电均悉。日人前年即在该岛纠人建屋,极力经营,现又添设铁路、电话、码头等项,是其布置业已大备。我于此时始经查系我属,本已后时,现只好照漾电所称,先由尊处询问日领,看其如何答复,再行核办,并转江督。外。二十四日。

十六、宣统元年二月二十七日收出使日本大臣胡②电报载日本渔人在广东沙岛上岸悬旗特闻由(1909 年 3 月 18 日)

此间报纸载,有日本渔人在广东惠潮交界之东沙岛上岸,悬日本旗,除电粤督确查外,特闻。德。感。

十七、宣统元年二月二十九日收两广总督电东沙岛事应否电胡大臣向日交涉候酌夺由(1909 年 3 月 20 日)

东沙岛事,已照会日领,请西泽撤退。昨该领来署面称,此事彼毫无所闻,已电彼外部,得复再达等情。顷准胡大臣来电,谓东京报章登载此事,询问情形,已复电详达。应否由钧部电饬胡大臣向日外部交涉,一面仍由粤与日领磋商之处。候酌夺。人骏。俭。

---

① 陈天锡编《西沙岛东沙岛成案汇编》之"东沙岛成案汇编"将此封电报时间录为"三月二十四日"。

② 胡惟德(1863—1933),字馨吾,外交家。

十八、宣统元年闰二月初一日收粤督张人骏电东沙岛事日领索据甚坚已请午帅寄图再由粤详考证据应否由钧部电商胡使与日外部交涉乞酌示由（1909 年 3 月 22 日）

东沙岛事。顷日领来署，谓该岛原不属日，彼政府亦无占领之意。惟当认为无主荒岛，倘中国认该岛为辖境，须有地方志书及该岛应归何官、何营管辖确据，以便将此等证据电归外部办理。至西泽经营该岛，本系商人，合例营业，已费甚巨。日政府亦曾预闻，应有保护之责等语。

当答以东沙系粤辖境，闽粤渔船前往捕鱼停泊历有年所，岛内建有海神庙一座，为渔户屯粮聚集之处。西泽到后，将庙拆毁，基石虽被挪移，而挪去石块及庙宇原地尚可指出。该岛应属粤辖，此为最确证据，岂能谓为无主荒境。且各国境地，如山场、田亩，非必有人居方有辖权。

与之反复辩论，彼始终执一索据之说，议无归着。查该岛情形，历久隶粤，已无疑义。乃西泽毁我庙宇，逐我渔民，在岛年余获利甚厚。揣彼用心，以为神庙已毁，无可作证。又知中国志书只详陆地之事，而海中各岛素多疏略，故坚以志书有语，方能作据为言，其用意狡谲，情见乎词。

前准午帅九月艳电称，两江派员所绘海图亦有此岛，拟请午帅迅将前图饬绘数张寄粤，一面由粤设法详考证据，再与日领驳论。应否由钧部电商驻日胡使与日外部交涉，统乞酌示遵办，祈电复。人骏。三十日。

十九、宣统元年闰二月初二日收驻日大臣胡电东沙岛日本要索证据除再电粤觅证外特闻由（1909 年 3 月 23 日）

昨小村在使馆晚餐，彼先称东沙岛于两年前有日商因此岛向无所属，请收入版图，政府未允。现中国如有确实凭证，自当认为中国领土，旅岛日人应由中国保护。倘无确证，足见此岛本无所属等语。德因事关领土，先已电粤督搜觅舆图，汇集证据，以凭驳诘。

除再电粤督外。德。冬。

二十、宣统元年闰二月初三日发粤督电东沙岛事（1909 年 3 月 24 日）

东沙岛事。上月二十四、三十日两电均悉。旋准胡使电述，日小村外部口气与日领所称亦略同。本部查历次粤、江来电，内列经纬度数各不相符，当向税司取图详查，图内有碧列他岛，按其度数与江督电称该岛在北纬线二十度四十二分、东经线一百十六度四十三分之语颇相符合，而又与各电内日人现踞之岛在北纬十四度一节相背。究竟东沙岛是否即碧列他岛，在我总须考明度数，多搜证据，方好与人交涉。且日人意在索据，仅执神庙旧址及渔船停泊各说不足以资应付。希将上开度数再加详考，并设法觅查确证，电部核办。外。初三日。

二十一、宣统元年闰二月初四日收粤督张人骏电蒲岛事仍持商令撤退并要以毁庙损失渔业及各项赔偿应否与日外部交涉由（1909 年 3 月 25 日）

顷据驻粤日领照复，日政府视蒲岛为无所属之岛，未认为日领土。中国如有已得该岛确证,日政府必当承认。惟日商因该岛久经放弃以美意开办事业,中政府当妥为保护等语。

查该岛向名东沙,与附近琼岛之西沙对举。沿海海户倚为屯粮、寄泊,海神庙建设多年,实为华民渔业扼要之区。青港①有华商行店,转输该处渔业,商民具控以日人强暴为词。志书虽漏载,而遍查海图及舆地各书列有此岛,均指粤辖,证据已足。

西泽擅自经营,毁庙驱船,种种不合,实系日人侵夺,并非华人放弃,似未便与以保护。粤无出海大船,稽察亦恐难周。拟仍饬商令撤退之说,并要以毁庙、损失渔业及私运磷质各项之赔偿。应否电胡大臣与日外部交涉,并乞卓夺。祈电复。人骏。江。

二十二、宣统元年闰二月初四日收南洋大臣端方电上年照绘海图及广雅书局所刻图志英国所刊洋文海图曾经送京请先据此与日使交涉由(1909 年 3 月 25 日)

安帅三十日电悉。敝处所绘海图无印本,上年已照绘一分寄呈钧部,今承安帅电取,容即照绘,另行寄粤,以备考证。

查此岛,日领既谓原不属日,而广雅书局所刻《中国江海险要图志》以及英国所刊洋文海图又均有此岛,按其经纬度数确为中国辖境。以上各图上年均曾送京,可否请钧部先据此与日使交涉,一面由安帅再设法详考证据,以资驳辩。伏希裁行为幸。端方。江。

---

① 应为"香港"。

二十三、宣统元年闰二月初五日发驻日本大臣胡电东沙岛确为粤辖图据确凿希向外部商令撤退日商并赔偿损失由（1909 年 3 月 26 日）

东沙岛事。感、冬电均悉。此事本见前年时报，本部据电江、粤详查，辗转迟延，近始迭准粤督电称，该岛距汕头百五十英海里，向名东沙，与琼岛西沙对举。现有日商西泽私带日人盖房、升旗，并设铁路、电话、轮船、码头。岛旧建有神庙，西泽毁基移石兼逐渔户。当以岛为粤辖，照日领撤回。准复，日政府未认为日属，如有确证，日必承认，惟日商营业，中当保护。详查海图、地志列有此岛隶粤证据已足，请电胡使商日外部撤退日商，并要以毁庙、损失渔业及私运磷质各项之赔偿等语。除电该督详考经纬度数，俟复到再由部照会日驻使，并续电外，希酌核与日外部提议并电复为要。外。初五日。

二十四、宣统元年闰二月初六日收粤督张人骏电东沙岛案现正搜求证据由（1909 年 3 月 27 日）

初三日电敬悉，江电谅达。按东沙岛本系我国旧名，沿海渔民称谓相同，其名、其地载在《柔远记》①海图，甚非无据。建庙、屯粮、渔业，尤公法所特认，庙本完善且有存粮，为西泽所毁拆，并【有】旧址。据九龙税司报告，见有华民新泗和渔船尚在该处驻泊，控诉被逐情形。查该船系属于该处开设新利字号之华店，渔船往来该处可知者近四十年，何得谓华人放弃。

---

① 《国朝柔远记》，王之春著于 1879 年，为有关清朝外交的专著，全书二十卷，后两卷为附编，包括中国沿海地图，以及有关中国外交策略的议论文。

丁未九月初六日,准钧部电,指有辖岛一区,当北纬十四度四十二分二秒、东经一百十六度四十二分十四秒,查之英国海图,该处汪洋一片,并无岛屿。离粤太远,自难引为粤辖,而粤中又无可用以远行探海之大轮,不免望洋而叹。嗣接午帅电开,该岛在北纬二十度四十二分、东经一百六十度四十三分,复查英海图,始知该岛英名蒲拉他士岛,即粤辖东沙岛。敝处并无指称日人现踞之岛在北纬十四度之说。现既查明踞粤海界甚近,且有琼海西沙岛对待之称,西沙岛现已派员仍借用海关轮船往查。加以各项证据,细译《中国江海险要图》,明指该岛为粤离澳①十三里,可决为粤辖,据以与争。钧部查图,复有碧列他岛之名,当系葡勒他士译音之转。日人近且易名西泽矣,鄙意拟执我国向有东沙之名为断。我国舆地学详于陆而略于海,偏于考据方向、远近,向少实在测量,记载多涉疏漏,沿海岛屿往往只有土名而未详记图志。欲指天度与言,旧书无考,所持者仍是英国海图。其他确据现正刻意搜求,要不外于渔业所在、《柔远记》《江海险要图说》所载各端,持此与争,不为无故。统乞主持,无任盼祷。人骏。歌。

二十五、宣统元年闰二月初六日发驻日本大臣胡电东沙岛事希与力争由(1909 年 3 月 27 日)

初五日电计达。粤督续称,东沙本我旧名,沿海渔民称谓相同,其名、其地载在《柔远记》海图。上年午帅电,该岛在北纬二十度四十二分、东经一百六十度四十三分,英海图称为 Pratas,即《江海险要图》内之蒲勒他士岛,粤土人向称为东沙。现正搜求他证,然要不外渔业及以上各端,希持此与争等语。除照会日使外,并闻。外。初六日。

---

①　应为"杂澳",应为抄录者字误。东沙岛图在《新译中国江海险要志》附图第四十一,为"广东杂澳十三"。

二十六、宣统元年闰二月初六日发粤督电歌电悉
　　　已照日使并电胡使交涉由（1909 年 3 月
　　　27 日）

歌电悉。本部已据历次来电，酌照日使，并电胡使与日外部交涉。得复再达。外。初六日。

二十七、宣统元年闰二月初八日收两广总督张人
　　　骏信南洋飞鹰猎舰往勘葡拉他士岛日本
　　　居人现在情形及轮行里数赍呈中国海总
　　　图该岛专图江海险要图志并摄影八页应
　　　如何办理候卓夺由附海图二张、图志一
　　　部①、照片八页（1909 年 3 月 29 日）

查潮州汕头口东南海面相距约五百华里，有东沙一岛，向为闽粤各港渔船捕鱼聚集之处，并经渔户鸠资建立天后庙，随时寄顿糇粮，为避风之用。按英国海部海图，亦列入中国海而名曰"蒲拉他士岛"。陈译《江海险要图志》所载，仍英语译音。在我国向名"东沙"，沿海渔民皆能道之。其处矗立大海，风涛甚恶，粤中无出海轮船可往，经商请午帅派船。去年秋冬间，适以预备接待美舰，各兵轮无暇顾及，甫于本月从南洋派到"飞鹰"猎舰往勘。据报，现有日本男女百余人在该岛盖屋居住，并雇有小工五十余名，以寻觅鲨鱼、玳瑁并礁上雀粪为业。雀粪为田料所用，质美价昂，日人视为大宗出产。已设有小铁道、德律风并木码头、小火轮、小舢板等件，以便利运，并改岛名曰"西泽"，竖有木牌题以"明治四十有八年立"字样。天后庙已经被毁灭迹，渔船往者均被驱逐，所有轮艇、船只均由台湾前往。查日人之经

----
① 本件海图和图志附件未见。

营该岛实始于前年八月,初时到有四百余人,陆续回去,现剩前数等情。

去年九月间,曾经广州英领事致函前洋务委员温道宗尧,询问该岛是否华属,当复以确系中国辖境,英领亦无异言。去秋九月庚电,该升道会同税务司查称,该岛距香港四百七十六英里系属错误,兹以英国海图考之,与香港距离实仅一百七十英里。此次"飞鹰"猎舰由香港十一晚开行,次日即到,轮行十余点钟,计里亦与一百七十英里相符,应请更正。现经复行派员前往勘查,因"飞鹰"猎舰往勘之时,船弁、粤员操英语、粤音,该岛日人均委诿不解,仅就台湾日籍人用闽音问答,粗得崖略。兹因特委谙习东语之员偕往,以期查询其详。如何情形除随电陈外,合将英海部中国海总图、蒲拉他士岛专图暨《中国江海险要图志》,并经于该岛上日人布置各处摄成影片八页,先以呈请钧核备案。此事应如何办理之处,均候卓夺示遵。合肃。虔请钧绥,伏祈崇照。不庄。①

二十八、宣统元年闰二月初八日发日本公使伊集院彦吉照会粤辖之东沙岛证据确凿请饬日商撤退赔偿损失由(1909 年 3 月 29 日)

准粤督电称,汕南之东沙岛本为粤省辖境,现有日本商人名西泽吉次者私带日人百余名在该岛盖屋居住、升日商旗,并设有铁路、德律风、小火轮、马头等项。岛旧有海神庙一座,建设多年,实为闽粤渔户屯粮聚集之所,西泽将神庙拆毁、基石挪移,并驱逐渔户。据九龙税司报告,现有华民新泗和渔船在该处驻泊,控诉被逐情,该船系属于兴利字号之华店渔船,终年往来不绝者,即香港亦有华商行店专为转输该处渔业。详阅中外海图,该岛在北纬二十度四十二

---

① 此件后,附有查勘东沙岛八张照片,有东沙岛远景、小铁路、码头、房屋、轮船等画面。

分、东经一百六十度四十三分,英国海图称为 Pratas 岛,即《中国江海险要图》内之蒲拉他士岛,而广东人则向称为东沙岛,盖与附近琼海之西沙岛对举,故有此称。至《柔远记》海图,缘粤旧称,直名其地为东沙岛。

前以该岛素为粤辖,西泽所为种种不合各情,照会日领。准复称,日政府并未认为日属,中国如有确证,日政府必当承认。惟日商以该处系属荒岛前往营业,中国政府应妥为保护等情。当以渔船终年停泊、建庙屯粮,西泽虽毁庙移石,其庙宇基址均可指出,且海图、地志、经纬度数明隶粤辖,华人并未放弃,乃日商擅往营业,应请撤回等语。请照知日本驻京大臣转报政府,饬该商等一律撤退,其毁坏庙址、损失渔业以及私运磷质,并请商令给予赔偿等因。

本部详阅中外海图,按其经纬度数该岛确在中国海内,本属粤省辖境,且为该省沿海渔户常年往来、停泊之处,香港、九龙各华商行店转输该处渔业众所共知。按之旧日图志证之近事确凿可据,自不得谓无主荒岛。该日商西泽擅往该岛营业,并有驱逐渔户、毁弃庙址、私运磷质情事,殊属不合。相应照会贵大臣查照,希即转达贵国政府,迅饬该商西泽等一律撤回,并将前开损失各项酌予赔偿,以符公理而昭睦谊。即希见复为要。

二十九、宣统元年闰二月初九日收粤督张人骏电东沙属华日领似可承认先由粤与日领磋商暂缓向日外部商办乞钧裁由(1909 年 3 月 30 日)

顷日领来署晤谈东沙岛事,以该岛属中国之证据虽未齐备,重以粤督之言,伊亦未尝不可承认,惟须妥为保护,否则恐政府仍作无主之岛看待等语。当询以保护是何意义,日领答称,如何保护,政府并无训示明文。以该领揣之意,约为西泽经营颇费工本,一旦撤退必多损失,亦殊可悯,政府势难办到,似应予限数年或数月从长计议,撤退其所营房屋、机件、铁路等物，必有相当之办法。随请以我国渔业无端被逐，伤损甚巨，应作何办法？日领并无决实之对答词。观其意，无非为索利张本。岛应属华彼已在可认之列，日领托为揣辞，彼政府似已略授其意，颇可就此转圜，但一经讼，娄索可虑。彼持商业应保，我据渔业被毁，忍守和平，力与磋磨，以冀酌中议结，务以收回该岛为宗旨。当求钧部坚持指示。应否电知胡大臣，此案现先由粤与日领磋商，暂缓向日外部商办，以免措词倘有互歧之处，并乞钧裁。人骏。齐。

三十、宣统元年闰二月初九日发粤督电齐电悉既称先由粤与日领磋商除补照日使并再电胡使外希查照由（1909 年 3 月 30 日）

齐电悉。此案业照日使并电胡大臣，既据称先由粤与日领磋商，除将此节补照日使，并再电胡使外，希查照。外。初九日。

三十一、宣统元年闰二月初九日发驻日本大臣胡电初六日电计达顷粤督电东沙事现先由粤商办已将此节补照日使并电复粤督由（1909 年 3 月 30 日）

初六日电计达，顷又准粤督电东沙事。日领晤谈窥其意可认为华属，惟称须妥为保护，否则政府仍作无主之岛看待。又以西泽经营费工本，应予限议撤退后，其所营房屋、机件、铁路等物必有相当办法。彼持商业应保，我持渔业被毁，力与磋磨，冀酌中议结，务以收回该岛为宗旨，现先由粤与日领商办，应否电胡使暂缓提议，以免互歧等语。现已将此节补照日使，并电复粤督。外。初九日。

三十二、宣统元年闰二月十一日发日本公使伊集院彦吉照会东沙岛案粤督电称已与日领商办由（1909 年 4 月 1 日）

东沙岛事，昨经本部将该岛确为粤辖，各图证照会在案。兹又准粤督电称，此案现先由粤省与日领妥商办理等语。本部查该督来电，既称业与日领商办，应由该督与日领和商办理。相应照会贵大臣查照可也。

三十三、宣统元年闰二月十六日收日本公使伊集院彦吉照会粤省东沙岛事（译汉）（1909 年 4 月 6 日）

接准宣统元年二月初八日照称，准两广总督电称，有日本人西泽吉次者，前往广东省所属东沙岛一名蒲拉打士岛地方居住、营业，当将此事照会日本领事。据该领事复称，日本政府原无认该岛为日本领地之意，但得清国指出该岛确系清领之据，则日政府立当承认。惟清国对于该商人前至荒岛营业者，亦应与以保护等语。前来查该岛地方常有清国渔船停泊，建有神庙作为粮食储藏之处，且据海国①地志之经纬度数，则该岛之确属清国领地，毫无可疑，而且清国并未将此地放弃，则该日商之所为，显属不法，请由驻京日本公使向日本政府交涉等语。又准同月十一日照称，接到广东总督电称，东沙岛一事现正与日本领事妥商办理，本部亦已咨行该督。属将此事与日本领事和衷办理等因。

前来查此事，由两广总督与驻在该地之日本领事和平商结，本国政府亦甚以为然。本国政府早将此事办法饬知敝领事，此次仍当再

---

① 似应为"图"。

行电示一切。兹有应请贵政府留意者,即帝国政府对于此事之意见,正如广东领事所称,敝国并无与贵国争该岛领地权之意,若贵国得有该岛确系属地之证,立当承认。惟敝国商人姓西泽者,当其初到该岛创始营业之时,原见该地多年无人,且似向无所属,而该商两三年以来于该地投资本、费劳力,从未招何妨害,亦未起何案件。以至于今日则该商之所为,全系善意且极平稳,可知今此事交涉之结局。纵使该岛定为贵国领地,而贵国对于该商人平稳且善意之事业已应加以相当之保护,相应即请饬知两广总督,将此事和平了结,商定善后办法,以招我两国之和睦,实所至望。

三十四、宣统元年闰二月十七日收九龙税务司夏立士致总税务司书东沙岛事(附照片)(1909 年 4 月 7 日)

前月禀见张制军,据云,甚欲派员前往东沙查察,问余能否酌派一船以为此用。余答以此事当可设法,一俟气候合宜,其船即可驶往。按,东沙群岛(土地与沙滩)距香港东南一百七十英里,距汕头附近海岸则较近五十英里(犹言距汕头海岸一百二十英里),张制军曾论及所应行办理者,为建筑灯塔、设立无线电报台,及为日本人在此岛之报告。若能于安静中得此项报告之实情者,为此次查察各要旨之一也。

照此办法,海关巡船"开办",遂于本月九号(二月十八日)由此处启行往东沙,于十二号(二月二十一日)而返,船中所载之客为林①、吴②二管带,盖即制军命往查察者也。南洋水师之鱼雷舰飞鹰,载有税务员得乐师氏,于同时启行前往,盖曾受南洋大臣之命前往考察,及测量此岛与沙滩者。"飞鹰"于西二月杪(中历二月初间)行抵此处,于

---

①　林国祥。
②　吴敬荣。

"开办"未往之前曾一往探东沙,今则受命联同"开办"船前往查察也。

"开办"船之报告及卡理森氏、德乐师氏所摄取照片数事,兹特附呈。卡理森氏携回物料一种,为在此岛之日本人所掘取以外输者,又用分化法考出此物料竟与秘鲁国之海鸟粪大相类,盖贵重之肥料也。分化之报告将于下次邮船寄呈之。

吴管带告余云,东沙之为广东、香港渔人所常聚之薮,由来已久矣。渔人在此岛建有一庙(最少当在一百年前),且此岛系隶属于广东省海丰县云云。

张制军所委派之员,既将其考察情形详细报告,则余所拟为者仅于下次晤张制军时,遇有谘询竟行面覆而已。若制军问余,余拟答以:"据余私意,日本公司不告而占据中国海岸外之东沙岛,实为专擅之举动,国际习惯所不容,其移居之人又复毁拆中国人之庙宇(水手之天后宫或大王庙),叱逐中国人之渔船,尤为不合。"余拟欲奉劝制军,立即设法伸其政权,而发端于重修庙宇,设使日本人有抗议者,可要求彼国政府向中国提商此事。

至于建筑灯塔一事,有告余者谓需用三灯而就。灯塔之费,与其裨益而论,余意不以建筑之为然。若无线电报台则于气候之警报有大利益,创办费而外维持之法,其经费当属不资且多繁难,势所宜三思者也。余自信此次借用巡船以载运制军委员前往此岛,当为所嘉纳也。

　　　　　　　(中二月二十四日,西三月十五日)税务司夏立士谨肃

再肃者:现有报告谓日本人又在拍拉斯儿岛经营,此岛之中国名为大西沙岛。

附录"开办"巡船管驾官致九龙税务司书

敬肃者:

按照本月三号(中二月十二日)来札所载命令,余即于本月九号(中二月十八日)夜间由香港启行,翌日午时行抵东沙岛外,下锚该岛之

北。余于是日下午偕同制台所派委员登岸,见"飞鹰"舰之官员已在岸上,彼等抵步在先,下锚在岛之南。

此岛之北部,有一日本人村落,并有(假设)[架设]铁路达至南岸,盖民船起卸货物之码头在此岸也。日本人似来此久居,业已建有坚牢木屋,并设立汽机。彼处有数妇人及小儿,并有华人数名,谓自基隆来者云。

有一日本商旗在一公司旗上者,飞扬于一高杆之上。

从前所建之庙宇今已毁为平地,此处竖有木柱其文曰"西泽岛明治四十年八月"。此岛就其地势观之,宜于建筑灯塔,惟余不以此为航海所必需,盖路过少数之船,常遵南行驶也。

若一无线电报台与香港或汕头通信,于有飓风之季有大利益,其距离均等也。

十一号(中二月二十日)晨早,余与中国委员乘小汽艇驶向礁湖内之东北角,我等于彼处见有一民船,名"新泗和",执照第一百二十七号,载重一千五百斤,属于香港基利民街之兴利号,其船户之名为梁带,彼之来往东沙,盖有四十年云。彼等曾经捕鱼,惟日本人命其停止,中国委员告彼等不必理会之,而余借彼等以小旗一方,彼等即行扬挂之。彼等又书一禀与张制军求其保护,中国委员许为之代呈。

余于下午返船,及既悬挂小汽艇后,于下午三时起锚前赴香港,寻于十二号(中二月廿一日)上午九时三十分到埠。①

---

　　① 此件附八张照片,说明称"已下数图于宣统元年二月间摄取",八幅图说分别为:日本人所竖木柱,书列该岛之日本名之图;铁道线与木栏之图。栏与地共高于海面四十英尺,其地面则高于海平二十五至三十英尺;日本房屋并由码头直达村落轻便铁路之图;日本人轻便铁路及由该岛所掘取外输之肥料堆;日本人所树木主书列年月之图;玳瑁塘图。捕取玳瑁为中国渔人之常业;日本人村落及由蒸机所引出之水管之图;码头与记号杆,及日本旗、公司旗之图。

三十五、宣统元年闰二月十七日发粤督电东沙岛 事日使称在外商结政府甚以为然如已商 有办法即电复由(1909 年 4 月 7 日)

东沙岛事。准日使复称,由粤督与日领和平商结,本国政府甚以为然,政府早将办法饬知日领,兹当再行电示。惟有应请留意者,西泽到该岛创始营业全系善意,此事结局纵定为中国领地,而对于该商平善事业应加相当之保护,请电粤商善后办法,以昭和睦等语。尊处既与日领开议,如商有了结办法,希随时电复。外。十七日。

三十六、宣统元年闰二月二十一日收两广总督张 人骏信论东沙岛事附送《柔远记》由(附 《柔远记》一部,存司)(1909 年 4 月 11 日)

二月间,曾上一函,论东沙岛事,谅登钧鉴。此事日人要索证据,必欲舍现有渔业所在,而求之我国旧有图籍。海中岛屿,当时舟楫未便,风涛探考多疏,日人知之,故特以此相难,其心颇狡。夫日商西泽不过以个人营业,其情只等于我粤渔民前往建庙、屯粮之举。岂该岛先已发见于我华人者不足据,数百十年后,一日本人以无理侵夺,驱华民而据之。彼政府未前知,彼领事未前知,转可认为发见该岛之哥仑布,欲取我国旧辖之境,例之无属荒区乎?其岛名东沙,固尝载在《柔远记》旧书,按图内列该岛于甲子①、遮浪②之间,证之英国海图,部位相当,惟方向远近未能如该图之准确。我国舆图旧时刊刻各本向例如此,不足为怪。海图所载蒲勒他士岛以外,其在惠潮一带海面

---

① 甲子港,现位于广东省汕尾市陆丰甲子镇,地处陆丰东南。甲子港是粤东主要港口。

② 遮浪半岛,位于汕尾市区以东。

亦别无另岛,可当《柔远记》图内之东沙,是蒲勒他士岛之即东沙岛,已可无疑。兹特将《柔远记》一部并于第六册图志第二十二页签明,呈请察核备案。专肃。敬请钧安,伏乞察照。不庄。

三十七、宣统元年三月二十六日收粤督电东沙岛已认我属地西泽索利现正磋磨由(1909年5月15日)

东沙岛事。据日领面交条款,以西泽因经营该岛拟作永图,费资伍十一万:一采磷矿、鸟粪;二采海产;三开牧场。归中国领土,则关口税之外,变永图为限期之事业,其影响即:一、磷矿及肥料需要者,不欲为特约;二、中止新规制造事业;三、中止牧场计划。三十年间欲回收五十一万万额,一年须得二十万之利益等语。当列单要以先将东沙岛交还中国,岛上西泽安设各物业,应由两国派员详细公平估值,由中国收买。岛上庙宇被毁及沿海渔户被驱逐历年损失利益,交由两国派员详细公平估值,由西泽赔偿。所采岛产应纳中国正半各税,应令西泽加一倍补完。本日复据该领面商洋务处魏道[①]、伍道,开送草单,内载交还布拉达斯岛之事情,非清国收买该岛物业之价额确定,则不能办理。故先要商定左开各项:一、清国收买西泽物业一事并无异议;二、西泽绝无驱逐渔民之事,而西泽到该岛之时,庙宇无存;三、该岛放弃无所属之状体。西泽深信该岛全然无所属之地,投巨资创始永年经营之计,尚未得毫厘之利,而因为认过损失更大,实不得纳税再重损失云云。此案岛为我属,彼已承认,特为西泽要索厚利,自难轻许,现正在设法磋磨。合先电陈。人骏。有。

---

① 即魏瀚。

三十八、宣统元年四月初四日收粤督电东沙岛各使请挂灯塔文件贵部是否存有旧案乞详查电示由(1909 年 5 月 22 日)

东沙岛事。闻壬午、癸未间,帆艇航路尚多驶经该岛,各国公使早有会衔公文致赫总税司及总理衙门,请在东沙岛添设灯塔,当时香港各报纸颇有持论此事。惟闻海关文卷经拳匪烧毁无存,未悉钧署旧案有无各公使请设灯塔之件。乞详查赐示为叩。人骏。江。

三十九、宣统元年四月初十日发总税务司斐①函粤督电壬癸间各使有请于东沙岛添设灯塔公文有无此件希查案见复由(1909 年 5 月 28 日)

本月初四日,接准粤督电称,东沙岛事,闻壬午、癸未间帆艇航路尚多驶经该岛,各国公使早有会衔公文致赫总税司及总理衙门,请在东沙岛添设灯塔,当时香港各报颇论此事。未审有无旧案,请查复等语。

本部遍查旧档,并无各国公使请于该岛添设灯塔之案,或因庚子之后,档案不全致未查出。粤督来电既称是时各使曾有公文致赫总税司,具言必非无据,应请阁下检查案卷,有无此件公文。迅即见复为要。专此。顺颂日祉。

---

① 裴式楷(Robert Edward Bredon),英国人,1908 年—1910 年代理总税务司。

四十、宣统元年四月十六日收斐税司函东沙岛事案卷焚毁无从检查惟同治七年总税司通饬各关择定沿海险要二十处安设灯塔何故至今未设复请鉴核由(1909 年 6 月 3 日)

奉到本年四月初十日钧函,以本月初四日接准粤督电称,东沙岛事,闻壬午、癸未间帆艇航路尚多驶经该岛,各国公使早有会衔公文致赫总税司及总理衙门,请在东沙岛添设灯塔,当时香港各报颇论此事,未审有无旧案,请查复等语。本部遍查旧档,并无各国公使请于该岛添设灯塔之案,或因庚子之后,档案不全致未查出。粤督来电既称是时各使曾有公文致赫总税司,其言必非无据,应请检查案卷有无此件公文,迅即见复为要等因。

奉此,署总税务司查敝署庚子以前各案卷均经焚毁一空,无从检查,当即电询驻沪巡工司。据复,遍查各文卷,并无此项东沙岛档案云云。惟查同治七年五月初三,即西历一千八百六十八年六月二十二日,总税务司通饬各关札文是年之第二十号,内有择定中国沿海险要二十处亟须安设灯塔,逐年兴建五六座,至一千八百七十四年春间,谅可妥设至东沙岛之事,但未悉何故,迄今仍未安设。除将通札内此条英文照录附呈外,理合备函复请鉴核可也。专是布复,顺颂升祺。

照录抄件

第二十号传单
建设沿海灯塔暨巡吏轮充守灯员由
总税务司赫

传知事设立海务股一事,本总税务司业于十号及十五号两次传单内声明在案。兹特将筹备建设沿海灯塔事宜之有关于派委守灯员之各办法合再传知,以便遵照。至其应行建设灯塔地段虽尚未确定,而现已通共择定二十处,此各该处均为万不可缓设灯塔之地,应于后开年限期内在该地或选定左近适宜之地筑成灯塔。

计开 一千八百七十年内应筑成灯塔各处:沙旅店(译音)、葛紫拉夫(译音)、巴伦岛(译音)、特尔恩阿包特(译音)、察拍乐岛(译音)、布来克尔角(译音); 一千八百七十一年内应筑成灯塔各处:山东角、三角岛(又名方锥岛)、澎湖岛、台湾西北角、斐德罗布郎克(译音); 一千八百七十二年内应筑成灯塔各处:姊妹、嘎普(译音)、海丹(译音)、黑山(译音); 一千八百七十三年内应筑成灯塔各处:奥克叟(译音)、双柱(又名上川)、登州府; 一千八百七十四年内应筑成灯塔各处:东沙岛(即蒲拉他士)、阿木和尔斯特(译音)。

每处内尚须选择起造灯塔最合宜之地,俟择定后再将应造何种灯塔、基础何者相宜、塔高若干尺等事调查清楚,五年内将此单中前开各处,即中国沿海各险要处所应设之灯塔建成云云。

四十一、宣统元年四月十九日发粤督电东沙岛设灯事(1909 年 6 月 6 日)

东沙岛设灯塔事,江电悉。当历查壬癸间旧档,并无公使会衔公文。因函询斐税司,据复庚子后档案不全,无从检查。惟同治七年五月初三日,即西一千八百六十八年六月二十二日,总税司通饬各关札文,有择定中国沿海险要二十处亟须妥设灯塔逐年兴建,其洋文内有千八七四年内应筑成东沙岛灯塔,至今仍未安设,该税司亦未明何故等情。除将原函并洋汉文抄咨外,希查照。外。十九日。

四十二、宣统元年四月二十一日发两广总督电东沙岛设灯塔事抄咨总税司原函札稿由(1909 年 6 月 8 日)

东沙岛事。前准江电称,闻壬午、癸未间,各使有会衔公文致总税司及总理衙门,请在该岛添设灯塔旧案,有无此件,乞查示等因。当经历查旧档,并无此件公文。函据斐税司查复,将同治七年总税司通饬各关,择定沿海险要二十处安设灯塔札文抄送前来。除电达外,相应抄录原函并洋汉文札稿咨行贵督,查照可也。(附抄件无)

四十三、宣统元年四月二十七日收两广总督张人骏 电东沙岛事请代奏由(1909 年 6 月 14 日)

窃查粤辖东南海面第十三离澳①,英海部图载译称"蒲拉他斯",原名"东沙岛",闽粤渔户倚为避风屯泊之所,建有庙宇,积有糇粮。丙午秋,被占于日本商人西泽吉次,经营逾年,改名"西泽岛",拿磷捕鱼,视为己有,华民渔船多遭驱逐。丁未,骏抵任,准外务部电询饬查。节经考核图籍、询访渔民,会商外务部、两江督臣,搜求我属实证。该岛孤立大洋,风涛极恶,粤无出海坚固大轮,商由南洋派到"飞鹰"猎舰。委员会往勘明,被占属实,遂向驻粤日本领事交涉。该领初以无主荒岛为言,迭与指证折办,乃认为我国领土。而又以西泽经营该岛费资甚巨,欲求收回本息,意在久假不归,当列单要以先将东沙交还我国。岛上西泽安设各物业,应由两国派员公平估值,由我国收买。岛上庙宇被毁及沿海渔民被逐历年损失利益,亦由两国派员公【平】估值,由西泽赔偿。所采岛产、海产,应补纳我国正半各税。随据该领复以交还该岛,非中国收买该岛物业之价额确定,不能办理,其余赔偿损失、补纳税项各节多不认允。经骏面与反复磋磨,兹于本月二十四日接该领文开,以奉彼政府命令,谓此案中国亦有和平办理之意,今考出妥结办法,两国派员到岛:一、估值西泽事业,以作收买之价;二、查核庙宇存在之时,渔户被西泽驱逐之事,实有其事,则须令调查西泽赔偿额。一、二两项协定后,所余出口税一事并允存

① 同前,应为"杂澳"。

其名义,由收买价额内割一小额支出。如此互相妥协结案,实合事实。相应照请查照来文,存据在案。

伏念该岛虽属弹丸而界居潮州、惠州外海,于辖土、海权不无关系,始而考求图志、经纬,继而访察、查勘,在我证据既足,乃与日本领事开议。彼坚执无属荒岛以相抗,几经辩难,甫认我辖,而借口保商,思索重利,持之又久。幸托朝廷威信,渐就范围,现在论议粗定,正待勘估,以为结束。该处海面时有飓风,著名险恶,粤船万难前往。月初派勘榆林港外西沙各岛,系用"伏波""琛航"驶赴。该两船年久朽窳,机器陈旧不灵,遇风几遭覆没,此外更无可派之船。现在东沙定由两国派员往勘,势既难缓,又非急促可了,可否请旨饬下北洋大臣,于"海容""海筹""通济"三船中酌派一号,克日来粤应用,以三个月为期,事竣即行遣回。是否有当,伏乞圣鉴训示。请代奏。人骏。有。

四十四、宣统元年四月二十八日发直督、粤督电奉旨张人骏电悉着杨士骧酌派轮船一号赴粤应用钦此(1909 年 6 月 15 日)

奉旨,张人骏电奏悉,着杨士骧①酌派轮船一号赴粤应用,钦此。枢答。

四十五、宣统元年五月初一日收直督电海筹兵轮于五月初十日前后起程请代奏由(1909 年 6 月 18 日)

奉二十八日电旨,张人骏电奏悉,着杨士骧酌派轮船一号赴粤应用,钦此。遵经转行,提督萨镇冰查有"海筹"兵轮堪以派往,已饬赶速预备,约五月初十日前后启程前往。除已电达粤督查照外,谨请代

---

① 杨士骧(1860—1909),字萍石,号莲府。曾任直隶总督、北洋大臣。

奏。士骧。初一日。

四十六、宣统元年五月十九日收调补两江总督①电东沙岛会勘事日船二十一日可到请催海筹兼程来粤由（1909 年 7 月 6 日）

萨军门鉴，东沙岛事日人已派船，闻二十一日可到，由驻粤日领会同粤员前往勘估。迭电萨军门催"海筹"速来。昨询，据烟台道电复，该船须俟派验火药洋员到验后，俟本月内开粤等语。此事系两国商定派员会勘，日舰越国前来，我船转致后期，按之交际、交涉均非其道。关系邦交，现无战事，其重要似非验火药可比，请钧部迅催萨军门立电"海筹"即刻启碇，兼程来粤，勿令外人违言，牵动东沙议案全局。切盼电复。骏。效。

四十七、宣统元年五月二十一日发提督军门萨信东沙岛事希迅饬海筹赴粤由（1909 年 7 月 8 日）

十九日准调补两江总督电称，东沙岛事日人已派船，闻二十一日可到，由驻粤日领会同粤员前往勘估，迭经电催"海筹"速来。昨询，据烟台道电复，该船须俟验火药洋员到验后，俟本月内开粤。此事系两国商定派员会勘，日舰越国远来，我船转致后期，按之交际、交涉均非其道，请迅催"海筹"即刻启锭，兼程来粤等因。前来查东沙岛一案，关系紧要，日舰即克期可到，我船自未便落后，应请迅饬"海筹"即行赴粤，以便会同日员前往勘估，并将该船赴粤日期见复为要。专此函达，顺请勋绥。

---

① 时张人骏已由两广总督调任两江总督。

四十八、宣统元年五月二十二日收海军提督萨镇
冰信海筹船二十六七日可到粤由（1909
年 7 月 9 日）

昨奉台缄，以调补两江总督电催"海筹"赴粤，嘱将该船赴粤日期见复等因。该船已于昨日申刻由烟台开粤，约二十六七可到。除电达粤督署外，用特函复，敬颂勋安。

四十九、宣统元年五月二十二日发粤督电海筹已
于昨日开粤由（1909 年 7 月 9 日）

效电当函催萨提督，兹准复称，"海筹"已于昨日申刻由烟台开粤，约二十六七可到等语。特达。外。二十二日。

五十、宣统元年五月二十九日收护粤督①电海筹
月朔开行魏道瀚现充广九路局总办希知照
邮传部由（1909 年 7 月 16 日）

东沙交涉事关重要，经张前督派委魏道瀚会同日领前往勘估。"海筹"已到，现定月朔开行，约旬日可回，谨电闻。魏道现充广九路局总办，并乞知照邮传部。湘林肃。艳。

五十一、宣统元年六月初三日发邮传部咨文广九
路局总办魏道瀚派往东沙岛勘估由（1909
年 7 月 19 日）

宣统元年五月二十九日，准护粤督电称，东沙交涉事关重要，经

---

① 指时任护理两广总督、广东布政使胡湘林。

张前督派委魏道瀚会同日领前往勘估,现定月朔起行,约旬日可回。该道现充广九路局总办,乞知照邮传部等语。相应咨行贵部,查照可也。

五十二、宣统元年六月二十四日收两广总督张人骏文具奏派员筹办东西沙各岛事宜抄稿咨呈由(粘抄稿)(1909 年 8 月 9 日)

为照本部堂于宣统元年五月十九日恭折其奏,派员筹办东、西沙各岛事宜,谨陈明大概情形缘由,相应抄录折稿咨明,为此合咨贵部,请烦查照施行。

照录抄折

奏为派员筹办东、西沙各岛事宜,谨陈明大概情形,恭折仰祈圣鉴事。

窃粤疆滨临南海,大洋中洲岛甚多,只因险远难通,遂致终古荒废。而外人之觊觎者,转不惮穷幽涉险,经营而垦辟之。东沙岛之近事,其明征也。查日人占踞东沙岛,迭经臣与日本领事据理力争,彼已认为中国属土,刻正派员前往会勘,不久即可将该岛收回。

兹又查有西沙岛者,在崖州属榆林港附近,先经饬据副将吴敬荣等,勘得该岛共有十五处,内分西七岛、东八岛。其地居琼崖东南,适当欧洲来华之要冲,为南洋第一重门户。若任其荒而不治,非惟地利之弃,甚为可惜,亦非所以重领土而保海权。爰派藩运两司暨现调广东高雷阳道王秉恩、补用道李哲濬,会同将开办该岛事宜,妥为筹划。一面移商署水师提督臣李准督派兵轮,由该道李哲濬带同文武员弁等,前往覆勘情形。兹据分别勘明,将各岛逐一命名,以便书碑,并绘具总分图呈核前来。查西沙十五岛,大小远近不一,距崖属之榆林、三亚两港仅一百五十余海里。岛产则有矿砂,为多年动物所积成,可作肥料之用,化而验之,内含磷质。此项销用颇广,日人之在东沙岛即因此致获厚利。而西岛产砂尤富,若一律开采,实足以浚厥利源。

且粤人工作于外洋者,动遭他族之欺凌,欲归又苦无生计,该岛开辟以后,需用工役必多,招徕而安集之,尤为殖民之善策。惟各岛孤悬海外,淡水与食物均为难得,即轮船亦无避风处所,必须就近择地,借资接应。幸与榆、亚两港均近,拟即在岛内设厂,先从采沙入手,派员驻于该处经理其事,并聘西人之精于化学者,随时化验磷质等物。而于榆、亚委员设局,以为根据之地,一面派轮船往来转运,俾得接济一切。俟东沙收回后,亦即一并筹办。至榆、亚山水环抱,形势天然,地土亦颇饶沃,实擅琼崖之胜。物产则盐为最富,如将该处沙坦尽筑盐田,其利甚大。崖州各属之森林尤极繁盛,林业亦可以振兴。诚于该两港次第设施,收林、牧、鱼、盐之利,为通商惠工之谋,他年琼岛一隅,当可蔚然生色。此又与办理东、西沙岛连类筹及者也。

臣为两岛之开办,既以杜外患而固吾圉,亦以裕国用而厚民生。今已一再勘明,自应及时区画。其大要,如两港设局、各岛设厂、轮舶之经费、饮食之储备、员司工役之薪资,当此创始之初,各款尚难预算,已由臣行令盐运司、善后局暂行酌拨银两,以资兴办。惟海南一带,夏秋飓风无定,轮舟未便驶行,且现未修建厂房,无可栖止,拟俟八月后,再派员前往经理。

臣去粤在即,一切未尽之事,不及统筹,应由新任督臣谕饬该司道等随时禀商核办。所有派员筹办东、西沙各岛大概情形,理合恭折具陈,伏乞皇上圣鉴训示。谨奏。

五十三、宣统元年八月二十六日收署粤督①电东沙岛案议结情形由(1909 年 10 月 9 日)

东沙岛事。日商西泽原开岛内所置各物价值日金六十七万元,先经张前督饬派魏道瀚前往勘估,核与日商所开相去甚远。经迭次

---

① 指时任署理两广总督袁树勋。

磋磨,始允减至三十余万日金,并允酌扣回中国渔船损失、被毁庙宇及漏完税项各款。勋抵粤后,因所减之数仍复过昂,督饬魏道等再与辩论,并以该岛所置物业实只十余万元,若日商要索过多,只可估价。日领知一经公正人估价,断难浮开至卅余万,始允电商政府饬令日商退让。

连日磋议,已商定条款:一、中国收买在东沙岛西泽物业之价,定为广东毫银十六万元;二、所有西泽交还渔船、庙宇、税项等款,定为广东毫银三万元;三、中国收买物业定价。西泽将该物业及现存挖出鸟粪,照从前勘验清单,逐一点交中国委员之后,于半月内在广东交付日本领事。

现已定于本月俭日将条款画押、互换。合将议【结】情形电陈察照。树勋。有。

五十四、宣统元年十二月二十六日收两广总督袁文录呈东沙岛案勘估价值文件由(1910 年 2 月 5 日)

案查收回日商西泽在东沙岛经营物业一事,该日商西泽原开岛内所置各物价值日金六十七万圆,张前督以为数已过多,饬派魏道瀚与驻广州日本领事及该商西泽同赴该岛勘估。旋据魏道勘复,价值只十万余圆,核与该日商所开相去甚远。经迭与磋商,该领允减至三十余万日金,并允酌扣回中国渔船损失、被毁庙宇及漏完税项各款。

本署督抵任后,察核所减之数仍复过多,当经督饬魏道等再与辩驳,并以西泽在该岛所置物业实只值十余万圆,若该日商要索过多,只可派第三人到岛公估。该领事知一经公估,断难浮开至三十余万圆,始允电商政府,饬令西泽退让。连与磋议,始据该领事开列条款三款,定价广东毫银十六万圆,内除西泽补回渔船损失、被毁庙宇及漏完税项,共银三万圆,实应给银一十三万圆。

细核尚属实在,自应就此定议,当派"宝璧"兵轮管带王仁堂[①]、水师总管轮张斌元会同日本副领事及该商西泽前往该岛,将各物业点收清楚,了结在案。所有本案勘估价值各文件,相应抄录咨呈。为此咨呈贵部,仅请察核备案施行。

计抄:

魏道节略并勘估价目单。

日领送来说明书,附请求金额等书。

西泽呈东沙岛经营情形并价值说明书。

日领开列定议条款三款。

八月十七,日领来照一件。

二十九,行稿一件。

十月十五,蔡守康等呈点收东沙岛物业款目清折。

十八,日领来照一件。

十九,照复稿一件。

二十二,日领来文一件。

十一月初七日,行稿一件。

照录清折

计抄

魏道节略并勘估价目单。

具折略为勘估日人在东沙岛经营事。

窃瀚奉宪台照会,会同日领莅岛勘估。瀚于初一早十点钟,督同委员王仁棠、廖维勋[②]并随带总管轮张斌元、船局监工潘俊华[③],乘

---

① 应为"王仁棠"。王仁棠,曾任"宝璧"轮管带。民国后,在海军部编译处任职。

② 廖维勋,曾在日本留学。勘估东沙岛时,任东文翻译委员。曾著《监狱学》。

③ 潘俊华,黄埔水师学堂管轮班第七届毕业生。

"江巩"到香港,换坐"海筹",于是晚六点钟展轮。翌早八点到东沙,离岸十四五里下锚,即同该员等坐小轮上岸。天气尚佳,波涌甚大,非惯于海上者,难免张皇也。到岸九点钟,即到各处勘估。

日领同西泽约十二点始到。于是开库门、房屋,查验存储料件,又从之复察一周。是晚五点,回"海筹",六点开回。初三下午五点到黄埔。

兹谨将所估各价列单呈电,是否有当,伏乞察夺施行,须至折略者。

再,当翰等到该岛察看时,日人仍将本国旗徽高悬不撤,殊属未是。盖该岛既经日本政府承认为中国版内之地,渠等应立下其旗为是也。

瀚本拟即与交涉,因虑不济,势必回船请命,不能会同勘估,转失时日,故一时暂不计较。敬请宪台即行照会日领,饬令西泽即日撤下该国旗徽。苟渠一日稽延不下,即一日不与交涉此案,以存国体。

瀚再禀,谨将勘估日人在东沙岛所经营各价目列单呈电。

计开:

现存磷矿采掘实费:日人索价日金六万五百元,勘估约毫子二万二千元。

敷设轨道并凿井费:日人索价日金一万五千元,勘估约毫子二千八百元。

房屋、工场、埠头建筑费:日人索价日金十七万五千五百元,勘估约毫子四万四千元。

小轮船一只:日人索价日金一万元,勘估约毫子六千六百元。

货船七只:日人索价日金二万一千元,勘估约毫子四千九百元。

圆本船①十只:日人索价日金一千五百元,勘估约毫子八百元。

渔船及舢板五只:日人索价日金二千五百元,勘估约毫子五百元。

---

① 应为"圆木船"。

铁路轨钢：日人索价日金六千九百元，勘估约毫子四千元。

枕木一万八千个：日人索价日金七千二百元，勘估约毫子二千四百元。

汽罐及附属品：日人索价日金六千元，勘估约毫子二千元。

铁管：日人索价日金一千元，勘估约毫子五百元。

电话诸具：日人索价日金八百元，勘估约毫子三百元。

船舶附属品一切：日人索价日金五千元，勘估约毫子一千二百元。

车辆：日人索价日金二千五百元，勘估约毫子一千五百元。

采矿诸具：日人索价日金三千元，勘估约毫子六百元。

屋内诸什物：日人索价日金二万元，勘估约毫子四千元。

库中存贮诸器具：日人索价日金五千元，勘估约毫子一千元。

贮水池：日人索价日金七千五百元，勘估约毫子一千五百元。

以上十八款，日人索价日金共三十五万九百元，勘估约毫子十万六百元。

查日人所索修路费并垫平房屋诸费日金二万元，开拓荒岛诸费日金六万元，调查费日金三万元，遭难品日金五万元。以上四款无从稽核，难以勘估，不能计数。

再，信号旗杆日金一千元，系强占岛屿，不罚已优，何得再索。

又，日人索息款日金十万四千六百四十八元一节，日人于此岛经营约二十个月，所得已多，不与索价，亦已从优，勿庸议及。

遣散日工人回国，索资日金六万元。查该岛仅余工人百人上下，即蒙宪恩，稍给资斧，每人二三十元，共计亦不过二三千元，何得索至六万元之多也。

唯东沙岛空悬海中，转运极难，瀚勘估十万六百元系酌照内地情形勘估，倘日领求增无已，情不可却，即多给二三成以补水脚，亦属在理。

再，回复日领照会，似不必给与细单详及价目内容，但言总目，免其吹毛求疵。

是否有当,伏乞裁夺。

说明书

调查费之件

——调查费只请求三万元,已开列在前。具实尚有报酬发见,磷矿师两名共金八万元。该款虽经呈请,因奉谕该岛事件如能圆满解决,则该款可以扣除,因遵谕扣除。兹仅就调查该岛,研究海陆物产,遣派各专门技师所需报酬,及汽船往复费与肥料公司技师及购入人等因契约上所支出之费用,及渡海实地研究所支出之费用计算之。

贮藏磷矿实费

——该岛之磷矿,据专门家研究以为孤何裸(译音)鸟粪肥料之一种,如在九州以南温带地方使用,则为天然之鸟粪肥料,不须加工即可使用,其效用极大。上年曾与山口县、福冈县、佐贺县、熊本县、长崎县、大分县、宫崎县、鹿儿岛县及台湾各县结约,每年定买二万吨,每吨值金二十一元六角。嗣因清日交涉开始,即行中止。其在卖者,固结永久继续供给契约,支出采掘磷矿及预备输出磷矿各项工费。其在买者,因中绝永久继续供给之契约,两面俱受非常之损害。合并声明。

诸建筑及器具之件

——届时如有质问,再行说明。

附带费用请求之件

——其所以请求利息者,因开办以来,曾借入资本支出利息故也。

——其所以请求撤退费用者,因遣散在该岛办事各人,因须给相当之报酬。即在岛外贩卖物品以及办事各员、与该岛有关系者,如行遣散,亦须给相当之报酬,且撤退时,汽船往复两次。又欲将来毫无遗憾,交代清白,则必需相当之日数与相当之人物,帝国臣民因为将来计,欲完全交代清白,故所需用费较多。

产物输出目录

——合计金十三万一千六百八十三元六十五钱正。

计开:金三万七千七百五十三元四角九仙(高濑贝二十七万斤,以及玳瑁、鸟毛等);金九万三千九百三十元十六仙(磷矿八千吨)。

前项乃开办商业以来所收入之数目也。因当日欲扩张销路,势不能廉价贩卖,且开办伊始,采掘亦不甚力。嗣因清日两国忽起交涉,该岛商业逐行中止。故毫无海产物制造品及其余制造品之收入。

希望:

一、价钱如合意决定,则该款须在一个月内交清。

二、款项交情后,限两个月内将岛交出,一切撤退。

三、价钱如行决定,因防将来之苦情,应由清国遣派官员前去该岛。至该岛后,如因天灾不可抗力之损害,则西泽不负责任。

四、价钱决定后,如一个月后迟将款项交情,则一日以金五百元补助该岛之维持费,且于其决定价钱每一日每一百元要日步金(按,日步金者,每日所获利益之谓也)四仙,由清国政府支给西泽吉治①。

请求金额内译书

——共计金五十一万一千九百元

————————————

① 即“西泽吉次”。

内译：

金六万五百元,现存磷矿采掘实费。

金二万元,修路费并垫平房基储①费。

金六万元,开拓荒岛诸费。

金一万五千元,敷设轨道并凿井费。

金十七万五千五百元,房屋、工场、埠头建筑费。

金一万元,小轮船一只。

金二万一千元,货船七只。

金一千五百元,圆木船十只。

金二千五百元,渔船及舢板五只。

金六千九百元,铁路轨钢。

金七千二百元,枕木一万八千个。

金六千元,汽罐及附属品。

金一千元,铁管。

金八百元,电话诸具。

金五千元,船舶附属品一切。

金二千五百元,车辆。

金三千元,采矿诸具。

金一千元,信号旗杆及工费。

金二万元,屋内诸什物。

金五千元,库中存贮诸器具。

金七千五百元,贮水池。

金三万元,调查费。

金五万元,遭难品。

---

① 即"基础"。

附带请求额

——共计金十六万四千六百四十八元

内译：

金十万四千六百四十八元，投资金利息。

金六万元，各工匠毕业回国诸费。

房屋、工厂、埠头建筑费

——共计金十七万五千五百元

内译：

金三万二千元，第一号宿舍二百坪（方六尺为坪）。

金二万元，第二号宿舍一百坪。

金二万元，第三号宿舍一百坪。

金八千元，第四号宿舍五十坪。

金一万二千元，办事房五十坪。

金六千元，办事员宿舍。

金一万二千元，厨房五十坪。

金一万二千元，食堂五十坪。

金一万元，浴堂四十坪。

金八千元，仓库一百坪。

金六千元，石造仓库一百坪（材料）。

金五千元，医务室三十坪。

金五千元，杂品库三十坪。

金三千元，病室三十坪。

金一千元，锻冶工场二十坪。

金三千元，造船工场。

金五千元，厕所、置物房及附属房屋。

金七千五百元，埠头建设费。

遭难品

——共计金五万元

内译：

金一万二千元，小轮船一只。

金五千元，货船及渔船三只。

金一万八千元，建筑材料二筏。

金三千元，系船浮标二个。

金一万二千元，毁损房屋。

东沙岛经营情形

一千九百零一年，商①在日本订造双桅帆船一艘，言明在基隆敝厂公司交货。是年夏间造成，由日本动帆，因船主不明风涛，误驾至琉球岛之南鸭依鸭马岛（译音），迨由该岛开行，又遇飓风，飘至一无名岛，停泊两日。日船主与水手登岸，见岛无居民，随取岛沙回船，以待不时之需。该船抵基隆时，商见岛沙与寻常不同，即将沙化验，验得含有磷质。旋问该船主，该岛在何处，但船主船上既无罗经及测量器具，未能说明方向。

一千九百零二年，商乘马都鸦双桅船往寻该岛，路经华苏、古都唷、巴潟、伯伦等岛。后抵一岛，据船上水手云，此岛即日前所到之岛，岛沙之所由来。即将沙化验，核与前者相同，并略取岛产及海产各款，以备考验。回之基隆，投之于市。因此项岛粪初次登市，难得善价。化验至二百吨，而肥料公司始云，其质固佳，须试用一年之后始能定价。

一千九百零二年②，商遣化学名家乘马都鸦桅船，再往该岛，详细考查一切。将抵该岛，适大雾，卸桅，旋遇飓风，船上受损，迫得回

① 即西泽吉次。

② 原文如此。《西沙岛东沙岛成案汇编》之"东沙岛成案汇编"录为"一千九百零三年"。

小吕宋修理。修理竣,回至基隆,一无所得。商立意另遣一船前往,但值俄日战事,市面冷淡异常。

一千九百零四、五年,二年间,因俄日战事,未能经营该岛。

一千九百零六年,俄日议和,但船价极昂,运费较前加倍,是以仍未能略为经营。

一千九百零七年夏间,商购备建屋材料、器具,以便运往该岛。于八月六号,携同工人一百二十名及各种器具、材料,乘西古苏轮船前往。十一号,行抵该岛,但近岸水浅,须用三板①小船及渔船拨运材料。阅十四日,始将各物搬至岸上,工作异常为难。商即乘原轮回基隆,嘱令各工人暂立帐篷小屋居住,一面劝工开路、平地、建屋。

九月中,商运粮食回岛,满以为屋宇建成,讵料工人一百二十名内有七十人为毒虫咬伤,其余五十人须为之调理,以致未能工作。商此次来岛,虽带有建屋材料,但亦无人起卸,迫得折回基隆。但正值飓风之后,海浪大作,西古苏轮船误触礁石,极力设法,始得出险。抵基隆,即将各人受毒虫咬伤者送入医院,并将各项材料起卸,该轮即驶往大阪船坞修理。此后,人皆知该岛有此毒虫,相戒不往该岛工作,以致招工棘手,迫得另雇福都轮船,往东京之南一百五十英里之喀冶五岛招工,幸招得工人三百八十名。旋即到大阪附近之唔苏拉埠装载日前所订之伐木机器,并往大阪购一小轮船,又往唝治那埠,添置各种材料。由唝治那埠开行,经过莫治、额施马、那沙等处。迨由那沙开行,适遇飓风,阅二日,失去小轮及材料多件,伐木机器亦失过半,顺流飘至尼鸭古岛北便二十英里。二日,粮食已尽,人皆枵腹工作,后至尼鸟莫治岛避风二日。旋回基隆,另购粮食,并聘医生、化学师以及拨艇等物,于十二月中旬再抵东沙,详细考查。查得毒虫聚集营巢于黑湿之处,须将小树、草木伐尽,将地挖深数尺,庶使日光热度能及深处。开拓该岛实费数万金元。

---

①　即"舢板"。

　　至于起卸材料，既无小轮，须用拨艇盘运。上岸第一只拨艇，驶二日始安抵岛岸。但第二只拨艇，因水流湍急，随流飘至五十英里，立遣福都轮艇前往拖回。但所托之缆绳忽断，拯救水手颇费大力。后改用三板渔艇盘运材料，但须二日始能到岸。商即将伐木机器，自制木排，以便起卸材料较易。孰料，木排晚间停泊又被冲散。福都轮船运来材料，阅四十五日始克全数盘运上岸。但此四十五日之内，因无信息往来，基隆公司以为福都轮船或在途遇险失事，立派矿师高岐、玳瑁商人柯亚治乘西古库轮船来寻，并借以考验鸟粪、玳瑁等物。

　　一千九百零八年正月，商遣大门第三、大门第五两轮船，载运粮食并建屋及建路材料，前往该岛。该两轮顺带鸟粪二三百吨回抵基隆，以为肥料公司化验（因无小轮盘运为难，以故不能多载）。此后商派定福都、大门第三、大门第五、古马奴等四轮以二轮分帮前往，半个月一次。是年四月，福都轮船并带新小轮船一艘名大古丸，前往拨运，自后拨运材料较前便捷。而所派定之四轮，来往始有满载而归。

　　至起见[①]房屋之难，更有出乎意料外。所有材料本已预备足用，因拨运为难，往往落水失去，甚至停工带料，或将大木改用为小木之用，此等耗费，以及在该岛上办理卫生、洁净等费，皆属无形，难以目击。至岛上现存之物，可见者，不知费尽几许未见之物，始克留有此数。

　　是月，台湾"政府"派化学名家十三人到该岛查验，佥谓所产磷质洵为上品。后特立章程奖励商业，出示劝令，农户专购该岛鸟粪为肥料，于是商遣古马木都轮船往运鸟粪，不幸误触礁石，迫得立回大阪入坞修理。随改派大门第五轮船往运，又遇飓风，拨艇满载鸟粪泊于傍，为风打坏，随流飘去。轮船驰往救护，又搁以浅，亦须修葺。自后，保险公司以往来东沙波涛险恶，保费遽增。商欲化险为夷，重资聘请熟悉沙线之船主，前往测勘，标志水内礁石、沙滩等处。但测勘

---

　　①　应为"建"。《西沙岛东沙岛成案汇编》之"东沙岛成案汇编"录为"建"（陈天锡编著，1928年，54页）。

时，查获大龟甚多，一日可得五十个。龟肉可为药品，日本东北方甚为需用。于是在该岛制造，并请化学名师炼取精汁。商并查该处青苔可以制成鱼胶，日本销场甚广。正拟多雇工人开办，适值提议此次交涉问题，敝国政府嘱全①立即将各项工作停止。玳瑁向由南洋运往日本制作纽扣，而大阪商人专购该岛玳瑁，而肉亦作食品，干者每担八金元。该岛亦产珍珠，商本拟聘东京大学博士前往考验，倘非因交涉问题，此时谅已到该岛矣。

该岛各种鹊鸟甚多，商皆加意保护，一则可增鸟粪，一则可作养猪食料。商亦拟添置锅炉，以鱼制造肥料，仍宜雇名家监化磷质。日本各埠皆欲为商代理生意，眼见前途发达，在指顾间也。

按以上所云各节，足见经营不易，耗费无形。若以现在岛上所存之物计之，所索之数似属过昂，但商之经营虚耗，冒险费时，心力俱瘁，自应并计也。

自一千九百零一年起，不知费尽几许心力，始能使世间从无知名之岛，一变而为贵重之地。倘若个人交易，任买主出价若干，商断不肯弃此永远获利之业。但现为政府命令，商属小民，何敢有违。惟商用过各款及歇业后所需之款能照补还，商将全盘交出。

日前开单呈敝国外部大臣，嘱令核减，以便两国易于议结。商已遵减，即抵达粤后，又奉濑川领事，再嘱核减，商亦不得不勉从。缘中国为兄弟之邦，睦谊素敦，此事正宜和平早结，庶友谊益笃。

商敬乞贵国政府，体恤商艰，庶免亏本。该岛经商费尽经营，颇有成效，讲求卫生，可容工作。该岛磷质从无人知，现已驰名，商实不忍弃此大业。

商所索之数，经已核减至再，实无可减。务乞俯赐，如数给还，不胜感激之至。

西泽吉治

<hr />

① 应为"令"。《西沙岛东沙岛成案汇编》之"东沙岛成案汇编"录为"令"。

价值说明书

所存磷质：商所索日货六万零五百元，似乎甚昂。须知制造磷质，须雇佣精通化验师，或用酸气与磷料参杂，方为合用。况此磷质系由岛上各处采取，先将磷块捣碎，然后彼此和匀，使其性质相同，方能合用。观此，足见非寻常人可能操作，故所索之价，已属从廉。

开辟地方：商曾云，东沙岛初是烟瘴之地，毒虫、蚊虫甚多，故特设法经营，将各处疏通，使地方洁净。若不力加整顿，出产虽多，而人民不能在此居住，又不能在此工作，亦属无用。故特再将各处整顿，多辟大路，又将地方掘平，使各处通爽。一概疾病驱除，工人安心操作，无染疾病之虑。计用去日货二万元，然后令该岛有如是之洁净，工人在此工作可保平安也。

填筑三十万坪（每坪即三十六方尺）：商因填筑此项工程，已用去日货六万元，特使该岛地方洁净，毒虫驱除。又将余地填筑多处，以为化验磷质之用。如办有成效，此款定归着。若该岛原是洁净，可为化验磷质之用，亦无庸多填地方。惟该岛污秽甚多，故特费巨款将各处填筑，务使地方于居住合宜。盖洁净为工场不可少之事也（按，原拟填筑三十万坪，现已填筑四十万坪，实多填十万坪，合并注明）。

铁路及井泉：磷质不能与铁质相近，若与铁相合，则全不合用。虽然在该岛数处已筑有铁路，商亦不敢多筑，故只得现有之铁路而已。井泉已凿有五处之多，另有汲水管等物，以便运水之用。

房屋：商所索日货五十七万五千五百元，似属过多。但观说明书别处所注可知，初次由古苏轮船前往该岛时，坏了许多材料、器具，以致后来不能复用。当此之时，疾病流行，故第二次前往该岛时，因工人染病，不能动工，以致大受亏损。甚至船上各物，亦不能起卸，故将原船并染病工人一概运回。往来水脚及货舱租钱，商皆列入此款。凡建造一两间房屋，约用五间房屋之材料，因由福都轮船运来，木料等物沿途均有遗失。又有小火轮一只，已经失去。故合将数间房屋之材料，然后建成屋宇两间，可知耗费甚多。因失去小轮船一只，船期因而延误,故须多增船上月费日货六千元,煤炭费日货五千元,保险费亦已加增,而船上水手费月薪增三成。迨至大门轮船到时,然后可以开工。

又,福都轮船到该岛,一次须要七十天,费用日货二万六千元。除船上别项费用外,另有拨艇所受各种损坏或失去机器等事,将此各项合而计之,故成此数,似出人意外者。商自开办该岛以来,一切艰难辛苦,请将上文所开各节细心比较,便能知之。

马都鸭轮船:商索日货三万元,以为该船第二次及第三次来往载送化学师勘验该岛及修理该船之费用。另有日货八万元,系赏给寻获该岛之水手,惟此款因奉敝国濑川领事命令,故不列入数内。日货三万元,其实此款照商所支出之数,不过四分之一而已。

意外遇难品等费日货五万元:除以前说明书载明所损各款外,另有意外损失各物,开列如下。计:小轮船一只,货艇三只,另有建造房屋材料并铁路材料、器具等物甚多。

利息:商索日货一十万零四千六百一十八元,系老本利息。无论官款、商款,凡经营事业,均须照纳老本利息。商在该岛费尽心力,开辟整顿,接办此岛者,理应有所酬劳。商本应另索酬费,但奉敝国领事命令,商已将筹款作罢。

回国费日货六万元:工程师、矿师、医生、工人等聘来该岛,均立合同,有一定之年期,因期未满,必须补回费用。况矿师、医生人等,多有携带眷属同乘来者,故须另雇专船,并托可靠之人遣送。各眷属回国,如不酌补,实难另筹借款资遣各家眷属回乡也。

务乞尊处体察商各种为难情形,早日了结,以免受亏,则感恩无既矣。

西泽吉治押

交还东沙岛条款

一、中国收买在东沙岛西泽物业之价,定为广东毫银十六万元。

二、所有西泽交回渔船、庙宇、税项等款,定为广东毫银三万元。

三、中国收买物业定价。西泽将该物业及现存挖出鸟粪,照从前勘验清单,逐一点交中国委员之后,于半月内在广东交付日本领事。

以上议立条款,缮汉文、东文各二纸。画押、盖印,各存二纸,以昭信守。

大清国署理两广总督袁
大日本国广东驻在总领事代办濑川
大清宣统元年八月
大日本明治四十二年十月

八月十七　日领来照

为照会事。照得布拉达斯岛一案,本领事与贵洋务处魏、苏、薛三委员,日来商议之颠末,由本领事具禀本国政府在案。兹奉政府电称,清国委员所估之价虽不能免为过少,惟念中日两国交情,勉表同(义)[意],以便妥结此案等因。奉此,相应照会贵部堂查照。须至照会者。

八月二十　行稿札饬司局筹备东沙岛物业银元由

为札遵事。案照日商西泽在东沙岛开采磷矿一事,现与日本领事商定收回办法。现于八月二十八日,将收回东沙岛条款会同签字、盖印存据。除咨明外务部查照备案外,合将条款抄录札遵。札到该司局,即便查照,并由广东善后局该局即刻日筹备广东毫银十三万元,出具商号凭单呈缴,以便派员赴岛点收物业后,送日本领事收领。毋违。

计粘抄收回东沙岛条款一纸
——行广东藩司、善后局
十月十五,蔡守康等呈点收东沙岛物业款目清折

试用通判王仁棠、丁忧候补知府蔡康、水师总管轮张斌元谨呈

谨将点收东沙岛一切物业开列清折呈请宪鉴。

计开:

磷质一堆(高约五尺,长约九尺,横阔约七尺)、磷质三堆(高约五尺,长约二丈五尺,横阔约七尺)、磷质三堆(高约五尺,长约二尺,横阔约七尺),共计约重三千吨。

贮水池,一个。

第一号宿舍,二百坪(方六尺为一坪)。

第二号宿舍,一百坪。

第三号宿舍,一百坪。

第四号宿舍,五十坪。

办事员宿舍一间,五十坪。

办事房,五十坪。

厨房,五十坪。

食堂,五十坪。

浴房,四十坪。

食[仓]库,一百坪。

石造材料仓库,一百坪。

医室一间,三十坪。

杂品库一间,三十坪。

病室一间,三十坪。

锻冶工厂,二十坪。

造船工厂,一间。

厕所,三间。

木埠头,一座。

旧小轮船一艘,约长六十尺。

货船七只,长一丈有奇。

圆木船十只,长一丈。

渔船舢板五只,长八尺。

铁路轨钢,约七里(已筑用去并现存统计)。

枕木,约一万八千个(已筑用去并现存统计)。

锅炉,二个。

泥灶,三个。

钢管,约一千尺。

电话机二具、电钟四个。

铁锚,大小三个。

绳索缆,三捆。

木桨,八枝。

帆布,二块。

车辆,三十架。

采矿诸具:

旧烂铁锄、铲、钯、钊等,二百二十枝。

旧烂麻包,一千八百个。

竹箩参筛,二百六十个。

屋内什物:

木椅,五张。

藤睡椅,二张。

时辰钟,大小三个。

西椅,七张。

木床,四张。

风雨表,一个。

寒暑针,一枝。

帽盖油灯,三十枝。

千里钟,一个。

白铁帐箱,一个。

碗碟,二箱。

炭盆,五个。

日本草垫,五十张。

铁镑,大小各一个。

铁镬,大小共十只。

洋铁小煲,十二个。

旧铁床架,一副。

厨内零星什物:

旋椅,五张。

茶几,十张。

丈量尺,二把。

白铁角灯,十二枝。

厨内零星什物,一箩。

库存诸具:

旧洋枪,二十七枝。

弹药,一箱。

铜片,二十张。

铅水斗,四十个。

青麻,五捆。

日本木浴桶,二个。

铁钉,一桶。

铁线,二捆。

白藤,一束。

日本木炭,五包。

偈油,五罐。

各色船油,六罐。

水泵,一个。

斧头,十枝。

号筒,四个。

火水油,三箱。

麻绳缆,二捆。

布喉,八十尺。

石砍,九个。

铁锤,四十个。

面盆,五十个。

别零碎件,一箩。

化药房天平,一架。

火酒炉,一个。

玻璃器皿,一箱。

药料,一箱。

医药房验热度表,四枝。

小镜,一个。

厘戥,一枝。

药料,一箱。

西泽代表成富小十另呈未经列删①杂件一单,各件列后:

海草,二箱。

螺壳,十六袋,计一千六百斤。

铁锚,七个。

洋舢板,一只。

生龟,四头。

猪,六十头。

---

① 应为"册"。《西沙岛东沙岛成案汇编》之"东沙岛成案汇编"录为"册"。

龟油,五罐。

鲛油,三罐。

螺肉,三箱,计四百二十斤。

龟肉,一箱,计七十五斤。

鲛皮等,三箱,计一百斤。

雀肉田料,二箱,计二百二十五斤。

龟腹甲,计一百九十枚。

上等螺壳,一箱,计一百一十个。

以上各件,多系旧废之物,合并禀及。

十月十八　日领来照

为照会事。照得前因东沙岛物业,于本月十九日即华历十月初七日点交贵国委员,当由该日起算,本月内为收买之价交付期限。为此,照会贵部堂查照施行。须至照会者。

十月十九　照送东沙物价银两由

为照送事。案照东沙岛地方及所存物业,现经委员王倅仁棠等偕同贵国副领事官前往点收清楚。所有应给日商西泽物业价,除扣出该日商应完税项及应补中国渔户损失共银三万元外,实应给该日商龙毫银十三万元。兹出具广东官银钱局凭单一纸,照送贵总领事官查收,希即转给西泽祗领完案。仍请将收到前项银单见复,并饬西泽缮具收银字据,送回备案为荷。为此照会,顺候时祉。须至照会者。

计送官银钱局银单一纸,龙毫银一十三万元。

——照会日本领事

十月二十二　日本领事来文

为照复事。照得在东沙岛西泽物业价,除扣出渔船、庙宇、税项等款,实应给该商广东银十三万元,出具官银钱局银单一纸。昨经贵部堂委员照送前来,本领事均已收领。去后,当即转交西泽代理人藤堂大藏收清。兹将该代理人收银字据转送贵部堂,即希查收为荷。为此照会,须至照会者。

十一月初七　日领照送西泽收东沙岛物业价银字据行善后局知照

为札行事。现接广州口日本总领事濑川照会,内称照得在东沙岛西泽物业价,除扣出渔船、庙宇、税项等款,实应给该商广东银十三万元,出具官银钱局银单一纸。昨经贵部堂委员照送前来,本领事均已收领。去后,当即转交西泽代理人藤堂大藏收清。兹将该代理人收银字据转送查照,即希查收为荷,为此照会等由。前来除将日商西泽收银字据存案备查外,合就札行。札到该局,即便知照。

此札。

——札广东善后局

卷九 《西沙岛成案汇编》节录

本卷文字均转录自《西沙岛东沙岛成案汇编》(陈天锡编著)。本书仅节录与李准和清末巡视西沙群岛相关的章节,可与《李准巡海记》对照阅看。

从张人骏奏折以及《汇编》来看,第一次勘察西沙群岛是由时任广东水师副将吴敬荣率队进行的,李准为第二次复勘。

根据《李准巡海记》和年谱记载,其曾到西沙巡阅十四岛(实为十五岛)。李准自述光绪三十三年(应为宣统元年)四月初二启行,先到海南,四月十一开驶西沙,四月二十三回程,在西沙历时 13 天。

《汇编》收录的复勘考察人员的呈文显示,"宣统元年四月初一日由省起行,是月二十二日回省"。据郝继业等人呈文记录:"十七日,由榆林港展轮;十八日,抵西沙,即《西沙志》所云罗拔岛;十九日,至大登近岛;二十日,至地利岛。"照此计算,李准一行在西沙仅 3—5 天,呈文列出所勘之岛为 3 座。

此外,历史地理学家李长傅在 1922 年《地学杂志》曾刊发《东沙岛和西沙群岛》一文,其附录《粤东查勘西沙岛小记》,文中记录显示"踏勘所及,且仅仅四岛"。李长傅介绍,这篇文章是在通俗教育馆江苏省立学校成绩室所见陈列之学生笔记"史地丛抄",笔录而得者,"谅系清末调查该岛委员所记"。

从时间上看,李准一行复勘 15 座岛屿似无可能。

所以这 15 座岛屿由来,应是吴敬荣第一次查勘所得,张人骏在奏折中写有:"先经饬据副将吴敬荣等,勘得该岛共有十五处,内分西七岛、东八岛。"关于吴敬荣的勘察活动,史料鲜见,细节更不可知。

　　此外,李准所列同行人员名单与《汇编》名单也有不同,《汇编》所列应更为可靠。

　　除了因为东沙岛事件触发而对西沙群岛开展勘察外,时任两广总督张人骏的推动下,成立了"筹办西沙岛事务处",作为开发西沙的职能机构。可惜张人骏调离后,继任者袁树勋未能继续这项事业,将筹办处裁撤。

　　《成案》中详细记录了筹办处设立与裁撤的过程。这是中国官方第一次识图对西沙群岛进行开发的努力。

第三章　西沙岛筹办处设立与裁撤及设立期内之进行情形

第一节　设处之办法及任用员名

自吴副将敬荣等前往西沙岛查勘后，张督即于宣统元年三月间，札委谘议局筹办处总办、直隶热河道王秉恩、补用道李哲濬，会同筹办经营西沙岛事宜，一面饬令前往复勘。所有各员办公之所，即暂附设于谘议局筹办处内。所需开办经费局用，由广东善后局及两广盐运司库，分别筹拨。王秉恩等即于是月设局开办，派委同知邵述尧为坐办，巡检黄济康为文案委员，县丞袁武安为庶务委员。厥后，张人骏又加委藩司、运司，会同王秉恩、李哲濬办理其事。其时任藩司者先为胡湘林，后为沈会植。任运司者，则丁乃扬也。

第二节　前往复勘前之筹备

筹办西沙岛事务处（以下简称筹办处）自成立后，即筹备前往西沙岛应行办理事宜。当时定有入手办法大纲十条。又，前往西沙岛应带各物及应用各项器具，亦列有清折可考。兹分列如下：

——复勘西沙岛入手办法大纲十条

一、测绘各岛。详测各岛经纬线度、地势高低、广袤若干、面积大小、内外沙线、水泥深浅，附近明暗礁石多寡、大小、形式，潮汐涨落、距水面若干尺，四时潮泛大小、尺寸，以及每季风候大小、何向为多，各岛出入所经航路、某岛至某岛距离若干、某处系花石底或砂底，由西沙至三亚、榆林、崖州轮行往来速率、晷刻。以上各节，函商测绘学堂遴选学生六名带同前往，逐一详细履勘实测，各绘一图，另绘一总图，并详考注说，以资参考。

二、勘定各岛。择其相宜，修造厂屋，并筑马路、安活铁轨，以资利运。并以榆林港最近各岛，水土亦好。如果采取肥料磷质甚多，拟在该港建造厂屋，存储化验。运赴香港售卖，较之运回省城化验后又复赴港可省往来运费。至晒盐捆包，或运省城，或赴南洋，亦必须有屯储之所，方便分地运售。且该港山中出产佳木极多，另有各种名目表附呈。此事拟另派专员经理采办运售，是该港可为各事根据之地。且该港门窄、内堂宽，又为轮船、渔船停泊避风美港，煤水食物各项，多在该处取资应用。此次拟另派学生二人，专测该港水陆形势。实力经营，逐渐开路通道，安设无线电报、活铁轨，添办轮船，往来琼岛东西各口，庶期消息灵通。以次开办东西两道十字大路，要当以该港为转输机关总会之所。

三、采取分化研究。查该处各岛鸟粪，堪以化验磷质肥料。现有安设无线电洋人布朗士，向曾办过鸟粪磷质之事，拟即带往采取，就地先行化验研究。约鸟粪若干重，分化磷质肥料各得若干成。一面多多采取，并带麻袋三千枚。分别各岛所出肥料，标贴字号，附轮回省，再行详细分岛化验，以定优劣美楛。此外尚有海底珊瑚，各种海石及玳瑁、龟蚌、鱼翅、盐鱼各海味，均可采取带回。分别列册，考查详细，再定办法。

四、修筑盐漏试晒。闻各岛潮汐涨落，每遇风日晴朗，成盐较易。良以大海巨浸之中，近岸黄水已净，每遇潮落，水存沙上，一经风日，即可成盐。且鸟粪多在高埠丛树之间，不在平沙浅滩之上。以意揣之，所产之盐，色净味重，可以操券。现由丁运使司派委盐务郝继业、陈晋庆两员，并熟悉修漏工匠数人同去查考。就其地势相宜，暂修盐漏一区，蓄水试为晒晾。视其出盐多寡、色质若何，带省呈验，再行推广兴办。

五、察验土性，以备种植。各岛沙土性质未知所宜，拟带熟谙农学种植之人，察验某岛土性，宜种某物。或桑棉，或五谷、番薯、苡米，各项杂粮、蔬果，以及椰树、加非、八角、甘蔗、檬果、波罗等类，随其所宜，以备试种。

六、同往查勘员役工匠各项人等。另列清折。

七、制办目前应用各项器物。另列清册。

八、同行人员,连同仆从、工匠等,共约一百余人。在路伙食即由轮船供给,照章委员上人每日四角,随从人等每日二角。到岛以后,如何办法,到地再定。

九、酌带木泥工匠,勘定厂屋地址。某处宜建某项房屋,约须工料若干,俟到榆林港及各岛之后,再行勘估禀候兴建。

十、现拟请派"伏波""琛航""广金"兵轮一同前去,并借海关小火轮悬挂兵轮,以便岛内来往便捷。

——复勘西沙岛应带各物、应用各项器具清折

探地钻一具(农工路矿公司备用)

红毛泥十三桶(无烟药局借用,以为储水柜之用)

长柄洋式大铲一百把

十字镢一百把

洋式锄头一百柄(宽窄各五十把)

夹帐棚二十架

(以上五种、军械局领用)

白洋布一匹(备写条标、各种肥料磷质之用)

针线

麻包三千个

五幅七纱大龙旗二十面(均昌隆买)

臭水臭丸(香港买)

绘图蜡、纸布(香港买)

罐头食物(香港买)

外洋装红酒木桶(香港买,运淡水之用)

安乐水二百打(香港买)

大号用手抽沙漏一个（香港买）

瓦茶壶三十把

粗茶盅二百件

挑水木桶二十副

粗细麻绳索二百条

洋洗衣木桶四只

洋肥皂一小箱（香港买）

铁锅（大二十，小四十）六十个

粗细碗筷子二百副

大小沙煲一百件

大小碟子四百件

大小碗二百个

厨刀十把

砍树刀二十把

锯子四把

窝泽线一百斤

竹竿（二丈长）一百枝（三亚买）

五色旗纱五匹

日记簿（连铅笔）二十本

葵叶雨衣六十副

大小雨帽竹各一百顶

草鞋（水师行台领）二百副

大茶桶四个

铁钉（大小）一百斤

杉木板（长一丈宽六寸厚五分、长一丈宽五分厚五分）省城买五百块

铁锤（大小共一十把）十把

玻璃手灯四十盏

四方灯二十盏

生油三百斤

纸灯笼四十个

草席一百床

大小剪刀各五把

小杉木（四寸径一百条,五寸径五十条）各长一丈二尺,一百五十条

小果刀五把

大洋三千元

铜仙十包

西沙岛（总、分）图各二张

毫子一千圆

洗身盆四只

洗面木盆五十个

竹箩边挑绳索一百具

精细茶叶（粗五十斤,细二十斤）

有盖木饭桶二十只

牛烛一百斤

洗碗桶十只

砧板十块

棉绳五斤（灯芯用）

第三节　前往复勘考察之人员姓名及各工匠名数

前往复勘人员除吴敬荣外,李哲濬及水师提督李准均带同随员前往考察。更有运司所委之盐务人员二人,及港商数人随往。综计一行人数,官商暨随带测绘学生、化验师、工程师、医生、各项工人,达一百七十余人。

所有官商及各项技术员,均有姓名可考,兹开列如下:

水师提督李准

广东补用道李哲濬

署赤溪协副将吴敬荣

尽先副将李田

水师提标左营游击林国祥

广东补用知府丁乃澄

广东补用知府裴祖泽

广东补用同知邵述尧

广东补用通判王仁棠

广东试用通判刘镛

浙江候补知县王文焘

广东补用盐经历郝继业

广东补用盐大使陈晋庆

候选县丞袁武安

候补通判赵华汉

总商会调查员、试用通判郑继濂

管带雷虎雷艇、尽先都司张瑞图

"龙骧"管带刘启唐

"安太"管带潘镇藩

"广安"管带梁朝彝

尽先拔补把总郭朝升

尽先把总陈仕平

港商韦雪齐、李惠林、苏汇泉

海军测绘学生四名：萧广业、邱世堃、孙承泗、梁宝琳

测绘委员四名：孙金汉、刘乃封、赖鹏、陆振

测绘学生八名：吴应昌、韩国英、王钦、洪禹懋（均琼府人）、赖国琛、彭道宗、谭景詥、杨基

化验师二人：无线电局工程师布朗士、礼和洋行化验师孙那

农工路矿公司探钻工程师二名：钟饰、钟英

军医生两名：陆锡藩、胡国镇

庶务随员谭开宗

照相人二名（连器具，华芳去）

木工四名：朱生、伍嘉、朱胜、香基（每名每日工银五毫，落船之日起算，饭食在外）

泥水工二名（均冯润记带）

修盐漏工四名（榆林港等处雇）

种植工二名（林管带觅）

洗衣工二名

小工一百名（在三亚、榆林港、万县（即今之万宁县）、陵水一带雇募。现近四月，渔船均不出海，拟即雇此项工人兼做引水）

测绘员生随从十二名

第四节　附带经营榆林港之计划

当时以开辟西沙岛应以崖州（即今之崖县）属之榆林港为根据。于是筹办处并经拟定经营榆林港应行筹办事宜十一条呈之督署。兹抄录如下：

——开辟西沙各岛以崖州属之榆林港为根据地。港离各岛，远则一二百海里，近则数十海里，服食器用在当取给于斯，盖此港为琼崖全岛第一安平境地。峰峦环绕，海岸平铺，苟立商埠，有自然基址。无穿凿艰难，且泉甘而易取，港内可停大号商轮十余艘，寻常海艇渔舟可泊千百号。脱有风涛，无虞激荡，人货上落，仍可自如。且此港，开埠殊易。昔年有崖州已革举人林缵统出洋提议招致公司，闻赞成者甚众（谨案，林革举颇为乡里所信服，惜其人近于疯疾，往往与地方官相持，致遭挫折。然钱塘汪督学宪激赏之，今老废矣）。缘琼州属之文昌、乐会、会同（即今之琼东县）以及琼陵民人之在南洋各岛谋生者多至十余万，一闻故乡有此美埠，营运居奇，实为便利，招徕绥辑，效可立征。商市既成，人民既聚，然后就地招工，经营各岛，措施自易。否则荒凉瘴疠，从事似难应手也。

——开埠可筹巨款。榆林海岸甚广,且甚平正。未发表前,委熟悉情形人员会同崖州牧清丈地亩。官荒本公家自有,民荒即照市价赎卖。约沿海边一二千亩,一律编号立契,由官立案收执。俟开埠时,发售商人盖造房屋,价可增至十百千倍。设嫌于与民争利而弃之,适以资奸商之垄断耳。

——开埠后,可设伐木局以收大利。琼崖全岛古木甚多,大可数十围,所在多有,然以琼陵两属所产为最美。惟沿海处采伐已尽,亟宜督饬补种,以修森木林之业。内山路甚崎岖,木既多而运极难,拟办活动小铁路一二十里,以利运输。彼处木类甚繁,价值甚廉,若到江南,利益倍蓰。

——开埠亟须修路。榆林西至崖州一百一十里,东至陵水县一百八十里,再东至琼州府城五百余里,即所谓东路是也。此路本不十分艰险,惟一听其草木丛秽,桥梁腐败,于是登山涉水,跬步惊心。其实略加修整,便成孔道,所费当不甚巨。若开筑三数丈阔之马路,自非巨款不为功。然果善用黎人之力,亦可减费十成之五。路政关于交通,固不当视为缓图也(谨案,光绪二十九年,岑督宪莅粤,奏立黎人学额二名,是年取入陵水县黎生员二人。一名王义,系县属宝停司人,颇为明干,闻数百里生黎,俱遵约束,有用才也)。

——开埠后,亟须整顿盐法。查彼统筑盐田,出盐甚美,价值甚平。全岛盐课,不过三千余金,并无盐官管理,向由地方官带课。近受奸商之愚,听其运盐纳课,不与民间食盐相争。试问其开办以来,新筑盐田若干亩,另出新盐若干包、运销外埠若干处、缴过盐课若干两,有无禀报在案。如其并无禀报,则篡取民间食盐任意私售,其情立见。彼处市价,向来熟盐每斤十文左右,生盐每斤七八文。近闻价已涨近一倍,蠹国病民,莫此为甚。非亟令撤去,由官设立督销局收买发卖,酌量加价以裕税源,不足以握利权而纾民食也。

——开埠后,大可广开牧场,以利军用。崖陵向亦产马,惟无处销售。以致牧事不修。然牛猪之属,每年出口多至无算。马与同类,孳生之易,确有明证。现在新军至黔滇等处采办,舍近就远,费繁而缓不济急。何如自起有功,讲求畜牧,以资军用之为得也。

——开埠后,与南洋各岛侨民声气相通。彼族久居外洋,深知矿利,且多娴于矿术之人。海南矿产之饶,据士人所能言者,如崖州永宁司属榔温峒之铁矿、回风岭一带之金银矿、乐道岭之铁煤矿、红岭之铁铅矿,乐安司属抱铗岭之铜铁矿,儋州属那大之锡矿,临高县属南丰之金矿,定安县属五坡之银矿,是皆历历可数。将来纠合公司,或官商通力合作,获利可操左券也。

——开埠后,当规复旧时电局。查琼崖原有电局五处,光绪十六年始将内地各局裁撤,留海口通商埠一局并道署内一报房。现在时局日新,须消息通灵,办事方能应手,似亦当务之急也。

——开埠后,必须禁赌。此时赌既承饷,当官出入忌惮毫无。无论乡镇村落,只须有户口三数十家,则必有赌台一二张,伺其陷溺。彼处本是穷乡,再经此多方搜括,往往丧其一饱,于是有勾串生黎,出外劫抢之患。此时海南盗风实甚,率皆壅于上闻,养痈一溃,嫁祸愚黎。多杀无辜,奇冤莫诉,所得甚少,所伤实多。妨害治安,莫此为甚,是不能不为蚩蚩者呼号请命耳(谨按,海南赌饷七万五千元,筹补似甚有法)。

——经营开埠,必先开官银钱分局。崖陵市风最坏,平日通用法兰西银元,近则参用日元。中国银元转须抑价,甚至小银元不用。若官银钱局成立,于官用既资接济,又可以齐蠡法而挽浇风,上以尊主权,下以系民志,于治化所关非细也(谨案,开官银钱分局,只须成本数千金,为开张时之应付,其实以销通钞票为主义,所以抵制利权外溢也)。

——开埠后,经营各岛,必须有一专轮输运。现在法人在海口地方,开一小轮公司,专行琼崖西路,绕到榆林港为止。托名传递书信,其实琼州内地洋人无多,并无书信可传。且闻法国政府每年贴该轮经费巨万,其命意所在,已可概见。如果执约章与之理论,原可令其停止,然与其多费唇而旷日相持。孰若乘此时机设一专轮,暗为抵制,且接济各岛食用服物,亦为必不可少之需。虽不免津贴经费,然所关甚大,不容惜此区区也。

第五节 往勘后之详报原文

前往西沙岛复勘考察人员,分乘"伏波""琛航""广金"三兵轮,于宣统元年四月初一日由省起行,是月二十二日回省。李哲濬当将查勘情形按日记载,开折禀呈督署。惜此件已无可考。筹办处司道于查勘后,曾公同商酌,拟议办法八条,详报督署,并声明于是年八月后再往开办。而运司委派随往考察之补用盐经历郝继业、补用盐知事陈晋庆亦有禀报运司查考情形一文。兹将各原文略去上节,抄录于下:

一、筹办处原文

(一)查西沙各岛,分列十五处,大小远近不一。居琼崖之东南,适当欧洲来华之要冲,为中国南洋第一重门户。如不及时经营,适足启外人之觊觎,损失海权,酿成交涉。东沙之事,前车可鉴。今绘成总分各图,谨呈帅鉴。应请宪台进呈,并将各岛一一命名,书立碑记,以保海权而重领土。将来东沙岛收回,亦请一律办理。

(二)西沙岛产有矿砂,为千百年来动物质所积成,西人名为"爪挪",一作"阿鲁",可作肥料。用西法化验,内含各种磷质,肥料外洋销用颇广。日人在东沙岛采取,获利甚丰。拟即招工采取,以收天然之利。一面讲畜牧、兴树艺,以为久远之谋。

(三)西沙各岛,孤悬海外,既无淡水,又无粮食,轮船并无避风之所,必须择一妥近之地,借资接应。窃尝勘查地势,惟榆林、三亚两港,相距仅一百五十余海里,且暮可达。应即开辟两港,为西沙之接应。查榆林港口宽约半里,港内直长二十余里,横宽八里,水深处二三丈不等,约可泊中号轮船十余艘。旁通三亚港,四面丛山环抱,土地肥沃,林深箐密,海水斥卤,产盐甚富。实因榛莽未辟,道路不通,任其放弃。前督宪张曾开辟十字路,因无继其事者,功遂中辍,良可惜也。今拟启其山林,广筑盐田,以兴地利;平治道路,开辟盐埠,以资交通。一面设立西沙分厂,派员驻扎,经营各事,并筹备西沙应用物料、招工等事,源源接济。是西沙各岛应以榆林、三亚两港为根据地也。

（四）专派轮船以资转运。西沙开辟后,工役众多,拟于岛上搭盖篷厂,以便工人住宿;并筑蓄水池,用蒸水机制造淡水。至粮食等项,每月分两次就近由榆林港用轮船转输。将来采存磷质肥料,亦随时由轮船运回,招商承购。拟请派"广海（兵轮）"为西沙各岛运船,并请添拨兵轮,巡阅各岛。

（五）安设无线电,以通消息。各岛皆相离窎远,一切公牍风信非电不能迅传。拟请在西沙岛设无线电一具,榆林港设无线电一具,东沙岛设无线电一具,省城设无线电一具,轮船上设无线电一具,以期呼应灵通。

（六）派员分办,以专责成。拟分东沙岛为一股,西沙岛为一股,榆林、三亚等处为一股。每股以事之繁简,定用人之多寡。惟事属创始,跋涉风涛,侵冒瘴疠,辛苦异常,应请量材器使,不拘常格。俟有成效,再请宪台择尤保奖,以示鼓励。

（七）辨别磷质,必先化验。拟用外洋高等化验师,将所采得肥料矿砂随时化验,以便评定价值,则本利既可预算,款项不至虚糜。

（八）酌拨经费,以资开办。现在榆林、三亚两港购民地、筑盐田,岛上搭盖篷厂,以及员司工役薪资,在在需款,一时未能预算。拟先由善后局拨款十万两,本署运司拨款十万两,作为开办经费,一俟磷质肥料出售,即行拨还。

以上八条,均开办大纲,是否有当,伏候钧裁,并请先行奏咨立案,以昭郑重。本司道等更有请者:在海南一带,四月至八月飓风无定,西沙各岛礁石如环,溜急如箭,轮船未便前往。现在尚未修建厂房以资栖止,拟请俟八月后再往开办。今拟先行派员到榆林、三亚两港经营一切。东沙岛蒙宪台据理力争,外人心折,就我范围,俟收回之日,即可续行开办。此外应行事宜,随时禀请训示遵行。

二、郝继业等原文

卑职等遵于四月初一日附随军门、道宪李,乘坐"琛航"轮船,由省动身,至香港、琼州海口,均稍有耽延。

初七日,抵距琼州海口六百余里崖州属之榆林港,随即上岸,调查该处产盐情事,得悉大略。后因在该处避风十日,逐日带同由高州调来漏户人等周历该港,详细讯问。查得港内水面长二十余里,宽八里余,水深二三丈不等。四面高山,民黎杂处,地皆平坡,均以捕鱼、种椰树为业,烟户寥寥。尝试水味,卤质浓厚。履勘地址,沿岸各处,据漏工人等报称,可筑盐漏四五百工。港西平波六里余,度一小岭,名三亚港。居民二三百家,均属篷茅庐舍,有崖州巡勇驻扎。此港绕山沿海,有已成盐田约百余工。询之土人盐户耙晒之法,与西场同色,味亦相仿,天晴晒水三四日成盐。计该港盐田,每年约产盐三万余包,运销钦州一带。该处二十两为一斤,每斤现价八九文之间。惟民贫地僻,所筑盐田皆由高州及外来商户资本,雇募土人耙晒。询及筑价,须视地之高下。如基少田多,工价较省,约计每工盐田需洋六七百元之谱。并云,该处非遇洪水飓风,甚少淹灌。此顺道查勘榆林港之情形也。

十七日,由榆林港展轮。

十八日,抵西沙,即《西沙志》所云罗拔岛。

十九日,至大登近岛。

二十日,至地利岛。

均于各岛近处泊船,随同各宪涉洧冒砂,巉岩垒石,势颇险峻。登岛周览,海道环回;沿岛探测,暗礁甚多;洋潮湍急,异常汹涌。岛内满生栲树,矮小成林。既无烟户,又少产物。惟其中湾环岛宇,天然形胜。至于开筑盐漏,似须该岛开港兴胜,筑堤平石,垒土淘沙,庶可相机措置。礁石既平,盐舶乃能便运。将来一经成埠,盐利想亦甚溥。盖其水味卤质,与榆林港相并,只湾泊运道稍逊耳。

卑职等愚意,以榆林港已有盐漏,但须宽筹资本,将未开之地接续兴筑,其利较近。西沙岛为开辟商场,经划得宜,详审有方,收成须俟日后。至应如何展拓兴修,或发帑项,或招商承,或由官督办。愚昧之见,未敢妄拟。

第六节　拟定各岛之名称

筹办处司道于详报督署拟议办法八条之后,复行拟定西沙东西各岛名称。折呈督署,经批定如拟标题。当时本拟将岛名及发现年月、缘起,刻碑竖立各岛。自筹办处截撤,事亦中止。所有各岛西名及各岛命名意义,原折俱有记载,兹照录于下:

东七岛　西总名莺非土来特群岛

树岛　(西名)托里埃伦(译音,埃伦即岛字,托里即树字,余仿此)

北鸟　(西名)挪司埃伦

中岛　(西名)密都而埃伦

南岛　(西名)哨石埃伦

林岛　(西名)唔地埃伦

石岛　(西名)乐忌埃伦

东岛　(西名)林康埃伦(按,林康是西人姓名,故改为东岛,以此岛在各岛之东。合注明)

西八岛　西总名库勒生特群岛

珊瑚岛　(西名)八道罗埃伦

甘泉岛　(西名)罗拔埃伦

金银岛　(西名)莫泥埃伦

南极岛　(西名)土菜堂埃伦

琛航岛　(西名)登近埃伦

广金岛　(西名)拔唔埃伦

伏波岛　(西名)杜林门埃伦

天文岛　(西名)阿卜苏未绳埃伦

以上谨拟各岛名，"珊瑚""金银"以出产言，"甘泉"以其地所有言。"南极"以其方位言，"天文"就其地测量言，"琛航"等以该船初到其地言。是否可用，统候钧裁核定，即将原呈发下，以便标题，再行续呈。

第七节　张督之奏报

张督于筹办处司道详报办法八条之后。即将全案大概情形入奏。原奏照录于下。（略）

第八节　袁督之撤销筹办处

张督于奏报后旋即卸任。当时谕旨，对于张督奏报之件，着继任总督袁树勋悉心图划，妥筹布置，以辟地利。而袁督即于是年八月下裁撤筹办处之令，该处遂归并于劝业道矣。原札照录于下：

> 为札遵事。照得前因筹办东西沙岛事宜，先经张前部堂札委该道等设局办理。兹查西沙岛筹办之事，尚未切实举行。李道业已赴宁差遣，王道现办谘议局筹办处，事务甚繁，亦难兼顾。所有前设东西沙岛局，应自本月份起，即行裁撤，改由广东劝业道会同善后局办理，以节糜费。

> 除分行遵照外，札局即便遵照。将该局前购器具并一切文卷，移送劝业道接收。仍将撤局日期具报，毋违。此札。

第九节　设处其中用费之统计

筹办处自宣统元年三月二十一成立日起，至是年九月初十结束清楚日止，计开办购置器具共用银一百七十五两零六分八厘，处内历月经费共用银一千六百三十七两二钱五分八厘，前往西沙岛复勘共用银三千六百一十四两四钱八分九厘。综计设处其期中，其支费用银五千四百二十六两八钱一分五厘。

第四章　历次商人呈请承办西沙岛之经过

第一节　何承恩请办未成之经过

自筹办处裁并劝业道办理之后,究竟道署对于西沙岛有无何项计划设施,现因文卷散失,已无可考。民国肇兴,时逾数稔,亦未闻有何种进行。就案卷之可考者举之,类皆属于商人之呈请承办事件,然亦不复多见。

(后略)

《成案》附录

西沙岛全案编纂成书付印之后,余续得陈寿彭著述之《中国江海险要图说》读之,则固有库勒生特及莺飞土来特列岛之记载。此书原系译自英国海图官局一八九四年所订之《China Sea Directory》一书。乃知数十年前,西人对于此岛不独有测勘之海图,而已有专书之编订。此外更见有西人一九二三年出版之《China Sea Pilor》一书,内中所记西沙群岛计有二十二岛屿,惟有时水涨,不能尽露,是又不仅"东七西八"矣。凡此皆为原编所未备,特补记于此。

(后略)

附 录

粤东查勘西沙岛小记①

西沙岛之罗弼岛，鹅卵形，长约三里，高出海面三十尺，中有清水井一。矮林甚密，多礁石环绕。西北有毕杜劳岛，岛上有大椰树一株，可为指引路途之记号，下有清水井一。岛之南有沙滩可登岸。又登近岛，即现改名之魔壳岛也，分东西二岛。东岛稍大，高十三尺，其南有大椰树一株，旁有井。西岛亦有大椰树一株，岛高十尺。又本岛改名琛航，西沙以此岛为最大，长约三里许，岸边多沙滩，有渔船停泊该处。群岛十余处，以东北三岛为稍大，西南亦有一岛，均可开作商埠。惟四岛间之无礁石阻碍，可以畅行轮船者，仅得二处，此外并无可行轮船之岛。且岛屿面积甚小，不宜开埠，因暂将东面一二岛，经营开埠事务。其余则一律与办种植实业渔业盐田。

此记系本篇作完后，长傅在通俗教育馆江苏省立学校成绩室，所见陈列之学生笔记"史地丛抄"中，笔录而得者。谅系清末调查该岛委员所记，其于二十四岛礁，则略称十余岛。踏勘所及，且仅仅四岛。而四岛亦不过敷衍之视察而已，物产居民如何，不可得而知也。位置经纬如何，不可得而知也。水量潮汐如何，不可得而知也。岂我国官所调查之记载，固如是乎？抑尚有详细之报告乎？不可得而知矣。姑录之以供参考。长傅渴望实地调查之记录，不意固若是也。噫！

民国十年十月二十三日李长傅又记

---

① 本文最初刊登于《地学杂志》1910年（宣统二年八月）第一卷第七期，第5页。标题下标注"节录"。此后作为著名历史地理学家李长傅《东沙岛和西沙群岛》一文的附录再次刊登。《地学杂志》第十三卷第8—9期，1922年12—13页，此次刊登后加有李长傅所作后记。

卷十 《东方杂志》有关报道

　　《东方杂志》创办于1904年3月,是当时影响最大的百科全景式老期刊。上面刊载的文章,属于"深度报道",这些文字极具史料性质,杂志也因此被誉为"历史的忠实记录者"。

　　本次从《东方杂志》中辑录有关收复东沙岛、巡视西沙群岛、西江捕权案、二辰丸案、李准被炸案等相关报道。

　　本卷收录的文章,皆可与书中其他相关章节进行对照,同时补充了诸多有益细节。

广东东沙岛问题记实①

广东近方以澳门勘界之举，与葡国有所交涉。尚未开始着手，而日人占据东沙岛之事，又随之而起。又我国与日本因间岛②问题，彼此往复，交涉逾年。而今者东沙岛问题，又随之而起，此皆留意广东地域及中日之交谊者，不可不知之事也。爰为备纪其始末如下。

被占之原始

先是丁未年（即前年）九月十六日③，日本大阪《朝日新闻》登有一事云：

广东省三门湾之东北太平洋中，有一无人岛，名蒲拉达斯，目下经营该岛中之事业者，为台湾日人西泽及水谷两人，并南洋客罗连群岛日本贸易商恒信社。恒信社自从前年，由该社所属船长风丸（百五十吨）发见该岛以来，叠与驻日清使、驻横滨各国领事、上海关道、英领香港政厅交涉，最后遂确定该岛全无所属。且得日本外务省许可，特于本年夏季，再派"长风丸"前往该岛。近时"长风丸"在中途与西泽、水谷等之轮船"四国丸"相遇，该船亦系前往该岛者。

据最近之调查报告云，该岛之区域，南北计日里一里强，东西二十町（日本以六曲尺为一间，六十间为一町，每曲尺合中国九寸五分余）内外。当满潮之时，该岛海岸高出海面二十五尺左右。岛内之磷矿积层，有

---

① 1909 年第 6 卷第 4 期，1909 年 5 月 1 日（宣统元年三月十二日）。

② 日韩时期（甲午战争后，韩国被日本合并）日本对图们江以北、海兰江以南中国延边领土的单方面称谓，中国从未使用过"间岛"一词。1909 年 9 月 4 日，中日双方代表在北京签订《图们江中韩界务条款》，完全确定该地为中国领土。

③ 即 1907 年 10 月 22 日。

达于七尺厚者。此外海参、贝壳等类，产出不少。近日恒信社拟禀请日本政府，将该岛决定为日本政府之领属云。

按右条所谓"蒲拉达斯"，即东沙岛之西名也。日人指为无人岛，自是一面之词。然报言当时已与驻日清使及上海关道交涉，则固已关会我国官吏矣，彼时不知如何对待，忽确定为全无所属，此不可解之事也。

至丁未九月十三日，中国外务部接得报告，略谓香港、澳门附近美属小吕宋群岛交界处所，有一向归中国管辖之荒岛。近被向居台湾基隆日本人西泽吉次纠合同人等，前往建造宿舍、筑立石界，有占据该岛之势。当以该岛领海，暗礁极多，华人因之畏而不居，并非弃置不问。且彼处矿产木植，俱繁盛丰富，爰即飞行江粤二督，迅派干员，乘坐兵轮前往查察情形，赶紧详报，以便经营一切，俾免外人觊觎云。粤督接电后，即交洋务局各员查覆。惟查港澳附近，并无广大荒岛。据某兵轮管带，以意误会，谓离香港三米①有一岛，西人名之为卑斯卑。岛旁四周，水极深浩，可以湾泊大船。岛面向南，可以避风，实为粤中不可多得之地。从前德国曾拟设法据之，开作军港，嗣为英所阻，知难而退。中国海军兴盛时，丁汝昌亦经派船巡视，商之李鸿章，欲开作海军根据，卒以款绌罢议。今部中来电，谓有日人占据，想必此岛，因除此处之外，更无别岛可以当日人一盼也。此岛离三门湾不远，盖在香山、新安两县境界之内云。时督署对于此事，颇为注意，惟以尚未得端绪，故未覆部核议。

于是因循姑置，而日人之经营此岛，则汲汲皇皇，惟日不足。其时日本报纸，纷纷记载发见无人岛事，争以占领新发见之海岛为荣，大有哥仑布寻得美洲新大陆之势。

录日报所记如左：

住台湾基隆港之南洋贸易商西泽吉次氏，近在北纬一十四度四

---

① 原文如此。

十二分二秒、东经一百十六度四十二分十四秒附近,即中国澳门、美属菲律滨群岛之间太平洋上,见有无人岛在,乃纠同志一百二十人,于六月三十日午后四时,同乘汽船"四国丸",驶向该岛。途中在澎湖岛一泊后,于七月初二日上午十时徐至该岛。是日午后二时,结队上陆,即共建筑宿舍。随于岛内探险,知该岛乃周围约三十七八里之一小岛。岛之一端,则有大小暗礁起伏,联缀海中,亘约六十里。岛之陆上,有磷矿石甚多,并有无数之阿沙鸟,栖息其间。海岸则有鱼族群集。暗礁均有贝壳类依附,采集极易。将来该岛事业,大有可望也。

西泽氏等即于岛上卜地,竖立七十尺之长竿,高悬日章,并竖高十五尺宽三尺之木标,详记发见该岛历史,即名该岛曰"西泽岛",名暗礁曰"西泽暗礁"。即采磷矿石百吨,各种贝壳类三千余斤,载归台湾。

查该岛之温度,昼九十一二度、夜六十二三度,与台湾岛无大差异。陆上树木茂盛,其高自十余尺至四十尺不等。惟无人迹,毒蛇猛兽栖息者多。今拟续行探险后,将该岛确实占领。第二探险队,定于七月二十一日,运载轻便铁道材料、栈桥材料装足汽船二艘、货舟一艘,并携医疗机械前往云。

外务部饬查此岛之后,旷日持久,始据江督复言。又误于据旧图,略云查中国官私各地图,皆以广东琼州府所属廉州北纬十八度为最南之界。日人现踞之岛,在北纬十四度间,固在中国界内,但中国地图,未见有绘至此岛者。以英海部一千八百八十六年所刊海图考之,按此经纬线之处,并无岛屿。惟稍偏东北,有小礁一处,出水三尺,在北纬线十五度十分、东经线一百十七度四十分,与此亦不相符。是必英国刊图时,尚未见此岛,而近年方觅得者。中外地图,皆未见有此岛,今欲证明其为何国属地。其地尚在小吕宋以南,距中国海岸千里而遥,以其为中国属地之据,各国皆无从考核。今日人已树国旗,若欲与之交涉,非先自考出确切凭据,无从着手。

钧电云,凡闽粤之老于航海及深详舆地学者,皆知该岛为我属地,自系访闻此事者所言。拟请部令其设法,向粤闽航海家及舆地学家,将此项凭据,访求明确,购觅发下。即由此间选派通晓舆地谙悉交涉之员,乘坐兵轮,前往该处,相机酌办云云。

按江督以英海部所刊海图为据,而忘其为十一年前所刊。陈旧之物,今日已不适于用,遂几为其所误。此以,知外人所刊之海图,吾国宜择其新出者时时译刊,更宜自行派员测绘,时时修改,庶有事时或得其用也。

又,西泽占领东沙岛事,日人视为至荣,报纸争相揭载。而吾国官场及留心时事之人,似尚无所知,故无起而议其后者。此以知吾国官学两界,极宜留意探讨外事,而东西各国有名之报纸,尤宜专设一局,择其所载事实与吾国有密切关系者全行译刊,以供官场及社会之披览,庶不致临事周章也。

江督又言,南北洋兵轮,以"海圻"为较大。现派送杨侍郎赴南洋群岛,约十五六日放洋。此外"镜清"兵轮,询之该管驾,亦尚能到该处海面。已电商萨提督,酌定备用。杨侍郎所行海道,距该处数百里。若电致杨侍郎嘱其绕道前往一看,亦尚就便,惟尚未觅得确据,恐杨侍郎亦无从办理。应否电杨侍郎之处,乞钧酌。

又,钧电内又云,离香港一百零八米,与上文经纬度不合,恐有误字。香港东南一百七十英海里,有碧列他,北纬线二十度四十二分、东经线一百十六度四十三分,沙质无泥,西有一港口,每上半年中国渔船可在此避风。经纬度既不合,与人迹罕到之说亦不符,想当非是云云。

以上皆前年之事实也。

发觉之原因

至去年英美两国请在该岛建立灯塔,因其时粤省无大兵轮,转电南洋大臣,商令派船前往查勘,未得要领。至本年续派"飞鹰"炮船至粤,二月十一日经抵该岛,果见日旗飘扬空际。岛出海面约四十余尺,岛上有日本人及台湾人各数十,极力经营,屋宇林立,兵房、商店、民居无一不备;煤厂、码头、电杆、车路,以次敷设;又建有铁轨、埔头,以便货物上落。土货咸堆积岸上,待船装运。岛中木碑矗立,大书"明治四十年八月立"字样(图见下)。"飞鹰"船员用英语向该岛日人询问,是谁遣其至此,并索取文件阅看。日人佯为不解,惟有言是日人寻得,自是属于日本云。

粤督得禀后,复又添派关船一艘,并添派水师洋务委员王仁棠,兵船管带林国祥、吴敬荣,日文译员廖淮勋①、李田等,于二月十八日晚偕同再往。并前赴香港,传集被逐各渔户,录取供词,及目击日人拆毁庙宇时各证据,以便与日领事交涉云。

附 记

据闻曾经到过该岛之人云,日人到此仅两年,出口土产已有五百余万。在岛中筑有码头一座、铁路一条,无线电机、自来水、写字楼等,亦已建设,实系西泽一人之营业云。

盖至是而后日人占领东沙岛之事,始为官场与社会所共知。而后官场一面与日本交涉,社会一面考求该岛之历史及其形势。其所考得者盖有数端,特备举之。

形势

该地海界,北距惠州甲子约百二英里,东北距潮州、汕头约百四英里,西北距香港约百七英里,东北距台湾约二百四英里,东南距菲律滨约四百余英里。

按此可知,日人之言在太平洋上,及近菲律滨之说,乃欲给我,使我不注意也。

又据英人所作中国沿海方向书(即陈寿彭所译之《中国江海险要图

---

① 应为"廖维勋"。

志》）略云，大东沙岛在北纬二十度四十二分三秒、东经一百一十六度四十三分十四秒（从英伦格林维次①子午线）。地望适在汕头正南，乃一小岛，孤悬海外，距汕约一百六十海里。岛形略如马蹄铁，东北、西北两端凸出，中成凹状。东西长约一迈当有半，南北距约半迈当。地势高出海面四十余尺，西向耸起，中央低下。地质全为积沙而成，掘沙数尺，可得盐水，并无泥土，斯华人称为大东沙之所由名也。

环岛四周，殊有沙滩。轮舶大者，不能近岸。航南海者，如天清气爽时，相距九迈当或十迈当，即得于舱面而望见之。惟遇东北风与蒙雾大作，则虽与相距五六迈当，亦不得见。甚或白浪腾激，至近岸一迈当，犹不得见，故为险地。又远望之，常疑若两岛并立，则以中央低下故云。

岛之中央洼下处，似湖非湖，似澳非澳，水深五拓至十拓（即二丈余至五丈余）。因岛中有此，故中国渔船出海遇风，常驶入岛中以避焉。

历史

查日本人未到该岛以前，沿岸渔船及闽粤渔户，通年匀计，不下数百艘。此外，尚有半捕鱼半捞海半采矿之小船，不计其数。每年获利，大船自数百金至数千金不等。现在沿海著名富户若陈德利、蔡有三、蔡桂生、周存栈、冯东秀、赖奇头等，或积资数十万，或积资百余万，皆由该岛起家者也。

又查该岛向有大王庙一所，为各渔户所公立。庙内预藏许多伙食，备船只到此日用之需。自昨年忽有日本人多名径到该岛，将大王庙一间毁成平地，致绝渔户之伙食。又一面毁撤渔板，驱逐渔船。有新泗和常记渔船之附属渔板六只，每只长二丈、阔三尺，价值银七十元，已尽被日人撤去。今年正月初十日，新泗和常记渔船复到该岛，日人竟驱逐之不许湾泊。该渔船开往西北湾捕鱼，至二月十九日，日

---

①　今译"格林威治"。

人复到干涉,将渔船驱逐,渔船遂仓皇驶去。

按当委员往该岛查问时,有泗和渔船梁带驶赴委员前禀诉。略言,东主在香港机文利街兴利悦盛咸鱼栏,我船历来往来东沙岛,捕鱼为生。光绪三十三年,日人到岛,将"新泗和"字号之渔船六只、小艇二只拆去,并毁平储蓄渔船杂粮之大王庙。迨今年正月初十日,再往捕鱼。二十九日,又为日人斥逐,请为申理云云,足为前条之证。

从前英人蒲拉打士航海,曾在此地遇险停船。厥后西人地图,即以"蒲拉打士"名之,注明广东地。当西历一千八百六十六年五月,英兵船"西板特"号尝泊其地,英书中又言中国人至此捕鱼,已不知若干年云云。

按观于以上各条,足知东沙岛实为我国领土,并非无人岛,已确凿无疑矣。

附记物产

物产最为繁富,木类则有油木紫檀,高辄百尺,大可合抱,到处成林,相传为三四千年故物。矿产则有金沙、磁铁,充塞溪谷,触目皆是,乡人有小金山之称。其他如玳瑁、如珊瑚、如珍珠、如制造火柴之磷质、如可作肥料之雀粪、如取之不尽用之不竭之海藻石花,所在多有。岛上向多鹜鸟,其羽甚珍贵,今因捕捉太甚,鸟皆远去,已无一存,惟海产珊瑚甚富云。

官场之交涉

粤督张制军自经委员禀覆,确知东沙岛实为中国领土,于是始照会驻粤日领事,为正式之交涉。

略言,现查惠州海面有东沙一岛,向为闽粤各港渔船前往捕鱼时聚泊所在,系隶属广东之地。近有贵国商人,在该处雇工采磷,擅自经营,系属不合。应请贵领事官谕令该商即行撤退,查明办理,至级睦谊。为此照请查照,并祈见复为荷。

闻驻粤日领事曾照覆粤督，附送岛志一本。言此岛乃彼国人初发见，从前并无此岛。按照万国公例，应归发见之国所有。如贵部堂以为不然，请查现呈某国前编之岛志，有无本岛等语。

据东京电言，本处各报载，日政府以大东沙岛，现在虽系不知属于何国，而日本决不据为己有，且日本亦能承认此岛属于中国。若中国能示以的确之凭证，此后该岛之日本侨民，亦须由中国担任保护。现已将此意对华政府宣告，并将该岛之各种紧要事件，电告北京日本公使及日领事等。此外并须要求中政府许以相当之居留地云。

据上海某报言，日本外务省已将对于此问题之意见宣布。略言，日本并未主张在该岛有领土权，惟亦不认中国在该岛有领土权，且信该岛为一无所属之无人岛。日人西泽晋作之经营该岛，乃个人事业，日政府绝不闻知云。

按日政府既不认东沙岛为日本领土，复不认为中国领土，而独称为日人西泽之经营事业，则其言外之意可知矣。

又据东京某报云，日本现宜追问之要点，在该岛侨民，何以先自日人始，此即可为末后之决断云。

又按前月香港华字各报刊布此事时，经驻港日领函告云："敬启者：十九日，贵报印登日人在惠州东沙地方，插树日旗，并驱逐土人渔船等事。敝领事查惠州并无鄙国人居住，亦无此等情事，想必系贵报传闻之误，亦未知此说由何处而来。特简奉知，烦为更正"云云。日本领事对于华报，何以尚作此等语言，殊不可解。

社会之研究

粤东社会，自闻此消息后，亦相与研究其事。闰月初十日，粤省自治会集议澳门勘界案时，由周孔博①宣布东沙岛关系国权及国民

---

① 周孔博，惠州士绅，民国后曾担任广东省临时省议会议员。

生计,应行力争理由,请众公议。

众议决定三级办法:第一级,速将此事布告中外同胞,公同研究;第二级,联禀政府,切实保护我国渔业并该岛财产;第三级,如政府放弃,则竭尽我国民之能力以挽救之。

又,惠州代表亦将大东沙岛情形布告同志,并叙述该岛属我之证据:(一)沿海渔户在该岛所建庙址,为该岛显属我国确据。(二)日本人前后布置该岛,惨逐渔户实情。(三)英美二国公认该岛为我国领土之电告。(四)西人地图证明该岛属我之确据。(五)本省大吏叠次派员查勘始末。(六)分载省港各报,诸君检阅,便可了了。

附录大阪《朝日新闻》之论说

按以日人言日事,宜其左袒本国,必指东沙为无人岛矣。惟大阪《朝日新闻》一论,尚为由衷之言,因特附录于此。

东沙岛问题,其始传来我国者,为阳历三月十三日,从上海所发电报,以汉字新闻所揭载者转电。十五日,又有从香港发来特电,亦同一消息。至十六日,又得香港特电,则言炮舰"飞鹰"号已派遣至东沙岛,其真相仍未能确悉。十九日,又有自广东发来特电,则言西泽占领广东所属之东沙岛,已成重要问题。惹起当地官民注意,杯葛将再燃(殆指抵制),我当局宜警戒云。

又,昨揭载之广东特电,言张总督对于濑川领事,已用公文,述东沙岛为广东所属,照会命西泽退去是岛。而广东人对此问题,非常热心,咸注意其解决。

夫电文而曰占领,不无语弊,然邦人西泽,于东沙岛现正从事何等事业,已无可疑。至张总督向濑川领事,公然以外交文书往复,再三派遣调查委员于该岛,且就所属问题,亦有相当之证据。审是东沙岛问题,今日已不可视同谰言风说,须以为外交问题之一而讲究之也。

东沙岛问题,非如间岛问题之复杂。此岛果是清国所属与否,立时直可解决。然于广东地方,如辰丸事件之一周纪念,七十二行及自治会颇煽动杯葛之热。一面必就葡萄牙领澳门境界问题,开同志大会,盛倡保全己国疆土。当此人心激昂之际,其气焰之炽,殆不可向迩。而又无端忽起此问题,其利用之以为杯葛煽动口实者,诚实可虞。

外务当局,宜勉公平无私,调查事实,以速解决之。政务局长仓知亦以为此岛非帝国领土之一部。然则该岛为清国所属,已可确证。日本政府承认其领土权,自无待于踌躇。惟此问题既认为清国所属后,而西泽在该岛经营之事业,固不可不计及。然仓知局长既主张放弃此无所属之岛,对于开始事业之本邦人,亦谓清国政府当保护之。其言固为热心保护邦人,第其对于清国政府,而为退出之西泽请求偿金,是岂计之得者。万一清国不表同情,断然拒绝,将奈之何?若因曲庇一邦人故,而伤日清两国交情,使在南清多数邦人,大受损害,断不可也。殷鉴不远,近在二辰丸事。

今日未详外务省对此事之真相何如,吾故但就东沙岛问题言之,不能下其以外之一论断也云云。

广东东沙岛问题记实续篇①

东沙岛问题,今方在交涉中。中东各报所纪,人各一说,不能尽据为典要也。姑为汇录如下,借觇大概。又,自此问题发现后,我国士民咸颇注意于是。争搜求颠扑不破之证据,以为官吏之后盾,足以破无人岛之谬说,此皆吾人所不可不知者也,因并录之,以告当世。

---

① 1909 年第 6 卷第 5 期,1909 年 6 月 12 日(宣统元年四月二十五日)。

两国之交涉

据日本时事新闻云，东沙岛问题，中国所交出之证据，多有可恃，设再调查确实，则日政府即可承认中国该岛之主权。惟无论如何，开拓该岛之西泽君之利益，日政府必为保护云（并闻有须准日人在该处随便杂居之说）。

上海《泰晤士报》①得日本消息言，日本中央政府以中国所示凭证，多而且确，已有承认为中国领土之意，不久将可议结归还中国矣。

大阪《朝日新闻》载东京消息云，日本外务部决议承认中国东沙岛之主权，目下已在协议，保全该岛日人西泽氏之事业，计值日洋四十万元。惟台湾日员，反对此举。然终须俯从外务部之议。

台湾日员之议论，详见下节。

又据近日东报言，日本政府已令西泽开出经营东沙岛所用银钱之数目，将为交还时索偿之预备。

上海《泰晤士报》据东京消息云，东沙岛交涉一案，虽由日本承认为中国领土，惟日人在该岛所置产业，已达四十万元之价值。一旦由中国管理，日人恐有不便。于是在该岛置产之日人，将此中情形，禀请日本外务部作主。

据粤报言，大东沙岛交涉一案，闻日本领事移文，已认为中国领土。其驱逐中国渔船及拆毁天后庙之事，亦认为西泽所为。惟云西泽在该岛营业，前后共费去五十一万余元，所得物产仅值一万余元，应由中国补回。张督驳之，略谓：（一）须西泽赔偿渔船损失。（二）须西泽建复庙宇。（三）须另行调查西泽运去该岛物产，实值若干，责令西泽交回并补缴出口税。

---

① 在上海出版的英文报纸，1901 年创刊。

社会之研究

惠州周君孔博，联合绅商学各界，订于闰月二十一日，在府学宫内开大会集议。是日县令暨绅商学各界，到者千余人，提议办法有五：（一）联合各界，分电张督宪、高大臣，恳尽维持之法。（二）分函粤绅商、自治两会及北京同乡官，协同筹议维持之法。（三）分函各属绅商学界，调查一切。（四）一切费用，由商学二界担任。

又据广州消息，近日惠州士民，除已由自治研究社派代表至省，与自治会诸绅连合议争外，昨有李兆书（归善廪生）特作一书，由邮局寄往京师，呈递摄政王。书中痛陈该岛被占有五害，并历举该地为中国领土有四证，请摄政王饬外部照会日使，刻日开议，以全疆土云云。

又据粤报言，某日广州自治会集议时，有关君佐田提议，谓彼于东沙，前曾亲历其境。二三十年前，已有南海廪生胡维桐上书当道，详言该处一带岛屿，极关紧要。该禀原文，彼尚可以搜出。岛内埋有华人之骨骸甚多，天后庙亦建立未久，均有实据可寻。从前海洋剧盗张宝仔，横行一时，即以此岛为巢穴云云。

同时又有人言，前福建同安县陈伦炯所著之《海国闻见录》，已曾记有东沙形势，与今日政界所查大同小异。此书出版，在数十年前，更可为证。今日不特应行取回，而此数年之损失，亦应向之索赔云云。

按丹徒陈君庆年近因此事致书江督端制军，即引陈伦炯之《海国闻见录》为证，其略如下：

日来在舍间，检阅所有海道各书，见陈伦炯《海国见闻录》沿海形势图。惠州甲子港之西，明有东沙一岛。其东北为田尾表岛，西南为南碣岛。当碣石镇之南海中，即其位置所在。是日人所占之东沙，确为华属无疑。伦炯当雍正初年，以台湾总兵移镇雷廉，此书成于雍正八年，可以引据也。

又书云，陈伦炯之父，以习于海道，从施琅征澎。台事定，擢碣石镇总兵。伦炯为侍卫时,圣祖曾示以沿海外国全图,后又自台湾移镇高雷廉等处,故于闽粤一带海岛最所熟悉。

东沙一岛,即西人所谓扑勒特斯岛。检英人金约翰《海道图说》,谓是岛形如圆环,而伦炯是图,于东沙岛即绘一小圈,与西人圆环之说适合。西人之来斯岛,探此处深浅,据金书始于嘉庆十八年间,而伦炯此书成于雍正八年。其编撰海岛,又在先世,则西人未能或之先也,何况东人乎(后略)?

又据香港《南清早报》云,某日粤督张人骏接到商人梁某来禀一道。该商人于日本人到大东沙岛时,尚在该岛营业。来禀指明该商经营之程度,并撮录在该岛营业之数目。又谓日人毁去庙堂两间,华人坟墓约一百八十座,并华人渔舟数艘。日人何时初到该岛,尽能调取证人,为之指证。初次只有少数人到岛中,惟随后有轮船载人续到云云。来禀末节,恳求设法挽回该商营业利权,估计华人所失之利益,要索日人赔偿云。

台湾日员之议论

据台湾信云,台湾总督颇欲谋占此岛,引中日和约关于割让台湾者,曾有一条,指台湾所属岛屿皆属日本,欲指东沙岛为台湾所属岛屿之一云。

按当时条约割让台湾,并及所属岛屿,乃明指澎湖列岛。若必如斯解释,远在广东者,尚欲指为台湾所属,则近在福建之岛何限,日人其将图占乎?

又据日本报纸载台湾民政长官大岛之言论。略言,西泽开拓以来,已阅几多岁月,乃绝不闻清国有一言之抗议,今粤督之举动,抑亦可怪矣。又言该岛价值,虽不过蕞尔一小岛,而磷矿最富,大非可以海岛而冷眼视之者。况西泽之开拓该岛,殆倾全力,投资本亦殊不少。假令该岛果属清领,则对西泽亦应为相当之赔偿,是又不待言矣。

按日员之议论,固是一面之词,然其所言,有足令吾人警觉者,阅者大宜注意。

附录大东沙岛精确之调查

按此篇所载,足补前记之缺略,故附录于此。

（一）大东沙之位置

大东沙在北纬二十度四十二分三秒、东经一百十六度四十三分十四秒,位于惠潮二府、海南岛及台湾与菲律滨之间。地位实在汕头正南,与惠州之甲子门、潮州之鲔门、香港之鲤鱼门,势成三角。北距惠州甲子门约百二十海里,东北距潮州汕头约百四十海里,距台湾约二百四十海里,西北距香港约百七十海里,西距海南岛约四百余海里,东南距菲律滨亦约四百余海里。

（二）大东沙之形势

大东沙即中国旧名曰"千里石塘"者,西名译音或曰"蒲拉他士"、或曰"朴勒特司"、或曰"不腊达斯",孤悬海外。岛形如马蹄铁,东北西北两端凸出,中成凹状。岛之中央,似湖非湖,似澳非澳,水深五拓至六拓(中国二丈余至五丈余),地质全为积沙而成。据日人所称,周围只可二里,面积不过百三十町。英文书所记载云,东西长约一迈当有半,南北距约半迈当(与日人所称均同)。环岛周围,皆有沙滩。轮舶大者不能近岸,隔十余里之远,奇岩林立,见者为之寒心,故别名之曰"险岛"。中国旧时航海家,亦指千里石塘为险地也。

（三）大东沙之关系

关于航运之方,据英海军测量图说云,通于不腊达斯内澳,及内澳之南北二水道内。为此图所载之外,犹有多数之石花礁顶,欲驶入该内澳之船只,宜取路南水道。该水道便于行船,使入水十五尺,惟需施最大注意,盖因误触该礁脉破坏船只者不少。故欲示此险处,须建设一灯或数灯。此问题海部经数次讨论,然建筑及维持费用颇巨,摊派维艰,且须商于中国,故未能举行。不腊达斯礁脉,为自马尼拉至香港航路上重大之险处,东北信风时中,浓云往往弥漫数周,殊为危险。一般船只,由东南方行近该脉,罹于难者不少。因欲明示此险处之故,故于该礁脉之东北读角或东南曲角及不腊达斯岛上,各建设一台灯,实为必要之事,第其费金实巨。船只由该礁脉之下风通过,尚为预防之善策,盖海水正流向此方也。此事关于航海者之注意,已匪伊朝夕矣。

东沙岛案①

东报载广东日本领事之报告云,东沙岛一案,日本虽认该岛为清国之主权,然于破坏清国渔业及天王庙等事尚未承认。且日本经营东沙岛之资本,共费五十万元,而其收得者尚未过一万元,故要求清国须赔偿其相差之数。然清国政府,则亦以渔船之损失、天王庙之破坏及强取产物等事,要求日本赔偿。故此案尚无议决之期云。

东京电云,大东沙岛之主权问题现将定局。倘中国允赔偿日人经营该岛用费及产业等项,日本即行退让。闻中国已允备日本所要求之价,购回该岛一切。大约仍须由中日两国特派专员前往该岛,调查其实在情形,再行定夺云。

东京电云,日本已派驻粤日领事前往东沙岛,调查日人在该处所经营各事。

《东京日日新闻》云,东沙岛问题,究为何国所属者,近顷中日两国之意见,已渐次接近。日本政府已认该岛为中国领土,而中国政府对于西泽氏之损害,亦应有相当之赔偿。中日对于西泽氏之事,彼此均派有评价委员,赴该处实地调查,虽未有公报宣布,而事实已可概见矣。

---

① 1909 年第 6 卷第 7 期,1909 年 8 月 10 日(宣统元年六月二十五日)。

东沙岛案①

广东洋务局员魏京卿瀚于五月末,与日领事赖川及西泽同往东沙,踏勘该处产业。闻日本报云,西泽声称,该处所营建产业,值银五十万元。

魏道当日提议各项,照录如下:

(一)应购房屋器具定价后,即行交出,由中国委员接管。

(二)购置产物定议后,所有在该岛经营事业,先行停办。原有之日本工人、台湾工人,应照议陆续离去该岛,将一切居住房屋交出。并由中国委员自树中国龙旗,将日本旗帜换去。

(三)勘定后,所有在该岛已取未运之矿产、森林、雀粪、肥料、海产、鱼类等,均一律截留,分别定期交回纳税各事。

(四)应购房屋器具,由日商开出价值详单,送交委员核明,照现勘情形,与日领磋商定价,订期收回。至赔偿大王庙及渔户损失,由委员开明数目清单,送交日领核明,转饬经营日商,议定应赔实数,其款即于购价内扣除。

(五)该岛收回后,由中国自行垦辟,开作商埠。拟准外人通商,俟另订商埠专章,再行通告遵办。

现第一、第二、第三、第五各项,均经日领事认允。第四项应购房屋、器具价单,由日商开送。应赔房屋、渔业损失数单,亦由委员开送。惟以所开价值单内,曾分列某项应需购价若干,核与所勘计值相去甚远,合计所需购价百万,委员估计,仅值四分之一。故日来尚在逐项指驳,未有定议。内又有外国工人所住房屋,本有系属渔民建造者,虽略加修饰改造,应照例交回渔民,不能取值。至所赔渔民损失,俟购价确定后,即接续订约照扣云。

又闻日商所开购回价值,工程上约有三四十万,物件亦十余万。

---

① 1909 年第 6 卷第 8 期,1909 年 9 月 9 日(宣统元年七月二十五日)。

其所雇工人,近仍在该岛工作不辍。所取矿海各产,储置甚多,仍接续用船运输赴台。当由大吏核明各情,即以该岛所置物业,当开辟兴造工程时,所费固属不资,惟中国向来收购外商物业办法,只照现估应值之价,应抵若干,即出购资若干,断无按原日建费补购之理,所开均难照准。至现在该岛采取矿产、森林、海产,已经由委员开议交涉,即应暂停工事,以候定议取购。所有该岛采取物产,即应归中国所有。现已饬由王委,即于日内往该岛。转由魏道,与日领切实妥商,赶行议结覆报。

又闻各委勘得存物及房栈等,均无甚贵重之料。如建设一项,以该岛之事务所为整齐,然亦无甚重值之料。按之该日人索偿八万余元之数,大相悬殊。现大宪已将勘明情形,电陈政府。闻政府亦有电来粤,饬令妥速拟结,迅筹开辟,参照西沙办理情形,统筹开办。一面绘具详细图说,以凭酌核等情。闻大宪以该岛形势颇佳,惟附岛一带,颇有砂碛礁石,故每次派轮前往,均于岛外寄碇,仍当详加测勘明确,方能筹议云。

张督对于东沙一案,颇能坚持,闻其启程时,亦有电致政府,以该岛纯然为我属土,乃日商现仍坚立商旗,殊属蔑视,应请知照该使,即饬撤去,以免淆混而重主权云。

闻有西报访员,向日商西泽面询一切情形。西泽言:“一千九百零一年,初到该岛,旷无居人,只一小庙及一旧池。迨零七零八两年重到,而庙已毁于火,并非我毁之也。遍行调查,并无人踪,惟见马甲海颈处,存半段烂船。细视之,则英炮舶理刺也,其余尚有三洋船遗迹。又在沙滩掘获小舟,中有一尸,视之,则日人日物也,即将其改葬。使当时见有华、英人在此,必不在此营业。吾意日后必能获利之故,不惜巨资,装造舟艇,雇集工人六百余名,从事各业。计此二年间,吾所费已数十万元。日前二国官员,乘坐“海筹”“明石”二舰往勘,见陆地开有四井。询悉初开时,水色黑,几经整理,方清洁合用。又有轻便车路,环过该处之半。有货仓,又有工厂、有医院、有机厂、有铁厂,并有小轮船、大驳艇,各项小舟,有十五只。系以新法捕玳瑁,每日必有所获。而岸上存积屋宇、车路之材料甚多,并鸟粪约一万五千吨、磷质约八九万吨。盖二年来所经营,至此方欲运销各物,即被华人夺回也。又有拖船一艘,载有胶菜,约重百吨。而岸上有琉球工人约一百七十名,均携有家眷居此。故每次轮船运来粮食,约值二千元。则吾所索偿,并非过滥,虽华官亦以吾为开道之骅骝,宜优与赔偿也。"

　　访员问曰:"经营就绪,猝尔丧失,君能无慊乎?"西泽答曰:"吾尚寻得三荒屿,未加经营,一俟中国购偿议妥,吾即顾而之他,仍可展我长才,不虞再有掣肘,吾何慊之有。"

东沙岛案[①]

　　此案七月间尚未议结,日商索款约八十余万,持之甚坚。粤省委员所允之数,不及三分之一,并向日本要求赔偿焚毁该岛庙宇及采掘磷质之损失,为数甚巨,故无成议。所悬日本商旗,亦未撤去。惟居住该岛之日人,则已迁往琉球群岛,因日本已允认该岛为中国属土之故。

东沙岛案[②]

　　东沙岛一案,日人原索日银六十万元取赎,今减至港银十六万元。于此数内划扣三万元,作为赔偿拆庙及财产之用,实取十三万元。此约于一礼拜内签押。

---

①　1909 年第 6 卷第 9 期,1909 年 10 月 8 日(宣统元年八月二十五日)。
②　1909 年第 6 卷第 10 期,1909 年 11 月 7 日(宣统元年九月二十五日)。

记粤省勘办西沙岛事①

近者外部鉴于大东沙岛覆辙,风闻有外人在西沙岛经营,特电请张督派员查勘。当经粤督派员查明,该岛向无外国兵轮登岸测勘,并查得出产甚富,可以生利。现特札委王、李两道,设局筹办。

略言,前闻有西沙岛在崖州陵水县属榆林港附近,经派员吴敬荣等驾轮前往查勘。兹据勘明,覆称西沙岛分为十五处,西七岛东八岛,并将各岛摄影呈缴前来。查西沙各岛,既据勘明情形,自不可荒而不治,任其废弃,应即派员设局,妥筹办理,以重疆土而保主权。查广东谘议局筹办处总办、直隶热河道王秉恩,广东候补道李哲濬,办事干练,堪以派令前往筹办。该员即便遵照,刻日迅将开办西沙岛事宜,妥定经营之策。一面逐一前往覆勘,拟议章程,详请核办。现该道等及各员办事公所,即暂附设谘议局筹办处内,以期撙节。所需经费,由广东善后局、两广盐运司库分别筹拨云云。

闻当时查得崖州滨处海洋,直当南洋群岛航线要冲,近海岛屿以百数计,其属于崖海各处,共有二十余岛。最大为榆林港,附属小岛约七八处。其次则为西沙岛,附属小岛十四五处。西沙岛在榆林东二海里许,处崖属之极南,为陵水所管辖。西边七岛,或半里、里许、一二里不等。东边七岛,则较西属为稍大,至宽亦不过二三里,少亦仅里许半里。西沙适在东西两岛之中,较东西各属岛为稍大,约得三四里。其南东两方面,风浪极大,潮流甚远,以鱼盐出产为最富。种植亦有,出产多半在东岛之中,西岛悉未开辟。渔船以千百计,均在东西两岛搭盖棚屋栖止。产盐虽多,有前往晒取者,惟并无盐漏盐田。

又闻王、李两观察奉札后,经议得该处东西各岛沙石甚多,未易开辟,内东三岛、西二岛俱属产盐之处。近海一带,尚有余地,可以开

---

① 1909 年第 6 卷第 6 期,1909 年 7 月 12 日(宣统元年五月二十五日)。

辟盐田。又东西九岛中,均于浅滩中出产各种海物,应即就该处扩张捕鱼事业。岛中土质,暖而不润。虽有淡水,可供饮料、灌溉,然只宜于辟治各项种植,如椰榆、槟榔、棉蔗、花生之类。农田耕种,是否相宜,尚须另行详察计办。当即拟定,先由善后局拨款一二十万,计办各岛种植垦辟渔业事项。由运司拨款巨万,计办各岛盐田垦辟事业。各司道会同妥商后,即将各情详覆大吏。昨已一面加派委员,再往该岛,布置一切。准于秋间,将该东西十五岛一律开办云。

又,粤省大吏前曾派委各员,前往查勘粤东沿边各岛,是否有德、日等国人民。旋于其间,当经查得巴刺沙诸岛①并无洋人,只有中国渔人,在各岛支搭蓬寮,捕鱼为生。询诸渔人,果有洋人在于诸岛否,皆答无有。只有某国之代表人,曾到各岛测量。又谓海南岛之南部,现有洋人一班。迨后委员按地往查,果见有德人二名、日人一名并马来人数名,悉系到该处查勘矿产者。巴刺诸岛木产甚丰,大树上有刻有洋人名字者,此可为有洋人曾到该岛之明证。各委员当由海南到港,取道返省,向大吏禀报各情。闻政府立意,将沿边所属中国之岛屿绘画形图,使人分居其地,保守中国利权,并窥探洋人到各岛游历者之举动。按期派兵轮前往巡查,以免再有东沙岛被日人营业之事云。

又一函言,近日大吏特派王、李两道,筹辟西沙群岛。即会同李水提②及吴、李副将③,并率带委员、测量员生等,趁轮前往测绘。所有计办事宜,闻拟将该处大小十五岛一律开辟。先由大吏特派专员,在该处设立局所,并由司局筹拨款项数十万,专办该埠事务。又于各岛中,择其地面宽阔,形势绝佳者,开作商埠。又由官商分设兴商劝业银行,以维持辟埠事务,均经大吏与司道再三筹议。约俟此次王、

---

① 即西沙群岛。
② 即李准。
③ 即吴敬荣和李田。

李两道将该处群岛勘明回省后,再行酌拟办法云。

又,开辟西沙岛事宜,业经大吏札派王雪澄、李子川两观察前往筹办。惟开办一切事宜,亟需人襄理。已由两观察遴选各项专门人材充当随员,分股办事,并将张督发下之西沙岛图,照印多份,凡一切关于西沙岛图籍均携带前往,并酌带测绘学生数名,带同测量器具,以便测勘一切。旋定期四月初间启行,特于三月二十八日,传集各随员学生,到谘议局筹办处,会商一切办法,禀请大吏札行云。

广东西沙群岛志①

西沙即七洲洋,西人名"怕刺些路",其处为来往香港、南洋航海必经之路。海虽深,而多暗礁、石花、浮砂等,故为海道之险处。

昔有一德人,因造航海水道图,曾至其处,悉心研探,著为志,收入航海集中。余于十年前译为华文,以备查考,备置箱箧,不复记忆久矣。近日偶加检阅,觉颇可存,因特刊登报端,或足备调查该岛之一助也。译者志。

当日德人探程,由西而东,由南而北。据云,西沙皆小岛、礁石、沙滩等。诸岛分为东西两会,东曰"奄非地拉群岛(译言残剩)"②,西曰"忌厘先群岛(译言新月)"③。此名是昔日一西管驾名罗士所号,故今航海人,仍用其名。

忌厘先群岛,居经线十六度二十分至三十七分、纬线二百一十度

---

① 1910 年第 7 卷第 6 期,1910 年 7 月 31 日(宣统二年六月二十五日)。据学者周鑫考证,本文原底本为 1885 年在德国出版的《海道测量及航海气象年鉴》第十二册第 12 至 30 页《西沙岛》(Die Paracel Inseln)。清末筹议开发西沙时,郝继业在奏报中曾提到《西沙志》这一文献资料。郝继业提到的《西沙志》极有可能就是该文(周鑫:宣统元年石印本《广东舆地全图》之《广东省经纬度图》考,《海洋史研究》,2013 年 10 月,第 216—286 页)。

② 即西沙宣德群岛。

③ 即西沙永乐群岛。

三十分至四十八分之间。① 共六岛，一曰大登近岛②、二曰小登近岛③、三曰杜林门岛④、四曰八杜罗岛⑤、五曰罗拔岛⑥、六曰文尼岛⑦。诸岛虽在水面，皆不相连，而海内则有石排联络，东西横列如蛾眉，形肖新月。其西南向有暗礁，状如曲胫。

登近二岛，则在东月角，于相连石排及华丽滩之中。有海道向南，阔约五英里，水深三十尺至一百八十尺，皆石花底，惟岛北近石排处是浮砂底，可泊船。

登近二岛，石排围之，东至西长一英里有半，阔约半英里。岛之大者，在东高十三尺，西至北长半英里，东至南阔五之一英里。上多矮林，南有椰树一株，侧有井水可饮。西隔一小流，即小登近岛，高十尺，上有椰树一株，高至三十五尺。当正式西南风时，去岛北四之一英里远，可泊船，其处水深八十尺至九十尺。

杜林门岛，乃忌厘先群岛之最东者，东至北长半英里，西至南阔四之一英里。离登近岛只隔一水，阔一英里半。上略有小矮林，余皆砂，高三四尺或十尺不等。环绕岛边，尽是巨石石排。此排由群岛之东北起，向西南至此岛，又转向北，斜而东，到经线十六度三十二分处，忽又转向西。岛北名曰"查探滩"，上有小林，昔日查探者曾居此，故名之。

八杜罗岛，在群岛西北，东至西长半英里，南至北阔四之一英里，高三十尺。岛南有小湾，以砂为岸，此处可登陆。上皆小林，略偏西

---

① 本文中的经度和纬度颠倒，应为纬线十六度二十分至三十七分、经线二百一十度三十分至四十八分之间。下同。

② 即现琛航岛。

③ 即现广金岛。

④ 即现晋卿岛。

⑤ 即现珊瑚岛。

⑥ 即现甘泉岛。

⑦ 即现金银岛。

有榆一株，可认登岸之处。榆下石围小池，水清洁甘美。此岛亦为石排环绕，排东北向，长约一英里半，尽处有小阜，在岛之北五之一英里远。

罗拔岛，全岛光平，如卵形。南至北长半英里，东至西阔四之一英里。上有耕种，有汲井。全岛亦石排围之，然东向可登岸。

文尼岛，在大石排之西，长半英里，阔三之一英里。上有小林，近东有小沙数处，潮退则见。环绕此岛之石排长三英里，阔一英里半，潮依排而流，行极急，每句钟流二英里半。

除诸岛外，更有石滩两处，一名"晏地立滩"①，在罗之南、文尼之东。长三英里，阔二英里，潮低露出几处。又一滩，间于登近与晏地立之间，长一英里半，去水面不过二十余尺。

在东者，名奄非地拉群岛，居经线十六度四十分至十七度、纬线一百十度至二十二分之间。此群岛又分两会，一在西北，一在东南，相隔一海，阔约四英里，水颇深。居东南者为两岛，一曰活地（华言木）②、一曰乐（忘）［忌］（华言石）③，两岛相隔不远，皆有石排绕。居西北者，则为两石排，一南一北，中隔一河，名曰涉比巴士，阔三之二英里，水深三十尺。北排东至西长六英里，阔一里七五。西向尽处是沙滩，东向尽处有小岛，名地利（华言树）④。南排由西北至东南，长四英里。南尽处有沙滩三处，全排之上，平列三岛，曰北岛⑤、中岛⑥、南岛⑦，诸岛上多栲树（其子可用作染料）。南尽处之沙滩上，已有种栲为业者。登岸之处，宜在南便滩或在两岛会之间。

----

① 即现羚羊礁。
② 即现永兴岛，郝继业上报为"林岛"。
③ 即现石岛。
④ 即现赵述岛。
⑤ 即现北岛。
⑥ 即现中岛。
⑦ 即现南岛。

活地岛，东南两岛中之最巨者，周三英里，四围皆白沙滩。岛上树木阴森，多不知名。登岸者，宜在背风处。

乐忘岛，在活地之东北。由东北至西南，长五之一英里，阔约十五分之一英里，高五十尺。南尽处，有小沙如臂伸出。

以上两岛，亦有石排围绕。在活地岛南之排，阔约三之一英里。斜向东，绕乐忘岛，距活地岛约十之一英里。当春潮最低时，诸排可见。昔日查探之人，曾居活地岛之东北角。

地利岛，四围皆白沙。岛上满生栲树，中有榆一株，高三十余尺，远处可见。海南渔人，出海取鱼，常到此。岛西水深十三尺，可泊船。石排之南，潮最低时。水亦深五六尺，船可由此进。

以上奄非地拉群岛之形状，至于水道则甚奇。群岛中，水最深处，不过百五六十尺。而岛以外，东北约里许，则探至五百尺，亦不见底。去群岛北不远，有沙滩，船不可行。东南石排之南，水深四五十尺。在活地岛石排之西北、西南两旁一里外，水深九十尺至百五十尺不等，而近岛则不过四十余尺。

除上言忌厘先与奄非地拉两群岛外，更有小岛、礁石等几处，为到彼处之船不可不知者，并录于下：

地列顿小岛[①]，居北经[②]线十五度四十六分、东纬[③]线一百十一度十四分之间。在群岛之西南，是一浮沙堆成，高十尺，长一英里，阔三之二英里。周围石花如环绕之，此石花环长三英里，阔二英里。环内水深六尺，环外渐斜而深至七十余尺，远则深至二百五十六尺。此岛为众鸟晚上栖宿卵育之所，故雀粪甚丰。每近凌晨、黄昏，天朗气清时，则鸟声大噪。

---

① 即现中建岛。

② 应为北纬。

③ 应为东经。

怕苏茄小岛①,在地列顿岛之东北,约三十七英里远。长而窄,岛外亦环以石排。排长五里,阔三里,四围水甚深。

地士加花利礁②,在怕苏茄之西北,居经线十六度九分至十七分,与纬线一百一十度三十七分至五十三分之间。此乃诸礁中之最险恶者,环绕作椭圆形。南北皆有小破缺处,船可从此进。礁里水深不过十尺,礁外三四十尺,远则深不见底。潮长最足时,只见得旋纹之石高数尺者出于水面而已。海南渔人,每岁正月至五月,到此取鱼。

乌力多亚礁③,居地士加花利礁之东北六里远,居经线十六度十九分至二十二分、纬线一百十一度五十七分至一百十二度四分之间。东至西长七里,阔二里四分之三。有螺旋纹石数处,浮出水面,浪击之,成冲天之雪花。礁外四周离十分一里远,皆水深不能探至底。

孟米礁,又名浪花礁④。居经线十六度一分至六分、纬线一百十二度二十四分至三十八分之间,为诸群岛之最东南角。状长方形,东西长十三英里半,礁中水颇深。潮退时,见础上有沙地数处,潮涨则惟见数巨石出水面。四边皆斜低,东南角水深至五百尺。

比里绵沙⑤,在经线十六度十五分至二十二分、纬线一百十二度二十三分至三十五分之间。其形长,两端东北、西南向。沙上水最深处百尺,最浅处三十尺。

支亨忌利沙⑥,在经线十六度十九分至二十六分、纬线一百十二度四十分之间。此沙之面上,水深浅不定,有深十数尺二三十尺者,

---

① 即现盘石屿。
② 即现华光礁。
③ 即现玉琢礁。
④ 即现浪花礁。
⑤ 即现滨湄滩。
⑥ 即现湛涵滩。

亦有深至百余尺者。

连可伦岛①,乃诸群岛之最东者。由东南至西北,长约一英里四分之一,阔约半里,高二十尺。东北皆悬崖。不可登岛。四周环以石花、巨石等,潮低时,历历可见。又石花一路,蜒蜿如龙,向东南直指,远至十一里。泊船处,宜于东北正风时,借岛背风而泊。去岸半里,水深四五十尺。岛上尽小矮林,中有枯椰树一株,侧有井,是海南渔人凿以滤咸水者。岛之东北,水甚深,一里外,深至五六百尺,惟西南则二十里内,皆不过二百尺。航海图上,有小号在岛之西,是记明昔日德国查水道者曾居之处。

比廉美石②,如塔顶形,出水面十七尺,在连可伦岛之西南七英里,远望常误作小舟。

铁道沙③,在连可伦岛之东北十二里许,离水面四十余尺。沙以外则深至五六百尺,无底。自一千八百四十四年,有管驾名铁道者觅出,故以其名名之。

那乎利乎(译言北石排)④,为诸岛之西北险处,居经线十七度一分至四分、纬线一百一十度二十九分至三十六分之间。由东北至西南长六里,阔三里。水面之下,边幅极欹斜,数十尺中,水深五六十尺,半里外,则不觉有底。西南有小口,船能由此进排中。昔有美国帆船,名葛士巴,行经是处,触礁而沉,遂以此船名名之为葛士巴礁。谓在经线十六度五十一分、纬线一百十一度三十分之间,今经搜探,不见其礁,疑即是此礁之北。

按,常闻人言廉州之南有珠池,中生巨蚌,出美珠,而水程极险,疑即诸石排。

---

① 即现东岛。
② 现名"高尖石"。
③ 即现西渡滩。
④ 即现北礁。

凡到七洲洋群岛游历诸船,当正南风时,宜泊活地岛之北石排半里外,其处沙底,水深五六十尺。东北风时,宜在石排之西南约四分之一英里外,亦是沙底,水深八九十尺。奄非地拉群岛北,波平处亦可泊。最稳处,是北岛之南,水深六七十尺,石花与沙底。

诸岛每潮相隔十点半钟,春天潮高三尺,沿各排边。潮长落时,当南北正风,流势已急。倘遇偏风,则势如奔马,有一句钟流二里许之速者,诸船行经是处,宜远离此种险途。盖于风平浪静,亦易触礁。天色不佳,难寻泊处。

前两广总督周奏陈办理黄冈乱事情形折[①]

窃查潮州府饶平县属黄冈地方,于光绪三十三年四月十一日夜,猝被匪徒戕官踞寨,即经署潮州镇黄金福率勇驰往剿办。臣接据署理惠潮嘉道沈传义等电报,先行电饬邻近附营驰往堵剿,一面派提督臣李准酌带水陆队伍继进,并电咨闽浙总督臣松寿拨队防堵。数日间即行剿平,业将大概情形先后电奏在案。

查黄冈地方,前明因防海盗设有寨城一座,向驻副将、都司、同知、巡检官,现在副将缺已裁撤,兵额亦减,不免稍觉空虚。该处距潮州府城并饶平县城各九十里,与福建诏安县连界,素有三点会匪。迭经严缉,此拿彼窜,迄未尽绝根株。此次黄冈土匪起事,变起仓卒,据李准、黄金福、沈传义等电称,系外匪陈芸生勾结会匪首余丑(即记成[②])、曾金全、余锡天及福建诏安县属白石乡匪首沈牛屎、后岭乡匪首沈家塔等,先在诏安县属乌山,饶平县属浮山、柏林等处拜会。本年正月,沈牛屎等带来鹰球票布、银纸,分给会党,刊刻伪示谕帖。原图抢劫已裁黄冈协署旧军枪械起事,因一时无隙可乘,未敢蠢动。适于四月十一日,警兵拿获匪伙邱保、张螬二名,会匪张添赐告知匪首

---

① 1907 年第 4 卷第 7 期,1907 年 9 月 2 日(光绪三十三年七月二十五日)。

② 余丑又名余既成。

余丑,纠党打夺。经都司隆启、巡防营哨弁蔡河宗率兵将犯押入协署,匪众围攻,弁勇坚御。至次日辰刻,子码用尽,匪党麇至,焚攻益力,兵勇伤毙无多,力竭被困。维时黄冈同知谢兰馨、城守把总许登科、署柘林司巡检王绳武各率兵差巡警抵御,奈贼众兵寡,援绝力尽,把总、巡检登时被戕,同知被掳。各匪遂占踞衙署,焚拆关厂局所,抢劫副将、都司两署旧械,号召各路匪党逼胁乡民,串同外匪陈芸生等,即于十四日乘机入寨,将所刊伪示填写四月,妄称"大明军政都督府孙"等字样,竖旗起事,分发伪谕,勒索殷富银米,胁从颇众。下寨、东灶各匪乡皆滨海,渔户纠合外匪船载而来,分为水陆两党,水路踞古楼山后,陆路踞寨。此当日匪党起事之情形也。

该管潮州府知府李象辰、饶平县知县郑世麟,集团固守府县城池,分堵要隘;署潮州镇黄金福带兵,驰往距黄冈三十里之井洲,相机进剿;惠潮嘉道沈传义驰往汕头,保卫华洋商埠,并电致福建漳州、诏安府县防堵。十三日,府城巡警管带官外委邱焯、五品军功林清带勇四名前往侦探,遇贼阵亡。十四夜,匪扑井洲,黄金福率队出战小胜,毙匪数十名。是夜五鼓后,匪大股数千分路包抄,我军分头接仗,伤毙贼匪百余人,贼势少却。十五日黎明,贼分五路水陆并进,适巡防第九营管带官赵祖泽、继至督弁徐士庶、陈德等分路迎击,争先冲杀,阵斩悍匪百数十名,夺获旗帜、马匹、枪械多件。贼众败退三里外之大澳山脚,占住村房。我兵追击,夺取大澳山,贼众且战且却,我军悉力猛攻,相持至十五日戌刻,贼党伤亡甚众,我军亦阵亡十余名、受伤七名。正在酣战之际,大雨倾盆,贼众奔逃。是夜五鼓,我军出其不意,夺取距寨数里之古楼山,贼众死守不出。十六日夜,该道沈传义运开花炮子码到营,正在拔队追逼,贼众弃寨潜逃,当即分路进至东灶,毁其巢穴,直抵黄冈,救出都司、同知、哨弁三员及勇丁二十一名。查明枪械尽失,并失去裁缺副将关防及同知关防各一颗,并在贼巢搜出伪印及票布、伪示板片、军火多件。其伪檄示语悖逆伪,檄无姓名年月,伪示有"都督府孙"字样。据提督李准言,获讯各匪并不能指出孙姓系何人,显系匪首陈芸生等附和孙逆,有意煽惑。此十二至十六等日,官兵击平各匪救出被掳官兵之情形也。

当匪氛初起之际,号召党羽,势甚披猖,后知大兵将临,海面并有兵轮堵截,贼匪闻风胆落,井洲战败,古楼夺回,弃械纷散奔逃。十八日,提督李准督军到境,声威大振,派兵会合追搜,获匪颇多,各军起获枪械甚夥。黄金福驰至分水关与福建军官相见,查得诏安县并无股匪窜入,居民安谧。

是役也,官军接仗七次,杀伤贼匪五六百名。自该匪起事以来,六日之间即行扑灭,未扰村镇,亦未扰及邻境,地方一律平靖。戕官匪首余升第擒获正法,曾金全业已阵斩,在逃之陈芸生、余丑、余天锡等仍饬四路搜捕,务绝根株。

查此次匪徒起事,该管文武不能先事预防,致出戕官踞寨重案,厥咎甚重。相应请旨将实任黄冈同知谢兰馨、署黄冈都司隆启、调署饶平县正任广宁县知县郑世麟、巡防营弁哨督标候补千总蔡河宗,一并革职;署黄冈守备裁缺镇标左营左哨千总黄其蕃先已另案革职,尚未交卸,此次复剿匪不力,应请从重发往军台效力赎罪;该管镇、道、府并不同城,例得免议,且一经闻报即行进兵扑灭,办理尚属迅速,拟恳恩施免其议处。至署柏林司巡检王绳武、巡城把总许登科、镇标拔补外委邱焯、五品军功林清,为匪所戕,死事惨烈,相应吁恳天恩,敕部从优议恤,以慰忠魂。一切善后事宜,责成该道、府等会同该镇,督率营县妥办,并与福建文武议定稽查会哨之法,以期永保治安。遗失裁缺副将并同知各关防,设法查起,分别送销换铸。谨奏。

两江总督张人骏奏查明广东新军滋事情形折①

奏为查明广东新军滋事情形,据实覆陈,恭折仰祈圣鉴事。

---

① 1910 年第 7 卷第 5 期,1910 年 7 月 1 日(宣统二年五月二十五日)。《申报》也在 1910 年 6 月 11 日、12 日连续两天刊载该奏折。

窃臣于宣统二年二月初四日,承准军机大臣字寄:宣统二年正月二十二日,奉上谕"有人奏广东新军滋事,传闻异词,恐有冤滥情事,请派员查办一折。着张人骏按照所奏,彻底查究,该军果有蓄意图逆凭据,自应分别严汰。如系官吏不善抚驭,有妄剿情弊,亦应按律惩办。毋稍徇隐,据实覆奏。原折着抄给阅看。钦此。"遵旨寄信前来等因。

臣当即遴委江安督粮道吴尉、江苏候补道汪嘉棠二员赴粤。按照原奏各节确查去后,兹据该委员等查明禀复前来,臣复加确核,并详细察访。谨将查明情节,敬为我皇上陈之。

查上年十一月间,广东督练公所参议道员吴锡永,曾以新军统领在营房内拾得票纸一方,刊有同盟会及天运年号等字样,面禀署督臣袁树勋,将形迹可疑之兵陆续汰除。至十二月,营县捕获匪犯李洪、卢子卿二名,讯认拜盟结党,牵涉新军,即将该二匪正法。复经统带在营起出同盟会票纸数张,并访闻二标正兵刘茂昌有勾结会党情事,送交督练公所发县讯究。此督臣袁树勋等告示所谓逆党潜布军界,乘机煽乱,事前起获逆票等件之所由来也。迨十二月三十日,步队二标二营兵士吴英元托同营兵士华宸衷至城内刻字店代取订刻之名戳名片,因争价口角,老城巡警第一分局警兵上前干涉,不服。适假出之兵王冠文等经过该处,帮同理论,时各兵有未穿军服者,警兵遂鸣哨集众,将数人拘入警局,加以锁链,间有扭殴致伤者。余兵或回营报告,或仍集局前喧嚷,经该标统带派员前往弹压,立即将被拘各兵带回。余兵亦归,互相传说,咸愤警兵之强横。经统带告知该公所参议吴锡永,转告巡警道,许以撤换巡官惩治警兵息事。次日元旦,各营照例放假,二标兵复集多人进城,声称向巡警报复。旋至老城巡警第一分局,冲毁门窗,殴伤警兵二名。复至东门第五分局,打毁房屋,殴伤警官,并毙警兵一名。经水师提臣李准与督练公所参议吴锡永、署巡警道高观昌,闻信驰往弹压,各兵始散。吴锡永旋偕教练处总办吴晋、协统张哲培同至二标,传集各兵演说,一面密派数员,将二标及三标一营枪机拆卸,收取子弹,送赴督练公所存放。其一标及炮、工、辎各营,经吴晋商令张哲培亲往,照二标办理。张哲培因时已入夜,未经前往,遂回协司令部,传知营官照办。炮队两营,业已遵行,其余各营,未及照办而止。吴锡永、吴晋旋禀商袁树勋,谕令各营暂勿放假,即放假亦须由官长率领,以免滋事。此当日兵警交哄之原因也。

比至初二日早,张哲培复至二标,传谕各营,再申不放假之令。一标三营闻而大哗,谓滋事系属二标,与一标何干,遂不听命,哄然而出,各营兵士,亦多随之。标统刘雨沛弹压弗止,逃匿出外。有已撤炮营排长倪映典者,辄起异谋,乘各兵扰攘之际,厕身其间,借口为二标兵士向巡警复仇,鼓动众兵。于是一标各兵赴炮、工、辎营纠约同行。兵中复有人倡议,谓须携枪自卫,各兵复入一标取枪,炮、工、辎兵亦各携械出营,齐赴协司令部,冲毁屋宇,劫取讲武堂枪械。协统张哲培在二标闻变,仓皇离营入城,各兵随向二三标逼胁。该两标兵因枪械先被拆运,无人同去。署督臣袁树勋闻信,商请将军臣增祺等下令闭城,派旗兵登陴守护。维时各兵散处于沙河、牛王庙、东明寺一带。适有陆军小学监督黄士龙因事入城,督练公所各员,因其曾统新军,邀与计议。黄士龙自任出城解散,旋见标营众兵络绎于途,均谕令回营。且劝且进,行至麻疯院附近处所,遇兵队数十人,持枪而上,向空施放,其声隆隆,遥望远处,亦多枪烟。黄士龙沿途开导,众渐帖服。时因一标之兵,尚有在东门及小北门外等处者,士龙拟招令同回。甫至东门城阛,为城上旗兵喝止。士龙告以来意,旗兵不知黄士龙奉命出城,疑为乱兵,登即放枪,士龙中伤小腹,同行之兵亦伤数人。由是军情益愤,固结愈甚。

督臣袁树勋旋命协统张哲培携缴械免死之示,出城招抚。张哲培行至小北门,徘徊不敢出,乘间潜避。乃另遣巡防队十余人,分道前往。嗣据回报,则言众兵不肯就抚。水师提臣李准、参议吴锡永,始与督臣袁树勋决议主剿,而是夜各兵尚多回营者。

初三日晨,炮队第一营管带齐汝汉方集众解劝,旧排长倪映典率党突入,自出短枪,从后击之。齐汝汉惊扑,复连击数枪,遂毙。全军大骇,倪映典等当即走出该处,数营环列。是时一标步队第一营管带胡兆琼、炮队第二营管带林金镜,亦正同向众兵演说,复被倪映典举枪轰击,胡兆琼不中,弹伤队官胡思深之肋,并伤林金镜之手。向步队第二营管带于如周逼交队伍,于如周迨以随后接应,乘机奔逃。各管带亦同时走散,倪映典遂大煽各兵,谓巡防队与巡警联合来攻,速须备战。一时营中大乱,纷纷四出。督臣袁树勋与提臣李准,旋派亲军统领吴宗禹等带队出城,协统张哲培随行,比至牛王庙,与新军遇。倪映典偕其党数人驰马在前,吴宗禹先遣防营管带童常标等谕令缴械投诚。倪映典因与童常标旧识,反劝其归附伊党,并昌言于众,谓今日乃独立机会,正革命军出世之日。语极悖逆,各员知难理喻而退。

少顷,乱兵开枪,防营用机关枪击之。乱兵死者二十八人,倪映典亦在其内,又军前被执正法者十一名。复先后拿获黄洪昆等四十余人。时有一标二营队官宋殿魁,劝谕各兵不从,自戕而死。路人误毙者二名。而提督亲军中营正兵唐子清亦中枪殒命。亲兵伤者十七人,防兵伤者十六人。

乱兵登即逃散,防营亦未穷追。是夜一标第一第二两营先后被焚,或谓乱兵遗火,或谓防营纵火,访查并无确证。迨后拿获新军司务长王占魁、江运春、目兵尤龙标等,均与先获之黄洪昆讯认曾入革党,约同倪映典借端煽惑各兵,希图起事不讳。督臣袁树勋业将各犯分别惩办,其陆续缴械来归者,一千二百余人,亦已遣散。此当日新军滋事之情形也。

臣查此案要领,厥有三端:去冬之获办会党起出票据为一事;除日之细故口角兵警交哄为一事;初二、三日标兵因不放假酿成变乱,又为一事。前一事本不相合,后二事衅乃相因。谓会党事涉悬虚,新军全受冤陷者,固不免失之过激。谓新军预定逆谋,约期起事者,亦非实在情形。粤省毗连港澳，会党出没无常，潜诱军队，蓄谋甚狡。督臣袁树勋陆续开除标兵，本为思患预防之计，良多莠少，尽可消弭于无形。乃因兵警龃龉之微，警官不善排解，以致新军受辱，逞忿寻仇。迨衅隙已成，而协统、标统等官又不善为抚驭，始则一味操切，严申不准放假之令，继则相率畏避，弃营而逃，人心一摇，军情遂涣。兵士既误于报复之说，更受倪映典等之煽惑，以致一旦横决，酿成惨烈之现象。查当时一标与炮、工、辎营之兵，人数虽众，尚非全军思变，只以心怀疑惧，散处郊外。迨黄士龙沿途劝谕，多已情愿回营，不意士龙误为守城旗兵所伤，众愤遂觉难平，祸端因而愈烈，斯乃本案肇衅之实情。原奏谓逆党果思煽乱，则事发时，便据城戕官，劫库掠城，不应只与警兵寻仇，亦不应漫无布置，束手待剿。揆诸事理，洵属中肯之论。然营房枪械，既已毁抢，管带队官，同时被戕，军纪荡然，不得谓全无变乱形迹。倪映典之口出逆语，黄洪昆等之亲书逆供，事迹昭彰，亦不能谓无煽乱实据。特以标兵本未思乱，因激成愤，奸徒乘机构煽，事起仓卒，初无预谋，自无暇为据城劫库计。一击遂平，其事亦可概见。当日防营出剿，不免邀功，故初报歼毙叛兵百余，夺回枪枝千余，且间有剽窃新军衣装，事后变卖情事。而新军平日尚能安分，此次逃往乡落，亦绝无骚扰。是以粤士痛新军之伤残，驰论纷纭，致有新军逃亡饿毙，防营未伤一人之语。

　　今据委员查覆，乱兵仅毙二十八名，营兵亦伤三十余名。曾经调验数名，伤痕犹在，且验城楼木柱，确有城外枪弹飞至打损痕迹，尤足为乱兵放枪之证。是营中之报告与士民之论说，按诸事实，均未尽符合也。惟当时新军畏避出外者多，在场滋事者少，事后来归，悉被遣散，以数年训练克期成镇之兵，一旦决裂败坏，至于如此，论者咸深惜之。兹查先后资遣回籍者，共正副兵目一千二百五十八名，杂兵一百零四名，又送赴陆军警察讲习所二十六名，其事变之后自回乡里者，共一千二百二十七名。所有第一标及炮、工、辎七营，已无留营之正副目兵，仅余各项杂兵一百二十名；至二标三营现存各兵，共一千一百九十八名；三标一营现存各兵，共三百七十名。现尚能守军律，似可无须严行裁汰。善后事宜，亦经署督臣袁树勋酌拟办法，专折具奏。应候军谘处、陆军部核明议覆，咨行遵照办理。

惟前协统张哲培平日抚驭无方，临事弃营逃避，迨奉令往抚，又复观望不前；一标统带刘雨沛，当标兵初次喧哗之时，即已避匿，迨次日营中大乱，又复私逃。律以守御之官，因军叛弃城而逃者，厥罪綦重，当此整饬军纪之际，似未便稍事姑容。相应请旨饬下署督臣袁树勋，将张哲培、刘雨沛二员拿解法部，讯明治罪。一标一营管带胡兆琼、一标二营管带于如周、一标三营管带杨长卿、炮队二营管带林金镜、工程管带陈宏尊、辎重营管带许嘉澍，先事既失于防范，临时又未能弹压，于如周并有遗失关防情事，均属咎无可辞。以上六员，业经袁树勋奏请，交部分别从严议处，应候部议遵办。

至下级以下各员，除已遣已办外，其余应由袁树勋分别革惩发落，在逃者仍勒缉务获讯究。前充广东老城巡警第一局巡官、试用巡检陈庆焘，纵容警兵，锁殴新军兵士，酿成巨案，实为厉阶，应请即行革职。其滋事警兵，仍应由袁树勋饬令现任巡警道查究严惩。广东督练公所参议道员吴锡永，疏于筹划，临事张皇；统领水师亲军、保升道员、候补知府吴宗禹任事尚勇，惟纪律不严，失察兵丁剽窃，均请一并交部议处，仍饬将搜窃军装之营兵，从严革究。

前署广东巡警道高觐昌，于警兵锁殴新军之后，已许撤官革兵。次日闻报滋闹，亦即驰往弹压，尚无纵容情事。教练处总办吴晋，本非统兵之员，亦无守护之责，均请免予置议。

其标兵伤毙警兵一案，另行缉凶究办。

在城上放枪，误伤黄士龙及随行兵士之旗兵，未得主名，应由将军臣增祺等查明惩处。

署两广督臣袁树勋、广东水师提臣李准，当日因新军七营同时鼓噪，不服劝谕，变生意外，恐致不可收拾，权宜主剿，事本出于不得已。惟措置未尽合宜，报告亦有不实，以致舆情未洽，究难辞办理不善之愆。应否量予处分,抑应宽免之处,伏候圣裁。

其当日殉难之炮队一营管带齐汝汉、一标一营队官胡思深、一标二营队官宋殿魁三员,均应由袁树勋另行奏恤。

合并陈明,所有遵旨查明广东新军滋事缘由。谨恭折覆陈,伏乞皇上圣鉴训示。谨奏。

宣统二年四月二十二日

奉朱批:另有旨。钦此。

纪广州乱事①

绪言

此次广州乱党,以数十人攻扑督署,军械锐利,气势凶勇,殊为近年来所罕见,幸事前已有防范,得以迅速扑灭。而余党犹四窜起事,居民风鹤屡惊,今虽一律肃清,而乱党之流亡海外者,尚有蠢动之势。盖已乱之道,仅恃兵力,可以治标,不可以治本。正本清源之道,固在政府之整理政务以慰民望,发达经济以厚民生,而尤以采舆论以达民隐,去压制以洽民情为急。使四百州以内,不复再有此惨杀之事,则记者之所望也。

乱事之先声

三月初十日,比人试演飞行机于广州附郭之燕塘。时广州将军增祺奉召入觐,满洲副都统孚琦兼署将军察看燕塘地势,乘便往观。观毕返,行至东门城外谘议局之前,突有一身穿蓝衣者,迎面放枪击之,中额。舆夫弃舆遁,卫兵哄散。将军之子同往,亦急避入谘议局,以电话告警。凶手复连放三枪,中头部、腹部,遂弃枪向东门逸。迨巡警道等闻警奔视,则将军已殒命矣,凶手旋为巡士尾追捕获。粤督张鸣岐即电奏,奉旨切实研讯,并以张鸣岐兼署将军。

---

① 1911 年第 8 卷第 4 期,1911 年 6 月 21 日(宣统三年五月二十五日)。

凶手温生财，嘉应州丙村人，素充长随，旋出洋学习工艺。闻党人演说革命宗旨，甚为信服，遂投入革命党。回华后，专持暗杀主义，愿牺牲性命，非与将军挟有私仇，亦非有人主使。及有知情同谋之人，虽投身革命党，而于党中布置，茫无所知。

张督据供入奏，十七日请旨正法。旋奉旨照阵亡例赐恤，并予谥"恪愍"。

温生财初就获时，曾言本欲刺粤督，以舆从相似而误，又言误以孚琦为增祺。盖此事虽属暗杀，似与此次乱事，性质不同，然亦乱事之先声也。

督署之轰击

孚将军被刺后，粤省屡有革命党起事之谣。张督与水师提督李准及文武官吏即广派侦探，并调防营至省，严密防范。旬日内水陆兵轮营汛，迭搜得私运军火多起。

二十九日申初，署巡警道王秉恩拿获革命党九人。酉正，革命党数十人，怀挟枪弹，佩白带为号，由司后街冲至督署。党首五人洋装乘肩舆，至督署头门外，下舆，即响号放枪。卫兵闭左侧门，为炸弹轰开。卫兵退至大堂，革命党一人首先前进，两手持枪，向大堂直轰，随轰随掷炸弹。一人一手放枪，一手吹号，数十人随其后，蜂拥而入。各卫兵伏于大堂旁之砖门后放枪击之，当先者中弹毙，吹号者继之，余党亦多毙者，十余人攻入二堂。卫队管带金振邦阵亡。

时张督已暂避署外，革党入内署，遍觅不得，遂纵火。出至二堂甬道，卫兵伏击之，多枪毙，生擒者二人，革党纷窜，卫兵多伤者。

时督署西偏箭道火起，延及二堂，卫兵仍专力截击。水提及各路援兵皆到，与革党巷战良久。复分投围捕，余党散匿。闭城严搜，二更火熄。

当革党扑督署时，另分一股往劫军械库，以有备被击退。又分十余人出归德门，十余人出大南门，迎堵外来援军。由归德门入援之官军,与革党遇于高第街,击毙革党一名,余党纷窜。水师之登岸者及水陆各防兵,由大南门入援。至双门底,与革党遇,迎头痛击,革党夺路向内城逸,擒一人。革党并分一队捣旗下街,以先已戒严,不得逞,被旗兵轰毙多人。

是役,共毙革党二十余人,生擒八人,官军亦有死伤。讯生擒之革党,均直认不讳,并称该股共有三百余人,由香港及省外分搭轮船、火车陆续来省。原拟二十六、二十八日起事,均因准备不及,改迟初一。因今日三点钟,同志九人被获,故即时轰击督署。

是夜,张督即电致军机处代奏。奉旨,着张鸣岐认真督饬文武,搜捕余党,从严惩治。

三十日张督驻水师提督行辕,令严闭城门,并令轮船、火车均停开,且严查往来电信。官军搜捕革党,屡接战,互有死伤。革党渐散,张督乃以余孽肃清电奏。

盖此次乱党,以事机已泄,故为此先发攻人之计,发速祸小,固亦不幸中之幸也。

省外余党之起事

省外革党知事泄,东窜顺德县之乐从墟。

午刻,有革党数人,在该处演说。初聚数十人,约数分钟时,已有数百人。各铺户纷纷闭门,党人愈聚愈多,遂四处树旗。其旗四面皆红,角蓝色,中作白圆形。占团练分局为大营,夺局中枪械,声言接济省城,日夜煽惑乡人入党。

乐从巡警,以众寡不敌,匿不过问。革党不扰居人,且出安民示。河南新村大墟之巨匪李登,率党羽往附。

四月初一日,革党至鳌溪公局抢夺枪械,声势益震,聚至千数百人。粤督闻警,急派江巩、江固两兵轮往援。是晚至,用探海灯照射。革党见是兵轮,纷纷散去。初二日下午,革党大股由乐从墟渡河,取道澜石,进袭佛山。半渡时,"江固""江巩"两轮发炮轰击。"江巩"轮桅顶有机关炮,同时可发二百四十响,击毙革党百余名,纷纷落水。"江巩"管带亦中枪毙,并伤水勇五名。轮中飞弹如雨,各兵仍力战。革党退,由浅水河窜渡。兵轮吃水深,不能前袭。革党抵佛山,约三百人。入正埠,由马头扑攻,并预伏内应,焚都司署,毁其头门,旋炸毁正埠警卡,为兵轮击退。转至镇外之通济桥,与防兵遇,掷发炸弹,毙其管带马惠中及勇二十七名,革党多死伤者。防兵仍扼守抵御,各防兵团勇踊至。革党战不利,退守通济桥对面之山岗。

时顺德属之容奇、桂州、龙江、龙山、甘竹、马宁,南海属之九江等处,有会匪扬榜招人起事,四面响应,势甚危急。初二早,香山协驰驻水藤,遮断龙江、龙山会匪来路,故不能与乐从墟革党相接,顺德协亦继至。李水提派统领吴宗禹率大队由省城乘火车至佛山,剿办革党,革党四散。

初三日,事定。各处会匪皆窜,李登亦潜回河南。

乱事之余波

四月初一、初二,省城仍停止轮船、火车。

初一日,西门开数小时,仍闭。人心惶惑,多迁徙以避乱。

初三早,西关一带,传言佛山文武皆遇害,城门又闭。辰初,闻炮声,每放三响,约七八次。巳初,纷传石围塘枪声极多,遂疑革党已至。及午,忽闻炮声极烈。时大雨如注,有数人因无伞急行,众一哄随之。途人纷纷惊走,巡警亦张皇奔避,并呼商店关门。西关一带民居铺户,无不关门停市。

逾时雨霁,势始定。当惊扰时,隔海之河南、城东之燕塘,均同时纷扰。驻城外之二标新军,疑城中有变,咸戒严以待。泊白鹅潭各国兵轮,因路上纷扰,亦整队上沙面守卫。

佛山乱平,张督、李提出示晓谕,安定人心。于省城一带及外府各属,均各添调大兵,并加派轮船兵船,水陆梭巡。又在省添募保安队三营,由绅商联络商团,互相保卫。省城大小南门、大小东门、文明门、西门、归德门，均照常开放，仍派兵防守，稽查保护。

是役，革党虽不扰及外人，而英德法美，皆调派兵轮来粤，以保护侨商。居民当官军与革党持战时，亦有被弹伤毙者。

张督、李提以惠州、潮州有起事之谣，会电海军部，请调军舰来粤巡惠潮洋面，海军部允派五艘。并奏请调广西提督龙济光带兵来粤，以资镇慑，奉旨准行。

初七日午刻，张督侦知革党匿德良窖沟，派大兵围捕。革党仅数人，持短枪抵拒，毙一人，余均突围他窜。

肃清后之奖励

张督电奏，粤垣乱党，一律肃清，人心大定。佛山、顺德股匪，均已击散。请将尤为出力员弁，先予破格奖励。

初九日奉上谕：此次广东变起仓猝，大局岌岌，幸赖将士用命，用能迅速扑灭，逆首就歼。在事各员，踊跃争先，自应量予奖励，以资激劝。广东水师提督李准，着赏穿黄马褂；署巡警道王秉思，着给振勇巴图鲁名号；统领、广东候补道吴宗禹，着仍以道员记名简放，并赏给勤勇巴图鲁名号；署广州协副将、琼州镇总兵黄培松，着赏加头品顶戴，并赏给卓勇巴图鲁名号；四川补用守备吴卜高，着以参将留于广东外海水师尽先补用，并赏加副将衔，用示鼓励。现在广东伏莽尚多，仍着张鸣岐督饬营队，严密设防，切实侦缉。俟龙济光统带抽调营队到粤后，再将防守事宜，妥筹布置，以靖内奸而消隐患。

此次广州乱事，旬日而定，人咸多谓张督办理之迅速。凡擒获之革党，一讯供，即正法，不复多所株连。盖张督之意，固第求靖乱而止，而不欲多杀人也，曾对粤绅及新闻记者述其意见云。

以广东水师提督李准被匪轰击受伤传旨慰问
并赏药品^①（宣统三年闰六月二十一日）

两广总督张鸣岐电致内阁、军谘府、海陆军部代奏称：

十九日未刻，水师提督李准由城外水师公所进城，路经南门内双门底地方，突有匪徒在路用炸弹向该提督抛掷，致伤左手、腰际等处，并伤及随从十余人。经该提督即时力疾督率护卫弁勇上前捕拿，匪徒仍连掷炸弹二枚，并施放手枪，向该提督轰击。该提督亲自跃登屋顶，与匪相持，当场格毙匪徒一名，并经巡警拿获陈敬岳一名，正在研讯究办。

鸣岐闻信后，立即遣派区队，前往救护。一面邀该提督回至城内水师行署，赶延西医施治，并亲往看视。该提督腰际受伤甚重，血流如注，衣褛尽赤。经西医检视，伤损及骨，随在受伤部位剖入数寸，取出炸弹铁皮一块、碎骨少许。据西医云，伤势虽重，幸非要害，医治可望得手。

鸣岐与之接谈，该提督犹能将捕匪情形，历历追述，神志极清，当不致有意外。伏查该提督此次经受重创，犹能奋不顾身，亲自格毙匪徒，勇气实异寻常。现值地方多事之秋，正赖将士用命，可否仰恳天恩，传旨慰问，以励戎行，出自鸿施逾格。

至此次事变，虽出仓猝，幸当场已将匪徒格毙捕获，人心勉可镇定。除仍严饬兵警查明此次行凶，有无余党，认真究缉，并将近日地方详细情形，另电奏陈外，乞代奏。

奉旨：览奏殊堪诧异，广东水师提督李准，此次经受重伤，犹能奋不顾身，亲自格毙匪徒，洵属勇猛异常，深堪嘉尚。该提督伤势究竟如何，朝廷殊深廑系，着张鸣岐传旨慰问，并赏给御药房治伤药品，迅

---

① 1911年第8卷第7期，1911年9月17日（宣统三年七月二十五日）。

速发交,妥为疗治,俾得早日就痊,仍将医治情形,随时电奏。广东省城地方屡有匪徒轰击大员之事,足见伏莽甚多,岂容任其猖獗,着张鸣岐、李准督饬兵警,严密侦踪,认真搜捕,毋得少留余孽,免再滋生事端。

考察政治馆奏遵议广东水陆提督归并一员 并改设虎门抚民同知折[①]

本年(丙午)五月初三日,准军机处抄交署两广总督岑春煊奏请将广东省水陆提督归并一员并将虎门屯防同知改为抚民直隶同知一折,奉朱批:"该衙门议奏。钦此。"

原奏内称,广东省原设陆路提督一员,统辖全省绿营,驻扎惠州。嘉庆十五年,添设水师提督一员,统辖全省水师,驻扎虎门。立制本极周密,惟今昔情形不同,绿营久成虚设,惠州与虎门地方相距仅百余里,朝发夕至,若归并一员,控制极便,责成亦专。拟请将广东水师、陆路两提督归并一缺,改为广东水陆提督。又,虎门原设屯防同知一员,仅有督催之责,并无理民之权,该处距县窵远,必须改设抚民同知,方资治理。拟请将虎门屯防同知,改为抚民直隶同知等语。

查广东绿营迭经裁汰,旧存兵额本属无多,现又经该署督将所存绿营裁去七成,营制更简。查从前署闽浙总督李兴锐奏请裁并福建水师提督一缺,曾经臣等会奏,议准改设福建水陆提督在案。今广东事同一律,自应将统兵大员酌量归并,以节縻费而一事权。原奏拟请将广东水师、陆路两提督归并一缺改为水陆提督,统辖全省水陆绿营及内河外海师船各节,拟即准如所请。惟惠州地居冲要,陆路提督现既裁撤,地方未免空虚,应如何酌拨兵队驻扎以资镇摄之处,由该督体察情形妥为办理。所有水陆提督印信,应请饬部另铸颁发。其现任水师提督萨镇冰,拟请即改为广东水陆提督,其陆路提督李福兴应

---

① 1907 年第 4 卷第 1 期,1907 年 3 月 9 日(光绪三十三年正月二十五)。

作为裁缺提督。如萨镇冰一时未能到任，新设广东水陆提督一缺应请即如该署督所拟，仍以现署水师提督、本任南澳镇总兵李准署理。至水陆两提督裁去一缺所余廉俸，及两提标官兵应分别裁并各节，陆军部查该署督所拟业于裁兵折内具奏，应由臣部另折议覆。

又，原奏拟以虎门屯防同知改为抚民直隶同知，将东莞县西北二境、香山县北境，统计地方七十余里画归该厅管辖等语。查东莞、香山两邑县治相安已久，一旦分别，恐于地势民情诸多未便，所请应无庸议。惟虎门原有水师提督驻扎，现并辖陆路，不能常驻虎门。原奏既称一切缉捕、弹压事宜各县官鞭长莫及，自应变通办理，拟将虎门屯防同知仿照顺天府属四路同知之例，改为捕盗同知，仍兼管屯防事宜，分辖东莞、香山两县捕务，以重地方。至该同知本属海疆繁难题调要缺，今改为捕盗同知，所有应行增改事宜，由该督酌核办理。其补缺章程，吏部查该同知原系题调要缺，仍应由外拣补升调兼行，以符定例。谨奏。

奉旨：依议。钦此。

二辰丸案①

署粤省水师提督李军门于客腊二十八日，接寓东侦探员密电，谓匪党在日本购运大宗军火，请即截拿等语。当饬"宝璧"兵轮吴管带敬荣、王委员仁棠带同"广亨""安香"二巡船驶往九洲洋面，分头巡守。至本年正月初四日傍晚，见有日商船"二辰丸"在九洲洋中国海面停泊，旁有盘艇数艘贴近，若将载物卸下者。吴管带以其形迹可疑，即饬鼓轮驶近盘诘，并预往九龙关假龙靖兵轮为助，又请洋员五人前往备证。既近船，知为起卸军火，即喝该船放梯，该船不答，突有葡国兵轮驶至，往来梭巡，似将与"宝璧"各轮为难。吴管带不稍却，率水兵十数人，以钩攀船，一跃而过，即向船主查问。船主颇倔强，嗣

---

① 　1908年第5卷第5期，1908年6月23日（光绪三十四年五月二十五）。

王委员暨洋员皆至,群向驳诘,船主犹不稍让。无何,又有一葡国兵轮至,往来行驶如前状,盖葡兵轮误以该处为非中国海面,"宝璧"各轮不应搜索商船,欲与为难,则又众寡不敌,故逡巡未敢前进。

时"二辰"船主大声言曰:"此处为澳门海界,中国无权巡缉。"吴管带乃出地图示之,据天文经纬线得经线东一百十三度三十八分半、纬线北二十二度八分二十秒,证明系属中国海界。又据国际公法与之辩论,盖公法以距陆地三米线以外之海为公海,三米线以内陆地属于何国,即为何国领海,该处固距中国地面仅一米零三也。船主不能答,吴乃促其驶入省城,船主又不允。时葡国二兵轮往返数次,势将决裂,吴乃谓船主曰:"葡人将与吾决战,吾不可于贵国国旗之下应敌,致碍贵国与葡国之交谊,须速将樯头之日章旗易以龙旗。"船主初不允,继见葡人凶势允之,遂改悬黄龙旗。葡兵轮见之大惊,陆续驶去。于是吴管带即勒令该船驶入虎门,电请粤督张安帅派员前往办理。安帅即派委数员勘明前情,遂将该船带回虎门内斜西洋面扣留。一面电告外务部,一面按照海关会审章程第二条,照请驻粤日领事前来会审,并声明六日后未接覆照即将船货入官。日领以该船停泊该处系属候潮为词,并谓该船无应讯之原因,亦无可讯之名义,且向粤督要求四款:一,将"辰丸"释放;二,将在场之员弁惩戒;三,谢罪;四,嗣后不得再有此等违法之举动。而澳门葡督照会张安帅则谓"辰丸"停泊处所系属澳门。

张安帅一一驳覆所持之理,皆有根据。盖以该船既运军火,即不应阑入中国界内,既入我界又无准单,即是私运,照约自当充公。况该国海关所给单照,只书到香港,何以驶至华界?若谓因候潮停泊,则该船吃水深至二十三尺,澳门海道至大潮时不过十三四尺,焉能容此巨船?况是日潮水,系午后二时涨大,何以不于二时顷驶去?且该船停泊之后,旁有盘艇数艘,势将起卸,见"宝璧"各轮驶至,始各分窜,尤为情迹显然。至葡国谓该处系属澳门,尤属荒谬。盖"辰丸"系在九洲洋面拿获,正在海关缉私界内。且经吴管带查明经纬度,其为中国领海无疑,有是数证。

故张安帅力持展期会审主义,如日领仍逾期不到,不能再待会审,即将船货充公。日领又不允,且以撤换日旗有辱彼国国体为词,请将吴管带惩办。安帅答以该船私运军火,一入我界便为罪人,我即可以俘虏看待。况吴管带当时不过尊重日旗,不使有与葡人接战形象,故撤换之,非有轻亵之意。

日领仍坚执不让,而日使已向外务部交涉,谓"二辰丸"并无在中国海面私做买卖之事,该船停泊预备起卸之处,假如系中国领海,然货物既系送交澳门商人,即不能以私做买卖论。且凡运往澳门之货,在该处起卸系属向例,盖澳门近海水浅,稍大之轮船不便进口故也。该船既非私做买卖,自不能据海关会审章程办法而论,且该船系粤省水师弁所拘获,其手段与战时捕获无异,更不能照海关会审章程办理。至撤卸国旗一事,实属藐视国际礼法,该船主断无承认卸下之理等语。葡使亦照会外务部,谓"辰丸"被捕之处,系在葡领海面之喀冈湾,非华官权力所及。擅自捕拿有碍葡国海权,且该船所载军火实系运往澳门,非入中国内地,宜即释放云云。

外务部即据粤督报告,一切情形分别驳覆,并电咨张安帅速与日领会审和平了结。安帅遂加派数员,再与日领交涉,日领仍不允会审,而日使一再抗议,大言恫喝,且有日兵舰"和泉丸"驶入澳门附近海面为示威运动。安帅因拟令吴管带等入京,向外务部证明种种确据,而驻粤英水师提督则面告安帅,谓应由第三国公断,勿遽释放。然日领仍一意固执,延不会审,且于公断一层,严词拒绝。安帅亦不稍却,拟俟订明会审,期限满后即照章将船货一并充公。

其后,外务部据赫总税司德开呈节略十七款,劝与日人和平商办。以为扣留愈久,索偿愈巨,并虑其肆用强权,别生枝节。爰以请英水师提督公断,照会日使。日使亦不允,部又电请安帅速与日领议结,不必将全案送部。

安帅即讯粤海关税司以办法。

据谓,赫总税司所开节略,全出遥揣,未悉细情,随即逐条驳正,呈由安帅电复外务部。外务部旋以英使两向日使劝解,坚持未允英使调停之说,亦不可恃。因即与日使议定结案办法计共五条:一,中国政府允将卸下日旗之官员,加以惩处,并向日政府谢罪。又允派一兵轮,在"二辰丸"停泊地左近,向驻粤日领事署鸣炮致谢;二,"二辰丸"立即释放;三,扣留之军火,由中国政府买回,共价日金二万一千四百圆,并承日本政府共表同情,劝令该货主承允免为匪党所得。四,拘获"二辰丸"之官员,中国政府允为查明惩罚;五,"二辰丸"被扣留后所受损失,中国允为赔偿,其数由粤督与日领公平酌核。又因日本应允将来如遇日本商轮装运军火来华,必为严密防范,故中国政府特表明感谢之意。

议既定,即由外务部电告安帅照办。安帅以既由外务部与日使议结,争亦无益,因即遵照办理。

于是"辰丸"一案,在我本有确凿之据,可获全胜之果,而欧美人之言论,复多袒护我,而不直日本者终以强弱不敌,反直为曲,既丧权利又损国威,为前此各国拘获敌船交涉之先例所未有,以故粤峤人士至今引为大辱,欧美报章亦皆斥日人之强暴焉。

各省教育汇志①

虎门讲武学堂前由岑云帅奏明开办,颇著成效。近闻,李军门准以该堂名称未善,拟改为陆军速成科,将在堂各生分为甲、乙两班,毕业后酌量派充各营差使或咨送京师陆军学堂肄业。

各省军事纪要②

钦廉二处乱匪为官军击败后,窜聚那楼一带,匪势仍盛。经李军

---

① 1907 年第 4 卷第 3 期,1907 年 5 月 7 日(光绪三十三年三月二十五)。
② 1908 年第 5 卷第 1 期,1908 年 2 月 26 日(光绪三十四年正月二十五)。

门准郭观察人漳督队往剿,生擒匪目李特考、廖清江,并击毙匪首黄世钦(前在三那倡乱者)。郭军乘胜进攻江万、西牙各匪巢,生擒女匪首十二嫂,并阵毙匪首黄道昌、黄启明,营弁李光明、罗昆玉则皆以力战死焉。同时李军门准龚观察心湛,复在梁屋围搜,生擒匪首黄世明,并击毙匪首农亚四。又,匪首黄清舟、苏乃彪皆为钦州营团拿获,赖春元、梁建葵、潘二、易三、黄正海等亦皆同时歼毙云。

广东整顿西江缉捕章程[①]

一、添设巡缉快轮

查西江水道,由封川界首至省河计七百余里,原设上下游分段缉捕,小轮共有一十九艘,惟各轮马力有限,每遇匪徒行劫,轮船往往追捕不及。现应添设浅水快轮四艘,每钟至少须行十二英里(约四十华里)。以两轮巡缉上游,两轮巡缉下游,不分昼夜,常川来往梭巡,非有重要军务不得调往别处,以专责成。

二、酌并旧设分段小轮

查西江上下游旧设分段小轮一十九艘,上游自封川界首起至肇庆城止,约水程三百余里,原有西封、西宁、西庆、西建、西德、西安、西定、公济八轮分段巡缉;下游自肇庆城起至猪头山止,约水程四百余里,原有公武、利济、西兴、西海、西江、西明、西山、西顺、西会、泰济、保捷十一轮分段巡缉。惟小轮驻勇无多,匪徒登岸逃逸,每难追缉。现拟将旧分各段酌量归并,以两轮为一队,仍分界限,由新添快轮督率随同巡缉,以厚兵力。

三、酌定大小各轮梭巡时刻

查新添快轮四艘,分上下游梭巡,每段约三百余里或四百里,快轮一钟行四十里,每日计可巡缉二次,两轮来往梭巡,每日计可巡缉

---

① 1908年第5卷第4期,1908年5月24日(光绪三十四年四月二十五日)。

四次。盖设小轮以每钟行十余里及二十里分段巡缉,每日可巡缉本段二次,两队来往梭巡,计可巡缉四次。以大小轮分配时刻,则每段河面逐日均有轮船巡缉八次。仍仿会哨章程,由各轮将某日自某处起至某处止、某时与某轮会哨、某时过某商轮逐日登簿注明,地方时刻按月呈缴察核,以杜弊混。

四、责成轮船弁勇登岸追匪

查匪徒行劫商轮,一经兵轮追捕,定必登岸逃逸,倘轮船弁勇并不上岸追拿,无从获匪。现在添设快轮驻勇较多,原有小轮以两轮为一队,兵力亦较前为厚,如遇匪徒由船登岸,该兵勇应即上岸追拿,附近防营团练亦应合力截缉,务期赃匪并获。倘兵轮弁勇并不登岸追捕,及陆路营团并不协同堵拿者,定行一体重惩。

五、严定商轮上落客货埠头

查华洋商轮往来西江贸易,按照内河行轮章程,中途上下客货,均应指定埠头,先由船主报明各关税务司填注内港专照,不准沿途招揽搭载。现应由统领缉捕之员,会商税务司,将西江一带酌定埠头若干处,准各商轮上下客货。至商轮在各埠雇用驳艇,应报明税司给发牌照,始准驳运搭客上轮。倘各轮船违章私在沿途揽载,或任未领牌照小艇驳运客货,无论华商、洋商之船,立将该轮内港专照注销,不准再往西江贸易,以杜匪徒私用小艇上轮行劫及中途接应等事。

六、查明商轮往来时刻

查华洋商轮往来贸易地方及中途上下客货埠头,均有一定时刻,应由各轮船主将每日某时由某处开行、某时至某处卸载,及某时至某处上下客货,先行逐一开明,报由税务司汇总列册,转送统带缉捕兵轮官员,分饬各段轮船知照,以便易于稽查保护。如非逐日来往之船,或双单日或数日往来一次,亦即详细开列,以凭查核。倘有改易埠头,或新添轮船,亦准随时禀报。

七、酌定商轮来往航路

查西江一带华洋商轮往来甚多,港汊纷歧,航路无定,缉捕轮船势难处处巡及,应即酌定商轮往来航路,庶兵轮易于保护。如因潮水涨落不同,必须绕路行驶,亦应酌定潮退时航线,以便兵轮驶往该处巡缉。若各商轮希图揽载,故意绕越或惜煤费冒险行驶,即将该轮罚办。倘因不遵航路致被匪徒行劫,兵轮无从保护,无论华洋商轮均责成该船主赔偿。

八、沿途稽查商轮

查匪徒行劫轮船,往往假扮搭客,待至中途出抢、吓禁船主,动手搜劫。该轮仍照常行驶,即遇兵轮驶过,亦无从知其失事,及至荒僻处所,始行携赃登岸,以致难于追捕。嗣后应令华洋商轮,凡遇缉捕巡船,均须驶近兵轮行驶,以便兵轮查询。倘商轮并不遵章驶近,即由兵轮追询或饬令停轮,以便查明一切。

九、派勇驻轮稽查

查华商轮拖各船,业已派拨卫旅营勇驻轮稽查,定有章程遵守。嗣后无论华洋商轮,一律遵章办理,均由卫旅营酌派兵勇数名,常川驻轮实力稽查保护,如有形迹可疑搭客,准该勇会同船主搜查。至驻轮勇饷及饭食均照章由商船给发。

十、严搜搭客挟带军火

查匪徒抢劫轮船,多由私挟军火假装搭客,中途出枪肆劫,自非严搜军火不足杜假扮搭客之弊。惟轮船在省未经启行之前,搭客多用小艇登轮,上落无定难于稽查,应在附近省河扼要之处,分东、西、北江三处总路,由官设立搜查厂三所,凡由省开行商轮,应令驶至该厂停轮候验,无论何国轮船,管理该厂之员均有权彻底搜查。该轮船主必须竭力相助,不得抗阻。至轮船到厂候查,该委员应随到随验,以期迅速,不得无故逗留稽延。如查得搭客身上或行李携带军火等物,并无护照,立将其人拿获解官讯办。至沿途上下客货埠头,一律由官各设一卡,派员常川驻扎,凡各商轮驳艇由该卡委员先将搭客详细搜检,未经该段委员查过不准搭客登轮。仍由各厂及各卡委员将某日某时查过某轮注明该轮印簿之内,以凭查核。

以上章程系大略办法，如有未尽事宜，应随时变通办理。

附粤海关税务司说帖

第一条，添设浅水巡缉快轮四艘，每钟至少须行十二英里，此议甚善。此等快轮应作为巡察河道之船，每轮应派大委员一人，名为西江统巡。此项统巡及巡察河道各轮之职守，系察看所有巡缉小轮及上下客货埠头之驻扎段船办事是否敏捷。

第二条，西江原有之小轮十九艘，必须分段巡缉，其商界西江亦须分段。至西江各段及上下客货各埠头，必须绘成地图，逐一注明图内所有小轮十九艘，并当酌定昼夜分段梭巡。

第三条，此条甚善，惟该快轮四艘，时刻须用，至少必须添购同式快轮两艘，以为预备。盖该快轮四艘，遇有暂行离差、入澳修整等事，既有预备之轮即可接替梭巡。至每轮上之西江统巡，应专任责成，并设行轮日记一本，每日所办何事及查过商轮若干艘，均须逐一分别注明。

第四条，此条甚善，可以照行。

第五条，所有商轮及驳艇上下搭客埠头，本税务司现正开列清单，并分别绘成地图。若所有扒船及巡缉小轮并巡察河道各快轮，均能沿途管辖办理得力，则可以不必限制各商轮只准其于某某处上下搭客，查内港行轮章程，并无此种限制。盖全体航业须准其完全自由，方能获利，且行轮一事，系与华民大为利便，若择定某处、限制某处，似欠公平也。

第六条，酌定商轮来往时刻，断难办到。潮流或涨或落、天时或晴或雨，日日不同，若河道梭巡得法，实无庸酌定商轮来往时刻也。

第七条，未酌定商轮航路之先，必须详细调查何路与商务最为有益、何处居民稠密、何处水深足敷行轮，夏令、冬令均无窒碍等事，须俟商界西江图绘成之后方能核定此节问题也。

第八条，巡缉小轮及巡察河道各快轮，沿途与商轮相遇，必须随时搜查，惟不必逗留商轮过久。此等忽然巡查之举，最为有用，足令蓄意劫轮海盗知所畏惧，恐被识破也，至各段扒船亦须一律办理随时搜查。

第九条，派勇驻轮一节，全靠各勇之能力如何。若伊等奋勇向前，宁死于职守，不愿归其保护之船被贼行劫，此等兵勇诚为可贵。若伊等均不足靠，且畏葸胆怯者，则不特无益而且有害。因各海盗必将其精良军火夺去，似此适以资敌尤为可虑。是以梭巡河道较之派勇驻轮，更有把握也。

第十条，搜查搭客各卡，每卡须设扒船一艘，常川驻扎。至附近省河扼要之处，分东、西、北江三处总路，由官设立搜查厂三所。此法甚善，当由税务司会商地方官察看，何处最为合宜，分设三厂，并饬理船厅会同管理各厂之员办理一切。至各厂之设与常关，及府税并厘金均有裨益，且可免匪徒由港澳两处私运军火来省，或由省城私运军火出口，接济内地乱匪也。

至若陆路设防与水路缉捕，联同一气剿灭海盗一节，前粤督李文忠公每责成陆路地方官，不准陆路各处藏有贼匪巢穴，并饬整顿一切缉捕，惟查各县兵力单薄，今昔皆同。是以沿途择要添设营汛，以厚兵力，一经查得贼巢，迅即调营前往攻剿，但必须有精明强干之员，以为统领方能胜任。查前广东水师提督方军门声威素著，曾于三四十年前在潮州办匪，净绝根株。其办法甚为明显，先用侦探查明某某村时常窝匪，于是不动声色派遣亲信将官给以钉封密札，于夜间驰赴该村以兵围之，开看密札遵谕行事。此等密札，有时系嘱将该村荡平，此法似近残酷，每易不分良歹，玉石俱焚。惟其办法究非残酷，故统领军队苟得其人，则遏绝盗源亦非难事。至若生擒海盗，李文忠公每用站笼示众之法，实为惩一儆百起见。在安分良民见此，固知地方官实力保护治安，而匪徒见此，亦知屡干法纪者必难漏网，此事办理甚有功效。议者曰："站笼示众系属野蛮刑罚。"独不思匪徒见此，知有罪者当受此刑，即有所畏而不敢犯法，是则，此刑实属正当办法也。

李文忠公每云,眼见中国良民无辜被贼匪抢劫杀戮,此等强徒最为可恨,实无相当严刑足蔽其辜。此论甚为合理,卒之盗风渐归消灭,罕有所闻。近至文忠公去粤之后,始闻复有劫案也,此系实情,尽人皆知。推其究竟,严办海贼最为法立知恩政策,且与粤民解脱盗劫之厄,俾免再遭残酷,此法甚有成效也。

西江捕权善后①

英国商船前在粤省西江被劫,致英人借口中国缉捕不力,自行派舰巡缉一案,自外务部与英使迭次交涉,英使即允电饬驻粤领事转饬各该巡轮即行退出。计所有驻泊梧州之兵轮若干艘,均于年前相继撤退,其原在封州口至罗定、德庆之鱼雷艇亦已一律撤退,此外在三水河口一带游弋之鱼雷等艇均各先后驶出西江。而粤督张安帅鉴于此案,知非自行整顿缉捕决不足以弭盗患而免交涉,爰与水提李军门商定东、西、北三江整顿捕务章程十条,发交粤海关税司筹议。旋经该税司逐款议覆禀由,安帅覆核均属可行,当将原章十条及议覆十款并案札属遵办。至其所订办法,凡驻守巡缉大小地段一切功过、职守、权限,条分缕晰、筹画精详,原文已载第四期军事门内,兹不赘述。

---

① 1908 年第 5 卷第 5 期,1908 年 6 月 23 日(光绪三十四年五月二十五日)。

卷十一　李准被参案相关奏折

本卷收录均是李准被言官奏参，以及粤督查明复陈的奏折。

两广总督谭钟麟奏明李徵庸被参各款折^①

太子少保、头品顶戴、两广总督臣谭钟麟，头品顶戴、广东巡抚臣许振祎跪奏。为遵旨查明广东员弁被参各节据实覆陈，恭折仰祈圣鉴事。窃臣等承准军机大臣字寄，光绪二十三年三月初五日奉上谕："有人奏，广东盗贼充斥，由于地方官纵盗殃民，请饬查办一折……另片奏，南海县知县李徵庸于历署揭阳等县任内，纵其子李准出外招摇，该令并有故出犯人得贿巨万情事……原折均着抄给阅看，将此谕令知之，钦此。"

……

又，原参南海县李徵庸前任香山，有刘姓孀妇，积有资财，为夫弟侵占，受贿五百，断归夫弟，致妇自尽一节。查李徵庸署香山县任内，有孀刘庞氏、夫弟刘展鹏争产互讼。李徵庸由族绅理处，令刘庞氏之子刘玉埙等补银二千二百两完结禀县销案，既非由官审断，刘庞氏亦未自尽，与原参情节不符。此外，前无刘姓叔嫂争讼之案。

又，原参李徵庸南海任内，无论案情大小，先押候保所，任令门丁讲通门头礼。又纵其子出外招摇串索，有虎李大少之名。前年十一月撤任，仍下乡征粮，务饱囊橐。冬间共放出犯人八十余名，得贿巨万一节。查李徵庸南海任内，并无被控得贿偏断及在候保所被索之案，亦未闻其子招摇串索及虎李大少之名。前年十一月二十日，藩署牌示南海县委黄恩署理，李徵庸垫解省米等项，不能不赶紧征还，故仍下乡征粮。冬间所释人犯，调查案卷，或因香港等处解省保释，或因赌窃枷责发落，或因案带审患病保医，该犯等皆无赖贫民，何从索贿巨万？

又，原参李徵庸署揭阳时，伊子捐纳道员李准强奸林姓妇女，反

---

① 该折录自《申报》，《光绪二十三年七月十一日京报全录》，1897年8月22日，第11版，有删节。

将本夫枷号重责,合邑哗然。有黄、许、郑三姓钱债兴讼,共勒贿五万余金一节。饬据惠潮嘉道联元、潮州府知府李士彬覆称,查李徵庸到揭阳署任,旋即丧妻,其子李准回籍葬母,返署已值卸事。访之县绅林伯虞等,佥称林姓妇女无被李准强奸、枷责本夫情事。其黄、许、郑三姓各因钱债互控,被控者有黄深立、苏祖如,互控钱债一百圆,黄泰丰控蔡德丰欠银三百余两,吴式合控黄阿嚷欠银七百五十圆,黄瑸藻控张诗赋欠银一百五十余两,许茂昌控王玉喜欠银一百六十余圆,江建业控郑宇信、郑宇智各欠银三百五十圆。各案统计控数尚不及二千金,向谁勒贿五万余金?此外,亦无黄、许、郑三姓合控钱债之案,想系传闻失实。

先后具禀前来,臣等详阅藩臬两司暨惠潮嘉道、府覆查。原参各节,或事出有因,而情节支离;或并无其事,而牵引附会,多系传闻之伪,与臣等所察访相同无可置议。惟盗风未息,地方官缉捕不力,咎实难辞,谓皆纵盗殃民,其居心未必若是。第积习已深,因循玩忘,虽雷厉风行,严札催办,迄不能振,竟似麻木不仁之病。如南海县知县李徵庸,前年冬,城外有白日抢夺之案,三次谕催,隐搁不办,亦不覆禀,经臣钟麟将其撤任。臣振祎到任,李徵庸言其被撤之枉,种种闲话,播弄是非,细查尽属子虚,无非意存挟制。该员已捐道员,在任候选,似此居心险诈、胆大妄为,何能胜任监司之任。相应请旨,将在任候选道李徵庸去南海县缺。

两广总督张人骏奏查明总兵李准先后被参各款折^①

奏为查明总兵先后被参各款汇案,据实覆陈,恭折仰祈圣鉴事。

窃臣于光绪二十三年^②九月初五日,承准军机大臣字寄,七月三十日奉上谕:"有人奏,前署广东水陆提督李准捕务废弛、威福自是等

---

① 该折录自《政治官报》,光绪三十四年(1908)正月二十六日,第118期。
② 应为"光绪三十三年"。

语。着确查具奏,毋稍徇隐。原片着抄给阅看等因。钦此。"当经檄
行广东藩臬二司确查去后。正在核办间,又于十一月初六日,承准军
机大臣字寄,十月初三日奉上谕:"有人奏,前署广东水陆提督李准通
匪诬良,请饬查办一折。着张人骏按照所参各节,确切查明,据实具
奏,毋稍徇隐。原折着抄给阅看。钦此。"遵旨寄信前来,复经臣札饬
藩臬二司及廉钦道查复。兹据广东布政使胡湘林、署按察使蒋式芬、
廉钦道龚心湛先后查明具覆前来,臣覆加查核。

如第一次原参李准自署理提篆以来,捕务废弛,盗贼蜂起。去
夏,西南轮船被劫,今年省河抢劫尤甚一节。查广东向为多盗之区,
香港、澳门咫尺洋界,逋逃所聚,购缉尤难。李准于光绪三十一年六
月署理水师提督,受事之始,前督臣岑春煊即责成办理清乡。两年以
来,督率各营,迭获要匪多名,均经报明有案。本年七月,该员交卸提
篆,调署北海镇总兵,而广州府属顺德县绅民,犹以该员督捕认真,追
念不置,尚以该员办理捕务为请。舆论所在,众口一词,其为并无废
弛,已可概见。至西南轮船劫案,早经获匪追赃。省河劫案虽不能
无,亦未闻今年尤甚,原参所言自属传闻之误。

又,原参李准不整顿海防,反将虎门旧有炮台六座、守勇千余人
裁撤其半,干没经费几尽一节。查虎门旧有炮台、弁勇布置未能得
法,光绪三十一年十二月,经李准议请裁并,将各台相近之炮,或两炮
或三炮并配炮勇一班。平时分台管理,遇有操演,彼此合班轮操,既
可节省饷糈,亦不致有误台务。计裁去弁勇、教习五百四十八员名,
尚存官弁、勇丁八百七十五员名,月支薪粮操费五千三百八十余两,
由司局覆核议详,经前督臣岑春煊批准照办,并非李准玩视海防,任
意裁勇,亦无干没经费之事。

又,原参太平墟向有揆文书室,李准借办巡警为名,遽行强占,竟
将地主蔡掞羁狱至死一节。查太平墟在虎门地方,该处东安街有揆
文书室一所。前年开办巡警,李准因无局所,向绅士陈嘉谟借用,业
已允许。嗣因生员蔡申出而抗阻,暂行收押,罚写户口门牌册,十余

日即行释放。此外,查无蔡捑其人,谅系蔡申之误。

又,原参陈德村邓姓械斗一案,不追凶首,罚银四万两即为息事。桥头陈姓互争会项,不问曲直,尽令提款充公一节。查邓姓斗案,系在东莞县属怀德村并非陈德村。该村邓姓向分上下村居住,上年五月,上村与下村因争割田禾,起衅械斗,两造互有杀伤。李准督同营县亲往弹压、解散,勒令族绅交凶、缴械,并将祠产查封。两造各知悔惧,情愿缴银四万元,求将祠产揭封,给还管业,具结息争。经李准咨由前督臣岑春煊核准照办,一面饬限严究主谋、正凶,分别勒交缉拿,务获究报。查定例,乡民械斗本有查封尝产之文。粤省各乡斗械费多借尝产开销,尤为恶习。此案邓姓自愿缴银,系为揭封祠产之用,并非官不追凶,罚银了结。至东莞县属桥头墟民人陈喜、陈柏,上年因侵吞波罗庙会项被人控告。经李准饬属传案讯明,断令缴出侵吞银七百元提充公用。案经集讯,款属侵吞,提缴充公,尚无不合。

又,原参该署提督在海门地方为匪所败,惧干严谴,遂将海滨贩蚬贫民捕获多人,掩过为功。指八社蚬埠蛋民方际盛为窝主,而以放蚬债之东莞绅士黎家崧为知情,且以该埠为聚匪之薮,纵兵抢掠,里为之墟。又朦禀总督奏革黎姓功名,查抄产业,羁押家属一节。查广东滨海地方,蛋民多以捞蚬为生。绅商画分地段,赴官禀承任人捞采,由埠商收买转卖,名曰"承充蚬埠"。绅士黎家崧系东莞县人,前因包揽沙田,经前督臣张之洞奏参革职,向在省城居住。光绪十六年与其族人黎景贤即黎耀奎合伙承办东莞县属八社蚬埠,系用方际盛出名赴县禀承。三十二年二月,李准访闻该埠有匪聚匿,派营往拿,匪徒拒捕,伤毙勇丁。经李准咨请前督臣岑春煊,饬拿黎家崧、黎耀奎,勒令交匪讯办,黎家崧等风闻远扬。岑春煊以粤绅向多庇匪不能不严惩一二,以警其余,遂奏请通缉查封家产,并将黎家崧之子江西试用知府黎廷辅、户部福建司郎中黎廷飏一并革职。此系督臣自行奏明严办,意在惩儆土豪,李准仅请拘案勒交,并非朦禀。现查李准并无为匪所败、捕获贫民多人、掩过为功及纵兵抢掠情事。至黎家崧在省居住之家属,前因抄没家产,曾经派人看管,续已交保并无羁押。

此查明第一次原参各款之情形也。

又,第二次原参李准常到澳门怡安赌馆,与在逃官犯李世桂、枭匪卢华富等狎游一节。查澳门怡安街有怡安公司,系该处绅商聚会之所。粤省著匪时有逃匿澳门地方,李准间赴访拿、提解,或到怡安公司与绅商往来,事属因公,尚无狎游之事。

又,原参李世桂诡名郑乃成、卢华富诡名卢邦元,李准带见前督臣周馥,准其承办番摊山票各赌饷,得贿二十余万。善后局批竟有李军门来函,已为郑乃成、卢邦元说明之语一节。查本年三月间,据宏裕公司郑乃成、区大年等具禀,承办省城西关、老城、新城、东南关各处缉捕经费,除每年照旧商认饷一百六十一万五千元外,加认正饷十万元、报效虎门陆军学堂经费银二万元。李准曾函致善后总局,以虎门陆军学费及炮台勇饷均须设法筹措,请准该商承办,借资捐注。当经善后局核明,准将西关缉捕经费一处,改予郑、区两商承办,仍与老城各处原商万鸿图分认加饷,并匀解虎门陆军学堂经费二万元,由局牌示,各商遵照有案。此次郑乃成出名承办西关缉捕经费,传说李世桂附有股份。现在郑乃成已报病故,无可跟查。又,本年三月,卢邦元承办全省基铺山票,闻即前充小闹姓商人卢华富顶名,现已退办,另易新商。原参所指李准带见前督臣周馥之处,并未叙明日期,事过时迁,碍难查悉。李准得贿,查无确据,原参既未指明经手过付之人,亦属无从跟究。

又,原参李世桂系科场舞弊,例应拿办之犯。卢华富即卢狗仔,走漏私盐,包藏赌匪,严拿未获之犯。李准与之交通,受其贿赂,何怪兵士效尤暗通匪党一节。查李世桂系广东水师补用参将,前因办理缉捕经费,经前督臣岑春煊以侵蚀婪索奏参革职,在押私逃。卢华富又名卢华绍,行九,常住澳门,捐有广西试用道,业已在澳身故。现既查明,李准尚无与之交通受贿实迹,兵士效尤通匪,访查亦无所闻。惟广东缉捕向恃线勇,每有著匪投诚,留充线勇,并有选派勇丁投入匪党,藉以间谍引拿者。原参兵士通匪,或即因此讹传。

又,原参顺德、三水等县劫案迭出,拉生勒赎视为故常,劫杀事主月逾百起,李准皆置不理一节。查上年八月,三水县中鳌乡邓姓被盗强劫,掳去邓德甫、邓岐西、邓琴堂三人,匪徒给函勒赎,并将邓琴堂枪毙示威。李准闻报,立悬重赏,通饬购缉。旋经营县先后获匪张铭二、区亚金、潘亚新三名,讯明惩办,尚非概置不理。顺德盗风素炽,抢掳时有所闻。粤盗志在得财,并不害命,间有枪杀事主之案,并无月逾百起之多,原参所言未免传闻失实。

又,原参李准办钦廉清乡,误指钦州城外五六里之王姓、李姓为匪村,纵兵奸淫杀掠一节。查本年八月,李准奉派赴钦剿匪,纪律严明,毫无骚扰,亦无被人控告之案。钦州附城六七里,土名平山村、土屋沟村、梁屋洞村、薹园村、石辉峒村,系王、李两姓聚族而居。访查固无匪类,询诸各村绅耆及附城局绅,佥称李准实无派兵到村、诬指为匪、纵令奸淫杀掠之事,出具切结缴案。果有其事,则扰害不止一家,断难瞒众人耳目。廉钦道近在咫尺,何至一无所闻,绅民奉官访查,岂有不行首告,反为出结之理?其为并无纵兵淫掠,自属可信。

此查明第二次原参各款之情形也。

臣伏查前署广东水陆提督、实任南澳总兵李准,久官粤省,素有能名,缉捕尤为专长,办事不辞劳怨。由知府洊升道员,改官总兵,蒙恩署理提督,大都专管捕务之日居多。其人遇事一往无前,勇于肩任,诚有未能熟思审处、失之过当之处。而其才具之敏锐、捕务之勤能,至今粤省绅民同声称颂。此次先后被参各款,除查无实据者,请免置议外,惟商人郑乃成等禀承缉捕经费一事,该员辄为函致善后局,请予核准。虽为虎门陆军学堂经费起见,与平空干预者有别,究属不知远嫌,相应请旨交部察议,以示薄惩。

该员现经臣派令督办本省保商缉捕事宜,兼统巡各江水师,正在吃紧之际。如蒙鸿慈逾格免其交议,该员感激朝廷宥过之恩,必当益加奋勉,似于鼓励将才、整顿捕务,均不无裨益。臣仍当随时察看,如其器小宜盈,初终易辄,即应据实纠参,决不敢稍涉回护。

所有查明总兵被参各款缘由,谨据实覆陈。伏乞皇太后、皇上圣鉴训示。谨奏。

光绪三十四年正月二十四日,奉朱批:李准着免其察议。钦此。

给事中李灼华奏参广东统兵大员李准片①

再,广东统兵大员、前署水陆提督、北海镇总兵李准,纨袴少年,居心险诈。岑春煊初到督任,欲重惩之,李贿以十数万金,拜为门生,得署水陆提督并统军务。李准乘势横行,昏暴贪纵,包庇匪人,常至澳门【怡】安赌馆与在逃官犯李世贵②、枭匪卢华富挟妓饮酒,聚赌酣嬉,而置职守于不问。李世贵以科场舞弊参革拿办者改名郑乃成,卢华富以盐枭巨匪改名卢邦元。李准嘱托善后局员,将二人承充番滩及山票诸务,得贿数万金。局批有李军门为郑乃成、卢邦元说情之语,并有牌示呈据。

其兼任水陆提督也,既已日驻省会,呼卢喝雉,酒地花天。及调任北海镇总兵,逗遛不前,坐视防城失守,戕官害民。文武驰往,而李准不一救援。

其督办广州缉捕也,历有年矣,而抢劫掳掠,日有多起。南海属寨边乡同德等店被劫十余家,失财数万金;佛山商人李书德等货船被劫十三艘,失财六七万金;番禺属练溪乡霍姓父子被掳勒价待赎;顺德属邓肇昌兄弟被劫,掳赎四万金之多;胡树桐行至马宁乡白书被掳;三水属邓姓被掳,殒命赎尸时尚为贼所勒;新会属荷塘东升坊余姓被匪伤毙;西南轮船被劫,枪毙事主。时有所闻,盗案累累,不可胜数。其营兵且有与顺德沙丁暗通为盗,钦州城外五六里李姓、王姓皆

---

① 该折录自《政治官报》,光绪三十四年(1908)四月十七日,第197期。
② 即"李世桂"。

被诬搜掠。

数年之间，身任捕务，手握兵权，而破案则寂寂无闻、办匪则寥寥无几，专以苛派兵费、勒缴花红为要。水师辖境下厚街村有著匪王姓，经绅民悬红购缉，旋由河田村人拿获。李准查知悬红系四千元，饬令该绅照缴，而李准扣留不发，更令向下厚街村索取，两村致起冲突；怀德村邓姓械斗，李准督兵弹压，每日勒缴兵费千元，两造仍各罚十五万元；寨城大宁村谭姓、洼头村莫姓，平时悬有购匪赏格。李准获有别案，逼令供称曾劫是村，突派直牧吴宗禹往提红银，并札县催逼二村；若之东莞竹溪等局，前经莫善喜办理清乡积存罚款数十万金，李准悉数提拔，实则自肥。

其尤妄者，改虎门万寿宫为西乐学堂，堵塞南门，筑高三尺，以为操场。绅士大噪，始将南门开通，学堂移至他处，而糜款不赀。

太平墟武帝庙僧人子觉，颇有蓄积，李准涎之。开办讲武、巡警各学堂，勒僧报效不遂，借事拿案，瘐毙狱中，庙产没入。

省城天平街，李准有宅一区，意欲扩充，饬县票押南隆、同孚等店将业让出，被控在案。护督胡湘林以强占民房大干例禁，斥之李准，乃借词改造提署行辕，以掩其过。

沿海埠地招佃，输赋藩司主政。李准以讲武学堂需费为名，凡有海埠悬示招领番禺之垫头埠、东莞之镇口村壳塘、新安之沙井濠田，均派吴宗禹苛勒加饷发给领照，借图私饱，移行藩司照准而已。

窃查李准之为人，年轻气浮，未尝学问，贪狡诈伪，谄能骄坐。拥先人之厚资，得遂奔竞之巧计，夤缘大吏，不惜以重金啖之。是以前督岑春煊、周馥皆为其所惑，实则取偿于民间者倍多，吞没夫公款者尤巨。既不能悬赏缉盗而反责供应于地方，又不能拿办匪徒而反利奸人之贿托，昧良溺职莫此，为其粤匪之炽有由来矣。

相应请旨，饬下粤督认真查办，无纵诡随，以儆官邪而戢乱阶，庶于南服有济。谨附片具陈，伏祈圣鉴。谨奏。

两广总督张人骏奏查明总兵被参各款折①

奏为查明总兵被参各款，据实覆陈，仰祈圣鉴事。

窃臣于光绪三十四年正月十四日，承准军机大臣字寄，三十三年十二月初九日奉上谕："有人奏，广东北海镇总兵李准，昧良溺职，请饬查办等语。着张人骏按照所参各节，秉公确切查明，据实具奏，毋稍徇隐，原片着抄给阅看。钦此。"遵旨寄信前来。

除原参李准常至澳门，与官犯李世桂、枭匪卢华富等狎游；李世桂等诡名谋承番摊、山票赌饷，李准得贿为之关说暨李准调办钦廉清乡，纵兵诬良为盗，并西南轮船被劫、三水县邓姓被掳、东莞县怀德村斗案各节，先于李准另案被参，案内经臣逐一查明，于上年十二月十六日覆奏，应请毋庸再议外，其余所参各款，当经行司确查去后。兹据广东布政使胡湘林、署按察使蒋式芬查明详覆前来，臣覆加查核。

如原参李准向前署提督②臣岑春煊行贿，认为师生，得署水陆提督并统军务，李准乘势横行、昏暴贪纵、包庇匪人一节。李准久官粤省，长于治军，前以道员奉旨改官总兵，署理水师提督事，本其责。嗣以水陆提督归并一缺，督臣岑春煊因其情形熟悉，奏请署理，系为地方得人起见。岑春煊节操严峻，何致独受李准贿赂，与认师生？遍加访查，未闻李准有向岑春煊行贿、认作门生及贪暴庇匪之事。

又，原参李准署理水陆提督，日驻省会，呼卢喝雉，酒地花天一节，查李准经管各路清乡缉捕，一切要事时须赴省会商，酒食酬应在所不免，并无聚赌挟妓情事。

又，原参李准调任北海镇总兵，逗遛不前，坐视防城失守，戕官害

---

① 该折录自《政治官报》，光绪三十四年(1908)四月十七日第 197 期。《顺天时报》，光绪三十四年正月二十八日录有该折。

② 应为"总督"。

民，文武驰往而李准不一救援一节。李准前在水陆提督署任，奉旨调署北海镇总兵，因接署提臣秦炳直尚未抵粤，未能交卸。迨秦炳直于光绪三十三年七月十九日到任，李准将经手事件理清楚，即于是月三十日航海赴任，八月初四日接篆视事，尚无任意逗遛。防城失守事在三十三年七月二十六日，其时李准已卸提篆，未到调任，并非坐视不救。

又，原参李准督办广州缉捕有年，抢劫掳掠，日有多起，其营兵且与顺德沙丁暗通为匪一节。查广东多盗，甲于各省。李准督捕有年，于抢劫掳掠之案，虽不能悉数破获，而著名巨匪业已歼除不少。原参所指顺德县属邓肇昌兄弟被劫之案，事在光绪二十九年；南海县属同德等店被劫之案，事在三十二年；顺德县属胡树桐被掳，及新会县属余姓被劫之案，事在三十三年，并非一年之事。其同德等店被劫一案，事主原报失赃一千余元，并无失赃数万之多，亦无连劫十余家之事。其顺德胡树桐等被匪劫掳各案，事后亦多查起获犯惩办。至原参所指佛山商人李书德等货船被劫十三艘、失财六七万金，及番禺县属练溪乡霍姓父子被掳勒价待赎两案，查访并无其事，县署亦无据报有案，自系传闻之误。其营兵通匪，原参既未指明何营之兵，亦属无从跟究。

又，原参水师辖境下厚街村王姓著匪，经绅民悬红购缉，旋由河田村人拿获。李准查知悬红系四千元，饬绅照缴，扣留不发，更令向厚街村索取，两村致起冲突一节。查东莞县属厚街村著匪二人，一为王恩、一为王屎桥板。王恩经营勇于围捕时，当场格毙。在逃之王屎桥板续由河田村人，于光绪三十一年九月二十八日拿获。经厚街村将王屎桥板花红银三百元缴由李准，谕饬河田村人赴领其王恩花红一百元，亦经营员具领，给赏并无四千元之多，亦无扣留不发及两村因此冲突情事。

又，原参塞城大宁村谭姓、洼头村莫姓，平时悬有购匪赏格，李准获有别案匪犯，逼令供称曾劫是村，突派直牧吴宗禹往提红银，并札县催逼一节。查访该二姓绅民,均称并无其事。提署及东莞县署,亦均无案可稽。

又,原参东莞竹溪等局,前经莫善喜办理清乡,积存罚款数十万金,李准悉数提拨,实则自肥一节。查东莞县竹溪公局于光绪十五年,存有前水师提臣方耀所交花红,除支用外尚存五千三百九十两,经李准提充学堂经费,并无数十万金之多。其莫善喜所存办匪花红银一万六千二百九十元,系由厚街村王姓绅耆认缴,除获犯给赏暨匪亲无力呈缴外,经李准初次提到银三千二百五十二两,再次提到银九千三百一十三元,先后拨交省城官银钱局,存候获犯给发,并非私提肥己。

又,原参改虎门万寿宫为西乐学堂,堵塞南门,筑高三尺,以为操场,绅士大噪,始将南门开通,学堂移交他处一节。查虎门西乐学堂开办之初,堂未落成,员弁、学生人等曾在万寿宫群房暂行借住,随即迁往学堂。惟学堂之前,逼近城墙,地势不平,用土填高,支搭葵棚,以作体操之所,并非操场,亦无堵塞南门之事。

又,原参太平墟武帝庙僧人子觉颇有蓄积,李准涎之。开办讲武、巡警各学堂勒僧报效不遂,借事拿案,瘐毙狱中,庙产没入一节。查东莞县属太平墟武帝庙僧子觉,窝留妇女,不守清规,光绪三十二年四月,经警兵将该僧及妇人严张氏一并拿解。提署委员审明,断令该僧还俗,拨入习艺所,罚作苦工一年。严张氏责释该僧,旋即病故。并无据报查封庙产之案。

又,原参省城天平街李准有宅一区,意欲扩充,饬县票押南隆、同孚等店让业,被控后乃借词改造提督行辕,以掩其过一节。李准因公晋省,向以省城天平街公所为行署,因不敷办公,议将附近各铺屋价买扩充,各业主均已情愿缴契领价,惟南隆烟膏店租户梁信不肯迁让。迨李准交卸,秦炳直到任,照案行县谕催并允优给迁费,现已一律领费迁徙。此事迭经李准、秦炳直咨会督署有案,实为建造提督行辕,并非扩充私宅借词掩过。

又，原参李准以讲武学堂需费为名，凡有海埠悬示招佃，均派吴宗禹苛勒加饷发给领照，借图私饱一节。查广州府属蚝塘向由地方官招佃，禀司给照，收租充支公用。前因番禺、东莞、新安等县一带蚝塘挖壳之人，每每窝匪，稽察难周，由李准咨商前督臣岑春煊另行招商认饷，给谕承办，以便稽查，系为严绝匪窝起见。所承领之饷，仍按向纳藩库，租数拨充公用，余款即留为添募清乡勇营及虎门讲武学堂之用。原参所指番禺垫头埠一案，因委员查得有疑，农田并未招人承办。东莞镇口村壳塘一案，系商人徐敬轩禀承，缴虎门巡警经费四千元办理，数月即因壳尽停办。新安沙井蚝捐一案，系由商人陈文铎承办，岁认虎门陆军学堂经费七千二百元，旋因沙井各绅不愿抽捐，商人亦即退办。此案系由委员候补直隶州知州吴宗禹会同营县禀准办理，尚无苛勒加饷情事。

此查明李准被参各款之情形也。

臣查广东地处边海，匪风素炽，疆臣有绥靖地方之责，不能不选任威望素著、长于捕务之员。李准办事勇敢，缉捕勤能，是以历任督臣咸加倚任。若一经任用，稍假事权即指为夤缘贿求而得，则疆臣救过不暇，用人益难，似非地方之福。方今将才难得，用人之道不能不节取所长，似未便过于苛绳，求全责备。现既查明原参李准贪暴溺职各节，或查无其事或传闻失实，应请免其置议。

所有查明总兵被参各款缘由，理合恭折具陈。伏乞皇太后、皇上圣鉴训示。谨奏。

光绪三十四年四月十四日，奉朱批：知道了。钦此。

廷寄粤督查覆李准参案[①]

御史叶芾棠片奏，广东署提督李准，所统各军毫无纪律，到处滋

---

① 本文录自《申报》，1907 年 11 月 10 日（光绪三十三年十月初五日），第6 版。

扰,以致匪势蔓延,且虎门之败讳报大胜,朦蔽该督迄今。粤匪蔓延
如故者,该署提督实尸其咎。应请另简人员前剿,并将该署提督予以
薄惩,以儆其余云云。翼日,军机大臣面奉谕旨,廷寄粤督。

原文录左:上谕,有人奏前署广东水陆提督李准讳败为胜,捏报
肃清,所统各队毫无纪律等语。该前署提督身为统帅,当此匪势蔓
延,宜如何督饬各队认真剿灭,乃复任听。军队到处滋扰,实属有负
委。着该督迅速查明覆奏,毋稍徇隐。原折着抄给阅看。钦此。

京师近事①

日前有某御史递一封奏,内容系指参署理南北洋提督李准,谓该
提督自署任以来,其家眷日益奢侈,靡用甚巨,并云该提督与欧人往
来交际亲密。而该提督为军人首领,自应俭约从廉,似此靡费大致系
因现在筹划海军,该提督受外人运动购定军舰等事之故。请饬查办,
闻该折已留中未发,不知确否。

陈善同奏参广东水师提督李准折②
(宣统二年五月二十日)

奏为统兵大员,助虐酿乱,疆臣曲予纵庇,奏报不实。据实指参,
请饬查办,以肃法纪,恭折仰祈圣鉴事。

窃此次广东新军滋事,剿抚两失其宜者,革职督臣袁树勋;而助
虐酿乱者,水师提臣李准也。上月二十二日,两江督臣张人骏查覆广
东新军滋事折内声称,督臣袁树勋、提臣李准措置未尽合宜,报告亦
有不实,以致舆情不洽,究难辞办理不善之愆等语。是袁树勋、李准
两人罪状,均已在圣明洞察。乃同日袁树勋主稿奏陈新军哄营剿抚

①　本文录自《申报》,1909年7月16日(宣统元年五月二十九日),第5版。
②　该奏折录自《陈侍御奏稿》,陈善同著(近代中国史料丛刊第二十八辑,台北文海出版社)。

情形一折,于在事各员均经奏请惩处,且知以未能弭患引为己咎,声请交部议处。独于督率剿办之李准,庇护之不遗余力,应如何依例处分,一字并不提及。纵谓提臣系统兵大员,督臣未便擅拟,亦应具实声明,恭候圣裁。而竟付诸不议不论之列,希图为李准幸免,诚不知是何居心。查李准狡诈无行,异常贪暴,所部之兵,匪类尤众。前屡以庇匪殃民被言路纠参,犹复怙恶不改。

上年,其部下营弁李世桂串同第八营勇梁亚炎、梁亚柱、梁亚贤等,掳捉南海县黄昆司民冼定平,勒赎四万金致死一案。经案犯供出,营务处行文传讯,李准抗不交犯。

又,其部下轮船管带邱世昆抢劫商船、钟表等件并银七百两,经前护抚臣胡湘林审实,定为监禁二十年。李准行文力请开释不得,大肆咆哮。

又,革党在粤煽乱,前督臣张人骏饬李准查拿,乃拿到葛谦等多名,在其部下当差者居多数。及邀营务处会讯,仅办葛谦、严国平,而于本部之曾传范、钱占荣则教供开脱,均皆有案可查。粤人言之,无不切齿。袁树勋初到任,闻其名亦极恶之,一再裁其用款,削其事权。李准颇自危,继而极力斡旋,纳贿门下,认为师生,于是袁树勋依为腹心。广东水师提督例驻虎门,而李准在省城内建筑洋式房屋,终年居住,招引奔竞之徒,运动袁树勋贿买差缺,其门如市。

此次新军之变,李准实躬亲督剿,事发之时,真正革党不过数人。乃李准意在邀功,纵勇混杀,遂令数年训练克期成镇之新军十一营,伤毙逃亡几于净尽,仅余四营不满千五百人,将来成镇又在何时。且正月初三日,巨魁就歼,乱兵尽逃之后,竟于其夜纵令防兵放火,将国家百数十万金所经营之营房、衣械,先后同付一炬。国家何负于李准,而顾丧心幸乱至于此极!借曰遗火,而延烧既非出自一时,一标第一第二两营又非连在一处,何并不遣一弁一兵分往扑救。袁树勋原奏所云遗火,其罔不辨自明。故以两江督臣所查覆言之,李准与袁树勋罪相等;而综核其平日事迹论之,则李准之罪实浮于袁树勋。今在事各员已经分别降革，独李准以谴诃不及逍遥事外，人言啧啧，咸谓失平。似此同罪异罚，不惟无以服天下之人心，亦实不足以伸国宪而肃军纪。应请简派公明康正大员，按照以上各节认真查办具奏，请旨严惩。至革职督臣袁树勋此次奏报，有意为李准开脱，上蔽圣听，曲挠国法，业经革职。应如何惩戒之处，伏候圣裁。臣职在纠正邪慝，维持纪纲，有所见闻不敢不据实直陈，是否有当，伏乞皇上圣鉴。

　　谨奏。

卷十二 《清实录》中有关李准材料辑录

本卷资料从《清实录》中辑录。

光绪二十三年三月初五(1897 年 4 月 6 日)

谕军机大臣等。……南海县知县李徵庸,于历署揭阳等县任内,纵令其子李准出外招摇,该令并有放出犯人得贿巨万情事。……并着该督抚①查明参奏,毋得偏袒回护。……原折片均着抄给阅看。将此谕令知之。

光绪二十七年十一月初一 (1901 年 12 月 11 日)

以报效军饷巨万,予广东候补道李准军机处存记,遇缺题奏。

光绪三十年正月二十四(1904 年 3 月 10 日)

以剿匪出力,赏广东补用道李准试用游击、拟保副将潘灼文巴图鲁名号。

光绪三十一年四月十五(1905 年 5 月 18 日)

召见广东补用道李准。得旨。着以总兵记名简放,署理广东水师提督。

光绪三十一年七月十二(1905 年 8 月 12 日)

以广东南澳镇总兵萨镇冰为广东水师提督。候补道李准为南澳镇总兵官,仍署广东水师提督。

光绪三十三年正月十三(1907 年 2 月 25 日)

以捐款兴学,赏广东水陆提督李准头品顶戴。

---

① 指时任两广总督谭钟麟、广东巡抚许振祎。

光绪三十三年四月十七（1907 年 5 月 28 日）

谕军机大臣等。电寄周馥，电悉，此等匪徒，聚众戕官，目无法纪，亟应认真拿办。着即严饬李准迅速防剿，及早扑灭，并将被匪煽诱之人妥筹解散，毋任滋蔓。所有各处村镇及教堂，着该地方文武加意保护，勿再疏虞。黄冈同知、都司，仍着查明有无下落，并将现在匪势军情，随时电奏。

光绪三十三年六月初七（1907 年 7 月 16 日）

以江西按察使秦炳直署广东水陆提督。署广东水陆提督李准署北海镇总兵官，并会同署廉钦道王瑚，办理廉钦清乡善后事宜。

光绪三十三年七月三十（1907 年 9 月 7 日）

谕军机大臣等。另片奏，前署广东水师提督李准，捕务废弛、威福自是等语，着一并确查具奏，毋稍徇隐。原折片着抄给阅看。

又谕。电寄胡湘林等，电奏悉。着即督饬李准等相机剿办，并将军变原由查明电奏。丁槐身为统将，平日漫无约束，致衡军溃变，殊堪诧异。着责成该提督刻即协力扑灭，毋贻边患。倘再坐误事机，定即严惩不贷。

光绪三十三年九月二十六（1907 年 11 月 1 日）

谕军机大臣等。电寄张人骏。电悉，仍着会商秦炳直，迅将廉钦匪党妥筹剿抚，务期尽绝根株，以靖边围。其调回李准巡防附省之处，着照所请办理。

光绪三十三年十月初三（1907 年 11 月 8 日）

又谕。有人奏，前署广东水陆提督李准通匪诬良，请饬查办一折。着张人骏按照所参各节，确切查明，据实具奏，毋稍徇隐。原折着抄给阅看。

寻奏,查明前署水陆提督李准先后被参各款,均无实据。惟于商人郑乃成等禀承缉捕经费一事,辄为致函请准,究属不知远嫌。该员现经派令督办缉捕,正在吃紧之际,如蒙免置议,似于鼓励将才不无裨益。得旨。李准着免其察议。

光绪三十三年十月二十五(1907 年 11 月 30 日)

谕军机大臣等。电寄张人骏。电悉,剿办廉钦土匪连次获胜,李准、郭人漳尚属出力。仍着秦炳直督饬各军,搜捕余匪,抚恤流亡,以期早日肃清,毋稍松懈。

光绪三十三年十二月二十七(1908 年 1 月 30 日)

以前广东水陆提督萨镇冰为广东水师提督。未到任前,以北海镇总兵李准署理。以署广东水陆提督秦炳直为广东陆路提督。

宣统元年六月二十九(1909 年 8 月 14 日)

命广东水师提督萨镇冰开缺,作为海军提督。以南澳镇总兵李准为水师提督。

宣统三年四月初一(1911 年 4 月 29 日)

谕军机大臣等。电寄张鸣岐。电奏悉,广东省城猝有匪徒多人轰击督署,殊堪诧异。经该督会同李准督饬防营,分投扼守围捕,擒毙多名,未致蔓延,办理尚称迅速。所有文武各员,着照所请,免其置议。张鸣岐事前已有防范,临时布置亦尚周妥,所请严议之处,着一并宽免。广东为沿海重要地方,屡有乱党勾结滋事,实属不成事体,倘不严加防缉,诚恐酿成大变,不可收拾。着张鸣岐认真督饬文武搜捕余党,从严惩治,勿任漏网,以靖匪氛而保治安。嗣后尤须加意防维,切实清查,毋稍松懈,仍将办理情形随时电奏。此次阵亡各兵弁,并着查明奏请优恤。

宣统三年四月初二（1911 年 4 月 30 日）

谕军机大臣等。电寄张鸣岐。电奏，连日会同提督李准督率营警，分投捕获匪党数十名，讯据供认谋逆抗拒，已于军前正法。此股乱匪歼灭殆尽，城内外商民始终均未受扰，地方一律安谧等语。张鸣岐等办理此事尚称妥速，着仍严饬各营队尽力搜捕，从严惩办，毋留余孽，并将善后事宜妥速办理，毋任再滋事端。

宣统三年四月初九（1911 年 5 月 7 日）

谕内阁。前据张鸣岐电奏，广东省城，乱党潜图起事。三月二十九日，猝有匪徒多人轰击督署。旋据奏报，省中此股乱匪搜捕略尽，省外土匪又复乘机蜂起。当经谕令该督督饬营队，相机剿捕，并准调广西防营协助。兹据电奏称，粤垣乱党，一律肃清，人心大定。佛山、顺德股匪，均已击散，请将尤为出力员弁，先予破格奖励等语。此次广东变起仓猝，大局岌岌，幸赖将士用命，用能迅速扑灭，逆首就歼。在事各员，踊跃争先，自应量予奖励，以资激劝：广东水师提督李准，着赏穿黄马褂；署巡警道王秉恩，着赏给振勇巴图鲁名号；统领、广东补用道吴宗禹，着仍以道员记名简放，并赏给勤勇巴图鲁名号；署广州协副将、琼州镇总兵黄培松，着赏加头品顶戴，并赏给卓勇巴图鲁名号；四川补用守备吴卞高，着以参将留于广东外海水师尽先补用，并赏加副将衔，用示鼓励。现在广东伏莽尚多，仍着张鸣岐督饬营队，严密设防，切实侦缉。俟龙济光统带抽调营队到粤后，再将防守事宜妥筹布置，以靖内奸而消隐患。

宣统三年闰六月二十一（1911 年 8 月 15 日）

谕内阁。张鸣岐电奏，十九日未刻，水师提督李准由城外水师公所进城，路经南门内双门底地方，突有匪徒在路旁用炸弹向该提督抛掷,致伤右手、腰际等处。该提督即时力疾督率护卫、弁勇上前捕拿,匪仍连掷炸弹二枚,并施放手枪,向该提督轰击。该提督跃登屋顶,与匪相持,当场格毙匪徒一名、拿获一名等语。览奏殊堪诧异,广东水师提督李准此次经受重创,犹能奋不顾身,亲自格毙匪徒,洵属勇猛异常,深堪嘉尚。该提督伤势究竟如何,朝廷殊深廑系,着张鸣岐传旨慰问,并赏给御药房治伤药品,迅速发交,妥为疗治,俾得早日就痊。仍将医治情形,随时电奏。广东省城地方,屡有匪徒轰击大员之事,足见伏莽甚多,岂容任其猖獗。着张鸣岐、李准督饬兵警,严密侦躧,认真搜捕,毋得少留余孽,免再滋生事端。

宣统三年闰六月二十四(1911 年 8 月 18 日)

又谕。张鸣岐电奏,提督李准伤势无碍,并连日诊治情形等语。知道了。

宣统三年七月初九(1911 年 9 月 1 日)

又谕。广东京官李家驹等奏,粤省兵扰民迁,局危势迫,请饬速筹补救一折。据称广东防营主客混杂,骚扰地方特甚,新军、巡警又复不相浃洽。省城官民纷纷迁徙,十室九空,商业萧条,金融停滞,大局岌岌可危。现复大举清乡,四出骚扰,人心愈形摇动等语。广东地方紧要,人心不靖,似此肆行蹂躏,后患何堪设想?着张鸣岐迅即统筹全局,痛涤积弊,将恢复省城治安秩序办法奏明办理。并分饬李准、龙济光等约束所部,如再有滋扰情事,从重治罪。至所称先将广东地方划定卫戍区域,俾新军择要驻扎一节,着该衙门议奏。

又奏,清乡之法惨酷离奇,请饬迅速另筹治盗办法,并慎选妥员办理一片,着张鸣岐一并妥筹办理,以安良善而靖地方。原折、片分别抄给阅看。

宣统三年九月十八（1911 年 11 月 8 日）

又谕。电寄广东水师提督李准。据电奏,假期届满,伤病未痊,恳请开去广东水师提督一缺等语。现在广东地方紧要,该提督熟习情形,勇于任事,务当勉为其难。着再赏假一个月,安心调理,所请开缺之处,着毋庸议。

宣统三年十月初三（1911 年 11 月 23 日）

谕内阁。电寄李准。电奏悉,所奏情形异常骇异,该提督与龙济光戮力国家,素著忠勇。当此时局,亟宜同心协力,设法补救。张鸣岐受国厚恩,一误再误,实属辜恩溺职。究竟逃至何处,是否潜匿外界,着该提督查明具奏,再行核办。

宣统三年十月初十（1911 年 11 月 30 日）

又谕。电寄陈夔龙。电奏悉,梁鼎芬着以三品京堂候补,会同李准筹办规复粤省事宜。

宣统三年十月十二（1911 年 12 月 2 日）

又谕。电寄广东水师提督李准。据电奏伤病增剧、神志昏迷等语,朝廷殊深廑系,着即赶速医治,俾早就痊。

卷十三　相关人物资料

　　本卷收录了吴敬荣、陈庆年、王秉恩三人的有关史料。

　　其中吴敬荣关于"二辰丸"的两份史料，其中致梁敦彦的书信收录在《近代史所藏清代名人稿本抄本》（影印）梁敦彦档中，是目前能见到的唯一吴敬荣笔迹。《吴敬荣禀陈缉获二辰丸起卸情形》原刊载于《大公报》。

　　陈庆年史料则与收回东沙岛有关，他受时任两江总督端方的委托，查找东沙岛属我的证据。

　　王秉恩的史料也与东沙岛、西沙群岛有关。

（一）吴敬荣①

吴敬荣致梁敦彦②函③

崧山砚长④侍郎大人阁下：

敬肃者，前修寸楮，恭贺年禧，屈计庚邮，度邀乙焆。敬维升祺集祐，鼎祉延禧。引领台阶，倾心忭颂。

敬荣自客秋调带"宝璧"轮船，即奉派惠潮海面巡缉。嗣因英人在范和江等处插志测海，绅民怀疑。敬荣亲往劝导解纷，英即拔标。旋港中外辑睦，不致再起风潮。

今正奉署广东水师提督李军门札饬，赴九洲截缉日船私运军火。随于初四日行抵九洲，见有日本第二辰丸商轮驶泊经线东一百一十三度三十七分三十秒、纬线北二十二度八分十秒之华界洋面，即有澳门萄水巡轮拖带盘艇拢近，日船正拟将军火接载间。敬荣先念交涉重要，早经商邀九龙、拱北两关洋员随船佐证，遂同过日船盘诘。日船主直认装载洋枪九十四箱、枪码四十箱，并云此地系属萄界，并无不合。敬荣援引国际公法与相辩论，又指明纬线度实隶中国海权。日商折服，遵易龙旗，愿将全船军火交敬荣带省。

所有当日遵奉札电查缉情形，另备清折呈鉴。

按万国公例，凡领海权内，别国人不准私运军火，如违，船货充

---

① 吴敬荣，时为广东水师"宝璧"舰管带。

② 梁敦彦（1857—1924），字崧生，广东顺德人。为晚清第一批留美幼童。时任外务部右侍郎。

③ 此信转录自《近代史所藏清代名人稿本抄本》第一辑梁敦彦档（四），大象出版社，2011年，第59页。

④ 原文如此。

公。又凡商船定例,欲开往何处,先须将该处地名据实报关,若驶往别处起卸货物或军火,皆有应得之罪。此次日船私运军火禁物,阑入我中国境界起卸,既有违犯公法确据,照例应即悉数充公。

敬荣除将日船带入虎门内河,电请李提宪转禀两广督宪核办外,事关外人私运军火,偷泊我海界起卸,接济匪徒,交涉重案,敬荣忝附班末,凤荷关垂,用敢据实沥陈,敬求训诲。

查粤东沿海口岸,多入强邻范围之中,外人借此营私,接济土匪,故违公法,防莫胜防。今幸仰仗霜威,悉数截获,诚地方之幸福,亦从昔所罕闻。现在经纬线度分明,日商已词穷理屈。我倘稍再退让,萄必借端伸张。海权存亡,端视此秋毫一线,我公情切桑梓,当必有以维持,尚希俯赐鸿猷。俾知趋向主权所系,跂盼维虔。

项闻将返珂乡,查勘澳界,侍期不远,欣慰何如。

专肃,敬请勋安,统布赐察。

不庄。

砚侍弟吴敬荣顿首谨肃

正月十五日①

计呈　清折一扣

吴敬荣禀陈缉获二辰丸起卸情形②

"宝璧"兵轮管带吴敬荣禀陈缉获日本船第"二辰丸"私运军火在九洲洋面起卸情形云:

初一日③辰刻,管带敬荣遵奉督办保商缉捕事务、统巡各江水

---

①　原信无纪年。此信写作日期应为光绪三十四年正月十五,即1908年2月16日。

②　该件转录自《大公报》,1908年4月2日,第6版。

③　即光绪三十四年正月初一,1908年2月2日。

师、署提宪李密札,会同委派之"广亨"轮船暨通判王仁棠等启行,并约定"广亨""安香"于初二日下午,在赤湾地方天后庙前会齐,相机进驶。窃思此案关系国权,为外交重要之件,非有洋人作证不足以杜将来借口,爰向九龙关借洋员那爱脱一名随同作证。敬荣即乘"宝璧"在九洲游弋,另派"广亨"在鹅颈南瞭望,"安香"在沙沥外探视。

初三申刻,同驶至议定之处,约遇有要事升旗为号,又遣"安香"船通知马骝洲关税务司派员协助。

初四日早九点钟,遥见东南方有一船至,十点余钟见该船抛在青洲洋面,相近吹号叫。十一点五十五分,复有一船悬萄旗由澳门来,行近"宝璧"船边,名"塔白",查系萄水巡船。船上忽出华人二名,问"宝璧"有何事,当以候潮答之。又问:"有无货物?"答曰:"无。"其时舱内复出一西装人,向东南指点该船。"塔白"泊埋日船,即有日人一名、华人带水一名同上船,随起锚移至经线东一百一十三度三十七分三十秒、纬线北二十二度八分十秒之华界九洲洋面,当时望见日船装起卸货钩竿预备。

十二点钟时,澳门又出一萄水巡船,名"马郊仔",拖一驳船靠近日船。不知如何,该驳船忽浮日船之后。是时,西南忽又见一中国海关缉私之"龙靖"轮船来。

六点钟,时将入黑,瞭见"马郊仔"忽离忽即。敬荣当指挥"宝璧"等船靠近日船,防其黑暗卸货不觉也。嗣经"龙靖""安香"查得该驳船上藏有萄兵十二名,随带军装。后因见势不佳,马郊仔即拖驳船逃去。敬荣等即偕关员乘小洋舨抵该船,时该日船并不施放绳梯,敬荣即首先缘绳一跃而上。及抵日船,询问日船主到此何事,是否避风,抑系机损?日船直认起卸军装并检出政府军火照一纸,并无中国护照等件。是时见货舱已开,似早预备起卸之势。

敬荣询以军装装有若干,日船主供称,洋枪九十四箱,枪码四十箱,并云此地系属萄界,并无不合。旋经敬荣援引国际公法与相辩论,又指明经纬线度系属中国海权,如无中国护照擅行越界,便属犯法,不得借口萄界以为影射。此乃国际公法所规定,而日船主仍哓哓不服。不得已,派令曹守备会同马骝洲关员二人,留住日船看守,不许卸动货物,防其黑夜弃货入海也。当时即电禀督宪在案。

初五日九点十五分,"马郊仔"又驶近日船,强欲卸货。敬荣等阻其上船,并驱逐之。十一点四十分,敬荣令"宝璧""广亨""龙靖"每船各派水手六人防守,以备不测。十一点五十分,中国理船厅乘坐中国"景星"关船测量方向,并辨明是否中国水面。是时,敬荣又上日船,反覆以公理辩论,并询以贵船主今日复知萄地水面抑中地水面,如系萄地水面,何以中国能驱逐他去。其时,日船主仍不愿行,又称俟接到电再行开驶。二点三十分,见萄水巡船又拖一洋舨来,敬荣又问日船开驶省城与否。嗣恐萄水巡船拖来之洋舨,万一萄兵致有决裂,即向日船深责以贵船不肯开行,一切责任只可贵船主担负,非我用强相迫也。按国际公法所载,无论何国船只,均不能公然升旗,装载违禁货物,擅入他国海界。又因本国兵士不得在他国旗下开仗,故敬荣等为我主权计,将日旗暂撤,以备不得已时与萄兵对仗也。四点钟,方将日旗撤换,悬挂龙旗,是时"广亨""龙靖"将萄水巡船复行逐去。于是日理船屈词穷[①],始认系中国海界,惟仍多方讨情不肯行驶,愿将私装军火悉数交出,敬荣催令开行。六点钟,"安香"接督宪回电,以初四电悉,私载军火船货,即带往黄埔勿延等因。奉经日船主见电后,虽允开驶而意犹疑。敬荣复向日船诘责,谓今待汝以最优之礼,若果决意不肯驶行至省,将以公法相待矣。日船上有搭客日人五名、华人男女九名,相率哗然,力求中国先将日船搭客遣送至香港,中国海关不查所携之行李,日船方允驶入省城,并允晚间二点钟潮(长)[涨]开船。迨一点余钟,敬荣又赴日船追询,仍以无领水之人为词,不肯开行,坚欲立约为据。敬荣乃不得已,亲书洋文一纸,交日船主收执。由我带水,如有损伤等事,惟我国家是问等语。

---

①　原文如此。根据文意,应为"日船理屈词穷"。

二点余钟，日船方开行。五点到伶仃南洋面，因黑夜起雾抛锚暂待。当理船厅之来也，托伊电至香港，延请一精于带水者至伶仃洋面西相接，因该日船吃水甚深，有二十三尺，而伶仃之东水面，系归英界，不能绕越，恐违背公法也。

初六日早八点钟，九龙关理船厅送来西国带水一员。即往日船，此时既请有西人带水，敬荣卸责所立之洋文字据即可作废。又因日船吃水太深，伶仃西面均有暗沙，即派"龙靖"在前、"广亨"在左、"宝璧"在右往来测水，俾昭慎重。二点钟时，在伶仃之北，由"宝璧"将日船搭客载送黄埔，一面由"广亨"至沙角，将载送搭客事电禀李提宪在案。嗣"宝璧"至黄埔后，未奉覆电，而搭客纷扰责我不遵所立之约，不得已派"绥靖"轮船送港，并取各人住址，禀报又在案。

"第二辰丸"驶至虎门斜西水面抛锚，因莲花山洋面探水只二丈一尺，不能进驶，西国带水亦不肯担任前进，故暂泊在此。敬荣等当即晋省面禀李提宪，察夺此案。一切均由关员作证，其华人带水一名，经马骝洲关理厅函请释放，合并声明。

此则当日遵札缉获私运军火在中国九洋面起卸之实在情形也。伏查外人私运军火，接济匪徒，破坏治安，向为公法所厉禁。今日本第二辰丸运来军火，偷泊我界，澳船政司明知该日船越我海界，仍胆敢派水巡轮二艘拖带盘艇，强欲卸货，实属违犯公法，无理已极。使非卑轮等侦缉严密，早已过载入澳矣。

兹敬荣等仰借威福，幸将全船军火押解来省，实为始愿所不及料。除禀李提宪亲诣验明暨报督宪外，合将详细情形备列，呈请察核，须至折者。

（二）陈庆年①

上端陶帅②书③

　　近谈日商西泽占东沙岛一事，是岛明系粤辖。张安帅与日领反复辨论，彼始终欲以志书为凭，议归无着。而安帅自前年十月来电即云：遍考粤省志书，均无记载此岛确据。本年二月三十电，亦谓彼明知中国志书只详陆地，而海中各岛素多疏略，故坚以志书有载，方能作据为言，其用意狡谲，情见乎词，云云。

　　是外人意在以志书苦我，而我若不能依据志书与之辨难，无以折服其心，即末由间执其口。日来在舍间检阅所有海道各书，见陈伦炯《海国闻见录·沿海形势图》，惠州甲子港之西明有东沙一岛，其东北为田尾表岛，西南为南碣岛，当碣石镇之南海中，即其位置所在是日人所占之东沙，确为华属无疑。陈伦炯之父以习于海道，从施琅征澎台，事定擢碣石镇总兵。伦炯为侍卫时，圣祖曾示以沿海外国全图，后于雍正初年，又自台湾移镇高雷廉，故于闽粤一带海岛最所熟悉。

　　东沙一岛，即西人所谓扑勒特斯岛。检英人金约翰《海道图说》，谓是岛形如圆环，而伦炯是图，于东沙岛即绘一小圈，与西人圆环之说适合。西人之来斯岛，探此处深浅，据金书始于嘉庆十八年（1813年）间，而伦炯此书成于雍正八年（1730年），其遍探海岛，又在先世，则西人未能或之先也，何况东人乎！是书自刻之本，庆年未见，仅见于《艺海珠尘》史部地理类中。近人所著《柔远记》后有沿海舆图三十页，

---

①　陈庆年（1862—1929），字善余，自号石城乡人，晚年又号横山。专治史学，尤注意社会、经济、军事史研究。长期为端方幕僚。

②　端方（1861—1911），字午桥，号陶斋，时任两江总督。

③　该件转录自《陈庆年文集》，南海出版公司，1996年，第241页。

于页末题曰"光绪七年六月清泉王之春谨绘",其实即伦炯之图,毫无一字差异也。谨即从王书别订成册,奉呈精鉴,故书雅记,有益于国际交涉,如此惜治此学者日益寥落,不能办一机关杂志耳。

近闻日人已以此岛认为我属,迩来粤中电音若何? 甚盼,赐示知之。

庆年归去除服,适逢谘议复选,当选以后,劫于众议竟不容脱,奈何? 明日禀谒,再尽欲言。

己酉三月二十一日①

陈庆年日记②

宣统元年闰二月八日③　晴

前年日商西泽占粤辖东沙岛,粤督屡与诘难,必欲我交出志书记载,方能认为我属。洴阳④属为举证。竟日检阮修《广东通志·海防图》,姑以布袋澳之岛当之。

闰二月九日　晴

《时报》载粤函,谓东沙岛西名系英人蒲拉打士从前坏船于此而来。复稽考西图,证成其说。函告洴阳。

闰二月十一日　晴

洴阳前以东沙岛各电见示,属陈、刘二仆抄出,对校一过。

---

① 即 1909 年 5 月 10 日。
② 此三则日记转录自《丹徒文史资料》第四辑,第 53 页。
③ 即 1909 年 3 月 29 日。
④ 端方世居河北丰润,丰润别称"洴阳",端方亦被称为"洴阳尚书"。

（三）王秉恩[①]

王秉恩致梁鼎芬信[②]

今晨安帅传见，面告东沙日人已允退还。安帅所拟四条办法，均已遵办。一，赔修大王庙；一，赔偿渔船损失；一，已运去肥料完纳中国正税；一，日人所修机器房屋，公估价值，收回。以现在国势得此，甚为可喜。现奏调北洋海船一只来粤差遣，派员前往，会同日人点收，东、西沙同时并举，颇费筹商也。专函奉闻。翁上。[③]

---

① 王秉恩，四川华阳人，曾与梁鼎芬同被张之洞保举为"人才"。张之洞督粤时，曾协助张之洞创办广雅书院及广雅书局，并充广雅书局提调。

② 该信原件现藏中国国家博物馆，为梁鼎芬《葵霜阁来鸿集》一种。本文转录自《上水船甲集》(谷林著，中华书局，2010年，第36页)。

③ 该信原无日期。从内容推断，此信应写于1909年6月中旬（宣统元年四月）前后。在此前一个月王秉恩已经受命筹办西沙事务，"自吴副将敬荣等前往西沙岛查勘后，张督即于宣统元年三月间札委谘议局筹办处总办、直隶热河道王秉恩，补用道李哲濬，会同筹办经营西沙岛事宜，一面饬令前往复勘。"（参见本书《西沙岛成案汇编》有关章节）

卷十四　李准生平及挽诗、挽文

　　本卷内容辑录自当时的报刊、笔记等。

　　内容包含三个方面，一为相关知情者撰写的李准生平、轶事；二为李准去世后的相关挽诗、挽文；三为当时报刊向李准索取照片时李准的回信，还有两则李准晚年在报纸刊登的卖字广告。这些内容对于认识、研究李准均有相当的参考价值。

李准、张彪、张九卿①

李准,字直绳,四川邻水人,广东候补知府,以善治盗名,短小精悍。李鸿章尝称为小李广,保道员,改提督。辛亥,广州将军孚琦被炸,准督捕党人,枪子伤腰不退,诏嘉奖,赐医药。鄂乱粤应,命督战,以伤重不能起,遂携印北上,久寓津。

张彪,字虎臣,山西人,随鄂督张之洞为中军,累至统制。辛亥兵变,偕瑞澂退,后亦寓津,筑张园。

丁丑,行在天津,准约彪请驻园,日趋侍,并为筹供应。张九卿,津商人,愿进煤米;又某屠,日进肉,皆不受值。其余时有献奉者,悉不能详记。

而张作霖独进十万。时奉军入关,作霖过津,主瑞记军衣庄。一夕夜半,车驾忽临,作霖大惊,迎入,行三跪九叩礼,谓金梁曰:"上可有为,而左右无人,惜哉。"后其子亦连进十万,津园恃以给养。

未几,彪先卒,张园易主,上乃别赁屋曰"靖园"。

辛未东迁,准数往谒。准晚与金梁往还,老不忘世,颇有连结,乃寄意优伶,以避耳目,众或笑之,不顾也。己卯,以病卒,有篆书《十三经》及笔记,多记粤官异闻。

李　准②

(一) 提督署安大炮

李直绳军门(准),以观察改授南澳总兵,进水师提督。建公署,仿西域式,楼阁略如炮台。及辛亥三月十九日③之变,海丰制军张鸣岐逃居提署,遂于楼阁安设大炮云。

---

①　金梁:《清史稿补》(二五),《新天津画报》,1943年7月14日。
②　柴小梵:《梵天庐丛录》,山西古籍出版社,1999年,第323—324页。
③　应为"三月二十九日",即黄花岗起义的时间。

（二）嫁女奢华

直绳军门与夏用清殿撰为姻娅，其衾具至范金为唾壶，亦极奢侈之欲矣。

（三）李硕甫

黔中李硕甫主事（伟），酷嗜学问，性情质厚，所如不偕，常于午夜闭户呜咽，莫知其故。后馆直绳军门所，复不久居。入都，为铁宝臣陆尚所识，荐授主事。

（四）竹战之癖

直绳任广东水师提督时，公务既完，辄与亲近僚属开场竹战。直绳每次必用手术，偷取白板一双，若能到手，则乐不可支，否则怏怏懊丧，苟全获四张，更手舞足动，快状难名。

同席咸知其癖，亦忍而不言。其实，直绳非欲以此骗赢也，中、发及其他门风则皆弗取，但得白板一双，虽不和，亦自快意。好龙宠鹤，各得其乐，直绳之癖，殆所谓不为无益之事，何以遣有涯之生欤？

斗山山人①

李直绳先生（准），别号斗山山人，前清曾任两广水师提督②。民国以来，与罗瘿公诸名士扬风抈雅，选舞征歌，尤喜观女伶演剧，曾纳名女伶刘菊仙为侧室，至今情好勿衰。

先生著作甚富，所编剧本大都已播之管弦，脍炙人口。

日前同德坤社来津，先生奖掖倍至，朝夜听歌，略无倦容，精神矍铄，殊不可及。

先生工篆书，每晨起，必濡毫尽数纸，习以为常。乞书者，踵相接也。

---

①　《风月画报》，1933 年第一卷第一期。本期为《风月画报》创刊号，李准为画报开幕题字"风月无边"。

②　应为"广东水师提督"。

勇哉一跃①

双门底的李准,战宛城的典韦,何以加焉?

重庆通信说,商埠开工典礼,杨督办②将石头铲了一片,王局长把石上浮土锄了几块,在石梁上撮了一影,刘总司令③从梁上一跃下来,外宾都拍掌叫绝,赞美总司令的武勇。

外宾开眼,总司令的勇武,就是这样很可与双门底跳楼的李准、战宛城跳帐的典韦媲美了。

李准血衣④

某君《感事诗》云:"池鱼林木怨殚残,八桂苍苍雾雨寒。毒虺南疆元倏忽,封狼东井更蕘攒。兵家古有马新息,将略今无王伯安。莫使横流溢沧海,书生白面早登坛。"谓张坚白督部。坚白以名孝廉佐岑云阶戎幕,倚任之专,如湘阴之于花县。云阶疏荐,谓"其才胜臣十倍"。超擢挂抚,年甫三十。莅官未久,即值龙州、镇南关之乱,躬画方略,督巡道龙济光、偏将陆荣廷星夜进讨,以七日平之。会陆军小学堂卒业,谍传诸生将乘机举事。坚白部署既定,轻骑莅校颁文凭,图乱者知有备,不敢逞。徐察诸生志行,分别登用,或资遣之,皆就范。复周历筹防,迄于去桂,氛烬不作。其督粤,值辛亥三月之变,衙署灰烬,衢市喋血,艰危坐镇,大难以夷。后两月,水师提督李直绳出谒客,途遇狙击,创伤几殆,其血衣岁久尚在,尝出以示人。坚白追纪诗云:"历历兴亡事,如潮涌眼前。危城共生死,大地忽腥羶。陵谷知

---

① 《京报》,1922 年 4 月 11 日,作者凌霄。

② 指时任川军第二军军长的杨森。

③ 指时任四川各军总司令兼省长的刘湘。

④ 郭则沄:《十朝诗乘》卷二四,郭氏蜗楼刻本,1935 年。原题为"张坚白"。

何世,衣冠尚昔年。怕翻廉蔺传,存赵愧前贤。感事空成恨,扪心只自抨。能将旬日痛,博取百年名。忍死将何待,滔天势已成。神州有今日,真悔窃余生。"沉痛极矣。尝疏论增练新军之弊,又疏请罢斥亲贵,以挽人心,惜当宁不能用。

广东水陆提督李直绳军门来书①

《大同报》主笔鉴:昨奉台函,奖饰逾分,愧不敢当。承示大报持论名,通达古今之宜,调中西之说,诚足以开通民智、鼓吹文明,良深佩服。

承索照相,鄙人了无勋业,何足以为贵报重。既承雅意,兹寄呈一纸,祈察入为荷。

贵报请先寄数十份来,当转分同人阅看。将来如愿阅者多,再当奉闻增寄也。

专此奉复,敬请箸安。

名另具。

本会名誉赞成员广东水师提督直绳 李准君肖像及来信②

日前奉接贵会会报两册,浏览之下,具见诸君子热心公益,上为国家塞漏卮,下为民生开利源,其中阐扬新学尤复力求美备,萃五洲之学理,启万众之智识。其饷遗实业、社会者甚厚,无任钦佩。惟闻在东各报类多,有初鲜,终致人有作辍之叹,尚望诸君子借鉴前车,坚持到底,不使废于半途。鄙人幸甚,中国实业前途幸甚。

名正具。

---

① 《大同报》(上海),1907年,第7卷第23期。附李准照片一张。
② 《中国蚕丝业会报》,1910年,第3期,第12页。附李准照片一张。

赞李直绳君肖像①

自朝廷预备立宪,崇尚新政,部臣疆臣,极力振兴,京师外省,凡诸建设,莫不壮丽形式,眼帘一新。出款既巨,入款势所必赠,于是一派老成忧国之士,訾嗟叹息,咸以新政剥民。不知当此列强环峙之世,图富之道,不贵节流而贵浚源,欲浚源非讲实业不可。其他工业、矿业、森林、畜产等业,非不至急,而求其改良容易。收效至速者,莫如就我国固有之蚕业扩张之。

我国苏杭粤蜀豫湘黔等省,向以育蚕制丝著名,然半多拘泥成法,育蚕屡招失败,制丝又复良莠不齐。自各国科学进步,崇尚精致,而利源遂为所塞。近年力学之士来东研究是业者不下数百人,然力学之士,虽有讨论练习之功,而无资本家以为之辅,则器具不利、宫室不洁、材料不精,而欲生产精美,势必不能。反使吾国旧操是业者,以为游学生之技止此耳,游学者岂任咎哉?

今有粤省水师提督李君直绳者,粤民传其于整军经武、捕贼卫民之暇,尤能热心蚕业。其实迹可考者,如由海江巡视顺德蚕业二周,亲教民育蚕制丝新法,并拟新筑模范制丝场一所,以为民间标准,志在厚民生、培国脉。噫!畴谓戎臣中无深识士哉。如李君者,可谓政界特色,亦可为实业先鞭矣。

赞曰:翳古蚕国,梦而不振。孔武有纬,于文经振。杼其绪抱,教斯民竞。抱布贸丝,氓蚩载咏。匪授尔业,畴持其柄。匪纳尔场,畴理其紊。濯濯扶桑,锦锦兴盛。无与蚕食,当于邻镜。保障茧丝,具兼人任。植基维固,树桑以敏。聿观厥成,模范克定。缫车其鸣,应东南境。食公之荫,孵育不病。衣公之衣,厥施弗竟。

① 《中国蚕丝业会报》,1910 年第 3 期,第 13 页。作者刘安钦。

前两广水师提督①现山东军事参赞李准②

李准,号直绳,别署斗山山人,四川邻水人,幼读诗书,长入戎伍。二十八岁,官至两广水师提督,兼广东陆军总督③。

鼎革以还,隐居沽上,听歌自娱,不闻政事。坤伶金少梅、碧云霞、雪艳琴、苏兰舫、任绛仙等,皆得其提携而享大名。袁项城总统慕其才,聘为将军府将军;黎黄陂总统,封为直威将军;安国军总司令张雨帅,聘为军事参赞。

山人精书法,篆隶尤工,所著《任盦见闻录④》及《粤东从政录》二集,现已杀青,不久即将行世。

二照系水师提督任内所摄,时年三十有一云。

梅花馆主敬识

李直绳先生六十整寿演戏预志⑤

直绳先生自入民国以后,以书法名一时,其所作剧本,梨园歌唱殆遍。下月初六(阴历)为其六秩诞辰,除亲友外,诸票友及名伶咸拟奉觞介寿。将借某饭店演唱堂会戏,闻伶届有马连良、章遏云、新艳秋、冯素莲、马艳芬等;票届有刘叔度、童曼秋诸君等,均已排定戏码。预料届时必有一番热闹云。

---

① 应为广东水师提督。
② 《上海三日画报》,1927 年第 168 期。附李准照片两张。
③ 应为广东陆路提督。
④ 应为《任盦闻见录》。
⑤ 《北洋画报》,1930 年 2 月 27 日,第 3 版。

曲线新闻①

五日国民饭店李直绳君做寿之剧目,计有:马艳芬《鸿鸾禧》,沈丽英《女起解》,李芸香《宇宙锋》,李艳香、李沁香《回龙阁》,冯素莲《宝莲灯》,章遏云、李颛石、湖扬居士《坐楼杀惜》,新艳秋《骂殿》,刘献廷《草桥关》,徐觉民君、陈玉如女士《芦花河》,杨菊秋《打花鼓》,刘叔度《文昭关》带《刺王僚》,新艳秋、李颛石、湖扬居士全本《探母回令》,刘叔度、章遏云《玉堂春》。

图绣研究所四届毕业观礼记:李直绳先生致训词②

本埠英租界福顺里女子图画刺绣研究所历届学生毕业,均有良好成绩。此次以第四班学生于二十六日下午举行毕业礼,特请名流李直绳先生致训词。

是日下午二时,诸学生齐集教室,均表示一种欣快之色。室中四壁,均悬四届学生之作品,花卉鱼鸟、人物山水,应有尽有,美不胜收,就中以吴菊傲女士之新作最为精美,用笔设色,备极雅致,其大中堂各幅,致力之勤,用心之细,更为名贵脱俗。

至三时,李直绳先生及来宾等均到,遂于三时半举行毕业典礼。群集三楼,由所长龚陈夫人报告,舒老先生颁发修业证书,各生持证书后,向舒老先生及龚夫人各一鞠躬。

授证书毕,李直绳先生致训词,略谓"余系老顽固,恐怕脑筋太旧,说出来的话,各位女士未必中听,但余实不能不说。现在新式女子均善跳舞,爱装饰,打扮得像妖精一样,这实在是不好的现象。诸位女士能专心研究美术,这是最可喜的事。切盼对于研究美术要有长久的兴味,切不可沾染时下习气"云云。

————————

① 《北洋画报》,1930 年 3 月 6 日,第 2 版。
② 《天津商报画刊》,1932 年第 5 卷第 18 期。

李先生言时,道貌岸然,诸女士颇为动容。

继由来宾代表张聊公简单致词,略谓:"李先生道德文章,久为社会所钦仰,他刚才所讲,可谓切中时弊。现在女子们只讲求跳舞与装束,实在过于摩登。应该潜心研究美术,以期有所成就,深望各位对于李先生的话加以注意。"

词毕,礼成,略用茶点而散。

是日毕业生为吴菊傲女士等六人,到场参加之女生则有数十人,其中摩登装束者,固不少也。

斗山山人李直绳鬻书启事[1]

鄙人年届六旬,思假岁月,研究金石,然翰墨应酬堆案盈几,弊精疲神,无暇自修。现从己巳年[2]起,实行收取笔润,至亲好友不在此例,转托代求照润。

条例列后,附以赘言:

对联、条屏、横披、中堂,整张每尺二元,半张每尺一元;折扇、斗方、册页,每件五元。

过小不书,劣纸不书。先润后书,限日取件。磨墨费加一成。

收件处:英租界五十八号路泰华里三号本宅;法界《北洋画报》、世界书局、佩文斋、利华斋;大胡同松鹤斋;单街子秀华斋、文美斋;上海九华堂、朵云轩;北平淳菁阁、清秘阁。

李直绳军门鬻书润例[3]

楹联三四尺,每尺一元伍角,五六尺,每尺二元;中堂、横披,整张加倍;屏幅对开,每幅照楹联算;折扇、斗方,每件五元;榜书、篆盖、碑

---

① 《北洋画报》,1929 年 7 月 27 日。当时多日连载。

② 即 1929 年。

③ 《大公报》,1931 年 5 月 14 日。连载多日。

志另议。

先润后书,限时取件,无润不书。

亲友免润,转托照润。

收件处:平、津、沪各大南纸局、笺扇店;津寓英租界泰华里四号。

《九尾龟》中之水师黎军门即李直绳军门①

《九尾龟》十二集末回(一百九十二回),述章秋谷赴粤与水师提督黎绳甫黎军门相见,谓黎军门"虎头燕颔、猿背狼腰、声若洪钟、目如闪电、高华名贵、俊雅无俦"云云,当即晚年作客津门之李直绳将军(准)也。

十余年前,与直绳将军时相过从。今将军墓有宿草矣,恨当日未及以此节质之也。

李准在津逝世②

(天津)前广州水师提督③李准,二十二夜病殁津寓,年七十三④,家人定二十四日大殓。(二十三日专电)

(天津)名画家李准,二十二日夜十二时,在津寓逝世。按,李字直绳,曾任清水师提督及珠江巡阅使等职,享年七十三岁。(二十三日中央社电)

李准昨晨逝世⑤

前清广东水师提督李准,在津住英租界五十八号路,昨晨逝世,享年六十六岁。定今午大殓,晚七时接三云。

---

① 《新天津画报》,1942 年 8 月 19 日。
② 《申报》,1936 年 12 月 24 日,第 4 版。
③ 应为广东水师提督。
④ 按照中国传统年龄计算,李准享年 66 岁。
⑤ 《新天津》,1936 年 12 月 24 日。

李准九日开吊①

天津四日电话:李准在津逝世后,定九日开吊,十日发引。李生前曾以篆字书《十三经》一部,宋委员长决代其印制成帙云。

李准遗体十日发引②

中央社天津四日电:李准逝世后,其遗体定十日午发引。李生前篆书全部《十三经》,颇为名贵,将由宋哲元代为影印,流传于世。

挽李直绳将军③

开疆功业在南溟(海南有群岛焉,昔为某国人私占,公据理交涉,并检陈氏《海国闻见录》旧图示之,始得收回),

卫道心长晚写经。

菊都竞传新乐府(斗山山人所著戏曲约数十种,梨园争相表演),

何殊红袖唱旗亭。

解甲归来鬓未皤,

壮怀历劫不消磨。

遗编在笥高盈尺,

蕴蓄光宣史料多(公尝出所著笔记二十余册示余兄弟,中多晚清朝野轶闻,足资参考)。

挽李直绳将军④

儒冠抛却思飞将,

---

① 《华北日报》,1937 年 1 月 5 日。
② 《青岛时报》,1937 年 1 月 5 日。
③ 《北洋画报》,1936 年 12 月 29 日,第 2 版。
④ 《北洋画报》,1937 年 1 月 7 日,第 3 版,作者马仲莹。

壮岁登坛话粤东。

津市寓公知蜀叟，

郑虔座上识元戎（识公于海藏楼）。

若云正乐犹余事（所撰戏曲，梨园争相表演），

所惜传经未竟功（以大篆写《十三经》，尚欠数卷）。

遗著堪珍《巡海记》（曾载《国闻周报》），

长留伟绩一编中。

李直绳遗事①

逊清广东水师提督李直绳，近年息影津门，不预政事，终日以诗酒自娱。尤善书篆隶，求书者纷至沓来，终不拒也。只以老境坎坷，愁病兼侵，卒于日前去世。

李，名准，四川邻水县人，其父铁船（徽庸），曾宰南海，为当时红员。直绳纳粟指篆广东，历任善后局提调，又曾统领缉捕营，时年未三十也，嗣由北海总镇升至广东水师提督。适南海巨盗为虐，狡猾难捕，直绳率部下擒其魁斩之，民间得以奠定，因是得邀奖叙。时西江缉捕问题发生，为免外人借口计，直绳遂建"江大""江清""江巩""江固"等舰，负缉捕之责，而西江缉捕之权，得免旁落外人之手，是直绳之于南海治安，固有足称者。

迨辛亥年广东反正后，直绳迫于时势，悄然离粤，蛰居平津垂廿余年，终至余资渐罄，老境窘迫。

传有旧日同僚某君，道出津门，闻李困厄，献以五百金，并邀其同赴关外，直绳却之。其廉洁之风，殊令人景慕。

又，前广东省长李紫云氏，微时曾经直绳之提挈，使其投效麾下，屡建军功，擢升省长。饮水思源，固不忘直绳提拔之恩也。年前，紫

---

① 《北洋画报》，1937 年 1 月 14 日，第 2 版，作者雨文。附录李准灵堂照片一张，上有徐世昌手书：直绳大兄挽词　神归紫府。

云探悉直绳在津窘况,因忆直绳素爱肇庆风景,乃于端江(肇庆别名)建一新庐,并致书直绳云"粤为公旧游之地,端江风景,更足流连,兹以为公建庐一所于端江之上,作公高隐之地。如肯惠然南下,谨当拥帚欢迎。彼此都在暮年,聚首为欢,为日不可多得,请公行旌早临……"云云。

直绳接此信后,拟即挈少妾南下,旋因事中止。今竟一旦捐馆,难酬紫云之厚谊矣。

悼李直绳先生①

丙子年的不幸,大书家李直绳先生于冬至节这天作古了,这是我们艺术界所堪痛惜的。

先生的一生,由文改武,晚年嗜书不倦,他的事迹尽人能道,不用我们再来细述,只是黄花岗一役,可说是独有千秋。有人讥诮他说:"彼时'一跃登屋',是会飞檐走壁?"在他的哀启上,可明明写的是"裹创登屋",这"裹创"与"一跃"二字,却大不相同哩。"一跃"二字在当时写来,似乎显得火炽,可不知却留了将来的话柄。本来人的功罪,不能以成败而论。彼时变起仓促,负守御之责的,临时要没有一种果决的毅力,岂能镇压敉平。我们试想先生裹创登屋之际,指挥一切,比诸闻警无措、匿避洋舰的何如呢?再看他在改革以后,屡征不就,潜心篆籀,又比一般重下首阳的夷齐何如呢?

先生致仕之际,正在中年,正是有为的好时期,然而他抱着一种果决的精神,努力艺术,终然被他成功了。一部篆书的《十三经》,是何等的伟大,是何等的功力,付诸影印,实在胜似刻石,这真是艺术界的异彩,亦就是直绳先生不朽的纪念。

---

① 《语美画刊》,1937 年第 19 期。附李准晚年照片一张。

故名士方地山生前寿直绳将军联

文词隽妙有致,爰录于次:

翩翩浊世,蚤树功勋,老子善婆娑,有北海酒樽,东山丝竹。

种种传奇,自教歌舞,将军不好武,是文章魁首,仕女班头。

李直绳先生挽词一束

广雅记飞觞,并世酒人零落尽。

血痕留幻影,伤心勋业有无中。

（王人文）

同官岭海,谊笃金兰,犹忆威震萑苻,争羡揆文兼奋武。

卜宅津沽,欢联缟纻,讵料神归忉利,枉教洒泪为招魂

（龚心湛）

身膺疆寄,与张定武同时,龙劫竟南回,热血倾尽公亦去。

手写群经,继蒋湘帆而作,鸿都如何布,遗文重定我何辞。

（傅增湘）

少为飞将才无敌,老不封侯数亦奇。

（息侯金梁）

云黯中天,惊悉将星沉碧落。

风凄大野,顿教老友吊青冥。

（江朝宗）

曲圣经生,津市久消闲岁月。

韬戈露布,珠江争说旧威灵。

(陈宝泉)

青眼感深恩,檀板金尊,谬许知音依马帐。
白头娱晚福,轻裘缓带,那堪堕泪读羊碑。

(章遏云)

方地山遗篆寿李直绳将军[①]

群贤毕至,歌舞开尊,座客应如北海。
百种传奇,濡染大笔,将军不愧云麾。

---

① 《大方先生遗墨》,《新天津画报》,1939 年 5 月 24 日。

《中国近现代稀见史料丛刊》已出书目

第一辑

莫友芝日记　　　　　　　　徐兆玮杂著七种
汪荣宝日记　　　　　　　　白雨斋诗话
翁曾翰日记　　　　　　　　俞樾函札辑证
邓华熙日记　　　　　　　　清民两代金石书画史
贺葆真日记　　　　　　　　扶桑十旬记（外三种）

第二辑

翁斌孙日记　　　　　　　　翁同爵家书系年考
张佩纶日记　　　　　　　　张祥河奏折
吴兔床日记　　　　　　　　爱日精庐文稿
赵元成日记（外一种）　　　沈信卿先生文集
1934—1935中缅边界调查日记　联语粹编
十八国游历日记　　　　　　近代珍稀集句诗文集
潘德舆家书与日记（外四种）

第三辑

孟宪彝日记　　　　　　　　吴大澂书信四种
潘道根日记　　　　　　　　赵尊岳集
蟫庐日记（外五种）　　　　贺培新集
王癸避难日志　辛卯年日记　珠泉草庐师友录　珠泉草庐文录
嘉业堂藏书日记抄　　　　　校辑民权素诗话廿一种

第四辑

江瀚日记　　　　　　　　　王承传日记
英轺日记两种　　　　　　　唐烜日记
胡嗣瑗日记　　　　　　　　王锺霖日记（外一种）
王振声日记　　　　　　　　翁同龢家书诠释
黄秉义日记　　　　　　　　甲午日本汉诗选录
粟奉之日记　　　　　　　　达亭老人遗稿